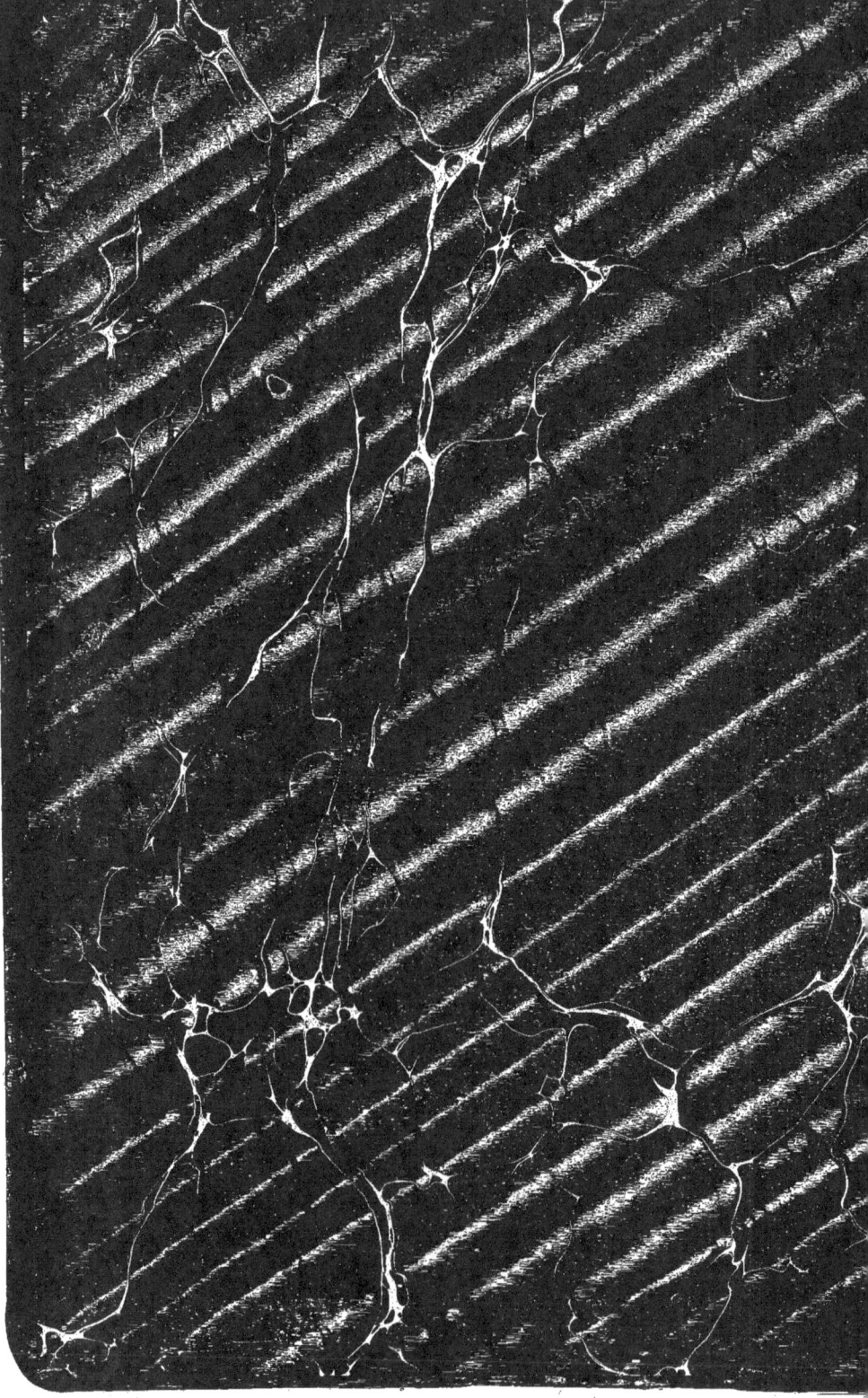

LE ROYAUME DU CAMBODGE

ANGERS, IMPRIMERIE BURDIN ET Cie, 4, RUE GARNIER.

LE ROYAUME

DU

CAMBODGE

PAR

J. MOURA

ANCIEN OFFICIER DE MARINE,
ANCIEN REPRÉSENTANT DU GOUVERNEMENT FRANÇAIS AU CAMBODGE,
OFFICIER DE LA LÉGION D'HONNEUR, OFFICIER DE L'INSTRUCTION PUBLIQUE,
COMMANDEUR DE PLUSIEURS ORDRES ÉTRANGERS
MEMBRE DE LA SOCIÉTÉ ACADÉMIQUE INDO-CHINOISE
ET DES SOCIÉTÉS DE GÉOGRAPHIE DE LISBONNE ET DE BORDEAUX

TOME DEUXIÈME

PARIS

ERNEST LEROUX, ÉDITEUR

LIBRAIRE DE LA SOCIÉTÉ ASIATIQUE
DE L'ÉCOLE DES LANGUES ORIENTALES VIVANTES, ETC.

28, RUE BONAPARTE, 28

1883

L'Art Khmer.

Portique du temple de Prea-Khan.

Pho. Michelet

Armes du roi du Cambodge.

LE ROYAUME DU CAMBODGE

CHAPITRE PREMIER.

Chronique royale du Cambodge ou Pongsa Voda (succession de rois).

Jusqu'à ce jour, on n'a connu, en fait de renseignements historiques sur le Cambodge, qu'une chronique royale débutant à l'année 1340 de notre ère, et une foule de fables et de légendes sur les temps anciens, toutes différentes ou contradictoires et au milieu desquelles on ne sait vraiment de quel bord amurer.

Nous avions entendu dire cependant que la bibliothèque royale renfermait des documents historiques propres à jeter quelque jour sur l'histoire ancienne du pays, mais que les souverains n'avaient jamais voulu consentir à laisser publier ces précieux renseignements sur le passé de peur que leur peuple, instruit de la grandeur et de la prospérité de l'antique royaume khmer, n'accusât ses rois de l'avoir laissé périr entre leurs mains. Aussi, l'obscurité la plus complète s'était faite sur les antécédents de ce peuple dont la puissance, la haute civilisation et la capacité artistique sont révélées par d'admirables monuments, aujourd'hui ruinés, et par d'autres vestiges non moins irrécusables.

Nous avons été assez heureux pour décider le roi Norodom à nous abandonner pour quelques jours ces vieux manuscrits, tenus cachés depuis si longtemps, et nous nous empressons de les livrer à la publicité[1]. Le texte est écrit en langue pâli et nous l'avons fait traduire avec soin par un lettré qui passe pour être très versé dans les langues anciennes de l'Inde. Ce qu'on a trouvé là n'est pas, à proprement parler, de l'histoire, mais on reconnaîtra que sous la forme naïve, fabuleuse et légendaire, suivant laquelle les faits sont présentés, apparaît assez nettement la vérité historique, qui peut être dégagée de ce fouillis de récits fantaisistes, introduits après coup dans les annales par des historiographes serviles, qui ont mis tous leurs soins à satisfaire l'amour-propre et l'orgueil de leurs rois en certifiant que leur pouvoir et eux-mêmes étaient d'origine divine, tandis qu'ils laissaient dans l'ombre les points essentiels, intéressants, pouvant aider à débrouiller le chaos dans lequel s'est perdu le passé du peuple khmer.

Nous diviserons cette notice historique en deux parties :

La 1re partie, comprenant les débuts en Indo-Chine du peuple dont nous nous occupons et la succession de rois qui ont gouverné le pays jusqu'à l'année 1340.

La 2e partie, plus particulièrement historique, et plus fournie de faits et de dates, prend où l'autre finit, c'est-à-dire de 1340 jusqu'à nos jours.

I

Le Somdach-prea-moha-carunati-cun-anantac-prichéa-nhéan[2], âgé de près de quatre-vingts ans, faisait, en 543 avant J.-C., et quelques mois seulement avant sa mort, le tour du Chompu-thvip (Djambudvipa ou

---

[1] Depuis que ces lignes sont écrites, M. Aymonier, qui a pu lui aussi consulter le document indigène dont il est ici question, a publié sur le même sujet, dans une revue de Cochinchine, un article fort intéressant.

[2] Ce sont des titres, ou qualités, qu'on peut traduire ainsi : le bienheureux, le précieux, le grand, plein de grâces et de miséricorde, dont le savoir n'a point de bornes. Ce sont les titres attribués par les buddhistes à Sakya-muni.

l'Inde ancienne), en suivant les côtes et en compagnie de Prea-moha-ananteac-thèr[1]. Ils se rendirent un jour dans une île, au centre de laquelle se trouvait un énorme thloc[2] creux, donnant asile à un tracuot[3]. Le sol, au pied de l'arbre, était couvert d'un sable blanc et fin, sur lequel le roi des Néacs (Nagas) prenait plaisir à aller se distraire avec sa famille.

Le Buddha et Ananteac, frappés eux aussi de l'agrément du lieu, s'arrêtèrent près du thloc pour s'y reposer. La nuit étant venue, le génie gardien de l'arbre se transforma en lit, moustiquaire et rideau dont il fit hommage au Buddha. Après dix heures du soir, le roi des dragons vint avec sa famille s'amuser là comme à l'ordinaire; dès qu'il aperçut le Buddha, il s'empressa d'aller l'adorer et le supplia de prêcher. Le sage y consentit volontiers et il exposa aussitôt les préceptes de sa religion en présence d'un auditoire nombreux de Nagas.

Vers minuit, le Prea In (le dieu Indra) descendit du ciel avec une suite nombreuse, afin d'adorer aussi le Buddha et pour lui demander des explications sur des points de sa doctrine à propos desquels, lui Indra, avait conçu des doutes.

A trois heures du matin, Indra, les anges et les Nagas, ou dragons, saluèrent le Buddha et s'en retournèrent chez eux pleins de joie, instruits et disposés à se corriger de leurs défauts et de leurs erreurs. Le sage put prendre alors un peu de repos. Dès que le jour parut, il invita Ananda à rester là; quant à lui, il s'habilla et il s'en alla quêter l'aumône à Tray-trong[4]. Bientôt, il revint apportant quelques provisions qu'il partagea avec son disciple. L'habitant du thloc, le tracuot, dont la gourmandise était excitée par l'odeur des mets, sortit de sa cachette et se présenta devant les étrangers, qu'il salua respectueusement. Le Buddha voyant le but intéressé de cette visite, donna à l'animal une partie de son repas. Lorsque le lézard fut rassasié, et pendant qu'il se léchait les lèvres, on put voir que sa langue était fendue au point qu'on pouvait croire qu'il en avait deux. Sakya-Muni en fit la remarque et sourit; il répondit à Ananda qui, les mains jointes, demandait des explications,

---

[1] C'est Ananda, le disciple et le cousin du Buddha.
[2] Arbre commun au Cambodge, donnant un fruit assez mauvais, mais que les indigènes mangent.
[3] Sorte de gros lézard.
[4] Résidence d'Indra, sorte de paradis terrestre situé sur le mont Mérou.

que cette île, qu'il appela Cuch-thloc[1], s'agrandirait plus tard jusqu'à faire corps avec le continent et que ce serait le centre d'un grand royaume. « Ce tracuot, ajouta le Buddha, qui est venu nous rendre hommage et écouter mes sermons, est un animal prédestiné ; à la prochaine transmigration, il deviendra le fils du roi de Intakpath[2], et, sous cette forme, il reviendra visiter les lieux où il a passé son existence antérieure. Alors, le roi des dragons offrira au prince sa couronne et l'administration de tout ce pays, constitué en un royaume qui prendra d'abord le nom de Crung-Kampuchéa[3]. Plus tard, il portera le nom de Intakpath. Les habitants ne seront pas sincères dans leurs paroles, parce que celui qui a eu deux langues dans une autre vie sera leur roi. »

Les peuples voisins appelèrent plus tard les habitants de ce royaume les *Kham*[4].

Lorsque Sakya-Muni eut fini son repas, il partit avec Ananda pour le royaume de Kosanoréay[5], où il mourut presque en arrivant, sous l'ombrage de deux reangs et sur un tas de pierres, le troisième jour de la semaine, 15 du mois Pisac, année du serpent, correspondant au mois de mai de l'année 543 avant l'ère chrétienne.

L'an premier de Préa-put-sacrach (543 ans avant J.-C.), le roi des Chams Prea-bat-as-chey-réach, voyageait avec sa famille, ses mandarins et ses serviteurs, au nombre de cinq cents environ. Leur navire, surpris par une tempête et désemparé, fit côte et se creva au pied de la chaîne de Phnom-Dangrec. Le roi n'ayant aucun moyen de retourner dans son pays, prit le parti de se fixer au bord de la mer, près de Cuch-thloc, et s'imposa comme souverain aux habitants de cette contrée. Le

---

[1] Nous pensons que kouch ou cuch est un mot d'une des langues anciennes de l'Inde, signifiant pays, endroit. Il faudrait, par suite, traduire cuch-thloc ainsi : *pays des thlocs*. On sait que c'était beaucoup l'habitude chez les Indiens de désigner un pays par l'une de ses principales productions végétales.

[2] Intakpath signifie : *chemin de l'ancêtre divin Indra*. Une foule de villes et d'endroits portaient dans l'Inde des noms analogues : il y avait la ville d'Indra, la plaine d'Indra. Il s'agit ici évidemment d'Indraprastha, qui porta plus tard le nom de Indra-Delhi, ou simplement Delhi.

[3] Les lettrés indigènes prétendent que Crung-Campuchéa doit être traduit ainsi : royaume ou pays de nouvelle formation, ce qui était vrai à l'époque reculée dont il s'agit.

[4] De nos jours, les Khmers sont appelés Khamin par les Siamois et les Laotiens, Caomen par les Annamites, et Campin par les Chinois.

[5] Koucinagara (Inde). Aucun ouvrage indou ne parle du voyage du Buddha en Indo-Chine. Il est vrai que, arrivé à sa soixante-dix-neuvième année, et sentant ses forces faiblir, le sage, redoublant d'activité et de zèle, parcourut les contrées situées à l'est du Gange pour y prêcher les quatre vérités ; mais il n'alla pas, dit-on, plus loin que le Magadha.

roi, âgé de cinquante ans, eut un fils qu'on nomma Prea-cravallaréach, qui succéda à son père qui mourut à l'âge de soixante-dix ans. Cravallaréach monta donc sur le trône à l'âge de vingt ans, en l'an 523 avant J.-C. La couronne passa par la suite aux fils et aux petits-fils de celui-ci, et, sous leur administration, le royaume augmenta graduellement en étendue et en puissance.

En l'an 100 de Prea-put-sacrach (443 avant J.-C.), Prea-bat-atichavong, souverain d'Intakpath, royaume situé au nord par rapport au Cuch-thloc[1], ayant cinq enfants mâles déjà âgés, songea à leur faire des positions en rapport avec leur rang élevé. Il confia à l'aîné le gouvernement d'un royaume de l'est; le deuxième eut un royaume situé au nord; le troisième en eut un à l'ouest, et, enfin, le quatrième, nommé Prea-thong, celui précisément qui avait vécu sous la forme d'un tracuot, fut désigné pour gouverner un État du sud. Le cinquième frère, qui était encore bien jeune, resta auprès de son père.

Les quatre princes, dont les gouvernements étaient placés aux quatre points cardinaux par rapport au royaume de leur père, allaient tous les ans, à une époque déterminée, saluer celui-ci. Lorsque le plus jeune des princes eut atteint sa majorité, le père, dont l'âge était alors bien avancé, et qui avait une affection particulière pour lui, se décida à abdiquer en sa faveur. Le vieux roi, qui pouvait vivre quelques années encore, espérait pouvoir, sans trop d'inconvénients, enfreindre à cet égard les usages et décider ses enfants à accepter le fait accompli. Néanmoins, le roi n'abdiqua pas sans prendre conseil des hauts dignitaires du royaume, qui furent naturellement d'avis que l'abdication pouvait se faire en faveur du plus jeune, puisque le souverain le voulait ainsi. Des ambassadeurs furent expédiés aux princes éloignés pour les aviser de cette abdication, approuvée par les principaux officiers de la couronne. Les princes se soumirent à la volonté de leur père et souverain, sauf Prea-thong, qui protesta et qui refusa d'aller assister au couronnement du nouveau roi d'Indraprastha. Le vieux roi s'emporta en menaces terribles contre son fils, qu'il se promettait de faire arrêter et juger lorsque la cérémonie du couronnement serait achevée. En effet, les fêtes une fois finies, les princes soumis reçurent l'ordre de se mettre à la tête de leurs troupes et d'aller combattre leur frère révolté.

---

[1] Les Cambodgiens ne sont pas forts géographes. Il s'agit ici du royaume d'Indraprastha ou de Delhi, situé au nord-ouest par rapport au Cambodge et point au nord franc.

Mais des mandarins influents parvinrent à calmer l'ancien roi, en lui représentant que si Prea-thong avait été un instant coupable, il avait jusque-là servi avec honneur et avait mérité l'estime et l'affection de son peuple. Le roi consentit à faire grâce de la vie au prince, mais il déclara qu'après un refus aussi formel et aussi public d'obéissance, il ne pouvait pas consentir à le revoir, ni à lui laisser le gouvernement du royaume du sud, où il pourrait devenir un continuel sujet d'embarras. En conséquence, les princes reçurent de nouvelles instructions leur prescrivant d'aller couper les cheveux à leur frère Prea-thong, ainsi qu'à son peuple, et de les expulser tous du royaume du sud. Ces ordres furent ponctuellement exécutés, sans résistance de la part des victimes, qui se résignèrent et quittèrent le pays. Le roi d'Intakpath flétrit les proscrits en les désignant sous le nom de Cat-sas[1].

Ce fut là une mission très pénible pour les princes, et ce ne fut pas sans émotion qu'ils virent leur frère, ainsi dégradé, prendre le chemin de l'exil. Les aînés furent renvoyés dans leurs gouvernements respectifs et le plus jeune, devenu roi d'Intakpath, se chargea du gouvernement du royaume du sud, que l'on repeupla avec des habitants pris dans les autres parties du grand empire.

Prea-thong et les habitants du royaume du sud émigrèrent à Couch-thloc. Le prince se fixa en premier lieu à Cou-khan[2], et quant à ses anciens sujets, ils se mêlèrent aux Chams et s'établirent un peu partout dans le sud de la presqu'île.

Quelque temps après son arrivée à Cou-khan, Prea-thong cessa de se servir de l'écriture sang-sacrit (sanscrit) et adopta, ainsi que tous les individus de sa race, les caractères khams[3], qui servirent à écrire une langue nouvelle que les linguistes khmers de l'époque, sur l'invitation de leur ancien roi, composèrent en puisant dans le mokhut[4], le sanscrit et le cham.

Déjà à cette époque, il y avait à Couch-thloc des temples et des ministres du Buddha.

---

[1] Cat-sas voudrait dire *individus auxquels on a coupé la religion*. Nous pensons que c'était là une erreur et qu'on avait voulu dire cat-sac, c'est-à-dire ceux auxquels *on a coupé les cheveux*. Mais le texte est formel, et c'est bien la première appellation qui est la vraie.

[2] Il y a un village de ce nom à quarante ou quarante-cinq millès au nord-nord-ouest d'Angcor. C'est là, selon les annales et la tradition, la première résidence des princes khmers.

[3] Suivant les lettrés actuels, il faut entendre par caractères khams ceux qui servent à écrire le pâli.

[4] Le mokhut, d'après toujours les Khmers, serait la langue pâli.

Le prince Prea-thong ne tarda pas à avoir des différends graves avec le roi des Chams et les Khmers faisaient entendre à chaque instant des plaintes contre l'autorité du pays qui leur était insupportable. Lorsque le mécontentement des Khmers fut à son comble, Prea-thong, qui attendait ce moment, se mit à leur tête, attaqua le roi cham et le força à se retirer à Champa-sac[1], dont la capitale était alors Lan-chhang, appelée plus tard Viên-chan.

Un jour Prea Thong, monté sur un cheval et suivi de ses serviteurs, se rendit à Couch-thloc, en profitant de la marée basse. Pendant qu'il était à se distraire dans l'île, le flot et la nuit survinrent et les promeneurs durent renoncer à retourner chez eux ce jour-là. Ils campèrent comme ils purent au bord de la mer. Pendant la nuit, la fille du roi des dragons vint, suivant sa coutume, s'amuser avec ses servantes sur la plage sablonneuse de l'île. Prea-thong l'aperçut et il en fut vivement épris. Bientôt, le prince s'approcha d'elle courtoisement et lui témoigna ses sentiments. La princesse accueillit avec faveur cette première déclaration ; elle fut frappée de la beauté et de la distinction des manières du jeune étranger et elle voulut bien lui dire qu'elle n'aurait d'autre époux que lui : « Revenez, lui dit-elle, dans sept jours avec les cadeaux de noces pour faire, conformément aux usages, la demande de ma main à mes parents. » Ensuite, elle salua et se retira.

'A la marée basse, Prea-thong rentra chez lui où il attendit impatiemment l'arrivée du septième jour.

De son côté, la fille du roi des dragons se rendit auprès de son père, afin d'engager de suite les négociations sur un sujet qui la préoccupait fortement. La chaleur qu'elle y mit, son adresse de femme, ne tardèrent pas à fléchir la résistance du chef des Nagas et à transformer en dispositions favorables les répugnances qui s'étaient manifestées à la cour à propos d'une telle union.

Le moment du rendez-vous arrivé, Prea-thong revint à Cuch-thloc dans un grand apparat, entouré d'officiers et de pages brillamment vêtus, portant sur des plateaux d'or les cadeaux de noces.

De son côté, le roi des dragons se présenta accompagné de la reine, de ses enfants, et escorté d'une suite nombreuse de notables de sa race. Prea-thong se porta au devant du souverain, le salua respectueusement,

---

[1] Nous savons qu'il s'agit ici du Laos inférieur, où s'était formé autrefois un immense empire.

lui fit d'abord hommage des cadeaux qu'il portait et il lui demanda enfin la main de sa fille. Le roi ayant bien voulu consentir à cette union, on fit immédiatement les préparatifs nécessaires pour célébrer le mariage avec une grande solennité [1].

Après la fête, et avant de retourner sous la terre et sous les eaux, le roi des Nagas voulut constituer un grand royaume à son gendre. Il avala, dans ce but, toutes les eaux des environs, jusqu'à une grande distance, et obtint ainsi un territoire d'une vaste étendue, dont Prea-thong devint l'unique propriétaire et le roi [2]. Son beau-père le couronna de ses mains ; et avant son retour dans le monde des Nagas, profitant des pouvoirs surnaturels dont il était investi, il mit le comble à ses largesses en faisant spontanément sortir de dessous terre un palais royal complet, avec trois résidences surmontées de tours pour le roi, des habitations pour les officiers de la couronne et des maisons pour le peuple.

Prea-thong, en montant sur le trône, prit le nom de Prea-bat-tivong-as-char. Ce fut le premier roi des Khmers. Le nouveau royaume prit le nom de Crung-campuchéa [3]. Les serviteurs du palais furent pris parmi la race des Nagas et les habitants de ce monde.

Neuf mois après, la reine de Campuchéa accoucha d'une fille à laquelle on donna le nom de Néang-sophéa-vodey.

En ce temps-là, les habitants siamois de l'intérieur [4] étaient tributaires du Cambodge et apportaient tous les ans une eau spéciale pour les ablutions du roi suzerain, ainsi qu'une grande quantité de poissons séchés de l'espèce canthor [5].

En 500 de l'ère du Buddha (43 ans avant J.- C.), le roi des Chams descendit du Laos à la tête d'une puissante armée et attaqua le roi du Cambodge, qui fut forcé de se retirer à Nocor-réach-sêma (actuellement Korat). Il resta là une année pendant laquelle il organisa une armée qui lui permit de reprendre l'offensive, de repousser les Chams et de les forcer à se réfugier sur les collines des provinces de l'ouest, une partie

---

[1] Les épisodes de ce mariage rentrent dans toutes les légendes et les chansons cambodgiennes. On le désigne sous le nom de *mariage de Prea-thong avec la demoiselle des dragons*.

[2] La mythologie indoue enseigne que le roi des Nagas avait le pouvoir de soulever des tempêtes et de maîtriser les eaux suivant son gré.

[3] D'où les Européens ont fait Cambodge.

[4] Qu'entend-on par Siamois de l'intérieur ?... Si l'on veut dire qu'ils étaient plus éloignés de la mer que les Khmers, c'est que la race Thaï n'était pas encore arrivée au point où elle est aujourd'hui.

[5] L'espèce la plus propre à être salée et séchée.

sur Phnom-bayang dans la province de Treang et l'autre sur Phnom-chiso, province de Bâti.

La mer se retirait de plus en plus, la population augmentait sensiblement et le royaume devenait toujours plus important.

Une nuit la princesse Sophéa-vodey rêva que le dieu Indra était venu partager sa couche. Mais l'apparition était très réelle, puisque le roi du ciel laissa à la jeune fille un keu (talisman en cristal) de sept couleurs, extrêmement brillant et pourvu de propriétés extraordinaires. Prea-thong assembla les devins, qui annoncèrent que la princesse aurait un enfant mâle dont le pouvoir en toutes choses serait considérable.

Au bout de dix lunes, la princesse mit au monde un enfant mâle, qui fut appelé Prea-kêt-méaléa. Dès que ce prince eut atteint sa sixième année, Indra fit annoncer qu'il était son père et il députa un messager qui, monté sur un char céleste, se rendit auprès de Prea-bat-tivong-as-char, afin de l'aviser de cette grande nouvelle. L'enfant a été engendré, dit-il au roi khmer, sans que la mère ait eu à subir la moindre souillure. C'est sur l'ordre du roi du ciel, ajouta-t-il, qu'un ange est venu reprendre une nouvelle vie dans le sein de votre adorable fille. Après cette révélation, le jeune prince fut entraîné à Tray-trong (le paradis swarga) et au bout de sept jours Indra le ramena lui-même à sa mère. Ensuite, Indra invita Prea-vissacam (Visvacarma)[1], l'architecte divin, à reprendre la forme humaine et à venir sur cette terre diriger les travaux de construction d'un magnifique Prea-sat (monument à tours) pour l'usage de Prea-ket-méaléa[2].

En l'an 600 de Prea-put-sacrach (57 de J.-C.), le roi Prea-bat-tivong as-char mourut. A cette époque Visvacarma, après avoir achevé le Prea-sat, construisit un palais avec des tours et des bassins pour Méaléa ; sur l'ordre d'Indra, le divin architecte fit aussi confectionner une magnifique épée pour les rois khmers. Cette épée, dit le dieu, indiquera, par des signes extérieurs, et à l'avance, la prospérité aussi bien que les malheurs qui pourront arriver dans le royaume. Les souverains de Campuchéa se sont transmis ce sceptre de génération en génération jusqu'à l'époque actuelle[3].

[1] Il est plus connu au Cambodge sous le nom de Prea-pus-nucca.
[2] Nous dirons plus tard ce que c'étaient que ces monuments.
[3] Nous savons déjà ce que c'est que cette épée. Il faut voir là une arme analogue à celles que l'on appelait dans l'Inde *les armes célestes*, qui étaient données aux rois par des ascètes d'une extrême piété, qui ne les obtenaient des dieux qu'après des pénitences et des mortifications de plusieurs vies...

Prea-kêt-méaléa fut couronné sous le nom et les titres de Prea-bat-somdach-prea-kêt-méaléa. Il régna en paix et sous son administration intelligente, le royaume prospéra de jour en jour. Les étrangers appelaient ce grand état Campuchéa, ou bien simplement Khmer, et c'est ce dernier nom qui lui est resté et qui a été adopté par les indigènes eux-mêmes[1].

Prea-kêt-méaléa fit construire des Prea-phnols dans plusieurs endroits[2]. Ce roi eut deux fils, l'un nommé Prea-viroréach et l'autre Prea-outey-réachéa-thiréach.

En 620 du Buddha (75 de J.-C.), Prea-kêt-méaléa devint fou. Indra envoya un prom (brahme) pour le guérir. Sa folie néanmoins dura trois ans et en 621 du Buddha (78 de J.-C.), après la guérison, on le couronna de nouveau sous le nom de Prea-bat-arottheac-pol-péahasso. Mais comme il n'était pas certain qu'il fût radicalement guéri, Indra désigna sept Lonzes, sept borohets[3] et sept asatéahéan[4] pour le surveiller et lui donner des conseils.

L'ère connue au Cambodge sous le nom de Moha-sacrach, commence le jour du deuxième couronnement de Méaléa, c'est-à-dire en 78 de J.-C.

Le roi Prea-bat-arottheac-pol-péahasso ne se releva pas complètement de sa terrible maladie; il vécut quelques années encore, puis il mourut.

Un neveu du Moha-réachéa-prea-cru-eysey-phat[5], qui avait épousé une nièce du roi défunt, fut appelé au trône et il gouverna sous le nom de Prea-butom-vorvong. Il éleva à de hautes dignités dans l'État les deux fils de son prédécesseur. L'aîné, Prea-viroréach, fut fait abjoréach[6] et le plus jeune, Prea-outey-réachéa-thiréach, reçut le titre d'obbarach.

Prea-butom-vorvong mourut après quelques années de règne. Ce fut l'abjoréach qui lui succéda.

L'obbarach monta sur le trône à la mort de son frère aîné. Peu de

---

[1] Dans les actes officiels, les monnaies, les rois khmers se donnent toujours le titre de souverains du grand royaume de Campuchéa.

[2] C'étaient de très petits temples renfermant des idoles pouvant annoncer les événements à venir par des signes extérieurs.

[3] Ou brahmes.

[4] Nom générique par lequel on désigne les plus hauts dignitaires du royaume.

[5] C'est le titre d'un chef de la caste des Brahmes.

[6] Deuxième autorité du royaume (voir le 1er volume), et l'obbarach la troisième.

temps après son couronnement, il eut un fils qui porta le nom de Préa-
pratom-sorivong.

Un jour le roi voulut aller s'amuser sur la côte sablonneuse de
Babor. Il passa là quelques jours dans une habitation provisoire. Ce
fut là que ce prince eut des rapports avec une jeune femme de la race
des Nagas et que celle-ci, après dix lunaisons, accoucha d'un œuf qu'elle
abandonna sur le sable brûlant de la plage[1]. Un chef des porteurs d'eau
du roi ramassa cet œuf et le porta chez lui à Sockhothay[2]. De cet
œuf, on vit éclore un enfant mâle auquel on donna le nom de Neay-
ruong.

Le roi Prea-outey-réachéa-thiréach mourut. En 999 de Prea-put-
Sacrach (456 de J.-C.), le prince Prea-pratom-sorivong, fils du défunt roi,
fut appelé au trône; il était seulement âgé de seize ans.

Vers cette époque, le chef des porteurs d'eau[3], Néay-cong, tomba
malade et mourut. Son fils adoptif, Neay-ruong, le remplaça dans son
service et donna l'ordre à ses gens de porter l'eau désormais dans des
paniers en rotins tressés à grandes mailles, d'où l'eau cependant ne
pouvait s'échapper. Ce jour là, il suivit lui-même ceux de ses serviteurs
qui portaient l'eau pour le bain particulier du roi. Comme il se tenait
debout devant Sa Majesté, les mandarins de service scandalisés voulurent le faire arrêter pour le punir, mais Neay-ruong parvint sans peine
à s'échapper et il alla se cacher dans le village de Pichit. Il vécut là
d'aumônes et ce fut dans ce hameau qu'il continua à montrer des facultés surnaturelles : c'est ainsi qu'après un repas où il avait mangé la chair
d'un cranh rôti, dont il ne restait que la tête et l'arête médiane, il rendit la vie à ce poisson qui vit encore aujourd'hui[4]. Cet homme extraordinaire opéra bien d'autres miracles; mais comme ils ne sont pas tous
d'une propreté présentable, nous nous en tiendrons à celui-là.

Neay-ruong entra enfin en qualité de bonze dans la pagode de
Sockhotay.

Le bruit des miracles opérés par Neay-ruong se répandit partout. A
Campuchéa, les mandarins et le roi lui-même s'en émurent; ils crai-

[1] Cela rappelle les accouchements de la Léda de la mythologie grecque.
[2] C'est une province aujourd'hui siamoise.
[3] On sait qu'il y avait dans l'Inde la caste des *porteurs d'eau*. Il semble, d'après les
annales, qu'il existait autrefois une caste semblable au Cambodge. C'est une preuve de plus
à ajouter à celles que nous avons données de l'existence des castes dans le sud de l'Indo-
Chine à une époque plus ou moins reculée.
[4] Les plus fortes têtes d'entre les Cambodgiens croient fermement toutes ces fadaises.

guirent que ce Siamois inspiré, déjà si populaire et si puissant, ne devînt un danger pour la sécurité de leur royaume. Immédiatement, on résolut sa perte et un mandarin aussi merveilleusement doué, le déchu Dandin, s'offrit pour aller l'arrêter et le ramener à la capitale. Il partit avec cinq cents soldats et se dirigea vers Sockhotay. Dandin ayant affaire à un adversaire redoutable, employa la ruse pour mener à bien son projet; il conduisit sa troupe par un chemin souterrain jusqu'à la résidence de Neay-ruong. Mais comme ceux-ci sortaient de dessous terre, ils furent tous subitement paralysés par la seule volonté de Neay-ruong; on peut voir encore à cette même place leurs corps pétrifiés.

Le roi Pratom-sorivong, à la nouvelle de ce nouveau prodige, renonça à faire poursuivre un homme aussi insaisissable et aussi dangereux. D'un autre côté, il avait des appréhensions pour l'avenir et il n'était pas tranquille depuis qu'il s'était mis en hostilité avec lui. Il espéra en finir en prenant une mesure qui fût agréable à l'ancien chef des porteurs d'eau; ce fut de dispenser pour toujours les Siamois de cette corvée avilissante, ainsi que de tous autres tributs ou hommages dûs jusque-là aux souverains de Campuchéa. De là date le nom de Thays que prirent les Siamois, et qui veut dire libres, affranchis.

En 638 de J.-C.[1], le prince Prea-bat-Anuruttheac[2]-reach, qui régnait dans le royaume de Viên-chan, dans le Laos, envoya deux grandes jonques à Langca (Ceylan), sur lesquelles prirent passage des religieux, dont la mission était d'aller copier les livres sacrés de ce pays où s'était conservée pure la foi buddhique. Le roi de Viên-chan se rendit lui-même à Ceylan sur un coursier qui prit à travers l'espace et eut bientôt franchi cette grande distance. Les deux barques revinrent chargées de livres sacrés, de documents religieux de toute espèce, et l'une d'elles avait à son bord un Prea-keu[3] (idole en cristal), qui avait été l'objet d'une grande vénération de la part des Indous. L'une des deux barques remonta sans encombre le fleuve jusqu'au Laos, mais l'autre, celle

---

[1] C'est l'époque où l'illustre pèlerin chinois Hiouen-thsang fit son grand voyage dans l'Inde pour aller s'instruire auprès des plus éminents docteurs du buddhisme.

[2] Remarquer l'analogie de ce nom avec celui de Anuruddhaka, ancien roi de Radyagriha (Inde), qui vivait au moment de la réunion du second concile buddhique, environ cent ans après la mort du Buddha.

[3] Il est implicitement entendu qu'il s'agit de l'idole du Buddha.

précisément qui portait le Prea-keu, fit côte à Moha-nocor [1] (le grand royaume). Le roi khmer Prea-pratom-sorivong fit recueillir les livres sacrés dans son Prea-sat et, à partir de ce moment, ce superbe monument devint un temple consacré au culte du Buddha, celui-là même qui est connu aujourd'hui sous le nom de Nocor-vat (la pagode royale). La troisième ère cambodgienne, celle de Chollasacrach, date du moment de l'arrivée des livres sacrés de Ceylan à Angcor, en l'an 638 de J.-C.

Lorsque Prea-bat-somdach-prea-pratom-sorivong mourut, son fils Prea-bat-thamenh-chey-corop-réach lui succéda. Ce fut sous le règne de celui-ci que le roi de Viên-chan réclama les livres sacrés et qu'il força les Khmers à les lui rendre. Le Préa-keu resta néanmoins à Nocor-vat.

A la mort de Prea-bat-thamenh-chey-corop-réach, son frère cadet, Prea-srey-chettha, monta sur le trône. Celui-ci eut pour successeur Prea-chet-chey, son frère. Enfin, à la mort de ce dernier, ce fut le plus jeune des frères, Prea-bat-sangca-chac, qui régna. Pendant ce règne, les chefs des dragons se montrèrent peu respectueux à l'égard du roi, qui s'en fâcha un jour et tira son épée pour les frapper ; mais les dragons crachèrent sur le prince leur salive venimeuse et il devint aussitôt lépreux. C'est le souverain dont le souvenir s'est perpétué jusqu'à nos jours, et qui n'est connu des Khmers eux-mêmes que sous le nom de Sdach-comlong (le roi lépreux).

A la mort du Sdach-comlong, son fils Prea-bat-chaccrapottec-réach monta sur le trône. Ce prince fut assassiné par un aventurier nommé Dombang-cranhung, qui parvint, après son attentat, à usurper le pouvoir suprême et à s'imposer comme roi.

Chaccrapottec-réach avait laissé deux femmes enceintes, dont la grossesse était assez avancée au moment de l'attentat dont le roi fut victime. Un devin officiel annonça à Dombang-cranhung que les enfants que ces dames mettraient au monde lui disputeraient un jour la couronne. Le roi ne comprit qu'à demi la prédiction et il se figura qu'il y avait seulement une femme de l'ancienne cour qui était enceinte ; il la fit rechercher et il ordonna qu'on la jetât au feu. La femme mourut, mais l'enfant sortit vivant du sein de sa mère ; une bonne âme le recueillit et le porta, couvert de brûlures, sur la terrasse d'une bonzerie dirigée par un chef d'un grand cœur, qui adopta l'orphelin. L'enfant ne guérit pas complète-

---

[1] Moha-nocor signifie littéralement le grand royaume. C'est ainsi que l'on désignait autrefois l'empire khmer.

ment de ses brûlures ; il ne pouvait allonger ni les bras, ni les jambes,
ni faire aller les articulations. Le chef de la bonzerie lui donna le nom
de Phnhéa-créc.

Au bout de sept ans, sept mois et sept jours du règne de Dombang-
cranhung, le bruit se répandit dans la capitale qu'un homme en possession de pouvoirs surnaturels allait arriver. La population se pressait en
foule pour le voir et le petit estropié Phnhéa-créc se traîna péniblement
sous un arbre pour tâcher d'apercevoir lui aussi le personnage annoncé,
qui n'était autre que le dieu Indra transformé en ermite et conduisant
un cheval par la bride. L'ermite portait un petit sac de riz, un vase plein
d'eau, des vêtements en paquet et enfin une couronne. Il s'approcha de
l'arbre où se tenait le jeune infirme et il le pria de lui garder son cheval et les objets qu'il portait. Phnhéa-créc lui dit : « Je voudrais bien
pouvoir vous rendre ce service, mais voyez le triste état dans lequel je
me trouve. » L'ermite ne l'écouta pas davantage ; il lui passa la bride du
cheval au bras, déposa à terre son bagage et s'éloigna rapidement. Au
premier effort que fit le cheval pour s'en aller, Phnhéa-créc sentit son
bras s'allonger sous l'effort de la bride ; il remarqua, en outre, que ce
membre avait pris de la souplesse et de la force et il s'en servit pour
passer la bride à l'autre bras qui subit la même transformation que le
premier. Pour se guérir complètement, l'heureux enfant eut l'idée d'appliquer le même remède aux membres inférieurs et il se trouva bientôt
sur pied aussi ingambe que les petits camarades. Phnhéa-créc ne se
sentait plus de joie ; il s'oublia jusqu'à manger les provisions de son
bienfaiteur inconnu ; il s'habilla des effets qu'on lui avait donnés à garder et, pour comble de folie, il mit la couronne sur sa tête. Ainsi accou-
tré, il monta sur le cheval qui le conduisit avec la rapidité d'un oiseau
dans la cour d'honneur du palais de S. M. Dès que le roi aperçut cet
intrus coiffé d'une couronne royale semblable en tous points à la sienne,
la colère le prit et il lui jeta violemment sa canne au visage. Mais le coup
ne pouvait atteindre ce cavalier privilégié et la canne, lancée avec force,
alla se perdre au loin dans la forêt. Dombang-cranhung, voyant son impuissance et l'invulnérabilité du nouveau venu, le reconnut pour le personnage extraordinaire annoncé et, saisi par le remords et par la crainte,
il lui abandonna son pouvoir, demandant pour lui simplement la faveur
de quitter de suite le royaume et d'aller vivre dans le Laos.

Phnhéa-créc fut couronné sous le nom de Prea-chau-santhop-am-
mareu.

On se rappelle que le roi Prea-chac-crapottec-réach, père de Phnhéa-créc, avait laissé en mourant deux de ses femmes enceintes : l'une, la mère du nouveau roi, avait été brûlée ; l'autre disparut et l'on ne s'en occupa plus. Cette princesse cependant accoucha d'un fils, dont le nom

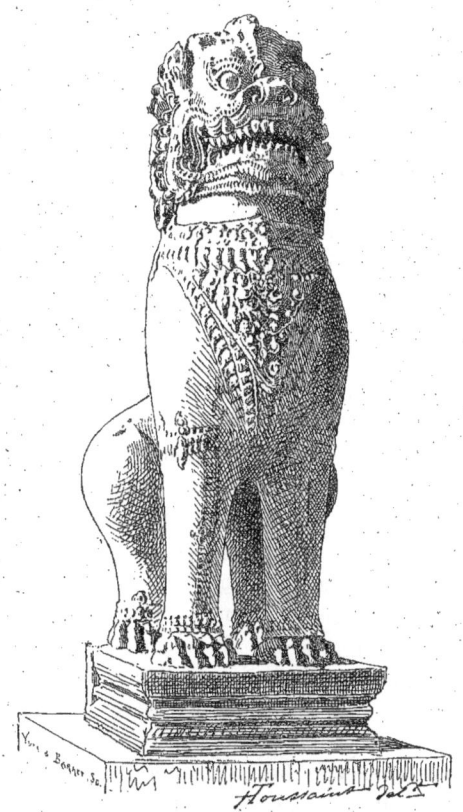

Un lion gardien d'un escalier de Prea-khan.

n'a pas été conservé, mais qui se maria plus tard et eut une de ses femmes qui devint enceinte. Les devins royaux informèrent le roi des dangers auxquels sa couronne pouvait être exposée, si on laissait subsister et multiplier les membres d'une branche rivale.

Ces sombres pronostics décidèrent le roi à faire assassiner l'épouse

de son neveu dont les devins avaient annoncé la grossesse. On s'empara
de cette malheureuse personne et les bourreaux la traînèrent dans une
immense plaine où ils l'immolèrent ! On la coupa en trois morceaux ; et
comme les bourreaux s'éloignaient persuadés d'avoir rempli leur tâche,
l'enfant sortit des entrailles de la victime et un génie, sous la forme
d'un oiseau, se trouva là à propos pour protéger et couvrir de ses ailes
le nouveau-né.

Un pasteur nommé Ta-cuhé trouva cet enfant ; il l'emporta dans sa
cabane et l'adopta. Un jour, ce vieux pasteur étant occupé à faire rentrer
son troupeau, lança son bâton sur un des animaux et le sort voulut que
son arme allât tomber dans un ruisseau profond où on ne put la retrouver. Chaque fois que le pâtre passait près de ce ruisseau, il ne manquait
pas de dire : « Voilà l'endroit où j'ai perdu mon bâton. » Les habitants
des environs, qui savaient les regrets du pasteur, disaient, eux aussi :
C'est là que Ta-cuhé perdit son bâton. Peu à peu on s'habitua à ne plus
désigner ce lieu que par ces mots : Bat-dombang (endroit où le bâton a
été perdu[1].

Mais, chose merveilleuse, le fils adoptif de Ta-cuhé était marqué aux
mains, et à la plante des pieds, d'un des signes caractéristiques des
grands génies, c'est-à-dire d'une figure de cercle, ou de roue, que les
Cambodgiens désignent sous le nom de Cang-chac (Tchatra). Dès ces
premières années, il montra une intelligence précoce et supérieure ; les
quelques mots qu'il prononçait déjà contenaient des oracles que l'on
écoutait et dont chacun faisait son profit, car jamais il ne dit rien qui ne
fût juste et vrai. Aussi, il fut bientôt l'objet d'une grande vénération et le
peuple des alentours se pressait autour de lui pour le contempler et
l'écouter. Cet être dont la naissance était miraculeuse, ainsi que toutes
ses actions, est connu sous le nom de Bacsey-cham-crang (le protégé de
l'oiseau).

Ce ne fut que lorsque Bacsey-cham-crang eut atteint sa septième année, que le roi Prea-chau-santhop-ammaren apprit, par les devins, qu'il
existait, malgré les précautions qui avaient été prises pour le tuer dans
le sein de sa mère. La nouvelle que l'enfant portait sur lui le trente-
unième signe du génie et de la souveraineté, mit le roi dans la stupeur
et il donna à l'instant des ordres pour qu'il fût cette fois exterminé sous

---

[1] C'est le nom du chef-lieu d'une province aujourd'hui siamoise et que l'on écrit impropre-
prement Buttambang.

ses yeux. Pour le retrouver plus sûrement, on fit venir au palais du roi tous les enfants mâles du royaume âgés de moins de dix ans, et des mandarins de confiance leur passaient l'inspection des mains et des pieds, afin de reconnaître au signe Tchatra celui d'entre eux qu'ils recherchaient avec autant de soin. C'est grâce à cette marque que Bacsey-cham-crang fut reconnu. Le vieux Ta-cuhé, qui comprit de suite le danger imminent que courait son fils adoptif, l'entraîna vivement au dehors et tous deux s'enfuirent à travers les forêts. Malgré les efforts des agents de S. M., on ne parvint pas à arrêter les fugitifs, qui se dirigèrent vers Batdombang, traversèrent ensuite le grand lac et ne s'arrêtèrent qu'à Chungprey. Ils passèrent la nuit là; et par une faveur spéciale accordée à ces hôtes intéressants, l'esprit tua tous les moustiques et depuis il n'en a plus reparu dans ce lieu.

Le lendemain, Ta-cuhé et son fils continuèrent leur voyage vers l'est. Arrivés sur les bords du Mëcong, et ne trouvant aucune barque pour traverser, Cham-crang ordonna à deux grands arbres placés vis-à-vis, l'un sur la rive droite et l'autre sur la rive gauche, de s'incliner l'un vers l'autre, de manière à former un pont provisoire sur lequel les deux voyageurs passèrent. L'un de ces arbres était un roca, et l'endroit où il se trouvait porte encore aujourd'hui le nom de Roca-cong (roca courbé). Le deuxième arbre était un lovéa (figuier) et la rive où il était s'appela Lovéa-té (le figuier incliné).

Arrivés à Prea-vihéar-suor, Ta-cuhé coupa une grande branche d'un chrey, qu'il planta en terre de manière à faire un abri à son protégé; cette branche prit aussitôt racines, le tronc et le bouquet se développèrent rapidement de manière à projeter une grande ombre sur le sol où les voyageurs s'étaient arrêtés. Le jeune Bacsey dormait tranquillement, lorsque son protecteur, prenant le bruissement des feuilles agitées par la brise pour le bruit des pas d'une troupe en marche, l'éveilla brusquement. La méprise ayant été reconnue, Bacsey-cham-crang se fâcha et, dans sa colère insensée, il résolut la mort de son protecteur. Le jour venu, les deux malheureux fugitifs s'éloignèrent de ce lieu que vinrent fouiller bientôt des soldats lancés à leur poursuite. Ta-cuhé, afin de dérouter ces chercheurs infatigables, eut l'idée d'embarquer son fils adoptif dans une pirogue et de le conduire lui-même sur un plateau que n'avaient pas encore envahi les eaux du Mëcong débordé. Arrivés là, ne se sentant pas encore assez éloignés et cachés, ils se rembarquèrent et suivirent une autre direction. Bien leur en prit, car le détachement qui les poursuivait, guidé sans doute par les renseignements de quelque dénonciateur, se rendit sur cette sorte d'îlot et le visita dans tous les sens, couchant les herbes sous les pieds afin de bien s'assurer qu'elles ne cachaient personne. Ce fut à raison de cette circonstance que ce point prit et conserva toujours le nom de Cuc-chon-chan (terrasse qu'on a foulée).

Bacsey-cham-crang trouva enfin un endroit isolé, où il put prendre quelque repos. C'est là qu'il fut pour la première fois épris des charmes d'une jeune personne, qui vint puiser de l'eau près de l'endroit où il se trouvait. Ce village prit, dès ce jour-là, le nom de Phum-pratéa-néang (le village où l'on rencontra la demoiselle); mais ce nom, qui était destiné à perpétuer un doux souvenir, fut changé plus tard, on ne sait pourquoi, en celui de Phum-pratéa-lang.

Bacsey-cham-crang quitta ce point pour aller se cacher dans une grande forêt, qu'on appela Prey-puon (la forêt du refuge) et qui est connue aujourd'hui sous le nom de Prey-puoch. Il ne se trouva pas plus en sûreté là que dans les stations précédentes; les soldats arrivèrent, et l'ayant aperçu dans un pré, ils se dirigèrent de ce côté pour l'envelopper et l'arrêter. A ce moment, Cham-crang disparut à leurs yeux comme l'ombre d'un fantôme. Les soldats prirent peur, mais leur chef, dont l'ardeur croissait avec les obstacles incessants qu'il trouvait sur son chemin, leur ordonna d'avancer et leur fit couper toute l'herbe du pré, espérant pouvoir trouver ainsi l'homme qu'il cherchait, et qui venait de disparaître sous ses yeux d'une façon qu'il ne s'expliquait point. Le pré, dont l'herbe fut coupée sur l'ordre de cet officier, s'appela Véal-changras (le pré fauché).

Enfin, Cham-crang trouva dans la grotte de Phnom-baset la sécurité pour lui et pour son père adoptif, qui était plus âgé et dont les forces étaient à bout.

Mais la fortune qui, jusque-là, avait été si contraire au malheureux orphelin, allait bientôt lui devenir favorable. Son persécuteur acharné, le roi Prea-chau-sauthop-ammaren, tomba malade et mourut sans laisser de progéniture. Régulièrement, légalement, la couronne revenait à Cham-crang. Les grands mandarins assemblés pour pourvoir à la vacance du trône en décidèrent ainsi; ils firent rechercher le jeune prince qui, n'ayant plus aucune raison de se cacher, se présenta au peuple, qui s'était vivement intéressé à ses malheurs et qui l'acclama. Il fut couronné sous le nom de Prea-bat-somdach-prea-chau-bacsey-cham-crang. Le premier soin du nouveau souverain fut de faire restaurer la grotte de Baset, où avait cessé sa vie d'aventurier et où il avait reçu la nouvelle de son avènement au trône. On grava sur une pierre de la caverne une inscription pour perpétuer le souvenir des circonstances que nous venons de rapporter.

Ainsi qu'il l'avait résolu autrefois, le roi fit exécuter le pauvre Tacuhé, son sauveur; ensuite, il lui fit faire des funérailles solennelles, dont il fit les frais et auxquelles il voulut présider lui-même [1].

Le roi fit élever des temples sur tous les points où il s'était arrêté dans le cours de ses anciennes pérégrinations : à Prea-vihéar-suor, à Cuc-chon-chan, à Tranom-chrung et à Phnom-baset. Ensuite, il songea à se marier.

Dans les temps malheureux, aussi bien que dans les honneurs, le prince avait toujours présente à l'esprit la charmante jeune fille qu'il avait surprise puisant de l'eau à Pratéa-néang. Son élévation au rang suprême n'avait aucunement modifié ses sentiments à son égard, et il s'empressa de faire demander sa main. Il l'épousa et en eut trois garçons. L'aîné s'appela Prea-allas-saréach; le second Prea-votec-réach et le dernier Prea-sênnac-carréach.

A la mort du roi, son fils aîné lui succéda. Le frère cadet succéda à l'aîné et, enfin, le plus jeune des frères monta à son tour sur le trône. Celui-ci eut un fils auquel il fit donner le nom de Prea-siha-réach. Ce prince, devenu grand, s'amusait un jour avec le fils d'un borohet (brahme). Le prince tenait dans ses mains une grosse mouche noire à laquelle il s'était attaché, comme le font tous les enfants pour les bêtes qui ont le malheur de tomber en leur pouvoir. De son côté, le fils du brahme avait une araignée à laquelle il ne tenait pas moins. Or, il arriva que l'araignée, mise en rapport avec la mouche, mangea celle-ci. De là grand émoi parmi les suivantes du jeune prince, qui allèrent raconter au roi ce qui était arrivé, et, afin d'exciter sa colère, elles lui peignirent en termes émus la désolation de son cher enfant. Le roi sur ces simples rapports, et sans autre examen, ordonna qu'on noyât dans le lac Tonly-sap le fils du borohet. Cet ordre fut aussitôt exécuté. Le père de l'enfant sacrifié aveuglément, capricieusement, et pour un motif aussi

[1] Quelle a pu être la cause déterminante d'un aussi abominable assassinat, accompagné d'honneurs funèbres si en disproportions avec le rang de la victime? Les Khmers n'ont jamais pu nous en donner l'explication.

futile, fut indigné, mais comme il n'avait aucun moyen de se venger, il quitta le pays avec sa famille.

Le roi des dragons ayant eu connaissance de cet acte barbare en fut révolté; et pour punir le roi khmer de sa férocité, il vomit une grande quantité d'eau qui inonda en un instant son royaume. Le roi, et tous ceux des habitants qui étaient en possession de barques, s'empressèrent, avant tout, d'opérer le sauvetage du Prea-keu et du Prea-tray-bey-dac (tripitaka, la triple corbeille, c'est-à-dire la collection des livres canoniques du buddhisme). C'est à ce moment que les Chams s'en retournèrent à Banharic-banharang (en langue cham Panry-Panrang).

C'est vers l'époque à laquelle les événements dont nous venons de parler se passaient, que Prea-bat-atichavong, roi de Ayochonac (Ayuthia, ancienne capitale du royaume de Siam), ayant appris que le Cambodge était inondé, envoya une flotte pour sauver le roi, l'idole en cristal du Buddha et les livres sacrés.

Sur ces entrefaites, le roi du Cambodge mourut laissant pour héritier le prince Prea-siha-réach.

Le roi Comphêng-péch (aujourd'hui Muong-Comphêng) fit demander le Prea-keu à son voisin le roi de Siam, afin d'offrir l'idole à l'adoration de son peuple.

Lorsque les eaux se furent retirées du royaume d'Intakpath le prince Prea-siha-réach retourna dans sa capitale. Il eut une fille dont l'histoire n'a pas conservé le nom.

Sous le règne de Prea-siha-réach, un jardinier de Intakpath était renommé pour son habileté à faire venir des concombres d'un goût exquis. On le désignait, à cause de cette spécialité, sous le nom de Neay-trasac-paem (le chef des concombres doux). Il faisait souvent cadeau de ce légume au roi, qui l'appréciait et qui finit par ordonner au jardinier de lui réserver en totalité la récolte de son jardin. Le jardinier ayant fait connaître qu'on le volait pendant la nuit, Sa Majesté lui donna une lance et le droit de tuer avec cette arme, sans risquer d'être poursuivi, tous les voleurs de concombres. Pendant une nuit sombre, le roi ayant voulu s'assurer si le jardinier faisait bonne garde, sortit de son palais sans escorte et s'en alla pénétrer dans l'enclos réservé. Le jardinier l'aperçut, sans qu'il lui fût possible de le distinguer assez pour le reconnaître, et, croyant avoir affaire à un voleur, il jeta sur lui la lance et l'atteignit mortellement.

Le trône devint vacant et le roi n'ayant pas laissé d'enfant mâle, on était dans un grand embarras pour lui trouver un successeur. Les hauts dignitaires du royaume portèrent leur choix sur le meurtrier de leur roi, le jardinier Neay-trasac-paêm. Cet homme, après tout, avait tué le roi en exécutant ponctuellement les ordres de S. M., et on ne pouvait lui en faire un crime; on lui tenait compte, au contraire, du courage qu'il avait déployé à cette occasion. De plus, le peuple attribuait des dons spéciaux, accordés par les dieux, à un homme qui cultivait les concombres comme tout le monde et en obtenait de qualité si supérieure.

Ces considérations déterminèrent le choix des grands mandarins; ils marièrent le jardinier avec la fille du feu roi et ils lui firent gravir, bon gré mal gré, les marches du trône. Il fut couronné sous les noms de Prea-bat-somdach-prea-barom-moha-bapit-thor-mic-moha-réachéa-thiréach. La princesse, son épouse, fut élevée au rang de reine.

Le roi eut de cette union deux fils: Prea-barommo-nipéan-bat et Prea-sithéan-réachéa. Après dix-sept ans de règne, et soixante-dix ans d'âge, le roi mourut et ce fut son fils aîné qui lui succéda.

Comme on a pu en juger, cette première partie des annales est bien sobre de faits précis, de détails et de dates. Les renseignements historiques sur les temps anciens du Cambodge, que nous avons puisés à diverses sources, et que nous allons donner ici, seront une sorte de complément au document khmer.

Malheureusement, les annalistes étrangers, en rendant compte des rapports politiques de leurs gouvernements avec celui des Khmers, ont défiguré tous les noms d'hommes et de lieux. Au Cambodge, on a également retouché, remanié mille fois la chronique officielle, et nous connaissons quelqu'un, que nous aurons la discrétion de ne pas nommer, qui a fait changer le nom qui lui fut donné à sa naissance, et qui fit subir aussi des modifications aux noms et titres de ses prédécesseurs, sous le futile prétexte qu'ils n'étaient pas assez jolis!... Orientez-vous donc, après cela, dans ce dédale de documents officiels ou officieux de provenances diverses, altérés par le temps, par la différence des caractères et des langues qui ont servi à les écrire, par l'intérêt et le caprice des princes qui en ont ordonné à diverses époques la revision.

Le royaume de Chon-lap (Cambodge) était situé, disent les annales de Chine, au sud-ouest de Chiêm-thanh, capitale du royaume de Ciampa[1].

---

[1] Quelquefois, on désigne le royaume de Ciampa par le nom simplement de sa capitale, qui occupait peut-être alors la position de Hué, ou tout au moins cette région.

Il était éloigné de cette dernière capitale de trois mille *lis* chinois [1]. Il y avait des communications par eau et par terre.

Le royaume de Chon-lap (quelquefois appelé Tchin-la par les auteurs chinois) avait, dans le temps, le nom de Kiết-mich, ou de Cambot-tri ; il appartenait au Pho-nan, qui, dans l'antiquité, se nommait Lan-hoang-loa [2]. Les vêtements du peuple de Chon-lap ne se composaient que de fibres de bambous tressées ou tissées grossièrement, d'écorces et de feuilles d'arbres. Le marché ne se tenait que la nuit. Les habitants se servaient de l'odorat pour reconnaître la qualité de l'or.

La première reine de ce royaume s'appelait Diêp-lieu ; elle était originaire du royaume de Diêp-diêu. Un prince du sud [3], nommé Hon-hoi, tributaire de son royaume, lui déclara la guerre. Elle fut forcée de demander la paix et devint l'épouse du vainqueur.

Hon-hoi, voyant que sa femme était presque nue, lui imposa un costume, qui se composait d'une tunique longue, ouverte seulement par le haut pour laisser passer la tête. Les femmes du peuple adoptèrent aussi ce genre de vêtement.

Un bonze de Thiên-truoc (Inde orientale), nommé Kiêu-tran-nhu, pénétra dans le Chon-Lap et y prêcha la religion du Buddha. Depuis cette époque, le buddhisme y est toujours resté en vénération.

Aucune date n'est assignée, dans les annales chinoises, à ces différents événements.

Les faits historiques que nous allons maintenant reproduire, d'après des documents étrangers, sont accompagnés de dates plus ou moins précises.

Les annales de Chine font mention d'une expédition chinoise dans le Pho-nan, 125 ans avant Jésus-Christ, à la suite de laquelle ce pays devint momentanément tributaire du Céleste Empire.

On lit aussi dans ces annales que, en 291 de l'ère chrétienne, sous la dynastie chinoise de Tan, le roi de Lam-ap (Ciampa), qui avait dans le temps usurpé la couronne, fut assassiné et que le pays fut momentanément réuni au Pho-nan.

Suivant le même document, en l'an 300 de notre ère, le royaume de

---

[1] Le *li* est d'environ 400 mètres.

[2] C'est le pays appelé par les Khmers anciens Lah-chang, et que les géographes européens ont fait connaître sous le nom de Lanwas, Lawas et plus tard Laos. Viên-chan devait être la capitale de ce grand État.

[3] De la Malaisie et plus vraisemblablement du Ciampa, car les annales khmers rapportent cette invasion des Chams, mais dans des circonstances différentes.

Pho-nan s'étendait jusqu'au 18e degré de latitude nord et comprenait tous les pays connus aujourd'hui sous les noms de Siam, Laos, Annam, Cambodge et une foule d'autres petits États gouvernés par des princes feudataires.

En 387, le roi de ce pays envoya à l'empereur de Chine des éléphants domptés en signe de soumission et d'hommage.

En 454, le roi de Lam-ap arma une flotte pour attaquer le Chon-lap; cette armée navale débuta par des succès et put s'avancer jusqu'à la capitale.

Les légendaires siamois font naître Phra-ruong (en khmer Néay-ruong) en 407 de notre ère, tandis que l'ancien roi de Siam, qui était un érudit, fixait la date de cette naissance à l'année 999 du Buddha, correspondant à 456 de J.-C. Les légendes cambodgiennes et siamoises sont d'accord pour faire remonter au règne de Phra-ruong l'affranchissement du Siam.

Sous la dynastie chinoise des Tuy, de 581 à 616 de J.-C., le roi du Chon-lap, nommé Sat-Loi, envoya des ambassadeurs en Chine. Celui-ci transmit plus tard la couronne à Y-kim-na.

C'est à partir de 616 que le Pho-nan commence à devenir régulièrement tributaire de la Chine. C'était encore alors un puissant royaume, qui avait, disent les explorateurs chinois du temps, de fréquentes guerres avec l'Annam et d'étroites alliances avec le Siam et le Ciampa.

Vers l'an 618, sous le règne de Chanh-quang, de la dynastie chinoise des Duong, le Pho-nan fut réuni à la Chine. A cette époque, le Pho-nan était limité à l'est par Xa-cu (ancienne dénomination chinoise du Ciampa), à l'ouest par le Chau-ba (Inde), au nord par Cuu-chon (ancienne grande province chinoise du sud), enfin, le Pho-nan était limité au sud par la mer de Chine.

En 627, le roi du Chon-lap réunit tout le Pho-nan sous son autorité. A partir de ce moment, les historiographes chinois ne désignent plus le Pho-nan que sous le nom de Chon-lap.

De 628 à 698, le roi du Chon-lap envoya quatre fois le tribut d'hommage à l'empereur de Chine.

Au commencement du règne de l'empereur chinois Vinh-huy, vers 650 de notre ère, les pays de Cuu-mat, Phu, Na, Gia, Tac, Vo, Hinh, Seng, Kao, situés du côté de la passe de la presqu'île malaise, furent réunis au Chon-lap.

En 722, les Cambodgiens soutiennent un usurpateur qui gouverna l'Annam sous le nom de Hac-dê (empereur noir). Les chroniqueurs annamites désignent aussi le Cambodge sous le nom de Chon-lap.

Les annales de Chine parlent de la division du Chon-lap en deux parties. Cette division aurait eu lieu vers l'an 740, à la fin du règne de Than-long. La partie septentrionale, élevée et même montagneuse, prit le nom de Chon-lap montagneux, ou de Pho-leou (divin Laos) et dont la capitale, selon l'auteur chinois, était Viên-Chan. La partie méridionale, presque entièrement inondée dans ce temps, fut nommée Chon-lap d'eau. Le siège de ce dernier gouvernement était à Intakpath.

En 779, le vice-roi de Chon-lap des montagnes se rendit avec sa première femme à la cour de l'empereur de Chine et offrit à ce souverain onze éléphans privés.

Entre 806 et 820, le Chon-lap d'eau envoya des ambassadeurs porter le tribut en Chine. A partir de ce moment, les deux parties du Chon-lap, séparées administrativement, au moins pendant quelques années, furent réunies de nouveau en un seul État homogène.

Les annales annamites disent qu'en 836 les Cambodgiens et les Chams allèrent rendre hommage au Fils du Ciel, représenté par Muong-tuc, gouverneur du Thong-king. La chronique chinoise constate que le Cambodge paya encore le tribut en 858.

En 860, nouveau versement de tribut du Chon-lap à l'Annam.

Au temps de la dynastie Tong, après 960 de notre ère, le Chon-lap continua à payer le tribut au Céleste Empire. Vers cette époque, le Chon-lap s'empara du Chiêm-thanh (Ciampa). Il changea son nom alors et il prit celui de Chiêm-lap, car l'usage voulait que lorsque deux pays distincts venaient à n'en former qu'un seul, par suite de conquête ou de toute autre raison politique, le nouvel État prenait un nom qui se composait de parties prises dans l'ancienne appellation des deux pays avant leur réunion. C'est ainsi que le Chon-lap et le Chiêm-thanh réunis formèrent le royaume de Chiêm-lap. Ce royaume devint très puissant; plus de soixante petits gouvernements étaient ses tributaires, parmi lesquels nous citerons : Dich, Tung, Sam, Ban, Chon, Li, Dang, Luu, Mi, Dao, Minh, Bo, Cam...

En 1020, le roi du Cambodge rendit hommage au roi du Tong-king, le premier prince de la dynastie des Lé résidant à Kê-cho.

De 1030 à 1090, les Khmers, les Chinois et les Chams réunis firent la guerre au Tong-king, mais sans résultat.

A la fin de 1116, le Chon-lap paya le tribut ordinaire à la Chine. Ce pays avait alors 7000 lieues d'étendue (juste le double de ce qu'il est aujourd'hui).

A la fin de l'année 1120, le tribut fut apporté à la Chine par un général, ministre du Chon-lap. Dans la même année, disent les annales annamites, le roi du Cambodge habitait toujours Intakpath, mais le royaume était bien déchu alors de son ancienne splendeur.

En 1128, l'empereur de Chine conféra une dignité élevée au roi du Cambodge et le titre de gouverneur perpétuel de ce pays. Un résident chinois resta cependant à la cour de ce prince tributaire.

De 1153 à 1156, le Cambodge soumit de nouveau le Ciampa, mais cette domination dura peu.

En 1197, le roi du Cambodge envoya un ambassadeur pour présenter des hommages et des présents à l'empereur d'Annam, qui était redouté de ses voisins à cause de la haute réputation militaire qu'il s'était acquise.

En 1200, le Chon-lap envoya payer le tribut à la Chine.

En 1201, un nouveau roi monta sur le trône du Chon-lap. Il envoya le tribut à la Chine et régna vingt ans. Mais quelques années plus tard, en 1206, ce roi essaya sans doute de s'émanciper, car des ambassadeurs chinois lui furent envoyés pour l'engager à se soumettre, ce qu'il fit d'ailleurs aussitôt.

En 1218, les Khmers et les Chams réunis attaquent l'Annam.

En 1276, l'empereur de Chine envoya un ambassadeur au Chon-lap. Ce pays, encore superbe, se dépeuplait par suite de guerres qu'il eut à soutenir avec le Siam.

Ainsi que nous l'avons dit en commençant, les noms propres sont tellement altérés sur les documents étrangers, que nous avons préféré, afin d'éviter des confusions, les supprimer tout à fait. Nous avons dégagé du fouillis de notes que nous avons recueillies sur le Cambodge, dans les chroniques des peuples voisins, celles qui nous ont paru vraisemblables et nous les avons reproduites sans nous en faire aucunement le garant.

Les divers peuples de l'Indo-Chine ne désignent jamais par le même mot un nom propre, un royaume, une ville déterminés. Autrefois, où les communications entre ces peuples étaient plus incommodes, et partant plus rares, ces différences devaient être encore plus sensibles et nous allons faire voir, par quelques exemples, que cette fâcheuse habitude s'est perpétuée jusqu'à ce jour. Ainsi, Angcor fait en chinois Ungko;

en annamite Logo; en siamois Siéam-réap; en cambodgien Nocor-vat.
— Oudong fait en chinois Ulong; en annamite Oudong; en siamois
Udóng-minh-chay. — La capitale actuelle du Cambodge est appelée
par les Chinois Kim-thac; par les Annamites Nam-van; par les Siamois Phnom-pen et, enfin, par les Cambodgiens eux-mêmes, Phnom-
penh.

On comprendra, après cela, combien il est difficile de combiner
ensemble et d'identifier les diverses données que nous fournissent les
travaux des anciens voyageurs et des historiographes asiatiques. Nous
allons cependant nous engager dans ce chaos pour tâcher d'y trouver
une direction.

D'abord, les chroniqueurs khmers font venir le Buddha dans le sud
de l'Indo-Chine environ une année avant sa mort, ou son entrée dans
le Nirvana. Cette version est nouvelle et bien en désaccord avec ce que
l'on sait sur les voyages de ce célèbre réformateur. Cependant, c'est
bien lui qu'on a voulu désigner, puisqu'on lui donne pour compagnon
son disciple et parent Ananda, qui ne le quittait point.

Les annales chinoises, de leur côté, rapportent que le buddhisme a
été importé dans le Chon-lap, à une époque qu'elles ne fixent pas, par
un bonze nommé Kiêu-tran-nhú.

L'usage universel chez tous les peuples de l'Asie est de faire précéder les noms propres des individus de leurs titres, qualités, vertus...,
alors surtout qu'il s'agit des princes, des sages et des dieux. S'il en est
ainsi dans la circonstance qui nous occupe, on trouvera quelque analogie dans le nom donné au propagateur de la doctrine de Sakya-muni
par les Chinois et les Khmers. En effet, si on retire les qualificatifs qui
précèdent le mot Nhean, que nous supposons être le nom propre du
personnage qu'on a en vue de désigner, et qu'on en fasse autant dans
l'écriture chinoise, il reste d'abord Nhean, que les Khmers prononcent
Nhen; il reste, d'autre part, Nhú, que les Chinois prononcent je ne sais
trop comment, mais que, à cause de l'accent aigu sur l'u, les Cambodgiens prononcent Nhe. C'est un rapprochement qui a son importance et
que nous risquons. Ce pourrait donc bien n'être qu'un disciple du Buddha, comme le prétendent les Chinois, qui accomplit ce voyage, et il ne
faudrait voir dans l'introduction du nom de Ananda dans les annales
qu'un artifice employé par le rédacteur, en vue de donner le plus de
vraisemblance possible à un fait qui pouvait être contesté. Ajoutons,
cependant, que les légendes siamoises rapportent également que le Bud-

dha s'est rendu dans le sud de l'Indo-Chine pour y prêcher sa religion et y recevoir des aumônes.

Les annales khmers, ainsi que celles de Chine, font mention d'une invasion, dans le Cambodge, de méridionaux. Les légendaires chinois attribuent ce mouvement de population à une guerre, suivie d'un mariage entre une princesse du Chon-lap et un prince du sud tributaire, mais que de récents exploits militaires venaient de beaucoup grandir. Les chroniqueurs khmers sont sur le même point historique plus précis et sans doute mieux renseignés; il s'agit, selon eux, des Chams, qui ont dominé dans le sud de l'Indo-Chine 543 ans avant l'ère chrétienne et qui fournirent à cette contrée plusieurs générations de rois.

Les annales de Chine ne parlent du Ciampa qu'à partir de l'année 255 avant l'ère chrétienne. A cette époque, c'était un État fortement cons-titué déjà et qui occupait presque toute la contrée que l'on désigne sous le nom de Cochinchine.

Selon les annales, l'origine indoue des Khmers ne peut être mise en doute. D'après elles, les Khmers proviendraient d'une contrée de l'Inde appelée Couroudasa, dont Indrapastha était la capitale. Cette ville avait été construite par les princes de la race lunaire, qui fondèrent successi-vement Hastinapoura et Cosambipoura.

Certains écrivains ont supposé que l'Intakpath ou Intakpathac des Khmers désignait un pays de la vallée de l'Assam, au sud de l'Himalaya, dont le nom indou est Indaprathoc. S'il en était ainsi, les Cambodgiens seraient originaires du nord de l'Inde, et on comprendra alors qu'ils soient moins foncés en couleur que ceux du centre et même que ceux du sud, qui le sont moins que ces derniers.

L'humiliation qu'on fit subir à Prea-thong et à son peuple lorsqu'on leur coupa les cheveux, et qu'on les désigna sous le nom de Cat-sas (ceux auxquels on a coupé la religion, ou plutôt la marque de la religion) pourrait bien signifier que les raisons que l'on a données de leur dis-grâce ne furent pas les seules, et qu'il s'y mêla sans doute aussi quelque considération d'un ordre religieux. Le prince, et par suite ses peuples, avaient peut-être, contrairement à la volonté de leur roi, embrassé, comme tant d'autres à cette époque dans l'Inde, la religion du Buddha, à laquelle furent hostiles les privilégiés des deux premières castes. L'a-bandon fait par les émigrants de la langue sanscrite, qui était celle des brahmes, et l'adoption du pâli, qui devint la langue sacrée des buddhis-tes, viendrait à l'appui de cette hypothèse. Ces peuples du royaume

d'Intakpath auxquels on coupa les cheveux, seraient-ce les Kambodyas,
dont on parle dans les ouvrages indous, qui habitaient le nord-ouest de
l'Inde, probablement la Bactriane, qui avaient la tête rasée, qui appartenaient à la caste des Kchattryas, et qui furent dégradés pour avoir cessé
tout rapport avec les brahmanes pour l'accomplissement des rites religieux?...

L'union du prince émigré avec une princesse de la race des dragons
est bien étrange, mais les mariages des rois et des princes avec les filles
des demi-dieux, qui pouvaient à la rigueur engendrer sans subir la
souillure d'un corps humain, mais qui ne profitaient pas, paraît-il, de
cet avantage, sont communs dans les légendes buddhistes. Les accou-
plements d'animaux avec des princesses n'y sont pas rares non plus, et
le peuple fervent de Ceylan lui-même n'est, d'après la tradition, que le
résultat de l'accouplement d'un lion avec la fille d'un roi. Sans aller si
loin, les légendaires siamois et annamites font également marier leurs
premiers souverains avec les filles des princes de la race des dragons.
Au surplus, ces messieurs s'étaient sans doute unis simplement avec des
filles indigènes, qui avaient, à cette époque reculée et barbare, des serpents pour objet de leur culte, ce qui n'était pas rare alors dans toute
l'Asie. Les chroniqueurs officiels, voyant là une mésalliance, proclamèrent que les mariages avaient eu lieu avec les princesses célestes elles-
mêmes. C'était là un moyen adroit de couvrir ce qu'on considérait
comme une faute et de mettre au jour la parenté des rois avec les dieux.
Les peuples admirent et prirent au sérieux tous ces mythes et toutes ces
folies, les rois finirent par y croire eux-mêmes et tout cela dure encore
aussi frais, aussi vivace que dans l'ancien temps. Les rois prirent dès
l'origine des noms précédés de titres et de qualificatifs propres à confirmer leur origine divine. Encore de nos jours, ils portent les noms de
Brahma, Vichnou, Siva, Rama et prétendent provenir de la race solaire.
Les princesses s'appellent Kali, Çri, Sita...

Quant à la date de l'arrivée des Khmers dans le sud de l'Indo-Chine,
elle suivit de très près l'époque de leur expulsion de l'Inde, en 443 avant
J.-C., puisque les annales nous apprennent que les Cat-sas émigrèrent
directement dans le Cuch-thloc. Ils trouvèrent, en arrivant dans cette
contrée, des temples consacrés au culte du Buddha.

C'est sous le règne de Prea-thong que furent construits à Cuch-thloc
les trois premiers monuments dômés. En prenant la moyenne de la
durée de ce règne, qui fut de cinq siècles, ces édifices remonteraient à

l'an 125 avant notre ère. Nous ne saurions dire où ils se trouvent ; s'ils n'ont pas complètement disparu, ils doivent être très ruinés, car plusieurs autres, moins âgés, sont bien délabrés aujourd'hui.

Les annales font mourir Prea-thong en 57 de notre ère. Il aurait donc, d'après cela, régné exactement cinq siècles. Nous avions pensé qu'il y avait une erreur soit dans la date de l'expulsion de ce prince d'Indraprastha, soit dans celle de sa mort. Nous avons fait faire plusieurs traductions du texte, qui ont toutes donné les mêmes chiffres. Les indigènes ne voient là rien d'anormal. Suivant eux, l'époux d'une femme de la race des immortels a bien pu obtenir, par l'intermédiaire de sa moitié, cinq siècles d'immortalité. Il y a dans notre Genèse, si nous ne nous trompons, des exemples de longévité de plusieurs siècles. On sait que notre premier père Adam vécut 930 ans. Seth vécut 912 ans... Si, laissant de côté tous ces mythes, nous rentrons dans le cercle des probabilités et de l'histoire, nous dirons qu'il s'agit ici, sans doute, de la durée de la dynastie fondée dans le sud de l'Indo-Chine par Prea-thong. Nous verrons plus tard, dans un autre document semi-historique, que c'est, en effet, ainsi qu'il faut entendre la chose.

On peut admettre aussi que cette grande lacune dans la chronique du Cambodge est due à des guerres étrangères, ou à des divisions intestines, qui ont bouleversé le pays pendant ce temps, et à la faveur desquelles la domination des Chams se rétablit peut-être encore dans le pays, puisque nous les voyons revenir du Laos en 43 de J.-C. organisés fortement et forçant le roi du Cambodge à se retirer à Korat. De leur côté, les annales de Chine nous apprennent que, en 125 avant J.-C., une armée chinoise envahit le Pho-nan, qui devint momentanément tributaire du Céleste-Empire. C'était donc là une époque troublée durant laquelle se succédèrent des événements désastreux pour le pays et pour la dynastie des Khmers. Ces malheurs furent peut-être bien amenés par l'incurie, les fautes et les crimes des princes régnants, et l'on peut alors supposer que leurs successeurs ont passé du noir sur ces pays d'histoire.

Mais voici que les annalistes reprennent le tam-tam et font bien du bruit autour du berceau du petit-fils de Prea-thong, l'enfant de sa fille Sophéa-vodey, qui vint au monde par une grâce spéciale d'Indra et sans grand tracas pour sa mère. L'intervention des dieux dans la procréation des princes n'avait rien d'extraordinaire en Asie, et spécialement en Indo-Chine où le buddhisme n'a pas encore même effacé toutes les traces du passage de la religion brahmanique, qui enseignait que les rois étaient composés de particules émanées des huit principaux gardiens du monde, savoir : Soma (dieu de la lune), Agni (dieu du feu), Sourya (dieu du soleil), Anila (dieu du vent), Indra (roi du ciel), Couvéra (dieu des richesses), Varouna (dieu des eaux), et enfin Ya ma (dieu des eners).

Le petit-fils de Prea-thong reçut le nom de Prea-kêt-méaléa et nous allons voir qu'il justifia les espérances qu'on fonda de bonne heure sur lui à cause de son incontestable origine divine. Il monta sur le trône à la mort de son grand-père, en 57 de notre ère.

C'est pour ce prince que Visvacarma, l'architecte des dieux, dressa le plan d'un beau palais dont il vint lui-même surveiller l'exécution à Intakpath. Les annales ne disent pas quel est ce monument, mais la tradition orale et une foule de légendes s'accordent à désigner Angcor-vat comme la seule œuvre digne d'un pareil architecte. Nous reviendrons plus tard sur toutes ces questions d'âge et d'appropriation des principaux monuments anciens des Khmers.

Les annales font l'éloge de l'administration de ce souverain, ce qui ne doit point étonner, car la hauteur à laquelle les arts et les sciences chez un peuple sont placés, dépend de la bonne qualité et du bon fonctionnement des institutions politiques qui le régissent. En résumé, le règne de Prea-kêt-méaléa fut l'âge d'or du Cambodge ; ce fut l'époque de la culture des arts et des sciences et les plus beaux, ainsi que les plus importants travaux artistiques et littéraires doivent dater de là. Ses successeurs lui furent bien inférieurs ; néanmoins, et grâce à l'impulsion donnée, le royaume profita encore de longues années de prospérité.

Notons, en passant, le fait historique de l'affranchissement du Siam, auquel les annales et toutes les légendes cambodgiennes ou siamoises assignent des dates variables, mais toutes comprises cependant entre 407 et 460 de notre ère. Malgré cette mutilation, le Cambodge continua à jouer un rôle politique important dans l'Indo-Chine. Les historiens chinois nous le représentent bien comme tributaire alors de leur gouvernement, mais, d'un autre côté, sa conquête de tout le Pho-nan, en 627, est une preuve de la vitalité et du ressort que ce peuple avait conservés.

Ce fut en 638 que les livres sacrés du buddhisme furent rapportés de Ceylan et déposés dans un magnifique monument, qui prit dès ce moment le nom de Angcor-vat (la pagode royale). A partir de cette époque mémorable, jusqu'à l'année 1340, les annales sont confuses ; on ne retrouve plus les faits exposés d'une manière précise et les dates font dé-

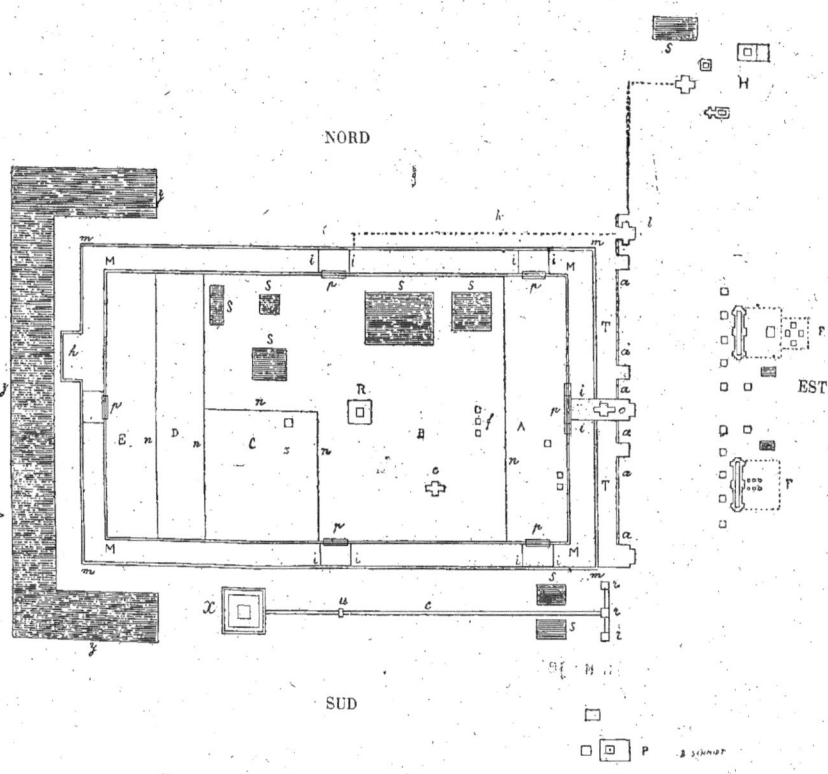

NORD

OUEST

EST

SUD

Emplacement de l'ancien palais des rois à Angcor-thom.

LÉGENDE

F, F. Établissements extérieurs.
a, a, a. Mur de soutènement de la grande terrasse.
H. Groupe de Prea-Pithu.
T, T. Grande terrasse.
O. Belvédère.
l. Belvédère du roi lépreux.
m, m, m. Mur extérieur.
M, M, M. Rempart rectangulaire.
p, p, p. Portes monumentales.
n, n, n. Murs de séparation.
R. Pyramide de Piméan-Acas.
e. Belvédère intérieur.

f. Tours.
s, s, s. Bassins.
z. Fosse.
A, B, C, D, E. Cours.
h. Lieux d'aisance.
k. Mur.
r, r, r. Portiques reliés par un mur à fenê
tres.
c. Chaussée dallée en pierres.
u. Porte monumentale.
x. Grande pyramide de Prea-Phum.
y, y, y. Grand bassin.
P. Pagode avec 2 petites ruines voisines.

faut tout à fait ; on sent que le royaume est en voie de décadence. Le désaccord du chef des dragons avec le roi Sangca-chac pourrait bien n'indiquer qu'une longue lutte entre la race conquérante et les aborigènes, à la suite de laquelle les souffrances du peuple furent considérables, et dont l'affection lépreuse du roi de Campuchéa n'est sans doute que l'image.

Pendant cette période embrumée, la chronique ne consiste plus qu'en une série d'incidents regrettables, d'usurpations et de crimes atroces : c'est un aventurier qui tue le roi et qui s'assied à sa place ; c'est une princesse enceinte qu'on jette au feu pour tuer en même temps le prétendant qu'elle porte dans son sein et qui parvient, lui, à se tirer de ce mauvais pas par un miracle ; ensuite, c'est un roi qui fait couper en plusieurs morceaux le ventre de sa nièce enceinte, de peur qu'elle ne mît au monde un compétiteur dangereux pour ceux qui détenaient alors le pouvoir. Peine et crime inutiles, l'enfant sort par une des blessures, un oiseau le couvre de son aile, un pasteur le recueille, l'adopte, s'expose à mille dangers pour le soustraire au fer des assassins et meurt lui-même, enfin, victime de son beau dévouement et sur l'ordre de son protégé devenu roi !

L'épisode de l'exécution du fils du borohet, dont l'araignée avait dévoré la mouche d'un jeune prince, mérite une attention spéciale. On sait que l'on désigne au Cambodge sous le nom de borohet, préam ou bakus, des individus, aujourd'hui peu nombreux, qui professent le brahmanisme et qui ont voué un culte spécial à Vichnou et à Siva. Il faut voir là les descendants des anciens brahmes. Bien que les annales ne parlent que fort tard d'eux, nous pensons qu'ils ont dû précéder en Indo-Chine les disciples du Buddha, et qu'il y a eu surtout au Cambodge des brahmes avant qu'il y eût des bonzes. Les annales laissent supposer que les deux sectes religieuses ont vécu côte à côte, sans désaccord sérieux, pendant des siècles et qu'enfin la lutte, symbolisée par le combat d'une araignée et d'une mouche, éclata entre elles et se termina par le triomphe des buddhistes soutenus par des princes très probablement ralliés à cette religion. La colère du chef des Nagas contre l'autorité qui avait déployé autant de rigueur et de cruauté à l'égard des brahmes, ne signifie-t-elle point que les aborigènes avaient pris parti pour ceux-ci contre les buddhistes, qui détenaient le pouvoir et qui en usaient peut-être mal ? Les superbes temples khmers, eux-mêmes, peuvent bien avoir souffert de ces luttes entre les deux cultes rivaux. Ces guerres de religion ont dû éclater en Indo-Chine postérieurement au vᵉ siècle, époque à laquelle le buddhisme subit sa plus grande persécution dans l'Inde.

Les légendaires khmers n'ont pas fait grands efforts d'imagination pour composer leurs contes fabuleux; ils les ont calqués à peu près tous sur les légendes des Indous; ainsi, dans l'histoire des jeunes princes recueillis par des bergers, qui les cachent, les élèvent, les préservent des coups qu'on cherche à leur porter et finissent par les conduire plus tard sur les marches du trône, on croit lire les aventures arrivées à Krichna, l'intéressant héros du *Mahabharata*. Au Cambodge, comme dans l'Inde, les détails fabuleux et romanesques de l'histoire des anciens rois sont ceux qui frappent le plus l'esprit du peuple, ceux auxquels il s'intéresse le plus et qui alimentent ses conversations. L'enfance de Moïse est également émaillée d'anecdotes et d'aventures du genre de celles dont nous venons de nous entretenir.

Si nous consultons les annales des peuples voisins, de 638 à 1340, pour tâcher d'y trouver quelques renseignements sur la contrée dont nous nous occupons, nous voyons le Cambodge tributaire de la Chine et nous remarquons que, en 650, malgré son état maladif, il trouve le moyen de s'agrandir du côté du sud de quelques pays de la presqu'île malaise, que son gouvernement intervient dans les discordes civiles de l'Annam et prend parti pour les révoltés, qu'enfin il devient tributaire de l'Annam en 860.

En 960, le Chon-lap s'empare du Chiêm-tanh (Ciampa) et adopte le nom de Chiêm-lap. Au dire des historiens chinois, le Cambodge était encore très puissant lorsqu'il s'annexa le Ciampa; il avait plus de soixante petits États qui lui payaient tribut.

En 1120, la décadence est très marquée; le roi khmer est placé sous la tutelle du gouvernement chinois, qui constitua auprès de lui un agent diplomatique chargé de le maintenir dans l'obéissance. Les guerres continuelles qui commencèrent en 1200 entre le Siam et le Cambodge achevèrent de ruiner ce dernier pays.

Le cataclysme produit par un vomissement du roi des dragons, à la suite des persécutions qu'eurent à subir les brahmes, paraît se rapporter à une époque voisine de 1300 de notre ère. C'était sous le règne de Sênnaccac-réach, auquel succéda son fils, qui fut remplacé par le fameux jardinier régicide. Après celui-ci, nous arrivons à l'année 1340, et les annales prennent une physionomie historique.

Ce fut vers 1300 que les Chams rentrèrent dans leur pays, après avoir vainement essayé de se maintenir au Laos et au Cambodge.

De ce que nous avons trouvé dans la chronique khmer et dans les annales des peuples voisins, il ressort que l'Indo-Chine a été ancienne-ment le champ clos où sont venues s'essayer et se combattre les civili-sations de l'Inde, de la Chine, et sans doute aussi celles des peuples du centre de l'Asie. Ces migrations mongoles et thibétaines doivent être antérieures à l'ère chrétienne et correspondre à l'époque ou des luttes intestines désolèrent ces contrées, et déterminèrent le débordement des peuples du nord vers l'occident, l'orient et vraisemblablement aussi vers le sud. En résumé, on peut dire que l'Indo-Chine a été autrefois le théâ-tre des luttes politiques, le pays de la confusion des idées religieuses et du mélange des races. Les difficultés que l'on rencontre dans toutes les études, dans la recherche de la solution des problèmes relatifs à cette contrée, n'ont pas d'autres causes.

Nous allons trouver dans la deuxième partie de la chronique des renseignements plus précis, mais aussi bien incomplets. Nous avons fait traduire le texte mot à mot et nous nous sommes efforcés, en rédi-geant, de nous écarter le moins possible de la diction des auteurs indigènes.

Quant à l'histoire des deux derniers règnes, elle sera écrite d'après les souvenirs des contemporains qui ont joué un rôle politique ou domestique auprès des rois, et sur des pièces officielles et authentiques.

II

Dans l'année 1340 de J.-C. Prea-bat-somdach-prea-barom-nipéan-bat régnait à Moha-nocor-vat (la grande Angcor) ; il était en paix avec le Laos, le Siam et l'Annam. Il avait deux fils ; Prea-lompong-réachéa était l'aîné, l'autre s'appelait Prea-srey-sorijotey. Ce roi régna six ans et mourut on ne sait à quel âge.

En 1346, Somdach-prea-sithéan, frère cadet du roi défunt, monta sur le trône, mais il mourut trois mois après son avènement.

En 1347, son neveu, Prea-lompong-réachéa, lui succéda et le frère de celui-ci reçut le titre d'obbarach. Les deux princes brûlèrent les cadavres de leur père et de leur oncle, mirent les cendres dans des urnes en or et les enfermèrent dans des tours en maçonnerie. Le roi mourut après trois ans de règne ; il laissa deux fils, Prea-barom-réaméa et Prea-thammo-soccarach.

En 1351, Prea-srey-sorijotey succéda à son frère ; mais avant même qu'il fût couronné, le roi de Siam Prea-chau-utong-réaméa-thuppdey[1] vint à la tête d'une armée et s'empara de Nocor-vat. Le roi khmer, forcé de fuir, se retira avec sa cour dans le royaume de Crung-sisettana-canahut (Laos). Ses neveux prirent également la fuite. Le prince Prea-barom-réaméa se réfugia dans la province cambodgienne de Bassac et son frère dans celle de Péam.

Uthong, roi de Siam, devenu maître de la capitale du Cambodge, nomma son fils Prea-chau-bassat roi du pays. Ce prince mourut trois ans après son avènement au trône et son frère, Prea-chau-baas, qui lui succéda, ne régna que trois mois et fut emporté par le choléra. Le prince Prea-chau-combang-pisey, frère des deux rois précédents, monta sur le trône et ne régna qu'un mois ; il fut attaqué par les deux princes cambodgiens fugitifs, Barom-réaméa et Thommo-soccarach, qui levèrent des troupes dans le sud du royaume et excitèrent le peuple contre le souverain étranger.

Le roi de Siam accourut au secours de son fils ; mais voyant qu'il allait être débordé, il se retira entraînant son fils et quatre-vingt-dix mille Cambodgiens dans la province de Korat. L'ancien roi Sorijotey, qui s'était retiré au Laos, poursuivit l'armée siamoise, l'expulsa de Korat et lui enleva les pauvres habitants que le roi de Siam emmenait pour peupler ses États. Après ce succès, le roi envoya chercher sa famille qu'il avait laissée au Laos et il reprit possession de son gouvernement en l'an 1355.

En 1358, ce roi eut un fils de la reine Prea-akha-mohèsey, auquel on donna le nom de Prea-srey-sorijovong. Le roi fit brûler le cadavre de son frère et les cendres furent déposées dans une tour. Sorijotey régna huit ans et mourut. Les historiens n'ont pas donné la date de sa naissance.

En 1363, Prea-barom-réaméa fut appelé au trône. Il brûla le corps de Sorijotey, son oncle, et fit sceller l'urne funéraire dans une tour. Il mourut après dix ans de règne[2].

[1] C'est ce prince qui, au retour de sa campagne au Cambodge, fonda Ajuthia (Ajodhya), la plus belle capitale de Siam, qui fut plus tard saccagée par les Birmans et définitivement abandonnée en 1782.

[2] En 1368, sous l'empereur de Chine Hong-vo, de la dynastie des Minh, le roi du Cam-

En 1373, le prince Thommo-soccarach succéda à son frère aîné, après lui avoir rendu tous les honneurs funèbres. Il enleva aux Siamois, en 1384, les provinces de Chantabun et de Choloborey, riveraines du golfe de Siam, et ramena au Cambodge 8,000 habitants de cette contrée[1].

En 1388, la première femme du roi accoucha d'un prince nommé Prea-barommo-soccoroch.

En 1393, le roi de Siam se rendit avec une forte armée dans les provinces de Chantabun et de Choloborey; le roi du Cambodge accourut, de son côté, attaqua les Siamois et les défit. Ceux-ci, en se retirant, emmenèrent beaucoup d'habitants de ces deux provinces[2].

Prea-thommo-soccarach mourut après un long règne de vingt-huit ans.

En 1401, Prea-srey-sorijovong, fils de Sorijotey, fut invité par les grands mandarins à monter sur le trône. En 1402, sa première femme lui donna un fils qu'il appela Chau-phnhéa-jat. Le roi fit brûler le corps de son prédécesseur et les cendres furent mises dans une tour. Sorijovong mourut après seize ans de règne et cinquante-neuf ans d'âge[3].

En 1417, Prea-barommo-soccoroch, âgé de vingt-neuf ans, lui succéda. Il brûla le corps de Sorijovong, son oncle, et après la crémation on mit les cendres dans une tour. En 1420, dans la troisième année de son règne, le roi de Siam assiégea Angcor. Les mandarins cambodgiens Phnhéa-khêu et Phnhéa-téy passèrent du côté des Siamois. Le roi mourut pendant le siège et à l'âge de trente-deux ans. Ce fâcheux événement amena la capitulation de la ville, qui avait déjà résisté sept mois.

Chau-phnhéa-jat, fils de Sorijovong, se soumit au vainqueur. Mais le roi de Siam, profitant de sa victoire et voulant laisser sur le trône des Khmers un prince qui lui fût fidèle et dévoué, donna la couronne à son

bodge envoya les tributs d'usage. L'année suivante Hong-vo fit don au roi tributaire d'un sceau. Depuis lors, les rois khmers rendirent hommage à la cour de Chine sans interruption jusqu'au règne de Gia-tinh, en 1522.

[1] Les annales de Siam prétendent que les Siamois s'emparèrent d'Angcor en 1385 et ne laissèrent dans cette capitale, en se retirant, que 5,000 âmes.

[2] En 1394, disent les annales chinoises, le roi khmer envoya comme tribut à l'Empereur 50 éléphants et 6,000 livres de parfums.

[3] En 1403, après le changement en Chine de la dynastie des Nguyens, l'empereurVinh-lac envoya des ambassadeurs au Cambodge. Ces envoyés annoncèrent, à leur retour, que la température de ce pays était ardente, les moissons abondantes, que l'on obtenait le sel en faisant bouillir l'eau de la mer, le peuple était riche et les mœurs policées, les hommes et les femmes portaient les cheveux longs noués en chignon, se couvraient de vestes courtes et d'écharpes en soie et ils n'étaient pas nus comme autrefois. Le huitième mois de la deuxième année du même règne, le roi khmer envoya le tribut régulier à la cour de Chine.

propre fils Phuhéa-prêc, qui régna sous le nom de Préa-chau-entho-réachéa. Les Siamois, en se retirant, emportèrent l'idole de Prea-cu le bœuf divin), un song (lion) en samret et d'autres idoles. Un mois après l'avènement au trône du prince siamois, Chau-phnhéa-jat s'en débarrassa en le faisant assassiner. Cet événement eut lieu en 1421. Les mandarins cambodgiens infidèles, Khêu et Téy, partirent pour Siam emmenant avec eux un grand nombre de Cambodgiens. De son côté, Phnhéa-jat retint au Cambodge beaucoup de soldats et de fonction-naires siamois de l'ancienne cour[1].

Il y eut un interrègne de quelques années, et, enfin, en 1432 le con-seil des grands mandarins appela au trône le prince Phnhéa-jat, qui avait trente ans et qui prit le titre de Prea-bat-somdach-prea-barommo-réachéa-thiréach-réaméa-thuppdey.

En 1434, la première femme du roi accoucha d'un prince auquel on donna le nom de Prea-noréai-réaméa.

En 1435, le roi fit un voyage, avec ses dames et ses mandarins, sur les bords du grand fleuve. Il s'arrêta dans la province de Srey-santhor où il fit construire un palais, près du village de Bassan. Ce roi ne fut couronné, ou sacré, que neuf ans après son avènement au trône.

En 1446, Phnhéa-jat alla avec toute sa cour résider dans un palais qu'il avait fait construire à Chidor-muc (Phnom-penh).

En 1453, ce roi eut d'une de ses femmes un fils qui fut nommé Prea-srey-réachéa.

En 1456, le roi eut encore un enfant qui fut appelé Chau-phnhéa-thommo-réachéa.

En 1457, Prea-noréai-réaméa, fils aîné du roi et de la première femme, eut lui-même un fils, auquel le royal grand-père voulut donner le nom de Prea-srey-sorijotey.

En 1467, Phnhéa-jat, ou plutôt le roi Prea-bat-somdach-prea-barommo-réachéa-thiréach-réaméa-thuppdey, après trente-cinq ans de règne, abdiqua en faveur de son fils aîné, qui fut couronné l'année même, à l'âge de trente-trois ans, sous le nom de Somdach-prea-noreai-réaméa-thuppdey. Le père reçut, après l'abdication, le titre de abjoréach,

[1] En 1421, le prince Chau-phnhéa-jat, que les chroniqueurs chinois appellent Chieu-binh-Nha, envoya à l'empereur de Chine un ambassadeur portant une lettre autographe dans un riche coffret en or, qui devait être offert en présent à l'Empereur, ainsi que des éléphants, des ivoires, des bois de teinture, du poivre, de la cire, des cornes de rhinocéros, des parfums, des paons...

qui revient régulièrement aux souverains qui ont abdiqué. Il mourut quatre ans après, en 1471, à l'âge de soixante-huit ans.

L'année suivante, le roi Prea-noréai-réaméa... mourut après cinq ans de règne, à l'âge de trente-huit ans. On fit ses funérailles en même temps que celles de son père.

En 1472, Prea-srey-réachéa, frère cadet du roi précédent, âgé seulement de dix-neuf ans, monta sur le trône et fut sacré presque aussitôt sous le nom de Somdach-prea-srey-réachéa-thiréach-réaméa-thuppdey. Dès son avènement au trône, le roi envoya son plus jeune frère à Nocorvat[1].

En 1473, le roi eut un fils d'une de ses femmes nommée Tép-bopha, auquel on donna le nom de Chau-phnhéa-damkhat-réachéa. Dans la même année, Prea-srey-sorijotey, neveu du roi, se révolta.

La même année, le roi de Siam s'empara des provinces de Chantabun, de Korat et d'Angcor. Le prince Chau-phnhéa-thommo-réachéa, fils du roi, se rendit dans la province de Baphnom pour organiser des recrues. Pendant ce temps, l'armée siamoise s'empara du roi, ainsi que du prince révolté, et ils furent tous les deux envoyés à Siam.

Le prince Chau-phnhéa-thommo-réachéa revint enfin de Baphnom à la tête de forces imposantes et il finit par obliger les Siamois à se retirer sur leur territoire. Cette guerre dura de 1473 à 1476. Ce prince eut un fils en 1476, qui reçut le nom de Chau-phnhéa-chan-réachéa.

En 1477, le prince cambodgien victorieux, âgé de vingt-un ans, fut proclamé roi sous le nom de Prea-bat-somdach-prea-moha-thommo-réachéa-thiréach-thuphdin. Il éleva sa femme Tép-Bopha à la dignité de reine et elle fut sacrée en cette qualité en même temps que son époux.

En 1479, Prea-srey-sorijotey, le prince rebelle, mourut prisonnier à Siam à l'âge de vingt-deux ans.

En 1482, l'ancien roi Somdach-prea-srey-réachéa-thiréach-réaméa-thuppdey eut, pendant sa détention à Siam, un fils qu'il nomma Chau-phnhéa-ong.

En 1484, ce roi prisonnier mourut à Siam à l'âge de trente-un ans. Dans la même année le roi du Cambodge envoya des ambassadeurs à Siam pour faire des propositions de paix et pour réclamer les Cambodgiens captifs, ainsi que les cadavres de son frère aîné et de son neveu, afin de leur

---

[1] Ce prince fut sans doute envoyé à Angcor pour y organiser la résistance contre les Siamois qui menaçaient cette province, dont ils s'emparèrent malgré tout l'année suivante.

faire les funérailles d'usage au Cambodge. Le roi de Siam consentit à tout, sauf à laisser retourner pour toujours dans son pays le prince Ong, qu'il avait adopté. Il permit qu'on l'emmenât au Cambodge pour assister aux fêtes de la crémation des restes de son père et de son cousin, mais à la condition qu'il serait ramené ensuite à Siam. Ce n'est assurément ni par affection, ni par aucun autre sentiment honorable, que le roi de Siam s'obstinait à vouloir garder le prince Ong auprès de lui. La tactique de ce gouvernement a toujours consisté à avoir sous la main des prétendants tout prêts à devenir des compétiteurs au trône du Cambodge, au cas où ceux qui l'occupaient régulièrement auraient voulu s'affranchir de la tutelle siamoise.

En 1490, le prince Chau-phnhéa-damkhat-réachéa eut un fils de Ménéang-pou; on l'appela Chau-phnhéa-jos-réachéa.

En 1491, un cornac, nommé Ma-chau, de la province de Somrong-thong, offrit au roi un éléphant blanc, haut de trois coudées. On appela l'animal Mon-êra-vonnoréach-cuchen-thor et on fit les cérémonies d'usage pour la réception au palais.

En 1492, le roi se rendit à Phnom-santuc (sorte de montagne sacrée dans la province de Compong-soai) pour présider à des fêtes funéraires; puis il revint dans son palais de Chidor-muc (Phnom-penh). Après dix-sept ans de règne, il mourut dans la trente-huitième année de son âge, vers l'année 1494. On fit pour ce roi les fêtes de crémation d'usage.

En 1494, le prince Damkhat-réachéa, âgé de vingt-un ans, fut couronné sous le nom de Somdach-prea-srey-succon-thorbat-réachéa-thiréach-réaméa-thuppdey et il alla habiter Bassan. Le frère cadet du roi, Chan-réachéa, resta dans le palais de Chidor-muc.

En 1498, un individu nommé Néai-can, de la caste des Prea-vongsa, se mit à la tête d'une conjuration et réussit à chasser le roi de Bassan. Celui-ci se réfugia avec sa suite et ses partisans à Stung-sen (province de Compong-soai).

Le prince Chan-réachéa fut lui aussi expulsé de Phnom-penh par les conjurés et forcé de se retirer à Pursat.

Néai-can fut proclamé roi à Bassan. Dès le début, il souilla son trône en faisant assassiner le roi qu'il venait de détrôner. Le fils de la victime, le prince Jos-réachéa, qui n'avait que neuf ans, échappa aux assassins et fut conduit auprès de son oncle à Pursat.

Néai-can, qui avait formé le projet de se débarrasser de tous les princes, afin de s'assurer l'avenir, marcha lui-même à la tête d'une

armée contre les hauts dignitaires de l'ancienne cour refugiés à Pursat
et qui s'étaient, depuis la mort du roi, mis sous l'autorité et l'entière
disposition du prince Chan-réachéa, frère du roi assassiné. Mais l'usurpateur ayant subi un échec décisif, renonça enfin à ses attaques et il se
retira à Srey-santhor.

Après ce succès sur les rebelles, Chau-phnhéa-chan-réachéa s'avança
avec son armée dans le pays et il alla camper à Oudong. Dans la nuit du
15 novembre, il aperçut dans le ciel, vers l'orient, un beau feu brillant qui
lui parut être de bon augure. Il gravit le lendemain la colline de Prea-
reach-chéa-trop pour y faire un vœu et implorer les dieux de lui assurer la victoire sur ses ennemis. Il monta résolument ensuite sur l'éléphant blanc et il se rendit à Babor, qui a été la capitale du Cambodge.
Là un religieux fit cadeau au prince d'une barque nommée Srai-andêt
(l'algue flottante), et celui-ci continua sa route jusqu'à Pursat.

En 1505, Chan-réachéa, qui avait pris la direction des affaires
et surtout de la guerre contre l'usurpateur, reçut des hauts dignitaires le sceau royal, prélude d'investiture en attendant les cérémonies du couronnement et du sacre. Il avait alors vingt-neuf ans; il
se retira à Pursat, afin d'y organiser une armée en vue de combattre à
outrance le meurtrier de son père, qui exerçait en réalité le pouvoir dans
presque tout le royaume. Dès que son armée fut constituée, il s'embarqua sur la Srai-andêt et alla combattre Néai-can, qui fut tué dans la
première rencontre [1].

Après cet important succès, Chau-phnhéa-chan-réachéa retourna à
Babor. Le chef d'une bonzerie alla le trouver pour lui dire qu'un saint
lui était apparu dans la nuit et lui avait indiqué la forêt de Ngo-nguy (du
sommeil) comme un endroit favorable pour l'édification d'une pagode.
Le roi donna aussitôt des ordres pour que ce temple fût construit en
mémoire des succès qu'on venait d'obtenir; il fut en outre décidé que
la barque Srai-andêt, que les religieux avaient bénie et à l'influence de
laquelle on attribuait tous les bons résultats de la campagne, serait
transformée en une grande idole du Buddha destinée à occuper l'autel
du nouveau temple. Cette pagode, qui existe encore à Babor, renferme
des bas-reliefs sur bois et quelques idoles en grès, en bois et en métal
remarquables.

En 1506, le roi se rendit à Babor pour assister à l'inauguration du

---

[1] Sans doute dans un combat naval.

temple commémoratif, auquel on donna le nom de Vat-prea-put-léai-leac (la pagode du beau Buddha). Cette cérémonie finie, le roi revint à Pursat où il décida que la citadelle qu'il avait fait construire là, et qu'il habitait, prendrait le nom de *Citadelle de la Victoire*.

En 1507, le prince Chan-phnhéa-jos, neveu du roi et fils du souverain assassiné, mourut à l'âge de dix-huit ans. On fit en même temps les funérailles du fils et du père, dont on alla rechercher les dépouilles à Compong-soai.

En 1510, le roi eut un fils qu'on appela Prea-barom-réachéa. Dans la même année, Sa Majesté le roi de Siam envoya des ambassadeurs pour demander au roi du Cambodge l'éléphant blanc qu'il possédait. Cette demande était basée sur des titres de suzeraineté et sur l'usage qui faisait aux tributaires l'obligation d'envoyer à leur suzerain tous les éléphants blancs qui étaient pris dans leurs États. Les envoyés n'ayant rapporté qu'un refus, le roi de Siam envahit de nouveau la province d'Angcor. Il en fut bientôt chassé par les Khmers qui firent dans cette courte expédition une dizaine de mille prisonniers qui furent emmenés à Pursat.

En 1528, le roi alla s'établir à Lovec où il avait fait élever une citadelle et un palais. En 1529, il fut sacré ; il était alors âgé de cinquante-trois ans. Un jour qu'il se promenait dans les forêts des environs, il remarqua une pierre presque entièrement enveloppée par le bois d'une branche de kaki. Frappé de ce phénomène, il résolut d'employer la pierre et l'arbre à la confection de quatre idoles du Buddha réunies dos à dos. La pierre servit de socle au groupe, dont les quatre figures faisaient face aux quatre points cardinaux. Cette quadruple idole de Sakya-muni fut livrée à l'adoration des fidèles en 1530, après la cérémonie dite appisèc, qui consiste, comme nous le savons déjà, à dessiner les yeux sur la face de l'idole, que l'on consacre ensuite par trois jours de prières.

Vers cette époque, le roi alla s'établir au pied de la colline de Prea-réach-chéa-trop, à Oudong, pour surveiller la construction d'une pagode et d'une statue colossale du Buddha en maçonnerie. Il fit élever aussi une pagode sur le piton oriental de la colline pour abriter un Buddha couché ; on creusa en même temps deux bassins, un au nord connu sous le nom de *Bassin du Souvenir*, l'autre à l'ouest s'appelant *Bassin des Banians* et, enfin, un troisième au nord-est appelé de nos jours *Mare du Samret*. Dans un autre endroit, on ferma par de hautes palissades les issues par où les eaux pluviales pouvaient s'échapper et il se forma sur

ce point une immense pièce d'eau qui reçut le nom de *Mare du Marché
du fer*, ainsi dénommée à cause des exploitations de minerai de fer qui
se formèrent sur ses bords et des industries métallurgiques auxquelles
ces exploitations donnèrent lieu.

Ces travaux une fois terminés, on défricha les forêts des environs et
on les convertit en immenses rizières destinées à fournir le riz nécessaire à la consommation des nombreux desservants des temples récemment construits. Des hommes de corvée furent affectés spécialement à
ces cultures.

Lorsque les pagodes de la colline de Oudong furent achevées et les
idoles dorées et consacrées, le roi donna au chef religieux le titre de
Prea-moha-théattoc-thé et retourna ensuite dans son palais de Lovec.

En 1531, le prince cambodgien Chau-phuhéa-ong, que le roi de Siam
avait adopté, fut mis à la tête du gouvernement de la province siamoise
de Suvannatuc (aujourd'hui Sangkhalok). Ce prince avait alors cinquante-
deux ans.

En 1532, suivant la chronique siamoise, Lovec fut prise par les
armées du roi de Siam. La chronique khmer est muette sur ce fait historique pourtant très vrai et fort important.

En 1534, le roi de Siam organisa une armée de quatre-vingt-dix
mille hommes; il en confia le commandement au prince Ong, que nous
savons être un prince cambodgien retenu au Siam en vue de projets que
nous avons indiqués et qui maintenant se réalisent. Ce prince reçut
l'ordre d'envahir le Cambodge, son propre pays, pendant qu'un officier
siamois opérait sur la côte du golfe de Siam un débarquement avec
cinq mille hommes.

Le roi du Cambodge envoya son cralahom attaquer le corps de débarquement, et lui-même se porta à la rencontre de l'armée d'invasion qui
s'était avancée jusqu'à Pursat.

En chemin, le roi khmer aperçut des bourgeons sur le tronc d'un
vieux banian mort depuis longtemps, au dire des gens du pays. Sa Majesté crut voir là un présage favorable et s'arrêta pour faire des offrandes à l'esprit qui l'avait produit. Ensuite, il n'y eut plus qu'à marcher
vers l'ennemi. Au premier engagement, le général de l'armée siamoise,
le prince Ong, fut tué raide sur son éléphant par une flèche; plusieurs
chefs furent atteints mortellement à côté de lui et l'armée siamoise
perdit là près de la moitié de son effectif, beaucoup d'éléphants et des
armes de toute espèce; elle se dispersa après ce grave échec et ne fut

plus en état de rien entreprendre. Le commandant de l'armée navale, Phya-réach-vongsan, fut également vaincu et se retira à Siam.

Après la campagne, le roi du Cambodge fit rendre les honneurs funèbres au prince Ong, son parent, dont le cadavre était resté en son pouvoir. Ensuite, suivant le vœu qu'il en avait fait avant la guerre, il fit construire une pagode auprès du vieux banian qui reverdit si à propos pour annoncer une grande victoire. Les ustensiles en or du prince tué, et tout l'or et l'argent qui furent pris sur l'ennemi, servirent à fondre des idoles du Buddha destinées à orner le temple. On donna à la pagode le nom de Pu-méan-bon (la pagode du banian tout-puissant). Disons, en passant, que lorsque l'on désignait ainsi des arbres, des montagnes, etc., on entendait parler des esprits qui les habitaient.

En 1538, la reine Somdach-prea-pheaccac-vodey-srey-tip-tida accoucha d'une fille à laquelle on donna le nom de Prea-tivi-khsattrey.

En 1543, le prince Prea-barom-réachéa, fils aîné du roi, eut un fils que l'on appela Prea-satha.

En 1548, le même prince eut un autre fils inscrit sur la chronique sous le nom et les titres de Prea-srey-sopor.

En 1554, naissance d'un troisième garçon appelé Chau-phnhéa-an.

En 1555, il naît une fille au prince Prea-barom-réachéa, qui reçut le nom de Prea-socchéat-khsattrey.

Cette même année, le roi Chau-phnhéa-chan-réachéa mourut après cinquante ans de règne et à l'âge de soixante-dix-neuf ans. On célébra ses funérailles avec une grande pompe.

En 1556, le prince Barom-réachéa, âgé de quarante-six ans, fut appelé au trône et couronné sous le nom de Prea-bat-somdach-prea-barominteac-réachéa-thiréach-réaméa-thupphdey. Sa première femme Méali fut sacrée reine sous le titre de Somdach-prea-phuccac-vodey-srey-rot.

En 1557, le roi fit des levées de soldats. Il organisa une flottille sur le golfe de Siam, dont il confia le commandement au Butés, un mandarin attaché à la marine. L'armée de terre fut divisée en deux corps chacun de dix mille hommes, commandés par les mandarins Moha-sèna et Jothéa-sangcréam. Ces préparatifs étaient faits en vue d'une guerre offensive contre le Siam. L'armée navale attaqua les provinces côtières de Chantabun et de Rojang, tandis que les corps de troupes envahirent les deux provinces de Chhac-chhung-sau et de Naruong, situées au nord des deux premières. Cette conquête coûta la vie à beaucoup de chefs;

du côté des Khmers on perdit l'un des commandants de la flottille, le mandarin Moha-thiréach. Les gouverneurs siamois des quatre provinces occupées furent tous tués. Les Cambodgiens ramenèrent chez eux soixante-dix mille prisonniers, soldats ou gens du peuple, qui furent employés à cultiver les territoires dépeuplés. Une partie de l'armée cambodgienne resta dans les provinces conquises.

Les chroniques siamoises et cambodgiennes sont d'accord sur la date de ces événements. La première dit que le Siam sortait d'une guerre terrible avec le Pégou, et qu'il était très affaibli lorsque la guerre commença avec les Khmers. Ajuthia, la capitale, était démantelée, mais elle résista néanmoins aux efforts de l'armée cambodgienne qui renonça à y entrer.

En 1660, le roi du Cambodge, enhardi par ses premiers succès, conçut l'idée de faire une nouvelle expédition dans le nord de ses États. Pour en surveiller lui-même les préparatifs et ensuite l'exécution, il alla se fixer à Angcor, dans le village de Compong-crasang. Il envoya une armée de vingt-mille hommes sous la conduite des mandarins Norin-néajoc et Norintréa-thupphdey, qui s'emparèrent de la province siamoise de Korat et retournèrent au Cambodge après avoir installé un gouverneur de leur choix, qui administra la province au nom et pour le compte du roi du Cambodge.

Cette même année, le roi du Laos, Prea-chau-crung-sisittana-cunnuhut, envoya un éléphant de huit coudées (4ᵐ) de haut, sous la conduite de deux mandarins et de mille soldats, et fit proposer un pari au roi du Cambodge dans le cas où celui-ci consentirait à faire battre un de ses éléphants avec ce colosse. L'enjeu n'était ni plus ni moins que les royaumes de ces deux princes qu'on livrait ainsi aux chances d'un combat de pachydermes. Les Laotiens arrivèrent par la vallée du Mécong et remontèrent jusqu'à Lovec. Le roi était, comme on sait, provisoirement établi dans la province d'Angcor. Informé de l'arrivée des Laotiens et du but de leur visite, S. M. s'empressa de revenir dans son palais. Il accepta le pari proposé et on trouva bientôt un éléphant moins grand que celui du Laos, mais qui était doué d'une force et d'une agilité extraordinaires. Les deux animaux furent mis en présence et fortement excités; ils s'attaquèrent avec fureur, le combat dura longtemps, mais il se termina à l'avantage de l'éléphant cambodgien. Le roi khmer ne voulut pas profiter de son triomphe pour s'annexer le Laos; il garda seulement dans son royaume les mille soldats laotiens envoyés pour faire escorte à l'éléphant, et l'animal fut renvoyé au Laos avec les deux mandarins chefs de mission.

Ces sortes de paris ont été de tout temps dans les coutumes des peuples de la Malaisie et de l'Indo-Chine. Les particuliers faisaient battre des coqs, des poissons, des oiseaux; les rois, eux, se donnaient des spectacles plus émouvants et faisaient lutter des colosses, des hommes avec des bêtes et quelquefois des hommes entre eux.

Le premier Européen qui mit le pied au Cambodge pour s'y fixer est, croyons-nous, l'espagnol Gaspard de Cruz, en 1560.

En 1561, le roi du Laos résolut de prendre la revanche de l'échec qu'il avait subi l'année précédente; il envoya son obbarach avec une armée de cinquante mille hommes qui descendit le fleuve dans des barques, tandis qu'une autre armée, forte de soixante-dix mille combattants, commandée par le roi, s'avançait en suivant la rive droite du fleuve. La flotille et l'armée manœuvraient de manière à se prêter un mutuel concours.

Le roi du Cambodge ordonna à son fils aîné, Prea-satha, d'aller avec vingt-mille hommes combattre l'obbarach laotien à Prec-prasap (province de Sithor). Le prince Prea-srey-sopor leva vingt mille hommes dans les provinces d'Angcor et de Compong-soai et se porta au secours de son frère aîné engagé contre des forces considérables à Sithor. De son côté, le roi se mit à la tête des troupes levées dans les provinces de Somrong-tong, Roléar-paier et Pursat et se dirigea droit sur le roi de Bassac qu'il rencontra et qu'il défit près de la colline de Phnom-Santuc (province de Compong-soai). Les princes cambodgiens étaient aussi victorieux sur les bords du grand fleuve. Les Laotiens se retirèrent enfin, laissant au Cambodge un très grand nombre de prisonniers, qui furent réunis dans les provinces de Chung-prey et de Barai sous la surveillance spéciale du mandarin Sen-khang-fa.

En 1562, Prea-chau-crung-srey-ajuthia, roi de Siam, envahit avec des armées nombreuses les provinces de Korat, de Chantabun, de Royang, de Chhac-chhieng-sau et de Naruong, qui lui avaient été enlevées par les Cambodgiens, en 1557 et 1560, et en chassa les troupes d'occupation. Mais le roi khmer ayant aussitôt levé une armée de soixante-dix mille hommes, reprit sur les Siamois la province de Chantabun et enleva, dans cette même campagne, les provinces de Péchborey et de Tomborey. Les gouverneurs siamois moururent en défendant leur territoire. Avant de rentrer dans sa capitale, le roi du Cambodge fit passer les habitants de la province de Péchborey dans celle de Chantabun et réciproquement, et il nomma des mandarins pour défendre et administrer les provinces conquises. Mais ces chefs ne purent se maintenir à leur poste; ils en furent presque aussitôt chassés par un retour offensif des Siamois, qui en prirent de nouveau possession.

En 1564, Neac-néang-pou, épouse de Prea-satha, fils aîné du roi, accoucha d'un fils qu'on appela Prea-chey-chettha. Cette même année, le roi de Siam fit faire des propositions de paix au gouvernement cambodgien.

En 1566, le roi du Laos, excité par le désir de tirer vengeance des échecs successifs que les Cambodgiens lui avaient infligé, équipa une armée formidable de trois cent mille hommes, dont il confia le commandement à l'obbarach. Cette armée fut embarquée sur de longues pirogues de guerre et descendit le fleuve jusqu'à l'île de Chau-ram, en face du village de Roca-cong, à dix-huit milles en amont de Phnom-penh. Le roi du Cambodge, avec cinquante mille hommes seulement, se porta à la rencontre des Laotiens et les vainquit dans un combat naval livré sur le Mécong à l'endroit que nous avons indiqué. Les barques laotiennes furent coulées ou brisées et les fuyards, qui purent gagner le rivage, se sauvèrent comme ils purent; mais comme ils étaient par petits groupes et le plus souvent isolés, la population les arrêtait et les livrait aux autorités. Tous ces prisonniers, que l'on dispersa un peu partout dans le royaume, étaient appelés par les Cambodgiens : *les Laotiens des bateaux cassés*.

En 1567, le roi envoya un ambassadeur à Siam avec la mission de discuter avec le gouvernement de ce pays les clauses d'un traité de paix. Le roi mourut dans l'année à l'âge de cinquante-six ans et après dix ans de règne. On célébra ses funérailles.

En 1567, dans le mois de mars, le prince Prea-satha, âgé de vingt-quatre ans, fut couronné sous le titre de Prea-bat-somdach-prea-barommo-hentac-réachéa-thiréach-réaméa-thupphdey. La femme Neac-néang-pou, épouse du jeune roi, fut élevée au rang de reine, et le prince Prea-srey-sopor reçut la dignité d'obbarach.

En 1568, la reine eut un fils qu'on nomma Chau-phnhéa-tan.

Dans la même année, le roi de Hangsavodey (Hangsavadi, la capitale du Pégou) fit attaquer le Siam par une forte armée. Le roi de Siam, surpris par cette brusque agression, demanda le concours du roi du Cambodge qui lui envoya cent éléphants, cent chevaux et vingt mille soldats commandés par l'obbarach, c'est-à-dire par le prince Srey-sopor. Bien que très jeune encore, le prince Sopor inspirait une grande confiance aux soldats, et il justifia cette confiance en aidant puissamment les Siamois à se débarrasser de leurs ennemis.

Au retour de cette expédition, et arrivés au campement connu sous le nom de *Banian à trois pieds*, le roi de Siam remarqua que le commandant de l'armée cambodgienne restait assis en sa présence, au lieu de se tenir prosterné conformément aux usages. Il lui en fit l'observation et le menaça de peines sévères s'il persévérait. Afin d'intimider le jeune prince, les officiers siamois décapitèrent quelques captifs laotiens, dont les têtes furent exposées autour de son quartier général. Celui-ci, effrayé, ou simplement indigné de ces provocations, rentra au Cambodge et rendit compte au roi des faits que nous venons de rapporter. Les hauts dignitaires présents à l'audience montrèrent une grande indignation, et plusieurs d'entre eux sollicitèrent des commandements pour aller venger l'affront fait à la nation dans la personne de la deuxième autorité du royaume. Parmi ceux qui réclamèrent l'honneur de jouer un rôle dans cette nouvelle campagne contre les Siamois, on peut citer : le premier ministre et les gouverneurs de Compong-soai et de Pursat. On entra en campagne à la fin de l'année 1568, dans un moment favorable, puisque les Siamois étaient encore en guerre avec le Pégou. Cependant une imprudence du premier ministre fit échouer l'expédition : celui-ci, avec seulement dix mille hommes, s'était avancé sur le territoire ennemi jusque dans la province de Néayoc. Là, dans un combat qu'il eut avec les troupes des généraux Sisay-narong et Sirach-déchu, il fut battu, contraint d'abandonner ce que déjà il avait conquis et réduit à la nécessité de ramener ses troupes très éprouvées au Cambodge.

En 1573, une Laotienne nommée Pong, épouse du roi du Cambodge, accoucha d'un fils inscrit dans la chronique sous le nom de Chau-phnhéanhom.

Dans la même année, l'obbarach eut un fils de sa sœur cadette[1], qu'on appela Prea-chey-chêssda.

En 1574, le roi éleva l'obbarach, son frère, à la dignité de abjoréach. Il nomma son fils Tan, âgé seulement de six ans, obbarach sous le nom

---

[1] Le mariage est permis pour les princes entre frères et sœurs consanguins et utérins, mais pas entre frères et sœurs germains.

de Prea-barommo-réachéa et il abdiqua en faveur de son autre fils Prea-chey-chettha-thiréach-réaméa-thupphdey.

L'abjoréach, et son frère Phnhéa-an, désapprouvèrent ces mesures et un certain nombre de mandarins furent de l'avis de ces princes mécontents ou lésés. La division dans la famille royale eut un contre-coup dans le pays, et les services publics, ainsi que les autres affaires s'en ressentirent. Ce fut grâce à ces divisions et à ces troubles que le roi ne put pas donner suite au projet qu'il avait formé de faire la guerre au Siam.

En 1576, le gouvernement siamois fit réoccuper les provinces de Chantabun et de Korat.

En 1577, la première femme de l'abjoréach eut un fils qui fut nommé Prea-outey.

En 1581, le roi de Siam prépara une grande expédition contre le Cambodge. Dès que tout fut prêt, il s'avança lui-même à la tête de cent mille hommes, huit cents éléphants et dix-huit cent cinquante chevaux, par la route de Coi-prea-pichot. Un de ses lieutenants le précédait avec cinquante mille hommes.

Pour arrêter ce flot d'ennemis, l'ancien roi qui avait abdiqué, mais qui continuait à diriger les affaires pendant la minorité de son fils, prit rapidement les dispositions suivantes : le mandarin Bava-néayoc prit position à Battanbang avec vingt mille hommes ; Sên-khang-fa avec dix mille hommes alla renforcer la garnison de Pursat, qui était également de dix mille hommes ; le prince Phuhéa-an fut chargé de garder la pro-vince d'Angcor avec trente mille hommes ; l'abjoréach, avec trois mille hommes, était en deuxième ligne dans les provinces de Roléa-paier et Babor et formait une sorte de réserve aux corps plus avancés. Le jeune roi se rendit, lui, dans les provinces du sud-ouest pour y ordonner des levées. Malgré ces dispositions, les Cambodgiens furent bientôt débor-dés ; les provinces de Battambang et de Pursat furent envahies et les Siamois entourèrent la citadelle de Babor dans laquelle l'abjoréach s'était enfermé. Arrêtés là, mais pouvant disposer encore de beaucoup de troupes, ils détachèrent un corps d'armée qui alla mettre le siège devant Lovec, la capitale.

La résistance prolongée faite par la citadelle de Lovec sauva la situa-tion. Le roi, le prince Au, les gouverneurs Thoméa-dechu, Orchun, Vongsa et Pusluc recrutèrent du monde dans leurs provinces et celles qui n'étaient pas encore occupées par l'ennemi ; ils attaquèrent vivement les Siamois avec ces troupes fraîches, les forcèrent de lever le siège de la capitale et les refoulèrent jusque sur leur territoire.

En 1581, une mission catholique espagnole s'établit au Cambodge.

En 1582, le Cambodge subit deux calamités : le choléra et la famine.

Cette même année, le gouvernement siamois envoya deux bonzes au Cambodge. L'un s'appelait Tec-banho et l'autre So-banho. Ces deux religieux se fixèrent dans la province de Somrong-tong et ils persuadèrent au peuple qu'ils étaient investis du pouvoir de donner à leur gré des maladies et de les guérir. Grâce à ce stratagème, les deux moines prirent un grand empire sur la population.

Le roi, ayant entendu parler de ces deux prêtres extraordinaires, les fit prier de venir demeurer dans le monastère de Prea-inteac-tep (le monastère de l'Ange-Indra) à Lovec même. Là Tec-banho exerça ses sorcelleries sur l'ancien roi qui, comme on sait, avait abdiqué et qui avait perdu récemment la raison. Les médecins étrangers insinuèrent au malheureux prince que s'il était dans cet état, c'était par suite de la volonté du Buddha. Le pauvre fou s'en prenant alors à l'idole de son Dieu, il la fit briser et ordonna qu'on la jetât à l'eau ; on noya également plusieurs autres idoles de Sakya-Muni faites en bois ou en métal. Néanmoins, le bonze So-banho guérit l'ancien roi.

Les deux bonzes siamois ne tardèrent pas à porter ombrage à la population de la capitale. L'abjoréach et quelques mandarins songeaient à les faire arrêter, mais ils prirent la fuite à la première nouvelle qu'ils eurent des dispositions hostiles de l'autorité à leur égard. On attribuait à ces religieux les maux dont souffrait le pays depuis la profanation des idoles. On pouvait voir à beaucoup de signes que les dieux étaient irrités contre les Khmers ; ainsi l'eau du vase de la source sacrée de Banon (province de Battambang) s'évapora, le vase resta vide et fut renversé par une main invisible ; l'épée sacrée des rois khmers se rouilla et les brahmes, qui en étaient les gardiens, ne purent jamais la désoxyder ; la poitrine de l'idole du temple de Prea-héar-suor se fendit et l'on vit couler du sang par l'ouverture.

En 1583, le roi de Siam prépara une nouvelle grande expédition contre le Cambodge. Il réunit cent mille hommes, huit cents éléphants et quinze cents chevaux ; on leva dix mille hommes dans la province de Korat que Phnhéa-pey-borey conduisit à Angcor, en suivant les routes passant par les ponts antiques en pierre connus sous le nom de Spéan-tup (pont nouveau) et Spéan-trêng (pont des grandes herbes). C'est avec ces dix mille hommes, qui furent embarqués dans deux cent cinquante jonques ou pirogues, que l'on attaqua la province de Compong-soai par les affluents du grand lac qui traversent cette province. Une flottille portant vingt mille hommes se dirigea vers le sud, par le lac et le grand fleuve, et alla s'emparer de la province de Bassac (aujourd'hui formant l'arrondissement français de Soctrang). Dix mille Chams incorporés dans l'armée siamoise, et d'autres recrues de la province de Chantabun, commandés par Réach-vongsan, prirent passage dans cent cinquante barques et se dirigèrent par mer sur la province de Ponteai-méas (la citadelle d'or) dont ils s'emparèrent. Ces diverses armées commencèrent ensemble leurs mouvements dans le mois de décembre.

Pour parer à ces nouveaux dangers et repousser l'invasion, le roi démissionnaire crut devoir prendre la direction de la défense. Il expédia l'abjoréach défendre Babor, où se trouvait un ouvrage en terres levées assez bien établi. Le prince An et Phnhéa-chen-chantoc volèrent au secours de Ponteai-méas plus particulièrement menacée. Le jeune roi Prea-chey-chettha se rendit à Baphnom pour exciter la population et la pousser vers l'ennemi. Le cralahom, à la tête d'une flottille, occupa la branche orientale du fleuve, tandis que le Vibol-réach défendait le bras occidental. Phnhéa-bavar-néajoc était chargé de barrer à l'ennemi la route principale et avait pris position avec ses forces à Battambang.

Mais les divers commandants de ces armées n'en tirèrent pas tout le parti possible. A Ponteai-méas, le chef cambodgien Chen-chantoc fut tué et la province bientôt occupée par l'ennemi, qui refoula le prince An jusque dans la province de Srey-santhor. Les provinces de Treang, Bassac et la douane de Compong-crabey tombèrent au pouvoir de l'ennemi. Au nord, les affaires allaient aussi mal et les provinces de Battambang et d'Angcor succombèrent à leur tour. Après ces avantages, les Siamois s'avancèrent sur Babor où l'abjoréach tenait toujours; mais celui-ci se décida à sortir de la citadelle avant qu'elle fût investie et il conduisit son armée à Lovec, la capitale, où il estimait qu'elle pourrait rendre plus de services. L'armée siamoise le suivit de près et vint porter le siège devant Lovec.

A l'approche des Siamois, l'ancien roi se décida à fuir avec les principaux membres de sa famille. Il emmena avec lui sa tante Prea-tévi-khsat et ses fils Barommo-réachéa et Nhom, ainsi que sa première femme. Il se rendit à Srey-santhor, où se trouvait déjà son fils aîné Prea-chey-chettha et le prince An, son frère cadet.

Vers cette époque Prea-réam-chung-prey, cousin ou neveu du roi démissionnaire, profitant du désordre qui régnait partout alors, forma le projet d'enlever la première femme de cet ancien roi. Celui-ci, craignant des embûches et ne se sentant plus en sûreté sur le territoire cambodgien, partit pour Stung-trêng (frontière laotienne) emmenant sa première femme et ses fils Prea-chettha et Prea-barommo-réachéa, ainsi qu'une vingtaine de serviteurs de confiance. La vieille tante du roi se rendit avec les princes An et Nhom à Phnom-péan-chéang, où les suivirent les personnes de la cour et les principaux dignitaires du royaume.

A Lovec, les Siamois s'emparèrent de l'abjoréach et de tous les membres de sa famille. La prise de Lovec est rapportée à l'année 1583 dans les deux chroniques cambodgienne et siamoise. Quant à la scène décrite par le chroniqueur siamois, qui prétend que le roi de Siam victorieux lava ses pieds dans le sang du roi du Cambodge, elle est de pure invention, car nous allons voir que le roi était ailleurs et que l'abjoréach seul fut fait prisonnier et conduit à Siam.

La garde de la citadelle de Lovec fut confiée au général siamois Moha-montrey, auquel on laissa vingt mille hommes.

L'abjoréach khmer, et environ cinquante mille prisonniers de guerre ou habitants, furent entraînés vers Siam. Plusieurs de ces malheureux parvinrent à s'échapper pendant la route et les autres, ainsi que les princes que l'on surveillait de plus près, suivirent l'armée ennemie jusqu'au bout.

A la faveur de tous ces désordres, et profitant surtout de la dispersion des membres de la famille royale, Prea-réam-chung-prey, dont la pensée n'avait eu d'abord pour objet que l'enlèvement d'une princesse, postula pour le trône et parvint à s'y asseoir. Son premier soin, en prenant le pouvoir, fut de débarrasser le sol du pays des soldats étrangers. Il se rendit dans ce but à Lovec, tua le commandant siamois et fit un carnage des vingt mille hommes constituant l'armée d'occupation. Après ce succès, l'usurpateur revint à Srey-santhor.

En 1584, Somdach-prea-barommo-hentac-réachéa... qui avait abdiqué depuis l'année 1574, mourut à Stung-trêng à l'âge de quarante-un ans. Son fils Prea-chey-chettha, le roi fugitif mais légitime, mourut là aussi dans la même année à l'âge de vingt ans. Après ces deux malheurs la reine et le prince Prea-barommo-réachéa allèrent s'établir dans la province de Thbong-khmum.

En 1585 un étranger nommé Vélo, sans doute Portugais, qui avait été honoré de l'affection du roi Prea-barommo-hentac-réachéa, quitta Stung-trêng après la mort de son bienfaiteur et du jeune roi, et il se rendit au Cambodge avec la résolution de venger cette famille infortunée de ses détracteurs. Il arriva à Srey-santhor avec seulement dix hommes armés, mais déterminés comme lui. L'usurpateur ayant appris l'arrivée de Vélo, et soupçonnant ses desseins, voulut le faire arrêter, mais celui-ci attaqua vivement le palais et parvint à tuer le roi d'un coup de fusil. Après cet attentat, Vélo se rendit auprès du prince Prea-barommo-réachéa, réfugié, comme nous le savons, à Thbong-khmum et il le ramena à Srey-santhor, au grand contentement des habitants, qui s'étaient pris de pitié pour cette malheureuse famille.

Peu de temps après, dans les premiers mois de l'année 1586, ce prince fut couronné ; il n'avait alors que dix-huit ans.

Dans la guerre civile qui venait d'avoir lieu, les Européens fixés déjà au Cambodge prirent parti pour les princes légitimes. En dehors de Vélo, dont les annales glorifient le dévouement et les exploits, le Portugais Béloso et l'Espagnol Gonzalès jouèrent des rôles actifs, que le jeune roi récompensa en conférant à ces messieurs de hautes dignités et en faisant même épouser à l'un d'eux une princesse. Ce fut alors, croyons-nous, que l'administration de la province de Baphnom fut confiée au Portugais Don Diégo, et celle de la province de Treang à l'Espagnol Blas Castilla.

Pendant la guerre contre l'usurpateur, Béloso et Gonzalès avaient été successivement députés aux Philippines pour demander au capitaine général espagnol des secours contre les révoltés. Ils obtinrent une centaine de soldats réguliers qui se rendirent au Cambodge sous la conduite d'un dominicain, ce qui ne doit étonner personne, car les moines sont tout-puissants à Manille, et on les voit encore à l'heure présente, mêlés à toutes les affaires, voire même dans les conspirations tramées par les indigènes contre le gouvernement métropolitain.

Cette même année, le Cham Porat et le Malais Lac-smina, fixés tous les deux dans la province de Thbong-khmum, se proclamèrent chefs indépendants, et, pour soutenir leur autorité, ils organisèrent une armée composée en très grande majorité de Chams et de Malais.

Le roi ayant voulu aller lui-même réprimer cette rébellion, fut tué dans le premier engagement.

En 1587, le prince Chau-phnhéa-an, alors âgé de trente-trois ans, vint se fixer à Srey-santhor avec sa tante Tévi-khsat et son neveu Chau-

phnhéa-nhom. Les mandarins élevèrent le prince An au trône sous le
nom de Somdach-prea-barommo-réachéa-barommopit. Sa première
préoccupation fut de chercher à venger la mort de son prédécesseur; il
leva des troupes, les conduisit contre les Chams et les Malais de Thbong-
khmum et parvint à faire tuer leurs deux chefs Porat et Smina.

La même année, 1587, le nommé Néai-kêu de Phnom-penh se fit
passer pour roi et exigea qu'on l'appelât Sdach-kêu-prea-phlung (le roi
brillant et le dieu du feu). Le roi fit deux tentatives pour s'emparer de
cet aventurier, mais il ne réussit pas. Comme il s'en retournait dans la
capitale, le roi rencontra une femme nommée Téau, épouse du mandarin Phnhéa-thêr, qui lui plut et qu'il voulait emmener avec lui. La
femme s'y étant opposée, elle fut mise en prison. Le mari, indigné de
cet acte de violence, se rendit auprès de l'aventurier qui venait de prendre les titres de « roi brillant et de dieu du feu » et il se mit à sa disposition
pour l'aider à se débarrasser du roi Barommopit. Tous deux combinèrent
un plan qui réussit, car le roi fut tué quelques mois après.

En 1588, le prince Nhom, âgé de quinze ans, administra le royaume
avec le titre de Prea-kêu-féa ou d'obbarach seulement, et les attributions
d'un véritable roi. Les grands dignitaires ne voulurent pas lui donner la
couronne, qu'ils réservaient pour l'abjoréach retenu prisonnier à Siam.
Il réussit à s'emparer du prétendu dieu du feu et il lui fit trancher la
tête; ensuite, il se fixa à Phnom-Penh avec sa grand'mère Prea-tévi-
khsattrey. Mais ce prince était léger et frivole; il ne s'occupait guère du
gouvernement et n'avait du goût que pour la chasse, les jeux, et il s'était
absolument adonné aux plaisirs. Il employait son temps à séduire les
filles du peuple, ce qui lui valut une grande impopularité. Tout était en
souffrance dans le pays et le mécontentement devint aussi général.

Prea-tévi-khsattrey, touchée des malheurs du peuple, et reconnaissant
l'indignité de son petit-fils, prit conseil des grands mandarins et envoya
des ambassadeurs au roi de Siam, pour lui exposer la situation politique
du Cambodge et le supplier de laisser rentrer dans leur pays l'abjoréach
et Prea-outey, qui étaient détenus à Siam depuis la capitulation de Lovek,
en 1583. Le roi accueillit favorablement la demande, qui s'appuyait sur
de bonnes raisons et surtout sur de riches présents, et il renvoya les
deux princes à Phnom-penh, ne gardant comme otage auprès de lui
que Prea-chéy-chiessda, le fils aîné de l'abjoréach. Les princes suivirent
la voie du golfe pour revenir au Cambodge; ils s'arrêtèrent et s'établirent
provisoirement dans l'île Sla-kêt, près du port de Compot, afin de son-

der les dispositions des autorités et de la population à leur égard.

Le prince administrateur, ayant appris l'arrivée de l'abjoréach à Sla-kêt, se rendit avec un grand nombre de mandarins auprès de ce prince pour le complimenter et l'assurer de son respect et de sa soumission.

En 1590, l'abjoréach, âgé de quarante-deux ans, fut appelé au trône; il continua à habiter à Sla-kêt et il éleva à la dignité de reine sa femme Prea-khsattrey. Le prince Outey, fils du roi, âgé de treize ans, fut nommé obbarach et le prince Nhom conserva le titre de Prea-kêu-féa. Le premier soin du nouveau roi fut de pacifier le pays; ensuite il fit les funérailles de ses frères et de son neveu suivant les rites buddhiques.

En 1591, le Prea-kêu-féa-nhom se rendit à Stung, province de Compong-soai, où il souleva la population. Le roi marcha contre lui, le fit prisonnier et le punit suivant les lois.

Le roi de Siam ayant été avisé que de nouveaux troubles venaient de se produire au Cambodge, résolut d'intervenir en faveur du gouvernement menacé. Il envoya l'un de ses fils à la tête de dix mille hommes à Pursat, où il s'établit solidement en attendant d'être bien renseigné sur les événements. A la nouvelle de l'arrivée à Pursat des troupes étrangères, le roi Sorijopor accourut, rassura le chef de cette armée sur la situation du pays et le décida à évacuer le territoire du Cambodge. De son côté, le roi retourna à Sla-kêt.

En 1593, le roi Sorijopor fit construire un palais à Lovéa-em, en face de Phnom-penh, et dans la province de Srey-santhor. Cette province fut divisée en deux parties : l'une conserva l'ancien nom et l'autre prit celui de province de Lovéa-em.

En 1596, les Chinois jaloux de l'influence politique et de l'ascendant que prenaient à la cour les Espagnols et les Européens en général, qui commençaient aussi à être des concurrents redoutables sur les marchés, leur suscitèrent des embarras et des luttes s'ensuivirent, dans lesquelles les Chinois, soutenus par les Malais et les Chams, finirent par l'emporter et par contraindre les Européens à se rembarquer pour les îles Philippines.

Ce fut au commencement du xviiᵉ siècle, et peu d'années après l'expulsion des Espagnols, que les Portugais, chassés de Sumatra par les Hollandais, se réfugièrent en grand nombre au Cambodge.

En 1601, l'ancienne reine Prea-tévi-khsattrey, âgée de soixante-trois ans, tomba malade et mourut. Le roi lui fit faire de splendides funérailles.

A cette époque, le prince Prea-chey-chêssda, fils aîné du roi, que le gouvernement siamois n'avait pas voulu laisser partir en même temps que les autres membres de la famille, était âgé de vingt-huit ans. On lui avait fait commencer ses études de bonne heure et il était entré à l'âge de vingt-un ans dans un couvent. Il quitta l'habit religieux cinq ans après pour entrer au service du roi de Siam, qui fut tellement satisfait de son zèle qu'il lui donna la haute main sur les mandarins chargés des éléphants royaux.

En 1602, Neac-néang-soc, femme du roi, eut un fils auquel on donna le nom de Chau-phnhéa-to.

En 1608, Neac-néang-thong, autre femme du roi, eut un fils qu'on appela Chau-phnhéa-nu.

En 1611, cette dernière femme mit au monde une fille qui fut appelée Prea-ang-vodey.

En 1613, au mois de décembre, l'abjoréach Sorijopor, qui gouvernait le royaume depuis vingt-trois ans, fut solennellement couronné sous le nom de Prea-bat-somdach-prea-barommo-réachéa-thiréach-réaméa-thupphdey-prea-srey-sorijopor. Le roi avait alors soixante-cinq ans. Il éleva Prea-suchéat-khsattrey à la dignité de reine sous le nom de Somdach-prea-phéaccac-vodey-srey sochada.

En 1614, Neac-néang-bossa, femme du prince Prea-chey-chessda, toujours retenu à Siam, eut un fils qu'on nomma Chau-phnhéa-chan. Cette princesse était Laotienne.

En 1616, Neac-néang-san, épouse de Prea-outey-réachéa, eut un fils qui fut appelé Prea-ang-non.

En 1617, le prince cambodgien Prea-chey-chessda demanda au roi de Siam la permission d'aller au Cambodge chercher un éléphant blanc pour le ramener à Siam et l'offrir au roi. Il obtint cette autorisation et la faveur d'emmener avec lui un certain nombre de Cambodgiens que les Siamois avaient faits prisonniers autrefois. Prea-outey alla au-devant de son frère aîné et le joignit à Pursat. Le prince Chessda laissa à Babor, sur les bords du grand lac, les Siamois de son escorte. Il se rendit ensuite, accompagné seulement de Cambodgiens, auprès de son père à Lovéa-em. Les Khmers qui avaient suivi le prince obtinrent de rentrer dans leurs familles.

En 1617, le roi Pre-bat-somdach-prea-barommo... abdiqua en faveur de Prea-chey-chessda, son fils aîné.

En 1618, au mois de mars, Prea-chey-chessda fut couronné sous le nom de Somdach-prea-chey-chessda-thiréach-réaméa-thupphdey-ba-rommopit. Il éleva Prea-outey, son frère, à la dignité d'obbarach. En ce temps-là, le roi d'Annam donna une de ses filles en mariage au roi du Cambodge. Cette princesse était très belle ; elle parvint à se faire aimer du roi, qui la fit reine sous le nom de Somdach-prea-peaccac-vodey-prea-voreac-khsattrey.

En 1619, le roi démissionnaire tomba malade et mourut à l'âge de soixante-onze ans. On brûla son cadavre avec une grande solennité et l'urne en or qui contenait ses cendres fut enfermée dans la tour connue sous le nom de Tray-trong, que l'on peut voir encore sur la colline de Oudong.

En 1620, le roi, la reine et toute la cour allèrent se promener sur les bords du O-Crang-léai, petit lac au sud de Oudong, et dans les forêts de la province de Somrong-tong. Vers cette époque, le roi fit construire un palais à Sras-kêu, au nord et très près de la colline de Oudong. Cette même année les lois du royaume furent revisées.

En 1621, le gouvernement siamois déclara de nouveau la guerre au Cambodge. Un fils du roi de Siam, à la tête d'une armée de cinquante mille hommes, trois cents éléphants et deux cents chevaux attaqua par terre, tandis que le général siamois Phya-thay-nam s'embarquait avec vingt mille hommes pour aller s'emparer de la province de Ponteay-méas.

Le roi du Cambodge ordonna à son obbarach d'aller expulser les Siamois de Ponteay-méas et lui-même se porta au-devant de l'armée ennemie qui arrivait par terre. La rencontre eut lieu à Babor. Dans la première affaire, les Siamois furent défaits et perdirent beaucoup de monde ; la plupart des soldats prirent la fuite et purent gagner la frontière, tandis que quelques-uns, terrifiés, et n'ayant pas trouvé les moyens de se sauver, se réfugièrent dans la pagode de Prea-put-léai-leac. Ils furent pris là et réservés pour la garde et les travaux de la pagode et de la bonzerie. On les employa aussi, avec d'autres prisonniers siamois faits dans des guerres antérieures, à pêcher dans le grand lac pour le compte du gouvernement. Pour rendre hommage aux dieux des succès qu'il avait obtenus dans cette campagne, le roi du Cambodge fit faire une belle statue du Buddha que l'on plaça dans la grande pagode de Babor. Sa Majesté présida elle-même à l'inauguration de l'idole et rentra ensuite dans sa capitale. L'obbarach avait aussi, de son côté, expulsé les Siamois de Pouteay-méas et s'était emparé de plusieurs barques et de beaucoup d'armes.

En 1622, l'obbarach se fit construire un palais en arrière de la mare Cop, proche Oudong et tout près de la route de Compong-luong à Oudong.

Cette même année, le roi de Siam prépara une expédition contre les côtes du Cambodge. Il mit à la tête de cette entreprise son obbarach, qui après avoir essayé vainement de lutter contre une violente mousson contraire, fut contraint de virer de bord et d'aller chercher un refuge dans le Mènam.

En 1623, le roi d'Annam envoya une ambassade avec de riches présents à la cour de Oudong. Le but de cette mission était d'obtenir l'autorisation de fonder des établissements annamites dans l'extrême sud du Cambodge, ainsi que la cession au gouvernement de l'Annam de la douane de Saïgon. C'était une prise de possession déguisée du principal point commercial du Cambodge dans le sud. Le roi khmer, ne pouvant faire autrement, accepta ces propositions et les Annamites s'établirent à Saïgon. Nous verrons par la suite que ce fut d'une manière définitive.

En 1623, dans le mois de juin, Chau-phnhéa-to, alors âgé de vingt-un ans, entra dans les ordres et fut admis dans une bonzerie où se trouvait déjà un religieux qu'il connaissait particulièrement et qui avait une grande réputation d'homme intelligent et instruit. Ce fut grâce aux soins amicaux, au zèle et à la science de ce professeur que le jeune prince se plut dans le monastère et qu'il acquit bien vite les connaissances qu'un homme dans sa position doit posséder.

En 1624, le roi Prea-chey-chessda termina la revision des douze titres du code de lois. Cette même année, la reine, qui était, comme on sait, d'origine annamite, mit au monde une fille à laquelle on donna le nom de Néang-nhéa-khsattrey.

En 1625, le roi mourut à l'âge de cinquante-deux ans. Il avait régné sept ans. Pendant la maladie du roi, l'obbarach s'était fixé au palais pour donner des soins particuliers à son frère et souverain. Ce fut pour lui une occasion de connaître la jeune princesse Prea-ang-vodey, que le roi projetait de marier avec le prince Chau-phnhéa-to. Mais l'obbarach en fut tellement épris qu'après que le roi eut fermé pour toujours les yeux, il l'enleva et la conduisit dans son palais.

L'obbarach présida aux fêtes des funérailles de son frère aîné. Il prit également la direction des affaires du royaume et il s'éleva de lui-même à la dignité d'abjoréach. Il était alors âgé de quarante-huit ans.

En 1628, Néang-suos, femme de l'abjoréach, eut un fils qui fut appelé

Prea-batom-réachéa. Vers cette époque, la jeune Prea-ang-vodey fut élevée au rang de première épouse du régent.

En 1629, le prince Chau-phnhéa-to, alors âgé de vingt-six ans, quitta l'habit religieux qu'il portait depuis cinq ans. L'abjoréach, son oncle, résolut de lui remettre le pouvoir et il le couronna presque aussitôt sous le nom de Prea-bat-somdach-prea-srey-thommo-réachéa-thiréach-réaméa-thupphdey. Le jeune roi se retira dans l'île de Ca-khluc, où il s'occupa surtout de littérature. On attribue à ce prince lettré des poèmes et aussi des travaux historiques.

En 1630, le roi du Cambodge envahit la province de Korat et il en ramena dix mille habitants. Au mois d'avril de la même année, l'abjoréach s'embarqua avec toute sa famille, ses mandarins et ses serviteurs, traversa le lac et alla visiter Angcor-vat. Le roi accompagnait son oncle et il remarqua, durant le voyage, la jeune et belle Ang-vodey devenue, comme nous savons, la première épouse de l'abjoréach. Dans un entretien secret que le roi eut avec la princesse à Angcor, sur l'escalier du Muc-néac (la face des Nagas), ils prirent vis-à-vis l'un de l'autre de doux engagements. Les deux cours retournèrent dans leurs palais respectifs. De retour à Sras-cop, l'abjoréach tomba malade, et le roi, au lieu de s'occuper de faire soigner son oncle, continuait ses intrigues avec Ang-vodey, et finalement celle-ci, profitant de l'indisposition de son mari, s'esquiva et alla se réfugier dans le palais du roi.

Cet enlèvement alluma la guerre entre les deux princes. Dans la première rencontre, le roi eut le dessous et quatre vigoureux Chinois, auxquels il avait confié des commandements, restèrent sur le champ de bataille. Forcé de fuir, le roi se retira avec son amante dans la province de Cancho; on les y poursuivit et ce fut là que les deux amoureux furent tués à coups de fusil. Ce roi avait régné deux ans; il mourut à l'âge de vingt-neuf ans.

Les princes Nu et Chan, frères puînés du roi, envoyèrent chercher son cadavre, ainsi que celui de leur sœur Ang-vodey, et on leur rendit les honneurs funèbres.

En 1631, Chau-phnhéa-nu, âgé de vingt-trois ans, fut couronné sous le nom de Prea-bat-sombach-prea-ang-tong-réachéa-thiréach-réaméa-thupphdey-barommopit.

En 1635, les habitants de Roleang-crul se soulevèrent et le roi envoya des troupes qui apaisèrent le pays. Après cinq ans de règne, le roi tomba

malade et mourut dans la vingt-huitième année de son âge. On lui fit les
funérailles dues à son rang.

En 1636, l'abjoréach couronna Prea-ang-non, son fils aîné, âgé de
vingt ans. Le nouveau roi prit le titre de Prea-bat-somdach-prea-batom-
vongsa-thiréach-réaméa-thupphdey-barommopit. Il éleva la princesse
Angconh-khsattrey, fille de l'ancien roi Prea-chey-chessda, et par conséquent sa cousine, à la dignité de reine, sous le nom de Prea-pheaccac-
vodey-prea-voréach-khsattrey. Quelque temps après, cette reine eut un
fils qui fut nommé Prea-srey-chéy-chét.

Dans cette même année, 1636, Neac-néang-suos, femme de l'abjoréach, eut un fils qui fut appelé Prea-ang-tau et qui reçut plus tard,
sans doute lors de la cérémonie de la tonte du toupet, le nom de Prea-
outey-sorivong.

En 1636, une autre femme de l'abjoréach, nommée Neac-néang-in,
eut un fils qu'on appela Prea-ang-em, et qui porta plus tard le titre de
Prea-kêu-féa.

Cette même année, Neac-néang-mom, femme de l'abjoréach, eut
une fille qui fut nommée Ang-léy-khsattrey.

En 1638, le prince Chan fit assassiner en même temps à Oudong le
roi et l'abjoréach, qui avait alors soixante-un ans. On fit à leurs corps les
funérailles usitées.

En 1638, Chan, âgé de vingt-quatre ans, fut couronné sous le nom de
Prea-bat-somdach-prea-réaméa-thupphdey-barommopit. Avant son avè-
nement au trône, le prince Chan avait eu trois fils, dont voici les noms :
Prea-ang-ni, Prea-ang-voréac-outey et Prea-ang-am.

Ce fut au commencement du XVIIe siècle que les Portugais, chassés de
Sumatra par les Hollandais, se retirèrent en grand nombre au Cambodge.

En 1643, à la suite de démêlés entre Portugais et Hollandais, le chef
de ce dernier comptoir fut assassiné, ainsi que plusieurs autres de ses
compatriotes. Ce fut le signal de la disparition des sujets de cette nation
au Cambodge.

En 1652, Neac-néang-pou, épouse du prince Prea-batom-réachéa,
eut un fils auquel on donna le nom de Prea-ang-chi.

En 1654, Prea-ang-em, qui avait le titre de Prea-kêu-féa, eut d'une
Laotienne un fils nommé Prea-ang-non.

Dans le courant de cette même année, des divisions se reprodui-
sirent dans le sein de la famille royale. Le roi et le prince Prea-ang-em
d'un côté, et les princes Prea-batom-réachéa et Prea-ang-tan de l'autre,

réunirent leurs partisans et ils se firent la guerre. Ces trois derniers princes étaient fils de l'ancien abjoréach que le roi avait fait assassiner, et on est en droit d'être surpris de voir Em prendre parti pour le meurtrier de son père contre ses propres frères. Quoi qu'il en soit, ceux-ci, ayant eu le dessous, se réfugièrent auprès de l'ancienne reine, veuve de Prea-chey-chessda, qui, comme on sait, était d'origine annamite, et ils la décidèrent à demander à l'empereur d'Annam de vouloir bien intervenir pour régler le différend entre les divers membres de la famille royale du Cambodge. Le gouvernement de l'Annam envoya une armée sous les ordres du général Ong-chiêng-thu, qui se décida dès le début à agir contre le parti du roi. Dans le premier combat, le prince Em, l'allié du roi, fut tué et le roi fut pris par les Annamites, enfermé dans une cage de fer et envoyé en Cochinchine, où il mourut à l'âge de quarante ans. Il avait régné dix-huit ans. Mais après avoir vaincu le parti du roi, le général annamite voulait également se débarrasser des deux princes cambodgiens, qui jusque-là avaient été ses auxiliaires dévoués. Il ne réussit pas dans cette nouvelle campagne et fut obligé d'évacuer le territoire avec son armée.

De cette époque seulement date l'immixtion du gouvernement annamite dans les affaires du Cambodge. Les Nguyêns, après s'être affranchis de la tutelle du gouvernement de Kê-cho (Tong-king), et avoir soumis le Ciampa à leur autorité, convoitaient cette nouvelle proie. Le gouvernement siamois, qui s'était fait depuis longtemps à l'idée que le Cambodge était ou serait bientôt sa propriété, vit avec déplaisir les Nguyêns, dont la puissance et l'influence grandissaient chaque jour, intervenir dans les démêlés des membres de la famille royale cambodgienne. Il envoya l'année suivante un ambassadeur à la cour de Ke-cho pour conclure une alliance contre les Nguyêns.

En 1656, Prea-batom-réachéa, âgé de vingt-huit ans, monta sur le trône et prit pour première femme la princesse Neac-ang-léy-khsattrey, qui était sa demi-sœur. Cette même année, Neac-néang-téy, autre femme du roi, eut un fils que l'on appela Prea-ang-sor et qui prit plus tard le nom de Prea-chey-chéttha.

Dans le courant de la même année, Neac-néang-pou, épouse du roi, eut une fille à laquelle on donna le nom de Neac-ang-srey-thida.

En 1657, les Chams et les Malais établis dans la province de Thbong-khmum se révoltèrent. Le roi alla lui-même à la tête d'une armée pour apaiser ce mouvement. Les révoltés furent battus et ils s'enfuirent à travers la province du Compong-soai jusqu'à Angcor. Le roi les y suivit en les harcelant sans cesse et força les chefs les plus compromis à se réfugier sur le territoire siamois, où ils ne pouvaient plus être inquiétés. Tous les meneurs de cette agitation étaient des Malais ou des Chams.

En 1659, Neac-néang-téy, épouse du roi, eut une fille, qui reçut le nom de Neac-ang-khsattrey.

En 1659, les princes Ni, Outey et Am, fils du roi Réaméa-thupphdey-barommopit, qui, comme on sait, mourut en captivité dans le royaume d'Annam, émigrèrent à Siam avec le personnel de l'ancienne cour de leur père, le chef religieux Prea-soccon, plusieurs mandarins et deux mille deux cent vingt-quatre personnes de tous rangs.

En 1662, le roi, alors âgé de trente-quatre ans, qui gouvernait le royaume depuis déjà six ans, reçut l'investiture en même temps que le nouveau nom de Préa-batom-réachéa-thiréach-réaméa-thupphdey-barommopit. Il éleva Neac-ang-ley à la dignité de reine avec le titre de Prea-phaccac-vodey-prea-cham-khsattrey.

En 1663, l'ocuha Sucluc, gouverneur de Pursat, offrit un éléphant blanc au roi.

En 1664, le roi éleva Prea-ang-tan, son frère cadet, à la dignité d'abjoréach, sous le nom de Prea-réaméa-thupphdey.

En 1664, la première femme du roi eut une fille qu'on appela Aug-suchéat-vodey.

En 1665, le roi fit faire les funérailles de ses frères. C'est dans le courant de cette année que le père Chevreuil se rendit au Cambodge, où il séjourna longtemps.

En 1671, le roi maria le prince Prea-srey-chéy-chét avec sa fille Aug-srey-thida. Cette union ne fit naître chez le prince aucun sentiment d'affection ou de reconnaissance à l'égard de son beau-père et de son roi. Il conspira, au contraire, quelques mois après contre lui et le fit tuer par des émissaires qui s'introduisirent furtivement dans le palais.

Après cet attentat, l'abjoréach et le prince Non, craignant pour leur propre sûreté, se cachèrent dans des barques et ils se firent transporter en Cochinchine.

En 1672, Prea-srey-chéy-chét, âgé de trente-cinq ans, fut couronné sous le nom de Prea-tom-sorivong-réachéa-thiréach-barommopit. Ce prince était l'assassin de son prédécesseur au trône et le fils du roi Prea-ang-non, qui fut assassiné à Oudong en 1638. Il força Prea-cham-khsattrey, la veuve de sa victime, à être sa première femme; mais celle-ci s'en vengea en faisant assassiner son nouvel époux par des Malais cinq mois après son couronnement.

En 1673, Prea-ang-chi, fils de l'infortuné roi Prea-batom-réachéa, fut appelé au trône. Il avait alors vingt-un ans.

Cette même année, Neac-néang-pou [1] eut un fils qui reçut le nom de Prea-ang-yang.

Dans le courant de l'année 1673, l'abjoréach et le prince Prea-ang-non, qui avaient quitté le royaume lors de l'assassinat du roi Prea-batom-réachéa... envahirent le Cambodge à la tête d'une bande nombreuse d'Annamites et tuèrent le roi dans un combat [2]. Après cet événement, l'abjoréach devint malade et mourut à l'âge de vingt-sept ans. On fit les funérailles du roi et de l'abjoréach en même temps.

En 1674, Prea-ang-non, fils de Prea-ang-em, âgé de vingt ans, prit la direction des affaires avec le titre de abjoréach et sous le nom de Somdach-prea-batom-réachéa. Cinq mois après l'avènement de ce prince au pouvoir, Prea-ang-sor, désigné aussi dans les annales sous le nom de Prea-chey-chettha, fils du feu roi Prea-batom-réachéa, âgé seulement de dix-huit ans, revendiqua ses droits à la couronne, réunit des partisans, souleva une partie de la population, engagea la lutte contre les hommes qui s'étaient emparés du pouvoir, les força à abandonner leurs positions et à se réfugier en Cochinchine. L'abjoréach se retira avec sa famille sur la montagne Deuca, située sur la frontière de l'Annam avec le Cambodge. Là une de ses femmes nommée Neac-néang-em, qui était d'origine chinoise, ressentit dès l'arrivée les premières douleurs de l'enfantement. Au moment de l'accouchement, la montagne s'ent'rouvrit et la princesse mit au monde un magnifique garçon auquel on donna le nom de Prea-ang-em, qu'avait porté son grand'-père paternel.

En 1675, Prea-ang-sor, âgé de dix-neuf ans, fut appelé au trône. Il fit construire un palais dans le village de Tranom-chrung, province de Somrong-tong, et il prit Neac-ang-li, sœur cadette de son père, pour première femme.

En 1680, Ang-li eut une fille qui fut nommée Prea-moha-kbsattrey.

---

[1] C'est, sans doute, une femme du jeune roi qui portait exactement le nom de la mère de celui-ci.

[2] Les annales de l'Annam disent que le gouvernement annamite profita de ces troubles pour envahir le royaume khmer et pour s'emparer de Saïgon, Bahria, Bienhoa et des territoires limitrophes, qu'ils remirent à la paix au Cambodge, sauf la citadelle de Saïgon, qu'ils n'évacuèrent pas.

En 1682, l'abjoréach Prea-ang-non, qui s'était réfugié en Cochin-

B.SCHMIDT

Bonze

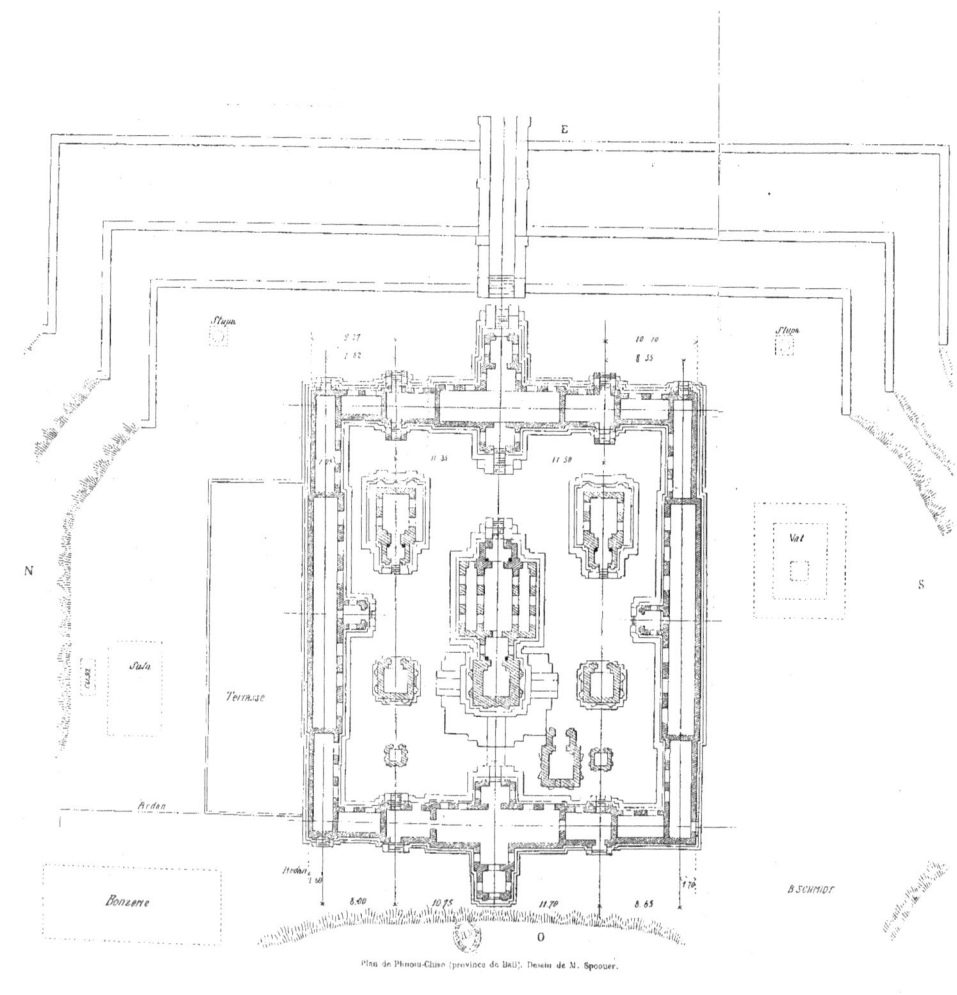

E

N   S

O

Plan de Phnom-Chiso (province de Baü). Dessin de M. Spooner.

En 1682, l'abjoréach Prea-ang-non, qui s'était réfugié en Cochinchine, enrôla sur le territoire de l'ancien Ciampa dix mille Chinois, qui consentirent à s'attacher à sa fortune[1]. Il marcha avec eux sur les provinces cambodgiennes de Bassac (aujourd'hui Soctrang) et de Prea-

Idole du temple de Ta-Prom (province de Bati). Dessin de M. Spooner.

tapéang (Travinh) dont il s'empara. L'abjoréach poursuivit ses succès, remonta jusqu'à Oudong, mais là il fut battu, son armée fut dispersée et lui-même, forcé de fuir, s'en alla se cacher dans l'île de Ca-teng.

[1] Ce recrutement se fit avec l'approbation et le concours des autorités annamites. Ces Chinois étaient, sans doute, des anciens partisans de la dynastie des Minh, qui venait d'être renversée en Chine, et dont les soutiens étaient venus, en 1680, se placer sous la protection de l'empereur d'Annam, qui les avait relégués vers le sud.

II

5

En 1683 le roi, qui avait habité sept ans le village de Tranom-chrung pour des raisons politiques, et surtout pour mettre sa personne et sa cour à l'abri d'un coup de main hardi, se décida à rentrer dans sa capitale, à Oudong.

En 1684, l'abjoréach, recommençant la lutte, s'empara de la province de Srey-santhor et y fit construire un palais ainsi qu'une citadelle. Ce fut là qu'il organisa une armée composée de Cambodgiens et de Chinois, avec laquelle il s'avança jusqu'à Phnom-penh.

Le roi se porta à la rencontre du prince rebelle, le vainquit et le força à se réfugier dans sa citadelle de Srey-santhor.

En 1688, Neac-ang-li, première femme du roi, eut une fille qui fut appelée Prea-anoch-chéat-khsattrey.

Dans cette même année, le roi fut atteint de la petite vérole; il se fit bonze lorsqu'il releva de cette maladie et après avoir confié le soin des affaires à sa mère. Il quitta l'habit religieux sept jours après et il reprit les rênes des affaires, afin de faire tête à de nouveaux complots qui se préparaient.

En 1689, le mandarin Nu et un Chinois influent nommé Tang-chong-ser levèrent l'étendard de la révolte. Ils se rendirent à Srey-santhor et obtinrent de l'abjoréach des troupes, des armes et des barques. Ils se portèrent ensuite sur Phnom-penh, qu'ils occupèrent sans coup férir et où ils s'établirent. Comme ils se disposaient à marcher sur Oudong, le roi les prévint, les attaqua subrepticement, les mit en fuite, leur prit du matériel et surtout deux grandes jonques chinoises.

En 1689, le roi, qui gouvernait le royaume depuis déjà quatorze ans, fut enfin couronné et sacré; il prit, à partir de ce moment, le nom de Somdach-prea-chey-chéttha-barommo-suren-réachéa-thiréach-réaméa. Il nomma Ang-li reine sous le nom de Somdach-prea-pheac-vodey-srey-barommo-chac-crapot-khsattrey.

Dans l'année du couronnement, l'infatigable abjoréach quitta sa retraite de Srey-santhor et se rendit auprès du gouvernement annamite pour implorer de nouveau son concours contre le roi du Cambodge. Il obtint une armée de vingt mille hommes, avec laquelle il remonta le fleuve jusqu'à Phnom-penh. Arrivé là, il fut attaqué, battu et abandonné par les Annamites qui retournèrent en Cochinchine. Quant à lui, il put se sauver dans la citadelle de Srey-santhor.

En 1690, la reine eut un fils qui fut nommé Prea-ang-thommo-réachéa. Cette même année, le roi donna au prince Prea-ang-yang le titre de Prea-outey et il lui fit épouser Prea-suchéat-vodey, fille de l'abjoréach, brouillé et révolté, comme nous savons, avec le roi. Cette princesse avait dû rester à Oudong après la fuite de son père.

Dans le courant de l'année 1690, et sur l'ordre du roi, les douze titres du code de lois furent revisés ; on adoucit les peines jugées trop fortes par rapport aux délits correspondants. Le roi ordonna, en outre, que cette revision fût mentionnée sur le code avec la date de 1675, qui est celle à laquelle ce prince fut appelé au pouvoir.

En 1691, l'abjoréach mourut de maladie à Srey-santhor, à l'âge de trente-sept ans.

En 1692, la famille royale des Chams, pourchassée du Ciampa par les Annamites, se réfugia au Cambodge avec une suite de cinq mille personnes et implora la protection du roi Prea-chey-chéttha.

En 1692, Prea-suchéat-vodey, première femme du prince Prea-outey, eut un fils auquel on donna le nom de Ang-tan et qui porta plus tard le titre de Prea-ang-tong.

Ce fut en 1692 que fut fondée la première église catholique, à Pinhalu, près de Oudong, qui devint plus tard le siège d'un évêché.

En 1695, le roi, après vingt ans de règne, abdiqua en faveur de son neveu Prea-outey, alors âgé de vingt-deux ans. Ce prince fut couronné sous le nom de Preat-bat-somdach-prea-noréai-réaméa-thupphdey-prea-outey-réachéa-barommopit. Sa première femme Prea-suchéat-vodey fut élevée à la dignité de reine.

En 1695, le roi démissionnaire prit l'habit religieux, qu'il dépouilla cinq jours après.

Le roi mourut après dix mois de règne en 1696. L'ancien roi, reprenant ses droits après la mort de celui en faveur duquel il avait abdiqué, remonta sur le trône et reçut une deuxième fois l'investiture, ainsi que sa première femme, qui fut sacrée de nouveau reine. Dans l'année même du couronnement, on fit cadeau au roi d'un jeune éléphant blanc.

En 1696, le prince Prea-ang-em, fils de feu l'abjoréach et d'une Chinoise, alors âgé de vingt-deux ans, menait dans le royaume une conduite légère. Il s'attira des désagréments et il finit par être forcé d'aller vivre en Cochinchine, où le suivirent un assez grand nombre d'amis et de serviteurs.

En 1697, le roi désirant réunir autour de lui tous les membres de la famille royale, députa des officiers à l'empereur d'Annam pour lui demander de faire revenir au Cambodge le prince Prea-ang-em. Ce prince rentra bientôt dans le royaume et il s'empressa, dès l'arrivée, d'aller saluer le roi, et de lui demander le pardon de ses fautes d'autrefois. Sa Majesté l'accueillit amicalement et lui prouva son intérêt en l'élevant au rang de Prea-kêu-féa, et en lui donnant une de ses filles en mariage.

En 1699, le mandarin Ocnha-norin-em conçut le projet de renverser le roi et d'usurper la couronne. Mais comme il ne put trouver au Cambodge les moyens de mettre son dessein à exécution, il partit pour la Cochinchine et réussit à décider le gouvernement de ce pays à entreprendre une expédition contre le Cambodge. Vingt mille Annamites furent rapidement organisés dans ce but; on les divisa en deux corps qui montèrent au Cambodge par les deux branches du fleuve. Le roi Prea-chey-chettha, surpris par cette brusque agression, et n'ayant pas le temps d'organiser une résistance sérieuse, s'embarqua avec toute sa cour pour Pursat. Là, il fit des levées considérables, que l'on arma et que l'on équipa le mieux possible. Pendant ce temps, l'armée annamite s'était avancée jusqu'à l'entrée du lac Tonli-sap. Dès que les contingents cambodgiens eurent atteint le chiffre de quarante mille hommes, on les divisa en deux corps : l'un, commandé par le prince Prea-srey-thommo-réachéa, fils du roi, prit par terre et l'autre corps, sous les ordres du prince Em, s'embarqua sur de nombreuses barques de guerre et traversa le lac. Ces deux armées arrivèrent à jour fixe à Compong-chhnang et attaquèrent aussitôt les Annamites, qu'ils défirent et qu'ils refoulèrent vers les embouchures du Mékong, où ils purent se maintenir et s'établir définitivement à Bienhoa, Bahria et Saïgon. Peu de temps après, cette contrée fut divisée en districts à la tête desquels des mandarins annamites furent placés. Tous ces administrateurs relevaient d'un général investi à la fois de pouvoirs civils et militaires et qui avait fixé sa résidence à Saïgon.

Les résultats de la bataille de Compong-chhnang eurent cependant quelque importance pour le roi du Cambodge, puisque son compétiteur Ocnha-norin-em fut pris par ses troupes et passé par les armes; qu'ensuite les Annamites, en se retirant, laissèrent beaucoup de barques, des armes, des munitions et des objets de matériel de toute espèce, ainsi que des approvisionnements de bouche.

A la fin de l'année 1699, quatre années environ après son deuxième couronnement, le roi abdiqua en faveur du Prea-kêu-féa-ang-em, son gendre.

En 1700, Ang-em fut couronné dans la vingt-cinquième année de son âge, sous le nom de Prea-bat-somdach-prea-kêu-féa-barommopit. Sa première femme, la princesse Prea-moha-khsattrey, fut élevée à la dignité de reine. Le nouveau roi résida provisoirement à Pursat, où il fit construire un palais.

Prea-chey-chettha, après avoir abdiqué, employa son temps à surveiller la reconstruction de la pagode de Prea-pu-méan-bon. Lorsque cette pagode fut restaurée et ornée à ses frais, l'ancien roi s'y fit ordonner bonze, mais il quitta l'habit religieux trois jours après pour coiffer de nouveau la couronne, trop pesante pour la tête faible de Ang-em.

En 1701, Prea-chey-chettha fut couronné pour la troisième fois à l'âge de quarante-cinq ans. Un an après, il abdiqua de nouveau en faveur de son propre fils Prea-srey-thommo-réachéa.

En 1702, ce prince, âgé seulement de douze ans, succéda à son père. On ajourna pour lui, à cause de son jeune âge, la cérémonie du couronnement. Vers cette époque, un Samrê qui avait habité le pays de Cula (la Birmanie), revint parmi les sauvages Samrês. C'était un aventurier fort intrigant, qui parvint à persuader au peuple qu'il était prédestiné à être roi du Cambodge. Les conseillers du jeune roi envoyèrent deux mandarins avec des troupes pour calmer l'agitation produite dans le pays par les excitations de cet ambitieux.

En 1703, la cour quitta Pursat et revint à Oudong, la capitale. Dans le courant de cette année, la reine eut un fils qui fut d'abord appelé Prea-ang-chi et auquel on donna plus tard le titre de Prea-sottha. Le jeune roi, après avoir régné un an, abdiqua la couronne en faveur de son père.

En 1704, Prea-chey-chettha, âgé de quarante-neuf ans, remonta pour la quatrième fois sur le trône. Ce fut vers cette époque que des événements politiques d'une grande gravité forcèrent la famille royale du Laos à s'expatrier et à venir, accompagnée de cinq mille personnes, se placer sous la protection du roi du Cambodge.

Le roi, après environ deux ans de règne, abdiqua encore en faveur de son jeune fils.

En 1706, Prea-srey-thommo-réachéa, âgé de seize ans, monta sur le trône pour la deuxième fois et fut aussitôt couronné sous le nom de Prea-srey-thommo-réachéa-thiréach-réaméa-thupphdey-barommopit. Le souverain qui avait abdiqué prit le titre de abjoréach qui lui revenait régulièrement.

En 1706, une des épouses du jeune roi accoucha d'un fils que l'on appela Prea-ang-em.

En 1707, le prince Prea-ang-tong eut un fils que l'on appela Prea-ang-sor et plus tard Prea-outey.

En 1707, Prea-menéang-chéat-khsattrey eut un fils qu'on appela Prea-ang-chan, et qui porta plus tard le titre de Prea-butom-réachéa et celui de Prea-kêu-féa.

En 1709, les Laotiens qui avaient accompagné la famille royale de ce pays lorsqu'elle se réfugia au Cambodge, s'étaient réunis et établis dans la province de Bâti, où ils créèrent des embarras aux autorités locales. Le roi du Cambodge voulut leur assigner une résidence où ils pussent être plus facilement surveillés. Il envoya un mandarin porter à ces étrangers l'injonction d'aller se fixer dans l'île de Ca-réap (l'île de Ravana). Mais les Laotiens résistèrent à cet ordre et maltraitèrent l'envoyé royal qui le portait. Ils se groupèrent ensuite autour d'un de leurs chefs et se mirent en révolte ouverte contre le gouvernement. On dirigea des troupes sur le point où s'était formé ce noyau de révoltés et l'on parvint à les séparer en trois bandes : l'une d'elles gagna les forêts des sauvages, l'autre descendit en Cochinchine, et enfin la troisième se rendit auprès du prince Prea-kêu-féa, qui, depuis son abdication, se tenait à l'écart de la cour dans une attitude quelque peu hostile.

En 1710, le Prea-kêu-féa, prenant décidément parti pour les Laotiens, écrivit à leur chef Soconnobat, qui avait fui en Cochinchine, de revenir au Cambodge. Celui-ci, secondé par les autorités annamites, enrôla vingt mille hommes qui le suivirent de gré ou de force. De son côté, Prea-kêu-féa soulevait contre le gouvernement établi les sauvages Samrês et Cuois, qui fournirent ensemble dix mille hommes. C'est avec ces ressources que les conjurés envahirent d'abord les provinces de l'est; ensuite, ils passèrent le fleuve et vinrent porter le siège devant la citadelle dans laquelle s'étaient enfermés le roi et le prince Prea-ang-tong. Ces deux princes, après avoir résisté trois mois, serrés enfin de près dans leur citadelle, et craignant d'être pris, réussirent à sortir et à se frayer un chemin, la nuit, à travers les assiégeants. Ils se retirèrent tous les deux sur le territoire siamois, ainsi que le tout jeune prince Neac-ang-em, fils du roi, né en 1706.

Après la fuite du roi, le prince Prea-keu-féa victorieux prit la direction des affaires, mais il ne fut couronné que quatre ans après, en 1714, sous le nom de Prea-ang-em-somdach-prea-kêu-féa. Il était alors âgé de trente-quatre ans.

En 1715, le roi de Siam voulut renvoyer au Cambodge les trois princes cambodgiens qui s'étaient réfugiés chez lui, et il s'engagea à leur faire rendre leurs anciennes positions. A cet effet, il les fit accompagner de quinze mille hommes, qui s'arrêtèrent à Battambang en attendant le résultat des négociations qu'un ambassadeur siamois, qui avait pris les devants, était allé engager à Oudong. L'usurpateur refusa d'abord de rendre la couronne et ne voulut pas consentir à laisser séjourner dans le royaume les princes revenus de Bangkok. Ceux-ci furent ramenés à Siam, ainsi que les quinze mille hommes qui les avaient escortés pour donner un appui effectif aux propositions de l'envoyé siamois.

En 1716, l'ancien roi Prea-chey-chettha, qui était, paraît-il, resté étranger à cette querelle de famille, alors âgé de soixante ans, rentra dans les ordres ; mais, suivant sa coutume, il n'y resta que sept jours.

En 1716, le roi abdiqua la couronne en faveur de sa première femme et entra, lui aussi, dans un couvent où il ne resta que trois jours.

A la fin de 1716, le roi fugitif Prea-srey-thommo-réachéa, proposa au roi de Siam un plan de campagne contre le Cambodge. Ce projet fut approuvé et l'on convint d'envoyer de suite le prince Prea-ang-tong dans la province cambodgienne de Pursat, dont les habitants étaient prêts à soutenir les droits du roi légitime.

Le roi Prea-ang-em-somdach-prea-kêu-féa, apprenant le soulèvement de la population de Pursat et ne comptant pas trouver des auxiliaires bien dévoués parmi ses sujets, enrôla des vauriens annamites, qui marchèrent contre le prince Prea-ang-tong et le blessèrent d'un coup de feu à la première bataille. Les partisans du prince se dispersèrent après cet accident et celui-ci put néanmoins se retirer à Russey-sanh pour se guérir et attendre les secours que lui amenait de Siam le roi dépossédé.

De 1719 à 1722, le roi de Siam, contrarié de l'insuccès de l'expédition qu'il avait approuvée et secondée quelques années auparavant, organisa une nouvelle armée destinée à opérer contre le Cambodge et composée uniquement de Siamois. Cinq mille hommes furent embarqués pour opérer contre Péam (Hatien) et un corps d'armée de dix mille hommes prit la voie plus longue de terre. Le mandarin qui commandait l'armée de terre devait, une fois arrivé sur le territoire cambodgien, engager le peuple à le suivre, afin de l'aider à replacer sur le trône le roi légitime

Prea-srey-thommo-réachéa, qui suivait l'armée, ainsi que son fils Neac-ang-em.

Les Annamites, qui faisaient cause commune alors avec l'usurpateur, se chargèrent de la défense de Hatien, qu'ils confièrent à un Chinois nommé Mac-cuu, sorte d'aventurier intelligent et énergique, qui fut nommé général pour la circonstance. Son armée se composait de sujets pris dans toutes les races fixées en Indo-Chine. Favorisé par les autorités annamites, ce chef improvisé se constitua là une sorte de gouvernement à peu près indépendant qu'il transmit à ses enfants.

Lorsque le roi apprit que deux corps d'armée siamois s'apprêtaient à envahir son territoire, il prit de suite des dispositions défensives ; il envoya une armée à Péam, ou Hatien, qui devait s'opposer au débarquement des Siamois, et cinq mille hommes furent dirigés sur Pursat, afin d'arrêter l'invasion de ce côté. A Hatien l'avantage fut pour les Cambodgiens, qui réussirent à couler plusieurs navires siamois à coups de canon et à forcer les autres à s'éloigner. Beaucoup de soldats siamois périrent dans ce combat ; quelques-uns furent atteints par le feu, mais la plupart se noyèrent. Les dix mille Siamois qui venaient par terre, ayant dans leurs rangs le roi dépossédé, son fils et le prince Tong, alors guéri de sa blessure, ainsi qu'un grand nombre de Cambodgiens entraînés sur la route, brisèrent les faibles obstacles qu'on leur opposa et s'avancèrent jusqu'à Oudong.

L'usurpateur se voyant débordé, et n'espérant pas pouvoir rallier immédiatement une armée assez forte pour l'opposer au vainqueur, réunit ses mandarins pour les consulter sur la question de savoir s'il ne conviendrait pas de traiter avec l'ennemi. Tous furent unanimes à reconnaître l'impuissance où l'on était de prolonger la lutte et, par suite, l'opportunité d'un arrangement. On députa aussitôt un grand mandarin au commandant en chef de l'armée siamoise pour lui faire des propositions très avantageuses pour son gouvernement, à la condition qu'il se retirerait et qu'il ramènerait à Siam le roi et les princes cambodgiens qui étaient dans son camp. L'usurpateur promettait entr'autres choses d'envoyer au roi de Siam des cadeaux mêlés à des fleurs artificielles en or, ce qui était un signe convenu de vassalité. En présence de ces offres inespérées, le général siamois sacrifia les intérêts des princes khmers, qu'il avait pourtant le devoir de réintégrer dans leurs biens et dignités, et il les ramena à Siam.

En 1722, le roi Somdach-prea-kêu-féa abdiqua, après huit ans de règne, en faveur de Neac-ang-chi, son fils. Celui-ci régna sous le nom de Prea-sotha. La première femme de ce prince, Srey-sochoda, fut élevée à la dignité de reine. Cette princesse était une fille de l'ancien roi Prea-chey-chettha.

Le nouveau roi fut couronné et sacré deux mois après son installation au pouvoir. Il eut presque aussitôt à réprimer des troubles qui éclatèrent parmi les habitants de Néang-paêc, dans la province voisine de la capitale.

En 1725, Prea-chey-chettha, âgé de soixante-neuf ans, tomba malade et mourut. On lui fit de solennelles funérailles.

En 1725, à Siam, Prea-thommo-réachéa, le roi khmer dépossédé, entra dans les ordres et y resta deux mois. L'année suivante, son fils, Ang-cm, âgé de vingt-un ans, se fit ordonner bonze et en garda trois ans l'habit.

A Siam, en 1729, le prince proscrit Prea-ang-tong, alors âgé d'environ trente-sept ans, fit construire une belle pagode et lorsqu'elle fut achevée, verse le huitième mois de l'année, il prit l'habit religieux, entra dans le monastère des desservants de ce temple et y resta huit ans.

En 1729, Prea-sotha, après sept ans de règne, offrit à son père de lui rendre la couronne. Celui-ci ayant accepté, l'abdication eut lieu aussitôt et le Somdach-prea-kêu-féa fut couronné pour la deuxième fois sous le nom de Somdach-sdach-prea-réachéa-ongcar-prea-chey-chettha-thiréach-réaméa-eysor-compul-lukey-trey-tray-phéavonéat. Il régna sept mois et abdiqua de nouveau en faveur de son fils.

A la fin de l'année 1729, Prea-sotha fut couronné pour la deuxième fois; il avait vingt-six ans. Le jour du couronnement, il prit le nom et les titres suivants : Prea-bat-somdach-sdach-prea-réachéa-ongcar-prea-barommo-réachéa–thiréach-réaméa-thuppdhey. Son père reçut le titre d'abjoréach.

En 1730, un Laotien du village de Prea-sot, sur les confins de la province de Baphnom, fit l'inspiré; il annonça qu'il était armé d'un pouvoir surhumain et qu'il allait l'employer pour exterminer les Annamites, qui ne cessaient de nuire au Cambodge. Cet aventurier, ou ce fou, réunit pourtant beaucoup de gens crédules autour de lui, auxquels il sut inspirer une grande confiance et grâce auxquels il put aller porter la guerre en plein pays annamite. Cette bande de forcenés fut repoussée par les réguliers annamites, mais en rentrant dans son pays elle exterminait tous les Annamites qu'elle rencontrait, qu'ils fussent sujets de l'empereur d'Annam, ou fixés depuis longtemps sur le territoire cambodgien et placés, par ce seul fait, sous la protection des lois et des autorités cambodgiennes. Dès que le roi eut connaissance de ce massacre impitoyable, il s'interposa, fit disperser cette bande de malfaiteurs et rassura ainsi la population annamite, qui s'était établie un peu partout dans ses États.

En 1731, l'empereur d'Annam, vivement irrité à la nouvelle des assassinats commis sur des gens de sa race, résolut d'en tirer vengeance. Il envoya une armée considérable au Cambodge et il ordonna surtout aux chefs de se montrer sévères à l'égard des auteurs et des complices de ces attentats. Le roi khmer, qui avait fait son possible pour arrêter ces désordres et empêcher tous ces crimes, fut surpris de voir commencer des hostilités sans rupture préalable entre les deux gouvernements; comme il ne se trouvait pas être en mesure de résister immédiatement, il prit le parti de se retirer avec sa famille à Péamtrèng. De là, il ordonna des levées générales dans les parties du royaume non encore occupées par l'ennemi; il les organisa, et dès que tout ce monde fut en état de tenir la campagne, le roi se mit à leur tête et marcha contre les Annamites, qu'il joignit à Phnom-penh. Dans le combat qui s'engagea sur ce point, les Annamites furent vaincus et ils s'enfuirent par le fleuve en Cochinchine.

Le roi d'Annam fut pris de tristesse à la nouvelle de la défaite de son armée, mais il ne perdit ni le courage, ni l'espoir d'obtenir bientôt une éclatante revanche; il ordonna qu'on préparât une autre armée plus formidable que la première, et dès qu'elle fut réunie et organisée, il la lança sur le Cambodge. Le roi khmer se retira, suivant sa coutume, devant le flot de cette nouvelle invasion. Il sortit de Oudong avec son père et toute sa famille, et il se retira à Péam-crabau, province de Santuc. Il s'occupa aussitôt de réunir des troupes et il réussit de nouveau à vaincre les Annamites et à les repousser hors du royaume. Après ce succès la famille royale se décida à habiter Lovec.

Les chroniqueurs de l'Annam prétendent que le massacre des Annamites sur le territoire cambodgien justifia la prise de possession des provinces de Mytho et de Vinh-long, qui faisaient partie du royaume khmer, et que les Annamites occupèrent sous prétexte d'être plus à portée de protéger efficacement les individus de leur race, qui formaient déjà, à cette époque, la majeure partie de la population de cette contrée.

Les avantages obtenus par les Cambodgiens dans ces moments difficiles furent uniquement attribués à la présence, dans le palais du roi, d'un éléphant blanc. Nous pensons, nous, que ce ne fut pas là le seul élément du succès ; mais, étant donné les idées des Khmers en ce qui concerne les éléphants blancs, nous croyons que la présence d'une pareille bête parmi eux était très capable de leur inspirer la confiance qui à la guerre double et triple les forces.

En 1731, l'abjoréach, âgé de cinquante-sept ans, mourut. On fit ses funérailles suivant l'usage.

A Siam, en 1731, le prince cambodgien Prea-ang-em, âgé de vingt-cinq ans, se fit bonze pour la deuxième fois et garda quatre ans l'habit religieux.

L'ancien roi Prea-srey-thommo-réachéa, pendant son séjour à Siam, épousa une femme siamoise qui lui donna trois enfants, deux garçons et une fille. L'un des garçons s'appela Neac-ang-hing et l'autre Neac-ang-duong ; on donna à la princesse le nom de Prea-sophéa-khsattrey. Lorsqu'il eut atteint l'âge de trente-un ans, Thommo-réachéa fit élever à Siam une belle pyramide en l'honneur du Buddha.

En 1733, le roi dépossédé et proscrit, alors âgé de quarante-trois ans, se fit bonze de nouveau, mais pour seulement un mois. Deux ans après, en 1735, l'ancien roi donna son propre nom à son fils Prea-ang-em, qui avait alors bien près de trente ans et que nous désignerons désormais sous le nom de Prea-srey-thommo-réachéa, fils. La transmission du nom était une sorte d'abdication des droits politiques. Nous verrons pourtant plus tard que ce malheureux prince fut forcé de reparaître sur la scène politique.

En 1735, le prince Prea-srey-thommo-réachéa, fils, demanda au roi de Siam de vouloir bien le laisser libre de rentrer au Cambodge. Cette demande fut accordée et le prince quitta aussitôt Siam et se rendit d'abord dans la province de Korat. De ce point, il essaya d'engager des négociations avec le roi du Cambodge, qui repoussa ces avances avec dédain. Thommo-réachéa fils resta à Korat pour attendre une occasion favorable pour l'exécution de ses plans.

En 1736, le roi du Cambodge abdiqua, s'enferma trois jours dans un couvent et reprit ensuite la direction des affaires, ainsi que sa couronne. Dans le courant de l'année, l'attitude de certains membres de sa famille fit naître des soupçons dans l'esprit du roi. Il accusa bientôt de complot contre la sûreté de sa personne et celle de l'État sa première femme Prea-srey-sochoda, ainsi que le prince Prea-outey, fils de Prea-ang-

tong, et les deux princes Prea-srey-chey-chét et Prea-butom-réachéa,
fils tous les deux de l'ancien roi Prea-srey-thommo-réachéa. Les pères
de ces trois princes étaient, comme nous savons, à ce moment réfugiés
à Siam.

En 1737, le roi poursuivi par cette idée, et étant en proie à des
craintes réelles, quitta sa résidence de Oudong et il se retira à Phnom-
penh, où il prit aussitôt des mesures pour faire assassiner la reine et ses
trois complices. Lorsque les princes se virent menacés, ils réunirent
leurs partisans et appelèrent les peuples de Lovec à leur défense. La
lutte entre les royaux et les partisans des princes fut acharnée; elle se
termina au désavantage du roi, qui fut forcé de fuir et de gagner la
Cochinchine, entraînant à sa suite son frère cadet, Ang-Ing, dont la naissance n'est pas indiquée sur la chronique.

Après la fuite du roi, on prit des mesures contre un retour offensif
probable de celui-ci secondé par les Annamites, toujours prêts à rendre
des services intéressés aux princes khmers. C'est à la suite d'un plan de
défense adopté à Oudong que le prince Prea-chey-chét se rendit dans
les provinces orientales, qu'il mit sur pied de guerre. Il s'établit, lui, à
Baphnom, dans une position avantageuse pour barrer la branche principale du Mëcong. Son frère, Prea-butom-réachéa, appliqua les mêmes
mesures aux provinces occidentales et prit position sur le bras postérieur du fleuve.

Pendant que ces événements se déroulaient dans le sud, le prince
Thommo-réachéa, fils, jugea que le moment était favorable pour tenter
le coup de main qu'il méditait depuis longtemps. Il profita de l'ascendant qu'il exerçait sur les populations à demi-sauvages qui habitaient
les forêts des environs de sa résidence de Korat, pour les soulever en
masse et les traîner à sa suite dans la province de Nocor-vat, dont il
s'empara sans coup férir. En même temps, le roi de Siam, instruit de
la situation politique du Cambodge, envoyait l'ancien roi Thommo-réachéa, père, à Compot avec trois mille hommes et le prince Prea-ang-
tong, à la tête de deux mille Siamois, se dirigea sur Korat, où il recruta
encore huit cents hommes, avec lesquels il se porta au secours de
Thommo-réachéa, fils, son neveu, retranché à Angcor. Dès que les deux
princes eurent fait leur jonction, ils se dirigèrent, l'un en suivant le lac
et l'autre par terre, sur Somrong-sên, province de Compong-leng, où ils
ne se trouvaient plus qu'à une cinquantaine de milles de Oudong, le
siège du gouvernement.

La reine Prea-srey-sochoda, qui fut la cheville ouvrière de la révolution qui s'opéra à cette époque au Cambodge, après avoir consulté sa famille et les hauts personnages de la cour restés près d'elle à Oudong, se décida à entrer en relations avec les princes qui venaient d'arriver à Somrong-sên. Elle leur fit l'honneur de se rendre auprès d'eux avec une suite nombreuse embarquée dans des barques de gala. Il fut convenu, dans cette entrevue, que les princes se rendraient à Oudong où l'on aviserait aux moyens de rendre la paix au royaume. Afin d'être en mesure de parer aux éventualités qui pouvaient se présenter, et sans doute aussi dans le but d'appuyer leurs revendications sur une force considérable, les princes se rendirent à Oudong avec leur armée. Là, il fut décidé que la couronne serait immédiatement rendue à Prea-srey-thommo-réachéa, père, qui se trouvait alors à Compot et auquel on envoya des ambassadeurs avec des éléphants, des chevaux et des chars de luxe pour le ramener à Oudong. Cependant, Thommo-réachéa ne voulut pas se rendre de suite dans la capitale et il s'arrêta dans la province de Trang.

En 1738, Prea-ang-tong, le plus âgé des membres de la famille royale présents à Oudong, députa son fils, son neveu et sa mère, à Thommo-réachéa, père, pour le décider à se rendre enfin à Oudong. Celui-ci ne résista pas à cette nouvelle invitation et il se mit en route pour la capitale. Arrivé à Phnom-penh, il fut reçu par le prince Prea-ang-tong, qui était venu à sa rencontre avec toute la famille royale. Après avoir pris là quelques jours de repos, ils se rendirent tous ensemble à Oudong.

En 1738, Prea-thommo-réachéa, père, âgé de quarante-huit ans, fut couronné sous le nom de Prea-bat-somdach-sdach-prea-réachéa-ongcar-prea - chey - chettha - thiréach - réaméa - thupphdey - barommo - bapit. Il nomma Neac-néang-chéat-khsattrey reine sous le nom de Prea-chéat-khsattrey. Le prince Prea-ang-tong, âgé de quarante-six ans, fut fait abjoréach et prit le nom de Prea-réaméa-thupphdey-moha-abjoréach. Le prince Prea-outey, âgé de trente-un ans, fut élevé à la dignité d'obbarach sous le nom de Prea-outey-réachéa-moha-obbarach. Les nominations et investitures de toutes ces dignités eurent lieu à Oudong dans le mois de mars 1738.

Le roi fit épouser à son fils Prea-thommo-réachéa, la princesse Neac-ang-bên, qui était sa demi-sœur et laquelle prit le nom de Prea-eck-khsattrey.

A la fin de l'année 1738, Thommo-réachéa, fils, âgé de vingt-neuf ans, fut fait Prea-kêu-féa et épousa Neac-ang-bos-khsattrey, fille de l'abjoréach, à laquelle on donna le nom nouveau de Prea-anochéat-khsattrey.

En 1739, cette dernière princesse eut un fils qui fut nommé Prea-ang-tong. L'obbarach épousa Prea-moha-khsattrey, sœur cadette du prince Prea-sottha, qui, comme nous savons, avait perdu sa couronne et s'était réfugié en Cochinchine. Cette princesse eut dans l'année un fils qu'on appela Neac-ang-tan. Dans le courant de la même année, Néac-néang-ros, autre femme de l'obbarach, accoucha d'un fils qui fut appelé Prea-ang-pang.

En 1740, le Somdach-prea-srey-chey-chét, fils du roi, eut deux garçons nommés Neac-ang-non et Neac-ang-chi. Deux ans après, le premier de ces deux jeunes princes reçut le nom de Prea-réaméa (Rama).

En 1743, le Somdach-prea-kêu-féa, âgé de trente-quatre ans, tomba malade et mourut après avoir exercé pendant cinq ans les fonctions de sa dernière dignité. Dans le courant de cette année, le roi donna à Prea-ang-hing, son fils, né à Siam en 1731, le nom nouveau de Prea-srey-sorijopor et il lui fit épouser Prea-anochéat-khsattrey, veuve du Prea-kêu-féa. Cette même année, le roi donna à son autre fils Prea-ang-duong, né également à Siam, le titre de Prea-kêu-féa. Peu de mois après, une des femmes de celui-ci mit au monde une fille qu'on appela Prea-ang-ei.

En 1743, il y eut une inondation extraordinaire des eaux du Mé-cong.

Dans le courant de l'année 1743, l'obbarach s'éprit fortement d'une de ses concubines au détriment, paraît-il, des premières dames du gynécée. La première femme du prince en conçut une vive jalousie qui s'affirmait chaque jour par des scènes intérieures violentes et qui avaient du retentissement au dehors. Un jour fatiguée de lutter, et n'espérant pas pouvoir ramener à elle son époux, elle quitta le palais et se retira dans le village Dampran, sur les confins de la province de Compong-soai. Le roi du Laos, prévenu de l'infortune de cette princesse, lui offrit galamment l'hospitalité dans ses États, où elle se rendit et où elle mourut quatre ans après.

En 1743, le mandarin Ocnha-norén-toc, gouverneur de Bassac (aujourd'hui Soctrang), eut des difficultés graves avec les autorités annamites voisines, qui empiétaient sans cesse sur son pouvoir et sur son territoire. Une lutte s'ensuivit dans laquelle les Annamites eurent le dessous et furent contraints de se retrancher dans l'île de Ca-hong-péam-misar.

En 1745, Neac-menéang-téa, épouse du Prea-kêu-féa, mit au monde un garçon auquel on donna le nom de Neac-ang-tham.

En 1747, le roi devint gravement malade et mourut à l'âge de cinquante-sept ans. Il avait régné neuf ans. On lui rendit les honneurs funèbres dus au haut rang qu'il avait occupé. Les grands mandarins désignèrent pour le remplacer son fils, le prince Prea-thommo-réachéa, âgé de quarante-un ans. Trois mois après l'avènement au trône de celui-ci, son jeune frère Prea-srey-sorijopor, à peine âgé de seize ans, résolut de lui enlever le pouvoir, et, afin d'arriver plus facilement au but qu'il se proposait d'atteindre, il fit assassiner le roi de la façon la plus lâche. Cependant, le conseil des hauts dignitaires écarta la candidature du meurtrier et offrit la couronne au prince Prea-ang-tong, qui était à ce moment abjoréach.

En 1748, l'empereur d'Annam envoya des troupes sur le territoire de Soctrang, et les princes cambodgiens réfugiés en Annam ne craignirent pas d'accepter le commandement de cette armée annamite, qui allait combattre des peuples de même race qu'eux, et qui avaient montré du patriotisme et du courage en expulsant de leur province des étrangers antipathiques et surtout très hautains. Il est vrai que le gouvernement annamite avait promis aux princes, comme récompense de leur concours, d'intervenir afin de leur faire rendre le pouvoir qu'on leur avait dans le temps enlevé au Cambodge. Le gouverneur de Bassac fit son possible pour résister, mais il fut battu et forcé d'abandonner sa province à l'ennemi. C'est à cette époque qu'il convient de rapporter la prise de possession, par les Annamites, des territoires situés sur les bords de la branche occidentale du Mékong, communément appelée Bassac ou fleuve postérieur.

Les princes cambodgiens, enhardis par ces premiers succès, demandèrent à l'empereur d'Annam l'autorisation de remonter vers le nord avec leur armée. Cette demande fut accordée et l'armée annamite put s'avancer sans presque rencontrer de résistance jusqu'à quelques marches de Oudong.

Le premier ministre Chauféa-êc alla lui-même combattre l'armée annamite, mais il fut vaincu, ses troupes furent dispersées et les hommes tellement démoralisés qu'il ne fut pas possible de les rallier de nouveau.

Le roi, l'obbarach et le prince Prea-srey-chey-chét, très affectés de ces désastres, se retirèrent à Siam.

Le Somdach-prea-barommo-réachéa-thiréach et le prince Prea-ang-Ing étaient victorieux et réellement les maîtres du royaume. Ils s'établirent dans le palais de l'obbarach où ils restèrent pendant six mois.

Le cralahom Oc et le gouverneur de Pursat avaient accompagné le roi et la famille royale jusque sur le territoire siamois. Dès que les fugitifs furent en sûreté, ils les quittèrent et ils revinrent dans la province de Pursat où ils levèrent et armèrent des recrues dans le but d'expulser les Annamites du royaume. Ceux-ci, pénétrés des services qu'ils avaient rendus aux nouveaux gouvernants, ne se décidaient pas à s'en retourner et leurs chefs s'étaient emparés de tous les pouvoirs et surtout de tous les revenus. Les généraux annamites, instruits des préparatifs militaires faits à Pursat, s'avancèrent de ce côté avec leur armée et ils prirent position dans la plaine dite de Srap-angcam. De son côté, le Somdach-prea-barommo-réachéa-thiréach, que les armements considérables effectués à Pursat préoccupaient, jugea qu'il était prudent de faire soutenir les Annamites par une armée cambodgienne, qui serait embarquée dans des jonques et atterrirait à un point du littoral du lac aussi rapproché que possible du camp annamite. Cette diversion, qui pouvait être très utile à l'armée annamite, n'aboutit point parce que le prince Prea-ang-ing, qui en était chargé, mourut en route.

Pendant ce temps, les deux armées annamite et cambodgienne en venaient aux mains dans la plaine de Srap-angcam. Le combat se termina à l'avantage des Khmers, qui poursuivirent les Annamites de si près qu'ils n'eurent pas le temps de se réorganiser et de tenter de nouveau le sort des armes derrière les parapets de la citadelle de Oudong. A la nouvelle de cette défaite, le Somdach-prea-barommo-réachéa-thiréach sortit de son palais avec toute sa famille et suivit l'armée annamite en Cochinchine. Il tomba malade et mourut en route à l'âge de quarante-cinq ans.

Après l'expulsion de l'armée annamite, le cralahom et son lieutenant, le gouverneur de Pursat, s'empressèrent de pacifier et d'organiser le pays profondément troublé par des guerres intestines, des luttes de toute espèce, des invasions. Ensuite, ils adressèrent au roi de Siam une pétition revêtue des signatures des principaux dignitaires, afin de le décider à leur envoyer le prince Prea-srey-chey-chét pour gouverner le Cambodge. Le gouvernement siamois approuva la combinaison et ce prince rentra au Cambodge suivi de nombreux mandarins siamois.

En 1749, le prince Chey-chét, âgé de quarante-deux ans, fut couronné sous le nom de Prea-bat-somdach-sdach-prea-réachéa-ongcar-prea-sreychét-thiréaeh-barommo-bapit.

Pour reconnaître les services rendus par le gouverneur de Pursat dans la guerre contre les Annamites, le nouveau roi l'éleva au rang de Chauféa, ou premier ministre. Cette nomination mécontenta les hauts personnages du royaume, soit qu'ils fussent jaloux, ou que ce mandarin ne fût réellement pas digne, pour un motif ou pour un autre, d'occuper cette position. Des intrigues et des complots ne tardèrent pas à se former en vue de faire tomber le chef du cabinet en disgrâce. On lui attribua la folle pensée de prétendre au trône; et c'est au moyen d'une aussi vague et d'une aussi invraisemblable accusation, que les conjurés parvinrent à éveiller la défiance du roi, qui se laissa aller jusqu'à conclure lui-même avec un Malais un marché dont la vie de son premier ministre était l'objet. Celui-ci, avisé à temps, se sauva à Siam. Le Chacrey-pou, ministre de la guerre, le remplaça.

En 1751, le roi de Siam renvoya au Cambodge les princes cambodgiens retirés à Siam depuis 1748. C'étaient : l'abjoréach Prea-ang-tong, l'obbarach Prea-outey et tous les membres de la famille royale qui les avaient suivis. Arrivé à Angcor, l'obbarach prit soudain la résolution d'entrer dans les ordres; il laissa ses parents continuer leur route vers Oudong et lui s'enferma dans la bonzerie d'Angcor-vat. Le prince Preaang-tong s'arrêta, lui, ainsi que toute sa famille, dans la province de Crang, afin d'attendre là l'issue de certaines intrigues qui se tramaient dans la capitale, car c'est, en effet, à cette époque que le mandarin Khset-ec, qu'il ne faut pas confondre avec le premier ministre Ec, se mit à la tête d'une conjuration dont le but était de détrôner le roi et d'offrir la couronne à Prea-ang-tan, fils de l'obbarach resté dans un monastère d'Angcor.

Au commencement de l'année 1752, Ec envoya son fils soulever les campagnards fixés auprès de la montagne de Khchul; ensuite, il découvrit un nommé Suos, qui consentit à se plier au rôle qu'on voudrait bien lui faire jouer dans ce complot. Ce Suos fit l'inspiré et on répandit partout le bruit qu'il était investi d'un pouvoir surnaturel. Le peuple crédule se laissa facilement entraîner par les excitations de Sel-suos (le saint Suos) qui prit sur la population un ascendant considérable. Pendant que l'on se préparait ici à agir, l'abjoréach, du fond de sa retraite de Crang, observait les intrigues criminelles du mandarin Ec, auquel il tendit un piège dans lequel il fut pris et mis à mort. Cette exécution suspendit les préparatifs des conjurés.

Pourtant, Sel-suos ne perdit pas courage. Afin de se donner plus de prestige encore, il prit le nom de Prea-ang-yang, qui était celui d'un prince cambodgien mort depuis longtemps. Tous les actes de cet homme, disent les chroniqueurs, étaient bizarres et extraordinaires : un jour notamment il choisit un individu n'ayant ni bras ni jambes pour l'associer à sa fortune et lui donner un commandement. Il lui fit prendre d'abord le nom de Prea-bat-ang-liréach, ce qui l'élevait au rang des grands personnages, et il lui confia la direction de trois mille hommes qui campèrent provisoirement dans le village de Cabal-crebey (la tête du buffle). Le roi envoya contre ce chef impotent des forces suffisantes pour le combattre.

Le fils du mandarin rebelle Ec, dans l'espoir de venger la mort de son père, sollicita le commandement de l'armée formée sous l'influence des prédications séditieuses de Sel-suos, et il marcha, dans ce but, sur la résidence de l'abjoréach. Celui-ci, secondé par le Prea-keû-féa et le Prea-ang-at, combina des mouvements de troupes en vue de cerner et defaire à la fois prisonnier Sel-suos et le commandant des rebelles. Cette manœuvre réussit et les deux chefs des révoltés furent pris dans le même coup de filet. Pour en finir avec tous les chefs de ce mouvement, l'abjoréach joignit l'infirme Ang-liréach, dispersa les trois mille hommes dont il disposait et le fit prisonnier.

Après ces coups de main heureux, l'abjoréach se décida à aller habiter Oudong auprès du roi, son neveu. Les prisonniers faits dans les dernières expéditions furent exécutés sommairement.

En 1753, l'obbarach Prea-outey mourut d'un anthrax dans le monastère d'Angcor-vat. Le fils de l'obbarach prit le nom de Prea-outey.

En 1753, le prince Prea-ang-hing-prea-srey-sorijopor, fils du feu roi Prea-chey-chetta, fut fait obbarach.

En 1755, le roi, âgé de quarante-huit ans, mourut. L'abjoréach présida à ses funérailles et ce fut à ce prince que les brahmes et les grands mandarins réunis offrirent la couronne. Il fut couronné en 1756.

A cette époque, une querelle éclata entre l'obbarach et Prea-outey-réachéa. Le premier, profitant de sa haute position dans l'État, leva du monde et fit attaquer la maison de son rival, qui fut assez heureux pour échapper aux assassins et pour gagner ensuite le port d'Hatien, où il ne pouvait plus être inquiété. Plus tard, ce prince alla s'établir avec toute sa famille à Travinh, au milieu d'une population de Cambodgiens soumis depuis quelques années à l'autorité annamite.

Pendant le séjour à Hatien des relations amicales s'étaient établies entre le prince et le gouverneur de Hatien que la chronique khmer désigne sous le nom de Prea-sutot, mais qui n'était autre que Mac-ton, le fils du célèbre chinois Mac-cuu. Le prince et lui arrêtèrent les dispositions pour prendre une revanche sur l'obbarach resté victorieux à Oudong. Pendant que le prince faisait des levées dans le sud, le gouverneur de Hatien envoyait des émissaires soulever, au nom du prince, les populations des provinces cambodgiennes du sud-ouest du royaume. Le rassemblement de ces recrues se fit très rapidement, trois mandarins cambodgiens dévoués au prince en prirent le commandement et les conduisirent à marches forcées vers Oudong, tandis que Prea-outey remontait en barques par le bras occidental du Mēcong. En arrivant à Phnompenh, le prince apprit que ses lieutenants avaient déjà battu les partisans de l'obbarach et que celui-ci était en fuite.

Au moment où ces événements se passaient, le Somdach-prea-kêu-féa et les princes Ang-non-réam et Ang-chi entraient dans les ordres, peutêtre afin d'éviter de rendre compte de leur conduite à l'égard de Prea-outey présentement victorieux.

Prea-outey envoya ses troupes dans la province de Prey-kedey, où l'obbarach s'était retiré et où il fut pris et mis à mort. Le Somdach-prea-kêu-féa, frère cadet de l'obbarach, fut contraint de quitter le froc, de sortir de la bonzerie et de se livrer, enfin, aux agents de Prea-outey, qui l'égorgèrent hors de l'enceinte sacrée. Lorsque Prea-outey fut débarrassé de ses principaux ennemis, il alla rendre ses devoirs au roi Prea-ang-tong-réaméa... son grand-père, et obtint de lui de pouvoir élever un palais provisoire au nord de la pagode de Prea-chedey-thmey, où il habita pendant deux mois.

Prea-anochéat-khsattrey, veuve de l'obbarach, résolut de se venger sur Prea-outey du meurtre de son époux. Elle trouva des auxiliaires parmi les plus hauts dignitaires du royaume, qui ne craignirent pas de braver et même d'attaquer Prea-outey, la plus grande puissance du moment. Le premier ministre était l'âme de ce complot. Prea-outey, avisé à temps, s'embarqua et alla s'établir avec sa famille et ses partisans à la pointe sud des quatre bras du fleuve, en face de Phnom-penh. Là, ne reconnaissant plus aucune autorité supérieure à la sienne, il se conduisit en roi : il nomma des ministres et constitua de toutes pièces un gouvernement. Le premier soin de ce nouveau pouvoir fut d'ordonner des levées dans les provinces du sud du royaume ; ces recrues furent réunies dans les environs de Phnom-penh et les ministres de Prea-outey en prirent le commandement. Cette armée fut bientôt mobilisée et marcha à la rencontre de celle qui s'était formée sous l'influence de la veuve de l'obbarach. Le sort des armes tourna encore à l'avantage de Prea-outey. Le roi, apprenant ce résultat, s'empressa de fuir, emmenant avec lui la veuve de l'obbarach et les princes Prea-ang-tong, Prea-ang-non et Prea-réaméa. Presque tout le personnel de la cour suivit la famille royale à Pursat. La fuite du roi est sans doute une preuve qu'il n'était pas resté étranger à la machination ourdie contre Prea-outey. Ce souverain mourut à Pursat en 1757, à l'âge de soixante-cinq ans. Prea-outey envoya des troupes à Pursat pour disperser ce qui restait de la famille royale et de la cour du défunt roi.

La veuve de l'obbarach et son fils aîné Prea-ang-tong, qu'elle eut de son premier époux, Thommo-réachéa, allèrent se cacher à Borvel, à l'est de la forêt de Russey-sanh. Les princes Ang-non-réam et Ang-chi, fils tous les deux de l'ancien roi Prea-srey-chey-chét, traversèrent le lac et se rendirent dans la province de Compong-soai. Mais la princesse et son fils furent pris et ramenés prisonniers à Prea-outey, qui eut la cruauté de les faire mettre à mort tous les deux.

Le but bien marqué de Prea-outey était de déblayer le chemin du trône en exterminant ceux qui, de près ou de loin, y pouvaient prétendre. Il était à peu près arrivé à ses fins et il ne lui restait plus qu'à faire égorger les deux princes réfugiés à Compong-soai. Ce fut là, en effet, l'objectif de ces préoccupations après la double exécution dont nous venons de parler. Avisé que le gouverneur de Compong-soai avait donné asile aux deux princes fugitifs, Prea-outey prononça la destitution de ce haut fonctionnaire et nomma à sa place Chau-phnhéa-chomma-sangcréam-mu, une de ses créatures. En même temps, il lui donna un corps d'armée qui devait d'abord l'aider à prendre possession de son poste et ensuite à opérer l'arrestation des deux princes, ce qui était le point important. Là encore les plans de Prea-outey réussirent pleinement, mais ce ne fut pas sans luttes sanglantes. Le gouverneur régulier de la province, à la tête de ses administrés, disputa pied à pied le sol de son territoire à l'envahisseur ; mais ce brave mandarin ayant été tué dans un combat, l'envoyé de Prea-outey resta maître de la situation et il ne tarda pas à s'emparer des deux princes, dont l'arrestation était l'objet principal de

sa mission. On mit ces deux malheureux chacun dans une cage de fer
et on les expédia à Prea-outey, qui était resté sur la rive droite du bras
du lac. En route, un des mandarins de l'escorte des prisonniers, touché
de tant d'infortune, brisa la cage de Prea-ang-non-prea-réam, et tous
les deux s'enfuirent à Siam. Prea-ang-chi fut seul livré et exécuté à
Oudong.

En 1758, Prea-outey, âgé seulement de dix-neuf ans, fut couronné
sous le nom de Prea-bat-somdach-sdach-prea-réachéa-ongcar-prea-
noréai-réachéa-thiréach-réaméa thupphdey-prea-srey-sorijopor-barom-
mo-suren. Il habita Oudong et laissa une réputation d'homme intelligent,
énergique et peu scrupuleux. Il fut surtout très heureux dans tout ce
qu'il entreprit au début de sa carrière. Dès qu'il fut assis sur le trône
des rois khmers, il envoya chercher à Pursat le corps de son prédécesseur au trône et il lui fit rendre les honneurs d'usage.

Prea-outey fut reconnu comme roi par le gouvernement annamite,
qui obtint pour prix du concours qu'il avait prêté à ce prince, dans les
luttes de compétition qu'il eut à soutenir, la cession régulière de Travinh et de Soctrang. Les Annamites ne se contentèrent pas de ce
cadeau, car bientôt on les vit s'étendre plus au nord et porter leur
frontière jusqu'à Chaudoc. Afin de s'assurer la paisible possession
de l'immense territoire qu'ils s'étaient fait donner, ou qu'ils avaient
pris, les Annamites élevèrent des forteresses à Sadec, Culao-gien et
Chaudoc.

En 1759, le roi du Laos offrit au roi de lui rendre la sépulture de sa
mère Prea-moha-khsattrey, morte dans son royaume en 1747. Le cadavre de cette princesse fut envoyé au Cambodge, brûlé en grande pompe
et les cendres furent enfermées dans une tour construite sur la colline
de Oudong.

En 1760, le roi fit prendre à sa femme, Neac-menéang-vong, le nom
de Neac-menéang-méaléa-bopha-vodey.

En 1763, le roi, après avoir mis la direction des affaires aux mains
des grands mandarins, se fit ordonner bonze et resta trois mois dans
une bonzerie. Après cette retraite, il quitta l'habit religieux et reprit son
sceptre.

En 1765, Neac-menéang-méaléa-bopha-vodey mit au monde une fille
qui prit le nom de Prea-ang-menh. Après l'accouchement, cette femme
fut élevée au rang de reine sous le nom nouveau de Somdach-prea-
pheac-vodey-prea-ec-khsattrey-srey-chac-crapot.

En 1767, Neac-menéang-men, autre femme du roi, eut une fille qu'on appela Prea-ang-ei.

A la fin de l'année 1767, le roi de Siam se trouva engagé dans une guerre avec l'empire Birman, à la suite de laquelle il fut pris dans sa capitale et emmené prisonnier en Birmanie. Le prince siamois, Prea-chau-sisang-rot-do, parvint à s'échapper et vint chercher un asile au Cambodge.

En 1768, le roi du Cambodge admit dans son sérail Prea-ang-ei, fille du prince Prea-kêu-féa, qui, comme nous savons, fut violemment défroqué et ensuite assassiné en 1756 sur l'ordre du roi actuel. Cette princesse était née en 1743 et épousait de force, sans doute, le meurtrier de son père. Pour la dédommager, son royal époux l'éleva au rang de reine avec le titre de Prea-pheac-vodey-prea-srey-sochoda-crasattrey.

En 1769, de graves événements se passèrent au Siam. Le fils d'un chinois, nommé Phnhéa-tac, profitant du désordre causé dans le pays par une invasion de Birmans, usurpa le pouvoir suprême et prit en mains la direction de la défense du territoire. Il réussit à chasser les envahisseurs, et ce service rendu lui donna un tel prestige qu'il ne fut plus possible de lui disputer la couronne dont il s'était déjà emparé. Dès qu'il fut installé sur le trône des Thays, l'usurpateur chercha à se faire reconnaître comme souverain par les cours voisines. Il députa au Cambodge des ambassadeurs porteurs d'une lettre conçue en ces termes :

« Le Cambodge et le Siam ont eu de tout temps des relations amicales. Les ambassadeurs de l'une et l'autre cour allaient et venaient constamment pour entretenir ces bons rapports. J'espère que ces traditions seront continuées, malgré le changement que des événements impérieux ont amené dans le gouvernement du royaume de Siam. »

Après avoir lu cette lettre, le roi khmer répondit :

« Sans doute, des relations de bon voisinage ont pu exister entre les membres de deux familles royales ; mais je ne saurais me résoudre à traiter sur le pied de l'égalité un homme qui, quelle que soit sa valeur propre, n'est après tout que le résultat de l'union d'un marchand chinois avec une Siamoise sortie du peuple. »

Se tournant ensuite du côté des ambassadeurs, le roi leur dit : « Les rapports amicaux qui existaient entre le Siam et le Cambodge ont cessé à partir du moment où un aventurier étranger s'est assis sur le trône des anciens rois de votre pays. » Les ambassadeurs s'inclinèrent et s'en allèrent rapporter à leur maître la réponse hautaine du voisin.

Pour arriver à ses fins, Phnhéa-tac résolut de renverser le roi du Cambodge, et il lui suscita aussitôt, comme compétiteur, le prince cambodgien Prea-ang-non-prea-réam, qui s'était réfugié à Siam, après avoir réussi à sortir de la cage de fer dans laquelle l'avaient enfermé les agents du roi actuel du Cambodge.

Phnhéa-tac envoya ce prétendant au Cambodge et il le fit accompagner par une armée siamoise, dont le général avait pour mission de détrôner le roi de ce pays, afin de lui substituer le candidat du roi de Siam qu'il avait dans ses rangs. Cette armée s'avança jusqu'à Angcor. Le roi du Cambodge confia le commandement de son armée au Cralahom-pang et lui ordonna d'aller combattre les Siamois. Le commandant en chef de l'armée cambodgienne perdit la vie dans la première bataille, mais l'armée siamoise fut vaincue et dispersée. L'armée cambodgienne revint à Oudong.

En 1769, Prea-ang-tham, fils du Prea-kêu-féa assassiné et frère de Prea-ang-ei, devenue l'épouse du roi, fut fait obbarach.

A cette époque, Mac-ton, le gouverneur chinois de Hatien, qui s'était dans le temps constitué le protecteur du roi actuel du Cambodge, fit des levées d'hommes dans les provinces sud-ouest du Cambodge, qu'il joignit aux troupes dont il pouvait disposer dans son propre gouvernement, et il envahit les provinces siamoises baignées par le golfe de Siam. Arrivé à Chantabun il fut arrêté par une armée siamoise commandée par le roi en personne. Il y eut là un combat acharné, à la suite duquel les troupes de Mac-ton furent forcées d'abandonner les territoires qu'elles avaient déjà conquis et de rentrer à Hatien.

Le roi de Siam, enhardi par ces premiers succès, réunit ses généraux et leur fit part de son intention de subjuguer tout le Cambodge. Il ne trouva que des adhérents dans ce conseil et il prit aussitôt ses dispositions, afin de profiter de la démoralisation des Cambodgiens depuis la défaite de leur redoutable allié Mac-ton. Il fut décidé que l'on attaquerait à la fois par mer et par terre, et les commandements furent ainsi répartis : le ministre de la justice, à la tête d'une armée, devait pénétrer dans le Cambodge par le nord et le roi, accompagné par le prince cambodgien Prea-ang-non-prea-réam, s'embarqua sur une flottille qui fit voiles pour Hatien, attaqua ce port en arrivant et s'en empara. Mac-ton, après avoir bravement défendu la ville, fut forcé de fuir et il fut poursuivi jusque dans les marais de Tuc-khmau (eau noire).

Dès que la nouvelle de la prise de Hatien parvint au roi du Cambodge, il craignit d'être pris entre l'armée siamoise qui venait du nord, et celle du roi de Siam, qui avait débarqué à Hatien et qui marchait sur Oudong. Pour échapper à ses ennemis, le roi abandonna sa capitale et s'embarqua avec toute sa cour à Compong-luong pour se rendre à Tralong-klosbat-anchien.

Le roi de Siam et le prince cambodgien son protégé apprirent à Phnom-penh la fuite de la cour de Oudong et ils se mirent aussitôt à la poursuivre. Le mandarin cambodgien Yommo-réach, chargé de protéger la fuite du roi, contint les Siamois en reculant pas à pas jusqu'à Péambanh-chopéas.

L'empereur d'Annam Gialong, qui redoutait que les Siamois ne missent sur le trône du Cambodge le prince Prea-ang-non-prea-réam, qui leur était tout dévoué, se décida à intervenir en faveur du roi de ce pays. Il mit une armée en campagne qui parvint à opérer sa jonction avec l'armée royale sous les ordres du Yommo-réach, dont le quartier général était toujours à Peam-banh-chopéas.

Les alliés remontèrent vers Phnom-penh, où se trouvait le roi de Siam. Là eurent lieu plusieurs combats indécis ; cependant les Siamois finirent par plier et se retirer à Hatien. Phnhéa-tac n'ayant pas réussi dans cette campagne, et ayant conçu des craintes pour la sûreté de son propre gouvernement, se détermina à rentrer dans sa capitale avec la plus grande partie de son armée, après avoir laissé son protégé Prea-réam à Compot avec seulement cinq cents hommes. Livré à lui-même, le prince s'arma de courage ; et après avoir réalisé des levées d'hommes dans les provinces voisines, il alla avec une armée alors nombreuse, mais mal armée, prendre position à Péam-roca, où le Yommo-réach, se détachant momentanément de l'armée annamite, vint le combattre.

Pendant que ces événements se produisaient dans le sud, le général siamois qui opérait dans le nord s'était décidé à rebrousser chemin à la nouvelle des mésaventures de son souverain. Seulement, et suivant la coutume des armées indo-chinoises, celle-ci emmena sur son territoire dix mille Cambodgiens paisibles, qui furent répartis et employés à des travaux publics dans le royaume de Siam.

En novembre 1771, le prince siamois, Prea-chau-sisang, qui avait échappé aux Birmans lors de l'invasion de 1767 et qui était venu chercher un asile au Cambodge, tomba malade et mourut peu de jours après. Cet événement dut combler de joie l'usurpateur Phnhéa-tac et le rassurer sur l'avenir de son pouvoir, puisqu'il ne restait pas de compétiteur légitime qui pût, en temps opportun, le lui disputer.

A la fin de l'année 1771, le roi khmer vint s'établir à l'embouchure de l'arroyo de Mot-condor, dans le bras du lac, à cinq ou six milles au-dessus de Phnom-penh. Il se résigna à attendre là que les événements se dessinassent nettement. Ce fut vers cette époque que l'empereur d'Annam accrédita au Cambodge un résident, ou protecteur ayant le titre de Baoho.

En 1772, le roi porta sa résidence sur les bords de l'arroyo de Peac-prot. Il se montrait affligé des malheurs de son peuple et accusait hautement les Siamois d'en être les auteurs. Pour en finir, il résolut de proposer la paix à ses ennemis et il envoya, dans ce but, un ambassadeur à Phnhéa-tac, que celui-ci ne voulut pas écouter et qu'il garda comme otage.

En 1772, la reine Prea-sochoda-crasattrey mit au monde une fille inscrite à la chronique sous le nom de Prea-ang-pou.

En 1773, une autre femme du roi, la Neac-ménéang-chey, accoucha d'un fils auquel on donna le nom de Prea-ang-méchas-eng. Le roi fut tellement content d'avoir un garçon qu'il donna à l'arroyo sur les bords duquel le prince naquit le nom de Prêc-méan-léap (l'arroyo qui porte bonheur).

En 1774, la cour alla s'établir dans l'île de Ca-chen, située en face de Compong-luong, à six ou huit kilomètres de sa capitale.

L'ambassadeur du roi, retenu à Siam, rendait compte des défiances du gouvernement siamois, de l'impossibilité de se sauver et il témoignait en même temps le désir qu'on lui envoyât son fils, espérant par là convaincre Phnhéa-tac que la démarche qui avait été tentée auprès de lui était sincère, puisqu'on ne craignait pas de lui livrer des otages précieux. Le fils de l'envoyé cambodgien se rendit, en effet, à Siam et cette marque de confiance fléchit enfin Phnhéa-tac, qui rendit aussitôt la liberté à l'ambassadeur khmer.

Au Cambodge, la situation politique n'avait pas changé : le désordre était partout et les partis toujours en présence. Le roi n'osait pas rentrer dans sa capitale et le prince Prea-réam tenait la campagne et recrutait des partisans dans les provinces occidentales. Le roi, de plus en plus affecté des fléaux qui accablaient son peuple, résolut de mettre fin à cette guerre de compétition et il se décida à céder la place à son rival. Il assembla ses mandarins et il leur fit part de son dessein d'abdiquer. « Sire, répondirent les ministres, tout ce que vous ferez sera par nous considéré comme bien fait et nous nous inclinons d'avance devant votre décision. »

Le roi envoya le chef du clergé au prince Prea-réam, afin de l'aviser de sa détermination et l'inviter à s'approcher sans crainte de la capitale. Celui-ci s'avança prudemment de Oudong et s'arrêta quelque temps dans la cidadelle dite des Diamants.

Le roi abdiqua définitivement en 1775, après dix-sept ans de règne, en faveur de son cousin Prea-réam, qu'il couronna de ses propres mains et auquel il donna le nom de Prea-bat-somdach-sdach-prea-réa-chéa-ongcar-prea-réam-réachéa-thiréach-barommo-bapit... L'ancien roi prit le titre d'abjoréach.

En 1776, le nouveau roi, prévoyant qu'il aurait bientôt des difficultés avec le gouvernement annamite, qui s'était si fort opposé à ce qu'il montât sur le trône, se prépara à la guerre. Il fit couler des canons et construire une citadelle à Phnom-penh et l'autre à Muc-compul.

En 1776, les Taysons (montagnards) se révoltèrent contre le gouvernement de Hué, qu'ils furent sur le point de renverser. Les deux chefs du mouvement étaient frères et on les désigna sous les noms de Duc ong-anh (le seigneur plus âgé) et Duc-ong-em (le seigneur plus jeune). Ils se mirent à la tête de leurs frères des montagnes de l'ouest et ils s'avancèrent, brisant devant eux toutes les résistances, vers Hué, la capitale de l'Annam.

Pendant que l'on se battait dans le nord, le gouverneur annamite de Saïgon se mit en rapport avec le roi du Cambodge, et lui demanda des secours pour l'aider à comprimer la révolte qu'il avait sur les bras dans sa province même. Le roi refusa son concours et exprima la volonté de n'entretenir aucun rapport avec l'Annam. Lorsqu'il put disposer de quelques troupes, le gouverneur de Saïgon chercha à tirer vengeance de cet affront et il marcha sur le Cambodge à la tête d'une armée. Il remonta le fleuve jusqu'à Phnom-penh sans rencontrer de résistance ; mais arrivé là, il trouva devant lui une armée cambodgienne disposée à lui disputer le chemin de Oudong.

L'abjoréach, ses dames et toute sa famille étaient allés faire un petit séjour sur les bords de l'arroyo de Somrong-sên. Le roi les y avait accompagnés, mais il revint, lui, aussitôt à Oudong. A Phnom-penh, la lutte entre les Khmers et les Annams se prolongeait et était sanglante ; enfin,

ceux-ci voyant qu'ils ne pouvaient vaincre leurs adversaires, abandonnèrent la partie et retournèrent en Cochinchine.

Dans le courant de l'année 1777, le vibol (mandarin de la marine)
noua des intrigues criminelles avec l'obbarach Prea-ang-than, dans le
but de faire assassiner le roi dont ce dernier prince ambitionnait,
croyait-on, la place. La chronique dit que Prea-ang-than repoussa l'offre
avec indignation et qu'alors l'infernal vibol, changeant de tactique,
chercha à irriter le roi en lui insinuant que l'obbarach visait au pouvoir
suprême. Le roi prêta l'oreille à cette dénonciation, vraie ou fausse, et
ordonna au vibol de le débarrasser de ce compétiteur. Mais ce vibol
était aussi lâche que coquin ; il n'était pas homme à risquer sa peau
dans un attentat aussi périlleux, et il en chargea le mandarin Srey-
ackharéach qui passait pour un homme très résolu. Comme il n'était pas
aisé de s'introduire dans le palais de l'obbarach pour accomplir cet
assassinat, les conjurés s'arrangèrent de manière à attirer le malheureux
prince dans une partie d'échecs chez l'abjoréach, qui était de retour
de Somrong-sên et qui était resté malade dans une grande jonque accos-
tée au rivage. Ce fut là que l'obbarach fut immolé à la vengeance du
vibol et aux soupçons du roi. Ce crime fut commis dans le mois de décembre 1777 et la victime était âgée de trente-deux ans. Quelques jours
après, l'abjoréach, dont les forces s'épuisaient insensiblement, s'éteignit
sans souffrances à l'âge de trente-huit ans.

En 1778, le roi de Siam entreprit une expédition contre Vieng-chan,
dans le Laos. Le commandant en chef de l'armée siamoise obtint de
traverser le territoire cambodgien. Arrivé dans la citadelle de Ponteay-
péch, il laissa là son armée et il se rendit avec son état-major à Oudong,
afin de présenter ses hommages au roi du Cambodge. Il eut même
l'adresse d'intéresser celui-ci à cette guerre contre Vieng-chan et il
obtint dix mille Cambodgiens bien équipés et pourvus de riz pour longtemps. L'armée alliée fut divisée en deux corps ; l'un se rendit au Laos
par terre, en passant par la province de Compong-soai, et l'autre remonta
le Mékong en barques.

La province de Compong-soai servit de base d'opérations à l'armée
d'invasion et surtout de point de ravitaillement du contingent cambodgien. On requit presque toutes les femmes valides de la contrée et on
les employa à décortiquer du riz pour les troupes. Cette mesure provoqua
de vives rumeurs et, à cette nouvelle, les soldats originaires de Compong-
soai se révoltèrent et quittèrent l'armée. Quelques-uns de ces déserteurs

rentrèrent chez eux; mais le roi ayant ordonné de les rechercher et de les punir, ils se réunirent et se trouvèrent assez nombreux pour attaquer et tuer l'envoyé royal, qui était l'auteur de la mesure concernant les femmes.

La nouvelle de cette révolution et de cet attentat n'arriva que fort tard à Oudong. Le gouverneur de Compong-soai et ceux des deux provinces voisines, de Barai et de Prey-khdey, qui étaient frères, et qui auraient pu aviser de suite le gouvernement, ne l'ayant pas fait, furent soupçonnés de complicité avec les révoltés, mandés à Oudong et traduits devant un tribunal qui les condamna à mort. Sa Majesté ordonna l'exécution du gouverneur de Prey-khdey; celui de Barai eut sa peine commuée en une correction de cinquante coups de rotin et fut dégradé, et quant au gouverneur de Compong-soai, le plus gradé des trois, il obtint sa grâce, mais il perdit sa position et rentra de suite dans sa province.

L'année suivante, 1779, ces deux mandarins désolés de la mort malheureuse de leur frère, et vivement irrités contre le roi à cause de la sévérité qu'il avait déployée à leur égard, se mirent en révolte ouverte contre son autorité et intéressèrent à leur cause un grand nombre de partisans. Le roi fit venir de Soctrang le mandarin Mu, lui donna des troupes et le chargea d'aller réprimer le mouvement qui venait de se produire à Compong-soai. Ce Mu était le frère aîné des trois gouverneurs impliqués dans la première affaire de Compong-soai. Il avait été lui-même gouverneur de cette province en 1757 et c'est aussi lui qui avait accepté la mission d'aller arrêter les deux princes Prea-Réam, le roi actuel, et Prea-ang-chi, qui s'étaient réfugiés à Compong-soai. Le choix de Mu pour cette nouvelle mission était maladroit, les suites le prouveront. Lorsque les deux partis se trouvèrent en présence, les deux chefs des révoltés allèrent trouver leur frère aîné, placé à la tête de l'armée royale, et ils lui parlèrent ainsi : « L'acharnement du roi contre notre famille est trop évident pour que vous ne le voyiez pas vous-même; il ne nous pardonnera pas notre hostilité d'autrefois et il cherchera à se débarrasser de nous tous en temps opportun. Il a au genou une blessure que nous lui avons faite d'un coup de feu qui lui rappelle constamment que nous avons été ses ennemis. La paix entre le roi et nous est illusoire; et au lieu de devenir un à un ses victimes, il nous convient mieux de nous unir comme des frères que nous sommes et de le traiter en ennemi. »

Après réflexion, Mu se rangea du côté de ses frères et passa avec presque tous ses soldats à l'insurrection. L'armée insurrectionnelle devint très importante ; on la conduisit à Péam-sên, où elle campa en attendant les événements.

Le roi comprit toute la gravité de cette défection ; il réunit à la hâte une nouvelle armée dont il prit le commandement. Bientôt il apprit que le vibol, auquel il avait confié la défense de la citadelle de Péam-sên, venait de la livrer aux rebelles et que lui-même était passé à l'insurrection. Ce vibol, qui s'appelait Sur, dont les annales ont déjà fait connaître les crimes, ne se contenta pas de commettre un acte de trahison et de lâcheté, il imagina de contracter une alliance avec le gouvernement annamite, toujours prêt à jouer un rôle actif au Cambodge pour en tirer profit. Il envoya, dans ce but, un émissaire au gouverneur général annamite des provinces de Soctrang et Travinh, récemment extorquées au Cambodge et presque entièrement peuplées encore de Cambodgiens. Cette démarche eut un plein succès. Tandis que ses agents intriguaient en Cochinchine pour lui amener des secours, le vibol s'avança à la tête de bandes armées jusqu'auprès de la citadelle de Ponteai-péch, située en avant et à deux ou trois kilomètres seulement de la capitale. Là il s'empara du prince Prea-ang-eng, fils de feu l'abjoréach, qui n'avait que six ans et qu'il garda auprès de lui afin de s'en servir suivant les circonstances ; il eut la cruauté de faire assassiner quatre jeunes enfants du roi qui tombèrent aussi entre ses mains.

Lorsque le roi, qui marchait sur Compong-soai, apprit ces atrocités, il accourut au secours de sa famille et de sa capitale. Il rencontra à Compong-chhnang, à l'entrée du grand lac, une armée composée de Cambodgiens et d'Annamites et il l'attaqua résolument. La lutte fut vive et se prolongea longtemps sans résultat sensible d'aucun côté. Néanmoins, le roi craignant que l'ennemi ne fût bientôt secouru par des troupes fraîches envoyées par le vibol campé devant Oudong, quitta le champ de bataille et se retira près de la colline de Comreng, dans la province de Crang. Dans ce lieu isolé, il organisa et renforça son armée et il en confia la direction à Sel-méas (l'ermite Méas), qui marcha droit sur l'armée combinée contre laquelle le roi s'était déjà essayé. Sel-méas ne réussit pas davantage dans sa tentative et il battit rapidement en retraite sans avoir causé aucun dommage à l'ennemi.

Mu, pendant ce temps, s'approchait sans bruit du point où se trouvait le roi, dont il réussit à s'emparer. Il l'emmena prisonnier à l'endroit appelé Bong-khyang, au sud et proche de la capitale, où il le fit exécuter en août 1779. Ce roi était âgé de trente-neuf ans et avait régné quatre ans. Après cette exécution, Mu s'empara de la direction des affaires du royaume et prit le titre de Chauféa-moha-réach-bapit-reacsa-nuréas-trang-puong.

Ce fut une sorte de régence, en attendant que l'on eût trouvé le moyen de pourvoir à la vacance du trône. Un gouvernement provisoire fut constitué. Mu le présidait et remplissait les fonctions de Chauféa, ou de premier ministre; le vibol-sur remplissait les fonctions de cralahom et un des frères de Mu celles de chacrey.

Vers la fin de l'année 1779, les hauts dignitaires du royaume reconnurent la nécessité de mettre un chef à la tête de l'État et ils proclamèrent roi le prince Préa-ang-eng, fils de feu l'abjoréach, né en 1773, et qui n'avait par suite que six ans. Mu, qui conservait l'espoir de commander en maître pendant la minorité du jeune souverain, prit la précaution d'éloigner de la cour ceux qui auraient pu tôt ou tard lui porter ombrage. Il relégua à Compong-soai le mandarin Bên, qui avait été ministre du père du roi actuel avant son abdication et dont il redoutait l'influence; il prit les mêmes mesures à l'égard d'autres personnages ayant appartenu aux anciennes cours. Le but des nouveaux venus au pouvoir était de former eux-mêmes l'éducation du jeune roi pour en faire un instrument docile entre leurs mains; pour en arriver là, il importait d'éloigner ceux qui auraient pu l'instruire des malheurs des divers membres de sa famille, et qui auraient pu surtout indiquer les persécuteurs et les bourreaux sur lesquels sa vengeance avait à s'exercer.

Vers cette époque, Phnhéa-tac, roi de Siam, instruit des sentiments de rivalité qui existaient entre les personnages qui se disputaient le pouvoir et l'influence au Cambodge, jugea qu'il était politique de sa part d'intervenir pour y rétablir l'accord. Il manda, en pleine nuit, le Prea-ang-kêu-duong, l'ambassadeur cambodgien qu'il retenait comme ôtage depuis 1772, et il lui fit part de ses desseins d'intervenir dans la politique intérieure du Cambodge. Il lui demanda s'il serait disposé à se charger d'une mission auprès de son gouvernement, ce qu'il accepta bon gré mal gré. Entre autres choses, cet envoyé devait s'efforcer d'obtenir qu'on livrât au gouvernement siamois l'ancien Yommo-réach-bên, que Mu fut enchanté de faire arrêter à Compong-soai et d'envoyer à Siam. Bên avait dans le temps combattu les Siamois et il était notoirement partisan de l'alliance avec les Annamites. Il fut mis à la chaîne à Bangkok sur l'ordre du roi.

En 1780, le régent Mu voulut changer les noms des deux sœurs du roi. Il donna à Prea-ang-menh, l'aînée, le nom de Somdach-prea-moha-crasattrey et la seconde, Prea-ang-ei, s'appela désormais Somdach-prea-srey-voreach-thida-barommo-bapit.

Le roi de Siam, toujours ombrageux, soupçonnait les hommes qui gouvernaient alors le Cambodge de rechercher l'alliance annamite et de s'isoler de plus en plus de Siam. Afin de leur en imposer et de les rallier à lui, il résolut de faire une démonstration armée au Cambodge avec des forces considérables.

Au mois de novembre, trois corps siamois furent prêts à entrer en campagne. Le prince Chau-nai, fils du roi, en commandait un qui devait marcher directement sur Oudong ; le ministre de la guerre en commandait un autre qui devait se diriger sur Angcor et rester là en réserve ; le troisième, sous la direction d'un mandarin entreprenant, envahit la province de Compong-soai.

Le régent Mu, en présence d'un si grand danger, prit la résolution d'appeler tous les Khmers valides aux armes. Il ordonna à tous les habitants des provinces septentrionales de se replier sur Oudong, tandis que les habitants du sud étaient levés et dirigés sur le même point. Pendant que cette concentration s'opérait, et que l'on fortifiait la capitale, ainsi que le fleuve un peu au-dessus de Compong-luong, le gouverneur de Compong-soai disputait pied à pied le terrain aux enva-hisseurs. Les recrues des provinces orientales furent réunies et organi-sées à Kien-soai, à quelques milles au sud de Phnom-penh, sous la haute direction du cralahom.

Tout annonçait que la lutte allait être terrible, et les Khmers étaient si peu sûrs du succès, que, avant de s'engager, ils mirent leur jeune roi en sûreté à la pointe sud des quatre bras du fleuve à Phnom-penh.

A ce moment, des changements furent introduits dans le haut per-sonnel du pouvoir. Le cralahom fut fait somdach-chau-phnhéa et le vibol passa cralahom. Celui-ci fut chargé de défendre l'importante position des quatre bras à Phnom-penh, par où l'armée ennemie de Compong-soai pouvait venir après avoir traversé cette province et gagné le Mékong, où elle pouvait être embarquée. La capitale se fût, dans le cas où le passage des quatre bras aurait été forcé, trouvée entre les deux armées siamoises, une venant du nord et par terre, l'autre arrivant en barques par le sud.

Un combat sanglant eut lieu dans la province de Compong-soai, près du village de Tuol-papéal-bac. Les Khmers eurent le dessous et les Siamois, sans plus s'inquiéter d'eux, poursuivirent leur marche jusque sur le bord du Mékong, à Péam-chicang. Arrivé là, au lieu de descendre le cours du fleuve, comme c'était à craindre, le général siamois le traversa et se répandit dans les provinces de l'est sans trop cependant s'écarter de la rive gauche.

Le général annamite Ong-foma, qui avait pris le commandement en chef des forces postées aux quatre bras, envoya le cralahom à la tête d'un corps d'armée composé de Cambodgiens et d'Annamites, avec la mission d'empêcher les Siamois de descendre jusqu'à Phnom-penh.

En 1780, vers le mois d'avril, le roi de Siam devint fou. Il bouleversa toutes les institutions du royaume, ne tint aucun compte des lois, des convenances, des usages anciens et créa de nouveaux impôts. Il fit frapper de cent coups de verges son fils Réaméa-léac (Rama lakshmana), qui osa parler en sa présence du mécontentement des mandarins et du peuple. A partir de ce moment, personne ne voulut risquer la moindre critique sur les actes de cet insensé tout-puissant, et les affaires allèrent en empirant. Mais le peuple finit par se révolter et les habitants de Muong-crung égorgèrent d'abord leur gouverneur qui voulut s'opposer au mouvement. A la nouvelle de cet attentat, le roi exaspéré fit aussitôt partir Phnhéa-san avec une armée pour aller venger le fonctionnaire fidèle assassiné. Ce général rencontra en route son frère cadet, qui lui fit remarquer l'odieux de son rôle et qui le décida à tourner ses armes contre l'insensé qui était la seule cause des malheurs dont le peuple souffrait alors. San retourna donc à Bangkok; il cerna, en arrivant, le palais, s'empara du roi et de son fils Réaméa-leac et les fit garder en prison. Quelque temps après, on fit entrer le père et le fils dans les ordres et on leur assigna pour résidence la bonzerie de Cheng, que l'on fit surveiller avec soin.

Le gouverneur de Korat informa les deux généraux siamois qui opéraient au Cambodge des événements politiques qui se déroulaient à Bangkok. Ceux-ci, possédés du désir de jouer un rôle important dans l'État, accoururent à la tête de leurs armées, emmenant avec eux le prince Chau-nai, pour s'en servir suivant les besoins de leur intérêt personnel, et ils se trouvèrent tout-puissants au milieu du désordre qui régnait dans les partis. Dans l'état où se trouvait le pays alors, ceux qui disposaient de la force armée étaient les véritables maîtres ; c'est ainsi d'ailleurs que les deux généraux le comprirent, puisque le ministre de la guerre se fit nommer roi et que l'autre général, nommé Sasey, fut fait obbarach. Mais il fallut aux usurpateurs des victimes et l'ancien roi, ses enfants et le mandarin Phnhéa-san, qui avait joué un si grand rôle dans les premiers épisodes de cette révolution, furent sacrifiés. Ces exécutions eurent lieu dans le mois de mars 1782.

En 1782, le jeune roi du Cambodge quitta la pointe sud des quatre bras du Mékong à Phnom-penh, pour aller s'établir à Prêc-méan-bap, à sept ou huit milles en amont de Phnom-penh, avec ses deux tantes et ses trois sœurs. Cette année-là l'ocnha-veang-poc changea son titre contre celui de Cralahom.

Au mois de juin 1782, un désaccord s'éleva entre le somdach-chau-phnhéa-sur, le premier ministre Mu, considéré comme régent, et le chacrey-péang. Mais Sur ne se sentant pas de force à lutter contre deux adversaires puissants et coalisés écrivit au yommo-réach-bèn, livré en 1779 au roi de Siam, pour le presser de revenir au Cambodge, afin de l'aider à combattre des ennemis communs. Bèn obtint, à l'aide sans doute de quelque promesse avantageuse faite au gouvernement siamois, de rentrer dans son pays. Les deux amis se donnèrent rendez-vous à Battambang, où ils combinèrent leur plan d'attaque ; ensuite, ils rallièrent à leur cause presque tous les Cambodgiens de la contrée, avec lesquels ils s'avancèrent, recrutant des partisans jusque dans les environs de Oudong. Ils attaquèrent le gouvernement dans la capitale et ils s'emparèrent des hommes dont ils voulaient se débarrasser. Le premier ministre Mu et Chacrey-péang furent mis à mort les premiers.

Peu de temps après ces événements, Bèn, ayant reconnu que son complice Sur était une tête folle, et redoutant pour son propre compte les effets de ses colères insensées, chercha et trouva des assassins pour le débarrasser d'un collaborateur aussi dangereux.

Après la mort de Sur, Bèn, qui n'avait pas d'autres compétiteurs à redouter, s'empara de la position de premier ministre et se donna le titre de somdach-chauféa-somrach-réachéa-car. Dès son installation au pouvoir, son premier acte fut d'envoyer le ministre de la guerre opérer l'arrestation du gouverneur de Compong-soai, le mandarin Tén, frère de l'ancien premier ministre Mu. Mais Tén, ayant été avisé des dangers qu'il courait, se cacha.

Phnhéa-sur, qui avait prévu qu'il aurait des difficultés avec le premier ministre, avait, peu de temps avant sa mort, envoyé le mandarin Moha-tép dans la province de Thbong-khmum, afin de s'entendre avec l'Or-

II.   7

chun, gouverneur, pour faire, le cas échéant, des levées d'hommes dans les provinces orientales. Ces soldats devaient servir la cause de Sur et n'être appelés et mobilisés qu'à son signal. La mort de celui-ci n'arrêta pas ces préparatifs hostiles au premier ministre, et Tép et Orchun marchèrent dès qu'ils furent prêts sur Oudong. Le chauféa ne se trouva pas en mesure de soutenir la lutte et, craignant d'être pris, il s'enfuit à Siam. Le cralahom l'y suivit, emmenant avec lui le jeune roi et les princesses.

Le second roi de Siam épousa les trois sœurs du roi du Cambodge et celui-ci se fixa, avec ses deux tantes, dans les environs de Bangkok.

Le roi de Siam donna à Bên, premier ministre du roi du Cambodge, le titre de chau-phnhéa-aphey-thibês-visês-sangcréam-réam. C'est le titre qui revient au gouverneur de la grande province de Battambang. Nous allons voir bientôt en vue de quels projets ce changement dans les titres et position de ce mandarin avait eu lieu.

En 1791, le roi du Cambodge, Prea-ang-méchas-ong, eut de sa femme, Neac-neang-ot, un fils qui fut nommé Prea-ang-méchas-chan.

En 1793, le roi eut d'une autre de ses femmes un fils qui fut appelé Prea-ang-phim.

En 1794, Neac-néang-ot accoucha de nouveau d'un garçon qu'on appela Prea-ang-snguon. A peu près à la même époque, une autre femme du roi, d'un moindre rang, eut un fils inscrit sous le nom de Prea-ang-em.

En 1794, le roi du Cambodge, qui avait été élevé au trône en 1779, mais qui avait vécu depuis lors ou caché ou fugitif, fut enfin couronné à Bangkok par son suzerain le roi de Siam, qui lui donna le nom de Prea-bat-somdach-sdach-prea-réachéa-ongcar-prea-noreai-réachéa-thiróach. Son ministre le cralahom, qui l'avait suivi en exil, fut fait chauféa, c'est-à-dire premier ministre, en remplacement de Bên, qui, comme nous savons, avait accepté la vice-royauté de Battambang.

Dans le mois de mai de cette même année, le roi de Siam envoya le roi du Cambodge dans son royaume accompagné d'une armée siamoise, qui devait l'aider à reprendre possession de son gouvernement. Bên, gouverneur ou vice-roi de Battambang, fut mis à la tête de l'armée et il eut pour mission de réinstaller le roi et de rétablir l'ordre au Cambodge; ensuite, il devait se retirer avec ses troupes dans la province de Battambang, dont l'administration lui était confiée, *à la condition expresse qu'il serait sous la dépendance et recevrait les ordres du roi de Siam.* La province d'Angcor subit le même sort, et son gouverneur particulier fut placé sous la haute autorité de l'administrateur de Battambang.

De cette époque date l'occupation des provinces d'Angcor et de Battambang par les Siamois. Y eut-il un accord verbal entre les deux souverains, qui puisse expliquer cette façon d'agir, et l'abandon de ces provinces fut-il le prix du concours fourni alors par le gouvernement siamois?... On ne sait. Toujours est-il qu'il n'est resté aucune trace de cet accord ou convention. Les hommes politiques du Cambodge inclinent à penser que cette combinaison fut l'œuvre du roi de Siam et de l'infâme Bên, dont les annales révèlent l'ambition, les intrigues et les crimes, et qui finit sa carrière par un acte honteux pour lui aussi bien que pour les Siamois. Le jeune roi du Cambodge laissa faire ; dans la position où il se trouvait alors, il ne pouvait guère faire autrement.

Bên se tira à merveille de cette mission : il installa le roi, pacifia le pays et s'en alla prendre possession de son gouvernement de Battambang.

En 1796, Neac-néang-ros, épouse du roi, eut un fils auquel on donna le nom de Prea-ang-mechas-duong.

En 1796, dans le mois d'août, le roi tomba malade et mourut à l'âge de vingt-quatre ans. Les grands dignitaires du royaume présidèrent à ses funérailles et placèrent ses cendres dans une pyramide qu'ils firent élever à l'est du grand mausolée de la colline de Oudong.

Le roi ne fut pas immédiatement remplacé et ce fut le premier ministre qui prit la direction des affaires.

En 1799, le prince Prea-ang-méchas-phim tomba malade et mourut à l'âge de six ans.

En 1802, le premier ministre présida à la cérémonie de la tonte du toupet de Prea-ang-chan, fils aîné du feu roi. Deux mois après, le jeune prince entra en qualité de novice dans un couvent où il resta seulement trois mois.

En 1805, dans le mois de décembre, Prea-n g-chan entreprit un voyage à Siam. Le premier ministre, qui l'avait accompagné à Bangkok, y mourut à l'âge de soixante-cinq ans.

En 1806, dans le mois d'août, Ang-chan, alors âgé de quinze ans, fut couronné à Bangkok sous le nom de Prea-bat-somdach-prea-outcy-réachéa-thiréach-réaméa-thupphdey-prea-srey-sorijopor. Il revint au Cambodge suivi d'une magnifique escorte. Trois mois après l'arrivée du roi à Oudong, le gouverneur de Battambang vint offrir une de ses filles à Sa Majesté, qui voulut bien l'accepter comme épouse.

Le gouvernement de l'Annam reconnut Ang-chan comme roi du Cambodge; en retour, celui-ci se reconnut vassal du roi d'Annam et lui envoya régulièrement comme tribut des éléphants, de l'ivoire, du cardamome, de la cire.

En 1807, dans le mois de septembre, le roi envoya une mission à Bangkok pour réclamer sa mère, ainsi que ses tantes Prea-ang-pou et Prea-srey-voréach-thida, que le second roi de Siam avait épousées et dont il avait des enfants. Malgré les riches cadeaux qu'ils portaient, les ambassadeurs ne réussirent pas complètement dans leur mission, et ils ne purent ramener au Cambodge que la reine-mère et la princesse Prea-ang-pou.

En 1809, Neac-menéang-tép, épouse du roi et fille du gouverneur de Battambang, accoucha d'une fille à laquelle on donna le nom de Prea-ang-méchas-bên.

En 1809, le roi de Siam mourut et ce fut son fils aîné qui lui succéda. Bên, gouverneur de Battambang, mourut cette même année et fut remplacé dans ce poste important par le mandarin cambodgien Vibol-Pên, qui reçut son investiture à Bangkok.

Le roi du Cambodge envoya ses frères Snguon et Ang-em, ainsi que une députation de grands mandarins, à Siam, pour assister aux funérailles du roi. Ils portaient les cadeaux et les objets que les rois tributaires sont tenus de fournir en pareille occasion. Ces envoyés partirent du Cambodge en 1809. Le nouveau roi de Siam les accueillit avec affabilité; il éleva le prince Snguon à la dignité d'abjoréach et le prince Ang-em fut fait obbarach. Les fêtes de la crémation du corps du roi une fois finies, les princes et les mandarins cambodgiens qui les avaient suivis retournèrent au Cambodge.

Vers cette époque, le roi du Cambodge ayant eu des raisons de douter de la fidélité des deux ministres Chacrey-bên et Cralahom-muong, il les fit arrêter et mettre à mort. Muong était un Siamois intelligent et fort intrigant, qui avait fini par s'élever au Cambodge à une haute position.

En 1811, un Portugais, Joseph Monteiro, médecin empirique, fut élevé à la dignité de cru-pét, c'est-à-dire médecin du roi. Il est connu sous le nom de Cru-pét-sec.

Dans le courant de l'année 1811, un désaccord s'éleva entre le roi et l'abjoréach. Celui-ci se crut assez menacé pour songer à fuir; et dans la nuit du 2 octobre 1811, il quitta son palais avec toute sa famille et se retira à Pursat. Le roi fut très affecté de cette fuite et il envoya les deux chefs des bonzes à son frère pour l'engager à revenir. Le prince résista aux vives instances des religieux, qui s'en retournèrent rendre compte au roi de l'insuccès de leur mission.

Le roi voulut cependant renouveler la démarche et il députa quatre mandarins au prince, qui persista dans sa résolution et retint cette fois les envoyés comme otages.

Après ces deux tentatives infructueuses, le roi du Cambodge craignant que la guerre civile n'éclatât dans son royaume, et ne se sentant pas la force d'enrayer ou de combattre avec avantage la révolution qui se préparait, eut recours à l'intervention du gouvernement annamite, auprès duquel il accrédita un mandarin qui obtint sans peine, de l'empereur Gia-long, l'envoi d'une colonne de cinq cents hommes commandés par le général Ong-chuong-denh. Cet officier vint s'établir avec sa troupe dans l'île de Ca-chen, en face Oudong.

Le roi de Siam, qui prétendait conserver au Cambodge une autorité et une influence prépondérantes, vit avec déplaisir que le souverain de ce pays s'adressait directement à l'empereur d'Annam pour l'aider à réprimer les désordres qui venaient de se produire dans son royaume. Il résolut d'intervenir avec des forces considérables qu'il mit naturellement au service du parti hostile au roi et aux Annamites. Il fit avancer cinq mille hommes, commandés par son yommo-réach, sur la route de Battambang. Un autre corps, commandé par le général Pohullotép, traversa la province de Compong-soai et continua sa marche jusqu'au Mékong, à Stung-trêng. Celui-ci devait descendre le fleuve et venir attaquer Oudong par le sud, tandis que l'autre corps d'armée siamois l'aborderait par le nord.

Le roi du Cambodge prit ses précautions pour parer à tous ces dangers. Il ordonna au yommo-réach-cong d'aller, avec mille hommes, prendre position à l'endroit appelé Rové-chhu-néac (province de Roléa-paier), par où le corps qui venait par Battambang devait passer pour se rendre à Oudong; un autre mandarin concentra du monde à Compong-chhnang en vue d'arrêter ce même corps siamois dans sa marche vers la capitale et, enfin, le gouverneur de Baphnom, à la tête d'une flottille, défendait le passage par le bras du lac. L'armée annamite était toujours à Compong-luong, formant une réserve prête à se porter où besoin serait.

Le général annamite expédia un officier dans la direction de Battambang pour épier l'ennemi et rendre compte de ses forces et de ses mouvements; mais cet envoyé fut arrêté à Pursat par les agents de l'abjoréach. L'armée siamoise marchait pourtant sur Oudong sans rencontrer d'obstacles. Le roi abandonna son palais un dimanche du mois d'avril 1812 et alla s'établir un peu au-dessous de Compong-luong. Là, il était à l'abri d'un coup de main et il avait la retraite assurée sur Phnom-penh. Un corps d'armée siamois venait de Pursat par le lac, et était conduit par deux mandarins faisant partie de la mission que le roi avait, dans le temps, envoyée à Pursat pour engager son frère à rentrer à Oudong. Ces messieurs étaient pour le moment, de gré ou de force, dans les rangs des ennemis de leur souverain. Pendant que la flottille traversait le lac, l'abjoréach, à la tête de trois mille Cambodgiens et Siamois, s'avançait par terre vers la capitale.

Un jeudi du mois d'avril 1812, vers les sept heures du matin, la flottille ennemie attaqua les forces cambodgiennes, de terre et de mer, postées à Compong-chhnang. Après avoir lutté courageusement pendant plusieurs heures, les Cambodgiens se replièrent doucement, en combattant toujours et en entraînant les populations des bords du fleuve, afin que les Siamois ne s'en emparassent point pour les envoyer, suivant leur coutume, dans leur pays. Le commandant de la flotte khmer expédia une barque rapide à son roi pour l'aviser de la gravité de la situation. Celui-ci s'embarqua aussitôt avec sa famille et toute sa cour, et alla s'établir dans l'île Dey-et, située sur le Mècong, au-dessous des quatre bras de Phnom-penh. L'armée annamite suivit le roi, ainsi que les deux jeunes frères de Sa Majesté, l'obbarach Ang-em et le prince Prea-angduong, alors âgé de seize ans seulement. Ces deux princes s'apercevant bientôt que la fortune ne se décidait pas pour le roi, résolurent de l'abandonner. Ils quittèrent les barques où ils étaient logés et ils gagnèrent Oudong par terre avant que l'on se fût aperçu de leur disparition.

Les princes essayèrent de justifier leur désertion et leur infidélité, en prétendant que le roi n'était pas reconnaissant des services rendus au pays par les Siamois, et ils lui reprochaient surtout de s'être trop livré aux Annamites. Leur mère Neac-néang-ros, épouse du feu roi Somdach-prea-noreach-réachéa-thiréach... les accompagnait. Ce fut elle qui, dans la position critique et fausse où ils se trouvaient, leur conseilla d'aller demander asile et conseil à leur ancien directeur spirituel, Moha-prom-momi, qui refusa de les recevoir dans son couvent et qui

les conduisit lui-même à Oudong, dans la résidence royale momentanément abandonnée.

Le général annamite, qui veillait sur le roi, fit poursuivre sans succès
les princes fugitifs. Mais l'officier annamite, qui était chargé de cette
mission, ayant appris que le chef religieux Prom-momi avait favorisé
leur fuite, envahit son couvent et emmena comme otages tous les
bonzes qui s'y trouvaient. Lorsque cet officier revint dans l'île Dey-et,
il n'y trouva plus le roi, qui s'était décidé à partir pour Saïgon.

A Saïgon, loin des agitations de la guerre civile, le roi songea aux
moyens qu'il lui conviendrait d'employer pour pacifier son royaume
et reprendre possession de son gouvernement. Il envoya à l'empereur
d'Annam trois de ses fidèles mandarins, dont un, le nommé Tuon-sêt-
asmit, était d'origine malaise et dont nous avons raconté l'histoire en
parlant des Malais, dans le premier volume. Ces envoyés, sauf Asmit
qui fut accueilli avec défiance, furent bien traités à la cour d'Annam.
L'étiquette interdisant aux ambassadeurs étrangers de s'adresser directement au chef de l'État, les mandarins khmers exposèrent aux ministres de l'empereur Gia-long le malheureux état des affaires au Cambodge et ils leur demandèrent, de la part de leur roi, de vouloir bien
intervenir efficacement. Ce concours leur fut promis et ils furent autorisés à aller en porter de suite l'assurance à leur souverain.

Le médecin portugais dont nous avons déjà parlé était mort avant le
départ du roi pour Saïgon. Il avait été remplacé comme médecin de Sa
Majesté par son fils André Monteiro, qui obtint le titre de réachéa-
pipet, auquel il joignit son nom cambodgien Bèn, qui est celui sous
lequel il devint surtout populaire. André Monteiro avait suivi le roi à
Saïgon, continuant à faire auprès de sa personne, avec le même zèle
et le même dévouement, le service de médecin.

Au mois de janvier 1813, l'obbarach et le prince Ang-duong, après
avoir pourvu à la direction des affaires du royaume par la constitution
d'une commission mixte composée, en nombre égal, de mandarins siamois et cambodgiens, se rendirent à Bangkok pour se concerter avec
leur suzerain à propos des événements qui s'accomplissaient au Cambodge.

A cette époque, un éléphant blanc fut pris dans les forêts de Pursat et
le gouverneur de la province en fit hommage au roi de Siam.

En 1813, l'empereur d'Annam chargea le général Lê-van-duyêt, qui
s'était distingué dans la guerre contre les Taysons, de replacer le roi du

Cambodge sur son trône. Ce général prit aussitôt ses dispositions, et envoya en avant-garde deux mille hommes sous la conduite de deux généraux annamites, qui avaient également fait leurs preuves. Un lundi du mois de mai 1813, le roi du Cambodge et le général en chef Van-duyêt s'embarquèrent à Saïgon et partirent avec vingt mille hommes. Ils arrivèrent, sans rencontrer de résistance, à Oudong le 14 mai 1813. Toutes les autorités de la capitale s'empressèrent d'aller rendre hommage au roi et jamais restauration ne fut plus aisée à opérer. Les généraux siamois étonnés de l'audace, de l'activité déployée par les Annamites, et préoccupés surtout des forces considérables qu'ils avaient mis en jeu, renoncèrent à la lutte ; ils quittèrent le royaume, et après avoir mis leurs hommes en lieu sûr hors de la frontière cambodgienne, les principaux d'entre eux se rendirent auprès du roi Ang-chan pour le féliciter sur son retour à Oudong. Cette restauration valut à l'empereur Gia-long une grande réputation d'habileté et un grand ascendant sur tous les peuples du sud de l'Indo-Chine.

Au commencement de l'année 1814, le gouverneur de la province de Compong-soai, qui avait pris parti pour les princes contre le roi, craignant qu'on ne le recherchât par la suite pour sa conduite dans ces occasions, souleva contre l'autorité du roi la population de sa province et celle de la province de Barai, gouvernée par un de ses frères. Le but de ces deux mandarins était de provoquer une nouvelle intervention des Siamois, auxquels ils avaient rendu des services dans le temps, de les attirer dans les provinces qu'ils administraient et de les décider à les conserver comme celles de Battambang et d'Angcor.

Le roi ordonna au yommo-réach-tuon-pha (c'est le malais Tuon-sêt-asmit) et au thomméa déchu Mon d'aller, avec trois mille hommes, s'emparer de Meng, gouverneur de Compong-soai. Celui-ci et son frère, le gouverneur de Barai, se sauvèrent dans la petite province de Tonli-repou d'abord et ensuite à Khong, dans le Laos. Les commandants des troupes royales installèrent le nouveau gouverneur de Compong-soai, le malais Tuon-mat, frère aîné de Sêt-asmit, et ils rentrèrent ensuite avec leurs hommes dans la capitale.

Peu de temps après l'ancien gouverneur Meng se rendit à Siam, afin d'intéresser le gouvernement siamois à sa position, en lui représentant que la persécution dont il était l'objet n'avait d'autre cause que son attachement aux intérêts de la cour de Bangkok. C'est sur les instigations de cet intrigant que des troupes furent envoyées et que la résidence du gouverneur de Compong-soai fut vivement attaquée et le balat, la troisième autorité de la province, tué d'un coup de feu. Tuon-mat, surpris par cette brusque agression, n'eut que le temps de se sauver à Compong-leng, sur les bords du bras du lac, accompagné du gouverneur de la petite province de Prey-khdey. Il fut destitué pour incurie et remplacé par l'ocnha-norén-mu, qui se rendit aussitôt dans sa province, afin de là débarrasser des bandes ennemies qui venaient de l'envahir.

En 1814, une armée siamoise fut signalée du côté de Korat. Le roi du Cambodge, craignant une nouvelle invasion par Pursat et le grand lac, prit ses mesures pour défendre l'accès de son royaume de ce côté. Mais ce n'était pas là cette fois le but des Siamois, qui se dirigèrent droit sur les petites provinces septentrionales de Prey-sa, Stung-por, Molu-prey et Tonli-repou, qu'ils occupèrent militairement et que, comme nous le verrons plus tard, ils n'ont jamais évacuées. La province de Stung-trêng, située sur la rive gauche du Mékong, au-dessous de la cataracte de Khong, subit le même sort. Le gouvernement siamois avait été entraîné dans cette expédition par l'ancien gouverneur Meng, qui avait prétendu que les peuples de ces provinces demandaient instamment à être annexés au territoire siamois.

Au commencement de l'année 1815, le roi du Cambodge se décida à nouer des relations amicales, depuis longtemps interrompues, avec la cour de Bangkok. Il envoya, dans ce but, deux ambassadeurs porteurs de beaux cadeaux pour le roi de Siam, qui les accepta, ce qui était un témoignage d'amitié et un gage d'alliance, et qui répondit par l'envoi d'autres ambassadeurs qui remirent, de sa part, au roi du Cambodge, des présents de toute nature et mille piastres d'argent.

En septembre 1815, une grande inondation tua le riz et produisit une disette.

En novembre 1815, le roi d'Annam résolut de faire construire une citadelle à Chaudoc et de faire creuser deux canaux dans le nord des possessions annamites. L'un de ces canaux, connu sous le nom de *Vinh-té*, de cinquante-trois kilomètres de long, devait mettre Chaudoc en communication avec Hatien et la mer, et l'autre, appelé en annamite *Vinh-an* et en cambodgien *Long-sen*, de quatorze kilomètres de long et vingt-quatre mètres de large, devait relier le fleuve antérieur au fleuve postérieur. Cinq mille sujets annamites, auxquels se joignirent mille Cambodgiens fournis par le roi du Cambodge, exécutèrent ces travaux sous la direction de trois ingénieurs annamites.

Une inscription écrite en langue et caractères annamites, trouvée au pied de la montagne de Nui-sam, près Chaudoc, porte que Hau-thoai-ngoc, gouverneur de la basse Cochinchine, réunit deux cours d'eau par un canal et mit ainsi Chaudoc en communication avec Hatien et le golfe de Siam. Ce travail fut fait vers l'année 1816 (les Khmers disent en 1815).

Le même mandarin avait fait exécuter, une année auparavant, un travail analogue pour relier Long-xuyen au Rach-gia. Une inscription écrite sur l'ordre de ce haut dignitaire porte ce qui suit : « Je reçus de la faveur royale une épée d'honneur et un sceau en signe d'*autorité militaire et civile au Cambodge.* » Le gouverneur annamite de la basse Cochinchine était donc à cette époque le protecteur du Cambodge délégué par la cour d'Annam.

En 1815, une dame du roi, nommée Neac-meneang-crachap, accoucha d'une fille à laquelle on donna le nom de Prea-ang-mey. Cette princesse joua par la suite un rôle important et gouverna le Cambodge pendant plusieurs années.

Nous croyons devoir remplir ici une lacune de la chronique au profit du médecin portugais Réachéa-pipet-bên, dont nous avons déjà parlé. Nous tenons les renseignements que nous donnons ici des enfants de cet Européen ; et comme ces renseignements nous ont été confirmés, sauf les dates sur lesquelles il n'est jamais possible de s'entendre là-bas, par des vieillards qui ont été les témoins des faits que nous allons rapporter, nous les livrons sans crainte à la publicité.

Pour récompenser son médecin de sa fidélité, de son dévouement, de ses services, le roi, de retour à Oudong, l'éleva successivement aux dignités de butés, de vibol et de cralahom. De plus, le roi Ang-chan, qui avait placé en lui toute sa confiance, lui donna ou lui laissa prendre des pouvoirs au-dessus de sa charge, dont il mésusa, il faut croire, car il s'éleva contre lui des plaintes nombreuses et si pressantes, que le roi se décida à le livrer à un tribunal spécial, composé de mandarins et de chefs de toutes les races représentées au Cambodge. Tous ces juges asiatiques, un peu par jalousie, et déterminés peut-être aussi par les charges qui pesaient sur le prévenu, le condamnèrent à mort et il fut exécuté à Phnom-penh en 1816.

Depuis cette époque, aucun membre de la petite colonie portugaise n'a obtenu de position très élevée dans l'État, sauf pourtant un de la famille des Diaz, qui est mort vibol en 1878.

En 1821, une femme du prince Prea-ang-méchars-duong, mit au monde une fille inscrite sous le nom de Mom. La mère de cette princesse était de condition obscure, aussi, et contrairement aux usages, on la laissa plus tard épouser un mandarin d'origine chinoise, qui devint cralahom et qui mourut en 1877, aimé et estimé de tout le monde.

En 1822, une épouse du roi eut une fille que l'on nomma Prea-ang-méchas-pou, qui devint plus tard obbarach sous le règne de sa sœur Ang-mey. Cette princesse vit encore (1878).

Dans le courant de cette même année l'abjoréach Inguon, frère cadet du roi du Cambodge, qui s'était retiré à Siam après la restauration de celui-ci, mourut à Bangkok. Le roi de Siam fit brûler le cadavre de ce prince en 1826 et envoya les cendres au Cambodge, où elles furent enfermées dans une tour construite pour cet usage sur la colline de Oudong.

En 1825, une épouse de l'obbarach Em accoucha à Siam d'un fils qu'on nomma Phim.

En 1828, la reine-mère Neac-menéang-ot mourut à l'âge de soixante-trois ans. Ses cendres se trouvent également dans une des tours de la colline de Oudong.

En 1828, une dame du prince Ang-duong accoucha à Bangkok d'une fille connue sous le nom de Tramol. Cette princesse mourut à Battambang en 1872.

En 1829, une femme du roi mit au monde une fille, qui prit le nom de Prea-ang-méchas-inguon. Norodon, le roi actuel du Cambodge, l'épousa et elle vivait encore en 1875.

En 1830, une femme du prince Ang-duong eut une fille nommée U, qui mourut à Battambang en 1866.

En 1832, Ca, gouverneur de Pursat, eut une querelle avec le manda-rin Somdach-chau-phnhéa-suos. Celui-ci accusait son adversaire d'infidélité au roi. Ca ne voulut pas se rendre à la capitale pour répondre à cette accusation, et il se sauva à Siam, entraînant à peu près les deux tiers des habitants de sa province sur territoire siamois. Le roi, redoutant un retour offensif de ce gouverneur, envoya le chacrey-long avec deux mille hommes à Pursat, où il devait se fortifier et ensuite instruire ses soldats de nouvelle levée. Aucune démonstration hostile ne s'étant produite, ces deux mille hommes furent licenciés au mois d'avril de la même année. Mais peu de temps après la rentrée des troupes, le nouveau gouverneur de Pursat fit connaître que des armées siamoises s'approchaient de Battambang et menaçaient sa province.

Sur le conseil du Somdach-chau-phnhéa-suos, le chacrey-long fut de nouveau désigné pour retourner à Pursat. Comme on n'avait pas de troupes sous la main à lui donner, on constitua des cadres et le général en chef partit avec tous ses sous-ordres, enrôlant chemin faisant tous les hommes valides que l'on rencontrait. On se hâtait à Oudong de rallier du monde, afin de renforcer au plus vite cette armée formée sans aucun choix en marchant. Quelques jours après le départ du commandant en chef, on fit partir quatre officiers, n'ayant que quatre-vingts hommes en tout, mais qui étaient autorisés à lever en marchant chacun trois cents hommes dans un pays où l'on avait fait déjà table rase. Il n'arriva jamais d'autres secours à cette armée recrutée ainsi que nous venons de le dire.

Les Siamois ne tenant aucun compte des faibles obstacles qu'on mettait sur leur chemin, s'avancèrent au cœur du pays jusqu'à Compong-chhnang. Le chacrey-long concentra ses contingents cambodgiens et se porta à la rencontre des Siamois, qu'il joignit au bord d'un marais appelé Pu. L'armée siamoise se composait d'environ six mille hommes. Le combat qui s'engagea sur ce point fut très sanglant, mais les Khmers durent plier sous le poids de forces trop considérables et bientôt le désordre se mit dans leurs rangs. Leur général en chef, suivi seulement de trois serviteurs, se cacha dans la province de Prey-crabas ; il traversa plus tard le fleuve et passa à Baphnom.

En décembre 1833, le roi n'ayant plus de troupes à opposer aux envahisseurs, prit le parti de se retirer sur le territoire annamite. Il quitta son palais de Phnom-penh et il s'embarqua avec sa famille dans des jonques qui le conduisirent à Vinh-long. Il était à peine parti que quatre corps d'armée entrèrent à Phnom-penh. Les deux princes cambodgiens Obbarach-em et Ang-méchas-duong arrivaient avec les Siamois, qui étaient commandés en chef par le célèbre général Bodin. Cet intrépide général laissa une garnison dans Phnom-penh avec les deux princes cambodgiens alliés, et il descendit le fleuve avec le gros de son armée, dans le dessein de s'emparer d'abord des citadelles de Chaudoc et du Viam-nao. Le prea-ang-kêu-mu, le plus élevé en grade des mandarins cambodgiens, et le gouverneur de Pursat, suivaient l'armée siamoise.

Vers cette époque le prince Ang-duong épousa la nommée Pèn, fille d'un juge et sœur de Mon-hêm, qui remplit auprès du prince, son beau-frère, les fonctions de page et qui fut élevé plus tard à la dignité de premier ministre par Ang-duong, devenu roi.

Le chacrey-long ne restait pas inactif à Baphnom. De concert avec le yommo-réach-hu, il leva mille soldats dans les provinces situées à l'est du Mëcong, qu'il équipa et qu'il cacha dans les forêts afin de les employer en temps opportun.

Bientôt une colonne siamoise isolée traversa le fleuve de confiance et se répandit dans les provinces de l'est. Arrivée au village de Smong (province de Prey-veng), elle fut vivement attaquée et culbutée par Long, qui sortit inopinément de la forêt avec ses Cambodgiens. Les Siamois s'enfuirent vers le nord ; arrivés sur les bords du grand fleuve, à la hauteur de Roca-cong, ils démolirent les maisons des habitants, afin de faire servir les matériaux à construire de grands radeaux sur lesquels les fuyards purent passer le Mëcong, et échapper aux Cambodgiens qui les poursuivaient.

Ce succès dans les provinces de l'est ranima le courage des Khmers et leur mit au cœur la résolution de chasser l'ennemi de leur territoire ; ils se réunirent par groupes autour de chefs audacieux, et parcoururent le pays passant par les armes tous les Siamois et les Laotiens isolés qu'ils rencontraient.

Dans le sud, les ennemis étaient plus heureux et Bodin était parvenu à s'emparer de la citadelle de Chaudoc. A ce moment, l'armée siamoise fut renforcée d'un détachement important qui arriva par mer et débarqua à Hatien, et qui eut vite opéré sa jonction en suivant le canal de Vinh-té, absolument libre. Ce secours permit à Bodin de laisser une garnison à Chaudoc et d'aller attaquer le fort du Viam-nao dont il s'empara.

Encouragé par tous ces succès, le général Bodin voulut pousser jusqu'à Vienh-long, mais là il fut écrasé dans un combat naval, dans lequel les Annamites déployèrent beaucoup d'énergie et d'adresse. Les Siamois remontèrent précipitamment le Mëcong, abandonnant les citadelles et les postes dont ils s'étaient emparés et, enfin, cette armée, qui n'avait connu jusque-là que les succès, se dispersa et ne put plus rien entreprendre. Bodin rentra à Siam en prenant la voie de terre, et une partie de son armée alla s'embarquer sur les bords du golfe, où des navires siamois étaient restés en cas de besoin.

Lorsque l'obbarach et le prince Ang-duong eurent connaissance de ces événements, ils s'empressèrent de quitter Phnom-penh avec la gar-

nison siamoise et se dirigèrent en barques sur Battambang. En parcourant le bras du lac, les princes, pressés sans doute par les généraux
siamois, réquisitionnaient toutes les barques et emmenaient les habitants des deux rives, ainsi que leurs bestiaux. Ces pauvres habitants ne
suivaient que par force et lorsqu'ils furent assez nombreux, ils bouscu-
lèrent leurs ravisseurs et retournèrent chez eux. Quelques-uns seulement d'entre eux consentirent à suivre l'obbarach en exil.

Arrivée à Phnom-penh, l'armée annamite fut divisée en deux corps :
l'un, sous la conduite du général Thong-chê, remonta le Mékong, et
l'autre, commandé par le général Banhi, suivit le bras du lac. L'objectif de cette campagne était d'expulser les Siamois des points qu'ils
occupaient encore, et aussi de rassurer les habitants, fatigués de ces
guerres civiles et étrangères.

La province de Compong-soai était toujours très agitée et s'était plus
particulièrement livrée aux Siamois. Chacrey-long et le yommo-réach-
hu allèrent en reprendre possession.

Après l'expulsion des Siamois, le général annamite Ong-chanh-lanh-
binh ramena le roi et l'installa à Phnom-penh. Celui-ci, ne se croyant
pas en sûreté dans la ville même, fit faire des travaux de défense et
construire un palais à la pointe sud des quatre bras, où il alla s'é-
tablir.

Pour les services rendus pendant la guerre, le roi éleva le chacrey-
long à la dignité de premier ministre, et le yommo-réach-hu à celle
de somdach-chau-phuhéa. Ces deux positions étaient vacantes par
suite du décès des titulaires. D'autres mandarins, qui s'étaient également distingués, reçurent des récompenses, notamment le vibol-
rot qui fut fait yommo-réach et le mandarin Essor-kêu, qui passa
chacrey.

Lorsque la tranquillité fut rétablie dans le royaume, les armées annamites rentrèrent en Cochinchine et il ne resta à Phnom-penh qu'un
corps d'observation sous les ordres du général Ong-thong-chê.

En 1834, le roi fut atteint de dyssenterie aiguë, dont il mourut au
mois de décembre et à l'âge de quarante-quatre ans. Il avait eu un
règne fort agité de vingt-huit ans.

L'empereur d'Annam, qui s'était fait le protecteur de ce prince, envoya des officiers, avec les cadeaux d'usage, pour assister aux funérailles. Les cendres de ce souverain sont dans une tour élevée au nord
et au pied de la colline de Oudong.

Après les funérailles du roi, Ong-kham-mang, chef de la mission annamite, réunit en conseil les grands mandarins cambodgiens, afin de les faire délibérer sur le choix du successeur à donner à Ang-chan. Il insista tout d'abord pour qu'on écartât les candidatures des princes Em et Duong, dévoués aux Siamois et réfugiés à Bangkok. Comme il ne restait que des princesses, les votes se portèrent sur Ang-mey, fille cadette du feu roi. La fille aînée fut écartée parce que tous ses parents, du côté de sa mère, étaient favorables aux Siamois et que l'on craignait qu'elle ne fût plus tard circonvenue. Ang-mey était à peine âgée de vingt ans lorsqu'elle monta sur le trône ; elle n'exerça en réalité aucun pouvoir et n'eut dans la direction des affaires qu'une faible influence ; ses ministres expédiaient les affaires courantes, mais rien d'important ne se faisait sans qu'on eut pris préalablement l'avis ou les ordres du représentant du gouvernement annamite.

En 1835, Neac-menéang-pên, épouse du prince Ang-duong, accoucha à Angcor-borey, près Battambang, d'un fils qui reçut le nom de Prea-ang-méchas-réachéa-vodey. C'est le prince qui régna plus tard sous le nom de Norodon.

En 1839, la même Pên mit au monde une fille qui fut nommée Méchas-chang-colloney. Au moment où nous écrivons ces lignes, janvier 1879, cette princessse vit auprès de sa mère à Oudong, séparée depuis longtemps de son mari, l'obbarach actuel.

En 1840, une femme de l'obbarach eut une fille, connue sous le nom de Kêssaney. Celle-ci resta demoiselle et nous l'avons souvent vue dans le palais du roi Norodon, où elle doit être encore (1879).

En 1840, la Menéang-pou, épouse du prince Duong, eut un fils qui porta le nom de Sisavat, c'est l'obbarach actuel (1879).

En 1841, une autre épouse du prince Duong eut un fils qu'on nomma Votha et dont nous aurons à raconter plus tard les prouesses.

Le général en chef annamite, Ong-tuong-kun, alors tout-puissant au Cambodge, préparait visiblement l'annexion de ce pays à l'Annam. La présence à Battambang de l'obbarach et du prince Ang-duong le gênait dans ses projets ; il résolut de se débarrasser de ces messieurs. Pour arriver à son but, il employa la ruse, fit preuve de mauvaise foi, eut recours à d'infernales manœuvres et laissa enfin au Cambodge une mauvaise réputation et un nom universellement méprisé. Voici comment ce général s'y prit pour écarter les deux princes du terrain où il comptait exercer ses intrigues et ses spéculations. Il chargea un Annamite, Chomnang-day [1], auquel il donna un titre pour la circonstance, de porter une lettre à l'obbarach en résidence à Battambang. Cet envoyé avait en outre à faire des confidences verbales et dont la lettre ne faisait aucunement mention. Voici la lettre :

« Ong-tuong-kun, général en chef de l'armée annamite..., à Son Excellence le somdach-moha-obbarach....

« L'empereur d'Annam m'a envoyé comme le chef supérieur des armées destinées à protéger le Cambodge. Je n'ai ni les ordres, ni le dessein d'usurper la couronne, ni de disposer d'aucune partie du territoire de ce pays. Je suis ici seulement pour pacifier le Cambodge et pour le défendre contre toute agression étrangère. Après la mort du roi, j'insistai moi-même pour que la princesse Ang-mey montât sur le trône, mais ce ne pouvait être que provisoiremten et jusqu'à ce qu'un prince cambodgien se présentât, enfin, pour occuper le rang suprême.

« Lorsque le roi de Siam vous envoya, il y a quelque temps, sur la frontière du nord, j'espérais que vous pousseriez jusqu'à Phnom-penh, mais vous vous êtes décidé, vous et votre frère, à rester sur le territoire siamois. Mon intention eut été de vous aider à gravir les marches du trône, si vous aviez continué votre voyage jusqu'ici. En ce moment, vous devriez tenir compte des désirs de la population, qui, je suis sûr, vous voudrait voir sur le trône et je vous invite moi-même à venir dans votre capitale, où vous me trouverez disposé à agir dans votre intérêt. »

Le prince se laissa prendre au piège : il crut à la sincérité des déclarations et des promesses du général ; et sur les incitations de celui-ci, il ne craignit point de dénoncer à la cour de Bangkok son propre frère Ang-duong, qu'il accusa d'avoir pris part à une conjuration préjudiciable aux intérêts siamois. Cette dénonciation produisit sur l'esprit ombrageux des Siamois l'effet qu'on en attendait ; le prince Ang-duong fut rappelé à Bangkok et surveillé.

L'infernal général annamite commençait à triompher. Quant à l'obbarach, une fois débarrassé de la compétition de son frère, n'ayant pas à craindre que quelqu'un d'assez influent contrariât derrière lui les plans qu'il avait faits avec l'envoyé annamite, il partit pour Pursat avec sa famille, les filles de Ang-duong qu'il gardait comme otages et quel-

---

[1] On désigne ainsi les personnes et les choses données dans un contrat de mariage ou dans un traité entre souverains. Le roi d'Annam avait donné quelques années auparavant mille hommes de ses sujets à son allié le roi khmer, qui les avait utilisés pour son service ou auxquels il avait donné des terres à cultiver.

ques mandarins connus pour leur énergie, leur attachement à la cour de Bangkok, et qu'il jugea prudent de conduire avec lui au Cambodge, afin de les surveiller de plus près. Le général annamite, joignant la cruauté à la perfidie, fit exécuter à Phnom-penh quelques-uns de ces fonctionnaires siamois (tous Cambodgiens d'origine) et envoya les autres, sous bonne escorte, en Annam où ils furent internés.

A Pursat, l'obbarach fut reçu avec égards et honneurs par l'officier annamite qui commandait la place et qui fit escorter le prince jusqu'à Phnom-penh. Le chef de l'escorte avait des ordres secrets pour ne pas laisser les voyageurs dévier de l'itinéraire tracé, et surtout pour les empêcher de rebrousser chemin, si l'idée leur en venait.

Ce fut à Phnom-penh que se révélèrent les véritables projets du général annamite : Il fit surveiller le prince de très près, l'isola de ses partisans, et, craignant que la nouvelle des violences qu'il se proposait d'exercer sur sa personne n'exaspérât la population, il expédia son prisonnier à Saïgon pendant la nuit. De là, le prince fut envoyé à Hué toujours escorté et surveillé par des miliciens.

La nouvelle de la fuite de l'obbarach, et son passage dans le camp annamite, irritaient les Siamois, qui ne se doutaient pas du piège qui avait été tendu à ce malheureux prince. Le pauvre Ang-duong, qui était resté comme une sorte d'otage entre leurs mains, fut accusé de complicité avec son frère et puni sévèrement.

Peu de temps après ces événements, le général en chef annamite prétendit avoir reçu de son souverain des ordres pour inviter les ministres cambodgiens Chauféa, le Somdach-chau-phnhéa et le Cralahom, à se rendre à Hué pour traiter d'affaires politiques avec l'Empereur et l'obbarach cambodgien.

Les grands mandarins une fois partis, l'implacable général voulut aussi se débarrasser des quatre filles du défunt roi Ang-Chan et il les expédia, bien gardées, en Cochinchine en leur faisant croire que leur présence était nécessaire dans le conseil qu'on allait tenir à Hué. Le gouverneur de Vinh-long arrêta les princesses au passage ; il laissa continuer vers Saïgon Ang-mey, la reine, Ang-pou et Ang-snguon et il garda auprès de lui Ang-Bên, l'aînée, qu'il persécuta et insulta sous prétexte que sa mère avait fui à Siam pour éviter la domination annamite, et surtout parce que le grand mandarin Prea-ang-kêu-ma, oncle de la princesse, s'était signalé dans toutes les occasions où les Khmers et les Siamois avaient eu à combattre les Annamites.

Ces attentats contre les membres de la famille royale blessèrent vivement les Cambodgiens, tous sincèrement attachés à leurs princes légitimes. Les bonzes avaient également à souffrir de la morgue des Annamites et le peuple lui-même réclamait contre les exigences des mandarins étrangers qui, en dehors des exactions qu'ils se permettaient tous, commençaient à prélever de forts impôts et à soumettre les habitants à des corvées extraordinaires pour l'exécution de travaux non pressés et entrepris le plus souvent en vue des convenances de leurs ennemis. Le général annamite mit le comble au mécontentement du peuple en ordonnant que l'on cadastrât les propriétés et que l'on fît le recensement de la population. Les Cambodgiens virent dans ces mesures une prise de possession de leur pays par des étrangers qu'ils abhorraient ; ils se soulevèrent en masse et firent un massacre général de tous les Annamites, soldats ou pas, qui tombèrent entre leurs mains.

En présence de conjonctures aussi critiques, les chefs cambodgiens qui restaient encore se réunirent secrètement et tombèrent d'accord sur la nécessité d'appeler les Siamois à leur secours. Ils députèrent, à cet effet, au roi de Siam deux mandarins, le vibol et le gouverneur de Pursat. Ces messieurs exposèrent à Sa Majesté la malheureuse situation du Cambodge et ils lui demandèrent de bien vouloir intervenir pour rétablir l'ordre dans leur pays, et les aider à expulser des étrangers universellement détestés. Ils exprimèrent, en outre, l'espoir que Ang-duong leur serait envoyé comme roi. Le gouvernement siamois, qui ne demandait pas mieux que de trouver l'occasion favorable de rétablir son influence au Cambodge, et jugeant bien, d'un autre côté, que le prince Ang-duong, devenu roi par la grâce du souverain de Siam, serait un instrument bien maniable entre ses mains, accueillit avec empressement la demande des ambassadeurs et confia au fameux général Bodin le soin de débarrasser le Cambodge de ses ennemis, de le pacifier et d'installer, enfin, le prince Ang-duong sur le vieux trône des rois khmers. Ce prince et le général se mirent en marche à la tête d'une armée respectable.

Bodin signala son entrée en campagne par un beau succès : il entoura et somma la citadelle de Pursat, qui se rendit sans combat. Les chefs et la garnison eurent la vie sauve et purent rallier l'armée annamite postée plus au sud. Ce procédé tout nouveau de la part du vainqueur avait été inspiré par un autre sentiment que celui de l'humanité. Après avoir détruit ce premier obstacle, Bodin s'avança résolument dans le pays au grand contentement des populations qui s'armaient pour le seconder.

L'empereur d'Annam, instruit de la marche triomphale de ses rivaux, pénétré des risques que couraient ses troupes d'occupation et le prestige de sa nation en Indo-Chine, changea de tactique et ordonna qu'on eût des égards pour les princes et princesses dont la détention avait été jusque-là marquée par une série de vexations et de tortures... L'obbarach fut l'objet de ménagements particuliers et on lui promit la couronne du Cambodge que le gouvernement annamite se disposait à disputer, les armes à la main, aux Siamois. En effet, une armée considérable fut aussitôt organisée et mobilisée ; on en donna le commandement au général Ong-chanh-lanh-binh, qui se mit en marche après avoir fait répandre le bruit partout au Cambodge qu'il avait dans ses rangs l'obbarach et trois princesses cambodgiennes, filles du feu roi Ang-chan. L'aînée d'entre elles, pour les raisons que nous connaissons déjà, resta à Vinh-long. Mais les Khmers ne se laissèrent pas prendre dans les tours et retours de la politique de leurs ennemis, et la sollicitude de fraîche date qu'ils montraient pour les princes et les princesses ne leur attira aucun partisan au Cambodge. Ce contre-temps, auquel ils étaient loin de s'attendre, dérouta les Annamites. Leur général renonça au projet de pénétrer dans le Cambohge, où il savait qu'il allait se trouver aux prises avec une population hostile et avec une armée protectrice puissante et jusque-là victorieuse. Ce militaire jugea qu'il était prudent de rebrousser chemin et de ramener avec lui l'obbarach et les princesses dont il pouvait tirer parti plus tard.

En 1842, le gouvernement annamite, irrité de la tournure désavantageuse pour lui que prenaient les affaires au Cambodge, et dont la cause fut attribuée à l'intervention siamoise, sollicitée par certains grands personnages khmers, se déshonora par un acte de cruelle lâcheté : il fit assassiner, à Vinh-long, l'aînée des filles de Ang-chan, à laquelle on n'avait à reprocher que l'attachement de ses parents maternels à la cause siamoise.

Dans le courant de l'année 1842, l'obbarach eut de la princesse Pou, troisième fille de Ang-chan, qu'il avait épousée en Cochinchine, une fille qui porta le nom de Sam-or. C'est la première femme de l'obbarach actuel (1878).

Prea-ang-méchas-phim, fils de l'obbarach, épousa la quatrième fille de Ang-chan, Méchas-snguon, dont il eut l'année même, 1842, une fille qu'on nomma Neac-ang-thnam-vong, mariée aujourd'hui avec le propre fils de Méchas-phim, le prince Phoumarin, son frère consanguin, né la même année que la princesse.

Revenons aux opérations militaires exécutées dans le nord par les Siamois secondés de plus en plus par la population. Après la reddition de la citadelle de Pursat, Bodin et Ang-duong se dirigèrent directement sur Oudong où ils reçurent les hommages des mandarins et du peuple. Ang-duong prit, à partir de ce moment, la direction du royaume et le titre de roi, mais il ne fut couronné et sacré que plus tard. Le nouveau roi se fixa provisoirement à Khleang-bêc, près de Phnéalu, dans un palais que le peuple enthousiasmé lui éleva spontanément. Bodin demeura auprès du souverain, afin d'être plus à portée d'agir suivant les événements, et il envoya ses lieutenants rejeter les Annamites hors de la frontière.

De leur côté, les Annamites ne restaient pas inactifs ; ils réunissaient des recrues sur les bords du canal de Vinh-té et ils accumulaient sur ce point des armes et des approvisionnements considérables. Le roi de Siam, instruit de ces préparatifs, et craignant que Bodin n'eût pas les forces suffisantes pour se maintenir au Cambodge, se décida à lui envoyer du secours. Il confia à son frère la direction d'une forte armée navale et il expédia en avant-garde le mandarin Prea-nai-véy-vornéat, personnage qui joua plus tard un grand rôle au Siam, comme cralahôm d'abord, et ensuite comme régent pendant la minorité du souverain actuel (1876.

La flotte siamoise fit voile pour le port de Compot où elle débarqua ses troupes. Le roi Ang-duong, dans l'éventualité d'une attaque de côté de Vinh-té, se rendit lui-même à la tête d'une armée dans la province de Treang. Pendant que Ang-duong s'installait à Treang, le corps de débarquement siamois s'était décidé à prendre l'offensive ; il s'était jeté sur l'armée annamite campée dans les environs de Hatien. La lutte fut des plus acharnées et dura deux jours sans avantages marqués d'aucun côté. Cependant, les Siamois, n'ayant sans doute pas réussi suivant leurs espérances, se retirèrent, reprirent leurs barques et rentrèrent à Siam, abandonnant leurs compatriotes et leurs protégés aux hasards d'une guerre épouvantable.

Lorsque les généraux annamites furent débarrassés du corps de débarquement, ils franchirent la frontière et attaquèrent de nuit le retranchement du Chung-canchum, dans la province de Treang. Là furent massacrés un grand nombre de soldats siamois et cambodgiens.

Plusieurs chefs de beaucoup de valeur y périrent aussi : le Sena-tan, le Neay-seng, qui était le fils du Yommo-réach de Siam et le grand mandarin Prea-ang-keû-ma, oncle de la malheureuse princesse égorgée par les Annamites à Vinh-long. Le roi, qui n'était pas éloigné de l'endroit où ce désastre venait d'avoir lieu, se retira à Oudong, afin de se concerter avec le général en chef siamois sur les mesures qu'il convenait de prendre pour arrêter l'invasion. Bodin porta le quartier-général à Phnom-penh, où l'on concentra beaucoup de troupes. Pour défendre l'accès de ce point important, devenu le pivot des opérations, il fit élever des fortins sur les bords du fleuve antérieur, à Banam et à Kiênsoai. On construisit également deux forts sur les rives du fleuve postérieur, afin d'en défendre aussi l'accès aux barques de guerre annamites. L'un était à Prêc-toch et l'autre à Bacday.

Pendant qu'on s'égorgeait au Cambodge, l'obbarach, resté en Cochinchine, augmentait le nombre de ses enfants. Il eut, en 1843, une fille qu'on appela Prea-ang-méchas-daracar, qui devint première femme du roi Nodoron et qui mourut en 1868, laissant une fille charmante, qui peut avoir aujourd'hui dix-huit ans (1878).

L'année suivante, 1844, une autre femme de l'obbarach, mit au monde une fille, qui resta demoiselle et qui est encore à la cour du roi Norodon, où elle est connue sous le nom de Prea-ang-ing.

En 1845, l'obbarach Ang-em mourut en Cochinchine ne laissant qu'un enfant mâle, Ang-phim, âgé de vingt ans, qui devint entre les mains des Annamites un instrument dont ils se servirent suivant les besoins de leur cause et dont ils firent surtout le compétiteur de Ang-Duong.

La guerre continuait, mais avec assez de lenteur, lorsque au mois d'août 1845, l'officier qui commandait les alliés à Péam-méan-chey envoya une ordonnance à Oudong pour avertir qu'il était sur le point d'être attaqué par trois mille annamites. A cette nouvelle, Ang-duong se porta de sa personne dans la citadelle de Ponteay-dèc, dont il renforça la garnison et les troupes de soutien manœuvrant au dehors. Le roi avait emmené avec lui le fils du commandant en chef Bodin, dans l'espoir que sa présence inspirerait aux Siamois surtout plus de courage et plus de confiance.

Mais le poste de Péam-méan-chey fut bientôt forcé et les troupes qui le défendaient rejetées dans l'intérieur du pays. Le roi, qui s'était enfermé avec le fils de Bodin dans le fort de Ponteay-dèc, n'eut aucune connaissance de cet incident.

Après avoir laissé une garnison à Péam-méan-chey, le général annamite voulut poursuivre ses succès sans désemparer. Il renonça à remonter
le Mécong, qui était défendu, et prit par les arroyos intérieurs par où les
Khmers ne s'attendaient pas à le voir arriver. Il s'engagea d'abord dans
le Tonli-toch, comme pour poursuivre la garnison de Péam-méan-chey,
qui s'était sauvée par là, remonta dans le nord et déboucha par l'arroyo
de Phlou-trey dans le grand fleuve, à peu près à hauteur de Ponteay-
dêc, où se trouvait le roi qu'il attaqua dès en arrivant. La lutte sur ce
point fut des plus vives et dura trois jours, après lesquels Ang-duong,
reconnaissant l'impossibilité de résister davantage et de barrer le fleuve
à ce flot d'Annamites, abandonna le fort et se retira en bon ordre avec
son armée sur Phnom-penh.

La place de Phnom-penh étant trop ouverte et trop accessible à un
ennemi qui arrivait en barques, Bodin alla s'enfermer avec les armées
alliées et le gouvernement dans la citadelle de Oudong, éloignée du
fleuve et bien aisée à défendre. En quelques jours les bandes annamites
occupèrent successivement Phnom-penh et tous les points importants
du bras du lac; ils enlevèrent en outre quelques camps retranchés établis entre le rivage et Oudong.

Le roi et Bodin firent creuser des fossés autour de la citadelle de
Oudong, et ils l'entourèrent de défenses accessoires de toutes sortes.
Ensuite, ils organisèrent deux corps d'armée destinés à inquiéter l'ennemi auquel ils livrèrent, près de Lovec, un combat sanglant et décisif.
Pendant l'action, le général annamite Ong-chanh-lanh-binh ayant été
tué d'un coup de feu, l'armée entière en fut démoralisée et chercha à se
retirer, mais les Khmers chargèrent les fuyards avec des éléphants et
firent un grand nombre de prisonniers, entre autres le général On, auquel
on fit grâce de la vie, ce qui était une mesure rare entre des ennemis
qui se battaient d'ordinaire à mort.

Après cette victoire Ang-duong et Bodin proposèrent la paix à l'ennemi.
Ils écrivirent, dans ce but, une lettre au général annamite dont le quartier-général était à Compong-luong, et ce fut On, le général prisonnier,
qui fut chargé de la porter. Cette démarche fut mal accueillie par le général annamite, qui renvoya, par le même messager, et sans y faire aucune
réponse, la lettre du roi et de Bodin. C'était là une grave offense, qui ne
permettait pas de songer de sitôt à la paix, aussi se prépara-t-on des deux
côtés à reprendre les hostilités. Un corps annamite s'avança et prit position au nord-est de la colline de Oudong. Les Cambodgiens fortifièrent

une ligne qui partait de la pagode Samnar et qui aboutissait à la colline; ils établirent, en outre, une batterie dans le village de Pupey et une auprès de la pagode appelée Vat-veang-chas (la pagode du Vieux Palais). Ces batteries furent armées de pièces d'assez fort calibre au moyen desquelles on détruisait à mesure les fortifications volantes que les assiégeants construisaient.

Bientôt, le général annamite demanda à son tour la paix. Mais le roi et Bodin répondirent à ces avances avec la même hauteur et le même dédain que l'on avait mis, dans le camp ennemi, a accueillir les leurs peu de jours auparavant. Une deuxième démarche ayant été faite, Bodin répondit qu'il croirait à la sincérité des déclarations pacifiques des Annamites, lorsqu'ils lui auraient rendu les membres de la famille royale du Cambodge qui étaient détenus en Cochinchine, ainsi que les serviteurs qui les avaient suivis.

Le général annamite ayant témoigné le désir de traiter verbalement ces diverses questions avec le chef du gouvernement cambodgien et le représentant de la cour de Bangkok, ceux-ci acceptèrent le rendez-vous et firent élever, en vue de cette réunion, dans le village de Popey, un immense pavillon, qui prit le nom de Maison de la paix. Les trois personnages dont nous venons de parler se réunirent dans la salle de la paix un jour du mois de décembre 1845. Bodin déclara que l'objet de sa mission était de mettre Ang-duong sur le trône du Cambodge, et de ne se retirer que lorsque cette restauration serait accomplie et la paix du royaume assurée. Il ajouta que ce n'était qu'à ce prix qu'un traité de paix pouvait être signé entre les belligérants. Le général annamite rappela les services rendus par son gouvernement à la famille royale du Cambodge; il assura qu'il n'avait encore d'autre but que de contribuer à rétablir cette famille dans tous ses droits et que, par suite, la paix pouvait être conclue sur cette base. En retour de la mise en liberté des princesses et des princes cambodgiens retenus en Cochinchine, le plénipotentiaire annamite exigea qu'on lui livrât les généraux, les officiers et les soldats faits prisonniers pendant la guerre. On tomba d'accord sur ces conditions, mais le général Bodin ayant déclaré ne pouvoir signer sans avoir, au préalable, pris les ordres de son gouvernement, les traitants se séparèrent courtoisement et la signature du traité fut ajournée.

Les deux ambassadeurs désignés pour aller prendre les ordres de la cour de Bangkok furent deux mandarins cambodgiens, le Yommo-réach, auquel on conféra pour la circonstance le titre de Chauféa, et le Thiréach-montrey. Ils partirent dans les premiers jours du mois de janvier 1846; ils obtinrent l'approbation du roi de Siam aux prélimi-naires de paix, et ramenèrent à Oudong les prisonniers que l'on avait évacués sur territoire siamois.

De son côté, le général annamite obtint de son gouvernement que les princes cambodgiens, ainsi que les princesses, parmi lesquelles se trouvaient la mère du roi Ang-duong et l'ancienne reine Ang-mey, fus-sent envoyés à Compong-luong, au quartier-général annamite.

Ce fut seulement dans le mois de juin 1846 que l'échange des pri-sonniers put être fait et le traité signé. L'armée annamite s'empressa d'évacuer le territoire. Le général siamois n'imita point cet exemple; il prétendit qu'il avait encore des devoirs à remplir au Cambodge, dont le premier de tous était d'y assurer la tranquillité.

Le roi et Bodin voulurent rendre grâces au Buddha pour les avoir assistés dans la dernière campagne. Sur leur ordre, les fortifications de Phnom-penh furent détruites et les matériaux employés à réparer ou a construire des temples. Les pagodes de Oudong, ainsi que les bonzeries, furent restaurées. Une tour commémorative fut aussi élevée au nord de la pagode de Val-prang, qui dut, sans doute, recevoir la sépulture des principales victimes de la guerre. Plusieurs centaines de bonzes furent invités à célébrer par des prières le retour de la paix.

Après les saints, il fallut songer au roi. Ce fut Bodin qui se chargea du soin de faire élever un palais qu'il offrit ensuite à Ang-duong. Ce palais fut construit dans l'ancienne citadelle située au nord-nord-est de la colline. Sa Majesté s'y installa de suite et on fit les préparatifs nécessaires en vue du couronnement. Malgré l'activité que l'on y mit, l'investiture ne put être donnée à Ang-duong qu'à la fin de l'année 1847. Selon l'usage, le prince fut couronné par les représentants des deux rois suzerains, celui de Siam et celui de l'Annam. Les envoyés de Siam furent Chau-phya-péch-pichey et un brahme. L'Annam députa le mandarin Ong-kham-mang. Ces messieurs apportaient des cadeaux pour le nouveau souverain, et le couronnement eut lieu avec une grande pompe.

Ce fut vers cette époque que les Siamois enlevèrent au Cambodge les deux provinces de Molu-prey et de Stung-por. La chronique est muette à cet égard, mais nous tenons de source sûre les détails qui suivent et qui ont rapport à ce fait historique. Ces deux provinces étaient occupées militairement par les Siamois depuis environ trente ans, et il y avait là un général de cette nation qui exerçait une autorité absolue sur tout le pays. Celui-ci eut l'idée de profiter du moment où son gouvernement venait de rendre de grands services à Ang-duong et au Cambodge pour réclamer, par l'intermédiaire du gouverneur de Compong-soai, la cession régulière de ces deux petites provinces. Ce gouverneur se rendit à Oudong pour rendre compte au roi des prétentions du général siamois. Le roi répondit simplement ceci : « Moi, je ne cède rien ; mais comme ils sont les plus forts, ils peuvent prendre ou garder ces provinces, si telle est leur intention. » Cette réponse était celle d'un homme faible, mais enfin elle ne pouvait pas constituer à elle seule un acte de cession librement discuté et consenti des deux parts, avec les formalités interminables que ces peuples mettent dans tous leurs rapports diplomatiques. Malheureusement, le gouverneur de Compong-soai prit sur lui de faire la remise de ces districts aux Siamois par un écrit, revêtu de son sceau, qui doit avoir été conservé à Bangkok comme seul titre de propriété. Nous ne pensons pas que cette pièce isolée puisse légitimer les droits que s'arrogent les Siamois sur ces territoires.

En mai 1848, Bodin rentra à Siam avec son armée, après avoir rempli complètement, et avec un grand succès, la mission qu'il avait reçue de son souverain. Il laissait Ang-duong seul aux prises avec de nombreuses difficultés gouvernementales, et nous allons voir qu'il disposa convenablement du pouvoir énorme dont il était investi.

Au moment du couronnement, il paraît que Ang-duong se reconnut tributaire à la fois des deux souverains qui venaient de lui mettre, par les mains de leurs délégués, la couronne sur la tête. Il ne fut aucunement question alors de régler les contestations relatives à la propriété de certains territoires, ni de fixer les limites du Cambodge, qui avait été tellement rogné à la fin du siècle dernier, et dans le commencement de celui-ci, par les Siamois et par les Annamites, que ce qui restait n'était plus qu'une fraction infime du vaste royaume des Khmers, une sorte de propriété foncière pouvant à peine donner de quoi vivre aux descendants des anciens rois. Ang-duong n'osa pas agiter ce point essentiel, mais délicat ; un débat de ce genre pouvait amener un conflit entre les vautours de Hué et de Bangkok, qui préféraient bien qu'on laissât les choses en l'état, qu'on ne mît pas en discussion, et que surtout on ne leur contestât pas la légitimité de leurs rapines, considérées par eux depuis longtemps comme biens acquis. Ang-duong n'osa faire entendre alors aucune revendication; il n'en eut plus ensuite ni l'occasion, ni les moyens, et son royaume demeura ce que nous le voyons aujourd'hui.

Les Annamites et les Siamois s'établirent définitivement dans les provinces limitrophes, qui avaient été occupées par leurs troupes lors de leurs nombreuses interventions dans les affaires intérieures du Cambodge; ils s'y fortifièrent et les administrèrent directement. Ces sortes d'annexions s'opérèrent insensiblement et sans désordres; la population, fatiguée des guerres continuelles et des révolutions qui avaient ensanglanté et ruiné le pays, demeura indifférente à ces changements. Cependant, dans le sud, un grand nombre de Khmers abandonnèrent leurs villages pour aller se fixer sur les territoires demeurés cambodgiens. Ce n'est pas qu'ils se trouvassent mal des traitements de l'autorité nouvelle, qui avait tout intérêt à les ménager alors, mais l'orgueil des Cambodgiens ne pouvait s'accommoder de la domination des Annamites qu'ils détestent et qu'ils méprisent. Le gouvernement de Hué combla bientôt les vides laissés par les indigènes, au moyen des excédants de sa population exubérante. Les autorités des provinces occupées offrirent des terrains à des conditions avantageuses aux cultivateurs étrangers, à des Chinois surtout, et au bout de peu de temps l'immense delta du Mëcong fut couvert de rizières.

Dans le nord, les Siamois procédèrent autrement. Dans l'impossibilité où ils étaient de pouvoir se passer des Khmers, ils leur offrirent des avantages tels qu'ils ne songèrent pas à s'éloigner. Les gouverneurs des provinces annexées au Siam furent choisis parmi les anciens mandarins cambodgiens influents, auxquels on abandonna provisoirement les revenus publics, moyennant une minime redevance envoyée à Bangkok, chaque année. Les mandarins en sous-ordres se créaient des revenus comme ils l'entendaient, mais toujours aux dépens de ce pauvre peuple dès longtemps accoutumé à ces sortes de procédés. Les gouverneurs de ces provinces étaient comme des rois tributaires de Siam, éloignés de l'autorité supérieure, à peu près indépendants et en possession d'avantages auxquels ils n'eussent jamais pu prétendre au Cambodge. Ces mandarins, qu'aucune flamme patriotique n'animait, acceptèrent ces riches sinécures et s'employèrent de leur mieux à faire supporter à leurs administrés la domination ou, comme ils l'appellent encore, la protection siamoise. Le peuple, lui, fut momentanément bien traité; on l'allégea d'une foule de charges et corvées; on diminua les impôts ; on accueillit avec bonté et on favorisa par tous les moyens l'établissement des fugitifs du Cambodge, quels que fussent d'ailleurs les motifs de leur expatriation. Petit à petit les deux provinces d'Angcor et de Battambang, cette dernière surtout, se peuplèrent d'individus de toutes les races et, grâce à ces mesures adroites, appliquées avec persévérance, l'immense province de Battambang est devenue un riche petit État que le gouverneur actuel exprime et pressure à son profit, en attendant que la cour de Bangkok se décide, enfin, à le faire rentrer dans le droit commun.

Les Siamois ont pratiqué le même système d'annexion dans le Laos. C'est ainsi qu'après avoir rompu, désagrégé l'immense royaume de Vieng-chan, ils constituèrent trois petits États distincts : Luong-prabang, Vieng-chan et Bassac ou Cham-Bassac, gouvernés par des vice-rois relevant de Siam, comme les gouverneurs de Battambang et d'Angcor. Comme à la rigueur ces vice-rois sont révocables par le gouvernement siamois, qu'on ne les remplace pas toujours par des sujets pris dans leur famille, il en résulte qu'ils profitent de leur passage au pouvoir pour s'enrichir, sans préoccupation de l'avenir, sans songer à modifier en quoi que ce soit les vices manifestes de leur administration ; ils ne s'occupent d'aucune amélioration et ils ne se décident surtout pas à employer, à des travaux d'utilité publique, l'argent des impôts qu'ils considèrent comme leur bien propre.

Ainsi donc, les deux systèmes mis en pratique pour rogner le patrimoine de l'ancienne famille de Kampuchéa sont les suivants : extension insensible, mais continue, de la race annamite au sud ; du côté du nord, les Siamois se faisaient céder des provinces entières par des subalternes non autorisés, avec lesquels ils prenaient les arrangements dont nous avons parlé, afin d'en montrer l'immoralité.

Mais si les Khmers se sont laissés dépouiller dans le temps sans mot dire, faut-il renoncer pour le moment, et dans l'avenir, à l'idée d'une revendication ? Les règles sur la prescription peuvent-elles décemment s'appliquer à ces manières d'extorquer la propriété des voisins ! Nous dirons plus loin les raisons qui rendent difficile et délicate le retour sur la question qui concerne spécialement les provinces de Battambang et d'Angcor ; mais celles de Tonly-repou, de Saac et de Stung-treng, détachées du Cambodge en 1814, et celles de Stung-por et de Molu-prey, occupées définitivement par les Siamois en 1847, ne sont pas dans le même cas, et nous espérons que des circonstances favorables se présenteront un jour, et que ce procès pourra être vidé suivant l'équité et suivant la justice.

Ces cinq dernières provinces ne sont ni grandes, ni riches par elles-mêmes, à moins que dans leurs hautes montagnes elles ne renferment des richesses minérales non encore exploitées, ni même explorées; mais nous devons faire remarquer l'extrême importance commerciale de deux d'entre elles, Tonly-repou et Stung-trêng, situées l'une sur la rive droite et l'autre sur la rive gauche du Mêcong et confinant au petit État de Bassac, que l'on peut considérer comme l'entrepôt des produits et marchandises de toutes sortes du Laos.

La province de Stung-trêng, située au sud des cataractes de Khong, et séparée du Laos par cette barrière infranchissable pour la naviga-tion, a une importance moindre de celle de Tonly-repou, dont nous parlerons tout à l'heure. La possession de Stung-trêng importerait cependant et permettrait au Cambodge d'appuyer sa frontière sur la chaîne de montagnes qui court est et ouest, traverse ou plutôt constitue les cataractes du grand fleuve, et est la ligne de démarcation entre le bassin ou plateau supérieur de Bassac et celui du Cambodge. Cette province de Stung-trêng est traversée par le Së-cong, ou rivière d'Attopeu, centre important de commerce situé dans le haut de la rivière, au milieu de tribus sauvages. Cette rivière se divise en trois branches, non loin de son embouchure dans le Mêcong, qui englobent comme une toile d'araignée une grande contrée habitée presque exclusivement par des sauvages, groupés en villages sur les bords de ces rivières dont ils lavent les sables pour avoir de l'or. Les produits variés, mais peu consi-dérables, de cette province vont sur les marchés du Cambodge, à cause surtout des difficultés qu'on aurait à surmonter pour leur faire franchir les chutes, les porter à Khong, à Bassac et enfin à Bangkok. A ce point de vue, le commerce du Cambodge et de la Cochinchine n'a pas un intérêt direct à ce que la rétrocession ait lieu. La population de Stung-trêng est composée de Laotiens, de Chinois, de Cambodgiens et surtout de sauvages paresseux et faibles producteurs.

On a prétendu que les douanes cambodgiennes prélevaient des droits prohibitifs sur les produits de provenance laotienne, et que leur rareté sur les places de Phnom-penh et de Saïgon n'avait pas d'autre cause. Il y a quelques années déjà, et sur la demande du gouvernement français, qui désirait simplement l'abaissement de ces tributs, le roi du Cambodge les supprima tout à fait, au moins pour ceux à destination de Cochinchine, qui ne faisaient que transiter, et le mouvement commercial resta à très peu près le même. Quelques Chinois cependant en profitèrent pour porter à Saïgon du cardamome, un peu de cire, des gommes et des ivoires.

Les Laotiens n'ont pas non plus, comme on l'avait cru, des douanes à la frontière, prélevant de forts droits d'exportation ou d'importation. Une des causes très réelles qui empêche que le courant des affaires du haut du fleuve se dirige de notre côté, et que le courant inverse s'établisse aussi pour les produits d'importation, ce sont les difficultés, les dangers de la navigation, les frais coûteux du transbordement, le temps perdu, l'impossibilité de se procurer des barques de louage et des équipages en deçà comme au delà des cataractes. Mais ce ne sont pas là les seuls obstacles contre lesquels notre commerce aurait à lutter ; il y en a d'autres dont je parlerai tout à l'heure.

La perte pour le Cambodge de la province de Tonly-repou est plus sensible encore. Cette province s'étend le long de la rive droite du Mécong, et son extrémité septentrionale touche au grand bassin de Bassac, immédiatement au-dessus des chutes de Khong. Si cette province était encore cambodgienne, il serait aisé de créer un centre commercial sur un point situé au-dessus de la cataracte. Cet établissement toucherait au grand marché de Khong, et les hommes d'affaires établis là pourraient, avec des barques de n'importe quel tonnage, remonter facilement le fleuve jusqu'à Bassac, qui est le grand marché du Laos, la place sur laquelle comparaissent les produits de la vallée du fleuve depuis Viéng-chan jusqu'à Khong, avant d'être exportés à Bangkok par la rivière de Oubon et ensuite par la route de terre qui traverse la province de Korat. C'est là un voyage d'Ulysse que les commerçants sont forcés de faire faire à leurs marchandises, afin de les conduire à Bangkok par des routes à très peu près impraticables, à travers un pays boisé, peu habité et couvert de bandits. La voie du fleuve, malgré les obstacles de Khong, serait plus courte, plus économique et plus sûre ; mais le gouvernement siamois, qui a pris ses mesures pour attirer les productions du Laos dans sa capitale, ne trouverait pas son compte au changement de direction dont nous venons de parler. Il faudrait, pour parer à ces inconvénients, que les commerçants européens, ou tout au moins des indigènes placés sous la protection du gouvernement de notre colonie, se décidassent à aller s'établir à Khong ou à Bassac ; les autorités laotiennes redouteraient de se mettre dans leur tort à notre égard en gênant les allures de nos protégés, qui pourraient donner aux objets de leur commerce telle direction qu'ils jugeraient convenable.

Mais ce n'est ni l'un ni l'autre de ces itinéraires que devraient suivre, selon nous, les produits du Laos pour arriver à un port d'embarquement. Nous pensons qu'il y aurait économie de temps et de moindres frais à leur faire suivre le Tonly-repou, qui baigne la province de ce nom, de les conduire jusqu'à un point déterminé, d'où l'on ferait partir une route qui se dirigerait vers le sud ou le sud-sud-ouest, et qui aboutirait à un endroit navigable de l'une des petites rivières qui débouchent dans le grand lac du Cambodge ou dans le bras du lac, le Stung-sen ou le Stung-chinit, par exemple. Cette route passerait par l'un des défilés de la chaîne de Phnom-dangrèc et arriverait ensuite dans l'immense plaine qui est au sud de ce chaînon, et où les difficultés de tracé et de construction seraient bien moindres. Cette route aurait environ quarante-cinq kilomètres, c'est-à-dire le quart de la distance par terre de Oubon à Bangkok que parcourent aujourd'hui les caravanes.

Mais l'obstacle sérieux à l'écoulement des produits du Laos vers le Cambodge et notre colonie provient surtout de ce que le roi de Siam, les princes, les grands mandarins siamois et laotiens se livrent eux-mêmes au commerce ; qu'ils accaparent les denrées qui peuvent donner lieu à un trafic lucratif, et que ces personnages ne se contentent pas de s'occuper directement d'affaires commerciales, mais qu'ils donnent des lettres de recommandation et accordent, contre rétribution, à des Chinois et à des indigènes, des privilèges qui les arment suffisamment contre leurs concurrents étrangers. La possession de Tonly-repou permettrait à nos négociants d'établir des comptoirs dans le riche bassin de Bassac, dans un pays qui serait placé sous la protection de la France, s'il redevenait cambodgien, et les inconvénients que nous venons de signaler diminueraient petit à petit jusqu'à disparaître complètement.

En 1848, on coupa les cheveux au prince Prea-ang-méchas-réachéa-vodey (aujourd'hui Norodon), qui entra aussitôt, en qualité de novice, dans la pagode de Vat-prang à Oudong, où il resta environ deux mois. Le chef de la bonzerie, qui était un érudit et qui s'était fait le professeur du prince pendant son noviciat, quitta lui-même le froc cinq ans après, et le roi Ang-duong, afin de reconnaître les soins qu'il avait donnés à son fils aîné, l'éleva à la dignité de chef de la justice. Plus tard, lorsque son ancien élève parvint au pouvoir suprême, ce magistrat lui fit de l'opposition, prit parti pour les compétiteurs et fut finalement forcé de se réfugier à Battambang où il mourut en 1864.

En 1848, le roi envoya à Bangkok son fils aîné et le prince Ang-phim, fils de l'ancien obbarach Ang-em, mort en captivité en Cochinchine.

Ainsi que l'on a pu le voir dans le cours de cette histoire, les Siamois ont de tout temps exigé que les princes cambodgiens, de même que les enfants des autres rois tributaires, fussent élevés à la cour de Bangkok, où on les habituait de bonne heure au respect, à l'obéissance, à l'adoration du souverain maître, et c'était là qu'on leur donnait l'investiture des hautes dignités dont ils devaient ensuite exercer les fonctions dans leur pays. Ces princes, qui vivaient assez maigrement à Bangkok, ne demandaient pas mieux que de devenir les instruments de quelque intrigue siamoise; leur pays y perdait bien toujours quelque chose, mais eux y gagnaient une position supérieure à celle de la veille, et pour ces messieurs l'équilibre s'établissait. C'est ainsi que les Siamois ont pu souvent opérer des coups d'État au Cambodge et dans le Laos, en prêtant aux intrigants, aux compétiteurs des souverains de ces pays-là le concours de leurs armées, concours toujours payé par la cession volontaire ou forcée à Siam de quelques provinces ou de quelque autre avantage équivalent.

Nous avons vu que le général Bodin était rentré à Siam avec ses troupes dans le mois de mai 1848. Il avait laissé à Oudong son fils Prea prom-barireac, qui exerçait un commandement dans la guerre contre les Annamites, et qui devait ramener à Bangkok le fils aîné du roi du Cambodge et son cousin le prince Ang-phim. On éloignait ce dernier, qui avait déjà vingt-un ans, parce qu'on craignait qu'il ne fût circonvenu par quelque agent de la cour de Hué et qu'il en résultât des difficultés pour Ang-duong, l'ami des Siamois.

Au mois d'août 1848, quelques mois après son retour du Cambodge, Bodin mourut à Bangkok dans un âge très avancé, et après avoir parcouru une longue carrière remplie de faits glorieux et d'importants services rendus à son pays. Ang-duong, qui était son ami, et qui lui devait sa couronne, lui fit élever une statue sur une petite terrasse, en face de la pagode de Tép-pranam à Oudong. Ce fut là un hommage qui avait d'autant plus de prix que l'usage d'élever des statues aux grands hommes, voire même aux rois, n'existe pas au Cambodge. Ang-duong envoya à la famille du général, en même temps que ses doléances, une grande quantité d'étoffes de soie et de coton pour être offertes aux bonzes lors de la crémation du corps du défunt.

En 1851, on fit une bonne route, avec ponts en bois solides sur les cours d'eau traversés, entre Oudong et Compot, seul débouché par mer du Cambodge, celui de Saïgon appartenant désormais à l'Annam. Une autre route, partant du grand marché de Phnom-penh, allait rejoindre celle-ci. Ces travaux furent exécutés au moyen de corvées dues à l'État par la population.

En 1852, Ang-duong fit modifier le code des lois en ce qui concerne les dettes, et il prescrivit l'usage du billet, ou reconnaissance de la somme due, que les mandarins signaient de leur cachet et les gens du peuple en apposant à plat sur le papier l'index de la main gauche, et en faisant des traits à la naissance du doigt et à la hauteur des articulations des phalanges. On écrit le nom à côté de cette étrange signature. Les indigènes sont très experts à retrouver les signataires avec ces simples traces laissées sur le papier et le nom du débiteur, qui ne peut servir à grand'chose, lui, puisque le nom de famille n'existe pas au Cambodge et que les noms propres dans ce pays sont extrêmement peu variés. Eu égard aux mœurs de ce peuple, cette réforme était très importante. Avant elle, il suffisait qu'un homme, un peu bien posé, affirmât qu'un autre individu lui devait une certaine somme, pour que ce dernier fût mis en demeure de s'exécuter ou d'entrer, lui et les siens, en esclavage chez les créanciers comme garantie de l'argent réclamé. Le moindre inconvénient qui pût arriver en pareil cas, c'était un procès interminable et toujours coûteux. C'est pour remédier aux abus qui se produisaient journellement que Ang-duong réglementa cette matière et fit introduire dans la loi l'obligation du billet pour légitimer une créance.

En 1852 fut construite, par journées payées, la belle chaussée qui relie le palais de Oudong à Compong-luong (le rivage du roi). Cette chaussée est élevée au-dessus des plus hauts niveaux de l'inondation et les terres sont maintenues de chaque côté par des murs de soutènement en pierres maçonnées.

En 1853, on frappa une monnaie d'argent portant sur une face un temple antique surmonté de tours, et sur l'autre l'oiseau divin Hangsa, qui sert d'emblème aux pagodes modernes.

En 1854, Ang-duong, fatigué des difficultés incessantes que lui suscitaient les Annamites, et ne pouvant plus supporter les empiètements sur le territoire cambodgien que se permettaient les sujets de l'Annam

d'abord et ensuite leur gouvernement, résolut de demander aide et
protection à une grande puissance européenne. Le roi de Siam, qui
avait été de tout temps le protecteur naturel et intéressé du Cambodge
contre l'Annam, ne montrait plus grande ardeur à défendre les droits
de son protégé. Il eut été impuissant d'ailleurs, placé à la distance où
il est, de préserver l'autorité cambodgienne des tracas quotidiens occa-

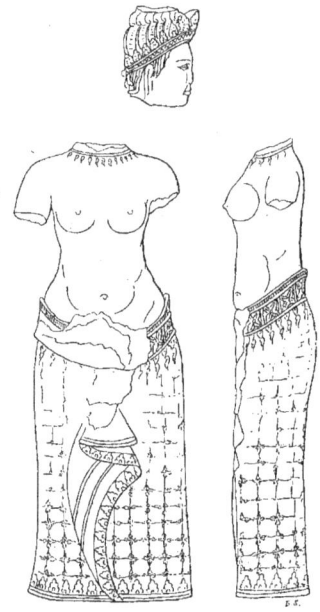

Idole de Ta-Prom (province de Bati). Dessin de M. Spooner.

sionnés par le voisinage des Annamites, et Ang-duong songea à employer
un remède plus efficace. Il envoya, à cet effet, un mandarin chrétien,
descendant de Portugais, à Sincapoor, pour informer le consul de
France du désir de S. M. le roi du Cambodge de contracter une alliance
avec la France. L'envoyé insista pour qu'un plénipotentiaire français
fût envoyé le plus tôt possible au Cambodge. Cette démarche fut faite à
l'insu du roi de Siam, qui s'y fût opposé, s'il en avait eu connaissance,
par crainte de voir s'implanter au Cambodge une influence prépondé-
rante à la sienne. Suivant l'usage du pays, le roi khmer envoya au chef

du gouvernement français un lot de cadeaux composé de soies, d'ivoires, d'objets en or repoussé, etc.

L'année suivante, 1855, M. de Montigny, auquel le gouvernement français avait confié plusieurs missions en Indo-Chine et en Chine, se rendit en premier lieu à Bangkok. Dans les rapports qu'il eut avec le roi de Siam, il laissa voir son dessein de s'arrêter au Cambodge pour y discuter, avec le gouvernement de ce pays, les termes d'un traité. Cet aveu n'était pas nécessaire, et nous allons voir que ce fut même une imprudence, qui fit tout échouer.

Le roi de Siam ne fit et ne pouvait faire aucune objection à ce projet de traité; il eut fallu pour cela établir, par des documents écrits et authentiques, son droit de suzeraineté sur le Cambodge, droit qu'il exerçait, de même que l'Annam, depuis très longtemps, mais l'un et l'autre par suite de l'abus de la force sur un voisin qu'ils avaient successivement dépouillé et réduit à l'impuissance. Il employa pour empêcher les négociations d'aboutir les moyens détournés si familiers aux diplomates asiatiques. Au moment du départ du plénipotentiaire français, un ministre siamois sollicita le passage sur le navire de guerre qui l'emportait, pour six serviteurs du fils aîné de Ang-duong, en ce moment à Bankok, qui demandaient instamment à rentrer chez eux. On s'empressa d'accepter ces passagers, parmi lesquels se trouvait un mandarin siamois porteur d'une lettre pour le roi du Cambodge.

M. de Montigny fut reçu à Compot avec de grands honneurs. Le roi avait envoyé ses ministres à sa rencontre; il avait fait préparer à terre des logements confortables pour la mission et donné des ordres pour que le voyage de ces messieurs à Oudong se fît dans les meilleures conditions possibles. Dans les premiers moments tout alla bien, mais la présence du mandarin siamois, la nouvelle qui se répandit de suite qu'il portait une lettre de son roi, son attitude menaçante à l'égard des ministres de Ang-duong, intimidèrent ceux-ci au point qu'ils n'osaient plus se montrer.

Le chef de la mission française, informé de ce qui se passait, s'emporta et s'oublia, nous a-t-on dit, jusqu'à maltraiter lui-même l'agent siamois. Ces violences, assurément bien explicables, étaient inopportunes ou insuffisantes; il était encore temps de déjouer les intrigues siamoises, et pour cela il n'y avait qu'à faire empoigner le mandarin embarqué en contrebande à Bangkok et l'envoyer à fond de cale à bord de la corvette française mouillée en rade. Cet acte d'autorité aurait rassuré les Cambodgiens et eût suffi pour donner une haute opinion de notre force. Au lieu de recourir à ce facile expédient, on décida que cet individu serait renvoyé dans son pays par terre et, pour comble de malheur, on l'expédia par la route de Oudong. Arrivé dans la capitale, ce malencontreux personnage déclara avec hauteur qu'il n'allait pas plus loin et qu'il avait une mission à remplir auprès du roi. Il montra la lettre de son souverain, et cette exhibition lui assura de suite les égards des mandarins de la cour, qui lui facilitèrent l'entrée du palais. La foudre serait tombée sur ce palais qu'elle n'eût pas produit plus de frayeur que la missive du roi de Siam ! A partir de ce moment, il n'y eut plus place dans l'esprit de Ang-duong que pour la crainte, et les idées folles qu'il se fit sur les conséquences qui allaient résulter pour lui du mécontentement du grand seigneur de Bangkok.

Cependant, M. de Montigny, qui ne se souciait pas de se rendre à Oudong par une route assez mauvaise et très longue, avait envoyé au roi un missionnaire français établi à Compot, parlant bien la langue du pays, et qui devait faire ses efforts pour obtenir que des délégués, munis de pouvoirs réguliers, fussent envoyés à Compot où se tiendraient les conférences. Le missionnaire trouva Ang-duong en proie à toutes sortes d'appréhensions et il ne put absolument en rien tirer. Il revint rendre compte de ce fâcheux état de choses à notre ministre, qui se rembarqua pour se rendre en Chine, où il avait une mission à remplir.

Ainsi que nous l'avons dit, le but que se proposait Ang-duong en appelant à son secours une nation européenne, était de trouver un refuge assuré où il pût être à l'abri des ennuis de toute espèce que lui occasionnait le voisinage de l'autorité annamite, et sans doute aussi désirait-il se soustraire une bonne fois à la suzeraineté insatiable du roi de Siam.

Nous croyons pouvoir assurer que les propositions que Ang-duong comptait faire au plénipotentiaire français étaient les suivantes : lui exposer d'abord ses griefs, ses sujets de mécontentement à l'égard de ses deux redoutables voisins; déclarer son impuissance à se faire seul justice et, enfin, annoncer sa résolution de se placer sous la protection de la France, à laquelle il céderait, par traité, les territoires enlevés par les Annamites au Cambodge et qu'ils détenaient toujours bien que nul acte de cession ne fût jamais intervenu entre les deux États. Les territoires dont il est ici question sont les six provinces, aujourd'hui françaises, de la basse Cochinchine.

La France, qui a commencé quelques années plus tard cette longue, pénible et coûteuse conquête, aurait trouvé là l'occasion et une raison honorable pour s'établir dans cette contrée. Ajoutons que c'eut été alors dans des conditions meilleures, avec le Cambodge comme point d'appui et de ravitaillement, et avec le concours empressé de tous les Khmers, dont le sentiment d'animosité contre les Annams était à cette époque plus particulièrement surexcité. Ceux qui connaissent l'histoire de nos rudes campagnes et conquêtes en Indo-Chine, conviendront qu'elles eussent pu être faites et obtenues ainsi avec une moindre dépense d'argent et de sang!...

En 1856, le Prea-ang-méchas-réachéa-vodey, qui venait d'atteindre sa vingt-unième année, se fit ordonner bonze à Siam. Il garda six ou sept mois l'habit religieux et fit pendant ce temps un voyage à Oudong. Mais bientôt le roi Ang-duong, qui se sentait vieillir, voulut assurer l'avenir de ses enfants et la sûreté du royaume en cas de décès. Il demanda au roi de Siam de vouloir bien élever son fils aîné à la dignité d'obbarach et le cadet, Sisavat, à celle de prea kêu-féa. Ces deux princes étaient à Bangkok ; ils reçurent des mains du roi l'investiture de leur nouveau grade, et l'obbarach s'empressa de revenir au Cambodge pour en exercer les fonctions.

Ainsi donc, avant notre protectorat, le roi de Siam nommait le roi, l'administrateur, le gouverneur, comme on voudra, du Cambodge. Nous pouvons assurer que celui-ci n'avait même pas le droit de choisir ses collaborateurs, les ministres, qui, avant d'entrer en fonctions, devaient être agréés par la cour de Siam. A cet égard, le roi khmer a beaucoup gagné en se plaçant sous notre protectorat.

En 1856, les Cambodgiens des provinces situées à l'ouest du fleuve postérieur se mirent en révolte contre l'autorité annamite. Le gouvernement cambodgien ne provoqua pas, sans doute, ce mouvement, mais il est certain qu'il savait bien à l'avance qu'il aurait lieu, puisque le roi Ang-duong, afin de le favoriser, ou peut-être simplement dans le but de mettre son territoire à l'abri de toute violation dans les événements qui se préparaient, fit faire sur la frontière des travaux de défense et y concentra quelques troupes. Mais les généraux annamites firent échouer les combinaisons des Khmers, si tant est qu'il y en eut, en plaçant au moment de l'explosion un corps de troupes sur la frontière, dont le rôle était d'empêcher toute communication entre les révoltés et le royaume du Cambodge. Grâce à cette précaution, les malheureux Cambodgiens,

privés de tout concours effectif ou moral, placés entre deux feux sans
retraite possible en cas d'insuccès, se démoralisèrent et se laissèrent
réduire sans presque résister.

En 1857, la route de Oudong à Phnom-penh fut faite par journées
payées.

En 1858, les Chams et les Malais fixés à l'est du Mécong se soulevèrent
à la voix de trois de leurs chefs, Tuon-him, Tuon-su et Tuon-it, contre
les duretés et les exactions du gouverneur cambodgien de la province
de Thbong-khmum. Les griefs des mécontents étaient assurément
fondés, mais leurs trois chefs avaient, eux aussi, à se reprocher d'avoir
pris dans cette province une autorité qu'ils ne pouvaient avoir, et que le
gouverneur ne pouvait et ne devait point leur laisser exercer sous ses
yeux. Ces chefs malais ne visaient à rien moins qu'à soustraire les habitants de leur race à toute espèce d'autorité cambodgienne, tandis qu'ils
exerçaient eux-mêmes sur ces gens-là, et très irrégulièrement, une
sorte de pouvoir souverain. Ces trois Malais étaient les frères puînés
d'un autre Malais nommé Tuon-li, qui joua par la suite un rôle important au Cambodge et qui mourut dans la position élevée de somdach-
chauphnhéa. Ces quatre chefs malais étaient fils de l'ancien ministre du
roi Ang-chan, désigné dans la chronique sous le nom de Tuon-pha,
mais dont le véritable nom malais était Tuon-sêt-asmit. Les annales ne
parlent pas de la mort tragique de cet ancien ministre que Ang-chan
sacrifia aux rancunes des Annamites, que Asmit avait autrefois combattus
sur le territoire du Ciampa. Pour donner à l'exécution de ce ministre
les formes légales, on assembla une sorte de haute cour de justice, dont
les membres étaient tous connus pour leur hostilité à la politique et à
la personne du prévenu, qui, malgré les services qu'il avait rendus au
pays pendant les guerres et les révolutions qui venaient de le désoler,
se vit condamner à la peine de mort comme coupable d'ambition, d'abus
de pouvoir, et surtout pour une querelle qu'il avait eue avec le somdach-
chauphnhéa, querelle qui avait dégénéré en une conflagration générale entre les partisans des deux personnages. Pour faire cesser cette
guerre civile, le roi Ang-chan dut recourir au concours des armées
annamites, et ce fut en leur présence que l'exécution de Asmit eut lieu
en 1820, croyons-nous.

Pour calmer l'agitation qui venait de se produire à Thbong-khmum,
le roi envoya le mandarin Jothéa-sang-créam, avec quelques troupes ;
celui-ci commit en arrivant l'imprudence de se rendre seul au milieu

des rebelles, dont il connaissait particulièrement les chefs, afin de les exhorter à se soumettre. Dès que les insurgés l'aperçurent, ils l'entourèrent et le tuèrent impitoyablement sans le laisser s'expliquer, donnant ainsi la mesure de leurs dispositions hostiles.

L'assassinat de l'envoyé royal, accompli dans les circonstances que nous venons de rapporter, jeta Ang-duong dans une fureur extrême ; il voulut se mettre lui-même à la tête de ses troupes pour aller réduire les révoltés. Il remonta le fleuve jusqu'à Péam-chiléang et de là il envoya une partie de ses troupes à Roca-popram, où se trouvait le gros des rebelles. Il se livra là une série de combats très meurtriers et tantôt avantageux à l'un ou à l'autre parti. Enfin, dans l'une de ces rencontres, Tuon-him ayant été tué, le découragement se mit dans les rangs des rebelles, qui lâchèrent pied et se dispersèrent dans toutes les directions. Tuon-su et Tuon-it parvinrent à gagner Chaudoc, où ils ne purent plus être poursuivis. Le frère aîné de ces Malais, Tuon-li, qui était mandarin et qui habitait la capitale, craignant d'être soupçonné de complicité avec ses frères, prit la fuite et se rendit en barque à Chaudoc.

Ang-duong fit arrêter la plupart des Chams et Malais qui étaient restés dans les plaines de l'est et il les fit transporter, eux et leurs familles, leurs bestiaux et leur mobilier, à Pursat, à Lovèc, à Compong-tralach, à Compong-luong...

Quelque temps après les Malais et les Chams réfugiés à Chaudoc s'armèrent, remontèrent précipitamment le fleuve, s'abattirent sur les pays où leurs coreligionnaires avaient été déportés, enlevèrent ceux-ci et les entraînèrent à leur suite à Chaudoc. Ce coup de main fut exécuté promptement et avec une telle vigueur que personne ne songea à s'y opposer. Les ordres donnés trop tard par le roi n'eurent aucun effet.

Ang-duong, vivement contrarié de ne pouvoir mettre la main sur les principaux auteurs de ces désordres, somma énergiquement, en 1859, l'autorité annamite d'avoir à les livrer. Sur le refus catégorique qu'on lui opposa, il résolut de faire enlever ces individus de vive force sur le territoire annamite même. L'administrateur de Chaudoc, instruit des préparatifs hostiles que l'on faisait à Oudong contre lui, prit des mesures aussi et un combat sanglant ne tarda pas à s'engager sur la frontière. Les Malais et les Chams étaient dans les rangs annamites et ils se battaient avec acharnement. Néanmoins, le mandarin Kêp, gouverneur de la province de Treang, et commandant en chef des troupes cambodgiennes, obtint des succès au début ; il refoula l'armée annamite, s'avança sur le territoire ennemi et il se disposait à poursuivre son heureuse campagne lorsqu'il reçut la nouvelle de la mort de son roi. Des désordres ayant éclaté à Oudong à la mort de ce souverain, Kêp rentra avec ses troupes et les choses en restèrent là.

Nous avons vu que Ang-duong s'était appliqué pendant son règne à mettre de l'ordre dans l'administration, à faire réviser et améliorer le code des lois ; qu'il employa, chose rare, une partie des revenus du royaume à des travaux d'utilité publique et à de bonnes œuvres. Il fut aimé et regretté de son peuple, qui se souvient et qui rappelle encore avec émotion les qualités et surtout la bonté de ce souverain. Ce prince méritait, en effet, cette affection et ces regrets, si on le compare à beaucoup qui l'ont précédé et à ceux qui le suivent : il était absolu, mais juste ; il était abordable, bienveillant et sévère seulement pour les mandarins prévaricateurs ; il n'aimait ni les ivrognes, ni les joueurs, ni les fumeurs d'opium, si communs depuis, qu'il réprimandait en public, qu'il faisait frapper et mettre à la chaîne s'ils ne se corrigeaient point ; il avait un bon cœur, qui le portait à accomplir chaque jour, et naturellement, des actes notoires de générosité qui lui attiraient les sympathies de son peuple ; il exigeait peu de corvées de ses sujets, ne les appelait pas dans les moments où ils étaient employés aux champs, et leur faisait souvent remise d'une partie des journées de travail dues par chaque citoyen à l'État.

Ang-duong était intelligent, instruit et très actif ; il tenait régulièrement des séances où les princes et les mandarins étaient tenus d'assister ; il recevait là les pétitions, les réclamations, et y faisait droit à l'occasion ; il encourageait les savants et mettait à la disposition de ceux qui voulaient s'instruire l'argent et les autres moyens nécessaires ; il estimait les bonzes érudits et aimait à controverser avec eux sur les matières religieuses et littéraires, sur les langues anciennes de l'Inde, notamment sur le sanscrit et le pâli. Les religieux, de leur côté, affectionnaient particulièrement ce souverain, dont ils obtenaient ce qu'ils voulaient pour leurs temples, leurs couvents et pour eux-mêmes.

Sous ce règne, les impôts furent modérés et on n'eût jamais l'idée de les augmenter, ni surtout d'en créer de nouveaux, malgré le conseil intéressé des adjudicataires de douanes, de fermes et de monopoles. Quelque temps avant sa mort, ce prince consacrait ses économies à racheter des esclaves.

Ang-duong avait, comme tous les Khmers, la manie des constructions ; il dirigeait lui-même les travaux et employait son temps à construire et à démolir pour reconstruire sur nouveaux plans.

Ce roi était essentiellement charitable. Il fit construire un immense pavillon sur le bord d'un bassin à Oudong, où on distribuait l'aumône aux bonzes et où les malheureux trouvaient chaque jour du riz cuit pour eux et pour leurs enfants.

Ang-duong était dévot et superstitieux. Nous allons citer un fait qui donnera la mesure de l'exagération de ses idées à ce double point de vue. Par respect pour une règle suivie dans les bonzeries seulement, et qui interdit d'ôter la vie aux créatures en général, le roi défendit de pêcher au moyen de barrages. Cette manière d'opérer, pratiquée de tout temps, permettait de saler une très grande quantité de poissons et d'en faire l'objet d'un commerce d'exportation important. Quoiqu'il en soit, le roi voulut assigner pour limite à la pêche les besoins de la consommation locale et il n'autorisa que des demi-barrages en travers des cours d'eau. Le cralahom-mo ayant, malgré les ordres et la volonté connue du roi, affermé des pêcheries sans stipuler sur les contrats cette restriction, fut arrêté et mis à la chaîne, où il mourut de désespoir. Le roi qui ne croyait pas, malgré l'excessive sévérité qu'il avait déployée en cette occasion, avoir suffisamment apaisé la colère du Buddha, des esprits, des mânes des ancêtres à son égard, fit décapiter le cadavre de son ancien ministre et la tête fut exposée en place publique.

On peut, en résumé, dire de Ang-duong qu'il fut à la fois autoritaire, philanthrope, dévot, fanatique et superstitieux.

Au mois de novembre 1859, les cinq ministres et les cinq principaux brahmes, réunis en conseil sous l'œil de la vieille mère de Ang-duong, qui exerçait encore une grande influence à Oudong, désignèrent unanimement le prince Prea-ang-vodey, à ce moment obbarach, pour monter sur le trône. Ce prince était âgé de vingt-quatre ans. Son avènement au trône ne donna d'abord lieu à aucune réclamation de la part des autres prétendants, et ce ne fut que plus tard, comme nous le verrons, qu'on essaya de lui disputer la couronne.

Le premier soin du nouveau roi, que nous appellerons Norodon, bien qu'il ne prît ce nom que plus tard, lors du couronnement, fut d'informer le roi de Siam de la mort de son père et de la décision par laquelle les hauts dignitaires du royaume l'appelaient à régner, sauf, bien entendu, l'agrément du suzerain de Bangkok, celui de Cochinchine étant alors trop occupé à combattre les Français, qui déjà tenaient Tourane et Saïgon, pour s'inquiéter de ce qui se faisait au Cambodge.

Le roi de Siam députa un mandarin à Oudong avec la mission d'annoncer son approbation au choix fait par les ministres ; il devait ensuite présenter les doléances de Sa Majesté à la famille de Ang-duong, et remettre à celle-ci un certain nombre d'habits de moine pour être offerts, en son nom, aux religieux lors de la crémation du corps du feu roi.

Le prince Votha, troisième enfant mâle de Ang-duong, qui avait été envoyé tout jeune à la cour de Bangkok pour y être élevé suivant son rang, obtint de rentrer au Cambodge avec l'envoyé siamois. Dès la première entrevue, le roi fit cadeau à son frère, qui en avait grand besoin, de cent barres d'argent, environ dix mille francs, et d'un sabre de luxe à poignée et fourreau en or ciselé et repoussé.

Mais le bon accueil et la générosité du roi furent impuissants à calmer son humeur jalouse. Ce prince s'était figuré, on ne saurait dire pour quels motifs, que ses deux aînés, Norodon et Sisavat, seraient écartés du trône et qu'il serait, lui, invité à y monter. Il s'établit provisoirement chez un mandarin logé près de la porte orientale de la citadelle. Dès la première heure, il montra son peu de goût pour le personnel de la cour ; sa conduite, sa tenue devant le roi, témoignaient de son mécontentement et de son dépit. Il révélait hautement dans la capitale les défauts vrais ou supposés du roi, afin de faire ressortir son indignité.

Ce jeune prince avait malheureusement dans son entourage des mandarins qui le poussaient dans la voie funeste où il s'était engagé. Ces principaux meneurs étaient Snang-sor, parent du prince du côté de sa mère, et Comheng-juthéa, beau-frère du précédent, que l'on surnomma Rama à cause de son courage et de ses capacités militaires.

Après avoir essayé d'agiter la capitale sans grand succès, Votha descendit à Phnom-penh en mars 1861, où il espérait pouvoir recruter les partisans dont il avait besoin pour mettre à exécution ses projets. Mais ces intrigues n'ayant pas eu plus de succès là qu'ailleurs, Votha se décida, un peu alors découragé, à rentrer dans la capitale, où il continua son système de mutisme et d'hostilités à l'égard du roi. Il finit même par ne plus aller aux audiences et refusa de se rendre à l'invitation du roi, qui le mandait pour lui faire des représentations à cet égard.

Ce fut vers cette époque, mars 1861, que l'amiral Charner, après avoir débloqué Saïgon, envoya l'aviso le *Norzagaray* à Compot et prescrivit au capitaine de ce bâtiment de se rendre par terre à Oudong, afin de se mettre en rapport avec le roi du Cambodge. Cet officier devait saluer le roi au nom de son chef, l'aviser du récent succès de nos armes, de l'intention de notre gouvernement de fonder un établissement durable en Cochinchine, du désir et de l'espoir que l'on avait de pouvoir entretenir des relations amicales avec le gouvernement cambodgien. Cette visite, toute de politesse, ouvrit la voie aux communications plus régulières qui s'établirent par la suite.

Le roi rendit à l'amiral sa politesse en lui envoyant, un mois après, des mandarins chargés de le complimenter et de lui offrir quelques présents.

La rivalité des deux princes maintenait l'agitation dans la capitale et, dans les premiers jours d'avril 1861, le gouverneur de la province de Baphnom annonçait que sa province était activement travaillée par Snang-sor, agissant au nom du prince Votha. Le roi manda aussitôt Snang-sor à Oudong ; il s'y rendit, mais au lieu de se mettre en arrivant à la disposition du roi, il s'enferma chez Votha qui refusa de le livrer. La situation s'aggravait de plus en plus ; une explosion était imminente et elle se produisit bientôt à la suite d'une circonstance que nous allons rapporter.

A la fin d'avril, deux envoyés siamois remirent solennellement au roi Norodon, de la part de leur souverain, une urne en or destinée à contenir les cendres de son père. La famille royale, les mandarins et presque tous les habitants de la capitale assistaient à la remise de l'urne funéraire, sauf Votha qui ne parut point et qui ne se fit pas excuser. Le roi fit dire au prince de se rendre à la cérémonie ; il ne fit aucune réponse à cette invitation et persista à demeurer chez lui.

Le lendemain, Votha ayant reçu l'ordre de quitter le royaume et de suivre les envoyés siamois qui s'en retournaient, refusa d'obéir. Le roi, à bout de patience, résolut d'agir vigoureusement. Il ordonna à ses mandarins de réunir au plus vite les hommes de corvée qui se trouvaient dans la capitale, et de cerner avec tout ce monde la demeure du prince révolté, afin de le tuer ou de le forcer à fuir et à quitter le royaume. Mais le prestige des princes est si grand dans ces contrées que, malgré l'ordre du roi et les excitations de certains officiers, les Khmers n'agirent que mollement et ceux qui étaient armés de fusils, forcés de tirer, les déchargèrent en l'air tout en ayant l'air de tirer sur la demeure du prince.

Enfin, on trouva chez les chrétiens, descendants bien dégénérés de Portugais, plus de résolution et plus de volonté à exécuter les ordres du roi, quelque pénibles qu'ils fussent pour eux. Ceux-ci parvinrent à mettre quelques pièces en batterie dans le bastion nord-est de la citadelle et ils ouvrirent le feu sur la maison où était Votha, avec une centaine de partisans dévoués et résolus à se défendre là. Mais le feu de l'artillerie, auquel ils ne pouvaient répondre, les força d'abandonner leur retraite et ils se décidèrent à fuir. Comme on avait fait une ceinture de soldats autour de la maison attaquée, les fuyards essayèrent en vain de rompre les rangs sur différents points de la circonférence ; mais les hommes de la province de Compong-soai, qui ne passaient pas pour être favorables au roi, livrèrent passage aux révoltés et favorisèrent leur évasion. Votha sortit à cheval, suivi par une jeune femme, nommée Neac-phca-chhuc, qui s'était livrée à lui mais qui, ayant fait partie du harem de Ang-duong, eut dû rester dans le palais de Norodon. Cette circonstance ne fut pas la moindre cause de la querelle qui venait d'éclater entre les deux frères.

Les fugitifs se dirigèrent vers le nord et passèrent le fleuve à son embouchure dans le grand lac ; ils traversèrent la province de Compong-soai et gagnèrent le territoire siamois, où ils s'établirent.

Le peu de succès de ses intrigues pour s'emparer du pouvoir n'avait point découragé Votha ; arrivé en lieu sûr, à Angcor, il dressa un nouveau plan de campagne et envoya ses lieutenants les plus zélés et les plus intrépides, Snang-sor et Comheng-juthéa, dans la province de Baphnom, dont ils étaient originaires, pour essayer de la soulever. Les deux chefs réussirent, suivant les espérances du prince, à se faire là des partisans à la tête desquels ils attaquèrent, en juin 1861, le gouverneur de cette province, qui fut forcé d'abandonner son poste et de se réfugier chez un missionnaire français fixé à Compong-sala, en Cochinchine. Arrivé là, ce haut fonctionnaire écrivit au roi pour l'informer de sa position et de l'état de sa province. D'autres renseignements parvenus à Oudong ne laissèrent plus de doute sur la soumission à Snang-sor de toutes les provinces situées à l'est du Mékong. Ce Snang-sor, comme on voit, était un homme habile ; il paraît qu'il était instruit et bien élevé, tandis que Comheng-juthéa, son compagnon, a laissé une réputation de voleur et d'homme grossier.

En juillet 1861, le roi rassembla à la hâte des recrues ; il les organisa, les arma et constitua trois colonnes d'environ un millier d'hommes chacune. Une de ces colonnes, sous les ordres du yommo-réach-top, partit pour aller reprendre possession de la province de Thbong khmum, qui était révoltée et occupée par les lieutenants de Snang-sor. Une autre troupe, sous la direction du chacrey-kêp, fut dirigée vers les provinces du sud-ouest qui commençaient à s'agiter. Le roi se mit lui-même à la tête du troisième corps et descendit le fleuve en barques, afin d'attaquer l'ennemi solidement établi déjà sur le fleuve antérieur, à la hauteur de l'île de Ca-kêu, à douze ou quinze milles au sud de Phnom-penh. Juthéa commandait à Ca-kêu ; il avait armé plusieurs jonques et placé des tirailleurs sur les berges élevées du fleuve, d'où ils pouvaient tirer sans être exposés au feu de l'ennemi. Il y eut là un combat naval qui dura depuis sept heures du matin jusqu'à midi. Les fatigues et les fortes chaleurs du jour arrêtèrent les combattants, mais la lutte reprit vers les trois heures de l'après-midi et se prolongea indécise jusqu'à la nuit. Du côté des royaux, il y eut dix ou douze hommes blessés, mais Norodon, qui était resté sous le feu tout le jour, jugea bien de l'infériorité de ses forces ; il tint bon toute la journée, mais à la nuit il remonta le fleuve et il se retira dans l'arroyo de Prêc-phlou-trey, sur la rive gauche, à quelques milles seulement du champ de bataille. Le lendemain matin, il se replia sur Phnom-penh, où il laissa des troupes pour défendre les quatre bras, et il se rendit de sa personne à Oudong, afin de mettre la capitale en état de défense.

Pendant que ces événements se déroulaient sur le Mékong, Snang-sor était occupé à Baphnom à réunir des barques, des hommes, des vivres, des armes, qu'il expédiait à mesure à ses lieutenants qui étaient aux prises avec les troupes royales.

Après son premier succès, Juthéa, ou Rama-juthéa, remonta le fleuve et se dirigea droit sur Oudong, estimant, avec raison, qu'il ne serait maître du royaume que lorsqu'il se serait emparé de la capitale. Il n'eut pas de peine à forcer le passage des quatre bras et il refoula devant lui les troupes royales qui s'y trouvaient. Rama-juthéa s'arrêta à Phnom-penh pour faire les dispositions nécessaires en vue d'une attaque sur Oudong.

La colonne royale qui opérait dans le sud-ouest accourut au secours du roi, ainsi que celle qui bataillait dans la province de Thbong-khmum, qui descendit rapidement le Mékong et força le passage des quatre bras à Phnom-penh à coups de canon.

La population cambodgienne restait pour ainsi dire indifférente à cette lutte fratricide. Le roi songea alors à gagner les Malais et les Chams à sa cause, mais nous savons qu'un grand nombre de ceux-ci, et des plus énergiques, s'étaient retirés à Chaudoc à la suite de leurs démêlés avec le défunt roi. Il s'en trouvait pourtant encore assez dans les environs de Oudong et de Lovec pour peser dans la balance, s'ils avaient voulu prendre parti pour Norodon. Mais ils restèrent sourds aux propositions qui leur furent faites; et comme on les poussait un peu trop à agir, ils s'armèrent et châtièrent les importuns.

Le roi, voyant que ce dernier point d'appui lui manquait, renonça à continuer la lutte et fit des préparatifs de départ. Il s'embarqua en août 1861, avec toute sa famille, le premier ministre, le cralahom-soc, un grand nombre de petits mandarins et serviteurs et partit pour Battambang. Il emportait avec lui tous les attributs de la royauté, c'est-à-dire la couronne, l'épée antique des rois khmers, le sceau...

A peine le roi fut-il parti que les troupes qu'il avait organisées, n'étant plus soutenues par sa présence, démoralisées par les revers, se débandèrent et se dispersèrent dans tous les sens. Les chrétiens qui avaient joué un rôle actif dans cette révolution, et qui se trouvaient être du côté des vaincus, quittèrent leur village de Phnhéalu et se cachèrent dans les environs. Mgr Miche et un ou deux missionnaires restèrent dans la chrétienté; et, sauf une ou deux offenses qu'ils eurent à subir d'individus isolés, il leur fut possible de se maintenir à leur poste pendant tout le temps que dura cet orage politique.

Rama-juthéa, ayant été informé à Phnom-penh de la fuite du roi et des défections qui en étaient résultées, remonta le bras du lac, brûla, chemin faisant, les maisons des chrétiens et des Khmers qui avaient suivi le roi, et il s'avança jusqu'aux bords des fossés de la citadelle de Oudong demeurée sans défense. Mais comme c'était surtout à Norodon que Rama faisait la guerre, son ardeur s'était refroidie depuis la disparition de son ennemi, et il ne savait plus guère que faire de ses succès. Il fallait une autre tête que la sienne pour tirer parti de la situation, mais le prétendant était à Angcor et Snang-sor, la véritable cheville ouvrière de cette révolution, était encore dans la province de Thbong-khmum, alors que sa présence devenait indispensable à Oudong où les événements se précipitaient. Rama se mit bien aussitôt qu'il le put en communication avec ces deux hauts personnages, mais, en attendant, il ne sut rien prendre sur lui. Si ce chef montra dans ces circonstances du courage et des qualités militaires incontestables, il fit preuve aussi d'incapacité et d'irrésolution comme homme politique et comme chef de parti. Un événement inattendu l'arrêta d'ailleurs dans ses projets d'hostilité contre le palais et ce qui restait du personnel de la cour. Les Malais, qui jusque-là étaient demeurés étrangers à cette guerre de compétition, se prirent tout à coup de compassion pour les membres de la famille royale, qui étaient restés enfermés dans le palais, et surtout pour la grand'mère de Norodon, très vieille dame, aimée et respectée dans le royaume, et qui exerçait encore une grande influence autour d'elle. Les Malais et les Chams appelèrent leurs parents et leurs amis réfugiés à Chaudoc, et ils s'empressèrent d'aller offrir leurs services à la vénérable princesse. Les chefs de ces deux races, hommes très énergiques et décidés, se mirent en mesure de faire face aux événements qui pouvaient se produire.

L'ancienne reine, de son côté, fit mander Rama-juthéa, qui se rendit à cette invitation et qui garda devant elle une attitude tout à fait respectueuse. « Le cadavre de ton roi est là encore tout chaud, lui dit-elle, et tu n'as pas honte de venir ici profaner le lieu où il se trouve ! Je t'engage à te retirer avec tes hommes et à t'éloigner de suite de Oudong. » Rama obéit; il rentra à Phnom-penh en attendant les événements. En ce moment, la rébellion était partout triomphante, mais la demeure des rois avait été ménagée et respectée, grâce à la présence d'une femme octogénaire gardant le cadavre de son fils. Les faiseurs de coups d'État ne s'arrêtent pas d'ordinaire devant de pareils tableaux, quelques touchants qu'ils puissent être... Rama-juthéa perdit l'occasion de faire monter son candidat sur le trône. Il pouvait, tout en respectant ce qu'il y avait de respectable dans le palais de Oudong, proclamer la déchéance de Norodon, envoyer prendre Votha où il était et le faire accepter ou l'imposer comme souverain. Nous allons voir que ce fut une faute, au point de vue des intérêts de la cause pour laquelle il s'était si bien battu, de ne pas en avoir agi ainsi, et que l'occasion de pouvoir parler en maître ne se représenta plus pour lui.

Après l'incendie des maisons des chrétiens, Mgr Miche avait écrit au gouverneur de la Cochinchine française pour lui demander son concours en vue d'une réparation à obtenir. Une canonnière monta à Phnom-penh, à bord de laquelle se rendit l'évêque, et Rama-juthéa fut sommé d'avoir à réparer précuniairement les dommages causés. Celui-ci s'exécuta aussitôt, versa sur l'heure quarante barres d'argent, soit quatre mille francs, et promit d'en donner cent vingt autres un mois après. Il ne tint pas parole, parce qu'il fut lui même bientôt chassé de Phnom-penh, ainsi que nous allons le voir.

Vers la fin de 1861, le gouverneur de Baphnom, qui avait été chassé de sa province par les rebelles et qui avait trouvé un asile chez un missionnaire six mois auparavant, se rendit à Tayninh et obtint de l'officier français qui commandait ce poste, quelques armes et des munitions, qui lui servirent pour armer des hommes qu'il recruta dans les provinces limitrophes de Romduol et de Soai-téap, non encore passées à l'insurrection. Ce gouverneur s'avança vers Baphnom sans rencontrer d'abord beaucoup de résistance ; les premières bandes contre lesquelles il se heurta étant fort mal armées, il en eut aisément raison, et ces premiers avantages l'enhardirent et lui valurent un nombre considérable de soumissions et de partisans. Snang-sor réclama du secours à Rama, son compagnon ; celui-ci lui envoya une partie de ses forces et resta personnellement avec assez peu de monde à Phnom-penh.

Dès que le général qui commandait les troupes royales dans les provinces du sud-ouest apprit ces divers événements, il se décida à prendre l'offensive, s'approcha de Phnom-penh et força les rebelles à lâcher cette position importante. Rama cependant ne fut pas défait ; il se retira, sans s'engager, devant des forces supérieures, passa le fleuve et s'installa sur l'autre rive, après avoir laissé sur l'îlot Ca-noréa un détachement pour surveiller le passage des quatre bras.

En janvier 1862, Norodon quitta Battambang et se rendit à Bangkok, en vue de demander l'intervention du roi de Siam pour rétablir l'ordre et l'autorité régulière au Cambodge.

La lutte continuait à Baphnom avec des chances diverses, mais enfin Snang-sor s'y maintenait et ne demandait plus du secours. Il adressa au contraire à Rama, en février 1862, cinq ou six Européens, dont quelques-uns étaient des soldats français congédiés sur leur demande en Cochinchine et qu'il avait essayé de gagner à sa cause, ou plutôt à la cause de Votha, en leur faisant entrevoir de brillants horizons. Ces messieurs se laissèrent conduire à Mot-cassa, où on les mit en rapport avec Rama, qui les trompa sur son rôle et ses desseins et qui, finalement, les décida à rester dans son camp.

La présence d'anciens soldats français au milieu des rebelles causa une vive émotion à Phnom-penh, où l'on en avait grossi le nombre et où l'on craignait toujours un retour offensif de l'ennemi. Le général qui y commandait informa Mgr Miche de l'arrivée de ces Européens et des arrangements que l'on disait qu'ils avaient faits avec les chefs de la rebellion. L'évêque envoya un missionnaire, le père Jeannin, très versé dans la langue du pays, au camp des révoltés, afin d'y rencontrer nos compatriotes et de leur montrer les dangers qu'ils encouraient en suivant la fortune, déjà bien compromise, des parents et amis de Votha. Le missionnaire était accompagné par quelques mandarins cambodgiens ralliés à la religion catholique et dévoués à la mission. Il parvint avec assez de peine jusqu'à Rama, mais il était visible qu'on ne voulait pas le laisser parler aux Européens logés dans une grande barque à quelque distance de là. Pendant que le missionnaire s'entretenait avec le chef de l'armée, un jeune chrétien, qui parlait quelques mots de français, fouilla dans le camp et finit par découvrir la demeure des Européens, qu'il informa de la présence à Mot-cassa d'un prêtre de leur nation. Ceux-ci s'empressèrent de suivre le Cambodgien, et après un entretien de quelques instants avec le père Jeannin, ils déclarèrent qu'ils avaient été trompés, qu'ils n'entendaient pas mettre leurs services à la disposition des rebelles, demandèrent et obtinrent la rupture des engagements réciproques qui avaient été pris et suivirent le missionnaire à Phnhéalu.

De là, les Européens se rendirent à Oudong, où ils se firent présenter au prea-kêu-féa, la seule autorité du moment, auquel ils offrirent de mettre au service du gouvernement cambodgien leur savoir et leur expérience au métier des armes. Cette offre fut acceptée avec empressement et l'on mit à la disposition de ces volontaires quatre grandes barques armées en guerre, pourvues de canons et bien approvisionnées.

Deux jeunes interprètes furent embarqués sur cette flottille, qui se dirigea sur Phnom-penh, afin de se joindre aux royaux pour attaquer le camp de Mot-cassa. Mais Rama, ayant appris les nouveaux moyens d'action qui étaient à la disposition de ses adversaires, lâcha pied et descendit le fleuve en barques jusqu'à Banam, d'où il se rendit à Preyveng, où se maintenait à grand peine Snang-sor, auquel il apportait un appoint considérable.

Cette insurrection menaçait de se prolonger indéfiniment faute de direction pour la comprimer. Au point où on en était cependant, il eut

fallu peu d'efforts combinés pour l'étouffer tout à fait. Les hauts personnages de la cour comprirent la nécessité de remettre quelqu'un à la tête
des affaires, et sollicitèrent Mgr Miche d'écrire au consul de France à
Bangkok, afin qu'il employât ses bons offices pour obtenir du gouvèrnement siamois que Norodon fût remis en possession de son trône. Le
roi de Siam voulut bien prêter son concours à cette restauration ; il mit
à la disposition de Norodon un vapeur qui le porta à Compot et pendant
ce temps une armée siamoise était concentrée sur la frontière ; elle
se rapprocha ensuite de Oudong, afin de favoriser par sa présence la
réinstallation du roi.

Norodon arriva à Oudong en mars 1862. Il s'empressa, dès son arrivée
dans la capitale, de faire rechercher le mandarin Sito-pa, qui avait été
dans la province de Oudong un auxiliaire puissant et actif de Snang-sor.
Ce chef, qui était perclus des quatre membres, se fit porter dans les
montagnes après l'insuccès à Oudong des partisans du prince Votha.
Plusieurs détachements furent mis en campagne ; on traqua ce redouté
paralytique et on le saisit finalement sur la montagne de Péam-luc.
Comme on le conduisait à Oudong, il s'empoisonna en chemin et on
n'eut à livrer au roi qu'un cadavre. La tête de ce rebelle, ainsi que celles
de ses principaux compagnons, furent exposées, suivant l'usage, en face
de la résidence royale.

En septembre 1862, l'amiral Bonard, gouverneur et commandant en
chef des forces de terre et de mer en Cochinchine, voulant juger par lui-
même de la valeur des personnages qui composaient la cour de Oudong
et voir en même temps l'état du royaume, son importance agricole et
commerciale, ses rapports avec le gouvernement siamois, etc., se rendit
au Cambodge et fit d'abord visite à Sa Majesté Norodon, qui le reçut avec
beaucoup d'égards. Le général siamois, qui représentait son souverain
auprès du roi du Cambodge, et qui était tout-puissant à Oudong, se composa une figure aimable et fut plein de déférence envers l'amiral, dont
la présence pourtant devait lui faire concevoir des craintes pour l'avenir.

L'amiral ne tarda pas à remarquer que c'était l'agent siamois qui
était le véritable roi du Cambodge, et que c'était là une influence qu'il
faudrait plus tard, dans l'intérêt de notre colonie, tâcher de diminuer
ou de détruire. Par la même occasion l'amiral Bonard visita les ruines
d'Angcor et remonta le Mékong jusqu'aux rapides.

En septembre 1862, l'insurrection était presque partout vaincue et le
gouverneur de la province de Baphnom, où se trouvait le grand foyer

de la révolte, était parvenu à reprendre possession de son poste, après avoir refoulé vers le nord les bandes insoumises de Snang-sor et de Rama. Deux mandarins, ayant avec eux quelques troupes, étant venus renforcer l'armée royale de Baphnom, l'infatigable gouverneur de cette province reprit l'offensive, joignit les rebelles et leur infligea cette fois un vrai désastre. Rama, le plus redoutable d'entre eux, fut tué et Snang-sor, couvert de blessures, fut fait prisonnier et enfermé, comme une bête, dans une forte cage en bois. Ce résultat fut obtenu dans le mois d'octobre 1862. Après cette victoire, les provinces orientales rentrèrent dans le calme.

Snang-sor, grâce sans doute à l'intervention de quelque bonne âme, parvint à sortir de la cage où il avait été enfermé et il s'enfuit en Cochinchine, sur le territoire français. Le gouvernement siamois ayant demandé l'extradition du fugitif, l'amiral Bonard repoussa formellement cette demande, afin de protester de bonne heure, et opportunément, contre l'ingérence trop directe des Siamois dans l'administration du royaume du Cambodge.

Cependant, la province de Compong-siém, rive droite du grand fleuve, restait agitée, malgré la nouvelle qu'on avait dû y répandre des malheurs des principaux meneurs. Les Européens dont nous avons parlé, et un détachement de Cambodgiens, s'y rendirent en barques; mais les rebelles qui s'étaient réfugiés là, apprenant qu'il y avait des étrangers parmi les Khmers, prirent peur et se dispersèrent. Après les succès obtenus sur les Annamites par un nombre relativement faible de Français, au début de la conquête de la Cochinchine, le prestige militaire de nos soldats était considérable dans toute l'Indo-Chine et il n'est point surprenant que les rebelles de Compong-siém se soient fondus en présence d'un si petit nombre d'entre eux dans les rangs de leurs adversaires. Cette expédition ne coûta qu'une victime : ce fut un Français, qui fut tué par l'imprudence ou la maladresse d'un de ses camarades. Ainsi finit, vers la fin de l'année 1862, cette prise d'armes en faveur d'un prince ambitieux, qui la provoqua, qui n'y prit aucune part et qui ne méritait certes pas qu'on se sacrifiât pour lui.

Dans le courant du mois de novembre 1863, des mandarins siamois arrivèrent à Oudong et déclarèrent avoir reçu de leur souverain la mission de ramener le prince Prea-kêu-féa à Bangkok. Le prince fut ou feignit d'être surpris d'une pareille mesure, sûrement provoquée à la sourdine par Norodon. Il prétendit ne s'être jamais conduit de manière à faire supposer qu'il pût devenir un danger pour le pouvoir de son frère et pour la paix publique. Il paraît cependant que les premières femmes de celui-ci s'étaient servies du nom de leur mari pour intriguer et créer des embarras au roi. On trouva même des pièces compromettantes revêtues du sceau du prince, qui déclina toute responsabilité; mais le roi et son entourage ne s'en préoccupèrent pas moins, et là est le secret de son expulsion du Cambodge. En rappelant le Prea-kêu-féa auprès de lui, le roi de Siam n'avait pas pour unique raison d'en débarrasser son frère; il voulait aussi avoir sous la main un prétendant sérieux à la couronne du Cambodge, pour le mettre en scène suivant les besoins de sa politique.

Pourtant, Préa-kêu-féa résistait aux injonctions des envoyés siamois, et l'arrivée d'un navire français dans les eaux de Compong-luong, lui fit espérer qu'il pourrait trouver là un contre-poids à la violence qu'on exerçait sur lui. Ce navire était le *Giadinh*, commandé par M. de Lagrée, lieutenant de vaisseau, auquel l'amiral de la Grandière avait ordonné d'aller faire des observations de diverses natures au Cambodge, pour fournir ensuite au gouverneur de notre colonie des renseignements précis pouvant lui servir à guider sa conduite dans les rapports qui allaient s'établir entre les deux gouvernements. On avait expressément recommandé au capitaine du *Giadinh* de n'admettre aucun intermédiaire dans ses rapports avec le gouvernement cambodgien. Il était nécessaire, en effet, d'indiquer dès la première heure que nous ne pouvions reconnaître au Cambodge la suzeraineté exclusive du roi de Siam. M. de Lagrée devait pourtant agir avec ménagements, et afin de ne pas éveiller de trop bonne heure l'ombrageuse susceptibilité du vieux général siamois, il devait se déplacer souvent avec son navire, parcourir le fleuve et le lac sous prétexte d'y faire de l'hydrographie, surveiller nos nationaux et les nouveaux sujets que la France avait conquis en Cochinchine. Cet officier n'avait reçu aucun pouvoir encore qui lui permît de s'immiscer dans les affaires du pays et il lui fut impossible de faire le moindre obstacle à l'enlèvement du prince, que l'on entraîna rapidement vers Compot, où un navire l'attendait pour le conduire à Bangkok.

Norodon, une fois débarrassé de tout souci, rendit les derniers devoirs à son père en faisant procéder à l'incinération de son corps.

En juillet 1863, l'amiral de la Grandière, gouverneur de la Cochinchine, se rendit à Oudong, visita le roi et lui exposa les raisons qui lui faisaient désirer de voir le Cambodge, si près placé de notre nouvelle colonie, s'inspirer de la politique de la France et se placer sous sa protection. Bien que très hésitant, et craignant la fureur des Siamois, qui ne tarda pas à éclater, Norodon consentit à discuter avec l'amiral les clauses d'un traité de protectorat. Ce projet de traité fut signé par les deux contractants et envoyé aussitôt en France pour la ratification.

Le vieux général siamois, irrité de voir s'établir des rapports de cette nature entre nous et les Khmers, et craignant avec raison que l'influence siamoise ne fût balancée et finalement détruite dans le pays, surveillait Norodon de très près et montrait de la mauvaise humeur à l'égard de tout ce qui était français. M. de Lagrée eut à soutenir plusieurs assauts contre lui.

Dès son retour à Saïgon, l'amiral envoya, à la date du 12 août 1863, des instructions écrites à son représentant à Oudong. Nos relations étant établies sur une base plus régulière, il était indispensable d'étendre les attributions de notre agent qui devint, dès ce moment, chargé des rapports officiels avec le roi du Cambodge.

Le gouverneur de la Cochinchine envoya, dans le courant de septembre 1863, la corvette le *Forbin* à Bangkok, afin de savoir l'effet qu'avait pu y produire la nouvelle de notre projet de traité avec le Cambodge. Le commandant du *Forbin* fut reçu avec les formalités et les égards ordinaires par le roi et ses ministres, mais il ne tarda pas à remarquer que la position que nous cherchions à prendre au Cambodge faisait naître à Bangkok de vifs sentiments de jalousie. Le souverain de Siam affectait de traiter Norodon en vassal, ou en gouverneur en sous-ordres, tout en reconnaissant cependant que nous avions, depuis la cession à la France d'une partie de la basse Cochinchine, des droits équivalents aux siens sur le Cambodge. On insinua au commandant du *Forbin* qu'il eût mieux valu traiter directement avec la cour de Bangkok, qui, dans sa bienveillance pour la France, n'eut pas manqué de lui donner plus qu'elle ne demandait. Enfin, l'un des ministres s'oublia jusqu'à dire tout haut qu'il était supposable que le vice-roi du Cambodge avait dû avoir la main forcée pour signer un acte pareil. Avait-il des raisons pour parler ainsi?... Il est bien possible, il est même probable que par faiblesse, par crainte de l'avenir, ou simplement par la mise en jeu d'une de ces manœuvres familières aux Asiatiques, le roi du Cambodge ait envoyé ce traité à Bangkok, en assurant le gouvernement siamois qu'on avait exercé sur lui une pression quelconque.

En un mot, la cour de Bangkok, en nous proposant de traiter directement avec nous, au nom du Cambodge, entendait que ce royaume fût considéré comme étant placé exclusivement sous sa domination, comme une sorte de province siamoise, qui nous aurait payé le tribut dû autrefois à l'Annam. Les Siamois nous auraient peut-être offert, si nous nous étions laissés entraîner dans cette voie, quelque portion du territoire de ce royaume, afin de pouvoir, sans obstacle ensuite, l'absorber eux-mêmes tout entier.

On représenta au roi du Cambodge le peu de cas que l'on faisait de lui à Bangkok, et on lui fit part aussi de la volonté bien arrêtée de notre gouvernement de ne pas souffrir qu'il devînt une sorte de vice-roi, ou de gouverneur, soumis à Siam.

Vers le mois de novembre 1863, le roi du Cambodge fit faire les préparatifs nécessaires pour son couronnement et il réclama à Bangkok sa couronne, ainsi que l'épée antique, laissées dans le palais du roi de Siam par Norodon lorsqu'il revint au Cambodge en mars 1862. Avant de se dessaisir de la couronne, les Siamois voulaient avoir l'assurance qu'ils la placeraient eux-mêmes sur la tête du roi khmer en manière d'investiture. Or, c'était justement ce que le gouverneur de la Cochinchine voulait empêcher. Ce désaccord fut la cause que la couronne ne fut pas envoyée et que la cérémonie fut ajournée.

Au mois de décembre 1863, on n'avait pas encore à Saïgon la nouvelle que le traité eût été ratifié. Le ministre de la marine avait écrit que personnellement il l'approuvait, mais qu'il avait à s'entendre, à ce sujet, avec son collègue des affaires étrangères. Ces retards causaient des embarras de plus en plus grands à Oudong, où les Siamois répandaient le bruit que le gouvernement français improuvait le traité. Norodon avait fini par croire à ce bruit ; il devenait de plus en plus hésitant et le général siamois triomphait.

Enfin, le roi de Siam fit savoir qu'il se rendrait, en janvier 1864, à Compot pour couronner de ses mains le roi du Cambodge. Le représentant de notre nation conseillait à Norodon de repousser cette combinaison et de ne pas se rendre à Compot. Pendant que l'on délibérait à Oudong sur le parti à prendre, un vapeur apporta à Compot une lettre du roi de Siam annonçant qu'il ne pouvait venir et que le couronnement se ferait plus tard.

Vers la fin de janvier 1864, le gouverneur de la Cochinchine reçut du roi Norodon une invitation pour assister aux fêtes qui se préparaient

à l'occasion du couronnement, dont la date paraissait être irrévocable-
ment arrêtée cette fois. L'amiral, retenu à Saïgon par les exigences du
service, désigna son chef d'état-major pour le remplacer. Mais la
couronne n'ayant pas été encore envoyée, on se contenta de célébrer,
avec les formalités d'usage, l'élévation du parasol à sept étages au-
dessus du trône et la cérémonie resta incomplète.

Il était visible que la présence des officiers français à Oudong gênait
les Siamois, qui voulaient présider seuls au couronnement, afin d'en
retirer tout l'honneur et tous les avantages. On espéra arriver à ce
résultat en invitant Norodon à se rendre à Bangkok, où il pourrait être
couronné hors de notre présence et sans notre concours par conséquent.
Le roi du Cambodge, qui tenait beaucoup à ce que cette cérémonie eût
lieu le plus tôt possible, n'eût peut-être pas demandé mieux que nous
laissions faire, mais il n'y allait ni de notre dignité, ni de nos intérêts
d'en agir ainsi.

En présence des nouvelles difficultés qui se présentaient, et qui causaient à Oudong une certaine émotion dans le monde officiel, l'amiral
de la Grandière se décida à augmenter les forces que nous avions au
Cambodge, afin de montrer, et de prouver au besoin, que nous prenions
notre protectorat au sérieux et que nous ne saurions souffrir que l'on
exerçât sur le roi, et sous nos yeux, un système de violences aussi
contraire aux intérêts du pays qu'aux engagements qui avaient été pris
déjà vis-à-vis de la France. Deux canonnières remontèrent immédiatement le fleuve, portant un détachement d'infanterie de marine commandé par un officier.

D'un autre côté, le consul de France à Siam rendait compte que,
au lieu d'être tracassé par la cour de Bangkok, le roi du Cambodge
demandait avec de vives instances à se rendre dans cette capitale pour
y être couronné. Quoiqu'il en soit, l'amiral de la Grandière fit partir un
bâtiment pour Bangkok, afin d'y faire connaître son désir de conserver
de bonnes relations avec le Siam, en même temps que sa ferme volonté
de ne pas tolérer à Oudong une action supérieure à la nôtre.

Le traité revint, enfin, tout ratifié en mars 1864, et notification en
fut faite aussitôt aux chancelleries de Bangkok et de Oudong. Le roi de
Siam, en présence d'un acte pareil, renonça momentanément à son
projet d'agir seul et en dehors de nous au Cambodge. Enfin, le
couronnement fut décidé et la cérémonie fixée au 3 juin 1864. On
convint que S. M. Norodon serait couronnée par un représentant du

gouvernement français et un envoyé de Siam, ayant tous les deux les mêmes pouvoirs et les mêmes droits. Le délégué siamois était le grand mandarin Phnhéa-montrey-sorivong ; il vint de Bangkok sur l'aviso français le d'*Entrecasteaux* et il arriva à Saïgon le 24 mai 1864. Il repartait le lendemain pour le Cambodge avec le délégué français M. Desmoulins, capitaine de frégate, chef d'état-major général de M. de la Grandière. Le mandarin apportait la couronne, l'épée royale et d'autres attributs des souverains de ce pays-là. Le roi fut couronné le 3 juin 1864, à l'âge de trente ans environ.

Dans le courant du mois d'août 1864, l'amiral de la Grandière reçut d'un Cambodgien nommé Prea-ang-phim une lettre, ou plutôt une déclaration par laquelle cet individu se prétendait fils de l'ancien obbarach Prea-ang-em, et il revendiquait ses droits à la couronne du Cambodge. C'est cet aventurier qui devint plus tard célèbre sous le nom de Assoa. On fit passer cette lettre à Oudong, afin d'avoir des éclaircissements sur l'origine du signataire et la valeur de ses prétentions. Il était important, en effet, d'être bien renseigné sur ces divers points, bien qu'on ne fût point disposé à Saïgon à intervenir, pour le moment du moins, en faveur de ce prétendant. Il suffisait à nos intérêts que le trône du Cambodge fût occupé par un prince accepté par ses sujets et qui fût fidèle et dévoué à la France. On fit comprendre ces choses-là au roi Norodon ; on lui fit sans doute aussi remarquer que les concurrents ne manquaient pas et que son règne serait précaire si notre appui venait à lui manquer ou à se reporter sur un de ses compétiteurs.

Disons de suite que cet Assoa était un aventurier. Il avait été l'esclave d'un mandarin cambodgien à Oudong. En 1859, il s'enfuit dans la province de Baphnom, se fit passer pour inspiré et excita quelques troubles. Le gouverneur de cette province le fit saisir et l'envoya à Oudong. Le roi Ang-duong lui fit grâce, après quelques mois de chaîne, et il le rendit à son maître, le Luc-prea-sdach. A cette époque, Assoa passait pour une sorte de fou aucunement dangereux.

A la mort de Ang-duong, Assoa se sauva de nouveau ; il alla à Angcor, où il commençait à se conduire comme autrefois à Baphnom ; mais ayant appris que le gouverneur de cette province siamoise prenait des dispositions pour le faire arrêter, il quitta le pays et il se rendit sur le territoire annamite à Tinh-biên, province de Chaudoc, au milieu d'une population de Cambodgiens établis au pied des montagnes qui bordent le canal de Hatien au sud.

Là, afin de se donner du prestige aux yeux des habitants crédules au milieu desquels il se trouvait, il se fit passer pour le prince Ang-phim, fils de l'ancien obbarach Ang-em. Le véritable Ang-phim était mort fou à Bangkok depuis longtemps ; il avait habité Chaudoc pendant dix ans et était connu des mandarins annamites. Néanmoins, ceux-ci affectèrent de prendre au sérieux le rôle que se donnait Assoa ; ils le traitèrent, en apparence, avec beaucoup d'égards et ils le mirent en relation avec les chefs cambodgiens révoltés contre l'autorité du roi. Les annales vont nous faire connaître les prouesses de cet homme exalté ou fou.

Dans les premiers jours de septembre, des troubles éclataient dans les provinces du sud-ouest du Cambodge. Le roi, et le représentant de la France à Oudong, en avaient informé le gouverneur de la Cochinchine, et l'on apprit par le consul de France à Bangkok que le gouvernement siamois avait aussi reçu la même communication de la part de Norodon. Cela établissait que le roi du Cambodge ne renonçait aucunement à l'intervention des Siamois dans les affaires de son royaume. Mais une preuve plus patente des bons rapports entre les deux cours arrivait de Singapoore, où un journal anglais imprima dans ses colonnes le texte d'un traité passé en décembre 1863, quelques mois après le nôtre, entre les rois de Siam et du Cambodge. Ce traité avait été tenu secret à Oudong et à Bangkok, et l'on ne sait par suite de quelle indiscrétion il avait pu se trouver en possession d'un journaliste anglais. Ce traité était le pendant du nôtre et le roi du Cambodge se trouvait ainsi être le protégé de deux nations rivales. Il se figurait que les choses pourraient aller ainsi et qu'il pourrait vivre en paix, lui, pendant que les protecteurs se chamailleraient.

Le représentant du protectorat français fit entendre au roi des paroles sévères ; il demanda, de la part du gouverneur de la Cochinchine, des explications au sujet de certains articles de ce traité secret, et il se mit à surveiller de plus près les menées de la cour de Siam, dont la tendance à accroître sa fatale influence au Cambodge n'était que trop manifeste.

M. le consul de France à Bangkok annonçait la résolution du roi de Siam de renvoyer le prince Prea-kêu-féa au Cambodge. L'amiral de la Grandière demanda l'ajournement de cette mesure et s'informa, auprès de Norodon lui-même, si la présence de ce prince dans le royaume n'aurait pas des inconvénients. A la suite de ces communications, il fut décidé que le Prea-kêu-féa resterait éloigné jusqu'à nouvel ordre.

C'est dans le mois de septembre 1864 que, pour la première fois, Norodon témoigna le désir d'instituer un ordre de chevalerie.

L'aventurier Assoa, qui s'était établi sur la frontière, entre Chaudoc et Hatien, et qui faisait des incursions au Cambodge fort gênantes pour la population, craignant sans doute d'être chassé du lieu où il s'était fixé et d'être, sur notre demande, livré par les Annamites, demanda, en décembre 1864, à l'autorité française la permission de s'établir dans la province de Mytho avec trois cents de ses partisans. Cette autorisation lui fut accordée, mais il n'en profita pas.

En janvier 1865, le prince Prea-kêu-féa, toujours proscrit à Siam, obtint du gouvernement siamois de se rendre à Battambang, où il avait à présider à la cérémonie de la crémation du corps d'une de ses premières femmes qui venait d'y mourir. Avant de partir, le prince avait laissé au gouvernement et au consulat de France la promesse écrite qu'il n'essaierait pas de pénétrer au Cambodge, et qu'une fois la fête finie, il rentrerait à Siam.

Arrivé à Battambang, le prince députa quelques mandarins de sa suite à l'amiral de la Grandière, afin de l'informer de sa présence sur la frontière du Cambodge, de lui faire présenter ses devoirs et tâcher surtout de le décider à s'employer pour obtenir qu'il pût rentrer dans son pays, promettant, si on lui accordait cette faveur, d'être fidèle au roi, son frère aîné, et de ne lui causer jamais aucun embarras.

L'amiral fit dire au prince qu'il avait à tenir d'abord ses promesses en retournant à Bangkok, mais qu'il ne voyait aucun inconvénient à ce qu'il vînt plus tard s'installer à Saïgon avec sa famille, si tel était son désir, et qu'il mettait à sa disposition, pour le conduire dans notre colonie, un navire de guerre français qui devait se rendre à Bangkok à la fin de février. L'amiral promettait au prince ses bons offices pour lui obtenir du roi une pension suffisante pour lui permettre de vivre et de faire bonne figure à Saïgon.

C'était là un bon plan de campagne, car le prince pouvait être directement surveillé par nous à Saïgon; nous retirions aux Siamois une partie de leur influence et de leurs moyens d'action et nous gagnions, nous, un bon remède à appliquer sur les infidélités et les amours changeantes de S. M. Norodon.

Mais les Siamois ne se lassaient pas de chercher et d'inventer des moyens de se représenter au Cambodge et d'y ressaisir l'influence et

l'autorité qu'ils y avaient autrefois. Le roi de Siam avait, dans le courant
de janvier 1865, proposé à Norodon une entrevue à Compot. Cette
proposition était adroite et bien faite pour flatter l'amour-propre de ce
dernier, puisque c'était le suzerain qui faisait le plus de pas dans ce rendez-vous. Le résident français faisait tous ses efforts pour retenir le
roi dans sa capitale; il lui faisait entrevoir, et en cela il était bon prophète, des pièges et des désappointements analogues à ceux qui s'étaient
présentés à propos de la cérémonie du couronnement; il lui parla surtout de l'affront auquel il s'exposait si, comme c'était probable, le roi
de Siam ne se rendait pas à Compot lui-même et se faisait remplacer
par un délégué. On ne cachait pas non plus que cette entrevue, si elle
avait lieu, serait mal vue et indisposerait l'autorité française.

Malgré ces avis, Norodon écrivait en avril à Bangkok qu'il acceptait
avec plaisir le rendez-vous et qu'il faisait ses dispositions pour le voyage.
Il se mit en route, en effet, et notre agent n'ayant pu réussir à le dissua-
der, se décida à le suivre, afin de voir de près, et de déjouer au besoin
les menées des Siamois.

L'amiral, gouverneur de la Cochinchine, voulant, dans cette circonstance, montrer que nous prenions au sérieux notre rôle de protecteurs,
expédia deux navires de guerre, dont la présence à Compot devait servir
à relever le prestige du représentant de la France et qui pouvaient, au
besoin, appuyer par la force les observations qu'il aurait à faire valoir.
Mais le roi de Siam renonça à son voyage pour des raisons qu'il ne donna
pas; il fit écrire à Norodon, par son premier ministre, une lettre qui fut
portée à Compot par un vapeur et par laquelle on conseillait à Norodon
de retourner au soin des affaires de son royaume.

Le roi du Cambodge fut confus et regretta vivement de n'avoir pas
suivi les avis de M. de Lagrée, notre résident. Il rentra à Oudong terri-
blement humilié, mais pas complètement guéri de son faible pour les
Siamois. Quelque temps après arriva de Bangkok un arrangement conclu
entre notre consul et le gouvernement de ce pays, par lequel celui-ci
reconnaissait formellement notre protectorat. On donna connaissance à
Norodon de cette pièce, afin de faire cesser ses hésitations et le bien
fixer sur sa vraie position et celle de son royaume, l'une et l'autre bien
définies dans notre traité d'août 1863.

Prea-kêu-féa arriva à Saïgon le 9 mai 1865. Norodon fut avisé de l'arrivée de son frère dans notre colonie, et des mesures qui avaient été
prises pour le surveiller et l'empêcher d'entreprendre quoi que ce soit

qui pût troubler la tranquillité du Cambodge et gêner l'action des hommes chargés de son administration. Le traitement du prince interné à Saïgon fut porté à la somme de quatorze mille francs par an, à prendre sur le trésor du roi du Cambodge.

Le 23 avril 1865, un Cambodgien se présentait devant l'administrateur de l'arrondissement français de Tayninh pour lui demander l'autorisation de s'établir sur son territoire. Il se disait issu de la famille régnante au Cambodge et petit-fils du roi Ang-chan. Il racontait l'histoire de ses malheurs et les motifs qui l'avaient fait s'éloigner et se tenir caché pendant trente-deux ans dans le Laos. Cet individu se nommait Pucombo. Naturellement crédules, les Khmers fixés dans les environs de Tayninh témoignèrent de suite à cet intrus beaucoup de déférence, et ils lui construisirent à leurs frais et de leurs mains une habitation. Le gouverneur de la Cochinchine, instruit de l'ascendant que Pucombo exerçait déjà sur les indigènes, ne voulut pas le laisser habiter si proche de la frontière et il le fit venir à Saïgon, où il mit à sa disposition un logement et quelques secours, car il était absolument dénué de tout. Pucombo ne fut pas pris au sérieux à Saïgon, où l'évêque, qui avait habité très longtemps le Cambodge, affirma que le roi Ang-chan était mort sans laisser d'enfants mâles.

Dans le mois de juin 1865, Assoa agita les provinces du sud-ouest du Cambodge ; il se disait prince, lui aussi, et prétendant à la couronne. Afin de déjouer au début les manœuvres de cet aventurier, le représentant français fit afficher des proclamations tendant à éclairer les habitants sur les pièges qu'on leur tendait et déclarant que l'autorité française était bien décidée à combattre cet imposteur, ainsi que ses partisans et à les traiter avec la dernière rigueur.

Vers le commencement de juillet 1865, l'amiral fit au gouverneur annamite de la province de Chaudoc, qui était allé le voir à Saïgon, des représentations au sujet de son indifférence, ou du peu d'empressement qu'il mettait à repousser les rebelles cambodgiens qui agitaient les provinces du sud du royaume, et qui faisaient sur le territoire annamite de fréquentes incursions pour se ravitailler, ou se mettre à l'abri lorsqu'ils étaient poursuivis et serrés de trop près. Ce gouverneur promit de faire traquer les factieux s'ils se représentaient chez lui et d'agir, enfin, conformément aux intérêts de l'autorité établie au Cambodge.

De son côté, le représentant du protectorat, instruit de l'appui que l'autorité annamite prêtait aux rebelles, partit pour Chaudoc sur le navire qu'il commandait, afin de réclamer et, au besoin, d'imposer au gouverneur une conduite plus correcte et lui rappeler les obligations qui incombent à une puissance limitrophe d'un pays en révolution. Cet officier signa avec le gouverneur de Chaudoc un arrangement par lequel celui-ci s'engageait :

1° A laisser passer sur le territoire annamite les troupes que Sa Majesté le roi du Cambodge enverrait dans le sud pour reprendre les pays occupés par Assoa.

2° Le gouverneur de Chaudoc devait faire connaître à toutes les autorités provinciales sous ses ordres que le territoire annamite était interdit à Assoa et à ses partisans.

L'amiral de la Grandière écrivait, à la date du 9 août 1865, au vice-roi de Vinh-long pour se plaindre des procédés des petits mandarins annamites, qui continuaient à donner asile aux rebelles, malgré les engagements pris par leurs chefs à l'égard de la France. A Chaudoc, contrairement à l'article premier de la convention précitée, on retenait un chef malais nommé Tuon-sait, envoyé de Oudong pour s'emparer d'Assoa. Sommé de s'expliquer sur ses actes, si peu conformes à ses engagements écrits, le gouverneur de Chaudoc répondit que Tuon-sait, bien que de race malaise, était sujet annamite, puisqu'il habitait depuis longtemps la Cochinchine, et qu'il avait librement accepté du gouvernement de Hué l'administration d'un village malais, fort important, situé en face de Chaudoc, sur la rive gauche du fleuve postérieur. De plus, ce chef malais avait eu le tort de ne point avertir préalablement l'autorité annamite, dont il relevait, avant de se rendre au Cambodge pour se mettre à la disposition des chefs de ce pays, afin de les débarrasser d'Assoa... Cependant, le Ong-tong-doc de Chaudoc voulut bien consentir à laisser le Malais traverser son territoire pour tenter de s'emparer d'Assoa dans un coup de main, à condition que ce chef malais reviendrait ensuite dans son village reprendre ses fonctions.

Au mois de septembre 1865, à la faveur des troubles suscités par Assoa dans les provinces côtières, la piraterie reprenait de plus belle dans le golfe de Siam, et nous n'avions précisément à Saïgon aucun navire disponible qui pût être envoyé sur les lieux pour détruire ces pirates.

Dans une visite que le vice-roi de Vinh-long fit au gouverneur de la Cochinchine, en septembre 1865, ce haut fonctionnaire renouvelait ses promesses de nous aider à poursuivre les perturbateurs du Cambodge.

Quelques jours après Assoa, traqué et craignant d'être pris, écrivit à l'amiral Roze, gouverneur par intérim de la Cochinchine, pour lui demander l'autorisation de se retirer sur le territoire français. L'amiral ne lui répondit pas par écrit, de crainte qu'il ne fît de sa lettre le mauvais usage qu'il avait fait dans le temps d'une dépêche pourtant sévère de l'amiral la Grandière, en la montrant aux populations comme une preuve des bons rapports qu'il disait exister entre lui et les Français ; mais il lui fit savoir que s'il se présentait sur territoire français, et qu'il y fît de suite acte de soumission, il ne lui serait fait aucun mal et qu'on lui accorderait la faveur de vivre tranquille et libre dans le lieu qu'on lui indiquerait.

La démarche d'Assoa n'était qu'un calcul, une manœuvre pour parer à un besoin quelconque du moment. En attendant, il s'étendait et gagnait de plus en plus du terrain au Cambodge. Assoa se tenait personnellement à portée des mandarins annamites, dont il continuait, malgré tout, à demander et à obtenir des secours.

L'amiral Roze somma, à la date du 14 octobre 1865, le vice-roi de Vinh-long d'avoir à livrer Assoa et ses principaux complices, et il expédia une grande canonnière pour appuyer cette demande impérative. Ce n'était pas sans raison que l'autorité française se montrait, enfin, fatiguée de l'indifférence et même de la mauvaise volonté des chefs annamites : les rebelles allaient et venaient dans les provinces de Chaudoc et d'Hatien sans être aucunement inquiétés, et le premier lieutenant d'Assoa, A-kau, avait sa famille à Chaudoc, s'y présentait lui-même souvent sans se cacher et sans qu'on songeât à le molester le moindrement. Enfin, vers le mois de novembre, les mandarins annamites, pressés et menacés s'ils ne livraient pas Assoa, firent une démonstration, qui n'était encore qu'une duperie ; ils levèrent six cents hommes et annoncèrent bruyamment qu'ils allaient arrêter Assoa à Compong-crabau.

Comme on n'entendait pas parler des mouvements de cette colonne, le gouverneur cambodgien de Treang se rendit en cachette à Chaudoc, le 14 novembre 1865, où il apprit de source sûre qu'il ne serait rien entrepris de sérieux contre Assoa, avant le retour d'un courrier qu'on avait expédié à Hué pour prendre, sans doute, les ordres de l'empereur d'Annam. En attendant, on avait invité le chef rebelle à passer le canal d'Hatien, c'est-à-dire la frontière annamite, ce qu'il fit aussitôt mais sans s'éloigner sensiblement, car il resta sur les confins de la province de Treang, qui s'appuie sur le canal. De cette manière, la responsabilité des mandarins annamites se trouvait couverte, sans que la situation respective des uns et des autres fût modifiée. Assoa se trouva pourtant un peu plus exposé aux poursuites des troupes royales du Cambodge, et pour parer à cet inconvénient il fortifia son campement.

En novembre 1865, l'amiral de la Grandière revint de France apportant la croix de la Légion d'honneur pour Norodon.

Dans les premiers jours de janvier 1866, les gouverneurs de Chaudoc et d'Hatien, qui s'étaient le plus compromis, allèrent à Saïgon renouveler leurs protestations d'amitié et leur ferme volonté de s'emparer d'Assoa. Pour prouver la sincérité de leur déclaration, ils remirent au gouverneur de notre colonie deux petits chefs rebelles absolument insignifiants, quatre éléphants et deux canons pris sur les insurgés.

Le vice-roi de Vinh-long, lui, partit pour Hué, afin de rendre compte à son gouvernement de la situation et demander des instructions précises sur la manière dont il devait naviguer au milieu des écueils qui l'entouraient. Il était de retour de son voyage et il passait à Saïgon le 26 janvier 1866, se rendant à son poste. Il ne fut pas possible de le faire s'expliquer clairement sur les motifs de son voyage à Hué, mais on les devina aisément et on crut reconnaître à son attitude qu'il rapportait, enfin, des ordres pour donner au gouvernement de Saïgon les satisfactions qu'il demandait, c'est-à-dire la neutralité des Annamites dans la rébellion qui s'était produite tout près d'eux au Cambodge, l'arrestation et le désarmement des rebelles s'ils se réfugiaient dans les provinces relevant de lui.

En février 1866, Norodon envoya de jolis spécimens de l'industrie de son pays à la première exposition qui s'ouvrit à Saïgon : c'étaient des vases, des boîtes et différents autres objets en or repoussé et émaillé. Ces bijoux furent admirés et primés.

Ce fut dans le mois de février 1866 que l'on s'occupa des préparatifs de l'exploration de la vallée du Mékong, ordonnée par le ministre de la marine. L'amiral de la Grandière en confia la direction à M. de Lagrée, capitaine de frégate, alors représentant du protectorat français au Cambodge, qui méritait à tous les points de vue le choix dont il était l'objet. Le départ de Saïgon de la commission d'exploration du fleuve eut lieu le 5 juin 1866.

Avant de reprendre le cours des événements déplorables qui se déroulaient au Cambodge, nous croyons devoir donner à cette place

quelques renseignements biographiques sur Pucombo, qui en fut le
principal acteur. Pucombo était d'origine sauvage ; c'était un Cuoi-dêc
(un Cuoi fabricant de fer) et il était né dans le village de Thbong-prea-
khleang, province de Compong-soai. Quand il eut l'âge voulu, il entra
en qualité de novice dans le monastère d'Angcor-vat. Avant d'entrer
dans les ordres, il s'appelait Pou ; mais lorsqu'il sortit de la bonzerie, il
quitta son ancien nom et prit celui de Leac (Lakshmana) et le peuple
l'appelait Achar-leac (le savant Leac).

Plus tard, il alla s'établir dans la province de Chung-badeng, limitrophe de notre arrondissement de Tayninh. C'est là que, éloigné de son
pays d'origine, il commença à prétendre qu'il était le prince Pucombo,
petit-fils du feu roi Ang-chan.

Bien que l'époque où vivait le véritable Pucombo soit très rapprochée
de nous, on n'en a pas moins bâti une foule de légendes plus ou moins
absurdes sur la naissance et la vie de ce prince. Voici la vérité : Ang-
chan avait une tante nommée Pou, qui habitait le village de Pucombo et
que l'on avait surnommée à cause de cela la princesse Pucombo. Ang-
chan eut avec cette princesse, qui était encore fort jeune, des relations
amoureuses, qui finirent par être connues dans la capitale, et que l'on
blâma à cause du proche degré de parenté qui existait entre eux.

Enfin, la princesse étant devenue enceinte, le roi l'éloigna et l'envoya
faire ses couches dans les provinces de l'est. L'enfant mâle qui naquit
de cette union illicite hérita du surnom de sa mère et on le désignait
dans le public sous le nom de prince Pucombo. Cet enfant mourut jeune
et son cadavre fut porté à Oudong où il fut brûlé sans grand éclat.

Le Pucombo de nos jours prétendait être le fils du prince dont nous
venons de retracer la courte histoire. Les gens instruits du royaume ne
se laissèrent pas prendre à ce grossier stratagème, mais le peuple ajouta
foi aux mensonges de ce célèbre aventurier.

Dans les premiers jours de juin 1866, Pucombo, qui était interné à
Saïgon, parvint à s'échapper et à se rendre à Tayninh, au milieu de la
population cambodgienne qui l'avait si bien accueilli autrefois, et qu'il
réussit sans peine à soulever et à s'en faire des partisans. Il y avait là
environ deux mille Khmers, qui avaient quitté le Cambodge à la suite des
troubles qui suivirent l'avènement au trône de Norodon et qui étaient
très disposés à seconder tous les efforts tentés en vue de renverser
ce prince du pouvoir. M. l'administrateur français de Tayninh, qui
s'était rendu au milieu des mutins avec une faible escorte, fut tué

par eux le 7 juin 1866. Quelques jours après, une colonne française, qui s'était aventurée dans la vase et les grandes herbes de la contrée en cherchant les rebelles, fut surprise et plusieurs hommes déployés en tirailleurs furent massacrés, ainsi que le chef de la colonne qui se trouvait au milieu d'eux. Cette circonstance malheureuse contribua à accroître le prestige de Pucombo et à lui attirer beaucoup de partisans, à l'aide desquels il parcourut la longue carrière que l'on va voir.

Dans les premiers jours de juillet 1866, la population de la province de Baphnom, peu éloignée du lieu où s'étaient accomplis les faits que nous venons de rapporter, faisait déjà cause commune avec les rebelles. L'horizon s'assombrissait de ce côté avec une telle rapidité que le gouverneur de la Cochinchine, afin d'être prêt à faire face aux événements qui pouvaient survenir, dut diriger en hâte sur Tayninh des forces considérables toutes prêtes à entrer en campagne. Plusieurs canonnières, sous le commandement supérieur de M. Hardy, lieutenant de vaisseau, furent échelonnées dans le Vaïco oriental, afin de contribuer avec la troupe à contenir le mouvement et à l'empêcher de s'étendre de notre côté.

Lorsque Pucombo apprit ces concentrations, il s'éloigna et trouva partout sur son passage les populations disposées à le suivre. Ce fut alors qu'il conçut l'espoir de conquérir le royaume et de s'emparer du pouvoir suprême. Le moment était certes opportun pour mettre à exécution un projet aussi gigantesque, et Pucombo était homme à obtenir le résultat visé, s'il ne nous eût rencontrés sur son chemin. A ce moment, en effet, l'impopularité de Norodon était grande ; des douanes, des fermes, des monopoles nouvellement créés et concédés à des exploiteurs, avaient indisposé tout le monde. Pucombo promit de supprimer tout cela et de revenir aux anciens usages en matière d'impôt. Il tirait bien parti, comme on le voit, de la situation et il montra la même adresse pendant tout le temps que dura la révolution qu'il avait provoquée.

Nous avons laissé Assoa s'agiter dans les provinces du sud-ouest pour nous occuper des événements plus graves qui se précipitaient dans l'est sous l'impulsion de Pucombo. Ces deux ambitieux étaient moralement et effectivement soutenus par les mandarins annamites, qui étaient bien aises que nous fussions assez occupés au Cambodge pour ne pas songer à les déloger des provinces de l'ouest, devenues les arsenaux de tous les prétendants, les pirates et les bandits, disposés à exercer leur industrie dans nos possessions ou au Cambodge.

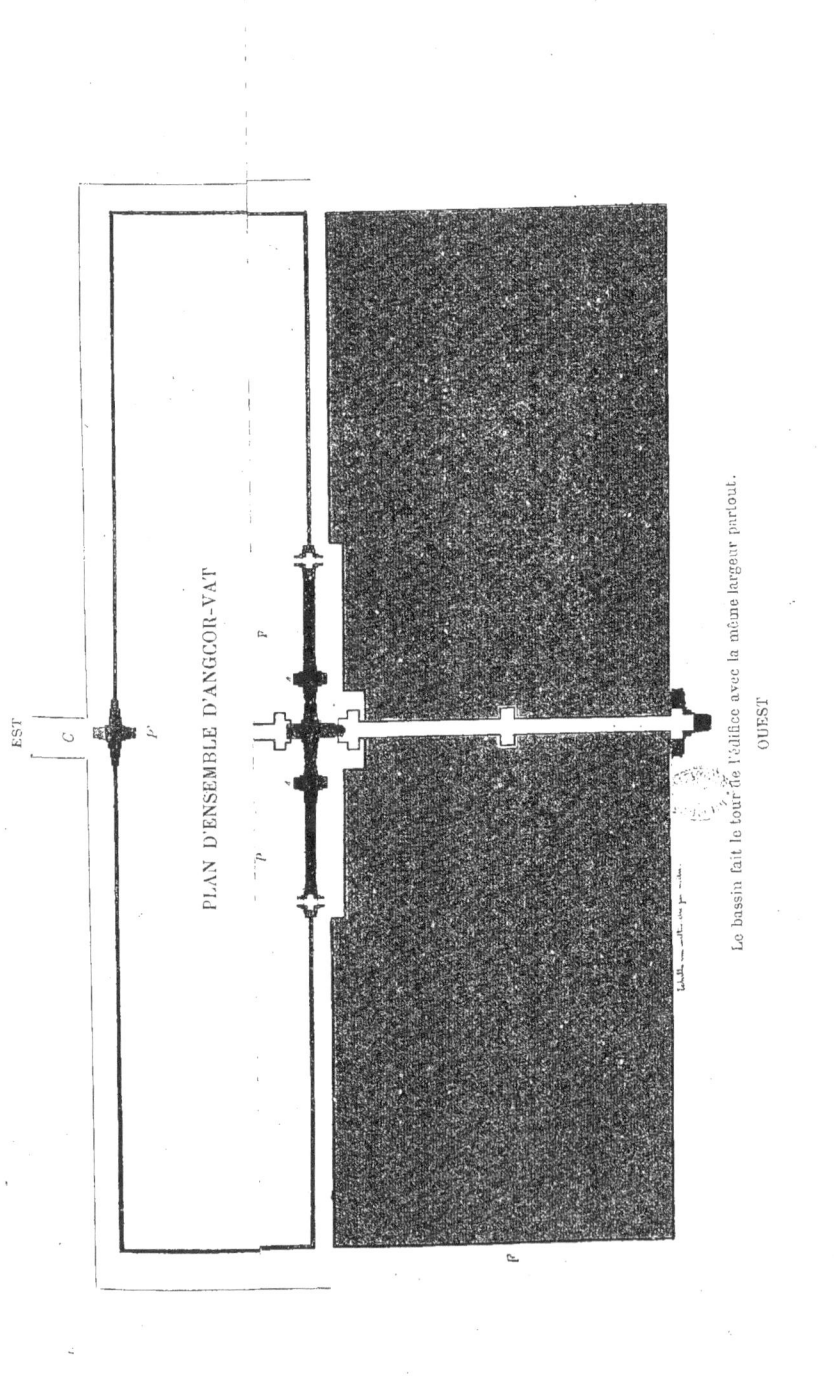

EST

PLAN D'ENSEMBLE D'ANGCOR-VAT

Le bassin fait le tour de l'édifice avec la même largeur partout.

OUEST

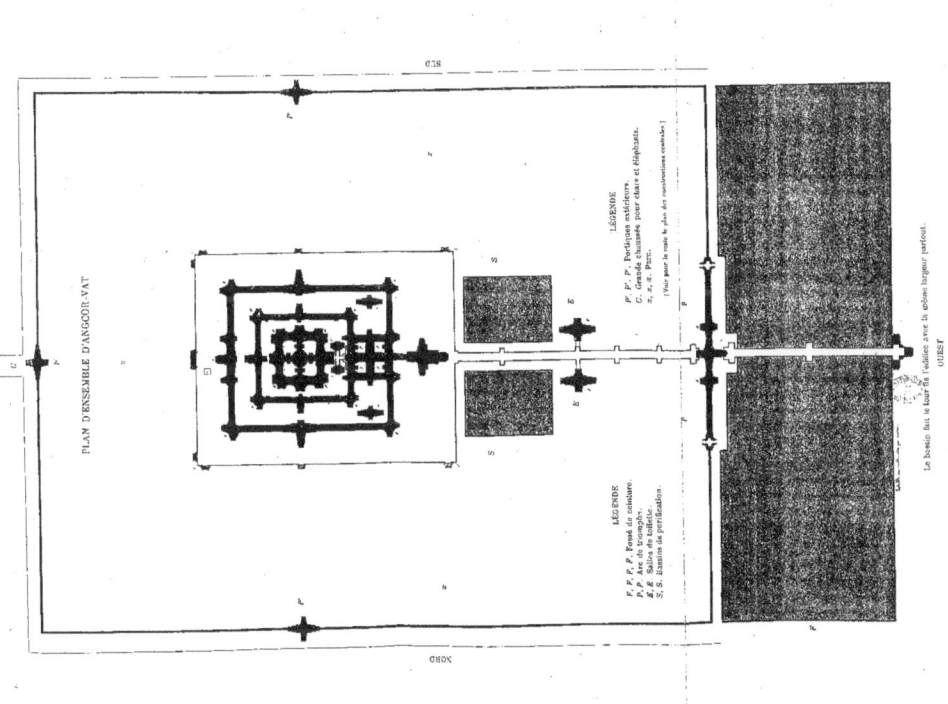

PLAN D'ENSEMBLE D'ANGKOR-VAT

LÉGENDE

F, F, F, F, F, Fossé de ceinture.
P, P, Arc de triomphe.
E, E, Salle de toilette.
S, S, Bassins de purification.

LÉGENDE

P', P', P', Portiques extérieurs.
C, Grande chaussée pour chars et éléphants.
x, x, x, Parc.

(Voir pour la suite le plan des constructions centrales)

NORD

SUD

OUEST

Le bassin fait le tour de l'édifice avec la même largeur partout.

Le 2 juillet 1866, une colonne sortie de Tayninh pour faire une reconnaissance, fut attaquée dans une immense clairière par des bandes cachées dans de grandes herbes. Les feux nourris que l'on dirigea de ce côté n'ayant pas suffi à les éloigner, on les fit charger par vingt-cinq cavaliers qui les mirent en fuite. On trouva dans ce fourré beaucoup de morts.

Le 13 juillet, dans une autre reconnaissance, une colonne se heurta contre des fortifications volantes qu'elle n'eut pas de peine à enlever.

Le fort de Tayninh était alors dégagé et Pucombo rejeté dans l'intérieur du Cambodge. A la fin de juillet, ce prétendant ne disposait pas encore de grandes ressources. Il pouvait avoir mille Cambodgiens, trois cents Annamites et une centaine de Chams et de sauvages Stiengs.

Le 18 août 1866, un combat sérieux s'engagea à Baphnom entre les rebelles et les troupes royales commandées par le Cralahom, qui obtint au début quelque avantage, mais qui fut tué malheureusement pendant l'action. Cet accident démoralisa les troupes royales qui se débandèrent et qu'on eut beaucoup de peine à rallier. Le Cralahom était un homme intelligent, brave et dévoué au roi; sa mort fut, à ce moment, un grand malheur, car il fut remplacé par des incapables ou des traîtres, qui ne firent que de très mauvaise besogne et sur lesquels il n'était pas possible de compter. Le gouvernement cambodgien n'avait guère d'autres défenseurs que nous dans les provinces situées à l'est du Mëcong, mais nous devons reconnaître qu'il faisait des efforts pour organiser la résistance dans les parties du royaume non encore envahies.

Les autorités annamites se décidèrent enfin à agir contre Assoa, qui fut arrêté, blessé grièvement et livré au gouvernement de Saïgon, le 19 août 1866. Ce fut là une mesure adroite. Assoa était devenu plutôt gênant qu'utile aux ennemis du roi et aux nôtres; c'était d'ailleurs trop de deux prétendants à la fois pour la couronne du Cambodge; les réunir, c'eût été impossible, car ils visaient au même but; les laisser agir séparément, c'était diviser ses moyens d'action et s'affaiblir. Il fallait absolument sacrifier un de ces prétendants et le choix tomba sur Assoa, qui était le moins puissant, et qui fut la victime de cette nouvelle intrigue des Annamites, qui s'étaient arrangés de manière à concentrer, à fortifier la révolution qui s'accomplissait au Cambodge, tout en donnant une satisfaction éclatante à l'autorité française en lui livrant Assoa qu'elle réclamait depuis si longtemps.

Vers la fin d'août, des bandes insurgées menaçaient les provinces du nord et Phnom-penh. Le représentant du protectorat demanda du secours à Saïgon, d'où l'on envoya deux canonnières portant cinquante hommes d'infanterie commandés par un officier. Ces navires apportaient, en outre, des armes et des munitions destinées à armer les recrues indigènes.

Dans le courant du mois d'août, le prince Votha, troisième frère de Norodon, avait quitté Bangkok pour se rendre dans une province voisine où il avait délivré à des Siamois et à des Cambodgiens des lettres de commandement. Peut-être avait-il conçu le projet d'aller lui-même au Cambodge, afin de voir si, au milieu du désordre qui y régnait alors, il ne lui serait pas possible de s'emparer de quelque haute position. Mais, sur la demande du consul de France, ce prince fut rappelé à Bangkok et puni pour s'être éloigné de la capitale sans ordre.

Depuis la prise d'Assoa, les provinces du sud-ouest étaient redevenues à peu près tranquilles. Dans l'est, on se disposait à pousser Pucombo vers le grand fleuve, espérant que nos canonnières, et les troupes que le roi avait accumulées sur la rive gauche du Měcong, arrêteraient les rebelles qui se trouveraient ainsi pris entre deux feux.

Le prince Prea-kêu-féa, interné à Saïgon, voyant les embarras de son frère et les dangers qu'il courait, demanda à l'amiral de la Grandière de vouloir bien s'interposer afin de faire agréer ses services. L'amiral écrivit au roi et envoya en même temps le prince à Phnompenh sur un navire français. Norodon trouva que le moment n'était pas opportun de rappeler son frère et surtout de lui confier un commandement, dont il craignait peut-être qu'il fît un mauvais usage, ce qui n'eût pas été impossible si nous n'avions été là.

Dans le mois d'octobre, les troupes royales furent battues par Pucombo en personne à la tête de cinq mille hommes, dont sept ou huit cents Annamites. Cette affaire avait été engagée près de la petite colline de Baphnom.

Dans une proclamation datée du 5 novembre, l'amiral de la Grandière annonçait sa ferme résolution de soutenir jusqu'au bout le gouvernement régulier du Cambodge ; il engageait les habitants à faire cause commune avec nos troupes pour combattre un intrigant, un imposteur, qui avait recruté ses premiers partisans parmi les Annamites, les pires ennemis des Khmers.

Le 25 ou le 26 novembre, le commandant Alleyron, de l'infanterie de marine, quitta Tayninh et entra en campagne à la tête d'une colonne d'un millier d'hommes français ou indigènes, à laquelle se joignit un mandarin fidèle, nommé Soc, qui commandait dix-huit cents Cambodgiens que l'on avait un peu équipés à l'européenne. Cet officier ne rencontra aucun obstacle sur son chemin, l'ennemi se retirant à mesure qu'il avançait. Pucombo, talonné de près, trouvait cependant le temps d'ameuter le peuple contre le roi et contre nous; il avait révoqué et expulsé les fonctionnaires royaux et en avait nommé d'autres qui gouvernaient et percevaient les impôts en son nom et à son profit. M. Alleyron tâchait de rétablir les autorités régulières, mais c'était difficile, car les mandarins restés fidèles au roi avaient disparu.

Le 28 novembre, deux compagnies d'infanterie de marine partaient de Saïgon pour Phnom-penh avec le commandant Brière de l'Isle, qui avait reçu l'ordre de préserver la capitale des attaques dont elle pouvait être bientôt l'objet. Mais comme la situation empirait de plus en plus, le gouverneur de la Cochinchine se décida à confier la direction supérieure.des affaires politiques et militaires du Cambodge à M. le colonel Reboul, commandant des troupes en Cochinchine, qui quitta Saïgon le 17 décembre 1866. On ne pouvait certes placer de si grands intérêts en des mains plus dignes ; et nous qui avons vu ce sympathique officier supérieur à l'œuvre, nous avons le devoir de lui rendre ce témoignage en passant.

Ni les troupes royales échelonnées sur le grand fleuve, ni la croisière active des navires français, ne purent empêcher les bandes insoumises de traverser le Mékong, et ensuite le bras du lac, et de venir menacer le palais de Oudong habité par la reine mère. Elles furent battues près de là par un détachement français, qui leur infligea des pertes sérieuses.

A partir de ce moment, Pucombo s'établit entre Oudong et Phnompenh, en attendant le moment favorable d'attaquer l'une ou l'autre de ces deux places.

Ce fut vers cette époque que fut brûlée la chrétienté de Pinhalu, qui avait été le siège d'un évêché, et qui fut alors transférée à Phnom-penh, où elle se trouve encore.

Le chef de bataillon Domange, qui commandait à Oudong, sortit dans les premiers jours de janvier 1867, avec une compagnie d'infanterie, et trois ou quatre cents Malais conduits par un jeune chef de leur race ; il tomba à l'improviste sur le quartier général de Pucombo qui faillit être pris ce jour-là. Il y eut à cet endroit un combat très meurtrier. Afin de donner à leur chef le temps de fuir, quelques centaines de forcenés se jetèrent sur nos hommes et arrêtèrent la poursuite. Là périrent les meilleurs chefs et les meilleurs soldats de l'insurrection ; l'armée rebelle s'en trouva désorganisée et le colonel Reboul, qui se rendit le lendemain à Oudong par terre, acheva de disperser ce qui en restait.

Après ces quelques échecs, les révoltés parurent ne plus vouloir affronter la lutte avec nos soldats et ils s'éloignèrent. Comme les marches dans un pays aussi chaud étaient mortelles pour nos hommes, on se décida à cantonner nos troupes à Oudong et à Phnom-penh, deux grands centres approvisionnés de tout, en attendant les événements. Pendant ce temps, les troupes royales harcelaient les bandes désorganisées de Pucombo, et nos canonnières parcouraient le bras du lac, afin de leur prêter un concours moral et effectif à l'occasion.

Le commandant Alleyron, qui était arrivé jusque sur les bords du Mëcong sans pouvoir atteindre Pucombo, reçut l'ordre de rentrer à Tayninh, où il arriva le 21 janvier 1867.

Au mois de février, la province de Baphnom étant de nouveau bouleversée, l'amiral de la Grandière fit connaître au roi le dessein qu'il avait d'autoriser le prince Prea-kêu-féa a se rendre dans cette province où il était populaire et où il s'efforcerait de rétablir l'ordre.

Le colonel Reboul, dont la présence n'était plus nécessaire au Cambodge, rentra à Saïgon le 1er mars 1867. Les troupes françaises laissées dans le royaume ne se composaient plus que de deux cents hommes à Oudong et cent à Phnom-penh.

Malgré les embarras du moment, l'amiral de la Grandière ne perdait pas de vue les mesures destinées à faire prévaloir dans l'avenir notre influence dans ces contrées : c'est ainsi qu'il écrivait, à la date du 1er mars 1867, à son représentant à Phnom-penh de tâcher d'envoyer à Saïgon de jeunes Cambodgiens pour être instruits gratuitement dans les écoles françaises.

Après leur échec dans le voisinage de Oudong, les bandes insurgées s'étaient répandues dans les provinces situées entre le Mëcong et le bras du lac, à Compong-soai surtout où les habitants protestaient hautement contre la suspicion en laquelle on tenait leur vieux gouverneur, qui cependant tenait campagne pour le compte du roi à la tête d'une bonne partie de ses administrés. Ce fut alors que le représentant du protectorat français, désireux de voir finir une révolution qui menaçait de s'éterniser, se mit en relations avec le gouverneur influent dont nous venons de parler, lui promit l'appui du gouvernement français pour le faire rentrer en grâce, et le décida, enfin, à agir contre Pucombo personnellement. Nous verrons par la suite que ce fut ce vieux mandarin qui débarrassa le gouvernement du roi du plus terrible ennemi qu'il eut jamais.

Le 23 mars, la gouverneur de la Cochinchine fit demander à Norodon, qui l'accorda, un mandat d'administrateur de Baphnom pour le prince Préa-keû-féa. Cette province, pivot de l'insurrection dans l'est, avait besoin d'un personnage important et influent pour rallier les esprits et les détacher de l'insurrection.

Dans le courant de mars, le gouvernement siamois adressait au gouverneur de la Cochinchine une note par laquelle on déclarait que c'était par ignorance des engagements pris par Norodon, à l'égard de la France, que la cour de Bangkok avait conclu avec ce même souverain un arrangement à très peu près analogue. Le roi de Siam reconnaissant la priorité de notre contrat, retirait le sien, afin de donner au gouvernement français une preuve de déférence et d'amitié.

En avril 1867, un officier français, quelques sous-officiers, caporaux et clairons furent mis au service du roi du Cambodge pour lui organiser une sorte de garde de trois ou quatre cents hommes, former des instructeurs parmi les militaires indigènes les plus aptes, et mettre enfin ce prince en mesure de se défendre par ses propres moyens, au lieu de toujours compter sur nous.

Dans les premiers jours de juin, les principaux mandarins de Baphnom écrivirent à l'amiral de la Grandière pour le remercier d'avoir bien voulu demander l'envoi parmi eux du Prea-kêu-féa, dont l'arrivée avait produit le meilleur effet et qui déjà servait de point de ralliement pour tous ceux qui avaient à cœur de voir cesser des désordres si préjudiciable aux intérêts communs.

En Cochinchine, l'amiral de la Grandière s'emparait sans coup férir, à la date des 20, 22 et 24 juin 1867, des provinces de Vinh-long, Chaudoc et Hatien. Cette nouvelle conquête nous mettait en possession de tout le pays communément désigné sous le nom de basse Cochinchine, et faisait cesser cette sorte de protection accordée constamment aux ennemis de la France et du Cambodge par les autorités annamites. La prise des citadelles de Chaudoc et d'Hatien, où se trouvaient des dépôts d'armes et de munitions au service de ceux qui voulaient combattre contre nous, ne fut pas le moindre coup porté à la révolte qui allait toujours son train au Cambodge.

À la fin de juin 1867, Oudong fut évacué par le détachement français qui y tenait garnison ; il ne resta que deux cents hommes à Phnom Penh et deux canonnières pour parer aux éventualités qui pouvaient se présenter.

En juillet 1867, arriva à Saïgon, revêtu de la ratification de notre gouvernement, un traité passé entre la France et le Siam, par lequel, afin de désintéresser les Siamois de leurs prétendus droits de suzeraineté sur le Cambodge, on leur faisait abandon des provinces de Battambang et d'Angcor, qu'ils détenaient irrégulièrement depuis l'année 1795. Cet arrangement fut pris sur la proposition de notre consul à Bangkok, qui était entré nouvellement dans la carrière diplomatique et qui voulut signaler ses débuts par une victoire... Le roi, qu'on dépouillait, ne fut pas consulté et protesta ; le gouverneur de la Cochinchine, qui aurait pu donner des conseils utiles, ne fut pas consulté davantage et nous croyons qu'il en fut surpris et froissé. Notre gouvernement ne sut pas le sacrifice énorme qu'il fit, comparé à l'insignifiant désistement que l'on demandait en retour aux Siamois, dont l'influence et eux-mêmes avaient disparu du Cambodge depuis que nous y avions pris position. Ce contrat, dû à notre initiative, est surtout regrettable en ce qu'il rend impossible, ou tout au moins délicates et difficiles, les revendications qui auraient pu se produire plus tard. On peut cependant se demander si, en bonne justice, le protecteur peut disposer des biens du protégé sans son consentement ; et puis, il reste la protestation de Norodon, qui, selon nous, pourrait servir de base à une réclamation ultérieure. L'occasion favorable pour revenir sur cette question serait une modification, s'il s'en produisait une, ce qui n'est pas improbable, dans l'état politique du royaume de Siam. Ce pays peut être absorbé par une grande nation, qui déjà étend ses grandes ailes sur la Birmanie et le Pégou, ou tomber sous le protectorat d'un État puissant. Notre gouvernement pourrait se considérer alors comme dégagé vis-à-vis du Siam, et il ne lui serait vraiment pas difficile de démontrer que les concessions qui avaient été faites à un État relativement faible, sans trop de préjudice pour nos intérêts en Indo-Chine, leur seraient grandement préjudiciables le jour où une puissance européenne rivale serait appelée à en profiter.

Pucombo était personnellement revenu dans les provinces de l'est pour tâcher de balancer l'influence du prince Prea-kêu-féa, et rappeler à lui des populations qui, jusque-là, s'étaient montrées dociles à ses volontés. Vers la fin de juillet, il voulut tenter le sort des armes et il

fut battu par le prince. Cette victoire sur les rebelles fut le signal de
nombreuses soumissions ; Pucombo disparut momentanément et le
bruit courut qu'il s'était retiré dans le Laos. Ces divers événements
produisirent un effet moral considérable, et le Cambodge sembla rentrer
dans une période d'apaisement. A Phnom-penh, en août 1867, la garnison française n'était plus que de cinquante hommes.

Les provinces du centre étaient cependant encore agitées et pouvaient
se soulever de nouveau à la première apparition de Pucombo. Le prince
Prea-kêu-féa alla prendre position dans le haut du Mékong pour être à
portée de surveiller à la fois les provinces centrales et celles de l'est qu'il
avait reconquises sur son adversaire.

Cette année de 1867, pendant laquelle s'étaient déroulés tant d'événements remarquables, reste mémorable dans le pays à cause d'une
inondation extraordinaire du Mékong, dont les eaux s'élevèrent à la fin
de septembre à environ quatorze mètres au-dessus de l'étiage.

A la date du 23 novembre 1867, on signala de Tayninh que Pucombo,
revenu du Laos, rentrait en campagne. Comme on cherchait à savoir la
direction qu'il avait pu prendre, la nouvelle arriva qu'il avait été tué à
Compong-soai par la population de cette province, et sur l'instigation
de son gouverneur poussé lui-même par le résident français, M. le lieutenant de vaisseau Pottier, qui rendit de grands services pendant
cette guerre si difficile, qui usa ses forces à vouloir, malgré une faible
santé, faire face à tous ses devoirs, et qui mourut quelques années après
d'une maladie terrible dont il avait pris le germe au Cambodge.

Nous croyons devoir donner ici quelques détails sur la mort du célèbre
rebelle qui nous tint pendant dix-huit mois en campagne, et qui finit par
se rendre maître de tout le royaume, Phnom-penh et Oudong exceptés.

Les habitants de Compong-soai avaient écrit à Pucombo, alors dans
les provinces de l'est, de venir se mettre à leur tête et qu'il trouverait en
eux des auxiliaires dévoués et désireux d'aller jusqu'à Phnom-penh
venger leur vénérable gouverneur, « leur vieux père, » des rigueurs et
des humiliations dont il souffrait depuis plusieurs mois.

Pucombo ne perdit pas de temps ; il courut au rendez-vous suivi seulement de cent à cent cinquante de ses plus fidèles partisans, croyant
bien qu'il allait trouver dans cette population guerrière de Compong-
soai les éléments voulus pour reconstituer ses armées dispersées, et
recommencer sur un nouveau pied les opérations interrompues depuis
plusieurs mois.

Pucombo arriva à Compong-thom, chef-lieu de la province de Compong-soai, le dernier jour de novembre 1867. Ce jour-là se passa sans le moindre orage ; mais, dès le premier moment, l'habile agitateur jugea bien qu'il était attiré dans une embuscade, car, si l'on ne songeait pas encore à l'inquiéter, personne ne se présentait non plus pour l'accueillir et pour lui offrir le concours qu'on lui avait fait espérer. Enfin, en attendant les événements, il se résigna à camper avec ses hommes sous un immense banian, en face et à une centaine de mètres de la grande pagode du village.

Ce chef rebelle ne se rendait pas compte lui-même du prestige que sa personne exerçait sur les Cambodgiens, qui le considéraient comme une sorte de dieu, et il se creusait la tête pour trouver la raison de l'isolement dans lequel on le laissait, après l'avoir appelé, ou de l'indécision que l'on mettait à l'attaquer, si telle était l'intention de ceux qui lui avaient écrit. Le prestige immense exercé par cet homme sur le faible esprit des Khmers avait pour ainsi dire grandi à cette heure suprême. Les hommes les plus résolus, les chefs mêmes du complot, sentirent leur courage faiblir tout à coup en présence de cet être extraordinaire et, ce jour-là, personne n'osa faire un pas du côté où il se trouvait. Mais la nuit, les têtes fermentèrent de nouveau ; et, chose remarquable, se furent les femmes qui montrèrent dans cette circonstance le plus d'exaltation, et qui finirent par décider leurs maris et leurs frères à mettre décidément leur projet à exécution dès que le jour paraîtrait.

Le lendemain, en effet, de très bonne heure, la population entière se mit en mouvement ; les hommes s'excitaient les uns les autres et se bousculaient tumultueusement du côté de la pagode. Pucombo était debout au pied du figuier sacré, entouré de ses hommes massés autour de lui sur plusieurs rangs et décidés à défendre leur chef jusqu'à la dernière extrémité. La lutte s'engagea et devint tout de suite acharnée ; les femmes étaient, elles aussi, sur le terrain encourageant les hommes, renouvelant les munitions, chargeant les armes et s'empressant auprès des blessés. Du côté des rebelles, les pertes étaient plus sensibles, mais ceux qui n'étaient pas grièvement atteints serraient leurs rangs de manière à former une sorte de rempart autour de leur maître et empêcher les balles et les flèches d'arriver jusqu'à lui. Ces malheureux ne lâchèrent pied que lorsqu'ils eurent épuisé leurs munitions et lorsqu'ils ne se trouvèrent plus en nombre pour faire face à la masse, relativement considérable, des ennemis qui les entouraient ; ils essayèrent de se sauver en perçant sur un seul point la ligne de leurs adversaires, qui, à la vue de Pucombo marchant droit sur eux, ouvrirent subitement leurs rangs et lui laissèrent une issue par où il put passer, avec ce qui restait de ses fidèles serviteurs, et gagner avec eux la forêt.

Pendant cette fuite, les hommes de Pucombo furent tous pris ou tués ; quant à lui, il continuait à courir bien qu'il fût environné d'ennemis, qui n'osaient plus faire usage de leurs armes de crainte de se blesser entre eux. Enfin, un marais un peu profond s'étant trouvé sur le chemin de cette bande de forcenés, Pucombo y pénétra jusqu'à la ceinture. Il se passa alors une scène étrange : d'abord, aucun Cambodgien n'osa entrer dans l'eau pour aller mettre la main sur le fugitif ; une sorte de crainte superstitieuse les clouait au rivage et ils se mirent tous alors à faire feu sur lui de loin. Mais, soit maladresse, soit que le sentiment dont nous venons de parler aveuglât absolument les tireurs, soit, enfin, que la manœuvre du patient, qui plongeait lorsqu'on l'ajustait, réussit à le protéger, il ne reçut aucune blessure et les munitions avaient été épuisées sans aucun résultat produit. Les excitations du tam-tam, les cris de guerre poussés avec fureur par les chefs, les encouragements passionnés des femmes, rien n'y fit, car personne ne se décidait à quitter le rivage.

Pendant ce temps, et au milieu des clameurs qui emplissaient le lieu solitaire où la scène se passait, deux hommes, deux pauvres esclaves, s'étaient rapprochés et avaient pris une résolution extrême : on les vit s'avancer coude à coude, comme pour se soutenir mutuellement, sauter résolument dans la mare et aller droit à Pucombo qu'ils frappèrent de deux ou trois coups de bâton, afin de l'étourdir et l'empêcher de résister, ce qu'il ne songeait guère à faire dans sa position, et ils le ramenèrent finalement prisonnier à leurs chefs. Ces deux vigoureux Cambodgiens étaient les esclaves du vieux gouverneur disgracié, et ils avaient puisé l'énergie qu'ils venaient de montrer dans la vive affection qu'ils avaient pour leur maître.

Cette arrestation faite si aisément par deux malheureux esclaves, sans qu'aucune providence ne s'interposât, ôta à Pucombo une grande partie de l'ascendant dont il avait joui jusque-là, et l'on commençait à le bousculer et à l'offenser, lorsqu'il rappela avec hauteur qu'il était prince et qu'il avait droit à plus d'égards. Pourtant, on le ficela solidement et on le conduisit au chef-lieu, à Compong-thom. Là, soit que la fatigue, ou les coups qu'il avait reçus, eussent épuisé ses forces physiques, il se montra très abattu. Il ne répondit guère aux questions qu'on lui faisait ; quelquefois, cependant, il se départait de sa réserve en faveur seulement de ceux qui employaient pour lui parler la forme de langage usitée quand on s'adresse aux princes.

Vers la fin du jour, Pucombo essaya de s'étrangler avec ses mains ; alors, on lui attacha les poignets derrière le dos, afin de le conduire vivant à Phnom-penh et le livrer ainsi au roi. Mais une fois la nuit venue, la folle imagination des Cambodgiens se mit à travailler ; on craignit que le prisonnier, qu'on soupçonnait d'entretenir des relations avec les esprits célestes, n'échappât, bien qu'il fût lié à tout rompre, et, afin d'éviter qu'un tel miracle se produisît, on lui coupa décidément le cou.

La tête de ce fameux aventurier fut mise dans un sac plein de sel et portée le lendemain à Phnom-penh, où elle fut exposée en place publique au bout d'une longue perche.

Pucombo était de taille moyenne, petit plutôt que grand ; il était marqué de la petite vérole ; il était foncé en couleur et avait les cheveux crêpus ; ses yeux étaient grands et sa voix forte ; il avait l'air grave, marchait avec lenteur et exigeait de son entourage la déférence dévolue aux rois et aux princes.

Avec Pucombo finit cette immense révolution, qui avait duré environ dix huit-mois et qui avait bouleversé de fond en comble le petit royaume khmer. On fit rentrer à Saïgon le détachement français de Phnom-penh, et le représentant du protectorat se retrouva seul avec son aviso et un poste de quelques marins à terre.

Au mois de mars 1868, les territoires de Battambang et d'Angcor, définitivement cédés à Siam, furent délimités par une commission composée, en parties égales, de mandarins siamois et cambodgiens, opérant sous la surveillance de trois officiers français, qui dressèrent une carte du pays traversé par la ligne de démarcation.

En mars 1868, les deux principaux lieutenants de Pucombo, A-nong et A-chreng, retirés chez les peuplades sauvages de l'est, où ils vivaient assez malheureux, firent une pointe dans la province de Thbong-khmum, afin de s'approvisionner et d'enlever quelques hommes du peuple et des bestiaux dans le but de les employer à cultiver du riz pour leur subsistance.

Le 12 avril, le roi Norodon reçut une médaille d'or que le jury des produits coloniaux à l'Exposition universelle de Paris lui avait décernée, en récompense des magnifiques objets en or repoussé que S. M. avait fait exposer.

A la fin de mai 1868, le prince Prea-kêu-féa, qui s'était rendu à Saïgon après la mort de Pucombo et la pacification du pays, afin d'y aller prendre sa famille, s'embarqua pour rentrer définitivement au Cambodge sur un petit vapeur qu'il avait acheté. Il arriva à Phnom-penh le 3 juin 1868. L'entrevue des deux frères fut courtoise et, en apparence, cordiale ; ils se firent réciproquement quelques cadeaux, ce qui est un signe d'estime et d'affection réciproques.

Mort de la mère du Prea-kêu-féa à Oudong, le 23 juin 1868. Ce même jour, chute à Phnom-penh d'un aérolithe, qui fut ramassé, séparé en deux ou trois morceaux, à quatre cents mètres au sud de la pyramide qui surmonte le monticule.

En juin 1868, suppression du tribut d'une ligature par homme d'équipage des barques annamites qui se rendaient au Cambodge pour y faire du commerce ou la pêche.

Dans le mois de juillet, M. Gorse, nommé consul de France à Siam, qui avait voulu visiter notre colonie, et son chef, avant d'aller prendre son poste à Bangkok, annonça qu'il avait reçu du ministre des affaires étrangères des instructions lui prescrivant de marcher de concert avec le gouverneur de la Cochinchine pour tout ce qui pourrait intéresser cette colonie et surtout le Cambodge, dont le voisinage avec Siam faisait naître assez souvent des difficultés. Excellente mesure, qui eut évité bien des fautes, si elle eut été prise quelques années auparavant.

Le 16 novembre 1868, réclamation de Norodon, adressée au gouvernement français, au sujet du droit que s'arrogeaient les Siamois de placer des douanes dans la partie septentrionale du lac qu'ils considéraient comme à eux. S. M. le roi du Cambodge, s'appuyant sur le texte même du traité de cession de Battambang et d'Angcor, dans lequel il n'était point fait mention du lac, en revendiquait pour lui seul la propriété. Norodon affirmait en même temps ses droits sur les petites provinces de Molu-prey et Tonly-repou, dont l'occupation par les Siamois est assez récente.

Au mois de décembre, A-chreng, l'ancien compagnon de Pucombo, retiré chez les sauvages Stiengs, écrit au roi une lettre respectueuse par laquelle il lui demande pardon pour environ deux mille anciens rebelles, qui, renonçant à une vie d'aventures, se décident à rentrer dans leurs villages. A-chreng faisait en même temps hommage au roi d'un tam-tam et de deux superbes défenses d'éléphant.

En mars 1869, la grande province de Compong-soai fut divisée en trois parties distinctes pour l'administration. Cette mesure provoqua des troubles et les habitants, chassant leurs nouveaux chefs, déclarèrent qu'ils ne voulaient obéir qu'au vieux gouverneur dont nous avons eu occasion de parler, et qui, depuis le grand service qu'il nous avait rendu en nous débarrassant de Pucombo, avait gagné l'estime de tout ce qui était français. Malheureusement, le roi, qui devait être le plus reconnaissant, garda ses ressentiments contre cet ancien mandarin.

Le 27 octobre 1869, l'amiral Ohier, gouverneur par intérim de la Cochinchine, remit solennellement au roi la plaque de grand officier de la Légion d'honneur.

En novembre 1869, le roi et le gouverneur de notre colonie s'accordent à reconnaître l'indispensable nécessité de tracer une frontière entre les deux territoires français et khmer. Cette délimitation n'avait jamais fait question du temps de l'administration de la basse Cochinchine par les manderins annamites, qui trouvaient plus commode de laisser les choses en l'état, afin du continuer à faire tache d'huile et à agrandir leurs possessions au détriment du Cambodge, qui n'avait ni la force, ni les moyens de s'opposer à ces empiètements quotidiens et continus.

Le 28 mai 1870, élévation du prince Prea-kêu-féa à la dignité d'obbarach.

A la fin de septembre 1871, très forte inondation qui submergea les rizières et tua le riz. Cette même année, une maladie terrible décima les buffles, si nécessaires au labour des rizières, et le gouvernement cambodgien se vit forcé d'interdire l'exportation du riz.

En avril 1872, A-chreng envahit Thbong-khmum avec une bande de quatre cents individus de toutes les races de l'Indo-Chine. Il fut rejeté dans les forêts par le gouverneur de cette province à la tête de ses administrés.

Le prince Sirovong, frère de Norodon, qui, comme Votha, vivait retiré à Bangkok, obtint l'autorisation de rentrer au Cambodge et il arriva à Phnom-penh le 2 juin 1872.

En juillet 1872, voyage du roi à Hong-kong, Macao, Canton et Manille, sur la corvette française *Bourayne*. Trois ou quatre de ses frères et un grand nombre de mandarins l'accompagnaient.

Le 7 novembre 1872, dépêche du gouverneur de la Cochinchine annonçant que Norodon est fait grand croix de la Légion d'honneur.

Le 1er avril 1873, le roi promulgue des ordonnances définissant et réglant les attributions judiciaires du représentant du protectorat français au Cambodge à l'égard des Européens admis à résider dans le pays. A la même date, le gouverneur de la Cochinchine confère au représentant, par un arrêté, et seulement pour ce qui concerne les Français, les fonctions d'officier de l'état civil attribuées, par l'article 48 du code civil, aux agents diplomatiques et aux consuls de France.

Avril 1873, suppression au Cambodge du navire français stationnaire, remplacé par un détachement de vingt-cinq hommes d'infanterie de marine.

Le 5 janvier 1874, remise de la décoration de la Légion d'honneur à l'obbarach, qui était fait commandeur, au premier ministre qui reçut la croix d'officier et, enfin, aux quatre autres ministres faits chevaliers.

Le 24 février 1874, le roi va assister à Saïgon à l'ouverture d'une exposition de produits agricoles et industriels. Plusieurs mandarins et des hommes du peuple se rendirent avec empressement à cette fête toute de leur goût, et quelques-uns obtinrent soit des médailles et des récompenses pour les produits exposés, soit des prix de courses de chevaux et de bœufs coureurs.

Le 19 mars 1874, visite du gouverneur de Battambang au roi du Cambodge. Le voyage de ce haut fonctionnaire siamois n'avait, croyons-nous, ni but, ni portée politique ; il faisait une simple visite de politesse au roi, en retour de l'attention qu'avait eue S. M., l'année précédente, de faire prendre de ses nouvelles dans un voyage qu'elle fit à Pursat.

Le 2 juin 1874, le roi accorde gratuité de transit aux produits provenant des provinces de Battambang et d'Angcor et se rendant en Cochinchine. Les mêmes prérogatives avaient été accordées quelques années auparavant aux productions laotiennes ayant la même destination. Ces mesures et la neutralisation du grand lac, décidée entre les gouvernements français et siamois dans le but d'enlever toute entrave à l'industrie et au commerce de la pêche, étaient indispensables et procurèrent quelques avantages au commerce de notre colonie, en attendant qu'on pût lui ouvrir de plus grands horizons.

Dans le mois de décembre 1874, mort à Oudong de l'ancienne reine Ang-mey, dont nous avons eu occasion de parler dans un article spécial.

Le 6 mars 1875, mort du Luc-prea-ang, premier ministre, à l'âge de soixante-quatorze ans.

Le 14 avril, le roi part pour Cratié où des sauvages l'attendent pour lui offrir un éléphant blanc.

En juin 1875, A-nong, le bras droit de Pucombo, qui n'avait plus donné signe de vie depuis la mort tragique de son chef, fit une incursion, à la tête de gens armés, dans la province de Thboung-khmum. Il fut bien vite repoussé et poursuivi jusque dans ses forêts. A-chreng étant mort, A-nong était le seul chef influent qui restât de la dernière insurrection. Après l'échec qu'il venait de subir, A-nong fit quelques avances à l'autorité française, qui, de son côté, lui donna des avis et le décida à ne plus rien entreprendre contre le Cambodge. Moyennant un faible tribut annuel qu'il paya au roi, A-nong et ses compagnons furent autorisés à rester sur un territoire habité jusque-là par une tribu sauvage tributaire du Cambodge.

Le 16 juin 1875, inauguration d'une superbe pagode que la reine mère avait fait construire à Oudong.

Vers la fin de l'année 1875, un géomètre français dirige les travaux de délimitation entre la Cochinchine française et le Cambodge, d'après la convention intervenue entre les deux gouvernements dix-huit mois auparavant.

Au mois de mai 1876, M. le gouverneur de la Cochinchine adresse au roi, après l'avoir honoré d'un avis favorable, un projet d'essai de cultures riches, telles que cardamome, quinquinas, café... sur les montagnes de Pursat. Ce projet, conçu et rédigé par M. Pierre, le savant et consciencieux directeur du jardin botanique de Saïgon, fut accepté par le roi, mais l'exécution en fut ajournée jusqu'au retour, dans la colonie, de M. Pierre, envoyé en mission scientifique en Europe.

Au mois de mai, sur l'incitation du résident français, est supprimée la ferme établie sur le bétel, c'est-à-dire le monopole de la vente de ce produit de nécessité première pour les indigènes.

Dans le courant de mai, le prince Votha quitta furtivement Bangkok et s'achemina à marches forcées vers le Cambodge. Il traversa, sans s'arrêter, la province de Battambang. Dans le but de mettre sa responsabilité à couvert, le gouverneur de cette province avisa le représentant du protectorat français du passage du prince et exprima le regret de n'avoir pas été averti assez à temps pour l'arrêter.

Le 24 mai, la nouvelle arrive à Phnom-penh que Votha est dans la province de Tonly-repou occupé à réunir des partisans et, enfin, les moyens nécessaires en vue d'une invasion au Cambodge. Déjà, ses délégués recrutent des volontaires dans le haut du Mékong et sur le territoire cambodgien. De ce côté, l'agitation est grande et le mécontentement général, résultats de la mauvaise administration du roi, ou tout au moins de ses mandarins dans les provinces. Les émissaires de Votha ont reçu l'ordre de ménager les populations, de n'enrôler que des volontaires et enfin de payer intégralement tout ce qu'ils dégradent ou consomment. Cette manière nouvelle de procéder en temps de troubles remplit le peuple d'étonnement et d'admiration et le gagne, autant et plus qu'autre chose, à la cause du prétendant. Deux canonnières françaises sont envoyées dans les eaux du Mékong, afin de rassurer, par leur présence, les habitants et les encourager à rester chez eux.

Vers le 12 juin, des bandes de partisans se montrent dans les provinces du haut du fleuve et dans celle de Compong-soai, où elles tiennent le gouverneur bloqué dans sa citadelle de Compong-thom. Le prince Sirovong est envoyé sur un navire à vapeur à Compong-thom, afin d'y organiser et diriger la défense. Ne comptant guère pour cela sur les Khmers, il écrit pour demander qu'on lui envoie des tagals de Manille employés au service du gouvernement cambodgien en qualité d'agents de police.

Des bandes d'Annamites et de Chinois, profitant des embarras du moment, se livrent à la piraterie sur le Mékong et dans le lac.

Le 24 juin, le gouverneur de Compong-soai vient rendre compte à Phnom-penh de la situation de sa province. Il a dans trois combats victorieux, dit-il, repoussé les rebelles hors des limites de son gouvernement. Des nouvelles analogues arrivent de Sombor et il paraît résulter de ces divers renseignements que les agitateurs se sont retirés de nouveau à Molu-prey.

On apprend, le 26 juin 1876, qu'une bande de partisans de Votha a attaqué Stung, centre important de population de la province de Compong-soai, et qu'elle a expulsé les autorités locales. Pendant ce temps, Votha se rend en personne dans les forêts de l'est, où sont réfugiés les anciens partisans de Pucombo et il obtient leur coopération.

Dans le courant du mois d'août, le gouvernement siamois envoie à Siem-réap, chef-lieu de la province d'Angcor, un haut dignitaire chargé de faire observer la neutralité sur le territoire dépendant du royaume de Siam. Un missionnaire français, le Père Rousseau, de la mission de

Bangkok, lui est adjoint, afin de lui faciliter les relations avec les autorités françaises de Phnom-penh et de Saïgon. Dans une lettre que Phaya-charon-roxamaitri, l'envoyé siamois, écrit au gouverneur de la Cochinchine, nous relevons ce qui suit : « Pour ce qui est de la fuite de Votha, S. M. le roi de Siam et son gouvernement en ont été souverainement inquiets, dans la crainte que ce prince, par des flatteries et des promesses illusoires, n'entraînât des partisans dans la guerre qu'il compte faire à S. M. Norodon.

« Nous avons envoyé des mandarins à la poursuite de Votha par tous les chemins, et nous avons fait publier dans nos provinces l'ordre de s'emparer du prince fugitif. Défense est faite partout de lui fournir des vivres, des armes, des munitions. Comme les gens de ce pays-ci vivent dans les bois, qu'ils sont sans intelligence, sans aucune culture d'esprit, sans jugement et qu'enfin il était à craindre qu'ils n'observassent pas, comme ils le doivent, les règles de la neutralité que nous impose surtout notre amitié pour la France, S. M. le roi de Siam m'a ordonné de venir, afin de surveiller les autorités locales, les sujets siamois et d'empêcher qu'ils entrent en relations avec Votha et lui fournissent des subsides. »

En octobre 1876, l'amiral Duperré, alors gouverneur de la Cochinchine, eut l'heureuse pensée de profiter des désordres qui venaient de se produire au Cambodge, et dont la cause pouvait être en partie imputée à la mauvaise administration du pays, pour conseiller au roi Norodon d'apporter des modifications ou améliorations importantes dans la constitution de son royaume. Cette sollicitude pour les intérêts d'un peuple malheureux n'avait rien de surprenant pour ceux qui connaissaient cet honorable amiral, toujours préoccupé de bien remplir ses devoirs et d'honorer un nom justement glorieux dans la marine.

A la première nouvelle des bonnes dispositions du gouverneur de la Cochinchine, les Cambodgiens s'émurent et l'espoir d'un avenir un peu meilleur s'affermit dans leur esprit lorsqu'ils surent d'où en venait l'initiative. Ajoutons que cette espérance était plus que locale, et l'extrait suivant d'un rapport du Père Rousseau est une preuve qu'elle avait rapidement passé la frontière : « Les changements qui vont s'opérer au Cambodge, dit le missionnaire, intriguent beaucoup les mandarins siamois, qui voudraient tout savoir jusqu'aux moindres détails. Ils ont l'air de penser que les modifications qui auront lieu au Cambodge pourraient devenir comme une obligation morale pour Siam de faire quelques pas dans la même voie. Puisse-t-il en être ainsi! ils peuvent, les uns et les autres, marcher longtemps dans cette direction sans craindre de trop s'avancer. »

Cependant, le roi Norodon ne se montrait guère disposé à sortir de la routine dans laquelle son gouvernement croupissait, et il était encouragé dans la résistance qu'il nous opposait par les hauts dignitaires qui profitaient du désordre de l'administration, et qui n'avaient personnellement aucun intérêt à voir appliquer les réformes projetées. Dans ces conditions, l'amiral crut devoir s'abstenir d'offrir son concours dans la répression des désordres qui s'étaient manifestés un peu partout, et il se contenta de renforcer la garnison française de Phnom-penh, non point comme garantie pour le pavillon du protectorat qui n'avait à redouter aucune offense, mais afin de préserver la capitale et le gouvernement que le traité nous faisait un devoir de protéger dans son existence.

Vers le milieu de novembre, la province de Compong-soai était seule agitée et Votha s'était retiré à Chrey-mang, village stieng, déjà fortifié par les anciens lieutenants de Pucombo. L'obbarach avait été envoyé dans le haut du fleuve avec les moyens nécessaires pour empêcher les rebelles de sortir de leurs forêts. Mais ce haut dignitaire s'était établi avec sa famille à Cratié, où il vivait, suivant la coutume, sur le pauvre peuple, se préoccupant peu de ce que faisaient les gens qu'il devait surveiller, et se tenant prêt à se rembarquer avec tout son monde à la première apparition d'une bande hostile.

Le 17 novembre, le gouverneur de Baphnom est arrêté et mis à la chaîne à Phnom-penh sous prévention de complicité avec Votha.

A la fin de ce mois, l'amiral Duperré, dans le dessein de subvenir à l'indolence et à l'insuffisance en ces matières des autorités indigènes, fit étudier un ensemble de réformes portant sur l'administration, l'impôt, les dépenses, etc., susceptibles de s'adapter, tout à coup, aux institutions anciennes du royaume. Ce plan de modifications à faire subir à la constitution du pays devait être aussi simple, aussi précis et aussi clair que possible, de manière à être bien compris par le roi et ses mandarins. Pendant ce temps, le gouverneur de la Cochinchine faisait offrir à Votha, par l'intermédiaire de l'obbarach, l'hospitalité à Saïgon avec une pension suffisante servie par le roi du Cambodge. De son côté, l'envoyé siamois de Siem-réap, sur nos instigations, faisait dire au prince rebelle que s'il préférait retourner à Bangkok, il ne lui serait tenu aucun compte de son escapade. Mais Votha répondait aux uns et aux autres

12

des lettres évasives d'où ressortait néanmoins sa prétention à des droits sur les provinces orientales du Cambodge, où il comptait s'installer comme administrateur indépendant, c'est-à-dire comme roi. Déjà, il était entré en rapport avec le gouverneur de Baphnom, surpris en flagrant délit de trahison, et nous avons des raisons de croire que son collègue de Thbong-khmum avait aussi prêté l'oreille à des ouvertures du même genre et qu'il y avait répondu. La mollesse que toujours il mit à conduire les opérations militaires dont il fut chargé, les ménagements dont il fut souvent l'objet de la part des lieutenants de Votha, et des accusations graves portées contre ce gouverneur par des habitants honorables de la province, en sont des preuves à peu près certaines et qui suffirent en tout cas pour déterminer sa révocation.

Des nouvelles mauvaises arrivent de Compong-soai le 4 décembre. Le roi expédie son ministre de la guerre, le Présor-sorivong, avec des renforts et l'ordre de prendre et d'exercer lui-même le commandement des forces royales, jusque-là mal utilisées par le prince primitivement envoyé et le gouverneur de cette province, excités l'un contre l'autre par de vifs sentiments de rivalité.

Instruit de ces événements, le gouverneur de la Cochinchine se décide à presser le roi d'octroyer, enfin, à son peuple les réformes indispensables pour apaiser les esprits et rallier autour de son trône menacé une partie de ses sujets.

Le Présor-sorivong parvient à dégager le territoire de Compong-soai, mais à mesure qu'il se retire des bandes d'insurgés se représentent, expulsent les autorités et reprennent possession du pays. Ce grand mandarin, rentré à Phnom-penh après cette première expédition, est renvoyé dans cette province avec des contingents nouveaux.

Le 14 décembre, une note indiquant les principales réformes que le gouvernement français juge nécessaire que l'on introduise dans la constitution politique et économique du Cambodge est soumise au roi par les soins du représentant du protectorat, chargé en même temps de fournir des explications sur les points qui seraient trouvés obscurs, d'en faire ressortir l'avantage et l'urgente nécessité. Le roi demande quelques jours pour l'examiner et le discuter en son conseil.

Le 15 janvier 1877, le gouvernement cambodgien, après plusieurs pourparlers avec le représentant du protectorat, arrête un plan de réformes qu'il se propose de faire connaître sans tarder à la population sous forme d'ordonnances royales. Ces réformes portent sur les points suivants :

Famille royale. — Suppression, après l'extinction naturelle des titulaires actuels, des deux hautes dignités d'abjoréach et d'obbarach, ainsi que de celle de Prea-voréach-chini, attribuée à la reine mère. Ces hauts dignitaires sont des rouages inutiles dans l'État, ainsi que l'énorme quantité de mandarins qui leur sont adjoints et qui grugent le peuple sans rien produire d'utile pour le pays.

Le traitement des princes et princesses doit être suffisamment augmenté pour leur permettre de vivre honnêtement.

La majeure partie des revenus de l'État doivent être dépensés à l'avenir en travaux d'utilité publique, et ne point constituer en entier une sorte de liste civile.

Gouvernement. — Le conseil des grands mandarins, ou ministres, doit être consulté dans des cas déterminés et délibérer hors de la présence du roi. Liberté pour le représentant du protectorat d'assister aux séances et de donner son avis sur les questions débattues.

Administration. — Diminution du nombre des provinces, entraînant la réduction du chiffre des fonctionnaires toujours très onéreux pour l'État et surtout pour les particuliers.

Désignation par les habitants des chefs de villages et de leurs adjoints, et obligation pour les gouverneurs de ratifier ces choix, à moins de motifs graves d'empêchement dont les ministres compétents deviennent seuls juges.

Plus de Ocnha-luongs, ou délégués royaux, à poste fixe dans les provinces. Ces représentants spéciaux du roi étaient des sortes de contrôleurs toujours en guerre avec les autorités locales au grand préjudice de l'administration ; ou bien, ils s'accordaient avec celles-ci pour exploiter à la fois le roi et le peuple. Ces délégués pourront être désormais envoyés dans l'intérieur du pays, mais ils ne doivent y séjourner que le temps rigoureusement nécessaire à l'accomplissement de leur mission.

Rétribution des mandarins à tous les degrés et proportionnellement à leur rang ou à l'importance de leurs fonctions. Il était de règle au Cambodge que le gouvernement ne payât point ou qu'il payât insuffisamment ses fonctionnaires. Il est inutile de faire ressortir les inconvénients d'un pareil système, surtout dans un pays où l'exploitation du plus faible par le plus fort est absolument consacrée par un long usage, et supportée avec une patience angélique par ceux même qui en souffrent.

Réduction au strict nécessaire des fonctionnaires publics.

Le commerce est interdit aux ministres et aux gouverneurs des provinces, qui profitaient des avantages que leur position leur donnait pour tout monopoliser.

Impôt. — Suppression des fermes et monopoles autres que ceux qui concernent l'opium, les alcools de riz et les jeux.

Suppression de certains jeux et réglementation des autres.

Faculté de racheter, au moyen de vingt ligatures (environ vingt francs), les quatre-vingt-dix journées de travail que chaque corvéable doit à l'État.

Extension de la durée du bail des terres cultivables, l'État étant constitutionnellement propriétaire du sol.

Diminution et réglementation de l'impôt sur certains produits agricoles, tels que le bétel, le poivre, le sucre, etc.

Justice. — Limiter les attributions judiciaires de certains fonctionnaires et étendre celles des mandarins spécialement attachés à la magistrature.

Les frais de justice, amendes, etc., doivent être versés au Trésor, au lieu de revenir en tout ou en partie aux juges, qui, comme tous les employés de l'État, recevront un traitement fixe.

Amélioration du régime des prisonniers.

Esclavage. — L'esclavage sans faculté de rachat est aboli dans le royaume.

La journée de travail d'un esclave est légalement évaluée et entre en déduction de la somme due au maître, tandis qu'auparavant le travail de ces malheureux n'était que la compensation des intérêts de la somme due quelqu'en fût le chiffre, de sorte qu'il ne leur restait aucun moyen de se racheter.

La traite est interdite et des peines sévères sont édictées contre ceux qui conduiraient sur les marchés du Cambodge des prisonniers faits dans les forêts parmi les peuplades sauvages.

Amélioration du sort des esclaves d'État, fils et descendants d'anciens rebelles, de grands criminels, etc.; fixation des cas où ils peuvent recouvrer leur entière liberté.

Ceux qui connaissent l'organisation politique et économique du Cambodge reconnaîtront que ces changements constituent un progrès sensible, et un premier pas fait dans la voie des réformes. Ces ordonnances ne sont sans doute pas consciencieusement appliquées; elles n'ont pas produit encore tout le bien que l'on est en droit d'en attendre, mais cela viendra petit à petit même avec les personnages qui détiennent le pouvoir aujourd'hui. Les bons effets de ces réformes ne se feraient pas attendre si les premiers rôles disparaissaient tout à coup de la scène politique.

Le 5 février, Votha, malgré la surveillance de l'obbarach, qui n'était probablement pas bien active, quitta sa forêt et envahit la province de Baphnom, dont sa mère était originaire et où il espérait trouver des auxiliaires dévoués. Il fut, en effet, favorablement accueilli par les habitants et les autorités locales lâchèrent pied à son approche sans tenter le moindre effort pour rester à leur poste. Le prétendant, profitant des bonnes dispositions des gens du peuple, fit élever une fortification au pied de la colline de Baphnom, à dix-huit ou vingt milles seulement de Phnom-penh.

La situation était grave, car Norodon se trouvait être encore moins que jamais en mesure de résister. Mais le gouverneur de la Cochinchine, qui avait obtenu la satisfaction dont nous avons parlé, et qui n'avait plus aucune raison pour abandonner à ses propres forces le gouvernement cambodgien, offrit à propos son concours, et une expédition combinée contre les rebelles de Baphnom fut aussitôt préparée à Saïgon et à Phnom-Penh.

Le 10 février, en vue de l'expédition projetée, on avait réuni à Phnom-penh cinq cents Cambodgiens de levée et équipé à l'européenne environ cent tagals de Manille, employés du roi à divers titres et sachant se servir des armes de précision. Le ministre de la guerre prit le commandement de ces troupes, qui devaient se rendre à Baphnom en barques. Le roi se décida à suivre les opérations qui allaient avoir lieu, et des ordres furent donnés pour que les barques des particuliers fussent passées sur la rive droite du fleuve, afin que les rebelles ne trouvassent pas là un moyen d'éviter le combat qu'on se préparait à leur offrir. Des canonnières françaises croisaient dans le Mékong, afin d'en défendre le passage aux rebelles.

Le 18 février 1877, cinq colonnes marchèrent sur Baphnom par des routes différentes, de manière à occuper les voies principales par où l'on croyait que les rebelles pourraient passer. Une colonne, composée de soldats français et de miliciens annamites, partait de Tayninh; une autre, de même composition et du même effectif, venait de Tan-an; une troisième, venue de Chaudoc et débarquée à Banam, à quelques milles du fort de Baphnom, ne devait se mettre en marche que deux jours après son arrivée sur ce point, afin de ne pas se trouver en avance sur les autres; une quatrième, formée uniquement de Cambodgiens, devait partir de Trémac, rive gauche du Mékong à quelques milles au-dessus de Phnom-penh, et, enfin, la cinquième, composée de soldats et de marins français, fut transportée par des navires en face de Ca-sutin et se mit aussitôt en marche pour Baphnom. L'obbarach suivait cette dernière colonne à la tête de deux cents Cambodgiens et Malais. Le corps du ministre de la guerre, débarqué à Banam, se mit immédiatement en marche pour tourner vers l'ouest un immense marais, et venir rejoindre à Prey-veng les deux colonnes qui venaient des bords du Mékong. A l'instant où cette jonction s'opérait, le 21 au matin, des gens du pays annoncèrent que Votha marchait sur Prey-veng et qu'il ne pouvait tarder à arriver. Des dispositions furent aussitôt prises pour le combat, mais les rebelles ne se montrèrent point, car ils s'étaient arrêtés en route, comme on va voir.

Les Français et les royaux séjournèrent trente-six heures à Prey-veng, centre important bien pourvu d'eau et de provisions. Ils en repartirent le soir du 22 février pour se diriger directement sur Baphnom. Tandis que la colonne française se mettait en marche le 23 au point du jour, des espions annoncèrent que Votha avait couché dans la bonzerie de Vat-pachi, située à quatre kilomètres de là. Les Français se dirigèrent immédiatement sur ce point, placé un peu à gauche de la route de Baphnom, et ils rencontrèrent, avant de l'atteindre, les corps du ministre de la guerre et du prince Sirovong qui avaient pris des routes différentes. Les troupes indigènes défilaient en désordre à moins d'un kilomètre de l'ennemi sans se douter de sa présence, et si elles se fussent trouvées seules, il est probable que ce manque de surveillance leur eut coûté cher.

Enfin, les trois colonnes réunies et déployées en demi-cercle, les Français tenant le centre, s'avancèrent sur la pagode de Vat-pachi dans le but de l'investir et de prendre le prince rebelle, et ses principaux complices, dans le même coup de filet. Malheureusement, les troupes indigènes des ailes commencèrent le feu avant l'investissement complet, et cette circonstance, jointe à l'apparition subite des costumes français, détermina la fuite des rebelles. Le prince Votha se sauva presque seul vers le nord avec cinq éléphants; il passa à côté de la colonne de Tayninh sans être aperçu et gagna de nouveau les forêts des Stiengs. Ses partisans se dispersèrent, et ainsi finit cette pénible campagne, sans produire tous les résultats désirés. Cependant, à partir de ce moment, les provinces orientales, dégagées des bandes de pillards qui les parcouraient dans tous les sens, redevinrent tranquilles.

Ceux qui ont pu apprécier les moyens d'action dont les rebelles disposaient déjà à Baphnom, reconnaîtront que si le roi Norodon eut été livré à ses seules ressources il était perdu sans retour avant qu'il s'écoulât un mois, et ce n'est un mystère pour personne qu'il dut encore cette fois à la généreuse protection de la France la pacification de son royaume et la conservation de sa couronne.

Le 25 février, une amnistie pour tous ceux qui avaient pris part à l'insurrection fut proclamée à Baphnom même. Les partisans volontaires ou forcés de Votha, rassurés par cette mesure de clémence prise sous notre garantie, rentrèrent chez eux.

Le 23 mars, des lettres de Compong-soai annoncent que la plupart des Cambodgiens influents qui s'étaient ralliés au prétendant, ont fait leur soumission et que la province est tranquille.

Le 20 avril, mort du cralahom, le plus intelligent, le plus actif et le plus estimable des ministres cambodgiens. Ce fut aussi bien une perte pour le gouvernement français, dont il secondait la politique et les efforts qu'il ne cesse de faire en vue d'obtenir une bonne administration du pays et un bon emploi de ses ressources financières.

A la fin du mois d'avril, le choléra décimait la population indigène de Phnom-penh, des bords du grand fleuve et les pêcheurs du lac.

En mai, les gouverneurs des provinces de l'est avertissent que des agents de Votha font des incursions sur le territoire cambodgien, enlèvent les habitants isolés, des bestiaux, des chars et des provisions de bouche et qu'ils rentrent ensuite dans leurs forêts. On expédia un chef avec quatre cents hommes pour garder la frontière de ce côté.

Le 12 juin, la province de Thbong-khmum fut envahie par une bande de rebelles sortant des forêts des Stiengs et conduits par Votha. Deux jours après, deux grands mandarins partent de Phnom-penh avec des tagals et la garde royale, et parviennent à dégager le territoire envahi.

Le 25 juin, Votha écrit à la reine mère une lettre respectueuse dans le but de la décider à s'interposer entre le roi et lui, mais il parle toujours de ses prétentions à vouloir administrer les provinces orientales. On répond à ces avances qu'un rapprochement ne peut être accepté qu'à la condition expresse que le prince adressera une lettre de soumission au roi, ou s'il consent à se retirer définitivement à Saïgon sous la surveillance immédiate des autorités françaises. Au moment où cette réponse de la mère de Norodon allait partir, la nouvelle arrive que la bande qui suivait le prétendant est dispersée et que lui-même s'est enfui chez les sauvages Stiengs. Néanmoins, la lettre de la reine mère, une autre lettre du résident français exhortant le prince à se soumettre sans conditions, et une déclaration du gouverneur de la Cochinchine garantissant la sûreté du prince s'il se soumet, partent avec le messager de Votha, qui va le rejoindre chez les Stiengs.

Le 26 juillet, réponse négative de Votha aux conditions qui lui sont imposées; il revient à son idée fixe de vouloir gouverner d'une manière indépendante le territoire situé à l'est du Mëcong.

Le 28 juillet, on apprend que Votha a quitté sa retraite, qu'il se dirige vers le haut du Mëcong, qu'il compte traverser au-dessus de Sombor, pour revenir dans la province siamoise de Tonly-repou.

Le 30 juillet, il se confirme que Votha a traversé le Mëcong. Quelques jours après, on apprend qu'il s'est retiré dans le nord du territoire de Compong-soai, dans un endroit isolé et habité seulement par des sauvages Cuois.

Le 23 août, envoi de cinquante soldats cambodgiens réguliers et de trente tagals à Compong-thom, afin de mettre ce chef-lieu à l'abri de toute entreprise du côté des rebelles.

Les grands mandarins assemblés le 10 septembre, par ordre du roi, à l'effet d'examiner la conduite du Yommo-réach, prévenu de concussion, concluent à l'unanimité à la révocation de ce ministre. Le roi fait droit à cette demande.

Le 1er novembre, remise au roi d'une lettre de l'amiral Lafont lui notifiant son entrée en fonctions en qualité de gouverneur de la Cochinchine.

On mande de Compong-soai, le 30 novembre, qu'un jeune novice inspiré, échappé de la bonzerie d'Angcor-vat, a pénétré dans cette province suivi d'une bande de gens crédules, mêlés à des intrigants et à des bandits, qui exploitent la situation à leur profit et provoquent une certaine agitation parmi les populations craintives de cette contrée. Ce jeune fou se prend pour une incarnation de l'esprit protecteur du Cambodge, et il pousse la population à la révolte contre les autorités locales qu'il croit, non sans quelque raison, mauvaises. Le nom de famille de cet enfant est A-noug. Ces aventuriers parviennent à s'établir dans la partie occidentale de la province de Compong-soai, qu'ils exploitent sans inquiétude du côté des autorités supérieures de la province, qui n'osent rien entreprendre contre un personnage quasi-divin.

Des soldats manillais sont de nouveau envoyés à Compong-soai pour faire face aux dangers dont il vient d'être question. Le grand mandarin Vongsa-créach part avec eux pour prendre, au besoin, la direction des opérations militaires. Avant l'arrivée de ces renforts, trois bandes mal armées avaient attaqué le fort de Compong-thom, mais elles avaient été repoussées et dispersées.

Un rapport de Compong-soai, en date du 14 mars 1878, annonce que Votha s'est fait ordonner bonze et qu'il s'est ensuite retiré dans les forêts, suivi de quelques serviteurs seulement, pour y vivre de la vie ascétique. Cette retraite ne doit être que momentanée, et ses partisans profitent de ce temps de répit pour piller les malheureux villages de la frontière.

Le reste de l'année 1878 s'est passé sans incidents remarquables de nature à trouver place ici. Ayant nous-même quitté le pays dans les premiers jours de janvier 1879, nous ne saurions pousser plus loin notre étude historique sur le Cambodge.

En finissant, nous ne nous permettrons aucune réflexion sur l'administration du pays et sur les hommes qui sont en scène au Cambodge. Leur mission n'est pas finie d'ailleurs, et il convient d'attendre, pour les juger, qu'ils aient fourni toute leur carrière. D'un autre côté, la position officielle que nous avons occupée longtemps dans ce royaume nous impose une réserve entière dont nous ne nous départirons pas.

Boiseries des plafonds d'Angcor-Vat.

CHAPITRE II

Aperçu sur les ruines du pays. — Age probable des monuments khmers. — Notes explica-
tives sur les principaux sujets employés dans l'ornementation, ainsi que sur les idoles
des dieux et culte auquel il convient, selon nous, de rattacher les temples anciens du
Cambodge. — Architecture, ornement, statuaire. — Description des principaux monuments.

Avant d'aborder la description que nous nous proposons de faire dans
ce chapitre des ruines du Cambodge, il nous a paru nécessaire de
fournir des explications sur quelques détails d'architecture et sur les
motifs si variés d'ornementation, dont ces édifices sont surchargés, et
qui pourraient contribuer à désorienter le lecteur dans la recherche de
leur véritable destination.

Plusieurs voyageurs ont déjà visité, et même décrit, ces intéressants
monuments; les uns, frappés par les motifs des bas-reliefs qui sont
presque tous empruntés aux grands poèmes épiques de l'Inde, dont les
héros n'étaient que des incarnations du dieu Vichnou, ainsi que par
l'énorme quantité de statues à plusieurs têtes et à plusieurs bras que l'on
rencontre reléguées aujourd'hui dans les cours et les galeries de ces
monuments, ont conclu que c'étaient autrefois des temples consacrés
au culte brahmanique.

D'autres, tenant compte de la place d'honneur dévolue de nos jours à l'idole du Buddha dans les anciens sanctuaires, en ont tiré la conséquence que c'étaient des pagodes dédiées à ce réformateur.

Enfin, quelques écrivains ayant remarqué sur ces gigantesques constructions la profusion de sculptures représentant le fameux serpent polycéphale, connu au Cambodge sous le nom de *Néac* et dans l'Inde sous celui de *Naga*, ont prétendu que le peuple qui les avait édifiées était voué au culte du serpent.

A première vue, l'opinion qui semble la plus raisonnable, la plus spécieuse, est celle qui attribue le temple à la divinité qui en occupe la meilleure place, c'est-à-dire le sanctuaire; mais si cela est vrai en thèse générale, on conviendra qu'il y a à cette règle de nombreuses exceptions, surtout dans l'Inde et dans l'Indo-Chine, ainsi que dans l'archipel malais, où les trois cent trente millions de divinités brahmaniques, le Buddha et postérieurement Mahomet, se sont assis successivement sur les mêmes autels. Dans ces pays-là, les idoles des dieux sont aussi mobiles que les bustes des rois en Europe, et on ne peut pas conclure de l'architecture seule de la maison que c'est tel personnage qui l'occupe; il faut voir aussi le personnage. Si cette inspection donne une certitude pour le présent, elle ne dit rien quant au temps passé et l'énigme subsiste en son entier.

En attendant que l'on parvienne à déchiffrer les nombreuses inscriptions que les anciens Khmers gravèrent sur la pierre des édifices, et dont la traduction fera sans doute la lumière sur le sujet qui nous occupe, nous allons donner, vaillent que vaillent, les déductions que nous avons tirées des renseignements que nous avons pris sur place et qui se rapportent aux monuments khmers aujourd'hui presque complètement ruinés.

Nous ne monterons pas dans les nuages pour laisser tomber ensuite, de cette hauteur, sur la tête des gens des théories chargées d'artifices; nous nous en tiendrons, pour ce qui est des explications que nous avons à produire relativement à l'âge, à l'architecture, à l'ornementation et à l'usage que faisaient les anciens Khmers de leurs superbes édifices, aux documents indigènes que nous avons fait traduire, à la tradition orale la plus répandue dans le pays et enfin à nos propres observations.

I

Nous avons vu, dans la première partie des annales khmers, que Prea-thong, un prince de la maison régnante de Indra-prastha (Delhi), proscrit de l'Inde en l'an 443 avant J.-C., émigra avec un grand nombre de ses concitoyens dans le Couch-thloc, extrême sud de l'Indo-Chine ; qu'il parvint à nouer des relations avec la famille du roi des dragons des eaux, dont il épousa finalement la fille. Les anciens annalistes khmers assurent que le roi des dragons, usant au profit de son gendre des privilèges surnaturels dont il avait été doté, fit sortir de dessous terre un palais royal complet avec « trois résidences surmontées de tours pour le roi, » des habitations pour les officiers de la couronne et des maisons pour le peuple. Les lettrés actuels ne doutent point qu'il s'agisse ici d'Angcor-thôm (la grande capitale) qui, en effet, renfermait dans son immense enceinte la résidence du roi du pays avec des monuments à tours, les palais des princes, les habitations des hauts fonctionnaires et enfin les demeures plus simples du peuple.

Bien postérieurement à l'époque dont nous parlons, vers l'année 1300 de notre ère, le roi des dragons ayant eu, disent les annales, sujet de se plaindre d'un des successeurs de Prea-thong, vomit sur le royaume des flots d'eau très abondants qui submergèrent et détruisirent tout.

En lisant cette partie de l'histoire des Khmers, nous ne pouvions d'abord nous empêcher de comparer, d'identifier le roi des serpents ou dragons, dont le talent d'édification et le pouvoir de maîtriser les ondes étaient si considérables, avec Neptune, cet autre dieu des mers, selon la mythologie des Romains et des Grecs, qui, secondé par Apollon, comme lui expulsé du ciel, bâtit, pour le compte du roi Laomédon, la célèbre ville de Troie, qu'il détruisit plus tard au moyen d'une grande inondation produite par lui-même, en haine de ce même roi Laomédon qui ne s'était point montré reconnaissant.

Secouons toutes ces fictions d'où qu'elles viennent pour en dégager le contenu essentiel, historique, qui nous paraît se réduire à ceci ; c'est que le prince étranger Prea-thong, quelque temps après son arrivée dans le sud de la presqu'île, épousa la fille du chef de cette contrée, peuplée alors d'habitants à peu près sauvages, et que son beau-père mit à sa disposition la main-d'œuvre nécessaire pour qu'il pût s'établir convenablement, c'est-à-dire somptueusement, comme l'étaient déjà dans l'Inde les personnages de sa condition. Les architectes, les artistes et les ouvriers ne devaient pas manquer parmi les émigrants, car il ne faut pas oublier qu'à l'époque dont nous parlons l'art des Aryas avait produit dans l'Inde des monuments lourds mais imposants, que ce fut juste l'époque (ive siècle av. J.-C.) de l'édification des gigantesques hypogées de Keurley et d'Ellora, et qu'enfin moins de deux siècles après le bannissement de Prea-thong l'art fut porté dans l'Inde à la hauteur que l'on sait, grâce au génie artistique déjà bien développé du peuple indou et au concours du roi Açoka, le premier souverain indou converti au buddhisme.

Selon la tradition; la capitale de Prea-thong fut Angcor-thôm, dont l'enceinte est encore presque intacte et les ruines intérieures assez reconnaissables malgré les avaries que leur ont fait subir les siècles, les révolutions et les invasions. Les cases en bambous du peuple, les maisons en bois des dignitaires et même l'énorme quantité de constructions légères indispensables à l'établissement du nombreux personnel de la cour d'un roi cambodgien, surtout à cette époque de splendeur, ont absolument disparu, sauf dans l'enceinte réservée au souverain où l'on peut voir encore des sabots, ou socles en pierre, percés de trous ronds, évidemment destinés à servir d'encastrement aux colonnes en bois supportant les toitures des habitations ordinaires.

Quant aux édifices de pierre, aux résidences surmontées de tours, dont parlent les historiens, qui étaient plus solides et qui étaient faites de matériaux moins corruptibles et surtout moins combustibles, elles ont bien mieux que les autres résisté aux influences destructives du climat, ainsi qu'aux agitations humaines et, bien que très ruinées aujourd'hui, on peut encore, par ce qui en reste, juger de leurs grandes proportions et se faire une idée de leur élégance d'autrefois. Les monuments dont il s'agit pourraient bien être le Bânh-yông (belle-vue), Piméan-acas ou Vimean-acas (lieu élevé) et Ba-puon qui était une construction importante à terrasses superposées. Ces trois monuments sont les plus considérables parmi ceux qui sont contenus dans l'enceinte d'Angcor-thôm.

Les trois édifices dont nous venons de parler répondent bien aux courtes indications que nous fournissent les annales. Le nom qu'on leur donne aujourd'hui suffirait à écarter toute idée qu'ils aient jamais pu être des temples; mais les dispositions essentielles de leurs constructions tendraient à prouver que c'étaient là des monuments religieux en même temps que des lieux de promenade et d'agrément. Ainsi, le Banh-yong, par exemple, se compose essentiellement de galeries quadrangulaires à simples ou doubles péristyles, concentriques et étagées. Au centre de cette succession de cloîtres règne une large et haute terrasse d'où la vue peut s'étendre au loin, mais le regard est certes assez charmé par la demi-centaine de tours et tourelles du monument lui-même, qui sont merveilleusement sculptées et que l'on peut admirer à son aise, car on les a autour de soi comme les arbres et les arbustes d'un bosquet dans lequel on se trouverait. La plus volumineuse de ces tours, comme aussi la plus haute, est placée au centre de tout cet ensemble et peut être considérée comme un chef-d'œuvre d'architecture et de sculpture. Ce monument, enfin, justifie de tous points le nom de Belle-vue qu'on lui a donné. Mais, d'un autre côté, la base ovale de la tour centrale est creusée en bassin, ce qui est un indice certain qu'il se trouvait là une idole adorée qui devait être placée au-dessus de ce réservoir d'eau lustrale. — Nous dirons plus tard les raisons qui nous font supposer que c'était dans ce monument que l'on déposait les cendres des rois, des princes, des princesses.

Piméan-acas est situé approximativement au centre d'un grand parc où, selon la tradition, se trouvaient les établissements royaux. Ce monument est formé de trois terrasses étagées et en retrait les unes sur les autres. Il y avait une construction très importante sur la terrasse supérieure qui s'est écroulée depuis plusieurs années et qui, selon les indigènes, était surmontée d'une tour d'une immense élévation, que l'on dorait autrefois et qui s'est éboulée comme tout le reste[1]. La base de cette tour est très reconnaissable et les quatre portes qui donnaient accès dans l'intérieur conservent encore leurs encadrements. La terrasse supérieure est bordée tout autour d'une petite galerie voûtée, éclairée de fenêtres pratiquées dans le mur intérieur, ainsi que dans la muraille extérieure, et celles-ci permettaient de voir dans la ville et aussi dans les environs. On monte à la terrasse supérieure par quatre escaliers, un sur le milieu de chaque face. Ce monument porte aussi bien son nom de Lieu élevé.

---

[1] Les Cambodgiens et les anciens voyageurs ont sans doute exagéré la hauteur de cette tour, car les dimensions de la surface de la base et l'importance des éboulis ne font pas supposer une construction gigantesque.

Piméan-acas devait être un monument purement civil. La tour qui le couronne est trop ruinée aujourd'hui pour qu'il soit possible de reconnaître quelle a pu être sa destination primitive, mais la position géographique de Piméan-acas et les matériaux de second ordre qui le constituent font supposer que ce n'était pas un établissement religieux. En effet, les souverains khmers n'ont jamais eu la coutume d'élever des temples dans l'enceinte même de leur palais, ni d'employer, aux constructions à leur usage, les matériaux de choix qu'ils réservaient pour les demeures de leurs dieux et qu'ils faisaient sculpter merveilleusement. Or, Piméan-acas est très sobre d'ornementation et il n'entre dans sa massive construction que des blocs de conglomérat ferrugineux grossier à peine relevés par quelques moulures ; seule, la galerie qui couronne la plate-forme supérieure de cette pyramide est faite en beaux blocs de grès équarris.

Le sanctuaire de Ba-puon, composé d'une immense tour, était élevé sur le sommet d'un monument ayant la forme d'un tronc de pyramide à base rectangulaire, composé de sept terrasses superposées et toujours en retrait les unes par rapport aux autres. Du plateau supérieur, on domine la contrée voisine et nul doute que, bien que la destination de ce monument fût avant tout religieuse, on avait pourtant tenu compte, comme dans les précédents, dans l'agencement de ces diverses parties, de l'agrément qu'il pouvait offrir au maître de l'endroit logé tout auprès.

La coutume d'aller passer des journées entières dans les temples, et sous les frais ombrages des grands arbres sacrés qui les entourent, subsiste encore au Cambodge. Les dames de la cour elles-mêmes se permettent ces pèlerinages, ou ces distractions. Nous les avons vues souvent arriver de bonne heure le matin dans une bonzerie près de laquelle nous habitions, prendre là leur repas sous des abris élevés à faux frais, s'asperger d'eau tout le jour sur les bords du bassin sacré et ne s'en retourner qu'à la nuit. Ces dames devaient être bien mieux à leur aise pour se baigner, prendre leur repas et s'amuser dans les belles installations des grands monuments dont nous venons de parler.

Le souverain actuel du Cambodge est si persuadé que les monuments, dont nous nous occupons, étaient des lieux de plaisance, qu'il a donné aux deux plus agréables maisons de son palais de Phnom-penh les noms significatifs de Banh-yong et de Piméan-acas.

Il n'est guère possible d'admettre que l'on ait construit à Couchthloc des monuments de quelque importance avant l'arrivée de Prea-thong et de ses compagnons. Les annales disent bien que, lorsque ce prince pénétra dans le pays, il y trouva des temples et des ministres du Buddha ; mais en supposant que cela soit exact, ces prédicateurs d'une doctrine qui était née dans l'Inde seulement cent ans auparavant, ne devaient pas être fixés dans le sud de la presqu'île indo-chinoise depuis bien

Partie centrale de la façade ouest d'Angcor-Vat. (Phot. de M. Gzell.)

longtemps ; ils n'avaient sans doute eu ni le temps, ni les moyens d'élever des constructions dans le genre de celles dont il vient d'être question, et ils ne se trouvaient pas, on en conviendra, dans les mêmes conditions avantageuses dont le prince émigré sut profiter pour édifier des merveilles dans sa nouvelle patrie. D'ailleurs en parlant des temples buddhiques antérieurs au règne de Prea-thong les annalistes n'emploient pas le mot de Prea-sat, qui est le mot caractéristique ou le nom par lequel on désigne au Cambodge les temples en pierre et les mausolées surmontés de tours.

On trouve de nos jours, dans l'immense enceinte d'Angcor-thôm, des statues colossales en grès assises sur des socles en maçonnerie élevés sur des terrasses rectangulaires d'un mètre environ de saillie. Ces statues reproduisent toutes la figure sereine de Çakia-Muni et paraissent fort anciennes. Peut-être faut-il voir là les temples buddhiques primitifs mentionnés dans les annales. L'une de ces terrasses porte le nom significatif de Prea-vihear-cuch-thloc (la pagode de Cuch-thloc). Les Cambodgiens désignent par Prea-vihear les temples dédiés au Buddha; ils correspondent aux Vihars de Ceylan et aux Viharas des Indous du continent. Si l'on en croit la tradition, cette pagode contenait une belle et très ancienne idole du Buddha en sâmret que les Siamois enlevèrent dans une des nombreuses expéditions qu'ils entreprirent autrefois contre le Cambodge.

Et maintenant est-il possible que cette immense citadelle de douze kilomètres de périmètre, avec ces cinq portes monumentales, l'immense fossé de cent vingt mètres de largeur et de quatre ou cinq mètre de profondeur qui l'entoure, les cinq chaussées qui traversent le fossé avec leurs balustrades gigantesques, formées de chaque côté par le corps déployé d'un énorme serpent polycéphale, soutenu par des géants accroupis, et, enfin, les colossales constructions de l'intérieur de l'enceinte, dont nous n'avons jusqu'à présent mentionné que les principales, est-il possible, disons-nous, que tout cela ait pu être édifié pendant le règne d'un homme ? Nous disons oui, si, comme le prétendent les annales dans leur partie malheureusement trop légendaire, le prince Prea-thong a régné juste cinq siècles. Mais, ainsi que nous l'avons dit ailleurs, nous pensons qu'il faut entendre par un règne de cette durée une période de temps restée dans la brume des âges, et pendant laquelle la dynastie fondée par Prea-thong dut prendre racine dans le pays et achever l'œuvre architecturale commencée par le fondateur.

Nous croyons ne pas trop nous écarter de la vérité en fixant la date de l'achèvement de ces grands travaux à la moyenne des époques qui marquèrent le couronnement de Prea-thong, 443 avant J.-C., et sa mort en 57 après J.-C., c'est-à-dire à peu près à l'année 250 avant notre ère. La tradition orale, d'accord en cela avec les annales, a transmis

d'âge en âge la date de la construction d'Angcor-thôm. Tous les indigènes qui s'intéressent à ces questions nous ont dit, à Siem-réap même,
que la capitale de l'ancien empire khmer avait été construite un siècle
après la mort du Buddha, c'est-à-dire 443 avant J.-C.

On pourra objecter que dans cette contrée l'art a exceptionnellement
débuté par des chefs-d'œuvre ; mais nous avons fait voir, en nous
appuyant toujours sur les annales, que les architectes et les artistes n'en
étaient pas à leurs débuts lorsqu'ils ont produit le superbe Banh-yong,
et que, somme toute, dans ce remuement de terres et de pierres les
aborigènes n'avaient guère fourni que l'argent et prêté le concours de
leurs bras.

On ne doit pas non plus attribuer aux Chams, qui, d'après les annales,
n'arrivèrent dans le Cuch-thloc qu'un siècle à peu près avant les Indous,
la construction des premiers monuments, puisque les annales nous
apprennent que ces Chams étaient si impopulaires dans le pays qu'ils
durent se retirer devant les nouveaux venus, et que nous savons que
cette race n'a rien produit chez elle-même de comparable à ce que les
savants architectes d'Indraprastha surent édifier dans leur patrie d'adoption[1]. D'ailleurs les édifices qui ont été mis en chantier dès la première
heure ont tellement de points de ressemblance avec ceux qui ont été
construits postérieurement, qu'il est impossible de ne pas admettre que
ce soit le même peuple qui les ait édifiés tous.

Enfin, Prea-kêt-méaléa succède à Prea-thong, son grand-père, en
57 après J.-C. Cette fois, c'est Indra lui-même, l'auteur des jours du
jeune prince, qui ordonne à Visvacarma, l'architecte du ciel, de descendre sur cette terre, d'y prendre la forme humaine et enfin d'ériger un
superbe palais pour le nouveau roi du Cuch-thloc. Ce palais, suivant
une foule de légendes et la tradition orale, serait Angcor-vat, le plus
important et le plus parfait des monuments du pays. Les annales ajou-
tent que sous ce règne on construisit d'autres résidences et de nombreux bassins.

Ainsi donc, d'après cela, Angcor-vat aurait été commencé dans la
deuxième moitié de notre premier siècle ; et si l'on tient compte de sa
masse, de l'innombrable quantité de sculptures qui couvrent et ornent
cet édifice, de l'imposante avenue qui y conduit, des portes monumen-

---

[1] Nous ne prétendons pas dire que les Chams n'ont rien produit en fait d'œuvres d'art.
Nous verrons plus tard qu'ils ont élevé sur leur propre territoire des tours analogues aux
chedeys des Khmers.

tales de son immense enceinte et surtout de l'indolence traditionnelle et très réelle des Orientaux, on est malgré soi amené à retarder indéfiniment l'époque de sa complète édification, car on a signalé avec raison l'inachèvement de certaines parties. Le gros œuvre cependant dut être terminé vers la fin du premier siècle, et des générations d'artistes purent ensuite déployer leur zèle et leur talent sur ces immenses surfaces de grès poli. De nos jours encore les bonzes qui desservent ce temple antique, ne sachant manier ni le burin, ni le ciseau, passent quelquefois leur temps à graver sur les pierres restées libres, sur les fûts des colonnes surtout, des formules de prières.

Le bon état relatif de conservation d'Angcor-vat l'a fait supposer plus jeune que son âge ; mais comme nous avons vu dans les annales que ce fut dans ce Prea-sat que furent déposés, en 638 de notre ère, les livres sacrés apportés de Ceylan et que, depuis cette époque, ce temple a été l'objet d'une grande vénération dans le sud de l'Indo-Chine, qu'il était desservi par un nombreux clergé dont les membres se firent, bien plus que leurs confrères dégénérés de nos jours, un devoir, un scrupule, une gloire de le soigner, on sera moins surpris de le trouver debout aujourd'hui, tandis que ses contemporains et même de plus récents, qui étaient abandonnés depuis des siècles, se sont écroulés depuis plus ou moins d'années.

Le beau monument de Beng-méaléa, qui a tant de points de ressemblance avec Angcor-vat, a donné lieu à plusieurs légendes qui s'accordent à en faire un palais construit sous le règne de Prea-kêt-méaléa, c'est-à-dire dans l'espace compris entre l'année 57 de J.-C. et l'année 80 de la même ère, époque approximative de la mort de ce prince. C'était, disent les habitants de Siém-réap, la résidence habituelle de la princesse Beng, mère du roi Méaléa.

Le monument qui surmonte la colline de Phnom-crôm, au bord du lac Tonli-sap, porte aujourd'hui le nom de Prea-ket-méaléa et passe pour avoir été construit sous ce grand souverain.

Les plus anciens monuments contiennent des inscriptions plus ou moins bien conservées que les lettrés actuels savent à peine lire. Si l'on parvient jamais à les interpréter, on y trouvera sans nul doute des dates et peut-être aussi quelques renseignements historiques bien authentiques. En attendant que ce travail important soit fait, on nous saura gré de donner plus loin la traduction de quelques inscriptions de date plus récente que nous sommes parvenus, grâce à, bien des démarches, à faire traduire par un chef de bonzerie relativement érudit, et où nous avons trouvé l'âge exact des derniers monuments construits par les anciens Khmers. Ainsi d'après ces traductions : Athvéa, près Siém-réap, daterait du viii° siècle de notre ère ;

Basêt (province de Battambang), de 840 de J.-C.;

Vât-êc, même province, de 865 de J.-C.

Banân, même province, doit être de l'âge à peu près des deux précédents monuments, malgré son inscription qui porte la date de 1287, car cette inscription n'est pas autre chose qu'un ordre du roi Prea-cheychessda, dont le fils était à ce moment religieux dans ce temple, ordre réglant le service de garde de Banân et portant la défense aux autorités civiles locales de distraire les serviteurs des bonzes pour tout autre service que celui du culte.

Bachey-ba-ar, plus communément connu sous le nom de Phnombachey, sur la rive droite du Mécong, au-dessus de Phnom-penh, date de 945 de J.-C.

Enfin, Ta-prôm (de Bâti) date de 953 de J.-C.

Nous ne sommes pourtant pas assuré que cette dernière inscription corresponde au monument en pierre ; elle a été relevée sur une stèle qui se trouve sur une sorte de terrasse s'élevant hors de l'enceinte du grand monument ; il a pu y avoir là quelque autre temple de moindre importance dont il ne reste aujourd'hui, en tout cas, aucun vestige.

En résumé, nous pensons que les monuments les plus importants, les mieux conçus et les mieux exécutés sont les plus anciens, et qu'ils ont dû être construits dans l'espace de temps compris entre le ii° siècle avant J.-C. et le iii° siècle après. Les derniers coups de burin ont été donnés sur des constructions de beaucoup moins de valeur, dont nous venons d'indiquer l'âge à très peu près exact.

Après le x° siècle, il n'a été rien produit que des pyramides en briques, et en forme de cloche, qui ne peuvent supporter la comparaison avec les édifices plus anciens.

II

Nous n'avons pas la place nécessaire ici pour passer en revue tous les ornements dont les artistes khmers ont enrichi leurs édifices ; il faudrait pour cela un volume spécial, accompagné d'un album, qui pourraient bien avoir l'un et l'autre leur intérêt si quelqu'un de compétent y mettait la main. Nous nous bornerons à parler des motifs de décoration que nous croyons être, en même temps, des emblèmes politiques ou religieux et au sujet desquels nous fournirons des explications, dont nous nous servirons ensuite lorsque nous entreprendrons de rechercher l'idée religieuse qui a présidé à l'établissement de ces temples merveilleux.

Nous allons nous efforcer de procéder méthodiquement dans la reconnaissance des emblèmes religieux surtout, car c'est là que la confusion est complète, puisque l'on voit aujourd'hui rapprochées coude à coude, et réunies sous le même toit, des idoles représentant des divinités qui n'ont pas toujours été d'accord dans le ciel, et dont les luttes célestes ont eu fâcheusement sur la terre des contre-coups sanglants.

Dès que l'on arrive en présence d'un monument khmer, et que l'on s'engage dans l'avenue qui conduit au portique d'entrée, on remarque à droite et à gauche du chemin un certain nombre de Songs (lions), alternant assez souvent avec des statues de Preâ-pheâc-kénés (Ganesa), tous en pierre.

Ces lions rappellent, par leur posture, les sphinx qui gardent les portes d'entrée des temples égyptiens, ainsi que les abords des pyramides.

Le Song khmer n'a point de crinière ; il est représenté un peu trop ramassé sur lui-même pour être gracieux, et les artistes khmers ont à dessein exagéré ses formes musculaires pour lui donner toutes les apparences de la vigueur et de la force. Ce Song, enfin, est campé sur ses quatre pattes ; la tête et le cou, puissamment développés à la gorge, se relèvent brusquement et fièrement, la gueule est ouverte et laisse voir une denture effrayante, la queue repliée se développe à plat le long de l'épine dorsale, et son extrémité floconneuse vient s'appuyer sur le cou comme pour remplacer la crinière qui manque.

Les Khmers, comme les anciens chrétiens et voire même les païens, considéraient le lion comme l'image de la vigilance, et c'est pourquoi ils le représentaient les yeux ouverts, même lorsqu'il dormait. On le voyait à la porte des églises, comme nous le retrouvons encore au Cambodge, un de chaque côté de la porte d'entrée. Le catholicisme continua cet usage et certains actes, qui devaient être passés à la porte des églises, portaient simplement cette mention, qui suffisait à établir que la formalité avait été remplie : « donné, ou signé, entre les deux lions. »

Mais ce n'est pas seulement parce que le lion symbolisait la vigilance qu'il était, au Cambodge, représenté les yeux toujours ouverts ; c'est qu'il était aussi considéré comme un animal sacré, une sorte de divinité secondaire, et qu'à ce titre il avait droit, comme tous les dieux grands et petits, à ne pas être confondu avec les simples mortels dont la plupart des facultés et des sens cessent de fonctionner pendant le sommeil.

On sait que le lion était un des quatre animaux symboliques de l'Apocalypse et qu'il était l'attribut caractéristique de saint Marc. Au Cambodge, il joue parfois un rôle analogue et on l'aperçoit sur les bas-reliefs des temples antiques couché aux pieds de la déesse Kali, l'épouse de Siva. Dans d'autres sujets, il sert de monture à la même déesse considérée comme souveraine de la terre, et portant alors le nom de Prea-thorni (Prithivi).

Sur les bas-reliefs représentant des batailles, on figure les Songs traînant les chars des princes et des rois.

Le Song est quelquefois employé sous forme de cariatide. Sur certains frontons et entablements, on peut voir aussi un monstre ayant le corps d'un homme et la tête d'un lion se précipiter sur un prince et le mettre en pièces. Nous n'avons pas besoin d'ajouter qu'il s'agit ici du quatrième avatar de Vichnou.

Mais quel que soit le rôle assigné aux Songs dans la décoration des édifices, les artistes khmers ont toujours eu soin de le couvrir de riches ornements.

Les types anciens des Songs dénotent une origine indoue, mais ceux que l'on rencontre en avant des pagodes modernes sont incontestablement chinois et sont dus, pour la plupart, au ciseau de quelques gâcheurs du Céleste Empire établis dans le pays.

Prea-phéac-kénés (Ganésa), fils de Siva et de Parvati, la déesse des montagnes, est le compagnon des Songs dans la garde des temples antiques, parce qu'il était considéré comme un dieu ayant le pouvoir d'écarter les obstacles. Il est représenté avec le corps d'un homme trapu et ventru ayant les oreilles, la trompe et les défenses d'un éléphant. Il est coiffé d'une tiare à trois étages, assez semblable à celle du Saint-Père, terminée aussi par une boule, mais sans la croix.

Préa-phéac-kénés est ordinairement figuré sans attributs dans les mains, mais nous l'avons plus d'une fois remarqué tenant, appuyée sur sa poitrine, une crosse dont le bout recourbé était tourné en dehors, ce qui devait être le signe, comme dans le catholicisme, d'un pouvoir spirituel très étendu.

Ce dieu était regardé autrefois comme le type de la prudence et de la sagesse symbolisées par son masque d'éléphant, et il était, en cette qualité, presque aussi honoré que son père Siva. Il va sans dire que les ministres du Buddha n'admettent pas l'idole monstrueuse de cette divinité dans leurs pagodes, mais le peuple, qui se débarrasse difficilement de ses anciennes croyances, a élevé Ganésa au rang des plus puissants et des plus bienveillants des Néac-ta, et c'est surtout lui que l'on va invoquer au début d'une entreprise difficile, afin d'en retirer les bonnes inspirations qu'on est en droit d'attendre de la protection d'un génie tout particulièrement composé de prudence, de science et de sagesse.

L'anneau enrichi d'une forte pierre précieuse que souvent Ganésa porte au doigt, est sans doute le symbole de la haute dignité que ce dieu occupait dans le panthéon brahmanique.

Les premiers sujets décoratifs qui se montrent après les gardiens divins, dont nous venons de parler, sont de longues et majestueuses balustrades en pierre formées d'un énorme serpent polycéphale dont le corps développé, sur une grande étendue parfois, est supporté de distance en distance par des balustres de forme généralement cubique et très sculptés. La tête du monstre se redresse menaçante de chaque côté du pont, de la chaussée ou du perron dont il est censé protéger l'accès. L'autre extrémité, s'écartant tout à coup de la ligne droite et horizontale de la rampe, se redresse à son tour pour prendre la forme ordinaire de la queue d'un serpent en mouvement.

Ce motif de décoration est reproduit autour des bassins, des terrasses, des belvéders, et constitue des bordures originales, gracieuses et imposantes.

Si l'on porte ses regards sur les toitures bombées qui recouvrent les galeries, on aperçoit le serpent rampant le long des faîtes et montrant au bord des toits sa gueule béante, comme les gargouilles de pierre que l'on remarque en France sur les édifices du moyen âge.

Dans l'intérieur des monuments, le serpent apparaît sur tous les dessins, et l'on est forcé de convenir que les artistes khmers ont su profiter des avantages que leur offrait le corps flexible de cette bête repoussante, et qu'ils lui ont fait prendre toutes les positions et toutes les formes appropriées aux exigences de l'ornementation. Ainsi, on voit le Naga tantôt replié, ou, pour parler plus rigoureusement, lové sur lui-même plusieurs fois, composer de ses anneaux un siège moelleux pour le Buddha et plus rarement pour quelque divinité brahmanique. Dans les deux cas, les sept gueules du monstre relevées en arrière, et déployées en éventail, forment autour de la tête de l'idole une sorte de nimbe. Ailleurs, réunis deux à deux par l'extrémité de leur queue, ces longs serpents forment des ogives tourmentées encadrant des avatars de Vichnou, de Siva, ou quelque autre sujet important. Ici, c'est un serpent qui se mord la queue dont on a fait une des figures de l'éternité et qui sert de cadre à un sujet quelconque ; ailleurs, c'est le serpent à mille têtes, *Ananta*, autre image de l'éternité, qui est représenté flottant sur l'Océan et portant le dieu Vichnou, ainsi que son épouse, Lakchmi, assise à ses pieds ; au-dessus de ces deux personnages célestes, l'on aperçoit Brahma, le créateur, debout sur une fleur de lotus épanouie et dont la tige sort du nombril de Vichnou. Sur d'autres points, c'est un autre parti que l'on a tiré de ce motif de décoration, et nous n'en finirions pas si nous voulions énumérer toutes les applications qu'on en a fait.

Cet animal fabuleux porte au Cambodge le nom de Néac; on l'appelle en pâli Khmer Néakéa, en sanscrit Naga et en hébreu Nachas. Nous allons faire connaître cette bête extraordinaire qui joue un si grand rôle dans l'architecture indo-chinoise. Les orientalistes trouveront les détails qui vont suivre superflus, mais ce n'est évidemment pas pour eux que nous les écrivons ici.

Selon le système cosmogonique des brahmes indous, le souverain Maître, après avoir reconstitué l'univers sortant d'une dissolution complète, et voulant donner naissance au genre humain, produisit d'abord dix Maharchis ou saints éminents. Ces êtres tout-puissants créèrent les Dévas, dieux ou génies dont le chef est Indra, le roi du ciel, et enfin sept Manous, personnages qui ont successivement gouverné le monde jusqu'à l'époque actuelle qui voit le règne du septième Manou.

Les Maharchis engendrèrent ensuite des êtres inférieurs, mais puissants encore, dont les noms suivent : les Yakchas (gnomes), les Rakchasas (géants), les Pisâtchas (vampires), les Gandharbas (musiciens célestes), les Apsaras (nymphes), les Asouras (titans), les Nagas (dragons), les Sarpas (serpents), les Souparnas (oiseaux divins), et enfin les différentes tribus des Pitris (ancêtres divins).

Nous trouverons les figures de tous ces génies, bons ou mauvais, en passant l'inspection des bas-reliefs et des divers parties de l'architecture khmer. Nous ne nous occuperons, pour le moment, que des Nagas.

Les Indous considèrent les Nagas comme des demi-dieux peuplant les régions infernales ; ils les représentent sous la forme d'un serpent à gorge très développée et souvent avec une face humaine.

Les Khmers actuels, qui attribuent aux Néacs le pouvoir de prendre la forme qui leur convient, admettent toutes les transformations que les peuples voisins leur ont fait subir, mais ils se les figurent de forme naturelle et semblables aux innombrables serpents qui rampent dans leurs rizières et dans leurs forêts, ce qui n'a pas empêché leurs anciens artistes de faire au Naga plusieurs têtes et de lui donner des proportions colossales. Le nombre de têtes est généralement de sept pour un même corps, et il n'est pas rare qu'elles soient couronnées.

Au Cambodge, le Néac porte quelquefois, sur le sommet de la tête, une saillie que l'on peut prendre indifféremment pour une crête ou pour une petite corne. Le dragon des Chinois, qui correspond au Néac des Khmers, a deux cornes parfaitement accusées. Ces deux peuples se figurent que le dragon habite sous les eaux, c'est-à-dire le point de l'univers où les Indous placent les régions infernales qui servent de demeure à leurs Nagas.

Ces diverses considérations nous amènent à faire des rapprochements entre le serpent fabuleux des Orientaux et l'animal dont parle saint Jean dans les chapitres XII et XIII de son Apocalypse : « Un prodige, dit-il, parut dans le ciel ; c'était un grand dragon roux qui avait sept têtes ; et ce dragon, cet ancien serpent, appelé diable et Satan, qui séduit tout le monde, fut précipité en terre et ses anges avec lui. »

« Alors, le serpent jeta de sa gueule, après la femme, comme un fleuve pour la submerger dans ses eaux ; mais la terre aida la femme, elle ouvrit la bouche et engloutit le fleuve que le dragon avait vomi. »

On lit plus loin :

« Et je vis s'élever de la mer une bête qui avait sept têtes et dix cornes... »

Le serpent était redouté par tous les peuples de l'antiquité qui lui rendirent un culte plus ou moins somptueux. Sans parler des habitants de l'Inde et de l'Indo-Chine qui, comme nous l'avons dit, ont pour habitude d'honorer tout être ayant le pouvoir de faire à son gré du bien ou du mal, et qui ont eu de tout temps une certaine dévotion pour le serpent, on peut citer les Hébreux et les Perses qui lui vouèrent aussi un culte superstitieux. Les Babyloniens, du temps de Daniel, adoraient un dragon que ce prophète fit mourir. A Épidaure, on rendait un culte éclatant au serpent. Les Égyptiens représentaient quelquefois leurs dieux avec des corps de serpent; ils les honoraient et en décoraient les chars de Cérès et de Proserpine. A Thèbes, c'était un animal consacré à Jupiter. Les mythographes de l'Occident ont présenté le dragon comme un animal doué d'une grande force physique, avec des griffes de lion, ce qui était un signe de royauté, les ailes d'un aigle et le reste du corps d'un serpent. Après eux, le christianisme personnifia en lui la puissance et la perversité du démon.

On ne peut douter que la plupart des anciens peuples occidentaux aient voulu, sous le nom de serpent, désigner le démon, qui, sous l'enveloppe d'un reptile, pouvant se transfigurer à volonté, opéra sur la terre les séductions les plus regrettables. Mais il semble que dans la société brahmanique indoue les Nagas ne furent pas précisément classés parmi les mauvais génies : c'étaient des êtres puissants et très redoutables pour leurs ennemis, mais qui étaient, d'un autre côté, très susceptibles de s'employer à faire le bien et à devenir des génies tutélaires.

Les anciens Khmers distinguaient également deux sortes de Nagas ; les uns bons, c'étaient ceux dits *des eaux*, et les autres méchants habitant à terre. Sur plusieurs monuments et notamment sur les temples sûrement brahmaniques de Phnom-chiso et de Tamau, nous avons constaté la présence d'énormes serpents de pierre avalant de tout petits serpents qui ne sont pas, comme on sait, les moins venimeux. Là du moins l'artiste a fait du gros serpent, le Naga-Naga, l'image du bien et du petit l'image du mal.

Les serpents, dont les Indo-Chinois ont très peur, portent au Cambodge le nom de Pos ou Sapos, et en pâli-cambodgien celui de Sarpac. Il est évident que c'est la même bête dont il est question dans la création des Maharchis, qui est connue dans l'Inde sous le nom de Sarpas et dont les écritures font des serpents d'un ordre inférieur aux Nagas.

Les buddhistes de l'Inde et de l'Indo-Chine reconnaissent, de leur côté, deux espèces de Nagas : ceux des eaux qui furent convertis par Sakia-Muni et qui passent depuis pour des sortes de génies favorables à l'homme, et les serpents terrestres qui n'embrassèrent pas la religion du Buddha et que l'on considère comme des animaux immondes, perfides et méchants.

Ainsi que nous l'avons dit ailleurs, il est présumable que les Aryens, qui furent les premiers conquérants et civilisateurs de l'Inde, désignèrent sous le nom de Nagas les aborigènes alors sauvages et peut-être voués au culte du serpent, qu'ils eurent beaucoup de peine à soumettre d'abord et à accoutumer ensuite à leur constitution civile et religieuse. Les Nagas des eaux étaient vraisemblablement les pêcheurs du littoral, les riverains des grands fleuves et les populations lacustres du Kachemire et des autres contrées marécageuses, qui vivaient bien plus sur l'eau que sur terre, tandis que les autres Nagas devaient être les montagnards toujours plus ombrageux, plus rebelles à toute civilisation, et qui ont conservé d'ailleurs jusqu'à nos jours à peu près toute leur indépendance, leurs coutumes, leur ignorance et enfin leurs instincts sauvages d'autrefois.

Nous n'avons pas besoin de rappeler que les Nagas, alliés aux indigènes de Langca (Ceylan), opposèrent une vive résistance à l'invasion brahmanique personnifiée dans Rama, une des incarnations de Vichnou.

Les populations côtières et celles des plaines riches et cultivées, qui se trouvèrent davantage exposées à la fréquentation des conquérants, adoptèrent ou subirent leur loi qui, grâce au système des castes qu'ils avaient importé, condamnait les vaincus à une infériorité perpétuelle. Il n'est pas surprenant que ceux-ci aient embrassé plus tard avec ardeur la doctrine égalitaire du Buddha qui tendait à les affranchir.

Mais les rampes monumentales dont nous avons parlé ne sont pas partout supportées par de simples dés ; dans les principaux monuments, ces dés étaient remplacés par de colossales statues solidement assises, supportant sur leurs genoux et maintenant de leurs bras puissants le corps d'un Néac monstrueux et gigantesque. Certaines de ces statues se présentent avec des visages hideux, diaboliques ; d'autres ont une mine rébarbative et menaçante ; on en voit qui sourient avec bonté, et enfin celles de la porte des morts d'Angcor-thom, dont les traits sont empreints de tristesse, ont une contenance grave, comme il convient à des personnages qui ont passé des siècles à voir brûler ou porter en terre des cadavres, et qui ne cessent de méditer sur la fragilité de la vie humaine et sur les misères d'ici-bas.

Les Khmers modernes désignent toutes ces statues sous le nom de Yeac ; ce sont les Yakchas des Indous, sortes de demi-dieux, serviteurs de Couvéra, le dieu des richesses. Mais il y a sûrement aussi parmi les colosses cariatides d'Angcor-thom des Rakchasas, dont le chef Ravana est très reconnaissable à sa haute stature et à sa tête aux dix visages. Les Khmers se figurent que Ravana, qu'ils appellent Réap, était roi des Yeacs, ce qui est vrai, en effet, puisque les Yakchas habitaient Ceylan, dont Ravana était le souverain ; mais il est admis que ce prince était de la race des Rakchasas.

On retrouve donc là tous les défenseurs de la fameuse place de Langca assiégée par Rama. Les serpents à têtes multiples qui sont dans les mains des colosses d'Angcor-thom ne sont autres que les Nagas qui prirent parti pour les Yakchas, les Asouras et les Rakchasas coalisés et retirés dans la grande île de Ceylan, dont ils avaient fait un rempart contre le courant civilisateur qui avait déjà envahi tout le continent. On sait les services rendus par les Nagas dans ce fameux siège : lorsqu'ils virent que les efforts de la résistance devenaient impuissants, ils se transformèrent en serpents venimeux de la longueur des flèches du carquois du prince Indragit, fils de Ravana. Celui-ci, grâce à ce nouvel armement, fit de tels ravages dans les rangs de l'armée assiégeante que la victoire faillit rester au Langcanais.

Cette forteresse de Langca, qui n'a sans doute jamais existé, telle au moins qu'on la dépeint, que dans l'imagination féconde des poètes indous, a pourtant servi de type aux ouvrages de ce genre que les souverains asiatiques eurent à élever plus tard pour mettre à l'abri des entreprises de leurs ennemis leur pouvoir, leurs richesses et eux-mêmes. C'est pourquoi nous trouvons aux portes d'Angcor-thom des défenseurs dont la présence à ce poste ne permet pas de douter que l'on est en face d'une fortification classique de premier ordre. Les Yakchas surtout sont là bien à leur place, puisque la tradition les fait les gardiens des trésors de Couvéra, dieu des richesses et ancien roi de Ceylan, dont il fut expulsé par son frère Ravana.

Les Nagas jouèrent bien souvent, eux aussi, le rôle de protecteurs vigilants ; et ce n'est pas seulement en Asie qu'on les voit prendre ou accepter ces fonctions, mais aussi chez les Grecs qui firent du serpent polycéphale le gardien du jardin des Hespérides, qui renfermait de grands trésors. A Angcor-thom, aussi bien qu'à Langca, dont les chemins étaient couverts de poudre d'or, et chez les Hespérides, les Néacs protégeaient des richesses, s'il faut en croire un proverbe très ancien qui dit : « Riche comme le Tchinla (ancien Cambodge). »

D'après ce que nous venons de voir, il est permis de présumer que ces colosses, ces géants, de races différentes puisqu'on ne les désigne pas par le même nom, et dont les poètes indous font les ennemis des brahmes et des dieux, étaient les chefs du pays qui luttaient contre cette invasion d'étrangers qui leur apportaient, il est vrai, un code de lois sages qu'ils n'avaient pas, et une morale religieuse meilleure que celle qu'ils s'étaient faite, mais qui traînaient aussi après eux des chaînes dont ils chargeaient les vaincus, et que ceux-ci trouvaient trop lourdes pour eux.

Les poètes, et surtout les brahmes, afin d'exalter le mérite et les services des premiers prédicateurs de leur foi dans l'Inde, grossirent à dessein les dangers auxquels ils furent exposés, et les représentèrent comme étant sans cesse en lutte avec des hommes d'une puissance et d'une taille extraordinaires.

Le plan des terrasses, des belvéders, des portiques et des sanctuaires des temples khmers figure tantôt une croix latine et tantôt une croix grecque. Nous croyons que ce symbole religieux, que l'on rencontre si souvent dans l'architecture khmer, est d'origine indoue et brahmanique, et qu'enfin les buddhistes l'empruntèrent aux brahmes, ainsi que sans doute les chrétiens.

En approchant des portes d'entrée d'Angcor-thom, l'attention se porte d'abord sur une série d'énormes éléphants tricéphales, dont on n'aperçoit que les têtes, le large poitrail et les pattes de devant. Le reste du corps des colosses est noyé dans la maçonnerie des portiques dont ils semblent supporter tout le poids. Les pattes et les trompes, appuyées solidement sur le sol, agissent comme des colonnes de soutien. C'est là, sans contredit, une décoration grandiose et originale, et chaque fois que l'on voit l'éléphant à trois têtes dans le décor des édifices khmers, on peut être assuré qu'il s'agit de Ayravan (Ayraval), la monture d'Indra, le dieu des nuages et du ciel Swarga, car le Tchaddenta, en cambodgien Chat-tân, qui selon les livres sacrés des buddhistes indiens était également un éléphant sacré à trois têtes, sous la forme duquel le Boddhisatwa (futur Buddha) s'incarna dans le sein de Maya, sa mère, est représenté au Cambodge avec une seule tête, et nous pouvons affirmer en avoir vu, dans certaines cérémonies, de petits modèles qui tous étaient monocéphales.

Garuda, créé par les Maharchis pour être le chef des Souparnas, fut remarqué par Vichnou qui en fit sa monture, et il faut voir sans doute dans ce choix une des principales causes de la grande vénération des Indous et des Indo-Chinois pour cet oiseau. On voit quelquefois ces gigantesques Souparnas adossés aux murailles d'enceinte ou des sanctuaires en manière de contreforts.

Le mystère de la trimourti brahmanique est symbolisé au Cambodge par des langues de feu, ainsi que par d'autres emblèmes se reproduisant par nombre de trois, et surtout par trois tours rapprochées sur une même ligne droite. Dans ce groupement, la tour intermédiaire était consacrée à Brahma et les voisines aux deux autres membres de la sainte trinité. Dans les grands édifices, les tours dédiées à Brahma portent à la base les quatre grandes faces du dieu, orientées vers les quatre points cardinaux, et sa tête est coiffée d'une immense tiare à trois pointes figurant des tours, dont celle du milieu est toujours la plus haute et dont l'ensemble constitue lui-même un symbolisme.

Mais sur les grandes portes d'enceinte d'Angcor-thom spécialement, nous pensons que cette quadruple face devait avoir une signification politique plutôt que religieuse. Nous lisons, en effet, dans Manou, livre VIII, st. 11, que le Brahma à quatre faces était un des symboles de la justice; que les rois de l'Inde confiaient le jugement de certaines affaires à un tribunal supérieur composé de quatre brahmes versés dans les lois et les usages, et que cette assemblée s'appelait « la Cour de Brahma à quatre faces. » Or, comme l'administration de la justice est un des plus hauts attributs de la souveraineté, il n'est pas surprenant qu'on en ait répandu l'image symbolique à l'entrée des résidences royales, et principalement aux portes de la capitale.

On remarquera en passant l'analogie frappante qui existe entre Brahma et Jupiter, que les Grecs et les Romains appelaient « Dieu le Père, » et qui était considéré par eux comme l'ancêtre des dieux et des hommes, ce qui correspond exactement au mot Ta ou Néac-ta qui précède toujours en cambodgien le nom de Brahma. Jupiter avait pour frère Neptune, le dieu de la mer, et Pluton qui eut le gouvernement des enfers. Or, on sait que Brahma avait également deux frères pourvus d'attributions analogues : Vichnou ou Narayana (l'esprit voguant sur les eaux), et Siva qui commandait aux enfers, aux démons. Pour compléter l'assimilation, les Lacédémoniens représentèrent Jupiter avec quatre visages, et ils sculptèrent des idoles de ce dieu absolument semblables à celle de Brahma que l'on trouve partout dans l'Inde et l'Indo-Chine.

Les tours construites par les anciens Khmers affectent géométriquement la forme cylindro-conique ; certaines, un peu plus ramassées, figurent un demi-œuf, tandis que d'autres rappellent le bouton de la fleur du lotus, la plante sacrée. Or, on sait que les Indiens pratiquèrent le dogme cosmogonique qui consiste à considérer l'œuf comme le principe de tous les êtres et que nous pouvons, par suite, considérer ces tours de forme ovoïde comme des symboles de la création, d'autant plus que, si l'on en croit la tradition, ces tours étaient autrefois dorées au Cambodge et terminées au sommet par une image de Brahma. « Le dieu unique, éternel, incréé, Brahme ou Paramâtmâ (la grande âme), ayant résolu de faire émaner de sa substance les diverses créatures, produisit d'abord les eaux, dans lesquelles il déposa un germe qui devint « un œuf bril- « lant comme l'or » et dans lequel l'être suprême naquit lui-même sous la forme de Brahma, l'aïeul de tous les êtres. » (Manou, liv. 1er.)

Quant à la fleur du lotus, qui est l'emblème le plus répandu sur les sculptures khmers, elle représentait symboliquement le continent. Les quatre divisions du calice de la fleur indiquaient les quatre péninsules primitives, dirigées vers les quatre points cardinaux, et le segment du sud désignait spécialement l'Inde.

Les tours dont nous venons de nous entretenir figurent extérieurement trois, cinq et quelquefois sept couronnes ou renflements étagés et décroissants de la base au sommet. Le Prea-khlas, qui surmonte le trône du roi du Cambodge, est formé de sept parasols montés sur le même manche, et dont la grandeur va en diminuant à mesure qu'ils s'élèvent ; celui de l'obbarach, premier prince du sang, en a cinq, et celui de la reine mère trois. Enfin, comme le monde des chrétiens, Angcor-thom a été construit en sept jours.

Remarquons d'abord que ces nombres sont tous impairs, les pairs étant considérés par les Indo-Chinois comme malheureux ; ensuite, nous devons conclure de l'emploi fréquent que les Khmers ont fait des nombres trois, cinq et sept dans leur architecture, leurs cérémonies et leurs usages domestiques, qu'ils jouissaient parmi eux d'une haute estime. Le nombre sept était spécialement considéré par les Babyloniens, par les Hébreux, par les païens eux-mêmes, qui, dans leurs sacrifices, immolaient les victimes par groupe de sept, etc.

Cette haute perfection reconnue au nombre sept par les peuples anciens était due, vraisemblablement, aux sept astres principaux qui se partageaient l'adoration des peuples de l'Asie.

Le nombre cinq représentait les principaux éléments : l'éther, l'air, la lumière, l'eau et le feu.

Le nombre trois rappelait aux fidèles le mystère de la trinité brahmanique.

Les dômes sont presque tous découronnés aujourd'hui ; mais nous pouvons indiquer plusieurs des sujets qui les terminaient en nous basant sur la tradition, sur le souvenir de ceux que nous avons trouvés encore intacts, et sur les vestiges de ce genre d'ornementation que nous avons remarqués parmi les décombres des monuments écroulés. Ainsi, les tours qui étaient consacrées à Brahma étaient, comme nous l'avons dit, terminées par une fleur de lotus, de laquelle on voyait sortir la tête du dieu créateur. Les tours des portiques d'enceinte d'Angcor-thom étaient sûrement terminées ainsi, et l'on en a pour preuve la relation de l'officier chinois qui visita le pays au XIIIᵉ siècle de notre ère. Les tours de Phnom-chiso étaient terminées par un vase renfermant une sphère portant une flèche en métal ou en pierre, qui n'existe plus aujourd'hui, mais les boules conservent toujours le trou profond et carré dans lequel la base de la flèche s'encastrait. Ce sujet est tiré, pensons-nous, d'un avatar de Siva, Vira-bhadra, que l'on trouve sur les bas-reliefs de ce monument tenant dans l'une de ses mains un vase renfermant une sphère. Souvent le couronnement des tours est simplement une fleur de lotus épanouie de laquelle sort un bouton de la même plante ; c'est quelquefois une feuille de banian, encore un arbre sacré, ou une colonnette taillée en forme de cierge flambant, et nous pensons que ces dernières devaient être consacrées à Aki (Agni), le dieu du feu, ou peut-être à Siva, qui représentait cet élément dans la sainte triade.

Presque tous ces sujets emblématiques employés dans l'ornementation des tours ont été renversés par la végétation, la foudre ou l'affaissement des parties basses. Certains buddhistes fervents sont convaincus que, comme ces objets représentaient de faux dieux, ils ont dû être précipités en bas de leurs sièges par une force supérieure et invisible, absolument comme les idoles qui dominaient les tours de l'Égypte païenne, qui perdirent brusquement l'équilibre à la vue de la sainte famille que saint Joseph, sur l'ordre de Dieu, conduisait sur la terre étrangère.

Les motifs des bas-reliefs des galeries sont généralement empruntés aux grands poèmes épiques de l'Inde, le Ramayana et le Mahabhârata. Les souverains sont souvent représentés, eux, en lutte les uns contre les autres avec d'innombrables armées ; ou bien, on les voit dans les forêts se livrant aux joies champêtres entourés de bataillons de jeunes femmes. Ailleurs, ce sont les supplices atroces de l'enfer en face des délices des paradis brahmaniques.

Les sanctuaires sont gardés par des Phis, que les Cambodgiens appellent Khieu-kang et en langage vulgaire Neac-cham-thvéa (un gardien de porte), et qui se tiennent en avant des perrons une massue dans les mains. A Phnom-chiso, ces Phis sont sculptés en haut-relief sur les battants des portes restées là exceptionnellement en place ; ils sont figurés debout, les pieds sur un gros rat, connu dans l'Inde sous le nom de Mouchagam. Sur les bas-reliefs extérieurs des portiques, et quelquefois sur les murs latéraux des passages, ces gardiens célestes sont représentés debout, chaque pied sur la tête d'un oiseau divin, qui prennent eux-mêmes une attitude menaçante. Enfin, nous avons vu souvent ces gardiens montés directement sur Rahou, la tête du célèbre dragon.

Sur les entablements et les frontons, les sujets les plus souvent reproduits sont : le dieu Indra assis sur Ayravat ; les différentes incarnations de Vichnou et de Siva ; le barattement de la mer ; des gandharbas (musiciens célestes) jouant d'une sorte de mandoline à une corde pour appeler et charmer les fidèles.

Les murailles extérieures des sanctuaires sont couvertes de riches sculptures spécialement soignées où sont figurées, dans leurs plus beaux atours, les notabilités de l'olympe brahmanique encadrées d'arabesques, de fleurs de lotus et d'autres plantes sacrées. Sur les pieds droits des portiques, on voit, de grandeur presque naturelle, de belles images de Srey ou Leacmi (en sanscrit Sri ou Lakchmi), l'épouse de Vichnou et déesse de l'abondance, de la prospérité, de la fortune. Souvent, les Khmers désignent Lakchmi par ces mots : Srey-crup-leac (la femme accomplie et fortunée), car le premier nom, Srey, de cette déesse, sert à désigner la femme en général dans le langage actuel des Cambodgiens.

Les images des autres personnages divins qui parent les murs des sanctuaires, sont : Les Dontrey (Gandharbas), musiciens du ciel d'Indra ;

les Kenâras (Kinnaras), autres musiciens du Keylasa ou paradis de Siva ;
les Achharas (Apsaras), courtisanes ou bayadères du ciel d'Indra, que
les poètes indous font sortir de l'Océan en même temps que l'ambroisie.
Sur les sculptures, ces danseuses célestes sont couvertes de bijoux
et leur costume ne diffère guère de celui que portent de nos jours
les Lakons du roi du Cambodge. Ces dames dansant devant les dieux
s'appliquent à prendre les poses chorégraphiques les plus gracieuses.
Enfin, on reconnaît parmi cette légion de jolies femmes l'épouse
de Brahma, Saravodey (Saraswati), la déesse de l'éloquence, des arts
et de la musique.

Prea-réam (Rama) et Prea-crit (Crichna), les célèbres héros du
Ramayana et du Mahabhârata, ont aussi leur place sur les frontons
et les bas-reliefs des longues galeries des temples et des anciens palais.
On sait que la jeunesse de Crichna fut des plus orageuses et qu'il fut
élevé par un berger, qui parvint à le soustraire aux recherches et aux
cruautés d'un tyran qui avait usurpé le trône auquel le jeune prince
avait droit. Les récits des mésaventures de Prea-crit attendrissent encore
les Indo-Chinois et les poètes khmers modernes cherchent, dans les épisodes de la vie de ce prince déifié, des sujets pour leurs compositions.

Le nombre de statues, de statuettes, en pierre, en métal ou en bois,
qui subsistent encore, est incalculable. Celles qui représentaient des
divinités brahmaniques ont été plus ou moins mutilées, et on les rencontre aujourd'hui reléguées et entassées dans les parcs, les cours et les
lieux obscurs des galeries. Seule, l'idole du Buddha trône entière
dans quelques sanctuaires antiques non encore ruinés.

Parmi les images des divinités brahmaniques les plus reconnaissables
par leurs formes physiques et par leurs attributs, nous citerons :

Ta-prom (l'ancêtre divin Brahma), ou Prea-prom (1) (le dieu
Brahma), qui est le plus souvent représenté avec quatre visages. Nous
avons indiqué les points de ressemblance entre Brahma et Jupiter, et l'on
pourrait bien trouver aussi certaine identité entre l' « ancêtre divin » des
Khmers et « Abraham, » le patriarche hébreu, surnommé le père des
croyants, comme Ta-prom était l'aïeul de toutes les créatures. Brahma
fut un dieu créateur et la Bible nous enseigne que le Dieu des chrétiens
députa Abraham pour peupler la terre de Chanaan.

---

[1] Brahma est connu dans certaines contrées de l'Inde sous le nom de Proumé, dont les
Khmers ont tiré le mot Prom, qui se prononce Proum.

Prea-noreay (Narayana ou Vichnou), cet autre membre de la triade indoue, semble avoir été autrefois en Indo-Chine l'objet d'un culte spécial très répandu. On rencontre son image profondément sculptée sur les murs des anciens temples, et l'on peut voir de nombreuses et belles statues de ce dieu très reconnaissable à ses quatre bras. Malheureusement ces idoles, qui étaient d'ordinaire de très fort modèle, furent toutes mutilées lorsqu'on les descendit de leurs autels et qu'on les porta hors des sanctuaires. Les petites statues de Narayana ont pu seules conserver leurs bras et leurs mains qui tiennent les attributs du dieu, c'est-à-dire la conque marine, le livre de la loi, un chapelet et une fleur de lotus. Quelquefois les attributs changent et c'est alors généralement la massue, le disque tranchant (câng-chac), une coupe et enfin une fleur de lotus. Assez souvent, une des mains de Prea-noreay est libre et ouverte de manière à montrer, gravé sur la paume, le câng-chac (chacara) sorte de disque ou de roue symbolisant l'extrême puissance.

Prea-iso (Isoara ou Siva), la troisième personne de la trimourti, était le plus adoré des trois dieux, parce que, sans doute, il était le plus craint. C'est surtout sous le nom et le rôle d'Isoara que ce dieu est connu aujourd'hui au Cambodge, et l'on sait qu'alors c'est un génie de fécondité et de jouissance. Mais il a dû être vénéré anciennement sous tous ses attributs, car on retrouve des idoles de ce dieu portant trois yeux ; il prenait alors le titre de Roudra et le rôle d'un dieu cruel. Lorsque Siva est représenté avec un grand nombre de bras, les Khmers l'appellent Neâc-ta-moha-réach (le Neâc-ta grand roi) et il est dans ce cas considéré comme le souverain maître de la terre, dont les principaux attributs sont : la hache, la bêche, le trident, une conque marine, un tambour....

Sur les petits modèles, Siva est parfois monté sur le bœuf Nandi, sorte d'animal sacré préposé à la garde des portes du Keylasa, ou paradis de Siva. D'autres fois, ce dieu s'identifie avec sa monture et on le figure sous les traits d'un ermite monstrueux ayant le corps d'un homme et la tête d'un taureau. Ce personnage divin porte dans l'Inde le nom de Adikaranandi, mot qui peut être décomposé ainsi : Adikaran (chef suprême) et Nandi (le bœuf sacré). Cela nous rappelle les dieux Thartac et Anubis des Samaritains, dont l'un avait la tête d'un âne et l'autre d'un chien[1].

---

[1] Rappelons que, de même que Siva dans l'Inde et l'Indo-Chine, Osiris fut adoré par les Egyptiens sous la forme d'un bœuf et sous celle du phallus ou lingam.

De même que dans l'Inde, la dévotion des Khmers semble s'être surtout portée sur les deux dernières personnes de la trimourti, et les Préams ou Bakus, qui sont les derniers représentants au Cambodge de la caste sacerdotale des brahmes, assurent que la dévotion à Brahma n'est pas de rigueur, tandis que elle est obligatoire pour Vichnou et Siva.

Après les images de ces trois grands dieux, ou de ces manifestations supérieures de l'être suprême, Brahma, viennent les idoles des innombrables divinités inférieures dont quelques-unes sont très remarquables et encore très vénérées. Parmi celles-ci, nous citerons :

Prea-pheac-kénés (Ganésa), que nous connaissons déjà et l'oiseau Crut (Garuda), le roi des oiseaux du ciel qui dévoraient les serpents. Ne reconnaît-on pas dans ces Souparnas, ou oiseaux célestes, les mêmes animaux dont parle saint Jean dans un passage du chap. XIX de l'Apocalypse, ainsi conçu : « Les méchants de la terre dévorés par les oiseaux du ciel?... »

Garuda était révéré dans l'extrême Orient pour des motifs analogues à ceux qui poussèrent les Egyptiens à classer l'ibis, qui se nourrit de rats, de lézards, de crapauds et de serpents, parmi les animaux sacrés.

Mais ce ne sont pas là les seules idoles capables de piquer l'attention des voyageurs, et nous en avons rencontré d'autres plus difficiles à reconnaître et à interpréter, mais qu'il y aurait intérêt à étudier avec soin.

Nous ne pouvons finir ce dénombrement de personnes divines sans parler de la fameuse Kaley (Kali), l'épouse de Siva, dont le culte fut très en honneur dans le sud de l'Indo-Chine, à en juger par le nombre de monuments qui furent consacrés à cette déesse, que les Khmers spécialement paraissent avoir adorée sous tous ses attributs. Kali, en sanscrit, veut dire « noire » ; aussi les Indous la désignaient-ils souvent par la simple épithète de « négresse » et, à leur exemple, les Cambodgiens l'appelaient Néang-khmau (la dame noire). Cette particularité nous amène à faire entre Kali et la mère du Christ un rapprochement que l'on nous permettra, puisqu'il ne portera que sur la couleur de la peau de l'une et de l'autre. On sait que la vierge des chrétiens est représentée sous la couleur noire dans plusieurs images miraculeuses ; et pour qu'il n'y ait point de doute sur la couleur de son teint, on lui fait dire, à elle-même, dans un verset mystérieux du Cantique des cantiques : « Je suis noire, mais belle. »

On peut voir des statues représentant la sainte Vierge sous les traits et le teint d'une négresse dans une foule d'endroits : à Notre-Dame du Puy-en-Velay, à Notre-Dame de Marseille, dans l'église de la Daurade à Toulouse, etc. Celle-ci a été couronnée sous le pontificat de Pie IX, en 1874.

Observons que les pèlerinages qui se font dans ces divers endroits remontent à la plus haute antiquité et que en France, pas plus que dans l'Inde, on n'a encore donné aucune bonne raison pour expliquer la couleur foncée de la peau de ces deux saintes femmes.

Nous trouvons également des points de ressemblance entre Istar, la déesse de la planète Vénus, qui personnifiait les forces génératrices de la terre et Prea-thorni (Prithivi), un des noms de Kali, révérée comme déesse de la terre. Cette même Istar représentait chez les Babyloniens le principe de fécondité et elle s'identifiait dans ce cas avec l'épouse de Siva nommée alors Yômi (la matrice féconde). Enfin, il existait chez les Assyriens une autre Istar, déesse sinistre et redoutable que l'on figurait sur les sculptures portant un arc et des flèches. Celle-ci est le prototype de Kali, ou Dévi, la déesse aux instincts féroces, figurée souvent avec une face hideuse, le regard terrible, le cou et les bras chargés d'ornements confectionnés avec des serpents et des crânes humains [1].

Parmi les divinités de forme animale qui excitèrent plus ou moins la dévotion des Indous et des Khmers, nous avons mentionné : 1° le singe, qui, sous le nom de Hanumat, fut exalté au rang des héros divinisés et qui est particulièrement vénéré par les sectateurs de Vichnou ; 2° le Song, ou lion, le gardien respecté des temples ; 3° le bœuf, dont on fit une incarnation de Siva ; enfin, Garuda, l'aigle du Malabar, divinisé, dont on fit la monture de Vichnou. Ne voit-on pas là tout de suite, au singe près, que pourtant les Indous semblent avoir, plus encore que certains savants de nos jours, rapproché de l'homme, les mêmes animaux symboliques de l'Apocalypse : l'homme, le lion, le bœuf et l'aigle ? Après tout, c'est peut-être bien le singe, dont la ressemblance avec l'homme est incontestable, que saint Jean a voulu désigner lorsqu'il dit : « Je vis un trône érigé dans le ciel ; autour du trône, il y avait quatre animaux : le premier était pareil à un lion, le deuxième était semblable

---

[1] On rencontre au Cambodge une foule d'idoles de déesses ayant quatre bras. Nous pensons que ce sont des images de Kali représentée par les Brahmes avec quatre bras.

au taureau, le troisième avait le visage comme celui d'un homme et le quatrième ressemblait à un aigle qui vole. »

Parmi les objets symboliques du culte brahmanique que l'on retrouve au Cambodge, le plus remarquable est le Linkéa (lingam) qui n'est presque jamais représenté ainsi que tous les dieux l'ont fait, et qui affecte les contours d'un cylindre arrondi à sa partie supérieure, et sur lequel sont tracées des lignes qui font que l'on n'est pas fondé à concevoir des doutes sur la nature de l'objet que l'on a voulu figurer. C'est d'ailleurs ainsi que l'on représente, dans l'Inde, le Sivalingam, emblème de la procréation et symbole sous lequel on adore Siva.

Nous n'avons pas besoin de rappeler que le culte du Phallus était un des plus enracinés dans l'ancienne Égypte, d'où il passa en Grèce, et l'on a constaté aussi que les plus anciennes inscriptions babyloniennes étaient gravées sur des phallus d'argile de fort modèle.

Nous avons dit ailleurs que nous avons rencontré dans plusieurs anciens temples, et voire même dans des pagodes buddhiques modernes, des blocs parallélipipédiques en pierre noirâtre, enchâssés dans le sol de la nef et polis à la face supérieure. Ce sont là des témoignages qui suffisent à établir le culte des anciens Khmers pour la déesse Kali, qui était quelquefois adorée sous cette forme.

Les accessoires de l'ancien culte ont à peu près tous disparu ; néanmoins, on trouve encore en assez grande quantité des tables de lavage ou d'ablutions. Ces tables en pierre noirâtre sont percées d'un trou généralement carré au milieu, destiné à recevoir le tenon de l'embase d'une statue. La face supérieure de ces tables a été évidée en cuvette de manière à recueillir l'eau des lotions, qui se déversaient ensuite dans un bassin plus grand par l'intermédiaire d'une rigole. Plusieurs de ces tables portent encore leur statue, quelquefois même deux, un dieu et une déesse, et il est impossible de se méprendre sur leur destination. Si l'on voulait absolument en voir une avec la statue en place, il suffirait d'aller visiter le temple de Ta-prôm, dans la province de Bâti.

Après nous être occupé peut-être un peu trop longuement des idoles de l'ancien culte aujourd'hui rebutées par les bonzes, passons au tour du Buddha, objet de tout leur amour.

Le Prea-put (Bouddha ou Buddha) est représenté dans les trois positions orthodoxes suivantes : prêchant, méditant, plongé dans le Nirvana, et nous devons convenir que certains anciens artistes ont donné à leurs idoles l'attitude et l'expression qui convenaient le mieux à chacun de ces trois états. Les Buddhas modernes sont absolument informes et grotesques.

Recherchons maintenant quelle a pu être l'idée religieuse qui a présidé à la construction des temples, des idoles et des emblèmes dont nous venons de parler. En traitant ce sujet délicat, nous nous abstiendrons de toute supposition qui n'aurait pas un ou plusieurs points d'appui dans les annales, les légendes les plus accréditées ou le témoignage irrécusable, et encore visible, des inscriptions, des idoles et des objets symboliques.

Avant de procéder à l'examen des causes qui pourront nous conduire à connaître les sentiments religieux des anciens Khmers, nous croyons devoir donner ici, à titre de complément de la partie historique déjà écrite, un court extrait d'un très vieux manuscrit renfermant des récits semi-historiques, qui nous fut donné dans le temps par le second chef du clergé au Cambodge.

Suivant ce document, le Buddha aurait visité le Cuch-thloc avant son entrée dans le Nirvana, c'est-à-dire antérieurement à l'année 543 avant J.-C. Le sage reçut dans cette contrée les hommages des habitants, auxquels il annonça la formation d'un grand empire dans l'extrême sud de l'Indo-Chine, dont le premier souverain serait un prince indien de la maison d'Indraprastha ou Delhi. Ce prince, que l'on s'accorde à appeler Prea-thong, naquit, selon l'ouvrage dont nous extrayons ces renseignements, en l'année 312 avant le Christ. En même temps, ajoute l'historien, on célébrait la naissance à Cuch-thloc de la princesse Suvân-néakéa (dragonne au beau teint), fille du roi de cette contrée.

Ce fut à l'âge de vingt-trois ans, c'est-à-dire 289 avant J.-C., et à la suite d'une querelle de famille, que Prea-thong émigra avec *dix millions* de ses concitoyens qui voulurent partager sa fortune. Ces émigrants se fixèrent à Cuch-thloc, au point indiqué par le prophète deux siècles et demi auparavant.

Enfin, on mentionne le mariage de la princesse Suvân-néakéa avec le prince proscrit et l'avènement de celui-ci au trône de Cuch-thloc sous le titre de Prea-bat-cravalloréach. La famille de Prea-thong régna 387 ans, jusqu'à l'année 98 de notre ère. Ce fut à la fin de cette dynastie que l'on adopta dans le royaume de Cuch-thloc l'ère de Moha-sacrach commençant à l'année 78 de J.-C. Cette nouvelle ère servit à dater les événements politiques, tandis que celle de Prea-put-sacrach, ou du Buddha, commençant en 543 avant J.-C., demeura l'ère sacrée.

La couronne passa ensuite sur la tête d'un savant renommé qui régna sous le nom de Prea-bat-atut-vôrvong ; celui-ci fut remplacé par son fils, Butôm-vôrvong et, enfin, cette dynastie dura 373 ans, c'est-à-dire jusqu'en 471 de notre ère.

Ce fut à cette époque, 471 de J.-C., que commença, selon ce document, le grand règne de Prea-kêt-méaléa, qui dura 254 ans, jusqu'à l'année 725 de J.-C. C'est sous ce règne, ou plutôt sous cette dynastie, que fut admise l'ère de Cholla-sacrach commençant à l'année 638 de notre ère.

Du dernier prince de la dynastie de Méaléa, la couronne passa sur la tête de Phnhéa-crec qui la garda 21 ans, jusqu'à l'année 746, époque à laquelle il fut détrôné lui-même. L'usurpateur qui le remplaça, et dont on n'indique pas le nom, régna 39 ans, jusqu'à l'année 785 de notre ère.

Alors commença une autre dynastie dont le premier roi porta le titre de Sdach-trâsac-paêm ; celle-ci dura 240 ans, jusqu'à l'année 1025. Le dernier souverain de cette famille abandonna l'ancienne capitale ; il traversa la mer d'eau douce (le lac Touli-sap) et il alla s'établir sur la rive occidentale [1], où se trouvait une belle statue du Buddha qui a disparu depuis.

Ce n'est point ici Prea-pusnucca (Visvacarma) qui dirigea lui-même les travaux de construction du beau palais de Prea-kêt-méaléa, mais un homme de génie, qui passe pour être une incarnation de l'architecte divin et qui s'appelait Chet-cuma, nom resté très populaire et qui devait être celui d'un des plus célèbres ingénieurs de l'époque.

La légende ajoute que le roi Méaléa mit à la disposition de son architecte cinq cents conducteurs qui eurent chacun cent ouvriers à diriger, ce qui faisait un total de cinquante mille employés divers.

Nous relevons dans cet ouvrage intéressant un détail concernant la main-d'œuvre et qui a rapport à l'appareil des pierres : « Il suffisait aux ouvriers, y est-il dit, de faire un trait sur la pierre et de frapper ensuite dessus avec une masse pour la couper carrément. » Ce résultat était assez facile à obtenir, en effet, avec une pierre stratifiée comme le grès, la seule employée alors ; il suffisait de pratiquer sur la face supérieure une saignée un peu profonde dans le sens de la stratification,

[1] Vraisemblablement à Bàbor, dans la province de ce nom.

mettre la pierre en porte-à-faux et frapper un coup sec au point voulu pour séparer les deux parties.

Notons aussi que le fondateur de la dynastie des Vôrvongs était de la caste des brahmes, puisqu'on le représente comme un savant renommé, et que c'est là précisément l'épithète qui s'appliquait exclusivement aux brahmes versés dans les saintes écritures.

Revenons à notre sujet et consultons d'abord les annales ; elles fournissent des données absolument identiques aux renseignements que nous venons de trouver sur la date du voyage du Buddha en Indo-Chine et sur la prédiction qu'il y fit.

De leur côté, les annales chinoises rapportent qu'à une époque très reculée, antérieure à l'année 125 avant J.-C., époque à laquelle les événements commencent à être datés, un bonze de Tien-truoc (Inde), nommé Kieu-tran-nhu, pénétra dans le Chon-lap (un des noms anciens du royaume khmer) et y prêcha la religion du Buddha. Depuis ce moment, ajoute l'historien chinois, le buddhisme a été toujours en vénération dans cette contrée. Il est présumable que ce prédicateur célèbre était celui dont nous avons parlé en premier lieu, et que les Indo-Chinois prirent pour le Buddha lui-même, tandis que les annales chinoises, mieux tenues et plus complètes, ont pu transmettre à la postérité jusqu'au nom de ce prédicateur.

Nous ne pouvons que conclure de ce qui vient d'être dit que le buddhisme a été importé en Indo-Chine de très bonne heure ; et pour consolider cette opinion, il nous eut été facile de l'étayer d'une foule de preuves tirées des annales des peuples voisins. Mais, à l'époque dont il s'agit, les théories professées par le Buddha, et après lui par ses disciples, constituaient plutôt un ensemble de réformes sociales à introduire dans la société brahmanique, et dont la principale était la suppression des castes, qu'une doctrine philosophique et religieuse destinée à remplacer l'enseignement des Védas. Ce ne fut que longtemps après la mort du Buddha, qui ne laissa rien d'écrit, que les théologiens de la secte s'assemblèrent à différentes reprises pour réunir et coordonner les préceptes de leur maître. Le plus célèbre de ces conciles est celui qui fut tenu environ trois siècles avant notre ère, sous le règne du grand roi Açoka, qui s'était rallié personnellement à la doctrine buddhique. C'est dans cette dernière réunion que furent précisés les dogmes de la religion nouvelle, et ce fut aussi le temps le moins troublé de l'histoire du buddhisme.

Après Açoka, une lutte, qui dura huit siècles, s'engagea entre les adeptes des deux grands cultes de l'Inde.

Ainsi donc, dans l'Inde même, le culte ancien, c'est-à-dire le brahmanisme, n'avait encore subi aucune altération, par le fait des attaques de Sakia-muni et de ses disciples, 300 ans avant notre ère, et il n'est pas vraisemblable qu'il en ait été autrement, à des époques analogues, dans le sud de l'Indo-Chine, où nous savons que les Chams qui étaient brahmanes, suivant la tradition, s'étaient établis dès l'année 543 avant J.-C. Les aborigènes de cette contrée reçurent donc à peu près en même temps les enseignements des deux religions de l'Inde, et c'est là, sans doute, le point de départ de la confusion que l'on remarque encore de nos jours dans les croyances religieuses de ces peuples.

Nous pouvons, il nous semble, conclure de ce qui précède que, soit que l'arrivée de Prea-thong dans le Cuch-thloc remonte, ainsi que nous l'enseignent les annales, à l'année 443 avant J.-C., soit même que la migration de ce prince, suivi de dix millions d'Indiens, n'ait eu lieu qu'en 289 avant J.-C., nous pouvons conclure, disons-nous, que les émigrants ne devaient pas avoir alors une idée bien précise d'une réforme religieuse qui ne s'opéra, en réalité, que postérieurement, suivant les annales, ou tout au plus, suivant l'autre document, à une date très rapprochée de leur départ de l'Inde, et qu'ils durent apporter dans leur patrie d'adoption les traditions, les idées politiques et religieuses de la société brahmanique au sein de laquelle ils avaient été élevés.

Nous savons que Prea-thong fut banni pour avoir fait obstacle aux projets de son père, relativement à un testament qui avantageait le plus jeune des enfants. Le motif de la disgrâce était donc politique ou d'intérêt tout personnel. Prea-thong et ses partisans subirent l'humiliation d'avoir les cheveux coupés, et l'on crut les flétrir en les qualifiant de Cat-sas (ceux auxquels on a tranché la religion). S'était-il mêlé à la question politique une cause religieuse dont les annales ne parlent point ? ou bien, cette flétrissure était-elle simplement l'application d'une règle religieuse, aussi bien que politique, qui prescrivait de couper la chevelure, qui distinguait les Brahmanes, à tous ceux qui se rendaient coupables de rébellion envers le souverain?... Cette sorte d'excommunication, arrivant à un moment pareil, était bien capable de rejeter ceux qui en avaient été frappés dans la religion rivale dont les adeptes, à l'exemple du Buddha, se coupaient et se rasaient même les cheveux.

Au moment de l'arrivée de Prea-thong, il y avait dans le Cuch-thloc, selon les annales, des temples et des ministres du Buddha. Placé sur le terrain que nous avons choisi nous-même, et qui est celui de l'histoire telle que nous la trouvons au Cambodge, nous sommes bien forcé d'admettre cette assertion; mais nous persistons à penser qu'à cette époque reculée la religion du Buddha ne pouvait pas avoir fait encore un grand progrès parmi les populations barbares de l'Indo-Chine.

La substitution sous Prea-thong de la langue kâm, que les Khmers disent être le pâli des bouddhistes, au sanscrit, qui était le langage des Aryens brahmaniques, semble indiquer une première tendance officielle vers la réforme de Sakia-muni.

En 75 de notre ère, le roi Prea-kêt-méaléa devint fou. Le dieu Indra mit auprès de lui pour le soigner un Prôm, c'est-à-dire un ange des cieux brahmaniques et il institua, en même temps, un conseil dirigeant composé de sept bonzes buddhistes, sept préams (brahmes) et sept hauts dignitaires. La constitution de ce comité gouvernemental semble indiquer que les influences des brahmes et des bonzes se balançaient à ce moment dans l'État. Les annales, et l'ouvrage censé historique dont nous avons donné des extraits, ne sont point d'accord sur l'époque du règne de Méaléa. Les annales le font monter sur le trône en 75 de notre ère et le font régner avant la dynastie des Vôr-vongs, dont les membres appartenaient à la caste des brahmes, tandis que l'autre document place ces règnes, ou dynasties, d'une façon inverse et assigne pour date au couronnement de Méaléa l'année 471 après J.-C. Si c'est cette dernière date qui est la vraie, il faudrait rajeunir Angcor-vat de quatre siècles, puisque les annales et toutes les légendes s'accor-dent à dire que ce monument a été édifié pour servir de palais à Méaléa. Il est permis de présumer que, pendant les 373 ans que le pouvoir resta aux mains des Vôrvongs, le brahmanisme fut spécialement protégé et favorisé dans le royaume.

Enfin, en 638, les livres sacrés du buddhisme arrivent de Ceylan; on les accueille avec un si grand bonheur qu'on se décide spontanément à les déposer dans le plus important et le mieux soigné des édifices pu-blics, qui, à partir de ce moment, devint une pagode buddhique sous le nom universellement connu aujourd'hui d'Angcor-vat.

Cependant, la religion brahmanique subsistait encore, puisque les annales nous apprennent qu'à la suite d'un désaccord survenu bien plus tard entre deux enfants, l'un prince et l'autre fils d'un préam (brahme), la lutte s'engagea entre les deux sectes religieuses et que finalement les brahmes furent forcés de quitter le royaume. Il faut croire que le roi des dragons, c'est-à-dire quelque grand chef reconnu de la race aborigène, prit parti pour les brahmes, puisqu'il souleva contre les buddhistes, non pas les flots de la mer comme le prétendent les annales, mais bien l'indignation publique, ce qui est aussi une grande force agissante, et qu'enfin ceux-ci furent contraints d'abandonner à leur tour le pays emportant avec eux le Prea-keu (l'idole en pierre précieuse du Buddha venue avec les livres sacrés de Ceylan). Ces événements durent avoir lieu, suivant toute apparence, à la fin du xiie siècle.

A partir de 1025 et jusqu'à l'année 1340, le brouillard le plus épais environne l'histoire des Khmers. Les annalistes n'enregistrent que des soulèvements de la race aborigène contre les conquérants, des régicides, des usurpations, des sacrifices de princesses enceintes pouvant mettre au monde des prétendants ambitieux et gênants pour les enfants des favorites, des luttes entre les usurpateurs et les princes légitimes, les compétitions de vrais princes entre eux et, enfin, des mésalliances. Voilà le gâchis intérieur.

Les rapports avec les gouvernements étrangers devaient se ressentir de ces désordres intestins; aussi avons-nous vu dans le court extrait que nous avons donné des annales des pays limitrophes, que dans la période de temps comprise entre 938 et 1340 de notre ère, l'empire khmer alla en s'affaiblissant et qu'il devint d'abord tributaire de la Chine. Plus tard, on le voit à la suite de son puissant suzerain engagé, sans doute contre son gré, dans des guerres interminables avec les Annamites.

Ainsi donc, dans toute cette période de temps, qui ne dura pas moins de quatre siècles, les préoccupations politiques semblent avoir occupé la première place dans l'empire khmer, et il faut croire que les gouvernements qui se succédèrent, et dont le premier souci devait être à cette époque critique leur propre conservation, s'adonnèrent peu aux questions religieuses.

Le célèbre voyageur chinois qui visita le Cambodge en 1295 de notre ère, semble avoir assisté aux dernières pulsations du brahmanisme dans cette contrée. A partir de 1340, les annales ne parlent plus d'obstacles apportés au développement et à la pratique de la doctrine de Sakiamuni, qui est restée la religion officielle des Cambodgiens, ce qui n'empêche pas les vieilles croyances et les superstitions d'un brahmanisme corrompu d'aller toujours leur train, jusqu'aux princes et aux princesses qui prennent, les uns les titres significatifs de fils du Soleil, Brahma, Vichnou, Siva, Rama... et les autres celui de Ouma-phuc-cac-vodey (Ouma ou Kali).

Voyons maintenant si dans les mœurs, les coutumes, les idées religieuses, l'organisation politique et sociale, la législation, le calendrier, etc., des Khmers actuels, ainsi que dans les vieilles inscriptions qui ont pu être déchiffrées, nous trouvons la corroboration de ce que nous avons tiré' des annales et des légendes relativement au culte primitif de ce peuple [1].

Nous remarquons d'abord que toutes les fêtes politiques, et même certaines autres dont le fond est religieux, ont conservé un caractère essentiellement brahmanique : ainsi, ce sont les brahmes qui reçoivent le serment des rois, prêté en présence des idoles de Brahma, de Vichnou, de Siva et de Kali. Le rite de l'eau dans la cérémonie du couronnement, ainsi que la consécration par les huiles embaumées sont administrés par les brahmes, et l'on ne voit là ni idoles du Buddha, ni aucun de ses ministres.

Ce sont les brahmes qui reçoivent aussi des princes et des fonctionnaires de tout rang le serment de fidélité dû uniquement à la personne du roi. En dehors des principales divinités brahmaniques, on prend aussi à témoin de ce serment les esprits des forêts, des mers, des fleuves, des îles, des montagnes, les démons, les géants, le soleil, la lune, le feu, la pluie, le vent, la terre, etc.

L'effacement des souillures par l'eau lustrale avant l'accomplissement de certains actes de la vie est de rigueur de nos jours et c'est là, sans contredit, un héritage de l'ancien culte. Nous pourrions en dire de même des offrandes aux dieux domestiques, des libations en l'honneur des lares, des génies tutélaires et surtout de l'immolation d'animaux aux génies malfaisants, aux démons.

Citons encore la prière du Panchan-tras (Pavitram) dans laquelle on débite sur un ton élevé, et même bruyant, des malédictions à l'adresse des géants, des démons, des esprits malins, qui troublent les offices des temples et la paix des familles ;

---

[1] On nous pardonnera de revenir rapidement sur des choses déjà dites, mais nous avons besoin de récapituler les divers traits caractéristiques de ce peuple intéressant, afin de puiser là les arguments dont nous avons besoin pour notre thèse.

L'usage indou de prendre vis-à-vis de la divinité que l'on invoque l'engagement de célébrer une fête à son intention, de lui faire des offrandes, de redorer son idole en tout ou en partie si l'on obtient ce qui fait l'objet de l'intercession ;

L'usage d'honorer les divinités en répandant chaque année, au jour de l'an, l'eau consacrée sur leurs idoles. Par extension, les enfants offrent ce jour-là l'eau bénite à leurs parents, les élèves à leurs professeurs et les esclaves lavent le corps de leurs maîtres ;

La cérémonie de la tonte du toupet et le rite de l'ablution, qui se pratique dans ce cas sur un mamelon artificiel appelé keylasa, ou paradis de Siva ;

La grande fête des eaux, qui est d'un bout à l'autre présidée par les préams ou brahmes.

La célébration du mariage dans tous ses détails est purement brahmanique et les préams y ont le principal rôle ; c'est eux surtout qui couvrent les conjoints d'eau lustrale avant l'union des mains.

Une maison dans laquelle quelqu'un est mort est souillée par ce fait, et l'on appelle les achars (atcharias) qui l'aspergent d'eau lustrale pour la purifier.

Nous citerons, pour en finir avec ce sujet, la souillure des jeunes filles par les premiers symptômes de leur nubilité. La durée de cette souillure est de plusieurs jours, pendant lesquels la jeune fille reste sous sa moustiquaire et ne peut être visitée que par sa mère.

Rien ne rappelle autant les coutumes d'une société brahmanique que cette préoccupation constante des souillures et l'emploi des eaux purificatoires. A ce titre, on nous pardonnera les développements qui précèdent.

De nos jours encore le plus populaire des dieux brahmaniques, passés au rang de neac-tas (pitris ou ancêtres divins), est Siva, et il ne faut pas croire qu'il n'y ait que le peuple, que l'on pourrait taxer d'ignorance en matière religieuse, qui continue à vouer un culte à une divinité particulièrement antipathique au Buddha. Le Luc-préa-soccon lui-même, malgré son haut rang dans le clergé et sa réputation de savant, n'a jamais pu se dépouiller d'une foi analogue. Nous allions le voir un jour dans sa grande bonzerie de Phnom-penh, et après avoir franchi la porte de l'entrée du parc, nous remarquâmes, avec étonnement, sur un socle en maçonnerie tout neuf, une pierre taillée en forme de cylindre, arrondie dans le haut et ornée de certaines lignes qui nous la firent aussitôt

reconnaître pour une lingam ou phallus, forme sous laquelle, comme
on sait, Siva fut généralement adoré.

— Savez-vous, dis-je au saint homme, ce que c'est que cet objet que
vous avez élevé sur ce haut piédestal ?

— C'est, dit-il, une pierre détachée de quelque ancien monument qui
a été trouvée dans la forêt, et que je garde à titre de souvenir d'une
époque glorieuse pour le Cambodge.

Je lui fis remarquer qu'il faisait un trop grand honneur, sans compter le sacrifice d'argent, à une borne sans valeur artistique, si elle ne lui
représentait rien qui pût exciter ses sentiments religieux. Mais je n'ob-
tins cette fois aucune réponse et je n'insistai point.

Quelque temps après, dans une autre visite que je fis au chef de l'ancienne caste des brahmes, je l'entretins de la conversation que j'avais
eue avec le second chef du clergé buddhique, au sujet de la pierre
symbolique que celui-ci avait juchée sur un massif de maçonnerie si
près placé du chemin que tout le monde pouvait voir ce qu'il portait.

— Vous savez, sans doute, ce que c'est, vous ? lui dis-je.

— Certainement, répondit-il ; c'est le linkéa (lingam) et le luc-prea-
soccon le sait fort bien, car j'ai eu l'idée, moi aussi, de lui faire une
question analogue à la vôtre : « Oui, me dit-il doucement, je sais que
c'est une portion du corps de Siva. »

Mais le prea-soccon n'est pas le seul religieux qui entretienne au
fond du cœur un certain amour pour les divinités étrangères au culte
dont il est un des ministres les plus fervents et les plus intelligents ; son
supérieur ecclésiastique, le luc-prea-sangcréach, est dans les mêmes
dispositions d'esprit. Nous lui parlions un jour de la déesse Kali, et
comme nous lui demandions s'il n'était pas resté quelques traces de
l'ancien culte que les peuples de l'Inde et de l'Indo-Chine vouèrent à la
célèbre épouse de Siva, il fit apporter, par un jeune novice, une superbe
statuette en cuivre fondu représentant une femme debout, jolie malgré
ses fortes lèvres, vêtue du long langouti indien, le corps nu jusqu'à la
ceinture et coiffée d'un diadème en pyramide. « Voilà, me dit-il ; c'est
Kaley, l'épouse de Prea-iso (Siva). Cette idole me fut donnée par le
père du roi actuel et je n'attache pas d'autre prix à sa possession. —
Cependant, lui dis-je, vous lui avez passé au cou un joli ornement en
or découpé à jour, et je viens de voir qu'on l'a prise sur une sorte d'autel... » Il sourit et je le sortis d'embarras en changeant le sujet de la
conversation.

La certitude que l'on a que les sacrifices humains ont été pratiqués au Cambodge, ce qui est formellement confirmé par la relation de l'officier chinois qui traversa le pays en 1295, est une preuve irrécusable que le culte de Siva et de Kali y a été observé à une époque plus ou moins éloignée.

Le brahmanisme a dû vivre longtemps dans le sud de l'Indo-Chine, car les rares idées religieuses qui ont pénétré parmi les tribus sauvages de cette contrée proviennent toutes de là.

Enfin, les superstitions des Khmers actuels portent le cachet de ce culte, et nous renvoyons pour les détails à l'article que nous avons écrit sur ce sujet.

Passant maintenant à un autre ordre d'idées, nous dirons que le système cosmogonique adopté par les anciens astronomes cambodgiens, est entièrement calqué sur celui des brahmes; de même que le calendrier luni-solaire encore en usage au Cambodge, la division du mois lunaire en quinzaine éclairée et quinzaine obscure, la semaine...

La littérature est brahmanique, elle aussi; les romans, les poésies, sont tirés des grandes productions des poètes hindous et surtout des histoires de Rama et de Crichna[1]. Les pièces de théâtre sont dans le même cas, et nous pouvons affirmer que le Ramayana a été transformé en un drame contenu dans quatre-vingts sastras, ou volumes, que l'on joue par fragments sur le théâtre du palais de Phnom-penh les jours de grande fête. La littérature religieuse fait exception; elle est relativement moderne et porte en entier le cachet du buddhisme.

Les lois sont d'origine hindoue et brahmanique; elles sont réunies en un recueil dont le titre dit assez la provenance : il est connu sous le nom de Prea-

---

[1] Nous avons lu plusieurs romans dont les héros étaient des princes de Péaréanosey (Bénarès), d'où provient, suivant Norodon, la dynastie actuelle du Cambodge.

Élévation longitudinale d'Angcor-vat. (M. Oriol.)

thomma-sat ou le Manova-dharma-sastra, autrement dit *Livre de la loi de Manou*. Seulement, ce code a été modifié d'âge en âge et approprié à une société aujourd'hui officiellement buddhique. Mais tout ce qui touche à la propriété, à l'impôt, à la destination des revenus publics... n'a pas subi de changement.

Enfin, nous avons dit, et nous croyons avoir prouvé, qu'il restait au Cambodge des vestiges de l'existence des castes, ce qui est le trait distinctif d'une société brahmanique.

Les inscriptions sont d'une grande autorité dans la question qui nous occupe. Malheureusement, les plus anciennes, celles qui sont antérieures au VIII° siècle, qui sont les plus intéressantes, n'ont pu être traduites jusqu'à présent, et ce sont elles présumablement qui renferment les secrets historiques et religieux que nous cherchons. Nous donnerons, à leur place, la traduction intégrale des inscriptions plus récentes que nous avons pu faire traduire et nous nous contenterons, pour le moment, d'en détacher les passages qui nous paraissent propres à jeter quelque lumière sur le sujet que nous traitons.

L'inscription sans date du grand bas-relief des enfers à Angcor-vat porte que Prea-yam (Yama) est le chef du Moha-avichey (Mohavitchi) (¹), auquel sont condamnés ceux qui offensent le Prea-phlung (dieu du feu), leur professeur, les Préams (brahmes)...

Cette première partie de l'inscription, relevée sur le plus important des monuments khmers, semble avoir été gravée sur la pierre par le poinçon d'un vrai brahme.

Malheureusement, la suite est moins claire, moins caractéristique. Pourtant, nous remarquons encore parmi les délits passibles des enfers, les suivants : « Brûler les idoles du Prea-cu (le bœuf divin, un des symboles sous lesquels on adora Siva), incendier les petits autels des Néactas, couper des arbres renfermant des esprits, arrêter les Préams (brahmes)... »

L'inscription de Baset (province de Battambang) prouve que ce temple fut consacré à Vichnou et à Siva, puisque nous y lisons : « L'an 762 de l'ère de Moha-sacrach (840 de J.-C.) ... nous Ocnha-srey-pattipor offrons aux anges de Baset, Siva et Vichnou, vingt-quatre champs, deux cent quarante-six autres rizières, dont les bonzes auront la jouissance. »

Dans l'inscription du temple de Vat-êc (même province), qui porte la

---

¹ L'un des enfers brahmaniques. (*Manou*, liv. IV.)

date de 865, nous remarquons parmi les dons faits à l'inauguration, trois paires de boucles d'oreilles offertes par les habitants de Chacréam à Vichnou et au Buddha.

Là, comme on voit, la confusion commence et nous ne sommes pas à la fin de ces contradictions.

Comme on pourra le voir par la traduction que nous donnerons ailleurs de l'inscription de Bachey-baar, 945 de J.-C., ce monument n'est pas autre chose qu'un immense reliquaire buddhique, un stoupas. Cependant, en dehors des sujets sculptés sur les frontons du sanctuaire qui représentent les quatre principales phases de la vie de Sakia-Muni, la décoration est toute brahmanique et les cours, les galeries, le parc, sont remplis de débris d'idoles et d'emblèmes appartenant à l'ancien culte.

A Ta-prom (province de Bâti), l'inscription, qui est de 953 de J.-C. et qui fait de ce monument une pagode buddhique, jure tellement avec le caractère pleinement brahmanique de la décoration et des nombreuses statues assez bien conservées que l'on y trouve, que nous avons été amené à supposer qu'elle ne se rapportait pas au temple ancien.

Le sanctuaire de Banan (à Battambang) a été, suivant son inscription, construit en 1287 de J.-C., mais elle ne dit rien quant à sa destination primitive. Comme dans les précédents, les ornements sont brahmaniques.

L'emploi fréquent de l'ère du Buddha à partir de l'année 945 de J.-C. (inscription de Bachey-baar) pourrait bien être un signe de la prédominance définitive du buddhisme sur le culte rival.

Les noms par lesquels on désigne encore de nos jours certains de ces temples peuvent également nous fixer sur leur destination primitive. Ainsi, toutes les tours ayant à la base une quadruple face humaine portent le nom de Prea-sat-prom (les tours de Brahma). L'immense temple de Ta-prom, près d'Angcor, et celui de même nom dans la province de Bâti, étaient évidemment consacrés à ce dieu [1].

Dans cette dernière province, le temple qui surmonte Phnom-éyso (la montagne de Siva) devait être dédié à ce dieu. Enfin, pas loin de ce dernier monument, nous trouvons le petit sanctuaire de Prea-sat-néang-khmau (la tour ou le temple de la négresse), c'est-à-dire de Kali, géné-

---

[1] Les idoles brahmaniques étaient toujours placées sous des dômes; aussi le mot *tour* peut être toujours pris dans le sens de sanctuaire.

ralement appelée ainsi. On rencontre des tours pareilles un peu partout sur l'emplacement de l'empire khmer, qui portent simplement le nom de « tours noires. »

Enfin, citons les tours d'Indra, du Dieu du Feu, de l'Éléphant divin, de Garuda... Tous ces monuments sont incontestablement brahmaniques. Les tours du Feu doivent correspondre aux tours du Silence de l'Inde, où les adorateurs d'Agni entretenaient un feu sacré et auprès desquelles on exposait les cadavres pour les faire dévorer par les oiseaux de proie, lorsqu'on ne les brûlait point. C'était là un usage suivi anciennement en Indo-Chine, et que le père du roi actuel voulut faire revivre en recommandant, un instant avant de mourir, de livrer ses chairs aux animaux, ce qui fut fait suivant sa souveraine volonté, et les vautours de la plaine de Oudong mangèrent ce jour-là, dans des plats d'or, un morceau de roi.

L'étroitesse et l'obscurité profonde des sanctuaires antiques est un sérieux témoignage à ajouter aux précédents qui s'accordent à leur donner une origine brahmanique. Par contre, les buddhistes ont coutume d'exposer leur idole dans de vastes salles, quelquefois sur des autels élevés au grand jour et l'on sait que, dans toutes les contrées de l'Asie, on trouve des images de Sakia-Muni, de grandeur colossale quelquefois, sculptées profondément sur les flancs escarpés des montagnes, sans autre toiture pour les abriter que la voûte céleste.

La profusion des réservoirs sacrés et richement ornementés qui précèdent l'entrée principale des monuments et qui assez souvent, comme à Angcor-vat, par exemple, entourent le sanctuaire lui-même, prouvent surtout le caractère brahmanique de ces temples, car les ministres du Buddha ne se sont jamais préoccupés que de s'approvisionner d'eau pour les besoins domestiques des bonzeries et c'est dans des fosses profondes, irrégulières et dépourvues d'art que ces moines ignorants et fainéants emmagasinent les eaux pluviales.

On peut à la rigueur admettre que, pour décorer ces vastes édifices, les artistes khmers aient fait, quel que fût leur culte, des emprunts à la flore des pays voisins, ainsi qu'aux tableaux merveilleux retraçant les campagnes et les combats plus qu'homériques des héros hindous ; mais il est douteux qu'ils aient perdu leur temps, et employé l'argent des religieux pour le compte desquels ils travaillaient, à reproduire les images des divinités que ceux-ci n'adoraient point et qu'ils n'avaient aucun intérêt à montrer au peuple, dont la curiosité aurait pu être excitée au point de lui donner la pensée de vouloir connaître absolument la qualité et le rôle, dans le monde ou dans les cieux, des personnages dont on imprimait à si grands frais les traits dans la pierre. Il ne nous semble pas possible, insistons-y, que les vrais ministres du Buddha aient été capables d'exécuter eux-mêmes, ou de commander ces innombrables statues de déesses que l'on rencontre partout au Cambodge, car, comme on sait, Sakia-Muni avait brutalement exclu la femme des honneurs divins. Ce ne sont pas à coup sûr les buddhistes qui ont érigé ces idoles à bras et à têtes multiples, les phallus de petite et de grande dimension, ainsi que ces monstres de formes diverses si adorés dans l'Inde à une époque où le trouble dans les idées religieuses eut pour contre-coup le désordre dans l'art.

Pourtant, il faut admettre qu'au Cambodge, comme dans l'Inde, le bouddhisme se mêla plus ou moins aux cultes préexistants, au contact desquels il s'est quelque peu transfiguré. Les brahmes, afin d'enrayer le développement de la doctrine de Sakia-Muni, ou tout au moins pour empêcher qu'elle ne progressât à leur détriment, adoptèrent ou absorbèrent le maître et en firent une incarnation de Vichnou, dont le corps divin se prêtait à toutes les transformations suivant les caprices et l'ambition de ces religieux insatiables. Les premiers disciples du Buddha, de leur côté, dans le but de ne pas heurter au début des idées enracinées, entrèrent dans la voie des concessions et introduisirent habilement dans leur système cosmogonique les divers dieux et les esprits adorés par le peuple. Seulement, tout en réservant à ces esprits et à ces dieux des pouvoirs qui les rendaient supérieurs à l'homme, les bonzes les dépouillèrent insensiblement des véritables attributs de la divinité, et c'est, en effet, à ce rôle que sont réduits aujourd'hui au Cambodge tous les dieux de l'olympe brahmanique. C'était là procéder adroitement et sagement, et cette tactique, qui avait fait ses preuves, eut dû servir d'exemple à ceux qui essayèrent ultérieurement d'introduire des religions nouvelles dans l'extrême Orient. Au lieu de ces compromis, peut-être un peu trop larges, mais que l'on eût pu réduire à des proportions raisonnables, on s'est renfermé dans un système d'absolue intolérance et l'on est resté isolé, ou peu s'en faut, et l'on n'a vu venir à soi que des gens compromis vis-à-vis des autorités locales et en quête d'une protection quelconque.

Pour citer un exemple des mauvais résultats de cette intolérance, nous dirons qu'un jour un évêque catholique, très recommandable à tous. égards, très aimé et très respecté dans le pays, engagea le roi Norodon à se faire chrétien : « Je ne demande pas mieux, répondit celui-ci ; la morale que vous prêchez est pure, et je serais volontiers des vôtres si vous vouliez consentir à me laisser tout mon sérail. — Impossible, riposta l'évêque ; un homme n'a droit qu'à une seule femme. » C'est la réponse d'un caporal d'armes à un matelot qui réclame au delà de sa ration. « Alors, n'en parlons plus, » ajouta le roi, et les négociations furent rompues à la première ouverture.

Eh bien ! est-ce là une voie à suivre pour arriver à catéchiser des peuples si peu instruits, si légers et si peu aptes conséquemment à bien se rendre compte par eux-mêmes, c'est-à-dire par l'étude et l'observation, de l'excellence relative d'une doctrine religieuse et de sa supériorité sur le système monstrueux, et bariolé de toutes sortes de choses absurdes, qu'on leur enseigne depuis des siècles et grâce auquel on détient ces misérables populations sous la dépendance absolue des bonzes, des sorciers et des princes ?... Nous ne le pensons pas et nous croyons, au contraire, que c'est petit à petit qu'il faut extirper de ces cerveaux malades les folles idées et les erreurs qui les emplissent. Ainsi dans le cas présent, ce qu'il eût été bon de faire, selon nous, c'était de concéder au monarque récalcitrant cent femmes, au lieu de deux ou trois cents qu'il en a, ce qui eût été plus que suffisant pour sa petite complexion ; il s'en fût, sans doute, accommodé et c'eût été ensuite l'affaire de Monseigneur et de ses aides de travailler à obtenir peu à peu la réduction du personnel féminin du palais. On eût présumablement, en agissant ainsi, réalisé une conversion importante, qui aurait fait du bruit et qui, dans un pays comme le Cambodge, ne pouvait manquer d'entraîner vers le catholicisme la presque unanimité des habitants. On a donc manqué l'occasion de faire de Norodon une sorte d'Açoka moderne qui eût couvert d'églises catholiques le territoire de ses États.

Dans le Céleste-Empire, la raideur, l'intolérance des Jésuites et surtout leur hostilité implacable à l'espèce de culte mal défini que de temps immémorial les Chinois rendent aux ancêtres, sont les principales causes de l'éloignement des Chinois pour la religion du Christ.

C'est par suite des anciens compromis dont nous avons parlé que l'on place, sans aucune raison aujourd'hui, sur les constructions modernes, et quelquefois même à l'intérieur des temples, sur ou près de l'autel du Buddha, les images d'Indra, de Vichnou, de Siva... Le plus souvent c'est Vichnou ou Indra qui trônent sur les frontons des pagodes et le Naga, dont le corps développé couvre les arêtes des toits, tandis que sa tête multiple se relève fièrement aux extrémités du faîtage. Mais le Naga a le droit d'être là, lui, puisque les légendes buddhiques racontent qu'une fois converti par Gautama, il s'institua le soutien de son maître spirituel et qu'il devint plus tard le gardien de ses reliques. Les Yeacs, ces ogres gigantesques, et les Garudas disposés en cariatides, supportent les avant-toits des pagodes et, enfin, pour couronner ce système de contradictions, l'oiseau Hansa, la monture de Brahma, perché sur un immense mât de pavillon doublé entièrement de cuivre doré, sert d'emblème ou d'enseigne à tous les temples dédiés à Sakia-Muni.

Il est prudent d'attendre pour conclure que le déchiffrement des inscriptions ait fait la lumière dans ce chaos. En attendant, il paraît résulter de ce qui vient d'être dit que les idées brahmaniques prédominèrent dans l'empire khmer jusqu'au VI° siècle de notre ère, et que les monuments imposants qui portent franchement le cachet de ce culte peuvent varier d'âge, mais ne doivent pas être postérieurs à cette date.

A partir de ce moment, et surtout à compter de l'année 638 où les livres sacrés arrivent de Ceylan et sont déposés dans Angcor-vat, qui devait être à peu près achevé alors, le buddhisme gagne du terrain, mais la religion rivale est puissante encore et nous n'apercevons alors qu'un mélange confus de croyances religieuses, que des conflits entre les chefs des deux cultes.

Les monuments de Baset, de Vat-ec, de Bachey-baar, beaucoup moins importants que leurs aînés, nous paraissent être l'expression artistique de cette période troublée pendant laquelle les divinités brahmaniques, finalement vaincues, virent leurs belles idoles mutilées, rejetées hors des temples et remplacées par des images relativement grossières de Sakia-Muni.

A partir du XIII° siècle, le buddhisme domine et la pagode remplace définitivement le temple brahmanique. L'art disparaît avec l'ancien culte et l'on en est aujourd'hui réduit à employer les matériaux de construction les plus rudimentaires, c'est-à-dire le bois, le bambou et la paille !...

Ces préliminaires posés, et avant d'entreprendre la description détaillée des principaux monuments du pays, il nous paraît indispensable de traiter rapidement les questions générales d'art qui s'y rattachent.

III

C'était autrefois et c'est encore aujourd'hui la règle au Cambodge de faire moins de frais pour loger les vivants, quelle que soit leur condition, que pour abriter les idoles des dieux et les cendres des morts. Cette coutume est très ancienne et l'étonnement que nous éprouvons de ne rencontrer dans les vieux édifices que des temples, des reliquaires monumentaux, des mausolées et seulement quelques rares palais, trouve là son explication.

Les édifices religieux et funéraires étaient toujours construits en pierres ou en briques, tandis que la plupart des palais des rois et des princes étaient en bois. On donnait à ces palais des formes particulières et, enfin, pour les distinguer des habitations des employés de l'État et de celles du peuple, on les couvrait en tuiles, ce qui était un privilège réservé aux princes, on les dorait, on les coloriait et c'était tout.

L'élément de construction le plus fréquemment employé est le grès ; c'est avec les diverses variétés de cette pierre que les édifices les plus importants et les mieux soignés ont été élevés, de même que c'est aussi dans des blocs de grès que les artistes khmers ont taillé leurs idoles et buriné leurs innombrables bas-reliefs.

La qualité la plus commune est le grès feldspathique ou arkose. Les arkoses sont à grains très fins, assez tendres, au sortir de la carrière, pour qu'il soit possible de les tailler facilement.

On trouve aussi dans ces constructions des grès à grains fins micacés, d'une dureté parfois médiocre, de teintes variables, le plus souvent gris, violacés, verdâtres et rosés. Nous avons vu aussi des grès calcarifères lustrés, à cassure conchoïdale. Ce grès n'est pas bien dur, mais il est homogène et d'un beau grain.

Les principaux monuments d'Angcor sont en grès formé de grains à quartz agglutinés par un ciment siliceux. Cette pierre est taillée en blocs équarris, posés jointifs, sans traces de ciment, mortier ou enduit et sans liaisons métalliques.

Les statues sont en grès feldspathiques, rarement en grès quartzeux ; celles qui représentent certaines divinités brahmaniques sont d'ordinaire en mimosite ou en basalte. Nous avons vu plusieurs idoles, que nous croyons être celles de Siva et de sa céleste épouse Kali, qui étaient taillées dans de beaux blocs de basalte noir. Les tables d'ablutions sont tirées de la même pierre. Cependant, les statues les mieux faites sont d'un grès de choix, dur, lustré et à grains très fins.

On sait que les grès présentent dans leur masse une série de plans de fracture dans le sens de la stratification, et que les parties en contact sont sujettes à se séparer assez facilement sous l'influence des agents atmosphériques. Dans les endroits abrités, cet inconvénient de la pierre est de peu d'importance; mais à l'air libre, il n'en est pas de même, surtout lorsque les strates sont verticales ou à peu près. Les Khmers ne doivent pas s'être doutés de cette propriété de la pierre, car ils n'ont guère cherché à en prévenir les fâcheux effets; ainsi, dans les bas-reliefs qui se présentent de telle sorte que le plan de stratification est vertical, il est arrivé que les ornements les plus délicats, les extrémités des feuilles si délicieusement contournées et fouillées se sont détachées avec la plus grande facilité.

Dans un grand nombre de statues, les parties saillantes de la face, quelquefois même le masque entier, se sont détachés suivant un plan vertical...

Étant donnée la nature des matériaux qui entrent dans la composition des monuments khmers, on peut dire *à priori* que l'humidité et la sécheresse ont été leurs plus terribles ennemis.

L'autre roche employée est une sorte de conglomérat ferrugineux formé, comme nos minerais en grains du Berry, par des sources thermales ferrugineuses; elle est celluleuse et elle a quelque analogie avec la meulière. Cette pierre est légère, charge peu les murs et se lie bien au mortier; elle renferme des fragments de roches diverses et surtout du quartz, des parties de péroxyde de fer hydraté, du gravier plus ou moins gros, le tout lié par un ciment argilo-ferrugineux; elle remplit surtout les conditions d'une bonne pierre de fondations. C'est ainsi d'ailleurs que les Khmers utilisèrent ce conglomérat que l'on trouve aussi dans les murailles des bâtiments secondaires, dans les remplissages, les enceintes, les ponts, les revêtements des bassins et des fossés de fortification, dans les chaussées et, enfin, dans les escaliers construits sur les flancs des collines supportant des temples.

On a remarqué sur les blocs de grès et de Bai-criem (nom cambodgien de la pierre ferrugineuse) des trous irrégulièrement distribués, profonds de quelques centimètres, à section carrée ou circulaire et dont on a cherché à connaître l'usage. Nous pensons que ces petites cavités étaient destinées à recevoir des sortes de tenons en bois dur, enfoncés à force et dont l'office était de servir de point d'arrêt aux cordages dont on entourait ces pierres pour les traîner de la carrière sur la route et pour les assujétir ensuite sur les chars disposés pour le transport. C'est le système employé aujourd'hui pour traîner les arbres et les grosses pièces de bois équarries dans les forêts.

Les manœuvres et les ouvriers ont dû utiliser ces trous chaque fois qu'ils ont eu à remuer les pierres depuis l'extraction jusqu'à la mise en place. A la carrière, on en pratiquait un ou deux pour les besoins du moment et l'on en multipliait ensuite, sans doute, le nombre dans le cours des travaux si c'était nécessaire. Les ouvriers devaient engager là-dedans des barres de fer pour s'en servir comme leviers lorsqu'il était nécessaire de changer l'inclinaison du bloc pour en faciliter la taille.

C'était aussi dans ces trous que venaient s'engager les griffes en fer d'une sorte de patte-d'oie en filin à trois ou quatre branches terminant une corde dont l'autre extrémité s'en allait passer dans une poulie ou rouet fixé au sommet d'une chèvre plus ou moins puissante que l'on dressait à pied d'œuvre. Cette installation permettait de soulever les matériaux les plus forts, de les poser à leur place et bien carrément, et, au besoin, de les tenir suspendus, une fois en simple contact, de façon à diminuer la pression et par suite le travail du frottement, ce qui permettait à un ou deux manœuvres de roder l'une sur l'autre de grandes pierres et d'obtenir ainsi un ajustage parfait.

Enfin, quelquefois aussi ces trous étaient destinés à fixer certains décors ou placages et il n'y avait alors qu'à les garnir de bois dans lequel venaient se fixer les agrafes, les chevilles ou les clous de scellement.

Les briques que l'on retrouve parmi ces ruines sont grandes, pétries dans une terre argileuse et bien cuite. On les plaçait, comme partout, en alternant les joints, mais sans liaison de ciment ou de mortier d'aucune espèce.

Les anciens Khmers, qui exellèrent dans l'art de fabriquer des briques, n'employèrent pas les tuiles pour couvrir leurs édifices. Ils taillèrent extérieurement les pierres d'assises des voûtes des galeries, de manière à obtenir des toits bombés ayant l'air d'être formés d'immenses tuiles creuses.

Le bois ne fut jamais employé comme pièce de résistance dans ces édifices ; on ne l'utilisa que pour les lambris qu'on décorait de sculptures et pour les portes. Cependant, nous avons vu des pièces de bois placées en sommier, ou chapeau, au-dessus des portes et fenêtres de faible ouverture, au lieu d'une seule pierre qui tient d'ordinaire cette place. Nous pensons que ce sont là des restaurations relativement modernes. Certains bois précieux, incorruptibles, sont encore réservés pour l'usage des temples et des palais royaux ; les mandarins et le peuple n'oseraient pas en introduire une seule pièce dans leurs installations particulières.

Dans un pays comme l'Indo-Chine, c'était assurément un bon principe d'architecture que de proscrire le bois des édifices faits pour une grande durée, car les insectes, et surtout les termites, finissent par le dévorer à la longue et l'on ne peut plus compter alors sur la solidité des parties qui prennent là leur point d'appui.

Le fer, lui aussi, dans un pays d'autant d'humidité et d'autant de sécheresse, est très sujet à l'oxydation et n'est pas un excellent élément de construction. Lorsqu'on est forcé de l'employer, il convient de le laisser à nu le plus possible et de le peindre au minium au moins une fois tous les deux ans.

La fonte de fer vaudrait mieux et l'on ne tardera pas à en généraliser l'emploi dans les établissements européens.

L'architecture khmer a des attaches nombreuses avec l'art aryan antique, et les termes qui nous servent à désigner les différentes parties d'un monument dans l'architecture grecque peuvent être employés sans différence d'acception.

La beauté des édifices grecs réside surtout dans la simplicité du plan et la science des proportions, qui seule peut donner l'élégance et l'harmonie et satisfaire complètement l'œil par la majesté des contours. C'est le style sévère de la pierre qui a su éviter la complication des plans et surtout la surcharge des lignes trompeuses destinées à habiller la pauvreté des conceptions.

En général, les monuments des cultes antiques de l'Inde en imposent par des motifs différents ; par la quantité de travail qu'ils impliquent, par la fécondité, la profusion des détails d'ornementation, et l'impression produite est qu'on ne saurait plus rien créer de neuf. Poussée à l'excès, cette faculté devient un grave défaut et crée souvent la disproportion, la confusion.

A Angcor, les Khmers, sans être parfaits, se montrent supérieurs dans le classement et la répartition du décor ; et tout en répandant partout une grande richesse, ils ont su éviter cette orgie incohérente qui déroute et fatigue à la longue. Cependant, entraînés par le développement considérable donné à leurs plans, les architectes eurent à raccorder de longues galeries rampantes, alourdies par des vérandahs, avec des dômes étagés, et ils ne réussirent qu'imparfaitement à vaincre cette difficulté. C'est là le défaut capital de l'œuvre, atténué pourtant par les exigences du climat qui firent songer aux vérandahs pour protéger les galeries contre les chaleurs torrides et les pluies diluviennes de cette contrée.

Mais on conçoit que l'œil ne soit pas complètement satisfait à la vue de ces dômes imposants reliés par des galeries basses ; et quelque émerveillé que l'on soit par l'étagement ingénieux des diverses galeries dans les grands édifices, on sent qu'il existe dans l'ensemble de l'architecture un manque d'homogénéité et qu'aussi, en augmentant le développement des façades et la distance des perspectives, il eût fallu avoir égard aux autres dimensions, et, par exemple, ne point s'en tenir, pour des colonnades s'étendant sur une longueur de deux cents mètres, à des pilastres qui, par leurs proportions réduites, sont charmants vus de près dans des édicules de trente-cinq mètres.

Les Grecs, de même que les Indiens, ne connaissaient pas la voûte ; il se trouvait donc chez eux au centre de chaque grand édifice une partie à ciel ouvert entourée d'une colonnade : tels étaient les temples d'Agrigente et d'Athènes ; et pour éviter les ardeurs du soleil aux jours de fêtes, un immense vélarium couvrait l'hypèthre dans le temple de Jupiter Olympien.

Les dispositions adoptées par les Khmers sont tout autres : ici, point de vastes espaces couverts de vélariums comme en Grèce, ou bien de grandes salles composées, comme dans l'Inde, de séries parallèles de colonnades dont les chapiteaux en consoles supportent les travées d'une couverture en terrasse plate, mais de longues et étroites galeries rectangulaires couvertes par des voûtes en encorbellement et comprenant de vastes cours dans lesquelles peut-être, les jours de grande solennité, on disposait des tentes volantes.

La ressemblance de l'architecture khmer avec celle de l'Inde consiste dans l'analogie des ensembles, l'exiguité et l'obscurité des sanctuaires, ce qui découle naturellement de la similitude des cultes[1]. La seule

---

[1] En parcourant ces jours-ci, dans un bon auteur, la description d'un temple hindou, il nous semblait que nous nous retrouvions dans un ancien monument cambodgien présentant

différence est dans la forme et la construction des monuments qui surmontent ou qui couronnent ces sanctuaires : dans l'Inde, et principalement à Sringham et à Madura, ce sont des troncs de pyramides quadrangulaires formés de plusieurs étages en retrait l'un sur l'autre et dont celui du sommet est couvert d'une toiture à quatre frontons. Chez les Khmers, la pyramide est remplacée presque toujours par un dôme cylindro-ogival dont l'ensemble et les détails sont certainement plus savants et qui rappellent l'art arabe dans l'idée primitive. Pour trouver dans l'Inde des silhouettes analogues aux sanctuaires dômés des Khmers, il faut se reporter aux pavillons des crémations à Bénarès. Cependant, nous croyons devoir signaler un sanctuaire surmonté d'une pyramide analogue à celles de l'Inde dans le monument de Palilay, à Angcor-thom. Nous aurons occasion de parler plus loin de ce monument intéressant.

Les œuvres d'art de toute espèce laissées par les anciens Khmers peuvent être classées ainsi :

1° Les prea-sathups ou simplement prea-sats (stupas des hindous) ;
2° Les chdeys (tchaityas), monuments funéraires ;
3° Les pyramides ;
4° Les cuhéas ou cucs (cavernes sacrées) ;
5° Les khtom-neac-tas (abris ou autels des neac-tas) ;
6° Les sras (bassins sacrés) ;
7° Les ponteays (citadelles) ;
8° Les khnals (chaussées) ;
9° Les luc-deys (terrasses ou belvéders) ;
10° Les spéans (ponts) ;
11° Les rochers sculptés sur place.

Preă-săt est une abréviation de l'expression Preă-sathŭp par laquelle les Cambodgiens lettrés désignent une tour ou un monument surmonté d'une ou plusieurs tours. Nous n'avons pas besoin d'ajouter que les édifices ainsi désignés correspondent aux stupas de l'Inde qui renfermaient des idoles ou des reliques. Les tours chez les peuples de l'Inde et de l'Indo-Chine caractérisaient les temples brahmaniques, car c'était sous ces dômes obscurs que l'on plaçait les images des dieux, d'où on peut conclure que les anciens édifices qui en sont privés devaient avoir

---

les mêmes dispositions, les mêmes détails, sans excepter le ramier et la chauve-souris, les seuls hôtes aujourd'hui de ces ruines.

une destination étrangère au culte ou relevaient de la religion du Buddha dont l'idole a toujours été exposée aux regards des fidèles.

Ces prea-sats sont plus ou moins compliqués : les plus simples se composent d'une pièce cubique reposant sur un soubassement et comprenant un petit sanctuaire en carré, le tout surmonté d'une tour ou d'un dôme creux. Les pans carrés de la base font face aux quatre principaux rhumbs de vent et étaient percés chacun d'une porte ; ou bien, ils présentaient trois fausses portes admirablement figurées sur la pierre avec tous leurs détails et seulement une ouverture sur la face orientale par où l'air et le jour pénétraient dans l'intérieur.

Presque toujours, le centre du sanctuaire est creusé en bassin où s'accumulait l'eau des lotions que l'on versait à certains jours sur les idoles brahmaniques placées sur des tables, des socles ou des autels situés immédiatement au-dessus de ces grands bénitiers. L'accès du sanctuaire était formellement interdit aux fidèles, qui recueillaient au dehors les eaux lustrales passant par un conduit pratiqué dans la maçonnerie et se terminant extra-muros par une gargouille.

Quelquefois, au lieu d'un bassin, c'est une fosse profonde et parementée dans laquelle on déposait les riches offrandes faites à l'idole au moment de l'inauguration du sanctuaire et que l'on scellait à l'aide d'une grande pierre sur laquelle on dressait l'autel de la divinité. Ce pouvaient être aussi des fosses sépulcrales analogues aux ossuaires des tours du Silence des hindous [1].

Le plus souvent les quatre portes de ces sanctuaires ont des avant-corps précédés de péristyles, couverts les uns et les autres par des voûtes étagées et masquées par de superbes frontons. Dans les temples plus importants, le sanctuaire est entouré à distance d'une ou de plusieurs galeries quadrangulaires et concentriques, de bassins, d'enceintes, de fossés..... Mais n'empiétons pas sur les détails descriptifs dans lesquels il nous faudra entrer plus tard.

Nous avons dit que les prea-sats étaient des monuments essentiellement religieux ; cependant, nous pensons que quelques-uns de ces édifices avaient le triple caractère de temples, de monastères et de palais ou plutôt de lieux de plaisance pour les grands seigneurs. Au

---

[1] Plusieurs temples dans l'Inde ont des puits de ce genre, qui contiennent des eaux sacrées et dans lesquels on jette des offrandes de toute nature, ce qui n'empêche pas les dévots de boire ce liquide infect mais sanctifiant. On désigne ces cavités sous le nom de puits des Connaissances.

Cambodge, quelques inscriptions dédicatoires en fournissent la preuve irrécusable. Ainsi, celle de Bachey-Baar porte cette phrase : « Les rois viennent souvent ici s'amuser avec leur famille et leurs serviteurs. » L'inscription de Vât-êc témoigne que ce temple a été construit au moyen de dons de valeur faits par les habitants et elle ajoute : « Nous Ocnha....., gouverneur de la province de Chacréam, avons fait construire ce prea-sat pour l'offrir au roi Sôrijôpôr qui aime à venir se promener ici. » Enfin, des légendes fort accréditées donnent le même caractère à Angcor-vât, à Beng-méaléa, à Ponteay-câker, à Ponteay-chhma...

Nous avons déjà rappelé que la coutume d'aller passer des journées entières sous les frais ombrages des parcs qui entourent les temples s'est perpétuée jusqu'à nos jours au Cambodge. Des installations spéciales, beaucoup moins importantes que les temples eux-mêmes, étaient élevées dans ces parcs pour l'usage de la cour et des familles des princes, des gouverneurs de province... On rencontre encore en maints endroits des vestiges de constructions généralement en briques, qui devaient être affectées à cet usage ; d'autres plus petites et plus nombreuses qui figurent des cellules de religieux et enfin des vestiges de hangars adossés aux murailles d'enceinte, destinés sans doute à abriter les pèlerins ou les Neac-ngéars (esclaves d'État) affectés au service des temples.

Les chdeys (tchaityas des Hindous et dzedi des Birmans) sont des monuments funéraires ; ils n'ont ni l'importance, ni la structure solide des précédents : ce sont de simples tours en briques sèches affectant la forme d'une grande cloche avec renflements et moulures. Généralement, la surface extérieure est recouverte d'un enduit dans lequel entrent de la chaux, du sable, du petit gravier et une autre matière destinée à lier et durcir le mélange.

Les chdeys ont à peu près tous la même forme, mais ils diffèrent beaucoup de grosseur ; ce qui permet aux familles peu aisées d'en élever pour y renfermer les cendres des parents morts. Les mausolées royaux atteignent des proportions monumentales.

De nos jours, les pagodes, comme autrefois les églises des chrétiens, reçoivent les cendres des morts dont les héritiers ne se trouvent pas en position de faire les frais d'un chdey. Ces ossements calcinés par le bûcher, et réduits à leur plus simple expression, sont alors généralement réunis dans de petits ossuaires clos, ou dans de simples linges ficelés et déposés dans un endroit réservé derrière l'idole du Buddha. Quelquefois, on va déposer ces résidus humains dans des tours antiques, au pied de certains arbres sacrés ou dans les cavernes sanctifiées.

Les pyramides des Khmers étaient des édifices sacrés portant à leur sommet un sanctuaire. A distance, leur forme apparente est le tronc de pyramide à base quadrangulaire ; mais en approchant, on remarque que la figure n'a pas la forme précise d'une pyramide tronquée et qu'elle est en réalité formée de trois, cinq ou sept terrasses carrées, super-posées et très sensiblement décroissantes de la base au sommet. Ces grands retraits successifs figurent sur les faces les marches d'un gigan-tesque escalier. Nous reviendrons plus tard sur ces monuments.

Les khtôm-neac-tas sont loin d'être des monuments aussi vastes et aussi ornés que ceux dont nous venons de parler : ce sont de misérables cabanes en maçonnerie, petites, basses, sans style et bâties tout à fait à faux frais. Le plus souvent même, ce n'est qu'un abri juché sur quatre pieux d'un mètre environ de hauteur reproduisant très en petit l'habita-tion en bambous et en paille des gens du peuple. Enfin, on dépose quelquefois les objets de l'adoration populaire au grand jour sur une aire de quelques mètres de surface protégée par une barrière légère.

C'est dans ces divers endroits que le peuple réunit autrefois les idoles des divinités brahmaniques mutilées et jetées hors des temples par les bonzes victorieux. Ces statues, souvent d'une haute valeur artistique, qui représentaient les anciens dieux, passèrent au rang des Neac-tas, c'est-à-dire les ancêtres divins, les créateurs des génies et du genre humain.

Ces génies sont souvent représentés par une simple pièce de sculpture détachée d'un temple antique, et ce débris est alors censé contenir l'esprit ou le génie qui fait l'objet de l'adoration des citadins.

La démonologie a aussi ses représentants parmi ces divinités locales, car certains Neac-tas sont considérés comme des démons, de mauvais génies très redoutés, auxquels on offre des sacrifices d'animaux quelque-fois d'un haut prix comme le buffle. Ces esprits méchants ne sont géné-ralement pas représentés sous la forme humaine : ce sont de simples pierres ou cailloux peints ou huilés, une racine, un éclat de tronc d'arbre de forme bizarre, et souvent la niche qui possède l'esprit ne contient absolument aucun objet sensible à l'œil que les cierges, les ex-voto et enfin les offrandes de toute espèce qu'on y a déposés.

Les cuchéas ou cavernes sacrées des Khmers n'ont rien de remarquable et elles ne peuvent, en tout cas, supporter la comparaison avec les hypogées grandioses d'Éléphanta, d'Ellora et de Carla, qui font l'admiration des étrangers qui visitent l'Inde. Parmi ces cavernes, la plus célèbre est celle appelée Cuchéa-prea-tuc (la caverne du Dieu des eaux), située sur le flanc de la colline de Banân (province de Battambang). Elle est profonde, et de sa voûte élevée pendent des stalactites allongées d'où découlent constamment des filets d'eau sainte, qui passent pour avoir la connaissance du passé, du présent, de l'avenir et qui possèdent en outre des propriétés curatives extraordinaires.

La grande quantité de *sras*, ou bassins, disséminés un peu partout dans l'ancien royaume khmer ; les frais que l'on a faits et les soins que l'on a mis à parementer, à orner ceux que l'on remarque en avant des temples anciens, font naître l'idée qu'ils répondent à une époque où les purifications par les eaux sacrées jouaient un grand rôle dans la religion du pays.

Les voyageurs ont compris dans une seule catégorie, et ils ont désigné par le mot de *sra*, des bassins ayant des destinations très différentes. Mais les indigènes les distinguent et les classent ainsi : les sras proprement dits, les sras-chhuc, les tonli-om et les bongs.

Les sras étaient des bassins sacrés contenant l'eau des ablutions ; ils étaient placés en avant et très près des temples, quelquefois même à toucher le sanctuaire. Les brahmes se purifiaient en touchant l'eau de ces réservoirs avant de dire les offices, et les fidèles s'en aspergeaient avant d'y assister. Ce rite rappelle celui qui est observé par les catholiques avant de pénétrer dans les églises.

Boire l'eau sacrée des sras était une manière d'honorer les dieux, et l'origine de l'usage qui consiste à prêter serment aux rois, considérés par les Khmers comme les dieux de la terre malgré leurs nombreuses imperfections, en buvant l'eau consacrée, dans laquelle on a préalablement trempé les armes royales, doit venir de là.

Les sras-chhuc, ou sras des lotus, sont le plus souvent de grandes mares naturelles où l'on cultive la plante connue sous le nom de nymphœa-lotus, ou lotus égyptien, que les Occidentaux consacrèrent à Vénus et à Apollon, et qui est restée la plante sacrée des brahmines et des buddhistes.

Les tonli-oms, ou lacs des pagaïes, sont des pièces d'eau artificielles, vastes et profondes, situées généralement en avant et à une certaine distance des grands temples, et qui servaient autrefois de champ de coursés aux pirogues et aux barques disposées à cet effet sous l'œil des brahmes pour les régates qui avaient lieu en l'honneur des eaux, à la fin de la saison des pluies, c'est-à-dire au moment où ces bassins étaient tout à fait pleins. Les Khmers prétendent que le jour anniversaire de cette fête nautique, on entend encore dans le voisinage de ces pièces d'eau, aujourd'hui perdues dans d'épaisses forêts, le bruit très affaibli des cris poussés en cadence par les canotiers des temps anciens lorsqu'ils manœuvraient leurs pagaïes.

Enfin, les bongs étaient d'immenses réservoirs naturels ou artificiels où, pendant toute la saison des pluies, on emmagasinait de grandes masses d'eau destinées à l'arrosage des champs et des jardins. C'est surtout dans ces travaux d'irrigation que les Khmers excellèrent.

Nous n'entrerons pas, quant à présent du moins, dans les détails de construction des ponteays (citadelles) laissées par les anciens Khmers et nous nous bornerons à combattre en passant l'opinion de ceux qui ont cru devoir rajeunir ces ouvrages, et par suite les monuments ruinés qu'ils renferment et qu'ils protégeaient autrefois. Une forteresse comme celle d'Angcor-thom, dit-on, qui mesure douze kilomètres de périmètre, dont les murailles de six mètres de haut s'appuient sur un glacis de quatorze mètres d'épaisseur au sommet, et dont le tout est entouré d'un fossé de cent vingt mètres de largeur sur quatre mètres de profondeur, suppose l'existence d'armes offensives d'une grande puissance que les anciens Khmers ne pouvaient avoir.

Remarquons que cette opinion est basée sur l'orgueilleuse présomption des Européens qui les porte à se croire les inventeurs de tout ce qui existe sous le soleil. Or, il est aujourd'hui hors de doute que les Chinois, et plusieurs autres peuples orientaux, ont connu et fait usage de la poudre avant nous et sans doute bien avant l'ère chrétienne. Les catagnhis, qui figurent parmi les armes défensives des assiégés de Langca (Ceylan), étaient, suivant la tradition, des armes à feu puissantes.

Si nous nous en tenons à la période historique, nous trouvons, un peu plus de trois siècles avant notre ère, l'empereur Alexandre aux prises avec une forteresse située sur les bords de l'Indus et qui l'occupa longtemps.

C'est vers cette époque, suivant nous, que fut construite la citadelle d'Angcor-thom, et nous ne pensons pas que les raisons que l'on a fait valoir pour contester ses titres à cette ancienneté soient bien concluantes.

Les *khnâls* sont des chaussées-routes élevées au-dessus des plus hautes inondations du Mékong. Dans l'intérieur des temples, ces chaussées étaient plus particulièrement soignées et servaient de voie de communication entre les diverses parties de l'édifice.

Les terrasses, appelées luc-dey, avaient des destinations diverses : il y en avait qui pouvaient être des lieux de station; d'autres, telles que celles qui précèdent le palais royal d'Angcor-thom, étaient bien évidemment des belvéders à l'usage des rois et des princes, mais nous pensons que celles qui précèdent les temples avaient une destination essentiellement religieuse et que c'était là que s'accomplissaient des rites sacrés de grande importance. On est confirmé dans cette opinion lorsque l'on voit la majestueuse terrasse d'Angcor-vat adossée au portique d'entrée qu'elle masque de manière à diminuer le bel effet qu'il pourrait produire. C'est là un sacrifice auquel des hommes de goût n'ont dû se résoudre que forcés par quelque règle canonique impérieuse.

Les ponts, ou spéans, sont en pierre et à plusieurs arches; ils ont été construits à une date antérieure au xiie siècle de notre ère, c'est-à-dire avant nos plus anciens travaux de ce genre.

Quant aux monuments sculptés sur les rochers, nous pensons qu'ils sont de date relativement moderne : ils portent le cachet du buddhisme exclusivement.

Nous avons vu que les prea-sats étaient des monuments se composant essentiellement de sanctuaires et de portiques dômés reliés par des galeries. Examinons les procédés de construction employés pour l'édification des uns et des autres.

Les galeries sont couvertes de voûtes surélevées, à deux centres, spécialement appelées *voûtes d'ogive*. Leur portée est toujours faible et l'on est persuadé en les voyant que, de même que les anciens Égyptiens, les architectes khmers n'excellaient point dans l'art de construire les voûtes. Les bords inférieurs de ces toitures voûtées s'appuient d'un côté sur un mur plein, et de l'autre sur un entablement supporté par une série de colonnes monolithes à fût toujours carré. Quelquefois la voûte principale est flanquée, du côté opposé au mur plein, d'une demi ou quart de voûte soutenue également par une file de colonnes moins hautes que les précédentes. Enfin, il arrive que le mur plein est remplacé par une colonnade avec une véranda adjacente, de sorte que l'on a quatre rangées de pilastres soutenant une triple voûte. Ces longs péristyles, qui présentent à l'œil de nombreuses colonnes disposées

pour servir à la fois de décoration et de soutien, sont le plus bel ornement de ces édifices. Dans les monuments secondaires, la voûte s'appuie sur deux murailles percées de fenêtres grillées par des barreaux
tournés et quelquefois sculptés.

Ici, comme chez les Grecs, la clef de voûte était, sinon inconnue, du
moins réduite au rôle de complément dans des équilibres stables par
eux-mêmes. Ces voûtes sont formées par des pierres posées en encorbellement. La portée de ces voûtes est peu considérable, bien que la
poussée soit, en certains cas, contenue latéralement par les toitures des
vérandas basses et en quart de rond destinées à former arcs-boutants.
A Angcor-vat, la plus grande portée ne dépasse pas 3 m. 15 ; celle de
l'édicule du pied de l'escalier de Phnom-chiso est juste le double ; enfin,
la galerie centrale de Ta-prom, près d'Angcor, y compris les deux
vérandas, n'a que 3 m. 64 de largeur couverte en trois parties.

Les tours sont creuses et, comme tous les dômes, elles sont construites au moyen de voûtes, formées ici d'assises successivement saillantes
de la base au sommet, c'est-à dire qu'elles sont, comme les voûtes des
galeries, disposées en encorbellement.

A Java, les procédés de construction étaient les mêmes qu'au Cambodge. Les niches et stupas creux du Boeroe-boedoer sont en encorbellement ; les édicules et sanctuaires dômés de Brambanan et du Dieng
procèdent du même art que celui des Khmers ; mais tandis que ces derniers employaient de forts blocs posés jointifs, les Javanais ne se servaient, même pour leurs murs à bas-reliefs, que de pierres de moyenne
taille égales et assemblées à tenons et mortaises, précaution utile mais
insuffisante sur cette terre de volcans.

Nous avons fait remarquer la différence qui existe entre la tour cylindro-ogivale des Khmers et la pyramide tronquée des Indous, employées
l'une et l'autre pour surmonter des sanctuaires ou les portiques des
temples. On trouve cependant au Cambodge une pyramide à base quadrangulaire, très élevée et couronnant le sanctuaire de Palilay (dans
Angcor-thom). Ce monument est bien ruiné, mais par ce qui en reste
on peut encore reconnaître sa parenté avec les monuments du même
genre des Indous. Il ne reste plus de cette pyramide creuse que la carcasse composée de quatre pans de mur formant les faces de la pyramide.
Ces murailles n'ont pas une très forte épaisseur ; elles sont formées
d'assises successives de blocs de grès cubiques superposés sur un seul
rang sans liaison de mortier ou de ciment, de telle sorte que le jour, le

soleil et la pluie passent aisément à travers les joints des matériaux
appareillés bien à faux frais. Nous avons passé quelques minutes dans
cette ruine espérant y trouver un abri contre un grain mêlé de pluie
très violent qui nous surprit tout auprès ; nous en sortîmes mouillés
jusqu'à la peau et très heureux d'en être quittes à ce prix, car il nous
pouvait dégringoler sur la tête d'énormes pierres de taille qui ne paraissaient tenir entre elles que par une sorte de prodige d'équilibre. Sur
cette carcasse devait s'appuyer un revêtement en pierre de même forme
qu'elle, et figurant sans doute les pyramides à renflements ou à étages
de l'Inde. Ce revêtement s'est écroulé en entier ; il était composé de
pierres sculptées extérieurement et qui pouvaient être embriquées et
reliées entre elles d'une manière quelconque, mais il est certain qu'elles
ne faisaient que s'appuyer contre les faces et les arêtes inclinées de la
pyramide. Dans ces conditions, la stabilité et la solidité ne devaient pas
être grandes, et nous sommes surpris que l'écroulement entier du pla-
cage n'ait pas entraîné la chute de tout le reste.

L'extrême solidité des fondations mérite une mention spéciale, car
elle dénote une grande expérience dans l'art de bâtir. Nulle part, on ne
rencontre d'écroulements provenant de basses-œuvres insuffisantes; et
souvent en déblayant ces monceaux de ruines, on retrouve au-dessous,
avec leur parfaite rectitude, les grandes lignes des assises. Nous reviendrons sur cette question en décrivant Angcor-vat.

Le plan des Prea-sats frappe tout d'abord par sa régularité et tout
y paraît symétriquement arrangé, bien que l'équilibre entre les parties
divisées par des axes arbitraires, dont nous essaierons plus tard de
justifier l'emploi, n'existe guère et malgré aussi d'autres irrégularités
calculées, qui n'apparaissent pas à première vue et dont le but est de
produire des effets de perspective.

La distribution est à très peu près la même dans tous les monuments:
dans les édifices plans, c'est un sanctuaire cruciforme, isolé au centre
d'une cour, ou préau, formé par une galerie rectangulaire et le plus
souvent à péristyle. Quelquefois, le sanctuaire est relié à la galerie, ou
cloître, sur les quatre faces, par des bouts de galerie à colonnade simple
ou double.

Dans les monuments importants, une ou deux autres galeries rectangulaires et concentriques, également à colonnades et à portiques sur
les quatre faces, enceignent à une certaine distance la première. Les
portiques de la galerie extérieure, ou quelquefois un seul d'entre eux,

celui de la face honorée, sont précédés d'une belle terrasse. Tout cet ensemble, qui constitue le temple proprement dit, est situé au centre d'un vaste parc limité par une enceinte murée ou un véritable rempart et contenant, du côté de la face principale du temple, des bassins consacrés. Du même côté, hors de l'enceinte, à une distance plus ou moins éloignée, est le tonli-om, ou lac des régates, mis d'ordinaire en communication avec le monument par une chaussée portant assez souvent des arcs triomphaux ou de petits temples cruciformes.

Le plan des édifices pyramidaux est plus simple encore : ce sont généralement des troncs de pyramides à base quadrangulaire, formés d'un nombre impair de terrasses superposées et en retrait les unes sur les autres, qui sont représentées sur le dessin par des carrés ou des rectangles concentriques, et qui portent quelquefois des tours aux différents étages, ou même des galeries, le tout étant couronné d'une, de trois ou de cinq tours.

Ces pyramides sont généralement entourées d'une muraille d'enceinte, avec portiques plus ou moins importants sur les quatre faces, ou d'une douve traversée par des chaussées et quelquefois des deux réunies.

Le plan des monuments mixtes, c'est-à-dire des édifices à galeries concentriques bordant des terrasses étagées, n'est pas plus compliqué que les deux premiers, et, sur le dessin, ne diffère pas de celui d'un édifice analogue dont toutes les constructions seraient établies sur le même niveau. Aussi, le plan d'Angcor-vat, qui est un édifice mixte, ne peut pas donner une idée exacte de l'agencement de chacune des parties dans ce grand ensemble, et il est indispensable d'y joindre une ou deux photographies reproduisant des élévations partielles, une élévation longitudinale [1] et aussi une coupe suivant un des grands axes.

On a dit des monuments khmers qu'ils manquaient d'air et de lumière, et que leurs galeries ressemblaient à de longs corridors. Pour que ces critiques fussent bien fondées, et pour nous les faire admettre comme telles, il eut fallu que l'on nous dise de quel terme de comparaison on s'était servi pour juger ces édifices au point de vue des dispositions intérieures, et enfin des convenances de leur appropriation. Si on les a rapprochés de nos basiliques, voire même des simples églises catholiques qui reçoivent le jour par les portiques, par d'énormes fenêtres qui

[1] Voir le dessin de M. Oriol donnant l'élévation longitudinale d'Angcor-vat, page 225.

du soubassement s'élèvent jusqu'au toit et par des rosaces vitrées d'un grand diamètre, évidemment l'on s'est donné raison ; mais si l'on avait tenu compte de ce que ces temples étaient consacrés à un culte dont les ministres cachaient jalousement les idoles dans des cavernes profondes, ou dans des sanctuaires toujours obscurs et étroits, où les célébrants étaient seuls admis à entrer, comme dans les adytums anciens, on eut été forcé de reconnaître d'abord que les sanctuaires étaient bien, dans leurs formes générales, appropriés à leur destination. Ensuite, puisque les offices avaient lieu hors de la vue des fidèles, il était bien inutile, surtout dans un pays où la température est constamment élevée, d'entasser dans une même salle tous les assistants, qui étaient bien plus à l'aise dans les longues galeries, les vestibules et mieux encore en plein air dans les grandes cours dallées, qui semblaient faites pour cet usage et que l'on couvrait probablement, les jours de fête, de tentes ou de hangars en bambous et en pailles, si peu coûteux et si faciles à établir et à démonter.

Nous ne connaissons pas les raisons qui ont pu déterminer les architectes khmers à faire les galeries généralement si étroites ; mais il faut croire qu'ils en avaient de bonnes, car nous pouvons affirmer à ceux qui ont signalé ce défaut en prenant pour type les belles galeries d'Angcorvat, dont l'ouverture est de 2 m. 41 et de 3 m. 15 dans les passages des portiques, que nous en connaissons d'aussi anciennes dont la portée est plus considérable, notamment dans le Khsen-thmol de Phnom-chiso, un monument de cinquième ordre que nous avons déjà cité, où cette portée est de 6 m. 30.

Il faut aussi tenir compte de ce que à l'époque où les premiers monuments khmers furent édifiés, l'art de construire les voûtes était partout dans l'enfance, et que les Grecs et les Romains eux-mêmes n'en avaient encore fait usage que pour des tombeaux et des égouts.

Mais dans les grands temples, les galeries à péristyles ne manquaient ni d'air, ni de lumière, et l'on avait même été forcé de les flanquer de vérandas couvertes par des demi-voûtes surbaissées, afin d'atténuer les effets de la réverbération, si incommode et si dangereuse dans ce pays-là.

L'élévation des monuments khmers est le côté qui donne le plus de prise à la critique. L'imperfection généralement reconnue, et que nous avons déjà signalée, est la disproportion qui existe entre les hauteurs des portiques, presque toujours sommés de tours, et la hauteur des parties développées, c'est-à-dire des galeries qui relient les portiques

entre eux et qui sont, en effet, assez basses. Ce manque d'harmonie dans
les proportions des divers éléments constituant les façades existe absolument dans les édifices d'Ajuthia, l'ancienne capitale du royaume de
Siam. Au Cambodge, ce défaut a été en partie atténué par la manière
habile dont les toits des galeries ont été raccordés avec les portiques
par des surélévations successives dont la dernière vient s'appuyer sur la
base cubique du monument, juste au-dessous de la naissance du dôme.
Cependant, les monuments plans, c'est-à-dire ceux dont les diverses
parties reposent sur le même plan, paraissent écrasés, et les portiques
dômés, qui avaient pour objet de relever ces façades, ne se sont pas
trouvés toujours en harmonie de proportions avec les galeries adjacentes
qui paraissent, à côté d'eux, encore plus basses qu'elles le sont réellement. Cet inconvénient existe en partie, malgré la correction ingénieuse
dont nous avons parlé. Aussi, les édifices plans ne produisent-ils pas
grand effet de distance ; c'est de près qu'il faut admirer l'unité, l'unifor-
mité des façades et la parfaite symétrie des diverses parties qui les composent par rapport au portique central. Là point d'ouvertures chevau-
chantes ; et lorsque, pour maintenir la régularité, il a été nécessaire de
figurer de fausses fenêtres et de fausses portes, ce sont de véritables
chefs-d'œuvre d'architecture et de sculpture qui ont été exécutés.

On ne saurait adresser le reproche dont nous venons de parler aux
pyramides et aux édifices à galeries étagées, dont l'élévation des façades
plaît à l'œil. Là les différences en hauteur des tours et des galeries sont
moins choquantes, parce que la disposition adoptée permet de voir à la
fois toutes les constructions dont se compose le monument projetées
sur le même plan vertical, de manière à n'en former qu'une, qui est le
total des autres, et qui suffit à agrandir assez la surface de façade
pour que les dômes élevés paraissent avoir des assises dignes d'eux. A
Angcor-vat, les portiques de la galerie du rez-de-chaussée n'ont point de
tours, qui sont employées seulement pour décorer le deuxième et couronner le troisième étage, de telle sorte que, même de près, l'harmonie
des proportions est parfaite ou semble l'être dans ce monument.

Signalons, enfin, l'effet produit par les pièces d'eau profondes creusées autour et au pied de certaines pyramides, dont on s'était proposé
d'exagérer à l'œil la hauteur. L'idée était bonne et le résultat visé a
été bien obtenu, car c'est malgré soi, lorsqu'on est auprès de ces monuments, que l'on en rapporte la hauteur au niveau des eaux du bassin,
comme on mesure l'élévation d'un rocher qui émerge de l'Océan.

Au Cambodge, dans les temples antiques, le sanctuaire n'est jamais placé à l'intersection des médianes du carré long ou parfait de l'enceinte. Lorsque la porte d'entrée est à l'est, l'adytum est reculé sensiblement en arrière vers l'ouest, et il est déplacé d'une bien moins grande quantité à droite, vers le nord. Dans les cas extrêmement rares où la face principale est tournée vers l'Occident, le déplacement des axes est soumis à la même loi. c'est-à-dire que l'un est reculé vers l'est et l'autre appuyé à droite vers le sud.

Pour justifier en partie cette bizarrerie, nous dirons que, dans les édifices plans, cette disposition permettait de beaucoup agrandir l'espace ou le parvis à ciel ouvert situé en avant du sanctuaire, et où les fidèles venaient en grand nombre présenter leurs offrandes. L'autre déplacement est moins explicable, mais il est aussi presque insensible.

Dans les temples mixtes, la disposition dont nous venons de parler avait le double avantage d'agrandir les cours en avant de l'adytum situé sur la plate-forme supérieure, et d'adoucir aussi les pentes de la face honorée de manière à avoir de ce côté des escaliers plus allongés et plus commodes à gravir.

Mais l'arrangement excentrique, et à coup sûr fort nouveau, que nous venons de signaler, n'est pas la seule originalité qui distingue cette architecture ; citons encore la diminution graduelle de largeur que l'on trouve dans une même galerie à mesure que l'on s'éloigne du portique d'entrée, ce qui avait évidemment pour but d'en exagérer à l'œil la longueur. On peut mentionner aussi le rétrécissement des ouvertures des portes et fenêtres du seuil au sommier ou linteau, disposition qui tendait à favoriser la fermeture des battants en renvoyant les poids dans les parties basses... Les hommes compétents qui étudieront en détail ces ruines feront bien d'autres remarques constituant peut-être un ensemble de nouveautés en architecture. En tout cas, nous conseillons aux amateurs qui voudront relever le plan exact de l'un quelconque de ces monuments, d'en mesurer séparément toutes les parties, et de ne pas se contenter de prendre une seule cote sur deux éléments considérés partout ailleurs comme symétriques et égaux dans toutes leurs dimensions.

On orientait généralement les temples vers l'est, afin que le soleil, à son lever, éclairât les offices qui avaient lieu d'ordinaire le matin. Il paraît que dans l'Inde les cérémonies, les sacrifices, les fêtes organisées en l'honneur des dieux infernaux étaient célébrées, comme la crémation de nos jours au Cambodge, toujours au moment du coucher du soleil, et l'on croit que c'est pour cela que l'on tournait les temples consacrés à ces divinités vers le couchant. Faut-il voir là une des causes cherchées depuis longtemps pour justifier l'orientation d'Angcor-vat, qui aurait bien pu être originairement consacré à Siva, le dieu des démons?[1]... Nous verrons plus tard que l'ornementation de ce temple fait plutôt supposer qu'il fut dédié à Vichnou. En dehors de ces deux grands dieux, nous ne voyons que Varuna, le dieu des eaux, le Neptune de l'Orient, qui fût digne des honneurs d'un temple pareil. Varuna présidait à l'ouest dans la régence des huit points cardinaux; il était aussi considéré comme le punisseur des méchants, qu'il retenait au fond des mers entourés de liens formés de serpents; c'était enfin un dieu très redouté et les oblations qui lui étaient destinées devaient être faites du côté de l'ouest, ce qui entraînait l'obligation de tourner son idole et le sanctuaire qui la contenait vers l'occident.

L'orientation exceptionnelle d'Angcor-vat a fait accréditer l'idée que ce pouvait être jadis un palais et point un temple. « Tous les temples anciens et modernes, a-t-on dit, sont tournés vers l'est, donc Angcor-Vât et un ou deux autres monuments khmers, qui ont leur principale façade à l'ouest, n'ont pas dû originairement appartenir au culte. » Or, nous pouvons, de notre côté, affirmer qu'il y a exactement les mêmes raisons pour écarter la pensée que ce pouvaient être des palais, car les résidences royales anciennes et modernes font toutes face à l'est.

Quant à l'ornement, il est prodigué partout, mais on a mis tant de talent dans la distribution et la variété, de soins, d'adresse et de goût dans l'exécution, que l'on ne s'aperçoit guère de la surcharge, étant constamment tenu sous le charme d'une décoration attrayante et véritablement merveilleuse. Les sujets, les modèles, ne manquaient pas aux ornemanistes de l'époque, qui vivaient dans un pays où la flore et la faune sont si riches et où le polythéisme d'alors apporta son puissant concours, en offrant à l'artiste ses innombrables divinités toutes différentes dans leurs formes corporelles et leurs attributs.

Nous ne nous étendrons pas sur un sujet auquel déjà bien des pages de ce travail sont consacrées, et nous nous bornerons à distinguer,

---

[1] La montagne artificielle sur laquelle se pratique dans certaines fêtes le rite de la purification par les eaux lustrales est désignée au Cambodge sous le nom de Phnôm-Keylas (Keylasa), ou montagne qui porte la céleste demeure de Siva. L'escalier d'honneur qui conduit au sommet est toujours établi sur le flanc occidental.

dans le décor en plein air, les gardiens de porte, les lions, les Nagas des balustrades, les éléphants isolés sur les piédestaux ou sous forme de cariatides, les singes et les géants soutenant le corps allongé du fameux dragon, les grandes figures humaines décorant la base de certaines tours et les *Garudas,* aux ailes déployées, serrés autour des corniches des sanctuaires comme s'ils voulaient les élever dans les airs… Toutes ces pièces enfin qui, n'étant destinées qu'à être vues dans un ensemble d'architecture, auraient pu être grossièrement traitées, sans s'écarter d'aucune règle, sont là sculptées avec soin jusque dans les moindres détails.

A l'intérieur, l'ornementation est encore plus profuse et plus riche et nous renvoyons à la description détaillée que nous aurons à faire de la décoration d'Angcor-vat, le chef-d'œuvre du genre.

Les peintures murales sont aujourd'hui trop effacées pour qu'il soit possible d'en apprécier le mérite.

Pour ce qui regarde la statuaire, des voyageurs qui avaient trop insuffisamment étudié, par ce côté du moins, l'art khmer sur place, ont prétendu que leurs artistes n'avaient eu qu'une faible connaissance de l'anatomie extérieure et des proportions du corps humain. S'ils se sont formé cette opinion d'après les idoles de Sakia-Muni, anciennes et surtout modernes, qu'ils ont pu voir partout au Cambodge, nous comprenons leurs critiques. Mais on sait que les statuaires n'étaient point libres de représenter le grand réformateur suivant leur convenance, leur propre inspiration et que des règles hiératiques invariables imposaient, par exemple, de lui faire des cils de génisse, la mâchoire du lion, le front très développé, une protubérance sur le crâne, les bras très longs [1], les mains larges, les doigts des mains et des pieds exactement égaux en longueur, la poitrine immense, les cuisses rondes, le cou-de-pied très élevé, etc.

D'ailleurs, il est certain que les idoles du Buddha sont peu remarquables, ce qui semblerait indiquer que l'art était déjà à son déclin au Cambodge au moment où le buddhisme devint prépondérant dans le sud de l'Indo-Chine. De nos jours, on donne au Buddha un air niais qui cadre mal avec la réputation de haute intelligence et de science dont il jouit.

[1] C'est dans l'Inde et l'Indo-Chine un des signes de la toute puissance. Il est possible que l'expression « avoir les bras longs » employée en Europe pour indiquer un grand crédit, un grand pouvoir, vienne en droite ligne de l'Inde.

A l'exemple de certaines écoles buddhistes de l'Inde, les Khmers ont dû professer la doctrine que le Buddha était nègre, car nous nous souvenons avoir vu plusieurs de ses idoles peintes en noir et qui avaient en outre tous les traits distinctifs de la race noire.

Enfin, les idoles du Buddha sont généralement colossales et représentent le divin réformateur dans les trois positions orthodoxes suivantes : debout, la main droite levée et prêchant ; assis, les jambes croisées à l'indienne, les yeux baissés et méditant ; enfin, allongé, privé de tout mouvement et plongé dans le Nirvâna. Quelques rares artistes ont su donner à leurs idoles l'attitude et l'expression correspondantes à ces divers états ; mais la plupart sont informes et grotesques.

Lorsque le sage est représenté se livrant à la méditation, il est assis sur un trône décoré avec richesse, ou sur une immense fleur de lotus bien épanouie, ou, enfin, sur le Naga qu'il a converti et qui lui fait un siège moelleux de son corps plusieurs fois enroulé sur lui-même, tandis que la tête septuple du monstre se déploie en arrière de celle de l'idole en forme de nimbe.

C'est sur les idoles brahmaniques plus anciennes, et aujourd'hui bien endommagées, qu'il faut admirer le talent déployé par les artistes khmers dans l'art de représenter la figure humaine. Les têtes que l'on retrouve sont bien modelées ; le type généralement adopté est celui de la race aryenne et point celui qu'auraient pu fournir les races aborigènes de l'Indo-Chine, ce qui a fait supposer que l'art avait été importé en même temps que le culte.

Nous n'avons nulle part rencontré une statue complètement nue ; le costume des divinités brahmaniques est celui des ascètes indiens, qui se compose uniquement d'un court langouti, ou caleçon en écorce d'arbre serré à la taille par une ceinture tissue d'herbes sauvages, et c'est tout. Les brahmanes, dans l'Inde, admettaient même la complète nudité de leurs sages, que l'on appelait, à cause de cette raison, les Digambaras (vêtus de l'espace).

Les coiffures des idoles brahmaniques affectent la forme conique ou cylindrique. La chevelure seule réunie en cône sous un riche réseau, constitue toute la coiffure de certaines statues. D'autres semblent avoir leurs cheveux roulés autour d'une carcasse cylindrique, analogue à celle de la Vénus de Chypre, dont le musée de Vendôme possède un spécimen en terre cuite. Mais le plus souvent, concurremment avec les parures dont nous venons de parler, on a coiffé les divinités d'un diadème ou d'un bandeau métallique relevé par de fines ciselures et des rangs de perles. Ce bandeau est tout égyptien; il se développe en croissant au-dessus du front, et lorsqu'en outre les cheveux sont tournés en cylindre sur le sommet de la tête, la conformité de mode avec celle de l'ancienne Égypte est complète. Le raccordement du faisceau chevelu avec le ban-deau disparaît sous un collier de perles, qui est muni d'un fermoir portant en relief un personnage assis les mains jointes.

Les oreilles sont énormément allongées et les lobules sont percés de grands trous garnis quelquefois de longues pendeloques terminées en forme de poire renversée. Les pieds sont toujours nus.

Les idoles des déesses du culte brahmanique sont très nombreuses dans les anciens temples, et on ne les a pas plus ménagées que les images de leurs divins époux. Celles que l'on rencontre encore sont d'un beau type, si ce n'étaient les lèvres qui sont presque toujours trop fortes. Ces dames ont de riches coiffures généralement cylindriques; le torse est nu, les seins saillants, ronds et bien proportionnés; le langouti qui couvre le bas du corps est plus long, plus étoffé et moins rustique que celui des dieux, et il est en outre retenu à la taille par un ceinturon à fermoir, ou par une longue ceinture nouée sur le devant et laissant tomber les bouts très bas. Les oreilles, le cou, le haut des bras, les poignets et le bas des jambes sont chargés de bijoux.

Nous croyons que les idoles anciennes étaient autant de représenta-tions des divinités brahmaniques; il est impossible de s'y méprendre pour les trois membres de la trimourti si reconnaissables à leurs formes corporelles et à leurs attributs, ainsi que pour les figures monstrueuses de Ganésa et de Garuda; mais nous pensons que le vêtement ascétique qu'elles portent toutes suffit à les distinguer du Buddha, très reconnais-sable d'ailleurs à ses particularités de conformation et par les habits sacerdotaux qui lui couvrent tout le corps, l'épaule droite et le bras droit exceptés. Nous n'avons pas besoin d'ajouter que les déesses, et le nom-bre en est grand, appartiennent toutes au panthéon brahmanique, le buddhisme n'ayant jamais élevé la femme jusqu'à la condition divine.

Les Khmers n'exécutèrent pas de statues équestres. Sur les bas-reliefs, les dieux et les héros sont montés sur des chars ou sur des élé-phants. Nous avons vu cependant, mais seulement dans les proportions des statuettes, Siva monté sur un taureau et Yama, le juge des morts, sur un buffle.

A l'exception des idoles du Buddha, qui sont colossales, et des corps

immenses des géants supportant des Nagas, les Khmers n'exécutèrent
que des statues de grandeur naturelle, quelquefois un peu plus fortes,
mais généralement plus petites. Ces statues étaient assises à l'indienne,
les jambes croisées, sur des trônes ou des autels; ou bien, elles étaient
pédestres et reposaient sur des piédestaux, placés les uns et les autres
sur des tables creusées en cuvette ou directement au-dessus de bassins
d'ablutions.

En dehors du grès, le marbre et l'ivoire fournirent la matière d'une
foule de gracieuses statuettes, mais la plupart de celles-ci étaient fon-
dues en cuivre rouge et quelquefois en métaux plus précieux. Le procédé employé pour fondre les statuettes est assez remarquable pour que
nous en disions un mot ici, d'autant plus que nous le croyons très ancien.

Si l'on se propose de fondre une statuette pleine, on façonne le modèle dans un bloc de cire. Cette pièce capitale une fois finie, on pétrit
de l'argile avec du sable fin et l'on applique une couche mince de cette
pâte sur la statuette en pressant doucement de manière à faire pénétrer
la matière dans les sinuosités, les creux..... sans trop agir sur la cire
qui pourrait, si l'on exerçait une trop forte pression, se déformer. On
applique plusieurs autres couches sur la première, on ménage un trou
ou lumière sous le socle et on laisse sécher.

Avant de couler, on chauffe le moule juste assez pour fondre la cire
qui s'écoule par le petit orifice du bas et l'on introduit par le même
endroit le métal en fusion. On laisse refroidir et il n'y a plus alors qu'à
briser le moule.

Si l'on veut que la statuette soit creuse, on façonne avec de l'argile,
à laquelle on mêle quelquefois les cendres d'un bûcher et les ossements
broyés du corps incinéré d'une personne chère, une grossière image de
l'objet que l'on veut avoir; on recouvre ce noyau d'une épaisseur de
cire au moins égale aux plus fortes saillies de l'image à obtenir, et il n'y
a plus alors qu'à modeler sur la matière. L'opération se continue comme
dans le cas précédent [1].

Ce système primitif de moulage réussit très bien lorsqu'on y met les
soins voulus, mais on est forcé, pour le même objet à reproduire, de re-
faire chaque fois le modèle dont les épreuves peuvent fort bien différer,
quant aux traits du visage surtout. Les artistes khmers préfèrent la cire
à l'argile pour le modelage; ils prétendent que le modèle en cire est

---

[1] Ces statuettes font l'office d'urnes cinéraires.

moins sujet à se contracter, à se fendiller en séchant et, enfin, à perdre
de ses formes et de ses proportions, ce qui est vrai.

Nous avons le dessin d'un petit moule en cuivre trouvé dans des
fouilles faites à Angcor-thom, et au moyen duquel les anciens Khmers
pouvaient couler de superbes médaillons en bronze, en cuivre, en plomb,
en cire... Ce moule est muni d'une poignée et sa forme est à peu près
celle d'un fer à repasser, ce qui tendrait à prouver que l'on s'en servait
pour prendre des empreintes sur des matières molles en exerçant simplement une pression avec la main. Les épreuves sont assez nettes
et l'on peut y reconnaître des personnages du culte brahmanique.

Enfin, les bijoutiers fabriquent encore de nos jours de toutes petites
idoles en métaux précieux emboutis et ensuite repoussés. Ces statuettes sont faites en plusieurs morceaux, que l'on travaille séparément et
que l'on soude ensemble ensuite. La soudure employée pour les objets
en or se compose de cinq parties d'or pur, une d'argent et deux de cuivre rouge. Pour les pièces en argent, c'est sept parties d'argent et cinq
de cuivre rouge.

IV

Nocor-thom, la grande ville en ruines, connue sous le nom d'Angcor-
thom, était admirablement située sur les bords d'un des affluents du lac
Tonli-sap, et hors de la zone des terrains inondés par les débordements
périodiques du Mécoug et du Tonli-sap, qui n'en est qu'une immense
déversoir. Les brises fréquentes du lac aéraient la capitale en même
temps qu'elles déchargeaient l'air des environs de l'humidité, dont il est
presque toujours imprégné par la grande quantité de vapeurs aqueuses
qui se forment constamment sur la vaste surface du lac.

Ce devait donc être un pays relativement sain et où la vie était facile,
car le sol est fertile, et puis le lac Tonli-sap, qui est resté extrêmement
poissonneux, était une véritable Providence pour cette population, qui
ne se nourrissait alors, comme aujourd'hui, que de poisson frais ou
séché et de riz.

Nocor-thom se compose d'une grande enceinte fortifiée, comprenant
l'ancienne résidence des souverains du pays et plusieurs monuments
qui ne sont pas encore complètement ruinés. Examinons avec intérêt
chacun de ces restes de l'ancienne capitale des rois khmers.

L'enceinte figure un immense rectangle un peu allongé dans le sens est et ouest, et mesurant 3,045 mètres sur 2,927 mètres, soit un développement de près de douze kilomètres. C'est une œuvre gigantesque, quant aux dimensions de ses diverses parties, mais très primitive comme fortification ; on n'y voit point de bastions aux angles, ou sur les faces, ni même des ponts-levis en avant des portes. L'enceinte est formée d'une muraille de 6 mètres de hauteur, sur 4 mètres à peu près d'épaisseur au sommet ; elle est entièrement bâtie en blocs de concrétion ferrugineuse bien appareillés, et elle est terminée par un couronnement en grès arrondi en dessus. Sur cette muraille s'appuie, à l'intérieur de l'ouvrage, un glacis en terre de 5 mètres environ de hauteur et dont l'épaisseur au sommet est approximativement de 14 mètres.

Ce glacis s'infléchit en talus vers le sol suivant une inclinaison voisine de 45°. La muraille et le glacis sont percés à la base, en plusieurs endroits, de petits égouts à section carrée, bien maçonnés et destinés à faire passer l'eau de la ville dans les fossés de la citadelle.

Cette enceinte est entourée d'un fossé de 120 mètres de largeur sur 4 à 5 mètres de profondeur, dont les bords sont parementés en pierres de même nature que le rempart. Des escaliers rendaient le puisage possible en toute saison. Cette grande douve est pleine pendant la saison des pluies et elle n'assèche jamais pendant les six mois d'été où il ne tombe pas une goutte d'eau. Selon la tradition, ces fossés étaient autrefois, et sont encore aujourd'hui d'ailleurs, infestés de crocodiles, que l'on nourrissait et que l'on entretenait là à dessein, afin de les faire concourir au besoin à la défense, auquel cas il suffisait de les affamer pendant quelques jours pour en faire de sérieux auxiliaires de la garnison.

L'officier chinois qui visita Angcor-thom à la fin du XIIIe siècle signale des boulevards extérieurs qui sont complètement envahis depuis longtemps par la végétation.

Des chaussées dallées et larges de seize mètres traversent ce fossé et mènent directement aux portes. Ces chaussées sont bordées de chaque côté d'une immense balustrade, dont la rampe d'appui est formée du corps d'un serpent de pierre colossal, et là les balustres sont remplacées par des géants dont quelques-uns ont plusieurs têtes. Ces personnages mythologiques sont assis, tournés vers l'extérieur et ils tiennent dans leurs bras le serpent monstrueux dont nous venons de parler. Chacune des rampes est supportée par 54 géants, ce qui fait 108

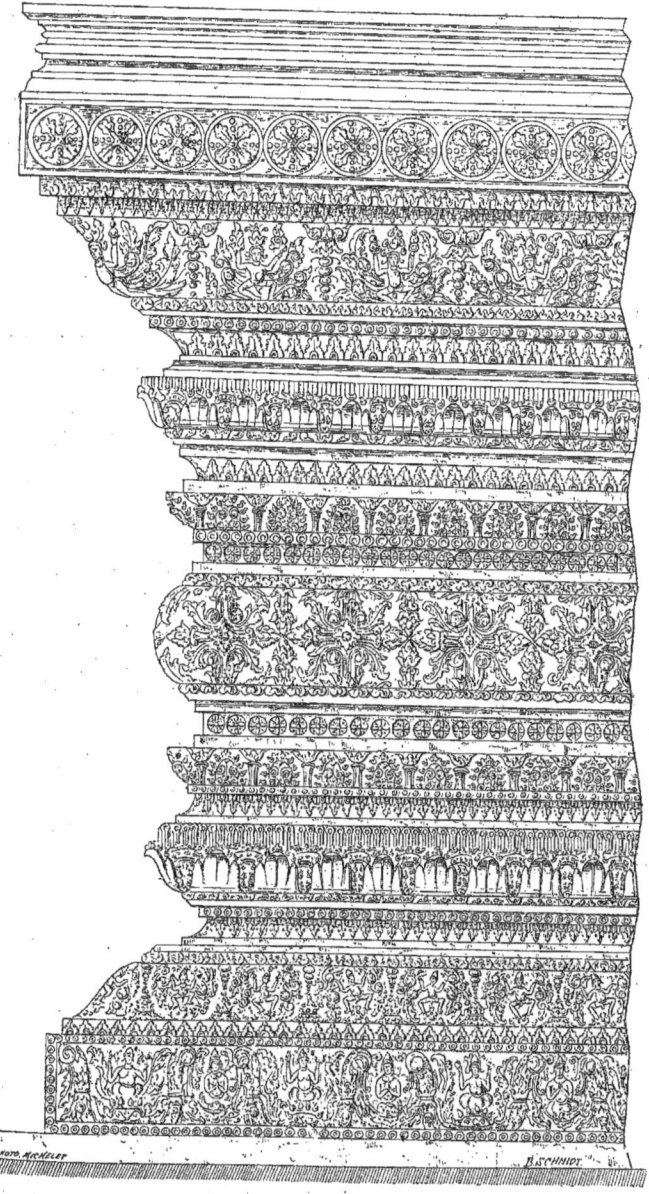

Mur de soutènement de la grande galerie d'Angcor-vat. Dessin de M. Oriol.

pour une seule chaussée ou pont, et pour les 5, un total de 540 statues colossales, quelques-unes à têtes multiples, toutes coiffées de tiares et couvertes de beaux habits et de bijoux figurés sur la pierre avec une fidélité, une précision remarquables.

En approchant de la ville, la vue du puissant rempart qui l'enceint, la richesse de la décoration des chaussées traversant la douve et les superbes portes monumentales qui leur font suite, et dont nous allons maintenant parler, tout cela était bien fait pour en imposer et donner une haute opinion du génie et des ressources financières du peuple qui avait accumulé là tant de merveilles.

A l'extrémité des chaussées, on remarque de chaque côté, et à dix mètres de l'axe de l'avenue, les vestiges d'un mur de six mètres d'épaisseur, bâti en travers de la berme, et qui était évidemment destiné à empêcher que les portes ne fussent abordées par les côtés dans le cas où l'ennemi serait parvenu à franchir les fossés.

Les portes d'enceinte d'Angcor-thôm sont des monuments très remarquables et il convient, avant de pénétrer dans la ville, de les contempler un instant. Ces portes sont formées de deux courtes galeries voûtées en ogive se coupant à angles droits, et à leur intersection s'élève un dôme imposant flanqué de deux tourelles. La galerie qui est dans le sens et de plain pied avec la chaussée que l'on suit, a 3 m. 75 environ de largeur, et c'est l'unique passage pour les chars, les cavaliers et les piétons. La galerie perpendiculaire aboutit à droite et à gauche au rempart ; elle servait de corps de garde aux soldats de service.

La galerie du passage était à ses deux extrémités couronnée de superbes frontons, et le vide des angles extérieurs, formés par l'entre-croisement des galeries, est, ainsi que nous l'avons annoncé, occupé par l'éléphant tricéphale Ayravat, dont les têtes et les avant-trains seuls sortent des murailles.

Le dôme repose sur une base élevée et carrée déterminée par l'inter-section des galeries dont nous venons de parler ; il est formé de la tête à quadruple face de Brahma coiffée d'une colossale tiare indienne à trois pointes, dont celle du milieu est la plus puissante et figure une tour cylindro-ogivale pure de formes et décorée magnifiquement. Les quatre immenses faces du dieu sont tournées vers les principaux rhums de vent ; on n'en aperçoit donc que trois lorsqu'on arrive par les chaussées : une se présente de face et les deux autres se profilent au-dessus du faîtage de la galerie transversale. Rien n'est plus puissant et plus original à la fois que ce genre d'architecture, où les effigies de l'éléphant sacré et celles du Dieu créateur jouent le principal rôle.

Mais la décoration n'est pas moins remarquable que le plan d'ensemble. Les pointes de la tiare portent chacune cinq couronnes figurant cinq sortes d'étages en retrait les uns sur les autres et par conséquent décroissantes jusqu'au sommet, qui était terminé autrefois par un emblème aujourd'hui disparu. Vues à distance, ces tours affectent la forme d'un demi-œuf un peu allongé ou d'une surface paraboloïde. Les murailles extérieures sont couvertes de beaux bas-reliefs, dont nous ne pouvons parler en détail, et le creux de la tour, ainsi que les voûtes des galeries, étaient masqués en dedans par des plafonds en bois sculpté supportés par de riches corniches.

Ces portes sont au nombre de cinq ; il y en a une sur chacune des faces nord, sud et ouest, et le côté est en a deux. Seule, la porte occidentale est placée au point milieu de cette face ; la porte du nord est à 1,495 mètres de l'angle nord-est de la citadelle et la porte symétrique du sud est à la même distance de l'angle sud-est. La face est, ainsi que nous l'avons dit, est percée de deux portes : l'une appelée Thvéa-chey (la porte de la Victoire) est à 1,010 mètres de l'angle nord-est ; l'autre, connue sous le nom de Thvéa-khmoch (la porte des Morts), est à 515 mètres de la précédente et à 1,402 mètres de l'angle sud-est, c'est-à-dire presque au milieu de la face orientale.

La porte de la Victoire est, selon nous, la plus importante, la mieux soignée dans l'ornementation. Le sommet de la tour centrale est au moins à vingt mètres au-dessus du niveau de la berme. Les deux tourelles sont moins élevées. Ces arcs triomphaux, qui sont de véritables monuments, sont, dans toutes leurs parties, construits en beaux blocs de grès. Comme les portes de la citadelle de Langca, celles-ci étaient barrées avec de fortes traverses en bois et l'on peut voir encore sur la pierre les traces de leur encastrement.

Dans les palais de tous les souverains de l'Indo-Chine, mais à coup sûr au Siam et au Cambodge, il y a une porte que l'on appelle la porte des Morts, et qui est spécialement destinée à livrer passage aux sépultures. A Phnôm-Penh, c'est la porte de l'ouest et quelquefois celle du nord qui sont affectées à ce service. Les cadavres des rois et des princes, que l'on porte en pompe au bûcher, sont sortis du palais par une des portes de l'est.

Voici les prescriptions du sage Manou sur la matière : « On doit transporter hors de la ville le corps d'un soudra (homme du peuple) décédé par la porte du midi, et ceux des dwidjas (les personnes des trois premières castes) par les portes de l'ouest, du nord et de l'orient. »

La distance de la face est d'Angcor-thôm à la petite rivière qui passe au chef-lieu de la province est d'environ mille mètres.

Dans chacun des quatre angles intérieurs de cet immense ouvrage, on peut voir encore les ruines de deux constructions à base circulaire, qui selon la tradition, servaient de poudrières et de magasins pour le matériel de guerre de la place. Elles portent le nom significatif de Phtu-dâc-crôp (endroit où l'on met les balles, les boulets, etc...).

Le palais royal dans Angcor-thôm occupait la place prescrite par la loi indoue, ainsi conçue : « Au milieu de l'enceinte de la capitale, que le roi fasse construire pour lui un palais renfermant tous les bâtiments nécessaires, et bien distribué, défendu par des murs et des fossés. »)Manou, liv. VII, st. 76.)

L'emplacement de ce palais était assez vaste pour les besoins de ces temps prospères et la résidence des rois était, enfin, défendue par un fossé compris entre deux enceintes de murailles qui subsistent encore de nos jours [1].

Ce palais était situé bien en face de la porte Thvéa-chey et immédiatement à l'ouest de la ligne de jonction des portes nord et sud de la grande enceinte. Une large chaussée en terres levées, encore visible en mains endroits, joignait la porte de la Victoire au perron central du palais.

En arrivant du côté de l'est, le premier monument qui s'offre à la vue est une immense terrasse, connue sous le nom de Prea-bânléa, qui longe toute la face orientale du palais et qui se développe à droite et à gauche vers le nord et vers le sud. A cent mètres de distance, l'œil commence à distinguer sur les faces verticales du mur de soutien les sculptures en haut relief dont elles sont décorées. On hâte le pas alors et l'on est de plus en plus attiré de ce côté par un sentiment très vif d'admiration que font naître, même chez les plus froides imaginations, ces merveilles architecturales. Nous osons affirmer que pour des archéologues, pour des artistes, pour des hommes de goût susceptibles de se passionner pour l'art, il y a là un foyer d'attraction où se trouvent réunis tous les éléments constitutifs d'un charme indéfinissable.

---

[1] Voir page 33.

On accède à cette terrasse par cinq perrons ; trois au centre et un à chaque extrémité. Le perron central, qui est le plus important, correspond à l'entrée principale de la résidence et divise en deux parties égales cette gigantesque façade. Ces perrons sont gardés par d'énormes lions de pierres assis sur des socles dont les corniches, en forte saillie, sont soutenues par des garudas et des géants disposés en cariatides.

Si nous passons en revue les sujets des bas-reliefs sculptés sur la face orientale de la Prea-Bânléa, nous trouvons d'abord, en partant du nord pour continuer jusqu'au sud, une grande scène de bataille. Les chefs, montés sur des chars traînés par des chevaux, ont l'arc en main ; les cavaliers et les fantassins sont armés de massues, de lances, de tridents et de longs bâtons. Dans cette partie du monument, les guerriers, les chars de guerre et les animaux attelés se détachent plus particulièrement de la pierre. Les types des combattants ne sont pas tous les mêmes ; la plupart ont les lobes des oreilles très allongés et percés d'énormes trous, la chevelure est ramenée en arrière et nouée en torchon.

Vers le centre, les sculptures ont moins de relief et elles sont même effacées sur certains points. Là sont figurées de grandes chasses ; les chasseurs, armés de javelots, sont montés sur des éléphants dressés à cet effet, et l'on voit les cornacs exciter les colosses en leur enfonçant dans le crâne le fer du crochet dont ils sont armés. Ailleurs, c'est un duel entre deux individus montés chacun sur un éléphant. Enfin, l'on voit aussi des éléphants chassant seuls, et pour leur propre compte. Deux d'entre eux se sont emparés d'un buffle sauvage qu'ils percent de leurs défenses ; un autre tient un cerf enroulé dans sa trompe ; ailleurs, c'est un buffle terrassé par un des pachydermes ; enfin, la chasse et quelquefois la lutte se continue avec des tigres, des rhinocéros, etc. On est là, on le voit, en pleine forêt vierge, car des arbres énormes et des plantes sauvages de toute espèce apparaissent sur ce panneau reproduisant une scène pleine de mouvement.

Au centre, l'entablement qui couronne les deux murs de soutènement compris entre le grand perron central et les deux perrons latéraux, est soutenu par une série de quatre-vingt-quatre immenses garudas. Les pieds de ces monstres reposent sur la première assise du soubassement et la tête, ainsi que les mains relevées, soutiennent l'entablement. Lorsqu'on se présente en avant du perron central, on est frappé d'admiration à la vue de ces colossales cariatides.

Plus loin, et jusqu'à l'extrémité sud de la terrasse, ce sont encore des chasses analogues à celles que nous avons décrites dans la partie symétrique au nord.

Cette haute terrasse a quatorze mètres de largeur moyenne. Les terres sont maintenues sur la face ouest par un mur épais en pierres de concrétion ferrugineuse bien appareillées.

La terrasse était bordée à sa partie supérieure d'une gigantesque balustrade formée de serpents sans fin supportés par des dés tournés. Cette balustrade ne s'interrompait qu'à l'ouverture des perrons et là on trouvait, de chaque côté, des têtes septuples de Nagas contribuant, avec les lions de garde, à rendre ces entrées de palais vraiment imposantes.

Cette grande terrasse portait au milieu, en face du perron d'honneur, un beau belvéder où le roi se plaçait dans certaines cérémonies, et pour assister aux courses et aux réjouissances qui avaient lieu les jours de fête en avant du palais.

C'est à l'extrémité septentrionale de la Prea-bânléa que se trouve la statue du Roi lépreux, sur un riche belvéder en croix. Sur les murs verticaux de ce monument se trouvent peut-être les plus belles sculptures exécutées par les artistes khmers ; ce sont, sur toutes les faces, des séries superposées de personnages en haut-relief, représentant des rois assis à l'orientale, couronne en tête, armés de leur prea-khan (épée royale) et entourés d'une cour de femmes richement parées, tenant dans leurs mains les attributs du souverain et les ustensiles en or dont les rois khmers ont l'habitude de se servir. Les personnages des angles sont de véritables statues presque entièrement détachées de la muraille. Des serviteurs mâles sont admis dans la charmante escorte, mais ils se tiennent discrètement à l'écart. Les reines et les princesses sont coiffées aussi de leurs couronnes à paratonnerre, ce qui suppose qu'elles assistent à une fête officielle ou religieuse de premier ordre. Ces dames ne sont pas autrement couvertes que par un étroit langouti, mais leurs épaules, leurs oreilles, leurs bras et leurs mains sont chargés de bijoux.

Il y a là, groupés autour de ce belvéder, sur les branches de la croix dont il est formé, des milliers de personnages sortant de la pierre par séries de six rangées parallèles, étagées et traitées de main de maître. La série inférieure est formée d'un cordon de femmes couronnées, de fort modèle, serrées coude à coude et tenant des boutons de lotus dans les mains.

Dans certains endroits, l'artiste a figuré des bassins remplis de poissons, de tortues, de caïmans, etc.

On ne pouvait assurément pas faire un plus beau socle à l'image du roi lépreux, le fondateur d'Angcor-thôm, suivant la tradition. Cette statue est devenue fameuse, grâce aux éloges et aux critiques que les voyageurs en ont fait tour à tour. Le souverain est assis sur une de ses jambes pliées ; il montre un peu ses belles dents et l'expression de sa physionomie nous a paru répondre à l'état de gaieté qu'on a voulu lui donner. Mais est-ce bien un roi khmer que l'on a voulu représenter là ?... Nous ne le croyons pas. La partie légendaire des annales dit bien que Prea-bat-sângca-chac, un très ancien roi du Cambodge, était lépreux, mais il est peu probable que ce soit l'image de ce souverain, dont l'administration fut déplorable et qui devint lépreux en punition de ses fautes et de ses crimes, que les artistes khmers ont voulu léguer à la postérité. D'ailleurs, l'usage d'élever des statues aux rois n'existe pas et n'a, sans doute, jamais existé au Cambodge, et nous croyons reconnaître dans le Sdach-comlông (roi lépreux) d'Angcor-thôm l'idole de Couvéra, en cambodgien Cuve-réach, le dieu des richesses et le régent du nord, qui lui aussi était lépreux.

Couvéra était roi de Langca au temps de la plus grande splendeur de ce mystérieux empire. Ce souverain entoura sa capitale d'une fortification célèbre dans toute l'Asie et qui servit de type aux travaux du même genre exécutés autour d'Angcor-thôm, dont les portes sont gardées par ces mêmes géants qui, à Langca, firent une si vigoureuse résistance aux Simiens gigantesques conduits par Rama, un héros dans lesquel Vichnou s'incarna, afin de lui communiquer le génie et la force nécessaires pour vaincre ces terribles ennemis des dieux et des brahmes.

On ne doit donc pas être surpris de trouver dans Angcor-thôm la statue du plus célèbre roi de la grande cité des géants, qui a servi de prototype à la première capitale des Khmers, d'autant plus que ce monarque se convertit au brahmanisme et qu'il devint enfin l'objet d'une grande vénération sous la forme du dieu des richesses.

Revenons au perron central et franchissons la terrasse en nous dirigeant vers l'ouest ; nous trouvons d'abord, en contre-bas, un premier mur d'enceinte en pierres ferrugineuses désigné par les indigènes sous le nom de Veang-crau (enceinte extérieure). Ce mur est peu important ; il enceint la résidence suivant un grand rectangle. A vingt-cinq ou trente mètres de cette première enceinte, on en trouve une autre plus haute et plus épaisse portant le nom de Veang-khnong (enceinte intérieure) ou celui de Comphêng-keo (rempart de cristal)[1]. Ce rempart se compose d'un grand mur construit en pierres ferrugineuses, figurant un quadrilatère inscrit dans la première enceinte. La hauteur de la Veang-khnong est de sept mètres environ ; son grand côté mesure 435 mètres et l'autre 245 mètres. Ce mur est percé de six portes monumentales, ou arcs triomphaux, bâtis en beaux blocs de grès et surmontés de tours. La porte orientale, qui est à triple ouverture, communique avec le perron central et est de beaucoup la plus importante.

Ces deux enceintes sont séparées par un fossé d'environ vingt mètres de largeur dont les bords inclinés sont parementés en pierres appareillées en forme de gradins. Entre ce fossé et chacun des murs règne une berme d'environ cinq mètres de largeur permettant d'exercer une facile surveillance autour de la résidence royale. Les portes des deux enceintes étaient reliées par une chaussée traversant le fossé.

Suivant toute apparence, et d'après les plans qui existent des anciens palais des rois khmers, il devait y avoir un mur de séparation qui partait de Piméan-acas, l'édifice marqué R sur le plan et qui s'en allait aboutir au nord et au sud de l'enceinte intérieure, de manière à laisser les portes nord et sud dans la partie réservée qui se trouvait être ainsi en communication avec l'extérieur par trois portes différentes, sans compter celles qui devaient être percées dans le mur de séparation dont nous venons de parler et qui donnaient accès dans la cour d'honneur.

L'agrandissement marqué *h* que l'on remarque sur la face ouest, et qui est formé par la déviation du mur extérieur, contenait les lieux d'aisance ; il existe une disposition absolument analogue dans le palais du roi Norodon à Phnôm-penh.

En pénétrant plus en dedans, nous trouvons une grande cour rectangulaire délimitée à l'ouest par un mur parallèle à la face orientale de l'enceinte. Dans ce premier compartiment, il ne reste plus que les ruines de trois tours disposées arbitrairement, dont l'une devait servir de vestiaire aux mandarins qui se rendaient en service au palais et que l'étiquette obligeait à certaine tenue suivant la saison.

Les deux autres, qui sont plus éloignées de la porte d'entrée, pourraient bien être les tours des bijoutiers royaux, puisqu'on ne les connaît dans les environs que sous le nom de Prea-sat-chéang-tong (les tours des

---

[1] Il faut entendre par là, pensons-nous, un beau rempart. Cette dénomination fut peut-être adoptée aussi en souvenir des remparts de Langca qui, selon la tradition, étaient en fer embelli d'or, de corail, de perles, de cristal, etc.

bijoutiers). Presque tous les objets, tels que crachoirs portatifs, boîtes à cigares et à bétel, coffrets à parfums, etc., dont se servent les rois, les princes, les princesses, sont en or pur, ainsi que l'énorme quantité de bijoux dont tout ce monde-là s'affuble. Pour pourvoir à ce luxe, il y a dans le palais du roi du Cambodge un atelier de bijouterie qui ne chôme jamais et où vont travailler de gré ou de force tous les indigènes qui montrent quelque aptitude pour ce genre de travaux. Les tours, qui étaient solides et bien closes, servaient à enfermer les métaux précieux, les pierres fines, etc., ainsi que les ouvrages qui étaient en main et que l'on mettait là pendant la nuit et les heures de repos. Les ateliers étaient construits plus à faux frais ; ils étaient aussi plus aérés et surtout mieux éclairés, mais les matériaux légers qui les composaient ont complètement disparu.

Dans cette même enceinte devaient se trouver les logements de la garde royale, une salle d'armes, des magasins pour les munitions, etc.

Si l'on continue à se diriger vers l'ouest en franchissant les restes du premier mur de séparation, on se trouve dans un vaste enclos rectangulaire, si l'on admet l'hypothèse que nous avons faite qu'il y avait à la hauteur de Piméan-acas, qui était un établissement privé, un mur de séparation parallèle au premier que nous avons trouvé et qui traversait la cour pour aboutir, au nord et au sud, à l'enceinte intérieure. Ce grand rectangle, qui ne renferme aucune ruine importante, représente pourtant la cour d'honneur. Là se trouvaient la salle du trône, la salle de spectacle, les salles d'attente pour les différents personnages du royaume et pour les ambassadeurs, la prison appelée thin-dap, à l'usage des princes et des plus hauts fonctionnaires publics, la trésorerie, le secrétariat, diverses écoles, etc.

De toutes ces constructions, il ne reste plus que quelques socles en pierre portant des trous de scellement de colonnes qui devaient être en bois. Le manque absolu sur le sol de pierres de construction, sur un point où il en eut fallu un si grand nombre, fait supposer que les bâtiments qui avaient été élevés à cette place n'étaient point faits avec les mêmes matériaux qui constituaient les édifices qui ont traversé les âges et dont quelques-uns sont encore debout.

Ne quittons pas cette cour sans mentionner les quelques imposants vestiges des temps passés qui s'y trouvent encore dans un assez bon état de conservation. Ainsi, par exemple, un joli belvéder en croix à branches égales supporté par de superbes colonnettes rondes en beau grès et qui est situé au sud-est franc de Piméan-acas. Les indigènes le désignent sous le nom de Terrasse de l'Arac, c'est-à-dire du Diable. On entend souvent par Arac, Siva, le dieu des démons.

Sur cette terrasse se trouve un petit abri sous lequel on a réuni quelques statues en pierre très anciennes. Parmi celles-ci, nous avons remarqué deux bustes de Ganésa, ainsi que les idoles de ses père et mère, c'est-à-dire de Siva et de Kali. Ce belvéder est très beau ; il est tout en grès, y compris les dalles qui couvrent la surface supérieure.

Dans le nord-est de la terrasse de l'Arac se trouvent trois tours bâties suivant des espacements égaux et sur une même ligne nord et sud. Les lettrés prétendent que c'était là que se trouvait la bibliothèque. Quelle qu'ait pu être la destination de ces trois dômes, partout où on les trouve ainsi disposés, on peut en conclure qu'ils représentent symboliquement les trois personnes de la trimourti brahmanique.

Dans la partie nord de la cour sont deux bassins importants, dont l'un, le plus grand, porte sur son revêtement intérieur, qui est tout en grès, des bas-reliefs de grande valeur. Ce bassin, décoré de si belles sculptures, devait être un Sra sacré, où l'on puisait l'eau que devaient boire les fonctionnaires en prêtant serment et c'était aussi là sans doute que s'accomplissaient les rites de l'eau dans différentes cérémonies.

L'autre bassin renfermait la provision d'eau potable nécessaire aux gens de service et aux visiteurs.

Qu'est-ce maintenant que ce monument pyramidal qui occupe le centre du vaste emplacement du palais et que l'on nomme Piméan-acas ? Nous avons eu occasion de faire connaître Piméan-acas en recherchant l'âge des plus anciens monuments du pays, mais nous devons insister sur la question d'utilisation qui n'est pas épuisée. Lorsqu'on interroge les habitants d'Angcor sur l'emploi que faisaient leurs anciens souverains de cet édifice, ils répondent : « C'est là que les rois allaient pour prendre l'air et voir de loin. » C'est, en effet, le rôle que son nom de lieu élevé et ses dispositions principales assignent à cette pyramide. Les dames de la cour, sans sortir des limites tracées autour de leur liberté, pouvaient, en gravissant les degrés de la face ouest, gagner les plates-formes successives de cette pyramide et se répandre, sans être vues, dans les galeries à fenêtres qui bordent le plateau supérieur.

Le bâtiment correspondant du palais actuel de Phnom-penh, qui porte d'ailleurs le même nom, est à cheval sur le mur qui sépare les

appartements particuliers de la cour d'honneur, qui, elle, est publique.
C'est pour cela que nous avons osé supposer une séparation analogue à
Angcor-thôm.

Le compartiment marqué C sur le plan renfermait, suivant la tradition et les probabilités, les appartements particuliers du roi. Il ne reste
plus rien aujourd'hui des installations d'autrefois, si ce n'est un grand
puits à pans carrés, profond, parementé en pierre et sur la destination
duquel on a quelque peu controversé. Faut-il voir dans *Rondau Péaléa*
(fosse obscure), nom donné à ce puits par les Khmers actuels, un lieu
de supplices, un trou où l'on jetait et où on laissait mourir de faim les
princesses infidèles et leurs amants?... Nous ne le pensons pas et
notre première raison est précisément la situation de cette cachette
auprès des logements même du roi. La proximité d'un charnier humain
ne pouvait avoir rien de gai et notre conviction est que c'était là la place
du trésor, car le bâtiment de la trésorerie, dont nous avons parlé en
visitant une des cours, ne contenait, suivant la coutume, que les recettes
du mois, et que des versements mensuels étaient faits à la caisse principale située dans la partie privée du palais et dont la comptabilité était et
est encore de nos jours tenue par des femmes de confiance.

Nous avons cru devoir insister sur la destination de cette fosse, qui
a si fort occupé les explorateurs et qui pourrait bien aussi diviser les
archéologues qui l'examineront à leur tour.

Dans le même rectangle, l'espace symétrique par rapport à l'habi-i
tation du roi, délimité à l'est par le mur qui devait partir de Piméan-
acas et allait aboutir à la face nord de l'enceinte intérieure [1], renfermait trois bassins dont un au moins devait servir pour les bains que les
indigènes ont l'habitude de prendre plusieurs fois par jour.

Le premier long compartiment de l'ouest, qui est contigu aux deux
derniers, contenait sans doute la salle de répétition du théâtre, le vestiaire des actrices, la cuisine particulière de Sa Majesté, les logements
des reines, des princesses et ceux des concubines favorites. Enfin, là
devaient se trouver aussi deux ou trois bâtiments spéciaux pour les
accouchements, tout à fait indispensables dans une maison où il y a
toujours plusieurs femmes qui sont prises à la fois du mal d'enfant.

Une chaussée en terres levées, marquée *y*, *y*, *y*, sur le plan, décrivait

---

[1] Tous ces murs ont plus ou moins disparu. Les Siamois ont retiré de là les matériaux
nécessaires à la construction de la citadelle de Siem-Réap.

autour du palais un grand rectangle aux côtés parallèles à l'enceinte extérieure. Elle allait s'appuyer au nord-est et au sud-est sur des murs prolongeant au nord et au sud la grande terrasse, qui, elle, formait le côté est de cette enceinte. Le mur qui court droit au nord, et qui part du belvéder *l*, servait à fermer le passage de ce côté et empêchait que l'on pût voir du dehors dans l'espace compris entre les enceintes extérieures, où se trouvait un vaste parc planté sans doute de gros arbres.

En face de la porte ouest, et sur la chaussée en terres levées dont nous venons de parler, on remarque un amas considérable de matériaux de construction. Il y avait là sans doute un poste de surveillance et de protection pour les dames de la cour, qui s'en allaient dans le jour caqueter et folâtrer sous les frais ombrages du parc, ou se baigner dans le bassin extérieur occidental qui porte le nom de Trâpéang-dònméa (la mare de la vieille Méa). Ce sont les terres extraites de ce bassin qui ont servi aux grands terrassements de Ba-Puon et de Piméan-Acas.

Après le palais, le monument le plus important parmi ceux qui sont compris dans l'enceinte d'Angcor-thôm, c'est sans contredit le Banh-yong, communément appelé Baïon, dont nous avons déjà parlé et dont M. Delaporte a donné une description technique, fidèle et complète, dans son *Voyage au Cambodge*. Il reste peu de chose à ajouter à ce qui a été dit au sujet de ce superbe édifice, et néanmoins, nous qui l'avons si souvent admiré, nous ne pouvons nous défendre de le faire connaître encore un peu plus, s'il se peut, à nos lecteurs.

Le Banh-yong est situé en face de la porte des Morts, et à cinq ou six cents mètres environ dans le sud-est du palais des rois. Sans entrer dans le détail de sa construction et surtout de sa décoration merveilleuse, nous dirons que les différentes parties dont ce monument se compose sont échelonnées sur un massif pyramidal formé de trois terrasses superposées et de grandeur décroissante.

La terrasse inférieure, allongée dans le sens est et ouest, et mesurant environ 130 mètres sur 120 mètres, est bordée sur chacune de ses quatre faces d'une galerie voûtée à double colonnade extérieure et à mur plein intérieur décoré de bas-reliefs.

Cette galerie présente au passage des grandes axes de l'édifice quatre portiques assez simples, sauf celui de l'est qui est à triple ouverture et le seul qui soit couronné d'une belle tour à faces brahmaniques. Il existe, en outre, sur le pourtour de cette galerie rectangulaire, huit autres portiques de moindre importance distribués à droite et à gauche de chacun des angles.

Cette première terrasse n'avait été élevée que d'un mètre environ au-dessus de l'esplanade, afin que la belle galerie qu'elle supporte ne masquât pas trop les étages supérieurs qui étaient encore plus riches.

Cette galerie enveloppante s'agrandit aux quatres angles de manière à former des sortes de dégagements couverts par des voûtes, qui s'appuient sur des colonnes monolithes du plus fort échantillon employé par les anciens Khmers dans leurs constructions. Des perrons appuyés contre le soubassement, en face de chacun des portiques, permettent la communication de l'esplanade avec le premier étage.

La deuxième terrasse, élevée au-dessus de la première de 1 m. 50, supporte deux galeries rectangulaires contiguës, séparées par un mur mitoyen percé de portes et couvert de bas-reliefs sur ses deux faces. Ces galeries s'ouvrent par des péristyles à un rang de colonnes, en dehors, sur les constructions du premier étage, et, en dedans, par une double colonnade sur un préau presque entièrement occupé par la troisième terrasse, haute de 2 m. 50 au-dessus de la seconde et qui sert de socle à un groupe de tours et d'édicules bien remarquables.

Vingt passages différents traversent ce double cloître, formant autant de portiques couronnés de tours à faces humaines et précédés d'avant-corps à péristyles et de perrons.

Enfin, la troisième terrasse en forme de croix latine, qui porte le sanctuaire, n'a point de galerie de bordure. Des Nagas constituent sur tout son périmètre une élégante balustrade qui ne s'interrompt qu'aux perrons ; et là, les serpents monstrueux, faisant face aux marches d'escalier, concourent avec les lions à défendre l'accès du saint lieu aux profanes, aux mauvais génies, aux démons.

Cette terrasse cruciforme porte le plus imposant et le plus remarquable des sanctuaires élevés par les architectes khmers. Son plan diffère beaucoup de celui qui a servi à construire tous ceux qui ont été découverts jusqu'à ce jour dans le sud de l'Indo-Chine. D'abord, la section de la base est ovale au lieu d'être carrée ; ensuite, l'intérieur est divisé, suivant les axes, par deux couloirs voûtés déterminant quatre grands secteurs, divisés eux-mêmes chacun en trois parties par des murs intérieurs formant d'autres petits secteurs convergeant tous vers le centre, où leur réunion autour du vide arrondi laissé à l'intersection des deux grands couloirs des axes, constitue un massif annulaire solide destiné à supporter le dôme central. Les petits secteurs sont divisés chacun en deux compartiments par une cloison transversale percée d'une porte. L'aire intérieure porte une grande fosse située immédiatement sous le dôme et qui nous paraît avoir eu une destination funéraire.

Au-dessus de cette base, aussi bizarrement subdivisée, et au centre de figure, apparaît un grand dôme cylindro-conique décoré à la base de quatre grands masques humains tournés vers les quatre principaux rhums de vent, tandis que huit tours de proportions moindres, régulièrement espacées sur le couronnement elliptique de la base et portant une seule face humaine tournée vers l'extérieur, constituent une sorte de guirlande au dôme principal. La plus orientale de ces tours est flanquée de deux tourelles fort élégantes placées là pour augmenter l'effet décoratif de la face honorée.

Cette plate-forme supérieure supporte des édicules et d'autres tours dont nous renonçons à indiquer l'agencement. Celles-ci ont la forme hiératique, c'est-à-dire qu'elles sont cylindro-ogivales et qu'elles reposent sur des bases cubiques creuses. La plupart des bases de ces tours sont décorées aux angles de têtes énormes de dragons, sortant du pied du soubassement et supportant des garudas debout, presque détachés de la pierre et collant leurs grandes ailes ouvertes sur les faces latérales de la construction. C'est au-dessus de ce beau sujet, à la naissance de la partie arrondie de la tour, que se trouve la quadruple face de Brahma. Le nombre des tours du Banh-yong est de cinquante-une, toutes à faces brahmaniques d'un grand caractère. Le sommet de la tour centrale, qui couronne le sanctuaire, devait être à quarante-un mètres environ au-dessus du sol de l'esplanade.

Comme dans tous les monuments khmers, les grands axes sont, dans celui-ci, déplacés l'un vers l'ouest et l'autre d'une quantité presque insensible vers le nord.

Telles sont les dispositions essentielles de ce temple extraordinaire, ruiné aux trois quarts aujourd'hui, et qui devait être consacré à Brahma dont on retrouve partout l'image.

A première vue, le style de ce monument semble lourd, ce qui est le défaut capital de l'architecture khmer. Si cette imperfection est ici plus sensible encore, cela tient sans doute à l'entassement, sur un espace relativement petit, d'une grande quantité de galeries, d'édicules, de terrasses et de tours. Mais cette première impression défavorable disparaît à mesure que l'on fait davantage connaissance avec cet admirable édifice, qu'il faut placer au rang des meilleures productions des Khmers.

Remarquons que le Banh-yong est le seul monument important qui ne soit point précédé de Sras sacrés. Les deux pièces d'eau qu'on y trouve sont situées dans le parc, à l'ouest et en dehors du temple. La position reculée, presque cachée, de ces pièces d'eau, ferait supposer qu'elles étaient affectées à des besoins domestiques plutôt que religieux.

L'emplacement du Banh-yong par rapport à la porte des morts, qui s'ouvrait pour laisser passer les cadavres que l'on portait au bûcher et dont on rapportait les ossements calcinés dans la ville ; l'usage conservé jusqu'à nos jours de mettre les restes des membres de la famille royale dans un monument unique [1], la même coutume observée par les gens du peuple, que l'on voit souvent aller déposer les cendres de leurs morts dans l'intérieur des vieilles tours, et surtout l'analogie des subdivisions intérieures du monument central du Banh-yong avec les tours du Silence des Indous, qui avaient des compartiments spéciaux pour les sépultures des grands seigneurs, et une fosse sépulcrale commune où l'on déposait les ossements des personnes de moindre condition, nous amène à considérer le monument, dont nous nous occupons, comme un immense tombeau, sans doute à l'usage du monde officiel, qu'il était naturel de consacrer au dieu Brahmâ, « dont l'âme suprême doit finalement absorber tous les hommes après les avoir fait passer successivement de la naissance à l'accroissement, de l'accroissement à la dissolution, par un mouvement semblable à celui d'une roue. »

A trente mètres de la porte méridionale de l'enceinte du Banh-yong, on remarque un terrassement rectangulaire portant une idole du Buddha d'assez fort modèle et des débris d'autres statues de moindre importance. Ce lieu sacré porte le nom de Prea-vihéar-cùc-thloc (la pagode de Cùc ou Cuch-thloc). On sait que c'est là le nom primitif du royaume khmer, et, quoi qu'il en soit, ce temple hypèthre passe pour être fort ancien.

Plus au nord, à cent mètres environ au sud de l'angle sud-est de l'enceinte du palais des rois, on rencontre un établissement analogue au précédent et que l'on désigne sous le nom de Prea-Nguc (le dieu qui se

---

[1] Nous avons signalé un monument semblable à Oudong, où sont réunis les cendres d'une foule de rois, de princes et de princesses.

balance). Là encore se trouve une grosse idole de Sakia-Muni en maçonnerie, représentée assise sur un trône élevé au pied duquel sont entassées d'autres images plus ou moins avariées du réformateur.

Au sud, et très près de l'enceinte extérieure de la résidence royale, s'élève la grande pyramide de Ba-puon, dont nous avons déjà dit un mot en énumérant les principaux édifices contenus dans la capitale de l'empire khmer.

Lorsqu'on aborde ce monument du côté de l'est, on trouve une entrée principale, sorte d'arc de triomphe à trois ouvertures coiffées de tourelles, analogue à celui qui s'élève sur la voie sacrée qui mène à Angcorvat, mais de beaucoup moins important.

Le passage central donne directement accès sur une chaussée dallée, de cinq mètres de largeur, bordée de bassins sacrés, et qui mène à la pyramide éloignée du grand portique d'environ 250 mètres. Une autre entrée monumentale était construite sur le bord de cette chaussée, bien en face de la porte méridionale du palais des rois, et celle-ci devait être spécialement réservée aux personnes de la cour. De ce point, il ne reste qu'une soixantaine de pas à faire pour atteindre le pied de la pyramide.

Le monument principal se compose de sept terrasses à peu près carrées, étagées et en retrait les unes sur les autres. Le côté de la base est d'environ 120 mètres et la hauteur de la terrasse inférieure de 4 m. 35 au-dessus du sol; la hauteur du deuxième terrassement est de 4 mètres, celle du troisième de 4 m. 50, du quatrième de 4 m. 40, du cinquième de 4 m. 50, du sixième de 4 mètres et enfin du septième de 2 m. 35, soit un total de 28 m. 10.

Les terres sont maintenues à chaque étage par des murs de soutènement en grès sur lesquels courent des moulures en forte saillie, correctement alignées et couvertes de sculptures soignées. On accède à chacune des terrasses par des perrons extrêmement raides disposés sur le milieu de chacune des faces de la pyramide.

Seule, la troisième terrasse était bordée d'une petite galerie coupée par des portiques couronnés d'admirables petites tours au passage des perrons. Les murailles de cette galerie sont décorées de bas-reliefs en dehors et en dedans. Les corniches qui supportaient autrefois des plafonds étaient également très riches.

Des Nagas sans fin formaient balustrade autour des autres terrasses; les arêtes de la pyramide étaient décorées par des éléphants de pierre de dimension décroissante suivant la hauteur et qui étaient postés aux angles de chacune des terrasses, tandis que les perrons étaient gardés par une multitude de lions dont la taille était calculée de manière à produire des effets d'éloignement.

C'est sur cette imposante pyramide que les Khmers élevèrent une tour fameuse dans l'antiquité, dont le sommet pouvait être à cinquante mètres au-dessus du sol et dont il ne reste plus qu'un amas informe de ruines. La tradition, et les relations d'anciens voyageurs chinois, s'accordent à dire que la tour supérieure de Ba-puon était recouverte en cuivre doré, qu'elle dominait la cité et qu'elle reflétait sans cesse autour d'elle les mille feux d'un soleil tropical.

Nous pensons que ces pyramides étagées symbolisaient le Keylasa, la fameuse montagne sacrée portant à son sommet la céleste demeure de Siva. On en compte un grand nombre dans le sud de l'Indo-Chine. A Java, on peut voir un monument brahmanique du même type, appelé par les malais Kalisari, corruption du vrai mot Keylasa. Le Keylasa indou est, comme on sait, le chef-d'œuvre du genre.

Les buddhistes javanais édifièrent, au viii° siècle de notre ère, un monument analogue à ceux dont nous venons de parler : c'est le Boeroe-boedoer, qui fut vraisemblablement construit par des brahmanes convertis à la doctrine de Sakia-muni et qui, n'ayant pas eu le temps de modifier leur système d'architecture, ce qui est plus long à faire évoluer que les opinions politiques et religieuses, conservèrent les anciennes formes ; mais ils prirent alors les sujets des bas-reliefs dans les légendes retraçant la vie et les miracles opérés par le grand réformateur.

En avant de la grande terrasse qui précède le palais, à l'est, se trouvait une place rectangulaire de 250 mètres environ au plus petit côté, sur laquelle avaient lieu les réjouissances publiques. En face du belvéder et du perron d'honneur de la Prea-bânléa, on remarque, à deux cents mètres de distance, distribuées régulièrement sur une même ligne parallèle à la terrasse, une dizaine de tours ayant le nom significatif de Prea-sats-suor-prot (tours portant des cordes en cuir sur lesquelles on danse). Suivant la tradition, les sommets de ces tours servaient à fixer et à raidir des câbles en cuir de buffle, sur lesquels les acrobates de l'époque marchaient et dansaient, comme de nos jours à Phnom-penh, un faisceau de plumes de paon dans chaque main pour se donner de l'aplomb. Deux autres tours semblables sont disposées une à droite et l'autre à gauche du boulevard qui, partant de la place en face du perron d'honneur du palais, va en droite ligne aboutir à la porte de la Victoire. Ces tours sont entièrement construites en pierres de concrétion ferrugineuse ; elles sont puissantes, élevées, mais ornées à peine de quelques moulures. En dehors de la destination que nous avons cru devoir assigner à ces bâtiments sommés de tours, les indigènes prétendent que là aussi étaient les écuries royales et nous avons, en effet, constaté que l'ouverture des portes de ces prea-sats était bien plus grande que dans les autres monuments du même genre ayant d'autres destinations ; et que, au lieu d'être juchés sur des soubassements plus ou moins élevés, le fond de la chambre et le seuil des portes sont ici à fleur de sol, afin que les animaux pussent entrer et sortir sans broncher.

C'était là vraisemblablement qu'étaient logés les éléphants blancs, lorsqu'on avait le bonheur d'en posséder, les chevaux et d'autres animaux marqués de signes heureux et qui avaient leur place indiquée dans certains cérémonies où ils paraissaient richement parés.

En arrière des tours sont deux édifices civils très importants, construits entièrement en grès, couverts par des voûtes, solidement établis et décorés avec art. Il y en a un de chaque côté du boulevard flanqué de fossés qui mène à la porte de la Victoire. « C'étaient les magasins royaux, » disent les indigènes. Nous trouvons, pour notre compte, que les frais d'établissement sont en disproportion avec le rôle modeste attribué par les habitants à ces deux superbes monuments, qui pouvaient bien être des palais, ou des hôtels à l'usage des rois tributaires en visite ou des ambassadeurs députés à la cour d'Angcor par les gouvernements voisins. Le palais actuel des ambassadeurs occupe une position analogue en face de la résidence royale de Phnom-penh. Chacun des bâtiments d'Angcor a son réservoir d'eau particulier.

Dans la cour, en face du portique oriental de l'hôtel situé au nord de l'avenue de la Victoire, sont les restes d'une tour qui devait être assez importante. A l'est de cette ruine, dans une enceinte en pierres ferrugineuses, on remarque quatre petits édicules symétriquement groupés et dont nous n'avons pu connaître l'utilisation. Ils sont percés seulement d'une porte chacun et sont aujourd'hui très détériorés.

Dans l'enclos de l'autre hôtel, et dans le prolongement du perron oriental, on voit les traces d'une colonnade depuis longtemps détruite.

La place des réjouissances est limitée au nord par un groupe de ruines portant le nom de Preâ-Pithu. La tradition nous apprend que c'était là le rendez-vous des *joueurs d'échecs* d'un haut rang. La position topographique de ces établissements nous fait présumer que ce pouvait bien être là, en effet, que se réunissaient les membres d'une sorte d'académie des jeux, ainsi que les juges des courses et des luttes de toutes sortes qui s'engageaient sur la place à des jours convenus.

Celui de ces monuments qui est placé le plus au sud, porte plus spécialement le nom de Preâ-Pithu[1]; il a la forme générale d'un tronc de pyramide quadrangulaire de neuf mètres de hauteur, composé de trois terrasses à peu près carrées, étagées et décroissantes. Le côté de la base est de trente-sept mètres. Les murs de soutènement de ces terrasses sont traversés par des moulures horizontales nues, mais d'un grand relief.

La plate-forme supérieure servait de socle à une tour qui reposait sur une base cubique avec avant-corps sur les quatre faces et dont le plan figurait une croix à branches égales. Cette tour en s'éboulant a rempli le plateau de décombres. Les linteaux de porte qui sont encore en place sont sculptés soigneusement et jusqu'aux murs intérieurs du sanctuaire qui portent en bas-reliefs deux cordons superposés d'images du Buddha. C'est un des rares monuments anciens qui présente dans sa construction même des sculptures se rapportant au buddhisme. C'est aussi le seul sanctuaire, à notre connaissance, qui ait été sculpté intérieurement, et nous ne serions pas surpris que là, comme ailleurs, ces représentations buddhiques soient postérieures à l'édification du temple. Notons cependant qu'ici l'exécution est bonne et dénote une habileté inconnue aux buddhistes des temps relativement modernes.

Les perrons appliqués sur les quatre faces vont en diminuant de largeur à mesure qu'ils s'élèvent, disposition commune à tous les monuments de ce genre et qui avait pour effet, en grandissant la perspective, d'augmenter la hauteur apparente de la pyramide.

A cent cinquante mètres dans le nord-nord-ouest de Preâ-Pithu se trouve un bassin qui porte le nom du monument. A vingt mètres de l'angle nord-est de ce Sra, s'élève un tumulus de huit à dix mètres environ de hauteur, au pied duquel nous avons rencontré un buste de Ganesa en grès et quelques pierres taillées en lingam. Un socle en pierre énorme, privé aujourd'hui de sa statue, couronne cette élévation.

---

[1] Nous pensons qu'il s'agit ici du célèbre philosophe indien Prithu, qui parvint à la suprême puissance par la sagesse de sa conduite et la supériorité de ses talents et qui fut enfin exalté jusqu'à la condition divine.

A cent quinze mètres à l'est de Preâ-Pithu, il y a un autre bassin portant un débarcadère sur la face ouest avec un perron gardé par des lions. Celui-ci est connu sous le nom de Sra-ta-tuôt (le bassin de l'aïeul).

A une quarantaine de mètres seulement de l'angle nord-est de la pyramide de Prea-Pithu, on peut voir encore les ruines de deux fortes constructions en grès très rapprochées l'une de l'autre. L'une de ces constructions, la plus considérable, repose sur un haut soubassement et a la forme d'une croix grecque. Quatre perrons ménagés sur les extrémités des branches conduisent aux portiques précédés de péristyles à colonnes monolithes, à fût carré, mesurant 0 m. 60 de côté et 3 m. 85 de hauteur. Ce monument devait être surmonté d'une tour, à en juger par l'énorme quantité de décombres qui le couvrent aujourd'hui, et il devait produire un grand effet, car les péristyles et toute la décoration extérieure sont encore très remarquables.

L'édifice voisin est presque complètement ruiné du côté de l'est. Le portique occidental, surmonté de deux frontons superposés et bien développés, était fermé, mais tous les détails en sont figurés avec précision sur la pierre.

Sur un tympan placé au-dessus d'une petite porte latérale, nous avons distingué un combat de singes. Sur un autre tympan, le personnage principal est Vichnou, et à côté du dieu se tient une femme debout un pied dans un plateau de balance et l'autre appuyé sur la cuisse d'une autre femme assise. Ailleurs, on voit un roi, reconnaissable à ses attributs, autour duquel se pressent des courtisans ; puis des éléphants, des chevaux conduits à la main...

Tout auprès de ce dernier monument, au milieu d'une enceinte murée et percée de portes sur les quatre faces, sont les ruines d'un petit monument peu important comme masse, mais qui devait être un véritable bijou d'architecture surchargé de sculptures élégantes.

Une autre enceinte, distante de trente mètres seulement de la précédente, ayant portes monumentales à l'est et à l'ouest, contient un édicule établi sur une série de terrasses étagées. Ici, ce n'est qu'un monceau de ruines ne permettant même pas de reconnaître la forme primitive du monument. Nous avons déterré dans le parc un entablement de grande valeur représentant le barattement de la mer par les dieux et les démons. A côté de ce précieux morceau de sculpture, nous avons vu un gros socle de statue renversé et à moitié enfoui dans le sol.

Si du point où nous sommes arrivé, on fait soixante pas dans le nord-

nord-ouest, on est au pied d'une petite terrasse cruciforme, haute de deux mètres et que soutiennent des colonnes rondes sculptées. On l'appelle Crê-tissna (la chaire à prêcher). Ce devait être une sorte de tribune aux harangues où les orateurs pouvaient, comme autrefois à Rome, se mouvoir et gesticuler à leur aise.

Au nord franc et très près de la porte orientale de la face nord de la résidence royale, on rencontre un mur de clôture qui entoure une terrasse rectangulaire, dans le genre de celles que nous avons visitées déjà, et qui supporte une énorme idole assise, faite de plusieurs blocs de grès ouvragés, sauf la tête qui est sculptée dans un seul bloc et qui est d'un beau modèle. Ce temple porte le nom de Vât-tép-prânâm (la pagode de l'ange devant lequel on se prosterne). Nous avons cru reconnaître dans cet ange les traits de Sakia-Muni. Quoi qu'il en soit, l'idole de Tép-prânâm est de nos jours l'objet d'une grande vénération. La terrasse est précédée à l'est d'une chaussée de quatre-vingts mètres de longueur, terminée par un perron que gardent, de chaque côté, un lion et un Naga.

Au point symétrique, c'est-à-dire en face de la porte occidentale de la face nord, se trouve la ruine intéressante de Preâ-Palilay, enfermée dans une enceinte carrée de quarante mètres de côté environ. Au centre de cette cour, un tronc de pyramide, de 5 m. 60 de hauteur, formé de trois terrasses étagées, supporte une tour très élevée, dont nous avons déjà parlé, et dont il ne reste aujourd'hui que la carcasse. La base de cette tour est creusée en bassin dans lequel nous avons distingué un socle de statue renversé. Aujourd'hui, c'est le Buddha qui est en possession de ce sanctuaire, que lui dispute une petite idole de Vichnou reléguée au second plan.

Sur un entablement, on distingue un dieu monté sur une oie posée sur la tête de Rahou. Deux singes assis, un de chaque côté de ce sujet, mordent des guirlandes de feuillage dont les extrémités se relèvent et se rejoignent de manière à former un cadre ogival à ce tableau.

Prea-palilay est précédé, à l'est, d'un belvéder en croix, gardé par d'énormes Phis, aujourd'hui renversés et enfouis à moitié dans le sol, ainsi que par des lions et par des Nagas. Une chaussée de quarante mètres de long mène à l'enceinte qui présente, de ce côté, une triple entrée architecturale en ce moment bien abîmée, mais qui conserve cependant encore des traces de sa beauté d'autrefois. Parmi les sculptures qui décorent ce portique, nous avons admiré une scène de famille bien rendue : ce sont des femmes groupées sous de grands arbres et qui caressent des enfants assis sur leurs genoux.

Dans le passage central, nous avons trouvé parmi les éboulis de la tour qui le couronnait une belle tête de déesse, portant une couronne cylindrique fixée à la tête par un large bandeau enrichi de fines ciselures.

Il n'existe dans l'enceinte d'Angcor-thôm aucune autre trace importante des œuvres des anciens Khmers, si ce n'est quelques tours, des chaussées-routes, des terrassements ayant peut-être supporté des idoles, des bassins... perdus de nos jours dans de grandes herbes, parmi les ronces, les lianes, les bambous sauvages et épineux d'une forêt vierge absolument impénétrable pour des Européens.

Tous les monuments importants, le palais, les demeures des princes et des dignitaires occupaient la moitié orientale de l'enceinte d'Angcor-thôm ; la ville proprement dite était dans la partie occidentale, qui était moins honorée et par suite moins recherchée. Cela est clairement établi par la relation du mandarin chinois envoyé en mission à Angcor à la fin du XIII° siècle de notre ère : « Dans la capitale, dit-il, les palais royaux, les demeures des princes et celles des officiers de l'État occupent toute la partie est de la ville. Les maisons sont construites en bois et la plupart sont élevées au-dessus du sol ; elles sont recouvertes de longues feuilles que l'on cueille sur le bord de l'eau et qui ont de huit à neuf pieds de long. » (Extrait de l'*Histoire de Canton*.)

Nous en avons assez dit, pensons-nous, sur cette célèbre capitale pour donner une idée de ses dimensions et de la richesse des monuments qui lui valurent autrefois, dans tout l'Orient, une réputation égale à celles dont jouirent à l'autre extrémité du globe Ninive et Babylone : « C'est la ville au cent tours, disait-on ; on y voyait des tours d'or... Aucun pays n'est aussi riche que le Tchinla. »

Passons maintenant aux édifices extérieurs groupés autour de la capitale, et commençons par Angcor-vat (le temple royal), le plus vaste, le plus important, le mieux conservé, le plus complet et le mieux soigné des monuments du pays. La description technique et le plan qui l'accompagne [1] sont l'œuvre de M. Spooner, un homme de goût, qui a déjà publié dans les journaux illustrés et les revues scientifiques de beaux dessins établis d'après des croquis pris sur place et des aperçus très remarqués sur les ruines du Cambodge.

_____

[1] Voir ce plan à la fin du volume et page 176.

NOCOR-VAT [1] (LA PAGODE ROYALE).

Plan. — Si nous jetons à vol d'oiseau un coup d'œil sur l'ensemble du monument, nous remarquons tout d'abord que l'entrée principale est à l'ouest. Le périmètre extérieur décrit un immense rectangle d'environ six mille mètres de développement, défini par le revêtement en pierre d'un grand fossé de deux cents mètres de largeur, coupé à l'est et à l'ouest par des chaussées surélevées.

Le grand axe est-ouest est déplacé et reporté vers le nord de cinq mètres, mais il n'en divise pas moins en parties symétriques, quant au groupement, cet immense rectangle, ainsi que les monuments qu'il renferme, tandis que l'axe nord-sud, passant aussi par le sanctuaire central, est reculé vers l'est de soixante-treize mètres par rapport à sa vraie position. A la suite du fossé apparaît un grand mur de clôture, formant une enceinte rectangulaire de 1,047 mètres sur 827 mètres, dont les faces sont respectivement parallèles aux côtés de la douve. Entre le fossé et le mur règne une large berme, mise en communication avec l'extérieur par les deux chaussées dont nous avons déjà parlé.

A l'intersection des axes avec chacune des faces de cette enceinte, sont des portes monumentales ; celle de l'ouest couvre presque un tiers du côté sur lequel elle est édifiée. Ce premier monument, sur lequel nous reviendrons plus tard, a 235 mètres de façade ; il se compose de trois portiques dômés, joints entre eux par des chambres et reliés à droite et à gauche par des galeries à double colonnade extérieure aux portes à toiture étagée qui en forment les extrémités.

Franchissant cette première enceinte, côté ouest, on aperçoit le prolongement de la chaussée vers l'intérieur ; sa largeur est diminuée et réduite à huit mètres, et elle a dans sa longueur cinq saillies flanquées d'escaliers sur le sol en contre-bas. La quatrième saillie conduit à deux édicules latéraux par de courtes voies dallées. De ces édicules à la grande esplanade centrale s'étendent, de chaque côté de la voie, des Sras de purification. La chaussée aboutit de plain pied à l'esplanade dont le soubassement est couronné d'une balustrade formée de serpents sans fin.

La grande esplanade communique avec le terrain en contre-bas, sur

[1] C'est le monument généralement connu sous le nom de Angcot-vat, appellation que les Indigènes eux-mêmes ont fini par adopter et que nous emploierons aussi indifféremment avec le vrai nom.

chaque face, par un escalier au passage des axes se coupant au sanctuaire, et, à chaque angle, par deux escaliers plus petits adossés à la
pointe. A l'entrée de cette esplanade, se présente une vaste terrasse en
croix qui précède immédiatement la façade ouest du grand temple.
Cette façade forme un des côtés du grand rectangle composé de galeries
à double colonnade extérieure et à mur plein intérieur, avec pavillons
aux angles et portes monumentales sur chacune des faces au passage
des grands axes. En y comprenant les degrés et les péristyles en saillie,
les façades est et ouest ont 187 mètres de développement, et entre axes
de galeries 159 mètres. Les côtés nord et sud ont, dans ces conditions,
215 mètres et 187 mètres.

Continuant à suivre le grand axe vers l'est, des degrés logés dans un
massif épais donnent accès, vers l'intérieur, à une cour carrée, ayant
45 mètres de côté environ, entourée de portiques et coupée en quatre
parties égales par des galeries croisées. Cette disposition forme donc
quatre compartiments également carrés, à ciel ouvert; ils sont creusés
en bassins. La galerie nord-sud, coupant au milieu les galeries des
faces nord et sud de cet ensemble, donne accès dans le terrain surélevé
par rapport à la grande esplanade et qui se trouve compris entre le
grand rectangle extérieur déjà franchi et celui dans lequel on pénètre
par trois escaliers de dix-huit marches, au pied desquels aboutissent les
trois galeries parallèles partant des portiques de la grande galerie inférieure et se dirigeant droit à l'est. Vers les angles nord-ouest et sud-ouest
de ce terrain, et dans le prolongement de la galerie nord-sud de la cour
des portiques qui y donne accès, sont deux édicules dans le style de
ceux qui flanquent la grande chaussée.

Le rectangle supérieur, dans lequel on vient d'entrer, est formé de
couloirs éclairés par des fenêtres carrées; des portes à toitures étagées,
avec péristyles et degrés, se trouvent au passage des axes. Celles des
quatre coins sont surmontées chacune d'un dôme.

Franchissant cette seconde enceinte du temple principal, on entre
dans la cour centrale. Une courte voie dallée conduit au pied du grand
massif qui supporte le sanctuaire, laissant à droite et à gauche deux
édicules très remarquables. Ce massif est carré, mais avec de nombreux
angles saillants et rentrants formés par des escaliers courant sur ses
riches moulures. Il mesure soixante-trois mètres à la base et quarante-
cinq mètres au sommet entre axes des galeries. La hauteur est de
douze mètres et les degrés d'honneur, sur le grand axe, présentent la

même projection, de sorte que leur inclinaison générale est de 45°. Ceux des angles et des autres faces sont beaucoup plus raides ; on ne saurait guère les gravir qu'en s'aidant des mains autant que des pieds.

Le sanctuaire reproduit à peu près le plan d'ensemble de la cour des portiques : c'est un carré parfait, formé de couloirs coupés en leur milieu par des portes répondant aux grands axes. Deux galeries se coupant à angles droits divisent l'intérieur en quatre cours égales, creusées en bassins, et aboutissent au grand dôme central, qui s'élève au point d'intersection de ces axes et abrite, aux quatre points cardinaux, les quatre niches, ou sanctuaires, qui dominent ainsi la série étagée des galeries, des édicules, bassins, portes, péristyles, degrés, chaussées et terrasses groupés suivant ces lignes principales.

Si l'on poursuit la route tracée vers l'est, à partir du centre, les dispositions adoptées dans le plan sont à peu près identiques à celles des petits axes nord et sud, qu'il sera donc inutile de décrire. Descendant les degrés du massif central, on franchit l'enceinte rectangulaire supérieure disposée en couloirs et, de ce côté, on ne la trouve pas jointe à l'enceinte extérieure par une répétition de la cour des portiques. On passe donc le terrain découvert dallé séparant ces deux galeries et on arrive au-dessus de la grande esplanade, côté est, qui présente seulement trente-cinq mètres de largeur du pied du temple à la balustrade, car de ce côté il n'existe pas de terrasse en croix. En outre, la porte centrale est de cette galerie extérieure présente cette particularité unique que les degrés qui, sur les autres faces, descendent sur l'esplanade, sont remplacés par un ressaut du soubassement permettant de conduire les éléphants au pied de l'édifice, de façon à ce que leur vaste dos se trouve de niveau avec le sol de la galerie. Symétriquement, à droite et à gauche, deux portes de moindre importance donnent accès sur l'esplanade par une douzaine de marches. En face du ressaut, un vaste escalier d'une ou deux marches seulement, et ayant seize mètres de large, interrompt la balustrade de l'esplanade et donne accès à une chaussée dallée à peine élevée au-dessus du sol du parc et qui aboutit au pied de l'escalier du portique oriental de l'enceinte murée. Ce monument, pareil à ceux des faces nord et sud, a 35 mètres de façade.

Il n'y a plus maintenant qu'à franchir la berme et le fossé sur une chaussée de 64 mètres de largeur au sommet pour être sorti d'Angcorvat, après avoir parcouru plus de 1,500 mètres suivant un même axe, sans que le pied ait un seul instant foulé le sol naturel.

Telle est la disposition des monuments qui, avec une parfaite symétrie, composent Angcor-vat, suivant le plan grandiose qui a servi à son exécution.

Le déplacement des grands axes dans les édifices khmers semble provenir d'une règle dont le motif nous est inconnu. A Angcor-vat, la différence provenant du déplacement vers le sud de l'axe principal est-ouest est racheté par deux travées en plus vers le côté nord de la galerie inférieure, dite des bas-reliefs. L'espace à ciel ouvert, sorte de voie dallée qui sépare la première de la seconde galerie, n'est donc pas rigoureusement pareil de chaque côté et se trouve plus large au nord qu'au sud.

Comme erreur d'exécution, on peut indiquer l'angle sud-ouest, qui ne présente pas les mêmes ressauts que celui du sud-est, et il en résulte que les axes des galeries nord et sud ne sont pas rigoureusement parallèles. Dans le plan que nous donnons pour suivre la description et permettre de juger les proportions, la disposition et les dimensions principales des édifices composant Angcor-vat, nous avons négligé ces erreurs.

Description. — La face principale d'Angcor-vat étant tournée vers l'occident, c'est de ce côté qu'il convient de se présenter pour visiter le monument. La première pièce qui s'offre à la vue, c'est une terrasse en forme de croix à laquelle des degrés en pente douce donnent accès par les trois branches nord, sud et ouest. Chaque escalier est flanqué de lions énormes, de 2^{m}40 des griffes au sommet de la tête, majestueusement assis et tournés du côté des escaliers dans une attitude qui semble indiquer qu'on ne peut pas passer là sans leur agrément. Le quatrième côté de la terrasse donne de plain pied et se confond avec la chaussée qui, se dirigeant vers l'est, conduit au perron du portique occidental de l'enceinte.

Avant de nous engager plus en dedans, si, placés sur la terrasse qui forme la tête extérieure des ouvrages par le côté ouest, nous contemplons l'ensemble des édifices d'Angcor-vat, devant nous s'étend une longue chaussée de douze mètres de largeur franchissant le large fossé plus ou moins rempli d'eau suivant la saison et la vue rencontre d'abord, à 250 mètres, une première entrée architecturale qui occupe le milieu de la face occidentale de la muraille d'enceinte. Ce premier monument se compose, au centre, de trois portiques couronnés de dômes de forme cylindro-ogivale, et, aux extrémités, de deux portes monumentales. Le tout relié par des galeries à vérandahs, laissant apercevoir leur double colonnade.

La chaussée tout en pierres qui mène à ce premier portique s'élargit à mi-chemin et prend la forme d'une croix, dont les branches perpendiculaires à la voie principale font saillie sur le fossé et sont, à leur extrémité, garnies d'escaliers qui permettent d'atteindre commodément le niveau de l'eau. Des balustrades formées de Nagas gigantesques, supportés par des dés, ornaient autrefois de chaque côté la chaussée ; il en reste quelques-uns près de l'entrée occidentale de l'enceinte : ce sont des monolithes mesurant six mètres de longueur et dont les sept têtes, ainsi que la queue en éventail, se dressent à trois mètres de haut.

Les bassins intérieurs, la grande terrasse en croix, les édicules qui précèdent le grand temple, se trouvent dérobés par le premier ouvrage, mais on aperçoit à distance les lignes supérieures de la première galerie du monument principal, surplombées par celles de la seconde, puis le faîte des portiques, les toits des édicules intérieurs, les frontons superposés, des escaliers qui marquent l'étagement et, enfin, tout au loin, le haut du massif central et le sanctuaire tout entier au milieu duquel s'élève le dôme principal étagé en forme de tiare et flanqué de quatre dômes d'angles se découpant sur le ciel.

De la terrasse extérieure part également, nord et sud, le revêtement en pierres ferrugineuses avec margelle en grès qui borde le fossé. Les mêmes matériaux composent les bases de l'enceinte et sa partie en murailles, ainsi que les basses œuvres de la chaussée. La voie est en grès, formée de grandes dalles presque toutes perforées d'un ou deux trous ronds de deux à trois centimètres de diamètre irrégulièrement distribués. Contrairement à la représentation qui en a été faite dans des images d'amateurs, la chaussée est sur un massif, flanqué de pilastres frustes, et point sur des arches ou des ouvertures quelconques destinées à maintenir l'équilibre des eaux dans ces grands bassins.

Cette première chaussée est terminée par une terrasse, ou parvis, communiquant par des degrés à droite et à gauche avec le chemin, ou la berme, qui entoure le mur de clôture, chemin qui est au niveau du sol et est limité d'un côté par le revêtement du bord intérieur du grand fossé, et de l'autre par les soubassements des monuments de l'enceinte.

Les Nagas, en cet endroit, sont mieux conservés qu'ailleurs et donnent une idée de l'effet que devait produire cette balustrade sacrée qui

borde les voies et les terrasses d'Angcor-vàt. Leurs sept têtes étalées
en éventail, leur queue relevée s'épanouissant comme des écrans antiques, en font un des symboles les plus remarquables; et à voir les
soins respecteux que partout les artistes ont mis à reproduire et décorer ces monstres, on est convaincu qu'ils jouaient un rôle considérable
dans les croyances des Khmers. Ils semblent ainsi disposés pour présider à la fête des eaux, dont les jeux chaque année devaient être célé-
brés dans ces grands fossés, ou bassins latéraux, en présence d'un peuple avide de réjouissances et d'éclat, tandis que sur la chaussée circu-
laient les membres des castes privilégiées qui avaient droit d'entrée
dans ces premiers édifices.

Nous sommes arrivés au seuil de l'entrée architecturale qui forme
le milieu de l'enceinte du côté de l'ouest. Un péristyle élevé de quelques marches s'avance sur le parvis terminant la chaussée que nous
venons de parcourir; il donne accès dans le passage central situé sous
le dôme principal. A droite et à gauche, cinq pièces symétriquement
dégradées conduisent aux petits dômes latéraux. Sous l'un d'eux, celui
de droite, un dieu debout, orné de ses six bras plus ou moins mutilés,
reçoit encore les hommages des habitants de la contrée. Ces dômes
latéraux donnent passage, ouest-est, du chemin extérieur longeant les
bassins dans le parc, tandis que respectivement nord et sud, ils forment
la tête de deux galeries, ayant chacune cinquante-deux mètres de longueur et s'arrêtant aux portes extrêmes qui terminent ce premier édifice, et qui sont les points d'attache du mur d'enceinte.

Il convient de s'arrêter à ce premier monument, qui contient à lui
seul le résumé de tous les procédés de l'art khmer.

Un soubassement d'environ 1 m. 30 de haut, profilant ses riches moulures couvertes d'ornements, supporte l'édifice et en dessine toutes les
saillies et les retraits. L'horizontalité et le parallélisme de ces lignes
témoigne non seulement d'une grande rectitude de coup d'œil dans les
parties visibles, mais aussi de l'expérience considérable des Khmers
dans cette partie difficile des fondations qui, partout, ont supporté sans
faiblir des amoncellements considérables.

Les dômes reposent sur des massifs rectangulaires à angles rentrants
et saillants; ces massifs se continuent ainsi par trois étages successifs et
dégradés, dominent les frontons, les toits des galeries et supportent
quatre étages bas, circulaires, en retrait l'un sur l'autre, qui couronnent
l'édifice en lui donnant la forme d'une tiare. Chaque étage du massif

est terminé au faîte par une corniche qui est à l'aplomb du massif immédiatement inférieur. Chaque angle en saillie de la corniche est surmonté d'une acanthe élégante qui se dresse vers le ciel, comme les acrotères que plaçaient souvent les Grecs aux extrémités des frontons pour les décorer et en augmenter le poids et la stabilité.

Le faîte du dôme est formé d'un fleuron aplati rappelant le bouton de lotus; mais les tours d'Angcor-vat sont plus ou moins découronnées aujourd'hui et aucune d'elles ne porte l'emblème qui la terminait.

Des péristyles flanquent les faces est et ouest des massifs inférieurs, tandis que nord et sud s'y adossent les chambres et les galeries dont nous avons parlé.

Dans l'architecture khmer, les lignes extérieures indiquent servilement les dispositions intérieures; aussi l'aspect de cette série de pièces, entre les trois dômes, rappelle-t-il, si on nous permet une comparaison triviale, les tubes d'un télescope rentrant l'un dans l'autre. Un fronton décore la coupe transversale du toit, mais son tympan et sa corniche de base sont dérobés par la naissance du toit immédiatement inférieur, qui se trouve comme encadré dans la corniche capricieuse du fronton dont il sort. Cette disposition singulière se reproduit dans tous les monuments khmers. Les péristyles sont formés souvent de deux ou trois parties échelonnées entre elles de quelques marches, de sorte qu'on aperçoit au premier plan le fronton le plus bas en entier, encadré à distance par une série progressive et fuyante de corniches rampantes semblables à la sienne.

La base des frontons étant toujours limitée à l'espacement de deux colonnes (3 m. 50 au maximum), cette partie des édifices khmers n'a aucune importance comme dimensions; sur une même façade, elle se répète au-dessus de chaque entrée. L'importance des frontons sur les grands axes est augmentée en perspective par la série des corniches qui les encadrent, par les lignes qui, de toutes parts, semblent s'y rattacher et en font comme l'embryon du dôme dont la silhouette en retrace vaguement les formes. Car le fronton khmer n'est pas formé de lignes droites, il dessine dans ses corniches obliques une sorte de S double, formée par les replis de deux Nagas qui en tracent les contours et relèvent leurs têtes à chaque extrémité inférieure. Cette courbe se rapproche de l'ogive dans le style flamboyant. Deux pieds droits, ou deux pilastres suivant la disposition, supportent un vaste linteau monolithe qui forme la base du fronton. Ces pieds droits, et surtout le linteau, sont

décorés des plus belles sculptures et l'exécution en a été partout confiée
à des maîtres. Il y a des difficultés d'exécution faisant le plus grand
honneur aux artistes qui les ont vaincues. Les tympans sont en ronde-
bosse généralement d'une richesse confuse ; ils représentent des combats hyperboliques, quelquefois des scènes sacrées.

Toutes les portes et les fenêtres sont entourées de chambranles très
riches. Les fenêtres sont toutes grillées par des barreaux de pierre
sculptée. En quelques endroits, il existe de fausses portes très curieuses
tout en pierre, dont les panneaux reproduisent toutes les moulures de
la menuiserie moderne et rappellent le style empire le plus compliqué,
tandis que le système de fermeture est indiqué par une lourde barre
verticale à boutons-poignées en saillie, richement sculptés et s'emboî-
tant haut et bas dans les dormants comme le font les pivots des battants, car les charnières et le métal dont elles sont formées d'habitude
étaient également inconnus dans les constructions khmers.

Les deux galeries, chacune de 52 mètres de longueur, allant respectivement des dômes situés nord et sud par rapport au dôme central aux
portes extrêmes de l'enceinte, sont ainsi formées : à l'est, c'est-à-dire
vers l'intérieur, un mur plein de 0m.45, en une seule pierre d'épaisseur
forme un côté ; il est décoré extérieurement de fausses fenêtres carrées
placées très bas. Comme ornementation, cette position des fenêtres
est d'un effet déplorable, car il reste un immense espace de murailles,
en partie dénudées, entre la partie haute et la toiture d'une richesse
comparativement écrasante. A l'intérieur, ce mur est décoré du sol à
hauteur d'appui par des moulures, des rosaces, des rinceaux et autres
motifs qu'on retrouve dans les restes de plafond en bois. Au-dessus de
ces parties basses, court une file de niches en bas-relief formées de
Nagas enlacés et délicatement sculptés, abritant une série de danseuses
dans toutes les positions de chorégraphie sacrée. Le haut du corps est
nu, la tête est coiffée d'ornements métalliques, sorte de casque léger
rehaussé de pierreries ; aux oreilles sont attachées de longues grappes
ciselées ; les bras et les poignets sont ornés de riches bracelets ; le cou
est entouré d'un triple collier dont le dernier rang retient de délicats
pendentifs. Une pièce d'étoffe légère passant entre les jambes entoure
les reins, retenue par une ceinture d'or ; elle dessine les formes et
couvre à peine les genoux. Aux orteils, sont deux paires d'anneaux
massifs marquant la cadence par leurs chocs répétés. Telles sont encore
aujourd'hui les bayadères des brahmines de l'Inde et des lakons du roi

du Cambodge. On voit là aisément que des mains diverses ont concouru à l'exécution de cette immense décoration; dans les endroits les mieux en vue, et réservés aux habiles, on trouve une exécution très soignée, les poses les plus gracieuses; vers les extrémités plus sombres, des manœuvres inexpérimentés n'ont produit que des ébauches disgracieuses de corps faméliques, et leur ciseau novice n'a pas toujours su tenir compte des plans. Au faîte du mur est l'entablement; l'architrave, en forte saillie, est surmontée d'une frise décorée de motifs rappelant des broderies sur étoffe, que couronne la corniche sur laquelle reposaient les plafonds en bois sculpté et doré, lesquels dissimulaient la voûte laissée fruste.

Cette voûte est en encorbellement, décrivant à l'intérieur une sorte d'ogive et à l'extérieur un cintre surmonté d'un faîte, sorte de clef en couvre-joint, lequel est orné de fleurons rapportés en forme de pommes de pin. Aujourd'hui, la toiture présente une série de côtes rappelant à distance les dispositions d'une couverture en tuiles creuses; mais de près, on voit que ces côtes sont sculptées en forme d'écailles ornementées à leur base. En arrivant sur la corniche extérieure, chacune d'elles se relève brusquement en forme d'acanthe ou de niche renfermant tantôt les sept têtes d'un Naga, tantôt un personnage assis.

A l'ouest, une rangée de pilastres soutient, parallèlement au mur, un entablement pareil à celui que nous avons décrit et qui supporte le second côté de la voûte. Extérieurement, au bas de la frise s'encastre une toiture de véranda en quart de rond s'appuyant sur une seconde rangée de pilastres surbaissés d'autant. Ces derniers reposent sur un dé bas et très richement fouillé, tandis que les pilastres de l'intérieur jaillissent du sol comme les colonnes du Parthénon.

Par une disposition très curieuse, et peu savante, le pilastre intérieur est joint à son correspondant de la véranda par une sorte de tirant en pierre, décoré en dessous d'un riche panneau, et qui est pris sous le chapiteau du premier, tandis qu'il repose par une pointe en biseau sur le chapiteau du second. Ce chapiteau supporte également l'extrémité des linteaux, taillés de même, qui soutiennent, entre pilastres, la toiture en quart de rond.

Bien que cette toiture soit encastrée, par sa partie supérieure, entre l'architrave et le bas de la frise de la grande voûte, comme elle est formée de plusieurs blocs en encorbellement, ce tirant construit en souvenir de l'art de la charpenterie, mais devenu sans objet par son défaut d'assemblage, diminue l'assise des linteaux sans produire aucune liaison ; aussi, les vérandas sont dans les monuments khmers les parties qui ont le moins résisté à l'œuvre des temps.

On voit, par la description qui précède, que entre le toit de véranda et la corniche du toit supérieur, il existe une frise extérieure ; cette frise est dans toute l'étendue des monuments d'Angcor délicatement ornée d'une infinité de niches renfermant des personnages à longue barbe, accroupis, ou d'une série de rinceaux dont la volute intérieurement s'épanouit sous forme d'animal fantastique.

Des motifs analogues décorent la plupart des frises intérieures. Les pilastres extérieurs des vérandas ont environ 0 m. 48 de côté ; le long de leurs arêtes court un feuillage qui, en haut et en bas, sur chaque face, développe symétriquement ses branches dans un triangle équilatéral. Leur chapiteau, très compliqué, formé d'un grand nombre de riches moulures ornementées, est semblable à celui qui surmonte les pilastres intérieurs.

Mais de toutes les parties décoratives, celles qui ont été le plus admirablement soignées sont les pieds droits des portes et les cartouches qui les surmontent. D'excellentes photographies ont été prises en plusieurs endroits de ces divers motifs, et, mieux que toute description, en font connaître la richesse et le fini. Ces murs, de chaque côté des portes, sont fréquemment décorés de panneaux représentant des couples de danseuses célestes au repos ; le même motif orne à l'extérieur les panneaux de base des dômes au-dessus des toitures étagées.

Il nous reste à dire un mot sur les passages qui terminent les galeries et auxquels se rattache l'enceinte. Ce sont des sortes de pavillons formés d'un corps central, flanqué de deux pièces plus basses de toiture et dont le sol est au niveau des galeries. Le passage dans le corps central, élevé par une marche au-dessus du sol du parc, se trouve donc avoir un seuil relativement très bas, et on en a conclu peut-être à tort qu'ils donnaient accès aux chars, aux cavaliers et aux éléphants, ainsi que cela est aujourd'hui pratiqué par les rares visiteurs de ces ruines ; les escaliers de la grande chaussée et ceux de ces passages semblent indiquer que, du côté de l'ouest, la face honorée, on ne devait pénétrer qu'à pied dans les enceintes sacrées.

Revenons au grand axe et franchissons sous le dôme le passage central ; du péristyle qui nous abrite se présente devant nous la chaussée intérieure, plus basse de trois marches que le seuil du portique central,

Le barattement de la mer. Bas-relief d'Angcor-vat. Dessin de M. Oriol.

II

qui est élevé de sept degrés d'égale grandeur au-dessus de la chaussée extérieure. La voie intérieure est donc plus élevée que son prolongement à l'extérieur et le sol dans le parc semble être exhaussé d'autant. Ce terrain a été sans doute surélevé au moyen des déblais du grand fossé de ceinture et des sras intérieurs, car les terres extraites de ces grandes cavités n'ont pas toutes passé dans les terrassements étagés du temple.

En avançant, tous les 45 mètres environ, se présente un ressaut analogue à celui que nous avons rencontré au milieu de la chaussée extérieure ; ils sont garnis d'escaliers qui permettent la communication avec le parc. Les degrés du quatrième dégagement conduisent, comme nous l'avons dit déjà, à droite et à gauche, à deux édicules latéraux reposant sur des soubassements à moulures riches. Le plan figure une croix à quatre courtes branches ; celles de l'est et de l'ouest sont prolongées par deux pièces plus basses terminées par des péristyles à hauts pilastres comme ceux qui s'appliquent, faces nord et sud, aux branches courtes. Les bras sont flanqués de petites galeries, dont le toit, en quart de rond, prend naissance dans l'architrave des pièces reproduisant leurs inégalités. Ces galeries sont éclairées par une série de fenêtres se touchant et dont les encadrements joignent par leur sommet la corniche du toit, tandis que leur base repose sur les moulures du soubassement.

Les quelques marches qui terminent dans chaque édicule le bras de la croix, côté est, s'arrêtent devant un bassin longeant la chaussée et finissant à quelques mètres de distance du pied du soubassement de la vaste esplanade qui supporte le grand temple. La balustrade de la grande chaussée a complètement disparu, sauf le socle qui est peu élevé et qui est encore en place. Les dés et des portions du corps des Nagas qui la constituaient sont aujourd'hui renversés au pied de la chaussée et recouverts par la folle végétation du parc.

Un dernier ressaut de la chaussée s'adosse de plain pied à la grande esplanade, socle immense du temple principal. Du côté ouest, par lequel nous arrivons, se présente d'abord une terrasse à quatre branches en parties irrégulières et cependant symétriques. Cette pièce importante mérite la plus grande attention : ses proportions considérables, sa forme, ses dispositions spéciales, indiquent qu'elle n'est point un accessoire décoratif, mais un monument distinct. En effet, elle enterre en partie l'entrée principale du temple et rapetisse sensiblement les proportions de la grande galerie. Sa structure est toute particulière : c'est d'abord un premier soubassement à moulures, entouré, à toucher, d'une colon-

nade qui suit, avec des espacements variables, tous les angles saillants
et rentrants du plan. Ces colonnes sont d'un style absolument différent
de tous les pilastres de l'édifice et donnent à cette partie un aspect tout
spécial; elles se composent vaguement d'une base rappelant un lotus
tournant vers le sol l'ouverture du calice, joint par un fût en faisceau de
huit colonnettes à un chapiteau reproduisant exactement le socle renversé. C'est, avec toutes les petites colonnettes qui supportent la terrasse
du pied du perron d'honneur du sanctuaire, le seul exemple de colonnes
rondes dans Angcor-vat. Ces colonnes sont entièrement couvertes de
sculptures; leur sommet est joint par des linteaux qui supportent des
dalles juxtaposées dont l'autre extrémité repose sur la moulure supérieure du socle décrit, formant sur les moulures de celui-ci une sorte
d'auvent et sur la terrasse un chemin de ronde surélevé. Mais bientôt
se présente en retrait, sur le plan supérieur du soubassement, une plate-
forme qui domine le reste de quelques marches et occupe le centre de
la terrasse. Dans l'épaisseur de ces dalles, vers le centre et suivant l'axe,
sont pratiqués des trous de scellement rectangulaires, indiquant qu'un
autel ou un dieu, l'un et l'autre peut-être, ont occupé jadis ce poste
d'honneur, plus élevé de trois marches que le seuil du grand péristyle
s'avançant sur la branche est de la croix plus courte et surtout plus
étroite que la branche ouest. Les branches nord et sud présentent cette
particularité que leurs côtés intérieurs sont semblables entre eux, et
différents de forme avec leurs côtés extérieurs qui sont également
semblables, ce qu'explique en partie le raccordement avec la branche est.
Les branches nord et sud sont donc pareilles entre elles, moins longues
que la branche ouest, mais, comme cette dernière, elles sont terminées
par des degrés enclavés dans trois vastes saillies dégradées supportant
des lions assis, ou plutôt s'asseyant, dont la plupart ont disparu.

Cette vaste terrasse, entièrement dégagée sur l'avant du temple qui
lui sert de décor, s'avançant fièrement sur l'esplanade entre l'entrée
principale et la tête de la grande chaussée, avec sa plate-forme centrale
surélevée, les degrés qui y conduisent, la colonnade qui l'entoure, cette
terrasse appelle le sacrifice à ciel ouvert, l'oracle parlant à la foule...
Il y a comme une analogie de pensée et de forme entre elle et la triple
terrasse en marbre blanc du Tien-tan, où chaque année le Fils du Ciel
va déposer ses vœux et accomplir les cérémonies que prescrivent les
rites.

De cette plate-forme, la vue embrasse tous les détails de la grande façade occidentale : c'est, au milieu, un avant-corps en trois saillies dégradées vers la terrasse et aussi, nord et sud, vers deux portes latérales dont les degrés donnent accès sur l'esplanade ; puis la double série des pilastres formant l'extérieur de la galerie des bas-reliefs ; enfin, aux angles des édicules surélevés en croix, dont deux branches servent d'amorce aux galeries, et deux autres avancent élégamment sur le sol de l'esplanade les riches découpures de leurs degrés et des massifs ornés de lions qui les enserrent.

Toute cette première galerie extérieure se trouve élevée au niveau de la plate-forme de la terrasse par un double socle à moulures d'une richesse inouïe. La partie inférieure a 3 m. 20 de haut ; la partie supérieure, en retrait de 1 m. 20 sur l'autre, a 0 m. 85 environ de hauteur. Quarante moulures composent la partie basse ; elles fuient du sol vers un cordon central, et au-dessus de ce dernier, elles reproduisent symétriquement, en se surplombant, toutes les lignes d'en bas. Chaque moulure est composée d'une série immense de feuilles renfermant sur un développement d'un kilomètre des milliers de sujets variés. En les plaçant bout à bout, on entourerait Paris. (Voir page 257.)

Nous voici arrivés à l'œuvre capital de la décoration, à la page la plus instructive de toutes ces annales mystérieuses. Le temps est proche où on les déchiffrera ; nous devons nous borner ici à donner un aperçu de leur ensemble, et tout en nous extasiant sur la fécondité des idées, l'originalité des conceptions, constater l'infériorité des Khmers dans l'art difficile de représenter l'homme.

Cette galerie des bas-reliefs est comme celle de l'entrée monumentale ouest de l'enceinte extérieure ; elle est composée, vers l'extérieur, d'une double série de pilastres et, vers l'intérieur, d'un mur plein dont la face externe est décorée de fausses fenêtres, tandis que celle qui donne dans la galerie est couverte de bas-reliefs.

Le lecteur peut voir par la reproduction que nous donnons de certaines parties de ces bas-reliefs que l'imagination des Khmers s'était plus rapidement développée que leur talent : lorsqu'il s'agit de représenter la nature humaine, toute science anatomique leur fait défaut ; les têtes rappellent assez les traits principaux des types, mais elles sont sans expression ; les membres ont les formes arbitraires de poupées bourrées de son ; les extrémités, les pieds surtout, sont défectueux et les artistes ont renoncé à les reproduire de face, aussi il en résulte la plus naïve contorsion en maints endroits. La longueur exagérée du tronc par rapport aux jambes, dans ces races de l'extrême Orient, est encore amplifiée dans la plupart des bas-reliefs khmers [1].

Ce que nous avons dit de la disproportion des torses par rapport aux jambes s'applique surtout aux sujets isolés, tels que les groupes de danseuses décorant les panneaux entre portes et les cartouches qui les surmontent. Dans les scènes des grands bas-reliefs, il n'en est généralement pas ainsi et les membres inférieurs rappellent les formes indoues; mais il existe une grande inexpérience de dessin et d'exécution : dans un même groupe, certains personnages ont des bras dont le développement atteint celui des pattes des singes gibbons, tandis que chez d'autres la main du sujet debout ne dépasse guère le haut du fémur. Les arrière-plans ont un tel relief que parfois le tronc d'un arbre de fond ressort au niveau des guerriers qui défilent au premier plan, ce qui a obligé l'exécutant à incruster les corps dans l'arbre et même quelquefois le bras dans le corps vu de profil.

Il est à remarquer que jamais le ciseau des artistes khmers ne s'est laissé inspirer par les scènes licencieuses des grands poèmes, ni par les représentations érotiques du culte de Siva. Bien plus, chose remarquable chez un peuple habitué à être fort peu vêtu, jamais statuette ne représenta les sujets, hommes, femmes ou divinités, dans l'état de nudité complète. Cette chasteté dont les temples buddhiques ne présentent même plus l'exemple aujourd'hui, est un des traits les plus étranges d'un art inspiré par l'Inde et qui affirme l'individualité de la race khmer. Aussi retrouvons-nous jusques dans la représentation des lingams une forme conventionnelle, qui certainement permettait de symboliser le mystère de l'existence sans y attacher les idées grossières qui choquent en d'autres représentations.

Dans toutes ces scènes des bas-reliefs qui couvrent plus de deux mille mètres carrés, rien ne rappelle le buddha; nulle part n'apparaît sa face placide, ni aucun emblème se rapportant au buddhisme. Ces faits indiquent bien que Angcor-vat n'est ni un temple buddhique, ni un de ces assemblages où, comme à Ellora, chacune des sectes se trouve représentée.

Ce n'est que dans la cour des portiques, abrités par la galerie sud, que nous trouvons les pieds symboliques de Sakya-Muni et quelques-

---

[1] Il s'agit ici des bas-reliefs, car les statuaires khmers ont laissé des idoles brahmaniques d'une réelle valeur.

unes de ses idoles en pierre, en bois ou en métal. Mais ce musée de statues entassées sans ordre sur le sol a été formé par la dévotion des bonzes, qui s'en vont recueillant parmi les ruines de leurs sanctuaires plus ou moins anciens ces reliques précieuses. Il y a là un résumé de toutes les époques, de tous les procédés ; la pierre donne les meilleurs types et il est à noter que sur de fort belles têtes en pierre, on retrouve la trace, dans les oreilles et les narines surtout, de cet enduit laqué et doré indiquant le procédé qu'on employait alors pour dorer les pierres. L'une de ces pièces est remarquable par la beauté des proportions, le fini du travail et les procédés. C'est une tête en grès, double nature, représentant un homme jeune, imberbe, du type indien, aux traits dominateurs et doux à la fois. Les cheveux relevés au sommet de la tête, sont maintenus dans une sorte de casque en résille dégageant les oreilles. La statue devait être placée sur un piédestal ; les yeux sont ouverts et semblent regarder la foule ; la paupière supérieure s'abaisse un peu sur le globe de l'œil légèrement taillé en biseau rentrant dans la partie supérieure, ce qui d'en bas produit une ombre d'heureux effet et donne au regard une quasi animation.

Il faut aussi noter une sorte de châsse, ou tombeau miniature, formé de trois pierres. Le couvercle représente Sakia-Muni mort, étendu sur le côté droit. A ses pieds est un disciple prosterné, sans doute le fidèle Ananda. Le coffre est orné d'une galerie alternée de boutons de lotus et de personnages à genoux. Le socle présente en ronde bosse une série de saints dans le Nirvana. L'exécution est très défectueuse.

L'épave la plus intéressante et la plus considérable est la plante d'un pied emblématique, taillé dans un seul bloc de pierre de deux mètres de haut. Suivant la tradition, les cinq doigts sont exactement égaux ; le talon est orné de trois bandes concentriques en hémicycle, se terminant par six pommes de pin, plus une au centre. Ces sept figures sont alignées sur un même diamètre. La plante du pied est divisée en quatre-vingt-dix-neuf cases par neuf lignes transversales et onze longitudinales. Dans chaque case est une figure d'homme, d'animal ou un emblème. Enfin, au centre de figure, couvrant en partie les cinq cases centrales, se détache la roue divine de la doctrine. Les sujets sont couverts d'orne-ments semblables entre eux, superposés en écailles et se terminant par un médaillon ovale. Notons, enfin, que le Sivastika n'est pas représenté dans cette empreinte et que tous les attributs en pourraient être rap-portés à Vichnou.

Les hauts pilastres monolithes de cette cour des portiques n'ont pas de socle, mais sur la base du fût est tracée au ciseau la silhouette d'un personnage à longue barbe pointue, assis dans une niche, les jambes croisées et les mains jointes.

Les deux édicules qui se trouvent entre la première et la deuxième galerie, dans les angles nord-ouest et sud-ouest de la grande cour du premier étage, sont orientés comme ceux de la chaussée, mais ils reposent sur un double soubassement très élevé. Le corps principal, s'étendant est et ouest, est terminé à chaque extrémité par un péristyle, tandis que nord et sud une galerie basse s'adosse, sur toute la longueur, contre le corps principal et y donne accès par une porte pratiquée au centre de façade. La frise comprise entre la petite toiture en quart de rond et la toiture supérieure est percée de sept ouvertures égales, rectangulaires, ornées chacune de sept barreaux sculptés. Elles permettaient, lorsque les portes et les fenêtres étaient closes, d'obtenir dans la pièce centrale une lumière tombante suffisante, et elles favorisaient aussi le renouvellement de l'air.

Les trois passages de la cour des portiques à la seconde galerie sont à peu près indescriptibles, mais une excellente photographie de M. Gzell permet d'en saisir l'agencement. La galerie centrale de la cour des portiques, comme celles des faces nord et sud de cette cour, aboutit à une porte donnant sur un escalier droit de vingt-trois marches, qui se trouve couvert par trois massifs fuyants et superposés, dont le plus élevé s'adosse au grand vestibule qui le domine. Ce vestibule correspond par une série de trois pièces avec ceux des degrés latéraux de moindre importance.

Une galerie rectangulaire relie cet ensemble aux dômes qui forment les quatre angles de la seconde enceinte, ou du deuxième étage ; elle constitue un long couloir éclairé par de nombreuses fenêtres donnant sur la cour intérieure, tandis que de fausses ouvertures font face à celles de la galerie inférieure. Seule, la galerie ouest de ce deuxième étage a ses deux murs percés de fenêtres à barreaux ; les unes donnent sur le préau intérieur et les autres dans la cour des portiques située en contre-bas. Nous avons dit qu'au point de passage des grands axes, se coupant au centre du sanctuaire, chaque galerie présente un portique donnant passage d'un étage à l'autre.

Nous voici dans la cour intermédiaire, au pied du haut massif dominant de tous côtés l'ensemble des œuvres qui l'entourent. Une reproduction minuscule de la grande terrasse cruciforme d'entrée conduit de plain pied au seuil des degrés, et, latéralement, à deux petits édicules les plus simples et peut-être les mieux proportionnés de tout ce vaste ensemble. Malheureusement, ils ont beaucoup souffert : les toitures et presque toute trace de péristyles ont disparu. Arrêtons-nous un instant à ces édicules. Sur un élégant soubassement sculpté, repose le monument, qui forme presque un carré. Chàque face nord et sud est divisée en trois parties égales, celle du centre forme ressaut par des pieds droits en forte saillie supportant un riche fronton, qui abrite la porte. De chaque côté est un panneau élégant, en fausse fenêtre, auquel s'adossent des groupes de femmes en bas-relief. Les entrées principales sont est et ouest ; elles présentent le péristyle traditionnel, mais simplifié et supporté seulement par deux pilastres. A l'intérieur, le monument se compose de deux bas-côtés, nord et sud, sans ouvertures extérieures, sauf les portes, et d'une nef supportée par quatre hauts pilastres et quatre pieds droits, ayant portes à chaque extrémité et recevant de chaque côté la lumière par trois ouvertures, ou jours de souffrance pratiqués dans la frise.

Nous avons dit qu'au haut du massif central, le pourtour du sanctuaire est formé de quatre dômes d'angle, joints par de courtes galeries aux quatre vestibules occupant le milieu de chaque face. Ces galeries, qui ont peu de hauteur, sont éclairées des deux côtés par des séries de fenêtres basses et ne présentant rien de remarquable. Une véranda abrite ces galeries sur les faces intérieures, mais tout cet ensemble de proportions réduites jure avec le dôme du sanctuaire qui s'élève au centre. Nous avons déjà donné la description d'un dôme ; celui-ci ne diffère des autres que par ses vastes proportions. Le plan de la base est un carré parfait, et de chaque face saille une niche obscure occupée aujourd'hui par la statue du Buddha.

A chacun des cinq étages du dôme, sur les quatre faces, se reproduisent des niches diminuées et simplement décoratives. Vingt angles saillants tracent les contours de chacun de ces étages et leur donnent l'effet d'un faisceau de pilastres décorés de danseuses en bas-reliefs et surmontés chacun d'une acrotère en saillie. Puis, viennent trois fleurons circulaires étagés, de diamètres décroissants, ceignant le bouton ovoïde qui forme le faîte.

Nous terminerons cette indigeste description en décrivant en quelques mots l'un des portiques occupant chacune des faces nord, sud et est de l'enceinte extérieure, qui sont bien moins importants que celui de la face occidentale que nous connaissons déjà. Ils reposent sur un soubassement de deux mètres d'élévation et n'ont que trente-cinq mètres de façade. Leur centre forme un vestibule en croix orné de hauts pilastres, auxquels sont adossés les péristyles extérieurs et intérieurs. A droite et à gauche se trouve une petite pièce éclairée par une seule fenêtre; puis, un réduit absolument obscur, n'ayant d'autre ouverture que la porte donnant sur la pièce précédente. A ces réduits est adossé le mur d'enceinte. La décoration de ces édifices n'est pas terminée; elle eut été d'une grande richesse, ainsi qu'il est facile d'en juger par le monument de l'est, qui est à peu près complet.

———————

Nous ne saurions, pour notre compte, rien ajouter de plus, ni de mieux, à cette description détaillée et technique. Cependant, nous croyons bien faire en produisant à cette place quelques renseignements complémentaires sur la décoration de ce superbe édifice, sur les idoles qu'il contient encore et sur sa destination primitive probable, autant de sujets qui n'ont pu être traités que rapidement par M. Spooner, qui n'a passé que de courts instants sur les lieux.

Pour éviter toute confusion, et pour procéder méthodiquement, nous marcherons pas à pas dans la voie suivie par M. Spooner dans sa description et nous nous arrêterons aux mêmes stations pour compléter leur signalement, et enfin ce qui reste à dire sur chacune d'elles.

La terrasse extérieure porte le nom de Muc-néac (la face des Nagas ou dragons), à cause des têtes multiples de deux grands dragons qui se redressent et se déploient en éventail à droite et à gauche de la terrasse, et dont les corps allongés constituent à la chaussée qui traverse le fossé de gigantesques balustrades. Cette première chaussée porte le nom de Spéan-hal (le pont sec).

La grande entrée monumentale de la face ouest de l'enceinte est désignée aujourd'hui sous le nom de Cûc-moha-réach (la grotte du grand roi)[1]. Nous verrons bientôt d'où lui vient cette dénomination.

Des trois frontons fuyants et surétagés qui surmontent le passage cen-

———————

[1] Les Khmers désignent quelquefois les sanctuaires sous le nom de Cûc (grotte) à cause d'abord de leur obscurité et aussi par un reste de souvenir de l'époque où l'on mettait les idoles des dieux dans des cavernes profondes et sacrées.

tral du Cuc-moha-réach, un seul, le plus avancé vers la chaussée et par
suite le plus bas, est en assez bon état : il représente un combat dans
lequel des guerriers debout sur des chars de guerre tirent de l'arc. Sur
le sol sont des morts et des blessés. La partie supérieure de ce fronton
où se trouvait le principal personnage de la scène, est dégradée ; il en
est presque toujours ainsi lorsque les héros étaient des habitants trop
reconnaissables de l'olympe brahmanique, et il faut imputer ces dégradations aux ministres du Buddha.

Les ornements du dôme qui surmonte le portique central de ce monument sont en partie détruits, et il est bien difficile d'apprécier d'en bas
ceux qui restent.

Extérieurement, les murailles de la partie centrale de cette entrée
architecturale sont couvertes de sculptures dont les principales représentent, au tiers de grandeur naturelle, des femmes demi-nues, parées de
bijoux et coiffées de couronnes à trois pointes. Ces femmes célestes
sont espacées régulièrement, isolées, ou par groupe de deux, l'une alors
prenant le bras de l'autre et toutes se tenant debout une fleur de nénufar à la main. Ces dames portent au front un ornement ciselé, qui
chez les unes figure un losange, tandis que c'est une fleur sur d'autres[1].

Le tympan du fronton inférieur du portique de droite dans le Cûc-
moha-réach est aux deux tiers détruit : il figurait un combat dans lequel
les chefs étaient montés sur des chars superbes. Ce sont toujours des
Nagas qui constituent les corniches des frontons et servent d'encadrement aux sujets sculptés sur les tympans.

Le linteau du portique de droite est décoré en dessous de belles rosaces, au centre desquelles se trouvaient de petits crocs en métal destinés à supporter des lanternes pour éclairer l'entrée. L'un de ces crochets est encore en place. Les plates-bandes, ou entablements des colonnes du péristyle, ont dû avoir aussi des crochets semblables, car les
trous dans lesquels ils étaient engagés existent au centre des rosaces.
Nous n'avons vu cette disposition nulle autre part ; mais c'est qu'aussi
sous le dôme de ce portique se trouve une idole encore très honorée,
dont nous allons bientôt parler et que l'on adorait sans doute la nuit.

Le portique extrême de droite, celui qui fait suite à la galerie de ce
côté, est richement orné. Des deux frontons qui décoraient sa face

---

[1] La civilité indienne exigeait que l'on eût le front orné de quelques signes. Un front nu
était considéré comme une marque de deuil.

occidentale, il n'en reste plus qu'un sur le tympan duquel on peut voir un personnage assis, le front ceint d'un riche bandeau. Le reste du sujet est effacé. Sur la face sud de ce monument, il existe une fausse porte surmontée de deux frontons portant chacun une divinité à quatre bras, qui doit être Vichnou, tenant à la main une tige de lotus à trois boutons. A droite et à gauche des pieds droits sont des séries de personnages sculptés en haut relief et que l'on dirait détachés de la pierre.

Si après avoir passé en revue les ornements extérieurs de la façade ouest de ce premier monument, nous pénétrons en dedans par le portique d'honneur, nous trouvons d'abord un linteau d'une des portes de l'avant corps dont les sculptures sont bien conservées et où l'on reconnaît Vichnou, auquel un Naga a constitué un immense nimbe avec ses nombreuses gueules ouvertes et déployées en arrière et à hauteur de la tête du dieu. Narayana est allongé sur des guirlandes de feuillage et de fleurs étalées sur le dos du serpent divin Ananta. Le dieu porte le vêtement rustique des anachorètes et il n'a pour toute parure qu'un collier et des bracelets qui ont l'air d'être faits en bois d'essence probablement sacrée. Une dame d'honneur est assise tout auprès; elle a une de ses mains appuyée sur le cou-de-pied de son maître, tandis que de l'autre elle soutient une des mains droites du dieu dans laquelle apparaît une fleur. L'autre main droite de Vichnou tient un bouton de lotus; sa tête repose sur une des mains gauches et l'autre main de ce côté serre le fameux disque tranchant. Le dieu a les jambes étendues sur les cuisses d'une femme assise et qui ne peut être que Lakchmi, son épouse. Du nombril de Vichnou sort une longue tige de lotus terminée par une belle fleur épanouie de laquelle on voit sortir Brahma, le créateur, avec quatre visages et quatre bras dont les mains tiennent des attributs : dans l'une on voit une figure de roue, image de la toute-puissance divine; une autre tient un foulard, qui, selon les Khmers, est un talisman puissant; la troisième fait voir un sachet rempli de médicaments propres à guérir les maux de la terre, et enfin la quatrième est libre, ouverte et repose sur la jambe. Le sujet est complété par des groupes de bayadères célestes qui prennent leurs ébats dans un endroit champêtre.

Les voûtes dans les galeries et les portiques du Cûc-moha-réach étaient masquées dans toute leur étendue par des plafonds en bois, composés de madriers de 0 m. 07 d'épaisseur, bien ajustés et reposant par leurs extrémités sur les corniches intérieures. Le bois des plafonds est d'une essence incorruptible que les Khmers connaissent sous le nom de Chŭ-chŭng-châp (bois au pied de moineau). On ne le trouve, paraît-il, que dans le Laos. Ici, ces plafonds étaient ornés de rosaces encadrées; ailleurs, ce sont des moulures et des rinceaux dont chaque volute renferme un être fantastique jouant dans le feuillage. De rares parcelles d'or adhèrent encore dans les parties fouillées. (Voir page 187 un dessin de ces boiseries.)

Mais si les grandes voûtes sont frustes et dissimulées derrière de beaux plafonds, les basses voûtes de vérandas, en quart de rond, sont taillées et sculptées faiblement en panneaux carrés avec rosaces au centre, ou d'autres sujets identiques à ceux des plafonds dans le même compartiment.

Dans les dormants de toutes les portes, on remarque, haut et bas, des trous circulaires destinés à recevoir des pivots de battants; et pour rendre plus hermétique la fermeture, tous les seuils présentent une continuation de l'encadrement saillissant d'autant au dessus-du sol. Les portes se fermaient en dedans et présentaient extérieurement l'aspect d'un double panneau encadré, et quelquefois portant sur chaque battant un Phi, ou gardien, sculpté en haut relief.

Avant de quitter le Cŭc-moha-réach et de pénétrer dans le parc, il nous faut bien parler des idoles qu'il renferme. La plus volumineuse, comme aussi la plus adorée, est placée sous le dôme sud de la triple entrée centrale; on l'appelle Neâc-ta-moka-réach (le Neâc-ta-grand-roi). Cette divinité, que M. Spooner a signalée en passant, appartient apparemment au culte brahmanique, car les buddhistes khmers ont mis au rang des Neâc-tas ou dieux mânes, les divinités du culte préexistant, et qu'ensuite les formes corporelles de ce dieu ne permettent pas de douter de son origine. D'un autre côté, la qualité de grand roi attribuée à ce Neâc-ta est une preuve peut-être qu'il s'agit de Siva, que les Indous appellent le grand dieu et quelquefois aussi le grand roi lorsqu'ils le considèrent comme le souverain maître de la terre. C'est là du moins l'opinion de plusieurs lettrés, mais un ancien bonze d'Angcor-vat, aujourd'hui mandarin à Siém-Réap, qui nous accompagnait, croit, lui, qu'il faut voir là une idole de Vichnou. Ce fonctionnaire, qui passe pour être très versé dans les questions théogoniques, pourrait bien avoir raison, car nous avons reconnu nous-même, dans une des mains de la statue absolument semblable qui lui fait pendant sous le dôme symétrique du côté nord du portique central, un *sangou* ou cônque marine,

qui est un des attributs bien caractéristiques de Vichnou. Cette dernière idole est très endommagée, renversée sur le dallage et on ne lui
rend plus aucun hommage. Après tout, il est bien possible que l'une
de ces statues, celle de droite, représente réellement Siva, dont le culte
s'est prolongé peut-être davantage en Indo-Chine, et que celle de gauche soit l'idole de Vichnou, Brahma occupant, sans doute, le dôme
central, ainsi que cela arrive d'ordinaire dans les sanctuaires groupés
par trois sur une même ligne nord et sud [1].

Le Moha-réach est une statue pédestre colossale taillée dans un seul
bloc de grès, sauf les bras qui sont rapportés. Elle mesure 3 m. 25, non
compris le socle, qui est d'ailleurs peu élevé ; elle a, comme on voit,
deux fois la taille d'un homme ordinaire, mais nous ne lui croyons pas
une grande valeur artistique. Le dieu a un seul visage et huit bras,
quatre de chaque côté ; les traits sont ceux de la race aryenne, les
cheveux, relevés en faisceau cylindrique au sommet de la tête, sont
entourés et serrés au ras du crâne par un cordon de perles. Le caleçon
est celui des ascètes Indous ; il est tissu d'écorce d'arbre, ce qui est une
preuve irrécusable qu'il s'agit ici d'un saint ou d'un dieu, et point d'un
roi. Dans les mains gisant à terre, ou qui sont encore en place, nous
avons remarqué un bouton de lotus, un sachet de drogues médicinales,
la poignée d'une arme dont la lame est brisée, une massue, une
balance, etc. Les autres mains manquent, ou les attributs qu'elles serraient ne sont plus reconnaissables. Le corps est couvert de dorures
anciennes ou fraîchement appliquées ; certaines parties, comme le
visage, les cuisses, le haut du ventre, sont surdorées, ainsi que un cordon
de perles qui, après avoir fait le tour du cou, passe par-dessus les
épaules et vient se terminer en pointe sur le milieu de la poitrine. Les
lobes des oreilles sont très allongés, percés de grands trous, mais sans
aucun ornement. Les bras qui tiennent encore au corps sont chargés
d'ex-voto et au pied de la statue se trouve une auge en pierre appelée
Thâng-tup (seau des baguettes odoriférantes), qui était remplie, au
moment de notre visite, de bâtonnets odorants piqués dans de petits
supports cylindriques taillés dans un tronc de bananier. Sur le socle

---

[1] On sera peut-être surpris de voir des passages transformés en sanctuaires ; c'était pourtant la règle au Cambodge de placer des idoles dans l'intérieur des portiques couronnés de
tours et qui ne servaient peut-être que pour les hautes castes. Les fidèles plus nombreux
entraient dans Angcor-vat par les portes des extrémités du Câc-Moha-réach, qui n'étaient
pas surmontées de tours.

étaient déposés de nombreux paquets de cheveux, qui témoignent des vœux personnels que l'on va faire là.

Le Moha-réach[1] est toujours très vénéré et toujours très adoré des Khmers ; les bonzes d'Angcor-vat ne rendent personnellement aucun hommage à ce Néac-ta, mais ils laissent faire et ne s'occupent aucunement des infidélités et des inconséquences que leurs coreligionnaires commettent chaque jour sous leurs yeux.

Beaucoup de débris de statues entourent l'autel du Moha-réach, mais il serait impossible de les reconstituer et de les reconnaître. Il n'en est pas de même de deux belles statues de femmes représentées de pied et plus grandes que nature, qui sont l'une à gauche et l'autre à droite à environ quatre mètres du dieu. « Ce sont les femmes du Moha-réach, disent les Khmers. » Nous serions donc là en présence de la célèbre épouse de Siva considérée dans des rôles différents. Les offrandes déposées aux pieds de la déesse attestent que la dévotion dont son divin mari est l'objet se reporte en partie sur elle. Ces statues sont nues jusqu'à la ceinture ; les seins sont saillants, le bout des mamelles bien indiqué et doré ; le torse est anatomiquement irréprochable et la tête est bien modelée ; les cheveux sont relevés en faisceau conique au-dessus du crâne et enfermés dans une sorte de résille festonnée et garnie de perles ; les traits sont ariens et purs ; les bras manquent, mais on les retrouve sur le sol de la galerie. Une des mains tient un foulard et l'autre la roue symbolique de l'extrême puissance. Le haut du ventre est doré comme l'extrémité des seins ; les lobes des oreilles sont très allongés, mais ils ne portent point de pendeloques. Pour tout vêtement, ces dames n'ont guère qu'un long langouti à fleurs ciselées légèrement tombant sur les pieds, qu'on eût bien fait de cacher tout à fait, car ils sont difformes. L'une de ces idoles est décapitée, mais la tête est déposée sur le socle et le masque est fraîchement doré, ce qui prouve que les mutilateurs ont été, là du moins, impuissants à arrêter le cours des adorations s'adressant aux images du culte antique.

L'autre statue absolument semblable au Moha-réach, à ce qu'il nous a paru, et qui se trouve sous le dôme nord de la triple entrée ouest, est renversée de son piédestal et très endommagée. Les bras et les mains sont brisés ; dans l'une d'elles, nous reconnaissons le sangou ; dans une

---

[1] En décomposant, nous aurions : Moha, grand, et réach, roi. Le Moha-réach des Khmers n'est autre que le mot Maharajah des Indous, qui signifie absolument la même chose.

autre, le disque tranchant tchakra, l'arme terrible de Vichnou ; dans une troisième la massue... Cette idole est sûrement celle de Narayana et nous n'avons rencontré là aucune trace d'adoration.

A droite et à gauche de l'idole principale, se tiennent assis deux petits personnages dans lesquels les indigènes croient reconnaître les fils du dieu, mais qui pourraient bien être des disciples. Ils tiennent dans leur main gauche un objet qui a l'apparence d'un coquillage de la forme du sangou. Ces deux petites statues ont les cheveux relevés en gerbe au-dessus de la tête ; le haut des bras et les poignets sont pris dans de riches bracelets, et deux bandes d'étoffe passant par-dessus les deux épaules viennent se croiser, comme deux bretelles, sur le milieu de la poitrine, portant à leur point de rencontre une belle rosace sculptée en haut relief. Chacune de ces statues est assise sur un socle qui s'appuie lui-même sur une table d'ablutions creusée en bassin avec rigole pour conduire au dehors les eaux lustrales.

Sortons maintenant du Cûc-moha-réach pour entrer dans le parc et visiter la face orientale de ce monument. De ce côté aussi le soubassement est orné de moulures horizontales sculptées. Au-dessus, dans les pans de murailles correspondant aux galeries intérieures, sont pratiquées à mi-épaisseur de maçonnerie, de fausses fenêtres basses, rapprochées les unes des autres, encadrées de belles moulures non sculptées, sauf la plus extérieure, et barrées par des colonnettes en grès, en arrière desquelles on aperçoit sur toute la surface de la pierre de petits dessins arrangés de manière à figurer des stores. Dans le voisinage des portiques, l'espace entre fenêtres est occupé par des bayadères célestes en demi-grandeur et assez remarquablement exécutées.

Au-dessus des fenêtres, et d'un bout à l'autre du monument, règne une série ininterrompue de personnages représentés debout sur les épaules d'hommes armés de massues, ou montés sur des buffles, des chiens, des chevaux, des lions, des éléphants, des cerfs, des cuchéa-sa (animal monstrueux ayant une trompe d'éléphant et le corps d'un bœuf). Les cavaliers sont debout un pied sur la tête et l'autre sur le cou de la bête qu'ils montent; certains d'entre eux élèvent les mains au-dessus de la tête et tiennent une massue par les deux bouts comme prêts à frapper ; d'autres ajustent avec un arc, ou tiennent un bouclier d'une main et un coutelas de l'autre, ou bien encore un disque tranchant et, enfin, on en voit qui sont montés sur Garuda et qui sont armés de grands arcs. Chacun de ces guerriers est encadré avec sa monture dans une ogive formée de feuillages dans lesquels on distingue des oiseaux, et le tout enfin repose sur le dos d'un monstre connu sous le nom de Kelen.

Si l'on rentre dans le Cûc-moha-réach, et qu'avant de reprendre la chaussée qui se continue à travers le parc jusqu'au temple, on s'arrête un instant sur le seuil du portique central et que l'on regarde vers l'est, on a le plus joli point de vue qu'on puisse rêver : le monument principal apparaît nettement au regard, à quatre cents mètres de distance, avec ses dômes élevés, ses toitures bombées et ornementées, les péristyles avancés des portiques et les doubles colonnades extérieures des galeries voilées à peine, en certains endroits, par le branchage des banians qui ont pris possession du côté ouest de l'esplanade. Tout cela se projette sur le fond sombre d'une forêt vierge qui se développe à l'arrière-plan et qui contribue à faire ressortir l'édifice encore plus, s'il se peut, à son avantage [1].

Les édicules qui sont dans le parc, un sur le bord de chacun des bassins sacrés, passent, aux yeux des indigènes ignorants, pour avoir été les cuisines des anciens religieux du temple ; mais le mandarin érudit qui nous accompagnait les désigne, lui, avec plus de raison, sous le nom de Rûng-têng (les salles de toilette). La position de ces deux bâtiments fait de suite supposer que le mandarin en a bien compris l'appropriation. La décoration n'en a pas été achevée ; les frontons qui couronnaient les portiques ont disparu ou sont très détériorés aujourd'hui, et, à l'intérieur, il n'y a guère que les chapiteaux des pilastres et les corniches qui soient sculptés. Jusqu'ici, nous ne trouvons aucune inscription sur les murailles ou les fûts des colonnes.

Une végétation fournie, abondante, et qui ne s'arrête pas, a pris possession du parc, en attendant qu'elle puisse envahir l'édifice lui-même. Lorsqu'on s'égare dans cette forêt, on rencontre des vestiges d'anciens bassins et des restes de terrassements qui ont dû supporter sans doute autrefois des dépendances et les habitations des nombreux desservants d'Angcor-vat. On y remarque aussi quelques constructions postérieures qui ont poussé sur les flancs du temple colossal comme les cryptogames se développent sur un arbre tombé. L'une de ces constructions consiste en un Buddha peu remarquable, assis sur un vaste socle en maçonnerie, le tout ensemble mesurant environ six mètres de haut. Sur un autre point, c'est un socle en pierres ferrugineuses recouvert

[1] Voir page 193 une vue du temple prise du seuil central du Cûc-moha-réach.

d'un enduit blanc portant des moulures ornées de feuillages. La base de ce petit monument est rectangulaire, mais elle est surmontée d'une plate-forme circulaire qui devait supporter une statue aujourd'hui disparue, et le socle lui-même semble avoir supporté les fureurs d'un assaut.

La bonzerie actuelle est établie sur l'esplanade, à l'ouest du temple. Cette esplanade est élevée de un mètre au-dessus du sol du parc, et son mur de soutènement porte de grandes moulures nues, tandis que celles des murs latéraux de la chaussée intérieure sont enrichies de sculptures soignées consistant en rosaces, fleurons et feuillages dans lesquels, en approchant un peu, on distingue des oiseaux et des personnages en miniature.

Le belvéder cruciforme qui précède immédiatement l'entrée principale du temple porte le nom de Kdar-bên (l'estrade non couverte). Il a été ici même fort bien décrit par M. Spooner.

Nous voici arrivé à la galerie inférieure, dite des bas-reliefs. Nous avons été curieux de savoir comment les fondations des édifices khmers étaient établies. La personne qui fut chargée par nous de faire des fouilles, nous remit un croquis de ce genre de travaux se rapportant précisément à Angcor-vat, et sur lequel croquis on peut voir que les fondations du Cûc-moha-réach, ainsi que celles de la galerie des bas-reliefs, se composent d'abord d'un mur de 0 m. 28 de hauteur, formé de pierres de concrétion ferrugineuse reposant directement sur un sol sans doute préalablement damé ; et, au-dessus, d'un mur en blocs de grès n'ayant pas plus de 0 m. 30 de hauteur et très en retrait sur le précédent. On n'a trouvé aucune trace de mortier ou de ciment dans ces basses œuvres noyées. Il a été impossible aussi de mesurer l'épaisseur de ces murs de fondation, mais il paraît certain qu'ils sont fort épais et que l'espace compris entre les deux murs de soutènement qui s'appuient sur eux, et dont l'un supporte le péristyle et l'autre le mur plein à bas-reliefs, est occupé par un remblai en terres compressées.

Les fouilles ont été pratiquées au pied du mur de soutènement, et par le travers des galeries ; il est possible que sous les portiques couronnés de tours, ou la pression était plus considérable, les fondations soient plus profondes et différemment établies.

Visitons la décoration extérieure de cette galerie des bas-reliefs que l'on ne se lasse pas d'admirer lorsqu'on est à Angcor. L'on a pu voir, par le dessin que nous en avons donné, la richesse inouïe du soubassement.

Au-dessus règne un péristyle à double rang de colonnes d'un grand effet.

Le premier fronton, celui qui surmontait l'entrée du péristyle central, manque et c'est un malheur, car c'était le plus apparent, la première pièce sculptée qui s'offrait à l'entrée du temple et dont le sujet eut pu peut-être jeter du jour sur le mystère relatif à la consécration primitive d'Angcor-vat. Sans être trop soupçonneux, on peut hardiment accuser les ministres du Buddha d'avoir fait disparaître ce morceau capital, comme ils ont commis ailleurs des mutilations de statues et des dégradations de bas-reliefs.

Sur le deuxième fronton, qui est très abîmé, le principal personnage, ombragé sous un grand parasol, est sur un char en marche entouré de serviteurs portant des chasse-mouches, des ustensiles à l'usage des princes, et il est suivi d'une escorte d'une vingtaine de soldats, qui paraissent au dernier plan en simple caleçon, coiffés de casques pointus et tous armés de bâtons.

Le fronton supérieur est un superbe morceau de sculpture, dont le cadre est, comme toujours, formé de serpents polycéphales. Le tympan porte une foule de personnages : le héros de la scène est sans doute un roi, car il est richement vêtu, tandis que les dieux ont été toujours représentés par les artistes khmers couverts du simple caleçon d'écorce des anachorètes. Ce prince est monté sur un éléphant couvert de la livrée des rois. L'énorme bête a deux clochettes à son collier et un palanquin tout sculpté sur son large dos. Des soldats suivent sur quatre rangs : le premier rang est de huit hommes, le second de dix, le troisième de douze et le quatrième de seize ; ils sont en caleçon et ont des coiffures cylindriques. L'armement se compose de lances et de couteaux emmanchés au bout de longs bâtons. Il s'agit ici sans doute d'un monarque qui va faire ses dévotions, accompagné de son escorte ordinaire et que l'on a mis là comme exemple de piété pour ses sujets.

Les deux autres portiques de cette triple entrée d'honneur, situés l'un à droite et l'autre à gauche du précédent, à des distances indiquées sur le plan, sont précédés de péristyles moins allongés vers l'esplanade et n'ont chacun que deux frontons étagés, au lieu de trois, mais dont les tympans sont également décorés de belles sculptures.

Ces portiques sont reliés, ainsi que nous l'avons dit, par des chambres de grandeur décroissante du portique central vers les galeries, et toutes ces pièces sont flanquées, du côté de l'esplanade, de vérandas couvertes par des voûtes en quart de rond, supportées extérieurement par des colonnes à fût carré et dont la base ainsi que le chapiteau sont sculptés. Les surfaces extérieures des murailles des chambres faisant communiquer les portiques entre eux portent, entre fenêtres, des groupes de trois femmes coiffées de couronnes à triple paratonnerre.

La frise extérieure comprise entre le toit de la véranda et la corniche du toit supérieur est, d'un portique à l'autre, décorée d'une série de personnages barbus, assis, les mains jointes et élevées à hauteur de la poitrine. La corniche du toit supérieur est formée de quatre grands cordons qui vont en augmentant de rayon à mesure qu'ils s'élèvent et sont couverts de sculptures.

Les toits voûtés des compartiments entre portiques, ainsi que ceux des galeries, ne sont pas à même hauteur de l'un à l'autre, de sorte qu'ils présentent un certain nombre de coupures déterminant des pignons décorés de sculptures et qui ont, comme dans notre architecture du moyen âge, la même importance que les frontons. Un de ces pignons porte un personnage assis sur une sorte d'autel ; il est vêtu du caleçon rustique des anachorètes et ses cheveux sont relevés suivant la mode adoptée dans l'Inde par les brahmanes.

Les deux frontons du portique de droite de la triple entrée occidentale sont trop endommagés pour qu'il soit possible de les interpréter.

Au-dessus de l'ouverture qui donne accès dans la véranda, à droite du portique, se trouve un panneau représentant une bande de singes portant bouclier, armés de massues et de couteaux ; ils sont tous coiffés de grands casques coniques. Le panneau symétrique à gauche porte trois séries superposées de singes : dans le groupe supérieur, ces animaux sont debout sur leurs pattes de l'arrière et tiennent des arcs ; ceux d'en dessous sont au repos, assis une main sur la poitrine et l'autre sur la cuisse.

Si de ce portique de droite de la triple entrée de l'ouest, on se dirige encore plus à droite, on longe la galerie des bas-reliefs qui va aboutir au portique de l'angle sud-ouest. Ici, la frise qui domine la voûte de la véranda est nue jusqu'à la corniche supérieure, qui ne porte que trois moulures sculptées, au lieu de quatre que nous avons trouvées sur celle qui est comprise entre les portiques d'entrée.

Sur un des pignons les plus élevés de la toiture, on aperçoit un grand personnage dans la pose gracieuse d'un danseur assisté de nombreux comparses également en danse.

Les frontons de la porte sud de la face ouest sont abattus, sauf un qui représente un chef de Rakchasas debout sur un char traîné par des lions; il met en joue avec un arc énorme qu'il tient des deux mains. Ce héros a autour de lui d'autres géants à pied armés de long bâtons. Ceux-ci ont un caleçon pour tout costume, leurs cheveux sont relevés et pris dans un bandeau dont les contours sont dentelés.

Les perrons de ces portiques sont majestueux; il faut monter dix-sept marches pour atteindre le seuil du péristyle et l'on passe obliga-toirement entre quatre gros lions de pierre, deux de chaque côté, assis sur des socles dégradés et dans une attitude menaçante.

La même ornementation se reproduit fidèlement sur le côté nord par rapport au portique central de la face ouest. Seuls, les dessins des frontons et des pignons diffèrent, mais ils sont presque tous détruits aujourd'hui, et il nous a été impossible de retrouver ceux qui surmon-taient le péristyle et l'avant-corps du portique nord de la triple entrée occidentale.

Sur l'un des linteaux des ouvertures qui donnent accès sur la véranda, on distingue des groupes de personnages superposés et placés de manière à constituer un trône à une divinité à quatre bras, qui doit être Vichnou. Cet hommage rendu à la deuxième personne de la trimourti paraît être universel, car l'artiste s'est appliqué à représenter les fer-vents qui soutiennent de leurs mains l'autel du Dieu sous des traits et des costumes très différents. Le panneau symétrique à gauche, à l'extrémité nord de la véranda, représente un autre autel supporté également par des fidèles, et sur lequel Vichnou reparaît monté sur Garuda. Dans les airs, au-dessus d'eux, planent des déesses ailées.

Sur un des pignons surmontant le portique nord de la triple entrée d'honneur, on aperçoit Ravana, avec ses dix visages, à la tête d'une armée de Titans. Le roi des Rakchasas tient en main son arc enchanté et il est monté sur un char de guerre auquel des lions fantastiques sont attelés. C'est là un superbe panneau renfermant trente-huit guerriers d'assez fort modèle armés de bâtons, de massues et munis de boucliers de forme circulaire. Deux d'entre eux portent un tam-tam de guerre suspendu à un bambou.

Le fronton inférieur du péristyle du portique d'angle, face ouest côté nord, est abattu; le tympan de celui qui le surplombe figure des géants armés de lances, de sabres et de bâtons. Au-dessus de ce dernier fron-ton, un des pignons faisant face au sud représente Indra assis à l'indienne sur un trône posé sur la tête de Rahou. Il reçoit les hommages de deux dévots prosternés de tous leurs membres. Au second plan, apparaissent quelques gardes armés de bâtons.

Passons à la face nord de la galerie des bas-reliefs. D'abord, les deux frontons du péristyle de la porte d'angle, côté ouest de la face nord, n'existent plus. Au-dessus des petites portes de la véranda de la galerie, on voit sur l'une des singes se battant entre eux à coups de massues et de branches d'arbres ; sur l'autre, c'est un géant en char traîné par des chevaux que suivent d'autres géants à pied portant des bâtons. Le décor de cette galerie est extérieurement le même que celui de la face ouest.

Le côté nord n'a qu'une seule entrée au passage de l'axe nord et sud. Au-dessus, se trouve un pignon portant un chef de géants l'arc en main, debout sur un char qu'ont de la peine à suivre de nombreux soldats d'infanterie armés de sabres et de bâtons.

Le fronton inférieur de l'avant-corps de ce portique central a disparu ; le plus élevé est seul en place, et au centre de son tympan, on voit Vichnou, presque de grandeur naturelle, tenant un sabre levé dans l'une de ses quatre mains. Le Dieu a des bracelets aux poignets et au haut des bras ; au-dessus de sa tête apparaît un groupe de six Apsaras, ou danseuses célestes, en grand mouvement de bras et de jambes. A hauteur de la principale divinité, on compte trente-six anges en contemplation, et, à ses pieds, une femme, sans doute Lakshmi, se tient assise les mains réunies en coupe.

Sur un pignon voisin, faisant face à l'ouest, roule un char à chevaux portant le roi des Rakchasas escorté d'une cinquantaine de géants armés et portant le gong de guerre.

A la porte d'angle, côté est de la galerie nord, le fronton qui couronne l'avant-corps porte un sujet analogue au précédent : c'est encore Ravana sur son char de gala suivi de son escorte.

Le dessus de porte de la véranda est occupé par un personnage derrière lequel un individu frappe à tour de bras sur un gong. Sur la porte symétrique opposée, c'est de nouveau Vichnou debout sur Garuda et dix anges au-dessous d'eux qui dansent.

La face orientale est absolument semblable à la face opposée dans ses principales dispositions. L'ornementation seule diffère et ce n'est que d'elle d'ailleurs dont nous avons à nous occuper. Le portique d'angle, côté nord de cette face, n'a conservé qu'un fronton d'avant-corps très abimé, qui porte, au premier plan, un grand personnage, et, au-dessous, un groupe d'individus peu reconnaissables. Des géants armés d'arcs ont pris place au-dessus de la porte de la véranda, à droite, et font face dans la galerie. Sur le panneau symétrique, à gauche, sont des singes ayant à leur tête leur roi Sougriva tenant un arc à la main.

La face orientale du portique central, composée d'un avant-corps en deux parties dégradées et d'un péristyle avancé, était décorée de trois frontons étagés et fuyants; le premier est détruit; le deuxième existe, mais le grès s'est écaillé à la surface et les sculptures se sont détachées avec la pierre; enfin, le troisième portait un personnage principal effacé aujourd'hui, et il ne reste au second plan que deux cordons de femmes assises et saluant. Un des pignons de ce portique, qui fait face au sud, a conservé dans un assez bon état le sujet dont il est orné : c'est une belle déesse, ou une grande dame, assise sur un trône et tenant deux ou trois jeunes enfants dans ses bras. Au dessous d'elle règne une ligne de trente-huit suivantes assises les yeux fixés sur leur maîtresse.

Le pignon symétrique, regardant le nord, porte en belle grandeur une femme assise, ayant une main sur la poitrine et l'autre sur la cuisse, et au dessous un groupe de compagnes assises dans la même position. Cette assemblée charmante est protégée par des soldats couverts de boucliers et armés de bâtons.

Le portique nord de la triple entrée orientale a perdu son premier fronton. Le deuxième présente quatre séries superposées de personnages : au premier rang, ce sont quatorze géants debout portant boucliers et bâtons; au deuxième rang, c'est une rangée de douze femmes assises, coiffées de couronnes en pyramide, ayant une main sur la poitrine et l'autre sur la jambe; le sujet du troisième rang est identique à celui du deuxième, seulement il n'a que dix femmes au lieu de douze, et, enfin, la quatrième série porte quatre femmes posées et habillées comme les vingt-deux précédentes.

L'autre portique de cette triple entrée, situé au sud par rapport au portique central, où se trouve le ressaut destiné à laisser approcher les éléphants porteurs de dévots de marque, n'a conservé qu'un de ses frontons dont le tympan figure un prince assis à l'indienne sur un trône richement ciselé et posé sur la tête de Rahou. L'escorte est composée de soldats ayant boucliers et bâtons.

L'une des faces de ce portique présente un sujet assez curieux ; c'est un éléphant debout sur ses pattes de l'arrière, appuyant ses grands pieds de devant sur les mains d'un dompteur placé en face de lui. Des anges dans les airs, et des femmes assises sur le gazon au second plan, contemplent ce jeu d'un homme avec l'immense bête.

Le portique d'angle, côté sud de la face orientale, est très dégradé : il ne reste qu'un fronton sur lequel apparaissent encore quatre lignes parallèles d'hommes assis.

La face sud est pareille à la face nord. Le premier fronton de la porte d'angle, côté est de la face méridionale, est tombé et a même disparu. Le deuxième tient encore, mais le héros du sujet qu'il représentait est parti avec un éclat de la pierre. Il reste pourtant encore sur ce tympan un cordon d'individus assis, et en dessous une foule de serviteurs sans armes conduisant des chevaux par la bride. Au troisième plan inférieur reposent deux rangs de grands seigneurs coiffés de tiares et assis, une main sur le cœur et l'autre sur la jambe. Enfin, le cordon qui forme la base du cadre du fronton est sculpté lui-même en une série de Garudas tenant un Naga dans chaque main.

Sur le linteau de la porte de la véranda, angle est de la face méridionale, on voit Vichnou debout sur les épaules de Garuda. Au-dessous du dieu sont des personnages bien distincts, et, sur le plan inférieur, on peut voir toujours la même série d'adorateurs sur un rang et dans la posture ordinaire.

Sur un pignon qui surplombe la galerie sud, du côté de l'est, apparaît assez nettement, même d'en bas, un personnage assis sur Rahou dans un paysage champêtre où l'on voit des hommes accrochés, comme des singes, aux branches des arbres.

Au portique central de cette galerie, le fronton intérieur manque ; le grès du deuxième fronton s'est effeuillé et les sculptures sont parties avec les plaques de la pierre. Le fronton supérieur porte une divinité à un seul visage et à dix bras que les Khmers tiennent pour Vichnou ; il est armé d'un arc et est monté sur un char traîné par des chevaux. Le haut du tympan est honoré de la présence de quatre anges. Le char du dieu est enlevé par une foule pressée de fidèles enthousiastes, et le bas ne comporte pas moins de trente-six personnages bien distincts, sans compter un patient étendu de son long au bas de ce grand sujet, ayant les jambes et les bras solidement liés de cordes. La grande moulure inférieure de ce fronton est découpée en Garudas serrant des serpents dans leurs mains.

Sur un pignon du toit qui couvre le passage central de cette galerie, et qui fait face à l'est, trône sur un char fastueux, traîné par de beaux chevaux, un prince en grande tenue, couronne en tête. Les hommes de son escorte sont armés de bâtons, de sabres, et nous constatons qu'ici comme partout dans ces bas-reliefs, on n'aperçoit jamais d'armes à feu. Ce pignon renferme trente-six personnages.

Là encore les pieds droits des portes sont décorés avec un soin spécial. Près de là, sur un linteau de porte de véranda, nous revoyons Vichnou menaçant avec une massue et assisté de deux rangées d'adorateurs à longue barbe placés en dessous.

Au-dessus d'une porte de la même galerie, l'on a encore représenté Vichnou arrêtant l'un de ces troubleurs incorrigibles d'offices religieux qu'il tient solidement par les cheveux, tandis qu'il en écrase un autre sous son pied. Les messagers du ciel développent des guirlandes de feuillage au-dessus de la tête de Narayana et deux rangs de disciples, qui ont pris place au bas du panneau, sont témoins de la défaite des démons et des hommages rendus à leur dieu par tous les saints satisfaits.

Un pignon du toit du portique central, regardant l'ouest, est très remarquable et bien conservé; on y voit un prince couronné, armé d'une massue et d'une sorte de hache appelée au Cambodge pa-kan; il est sous quatre parasols royaux tenus par des serviteurs en costume d'apparat. En dessous, se dessinent trois cordons de serviteurs offrant des fleurs de nénufar. Ce pignon comporte trente-six personnages qui se détachent bien les uns des autres et que l'on distingue à l'œil nu du sol de l'esplanade.

Un pignon du portique d'angle, ouest face sud, porte un personnage couronné debout sur Rahou. Le reste du panneau figure un parterre rempli d'arbustes à fleurs et visité par de nombreux promeneurs.

Entrons maintenant dans la galerie inférieure, ou des bas-reliefs, par le portique d'honneur de l'ouest. A l'intérieur, dans les passages, sous les dômes et dans les chambres qui les mettent en communication, la décoration est relativement simple : les jambages des portes sont décorés à la base par des Apsaras chargées de fleurs sacrées que dominent de gracieuses arabesques. Les murs, jusqu'au seuil des fenêtres seulement, portent des ornements à peine indiqués ; au-dessus, ils sont nus jusqu'à la corniche, qui, elle, est fort riche.

Mais ce sont les bas-reliefs qui couvrent les grands murs pleins des galeries à double colonnade extérieure qui sont admirables. En les pas-

sant rapidement en revue, nous essaierons de donner quelques explications sur les sujets qu'ils représentent.

Face ouest, galerie de droite par rapport au portique central. — Du
pied du mur jusqu'à un mètre environ de hauteur, règne une bande
garnie de rosaces ciselées légèrement dans la pierre. Au-dessus, et jusqu'à la corniche, ce sont des sculptures en bas-relief de grande valeur
représentant un champ de bataille très boisé. Ce panneau ne mesure pas
moins de quarante-neuf mètres de long, sur trois mètres cinquante centimètres de hauteur, où sont figurées deux armées complètes marchant
l'une contre l'autre et déjà engagées. Disons tout de suite que c'est là une
imposante reproduction d'un des épisodes les plus connus du Mâhabhâ-
rata, dans lequel Rama-paraçou, ou Paraçourama, fils de Djamadagni,
le premier des trois Rama, l'ennemi des Kchattriyas et la sixième incarnation de Vichnou, est représenté allant, armé de l'arc divin, trouver
Rama, fils de Dasaratha, le héros fameux du Ramayana, dans le but
d'éprouver la force et la valeur de celui-ci.

L'armée qui marche vers le sud est celle de Rama. On le voit à son
poste un peu en arrière de la ligne de bataille ; il est armé d'un arc et il
est monté sur un beau char de guerre traîné par des chevaux. Le parasol royal est déployé au-dessus de la tête du commandant en chef ; un
page porte en arrière du char un sêntvân, sorte d'éventail à long manche, qui est un emblème de la toute-puissance, auquel les souverains
indépendants seuls ont droit. Un autre page tient dans ses mains un
baïmòn, autre éventail semblable au talapoint des bonzes ; enfin, un
officier fait flotter au vent le tông-chey, la flamme de la victoire.

Rama est entouré de princes tributaires et de généraux armés de la
même manière que lui, qui se tiennent debout sur des chars traînés par
des chevaux ou par des ânes[1], que des conducteurs frappent à tour de
bras, ce qui indique qu'on est en plein dans l'action.

Des officiers inférieurs armés de lances, la poitrine préservée par des
boucliers, sont sur des éléphants sellés pour la bataille. L'aiguillon des
cornacs est formé d'une pointe en fer et d'une lance à un taillant, pouvant servir au besoin d'arme offensive ou défensive.

Certains fantassins sont cuirassés et d'autres portent des boucliers

---

[1] On peut voir dans le Ramayana que les chars des guerriers indiens étaient traînés par
des chevaux ou par des ânes sauvages. Dans le siège de Langcâ, le char de Kumbhakarna
était attelé de cent ânes.

bombés qu'ils s'appliquent sur la poitrine. Il y a des corps entiers armés de sabres, d'autres de bâtons ou de lances. Tous marchent bien alignés sur deux files, un pied débordant l'autre et bien au pas au son d'un tamtam que deux hommes portent suspendu à un levier, tandis qu'un autre tape sur le bronze avec une sorte de tampon emmanché.

Dans les rangs, on distingue Bharata et Satrougnha, frères puînés de Rama, commandant des corps de troupe. L'héroïque Lakshmana, le frère jumeau du commandant en chef, ajuste avec un arc superbe. Des morts et des blessés sont abandonnés le long de la route, en attendant sans doute le résultat de l'action.

Au premier rang de l'armée de Rama, un chef monté sur un char, et tirant de l'arc, attire l'attention par sa fière attitude. Les traits de ce guerrier sont bien différents de ceux de ses compagnons d'armes ; ses cheveux sont relevés, serrés au ras du crâne et noués en un paquet qui retombe en arrière. Ce doit être là un grand chef, car un de ses officiers porte à côté de lui un chamâ, sorte d'éventail concave et en forme de cœur, qui est un des attributs des rois indous et indo-chinois. Les érudits d'Angcor assurent que c'est un prince sauvage et tributaire du grand royaume d'Ayodya, le pays de Rama. Il porte, en effet, le costume et surtout la chevelure des sauvages de l'Inde, et il faut croire qu'il en a aussi bien les traits.

Les types de figure des ennemis de Rama sont approximativement les mêmes que ceux de ses propres soldats, et on ne les distingue guère qu'au costume et à l'armement.

Il y a dans ces armées relativement beaucoup de chefs que l'on reconnaît aisément à leurs grands parasols et à d'autres attributs de souveraineté et de commandement.

Les premiers rangs des deux armées s'abordent à coups de bâtons et de lances au centre du tableau. Bientôt, la mêlée est générale. Les soldats de Rama sont reconnaissables à leur bandeau et leurs adversaires à leur grand casque paré d'une tête de coq. Un officier de Rama, qui est fortement engagé, se retourne et excite ses compagnons ; un des chevaux de son char est blessé et l'on voit la pauvre bête relever la tête, ouvrir la bouche et chanceler. Le conducteur, les bras pendants et l'air désespéré, semble dire aux camarades : « Nous voilà hors de service ; en avant, vous autres ! » Cette partie du champ de bataille est plus particulièrement animée, et nous avons vivement regretté que le temps nous ait manqué pour l'étudier plus à fond.

Enfin, Paraçourama, qui s'est aventuré avec son escorte jusque dans les rangs de l'armée de Rama, est pris ; on lui lie les bras et les jambes et on le couche sur une civière. Les officiers et les soldats de la suite du prisonnier l'entourent ; leurs yeux sont baissés, leurs traits indiquent la tristesse et enfin leur attitude réservée est bien celle qui convient aux vaincus.

La tradition ajoute qu'une fois vaincu, Paraçourama fléchit le genou devant le fils aîné de Dasaratha et qu'il lui fit hommage de trois flèches d'un grand effet, appelées flèche du feu, flèche du vent et flèche de l'eau.

Les compartiments intérieurs, en forme de croix, du portique sud de la face ouest, sont bien plus décorés que leurs correspondants du centre. Là se trouve Ravana scrutant soigneusement les environs d'une habitation champêtre située sur un panneau en face. Dans ce kiosque, qui fait l'objet des investigations du roi des Rakchasas, un haut personnage se montre sur le perron entouré d'un grand nombre de femmes : « C'est, disent les Khmers, Indra et Sochéada, sa première femme, accompagnés de plusieurs dames du ciel. » Le dieu marmotte des mamtrams pour conjurer les mauvais génies et les empêcher de pénétrer dans sa céleste demeure pendant son absence. Ravana, désireux d'entendre ces prières magiques d'une grande vertu, afin de les faire servir à l'exécution de ses desseins infernaux, se transforma aussitôt en caméléon et on le voit sous cette forme posté sur le linteau de la porte d'entrée du palais champêtre d'Indra, écoutant attentivement les paroles qui sortent de la bouche du roi du ciel. Enfin, celui-ci part en voyage, et bientôt Ravana, qui peut prendre toutes les formes suivant son gré, revêt provisoirement celle d'Indra, et grâce à cette transformation, et aux prières mystiques qu'il récite, il peut s'introduire aisément dans le palais et séduire les femmes qui s'y trouvent.

Un autre panneau est rempli par une montagne figurée avec ses arbres, sur laquelle deux singes de haute taille, richement vêtus et couronnés, luttent avec rage : c'est Sougriva qui se bat avec Bali, son frère aîné. Des deux côtés, un grand nombre de singes, se tenant respectueusement à l'écart, sont témoins du duel entre les deux princes. Un Simien désigne du doigt l'un des combattants, et nous supposons que c'est Bali qu'il indique aux coups de Rama qui lui décoche une flèche et l'étend raide mort.

Un panneau à côté reproduit une scène touchante : on y voit Bali étendu sans mouvement sur un lit de parade tout sculpté et richement garni ; sa poitrine est percée d'une flèche qui est restée dans la blessure. Une guenon coiffée d'une couronne à trois pointes, sans doute une des premières femmes du roi des singes, lui soutient la tête, tandis que un grand nombre d'autres guenons d'un moindre rang entourent l'illustre mort. La physionomie de toutes ces Simiennes exprime la douleur ; quelques-unes ont une main appuyée sur leur cœur et l'autre sur les jambes de leur ancien maître. Un seul serviteur mâle est admis à s'approcher du cadavre du roi ; il lui prend les pieds qu'il serre avec effusion.

C'est Sougriva qui monta sur le trône de Bali, grâce à la flèche et aussi à l'influence de Rama. C'est dans ce double service rendu qu'est le secret de l'alliance des singes avec les princes d'Ayodya dans leur campagne contre les géants anthropophages de Ceylan.

Un autre sujet représente Koumbhakarna, frère cadet de Ravana, entouré d'une cour de femmes, qu'il quitte pour aller faire le cân-sel, c'est-à-dire une retraite dans les forêts accompagnée de mortifications, afin d'obtenir des dieux l'invulnérabilité en vue de la lutte terrible qu'il allait engager bientôt avec le redoutable Lakshmana.

Ailleurs, on voit Rama à la poursuite du cerf couleur d'or. Lakshmana et Sîtâ le regardent partir pour cette chasse et restent sur la porte de leur grotte.

En face de ce dernier panneau, on distingue le dieu Vichnou seul, qui semble veiller avec sollicitude sur celui qu'il a choisi comme instrument pour consommer la ruine des Rakchasas, ces grands ennemis des dieux et des brahmes.

Sur les murs du compartiment de ce portique qui est tourné vers l'est, nous avons remarqué un sujet bien étrange en pareil lieu : c'est l'échouage d'une grande jonque chinoise, qui se crève sur un rocher et donne une forte bande. Le patron et les hommes d'équipage sont très reconnaissables à leurs traits et à leurs cheveux nattés retombant le long de l'échine. Une foule de légendes rapportent des accidents analogues ; elles doivent tirer leur origine de quelque naufrage célèbre qui amena peut-être pour la première fois les Fils du Ciel dans le sud de l'Indo-Chine.

Même face, galerie de gauche. — Ce panneau a la même hauteur que son symétrique du côté sud de la même face et cinq mètres de plus en longueur. Ici, c'est une mêlée entre les singes conduits par Rama

et les géants de Ravana. Nous n'avons pas besoin d'ajouter que ce n'est
là qu'un épisode de la grande campagne de Lânca, exposée tout au
long dans le Ramayana et artistement figurée ici sur la pierre.

Les adversaires se prennent à bras le corps et la lutte est acharnée ;
on voit des singes arrêter le bras des géants au moment où ceux-ci vont
les frapper. Les simples Rakchasas sont armés de sabres à poignées ciselées, de lances, de javelots, de massues, et quelques-uns sont garantis
par des boucliers. Les singes n'ont dans les mains que des éclats de
rocher, des cailloux, des branches d'arbre et souvent absolument rien.

Les princes et les généraux Rakchasas sont sur des chars surmontés
de vastes parasols et de guidons dont les singes déchirent l'étoffe avec
leurs griffes et avec leurs dents ; ils mordent aussi leurs ennemis dans
toutes les parties du corps et on en voit qui sont armés de sabres qu'ils
ont enlevés sans doute aux Rakchasas morts.

Aucun chef des singes ne se trouve au premier rang; mais bientôt
Sougriva, leur roi, arrive debout sur son beau char qui se heurte dans
les airs avec celui de Mông-câcan, neveu de Ravana, auquel sont attelés de superbes lions. Sougriva est sous son parasol royal, en beau costume couronne en tête; il n'a point d'armes apparentes et on le voit
empoigner son adversaire, le désarmer de son arc et renverser son
parasol, ce qui est le summum du succès.

En arrière de Sougriva, un chef vigoureux des Simiens culbute un
des chevaux du char d'un prince ennemi, qui tombe lui-même dans la
caisse du carrosse fortement incliné sur l'avant. Afin de glorifier ce tour
de force, les visiteurs indigènes ont doré et surdoré la gueule du singe
victorieux.

Nous avons compté douze grands chefs montés sur des chars dans
l'armée des Simiens.

Dans cette mêlée désordonnée, nous remarquons un singe entravant
les griffons d'un géant, qui est bientôt renversé avec son char, tandis
que, à côté, un autre Simien mord à la figure les chevaux d'un géant
qui cherche à les défendre du mieux qu'il peut avec sa lance.

Le sol est jonché de cadavres d'hommes : c'est un vrai massacre de
géants !... Les singes ont fait comparativement peu de pertes, mais ils
paraissent éreintés de fatigue.

A peu près au milieu du panneau, l'œil s'arrête sur un personnage
extraordinaire, colossal, ayant dix bras et dix têtes disposées en forme
de pyramide ; il est debout sur un char admirable traîné par des griffons

ardents, et il tient dans ses nombreuses mains des arcs et des massues : c'est Ravana, le souverain de Lancà, et le commandant supérieur de l'armée que les singes combattent. Hanumat, le plus fort, le plus leste et le plus courageux des Simiens, attaque lui-même le colosse aux dix visages ; il est sans armes et il s'en prend d'abord aux parasols et aux étendards de son adversaire, qu'il renverse et qu'il brise, afin d'humilier et d'exciter davantage la fureur de son rival.

Près de là, un géant est monté sur un éléphant. Les Khmers connaissent ce chef sous le nom de Sen-atût (l'homme aux yeux de feu, ou les cent mille soleils). Un singe saisit son épée et lève sur lui une branche d'arbre pour l'en frapper, tandis qu'un autre Simien prend une patte de l'arrière de l'éléphant et tâche de soulever l'énorme bête pour lui faire perdre l'équilibre, en même temps qu'un camarade tente le même effort au train de l'avant. Mais le pachyderme furieux croche à son tour un des singes et l'enroule avec sa trompe ; aussitôt, le prisonnier appelle au secours, un voisin arrive et fait de vains efforts pour le dégager.

Il y a dans cette grande scène des détails extrêmement curieux et assurément bien rendus ; mais il faudrait beaucoup de temps pour les étudier et des volumes pour les décrire.

En un endroit, la lutte s'agrandit et devient plus chaude ; ce sont les chefs eux-mêmes qui y président et qui y prennent part. Nous remarquons surtout Hanumat portant Rama sur son dos, volant dans l'espace et projetant sa grande ombre sur le champ de bataille ; il tient à la main droite une montagne qu'il s'apprête à laisser tomber sur le char de Ravana, qu'il montre de l'autre main à Rama qui le cherche.

Rama est armé d'un arc immense, sans doute celui qui avait été donné à Visvamitra par le dieu Siva, et que Rama fut le seul être humain à pouvoir soulever et bander. On sait que ce tour de force lui valut la main de Sitâ, la fille du roi Djnaka, et il était très naturel que le prince employât cette arme céleste et incomparable pour combattre les Rakchasas qui lui avaient ravi sa bien-aimée épouse.

A côté de Rama se tiennent Lakshmana, armé aussi d'un arc, et Vibhisana, le prince et savant Rakchasas, allié des princes d'Ayodya, et marchant contre son frère Ravana, qui avait méconnu ses conseils et qui l'avait en outre maltraité. Tous ces héros ont leurs parasols grandement ouverts, leurs étendards flottent et l'on étale enfin les divers attributs de leur dignité. Des musiques militaires jouent autour de ses guerriers et l'on dirait, à les voir dans leur majesté calme, qu'ils assistent à une

grande fête. Pourtant, le sang coule à flots sur ce champ de bataille où
l'on combat corps à corps et avec une incroyable énergie, surtout sous
l'œil des grands chefs où les victimes sont plus particulièrement empi-
lées. Là, on voit un singe prodigieusement fort qui renverse des animaux fantastiques traînant un char sur lequel est un géant couché
percé de flèches. D'autres arrêtent un char dans sa marche en le prenant
par les roues, mais le guerrier qui le monte s'empare d'un singe, et au
moment où il va le frapper avec sa lance, il est lui-même saisi par les
cheveux, ainsi que son cocher, par d'autres Simiens. Ce dernier groupe
a conservé des traces de dorures appliquées par des générations d'ad-
mirateurs des exploits de Rama.

La mêlée est complète d'un bout à l'autre du panneau. Il y a des
blessés qui sont atteints et liés par des flèches enchantées dont ils ne
peuvent détruire le charme. D'autres se relèvent et marchent ; c'est que
ceux-là connaissent des mamtrams, des prières mystiques qu'ils récitent, afin de s'affranchir du charme qui les enchaîne. Quelques-uns,
atteints de flèches empennées, sont tombés raides morts sur le terrain.
On voit des guerriers occupés à psalmodier des incantations pour charmer leurs armes, afin de les rendre plus meurtrières.

Ce grand panneau offre beaucoup d'intérêt et nous le recommandons
aux explorateurs, c'est d'ailleurs celui dans lequel l'artiste a mis le plus
d'art et de soins.

L'intérieur du portique de l'angle nord-ouest est décoré de plusieurs
sujets. Sur l'un d'eux est un personnage ayant tous les attributs d'un
roi : il tire de l'arc et il est accompagné de pages et de soldats armés de
massues, de sabres et de lances recourbées.

Un autre panneau représente Vichnou assis à l'orientale sur un trône
élevé ; il reçoit la visite d'un prince, sans doute Rama, qui vient lui demander d'accroître ses forces pour aller combattre les Titans. L'entrevue a lieu dans un jardin où se promènent des déesses, tandis que, au-
dessus, sont figurées des apsaras ou bayadères célestes en danse.

Là, c'est Rama qui apparaît sur le perron d'une habitation champêtre
et un cordon de singes qui se prosternent pour le saluer.

Ici, c'est Nala, le prince-singe, fils de Viçvakarma, qui avait hérité du
génie de son père, et que Hanumat, transformé en petit singe, vient supplier de vouloir bien diriger les travaux d'établissement d'une chaussée
destinée à relier Lançâ au continent. De nombreux Simiens se tiennent
prêts à concourir activement aux travaux et attendent des ordres.

Nous remarquons là aussi Vichnou, monté sur un Garuda, escorté par des hommes portant des lances à fer recourbé [1]. Les serviteurs du dieu portent ses attributs et d'autres ustensiles à son usage, parmi lesquels on distingue la gargoulette dont les rois khmers se servent et qui est en or bruni repoussé en jolis dessins.

Près de Vichnou, on peut voir aussi Brahma, avec ses quatre faces, monté d'abord sur un paon et un peu plus loin sur l'oiseau divin Hansa.

Enfin, il y a sous ce portique bien d'autres sujets intéressants, mais que nous n'avons ni pu, ni su interpréter.

Dans les colonnades de la face ouest les entre-colonnes sont à très peu près égaux, et les différences minimes que l'on trouve ne peuvent provenir que d'un vice de construction. La moyenne des espacements sur cette face est de 2 m. 64. Cette moyenne est plus faible, nous ne saurions dire pourquoi, dans les colonnades de la face nord, où elle n'atteint que 1 m. 94. Toutes les colonnes du premier étage ont le même équarrissage à un centimètre près.

Face nord, galerie de droite. — Ici encore, nous sommes en plein sur un champ de bataille où les combattants sont bien plus nombreux que sur les autres, car ce panneau est juste un tiers plus long que celui que nous venons de quitter. Il y a là sûrement plusieurs centaines de personnages, montés ou à pied, sculptés sur la pierre presque en demi grandeur naturelle lorsque ce sont des chefs, et au quart environ de cette grandeur lorsqu'il s'agit des subalternes. Nous n'avons fait que parcourir cette belle galerie en dévorant des yeux le bas-relief qui en fait l'ornement et nous allons essayer de dire ce qui nous a le plus frappé.

D'abord, nous pensons qu'il s'agit d'un combat entre les dieux et les géants. Pour confirmer notre supposition, le lettré de Siem-réap se hâta de nous dire : « Ici, ce sont les géants et les dieux qui se battent. »

Les dieux sont conduits sur le terrain par Vichnou et les géants sont commandés par Ravana, le roi des Rakchasas, ce guerrier fameux qui portait avec orgueil les cicatrices des blessures qui lui avaient été faites par les défenses de Ayravat, la monture de Indra et par le disque tranchant de Vichnou, mais qui vainquit successivement Indra, le roi du ciel, Yâma, le chef des enfers et enfin Couvera, le dieu des richesses, son frère aîné, auquel il enleva le trône de la riche Lânca.

---

[1] Des lances d'une forme absolument analogue sont encore en usage au Cambodge, dans la province de Compong-soai, surtout.

Ici, on ne voit point de singes, mais en revanche tous les animaux fabuleux et fantastiques, imaginés par les poètes orientaux, se sont mis à la disposition des combattants, soit pour leur servir de montures, soit pour traîner leurs chars.

Parmi les grands chefs, nous en avons remarqué un sous un magnifique parasol, qui était entouré d'un nombreux état-major. Ce guerrier a le front ceint d'un diadème et ses cheveux sont relevés en faisceau cylindrique au-dessus de sa tête; il tire de l'arc et il est debout sur un trône

Bayadères divines. (Bas-relief d'Angcor-vat. Dessin de M. Oriol.)

posé sur le dos d'un serpent polycéphale planant dans les airs. Dans cette grande mêlée, il n'est guère possible, à première vue, de distinguer les dieux des géants.

Atût-thavong (Aditya), ou encore Sourya, est debout, l'arc en main, sur une sphère figurant le soleil, placée elle-même sur un chariot colossal traîné par d'innombrables chevaux. Le disque de l'astre, le dieu, ainsi que ses armes et ses attributs, tout cela est doré.

L'oiseau Hansa, la monture favorite de Brahma, porte un guerrier qui ne peut être que ce dieu...

Les chars traînés par des lions sont nombreux ; à d'autres chars sont attelés des Nagas, des griffons, des chevaux, des animaux fantastiques.

Ravana, reconnaissable à ses bras et ses têtes multiples, est sur un char traîné par des chevaux. D'autres géants, également polycéphales, sont montés sur des griffons à têtes de vautour et assez semblables à Garuda.

Les boucliers des dieux sont hémisphériques ; ceux de leurs adversaires sont carrés et également bombés. Nous avons remarqué une cloche parmi les instruments des musiciens de l'escorte de Ravana. Ce n'est pas la première fois que nous trouvons la cloche dans les bas-reliefs des Khmers les plus anciens.

Vichnou, porté par Garuda, combat le souverain des géants face à face, et il lui décoche des flèches enchantées.

Certains chefs sont montés sur des éléphants ; d'autres sont debout sur des chevaux et s'abordent à coups de lances à fers droits ou courbes.

Même face, galerie de gauche. — Dans cette galerie, le premier personnage qui se présente sur le bas-relief, à droite, c'est le Moha-Eysey [1] (le grand ermite). Il s'agit ici, sans nul doute, de Visvâmitra, un prince de la race lunaire qui devint un célèbre anachorète. Le fameux Mouni est assis les jambes croisées sur un trône riche et élevé. Ganésa est auprès de lui sur un siège de moindre hauteur. La tête du saint homme, coiffée d'une couronne royale, est entourée d'un nimbe doré ainsi que toute sa personne. L'ermite est vieux ; il porte la tête inclinée sur l'avant et ses yeux sont modestement baissés. De la main droite il tient un trident, tandis que son autre main s'appuie sur la poitrine. Son maintien est celui d'une personne qui se recueille, mais nous trouvons que l'artiste a présenté le Moha-Eysey avec de trop beaux vêtements et que surtout il l'a affublé de trop de bijoux. Il nous semble qu'il eut été mieux sous des habits d'écorce d'arbre ou tissés simplement d'herbes sèches des forêts.

Nous remarquons auprès de l'ermite l'orchestre ordinaire des dieux et des rois, un grand nombre de fidèles tenant des fleurs de nénufar dans

---

[1] Eysey est une altération du mot sanscrit Sanyasi, par lequel on désignait dans l'Inde un brahmane ascétique.

les mains et deux adorateurs à longue barbe prosternés au pied du trône.

L'Eysey reçoit les hommages de gens armés qui viennent successivement s'incliner à ses pieds. Parmi eux, nous distinguons des géants à plusieurs têtes montés sur des animaux fabuleux et ailés, et Garuda apportant sur ses puissantes épaules à l'audience de l'ermite un guerrier qui doit être Vichnou. Ceux qui sont familiarisés avec la littérature indoue ne s'étonneront pas de voir des dieux baisser pavillon devant des anachorètes, car ils savent que plusieurs de ceux-ci avaient obtenu, par de longues et pénibles mortifications, des pouvoirs supérieurs à ceux dont jouissaient les dieux. Nous pensons que tous ces guerriers qui osent se présenter armés devant un pareil saint, vont faire bénir leurs armes avant d'aller prendre part au combat qui s'engage un peu plus loin sur le même panneau.

Nous avons distingué parmi les héros qui combattent sous les yeux de l'Eysey des personnages à une seule tête et à vingt-quatre bras montés sur des chars traînés par des animaux mythologiques. Un de ses guerriers est monté sur un tigre. C'est la seule monture de cette espèce que nous ayons vue et dont la présence en cet endroit nous a frappé, car c'est un animal peu répandu sur les bas-reliefs des Khmers tandis que le lion, qui n'existe pas dans les forêts du pays, domine sur les perrons, et on trouve partout son image dans les temples anciens.

Un grand chef à quatre bras et plusieurs visages, tenant dans une de ses mains le Tchatra, est monté sur un rhinocéros harnaché pour la guerre comme un éléphant. Il est ombragé par un parasol à plusieurs étages, ce qui est un indice de grande puissance, et nous pensons que nous sommes ici en présence du dieu Vichnou.

Ce grand panneau, sculpté d'un bout à l'autre, est une œuvre de premier mérite au point de vue de la conception, mais il est resté inachevé pour des raisons inconnues.

Il nous a été impossible de pénétrer dans l'intérieur du portique de l'angle nord-est, aujourd'hui au pouvoir de millions de chauves-souris. Nous avons pu néanmoins nous convaincre que cette partie du monument est privée de sculptures et n'a pas été, par suite, achevée.

Face est, galerie de droite. — Comme le précédent panneau, celui-ci est à l'état d'ébauche ; mais là encore si l'œuvre est restée incomplète, on peut néanmoins louer le génie de l'artiste qui en a conçu le plan d'ensemble. Il s'agit d'ailleurs du même sujet, c'est-à dire de la lutte

entre les dieux et les géants et du commencement, ou de la continuation, de l'engagement reproduit sur la partie est de la face nord.

L'armée des géants occupe la partie septentrionale de cette section,
et elle est en marche vers le sud. Les phalanges divines arrivent du
côté opposé et la rencontre a lieu au centre de la galerie, où nous
remarquons des guerriers montés sur des paons tenant d'une main une
massue et de l'autre un disque tranchant. Les chefs combattent sur des
éléphants ou sur des chars traînés par des animaux fantastiques.

Aux premiers rangs, l'éléphant d'un géant terrasse un éléphant ennemi. Mais aussitôt arrive Vichnou, debout sur les épaules de Garuda,
qui saisit par la patte un éléphant du camp opposé et lui fait perdre
l'équilibre ; d'une autre main, il soulève l'éléphant d'un chef des géants
et celui-ci tombe la tête la première, les bras tendus et les mains portées
en avant. Les parasols, les guidons et, enfin, tous les insignes des
principaux Rakchasás sont renversés et détruits. On voit, en cet endroit,
un grand nombre de démons étendus sur le carreau, atteints de flèches
à la poitrine.

Les dieux sont armés de javelots et de grands arcs ; la plupart portent des boucliers. Leurs soldats n'ont que des bâtons ou des massues,
et on les a représentés la face tournée un peu en dehors, disposition
analogue aux figures que l'on trouve sur les bas-reliefs des grands
monuments égyptiens.

Nous avons remarqué là des dieux debout sur des voitures traînées
par des cerfs coiffés d'immenses bois.

Nous verrons bientôt, dans la galerie suivante, pourquoi tous ces
dieux et tous ces démons se chamaillent autant que cela.

Comme sculptures décoratives, la triple entrée centrale de la face est
n'offre rien de bien remarquable dans les compartiments intérieurs des
portiques, ni dans les chambres qui les unissent. Il y a là une grande
inscription que nous avons fait traduire et dont nous parlerons ailleurs.

Toutes les théogonies et toutes les mythologies font mention des
géants. En examinant les bas-reliefs d'Angcor-vat, et en voyant Vichnou
si acharné après cette race malfaisante, il nous semblait reconnaître
Jupiter à la tête des dieux, luttant contre les géants, fils du ciel et de la
terre, et les précipitant dans le Tartare. Le poète grec Hésiode, d'accord
en cela avec les mythologiens indous et indo-chinois, attribue aux
géants une origine divine.

Même face, galerie de gauche. — Lorsqu'on pénètre dans cette galerie, et qu'on jette les yeux sur le bas-relief, on s'aperçoit bien vite qu'il s'agit du barattement de la mer[1] par les Souras et les Asouras, c'est-à-dire par les dieux et par les démons, dans le but d'en faire sortir l'ambroisie (amrita), le breuvage qui devait procurer l'immortalité et que les opérateurs se disputèrent ensuite dans des luttes mémorables reproduites sur les bas-reliefs que nous avons déjà passés en revue.

La partie inférieure de l'immense tableau que l'on a sous les yeux représente la mer, dont les eaux sont à ce point transparentes qu'il est possible de voir toute la population aquatique, attirée et plus ou moins maltraitée par le choc violent des ondes mises en grand mouvement.

Au centre de la galerie, apparaît une montagne transportée au milieu de l'Océan sur la carapace d'une immense tortue : c'est le mont Mérou, que l'on avait choisi pour moussoir, et le corps de Vasouki, le roi des serpents à sept têtes, qui servit de câble pour mettre en mouvement l'énorme montagne autour de laquelle on fit un simple tour à mi-hauteur à peu près. On développa ensuite les deux moitiés du corps du reptile, de manière à ce que la tête se trouvât d'un côté de la montagne et la queue de l'autre. Les démons se placèrent vers la tête, les dieux à l'autre extrémité et il n'y eut alors, une fois ces dispositions prises d'un commun accord, qu'à haler d'un côté en mollissant de l'autre, et inversement, pour imprimer au Mérou un mouvement circulaire alternatif très capable de brasser toute la masse liquide de l'océan Indien.

On s'aperçoit que les forces furent uniformément réparties, car il y a juste autant de bras qui embrassent le corps de Vasouki du côté de la tête que de l'autre bout. Nous avons compté quatre-vingt-cinq personnages de chaque côté, en tout cent soixante-dix travailleurs célestes ou infernaux. Parmi les dieux qui prennent part à l'opération, nous reconnaissons Brahma avec cinq visages, quatre à la base du crâne et un au dessus[2]. Sur un autre point, nous remarquons un grand dieu, mêlé à des subalternes, et que l'on nous dit être Siva. Enfin, la queue du serpent est soutenue par un singe immense, que nous croyions être Hanumat, le fils du vent, qui était d'essence divine ; mais le lettré qui nous accompagnait nous affirma que c'était Sougriva, le roi des Simiens et l'ami des dieux.

[1] Voir page 289.

[2] Brahma est assez souvent représenté ainsi au Cambodge. Sur les tours à quatre faces brahmaniques qui subsistent encore, mais qui sont découronnées, la tradition affirme qu'il en existait une cinquième au sommet.

Vichnou, l'autre membre de la Trimourti, semble présider à la grande œuvre du barattement en juge impartial : il est posté sur le flanc de la montagne à hauteur du corps de Vasouki ; il a deux de ses mains posées sur le corps du serpent, une du côté de ses compagnons du ciel et l'autre vers les Asouras. Dans les mains restées libres, nous voyons une épée absolument semblable au Prea-khan des rois khmers et le Tchatra, le disque acéré, trempé et tranchant.

Tout à fait au-dessus du Merou, on aperçoit Indra, le roi du paradis Swarga, contemplant à demi-couché les efforts qui sont faits au-dessous de lui pour retrouver l'ambroisie depuis longtemps perdue.

Du côté des Asouras, Ravana, leur chef, se distingue par son zèle, sa haute stature et ses dix visages tous animés. Puis, un autre chef à dix faces aussi, neveu de Ravana, et que les Khmers connaissent sous le nom de Vey-réap. La tête septuple de Vâsouki est supportée par un autre géant colossal et à plusieurs faces, appelé Preâ-bat-chattra-soc (Suka), conducteur de Vénus et précepteur des Asouras.

Dans les airs, au-dessus de cette émouvante scène, l'espace est rempli par des bayadères célestes sorties de l'Océan en même temps que l'Amrita et manifestant leur joie par des danses sacrées.

L'origine de l'ambroisie est le sujet d'un épisode dans chacun des grands poèmes indous le Ramayana et le Mahâbhârata.

Nous pensons qu'il faut entendre par les dieux et les Titans, qui se firent si longtemps la guerre, les deux premières classes de la société, les Brahmes et les Kshatryas, qui se disputèrent si vivement la prépondérance dans l'Inde. Peut-être aussi s'agit-il de la lutte que les aryens brahmaniques eurent à soutenir originairement contre les chefs de la race aborigène, dont plusieurs, comme les Rakchasas de Ceylan, par exemple, étaient anthropophages.

Le portique de l'angle sud-est est, comme les précédents, très pauvre de sculptures à l'intérieur.

Face sud, galerie de droite. — Voici encore une étonnante composition en bas-relief, parfaitement ordonnée, représentant le jugement dernier, le paradis et les enfers. Sur ce panneau, l'artiste a fait ressortir avec succès le contraste qui existe entre les joies du paradis et les supplices des enfers. Il a placé naturellement le séjour des bienheureux dans la partie supérieure du tableau, et ce sont des Garudas en très grand nombre, disposés en dessous en cariatides, qui supportent sur leurs bras robustes et relevés la voûte céleste. Nous voyons avec plaisir que la patrie des immortels est très habitée, et que ce n'est pas là un domaine réservé seulement à quelques rares privilégiés. Malheureusement, la population reléguée dans les régions infernales est dense aussi et nous verrons tout à l'heure qu'elle n'y est point sur des roses.

A la gauche du panneau, l'artiste a figuré le jugement dernier : Yama, le dieu des enfers et le juge suprême des morts, revêtu de la majesté divine, occupe le fauteuil de la présidence, qui ressemble plutôt à un trône qu'à une chaise curule. Les assesseurs sont très nombreux ; ils sont répartis en égal nombre à droite et à gauche du président sur des sièges moins élevés et moins riches. Deux chemins partant du prétoire se bifurquent bientôt pour se diriger l'un vers le paradis et l'autre vers l'enfer.

En arrière des juges, se tiennent des gens de service, des gendarmes célestes et d'effrayants démons prêts à exécuter les arrêts, les sentences rendus par cette cour suprême. Les damnés sont brutalement empoignés et traînés vers les enfers, tandis que les sages, les élus, sont abordés avec égards par leurs conducteurs, qui les portent en triomphe sur des palanquins, ou dans des hamacs bien suspendus. Chaque élu est escorté pendant la route par quatre cavaliers envoyés par Indra, le roi du ciel, et appelés par les Khmers Prea-chedoc-loc. Ces cavaliers, ainsi que leurs montures, sont dorés sur les bas-reliefs.

Un personnage monté sur un bœuf, connu des Cambodgiens sous le nom de Kêng-cârmang, est placé en avant du tribunal et il fait un premier tri. Suivant la tradition, c'est le grand interrogateur : il envoie directement en paradis ceux qui lui paraissent le mériter, et il dirige sur les enfers les criminels reconnus, incontestables. Il ne livre au tribunal que ceux dont la conduite sur cette terre est équivoque et a besoin d'être épluchée avec soin.

Dans le paradis, représenté sous la forme d'un jardin délicieux, on ne voit que des figures réjouies, des gens en danse, des musiques, des jolies femmes, des fleurs, des fruits exquis, des dorures et des perles partout, etc.

Les enfers, qui sont très nombreux, et qui sont désignés chacun par une inscription spéciale, offrent l'aspect le plus sombre, le plus attristant. En premier lieu, les démons armés de tridents saisissent par les cheveux les femmes adultères et leur versent dans la bouche des liquides bouillants, tandis que d'autres diables saisissent les membres des patientes, les séparent par arrachement et les déposent sur des grillages chauds ou directement sur des charbons ardents. On voit des damnés crucifiés auxquels des gardiens infernaux enfoncent des clous par tout le corps [1]. On en voit qui sont suspendus par le milieu du corps avec de grosses pierres assujetties aux mains et aux pieds : ce sont ceux qui, durant leurs vies antérieures, se sont servis de faux poids et de fausses mesures. On enfonce des barres de fer chauffées au rouge dans la bouche des calomniateurs. De tous côtés, on voit des démons précipitant les damnés dans les enfers. On frappe à coups de tringles de fer blanchies au feu les voleurs d'animaux et d'objets de valeur. On laisse tomber sur des pieux et des sabres bien affilés les pécheurs qui ne veulent pas avouer leurs fautes. On suspend par les pieds ceux qui ont volé les femmes d'autrui, et leur tête brûle dans les flammes, tandis que des vautours affamés s'acharnent sur les autres parties du corps. Il y a des damnés dont on pile les membres et les chairs dans un mortier ; il en est d'autres, et ce sont les médisants, sur lesquels on décoche des flèches comme sur une cible ; d'autres, enfin, dont on comprime fortement les membres avec différents instruments de torture assez semblables au garrot des Européens ; ceux-ci ont, pendant leur vie, maltraité ou frappé leur mère, insulté leur père ou leurs ascendants, blasphémé les dieux et mutilé leurs idoles. L'éléphant est souvent employé dans les enfers comme bourreau. Enfin, on voit là les agents de Yama occupés à scier les membres des damnés, leur arracher les dents, leur crever les yeux, les empaler, les plonger dans l'eau bouillante, les pousser dans des sentiers épineux et les livrer finalement aux chiens enragés et aux oiseaux de proie qui les dévorent morceau par morceau.

Nous donnerons plus loin la traduction d'une inscription copiée sur ce bas-relief.

Le portique central de cette face ne porte aucune sculpture à l'intérieur.

Même face, galerie de gauche. — Ce panneau est une page d'histoire locale : il représente Prea-kêt-méaléa, en costume de souverain, assis

---

[1] Le supplice de la croix était connu dans toute l'Asie. Les bonzes khmers prétendent que dans une haute antiquité un personnage nommé Préa-tévotot fut, comme le Christ, immolé de cette manière pour avoir affirmé qu'il était inspiré de Dieu et qu'il était investi d'une mission providentielle. Selon la tradition, ce dernier supplice serait bien antérieur à celui du Christ.

sur un trône placé sous un riche dais surmonté d'une couronne royale; il est entouré de tous les officiers et de tout le personnel masculin de sa cour et il reçoit les hommages des rois tributaires, qui défilent devant lui à la tête de leurs armées.

La réception a lieu dans un endroit boisé. Les troupes qui assistent à cette revue sont composées de cavaliers sur trois rangs et de fantassins sur deux files. Les princes tributaires sont montés sur des éléphants; on les reconnaît à leurs parasols et à leurs autres insignes. Les corps se distinguent par la forme du cimier qui couronne le casque des soldats: c'est tantôt un oiseau ordinaire ou fantastique, et tantôt un quadrupède, cheval ou cerf, ou bien, enfin, un objet emblématique. Les chefs sont armés de lances recourbées et portent des boucliers.

Sur ce bas-relief, nous avons remarqué une compagnie de fantassins couverts d'une cuirasse assujettie à la poitrine par des bretelles croisées.

Prea-kêt-méaléa paraît encore jeune; il est assis à l'orientale sur un tapis frangé d'or qui recouvre son trône. Ses cheveux sont relevés en pain de sucre au-dessus de la tête, et ils sont maintenus dans cette position au moyen d'un bandeau en métal artistement ciselé.

Le roi a le torse nu; son cou et ses poignets sont chargés de colliers et de bracelets. D'une main, il semble donner congé aux troupes et de l'autre il tient un objet qui ressemble au corps d'un tout petit serpent.

Si l'on pénètre dans la cour de l'étage inférieur, aujourd'hui envahie par de grandes herbes et par des arbustes qu'on laisse malheureusement grossir, on voit que les faces du mur plein de la grande galerie qui donne de ce côté sont simplement décorées de fausses fenêtres placées très bas, et qu'ensuite le mur est nu jusqu'à la corniche, qui, elle, est fort riche, ainsi que le soubassement. Ce contraste fort disgracieux ne doit pas être attribué à un manque de goût, puisque nous avons vu la muraille correspondante de la galerie du Kuc-moha-réach décorée au-dessus des fenêtres de bas-reliefs remarquables. Ici, comme dans bien d'autres parties de cet immense temple, l'œuvre est restée sans doute inachevée.

Les dispositions pour l'écoulement des eaux avaient été fort bien prises. On sait que chaque galerie repose sur un double soubassement, dont la partie basse est la plus importante et indique la différence de hauteur entre le sol extérieur et celui qu'on trouve à l'intérieur de la cour, la galerie ne se trouvant surélevée par rapport à celle-ci que de la hauteur du petit socle. Pour permettre l'écoulement des eaux pendant la saison des pluies, des caniveaux à section carrée sont pratiqués au ras du sol du préau ou cour ; ils passent sous le petit socle, traversent le remblai de la galerie et sortent précisément sur le ressaut qui forme la partie supérieure du grand socle d'en bas. L'eau est projetée en dehors par de grandes dalles de grès qui débordent et protègent les belles moulures du soubassement.

Les caniveaux sont distribués uniformément quatre sur chaque face ; la façade principale avait été affranchie de cette servitude.

Les édicules cruciformes qui se trouvent dans les angles nord-ouest et sud-ouest de cette première cour ont été décrits dans la description ; ils sont très importants et les religieux les désignent sous le nom de Hâttrey (les bibliothèques). On accède à ces édicules par des perrons disposés aux extrémités des branches de la croix et qui ont chacun vingt-deux marches.

L'intérieur de ces Hâttrey est peu orné et nous n'avons remarqué des sculptures que sur les chapiteaux des pilastres et sur les moulures de la corniche, qui supportait autrefois un plafond en bois destiné à masquer les voûtes.

Nous n'avons vu là aucune inscription et rien enfin d'intéressant que quelques idoles assez grossières de Sakia-Muni entassées et endommagées.

Sur le fronton nord de l'édicule nord-ouest, nous avons remarqué un personnage à huit bras que les indigènes prennent pour Vichnou. Le dieu a les mains remplies d'armes diverses et il est occupé à exterminer les profanes, car on voit six cadavres de géants étendus à ses pieds.

Dans l'édicule de l'angle sud-ouest, le fronton de la branche occidentale porte un dieu, qui doit être Brahma, car il est monté sur l'oiseau Hansa, posé au-dessus de deux cordons d'adorateurs. Le fronton oriental de cet édicule présente une divinité, probablement Siva, montée sur un bœuf et entourée aussi de fidèles en contemplation.

Pour passer de la galerie des bas-reliefs à la deuxième galerie, également rectangulaire, il faut traverser, en venant de l'ouest, la cour des portiques, qui n'est pas autre chose qu'un grand vestibule ou porche, composé de trois courtes galeries à péristyles, parallèles entre elles et dirigées est et ouest ; elles sont coupées perpendiculairement en leur milieu par une quatrième galerie tétrastyle déterminant quatre petites cours carrées et égales, toutes creusées en bassins.

Les Khmers actuels désignent cette station sous le nom de Prea-pon (les mille dieux), à cause sans doute des idoles nombreuses et des emblèmes religieux que l'on a réunis sous ces galeries transformées en musée aujourd'hui.

On s'arrêtait dans ce vestibule afin de se laver, dans les eaux purificatoires accumulées dans les sras, des souillures que l'on avait contractées, et aussi pour lire et méditer les inscriptions gravées sur les colonnes de ces péristyles, et qui toutes rappellent des bonnes œuvres, des actions méritoires de toute nature.

Cet ensemble de galeries croisées avait été surélevé par rapport au sol de la grande cour du premier étage, afin de mettre le fond des bassins au niveau du sol de celle-ci, ce qui permettait de les vider aisément pour les nettoyer. D'un autre côté, cette disposition avait l'avantage de rendre un peu moins pénible la montée des perrons qui conduisent au deuxième étage, dont la hauteur et l'inclinaison eussent été sans cela très considérables.

Dans la galerie médiane qui coupe suivant une ligne nord et sud les trois galeries parallèles, on peut voir trois séries de trous carrés, groupés par quatre, et pratiqués dans le dallage en grès. Ces entailles dans la pierre étaient évidemment destinées à recevoir les supports des tables d'ablutions qui portaient elles-mêmes des idoles. On rencontre une foule d'installations analogues dont les différentes pièces sont encore en place dans les monuments khmers, ce qui ne permet pas de douter de la destination des trous carrés que l'on rencontre dans le Prea-pon d'Angcor-vat. Il y avait là, suivant toute apparence, trois fortes statues qui pouvaient bien représenter les trois personnes de la trimourti.

Les murs pleins, les pieds droits des portes, tout cela est richement sculpté. Les faces inférieures des entablements sont d'une richesse inouïe. Les entretoises en grès qui lient les colonnes voisines sont couvertes de sculptures. Les voûtes centrales sont frustes et elles étaient autrefois masquées par des plafonds dont il reste des vestiges, mais les demi-voûtes des ailés, qui étaient visibles, sont décorées de rosaces qui couvrent toute la surface concave. Les pilastres extérieurs qui donnent sur les petits bassins, ont leur base et leur chapiteau formés de belles moulures sculptées.

Les portes qui donnent accès dans ce vestibule sont très riches et les moulures qui les encadrent portent des traces de dorure. Les linteaux surtout ont été bien soignés. Sur l'un deux, nous avons remarqué Vichnou avec ses attributs ordinaires, écrasant sous son pied un géant à plusieurs bras, tandis qu'il tient Ravana renversé sous le genou de l'autre jambe. Entre les deux géants vaincus apparaît un animal fantastique, couché comme eux dans la poussière, et qui devait être la monture de Ravana. Cet entablement est parsemé de langues de feu dorées.

Un autre dessus de porte représente Vichnou terrassant un géant qu'il tient par les cheveux ; un deuxième géant est pris sous son genou et le dieu maintient les bras de celui-ci pour l'empêcher de bouger. Sur un autre, c'est en petit modèle le barattement de la mer par les dieux et les démons, et, enfin, nous avons aussi remarqué sur un de ces entablements le même dieu allongé sur le serpent Ananta avec Lakchmi, son épouse, assise à ses pieds.

Parmi les idoles du Prea-pon, on en peut voir une du type nègre accompli, avec les cheveux crépus et laineux, ayant la pose, les signes caractéristiques et le costume du Buddha.

Dans le portique du Prea-pon qui fait face au nord, c'est-à-dire du côté d'Angcor-thom, il existe un espace voûté, compris entre deux portes rapprochées, que les habitants désignent sous le nom de Ti-cong (l'endroit du Gong). C'était là sans doute que se trouvait l'instrument en bronze de la sonorité que l'on sait, au moyen duquel on annonçait les offices aux fidèles de la capitale et des environs. Il y a là des effets d'acoustique remarquables et les Cambodgiens ne manquent jamais, lorsqu'ils passent près du Ti-cong, d'entrer dans ce petit réduit et de pousser des cris, ou de se frapper la poitrine violemment, pour entendre les sons variés qui se propagent, après le coup, à travers l'espace.

La galerie intermédiaire, ou du deuxième étage, est moins grande et surtout moins ornée que la précédente. Elle repose sur un terrassement de six mètres de hauteur, dont le mur de soutènement porte sur ses quatre faces des moulures horizontales sculptées. Les fondations de cette muraille se composent d'une large couche de pierres ferrugineuses de 0 m. 28 de hauteur posées sur un sol damé, et de deux assises de grès superposées en escaliers et ayant chacune 0 m. 30 d'épaisseur.

Sur les tympans sculptés qui sont encore en place au-dessus des portiques de cette galerie, nous avons remarqué les sujets suivants : un combat à l'arbalète entre personnages divins et démoniaques, qui ont pour témoins impassibles deux rangs de singes assis. Sur un autre, c'est

une scène champêtre dont le principal personnage est une femme coiffée d'une haute couronne dansant dans un jardin, tandis que ses compagnes folâtrent autour d'elle ou montent sur les arbres.

Les quatre portes de cette galerie qui s'ouvrent vers le sanctuaire
sont flanquées, de chaque côté, de statues plus ou moins grandes du
dieu Vichnou. A la porte ouest, Narayana est représenté en pied, de
grandeur naturelle. Le type du visage est celui des races aryennes ; il
porte les cheveux relevés en forme de cylindre au-dessus de la tête et
il est vêtu d'un simple caleçon rustique. Ces deux idoles sont en grès.
Plusieurs autres idoles en grès ou en bois sont disséminées dans ce
compartiment de l'ouest et presque toutes sont des représentations de
Sakia-Muni. Les murs intérieurs sont nus et l'on ne voit guère de
sculptures en cet endroit que sur les corniches et les encadrements des
portes et des fenêtres.

Dans la galerie de la face nord, nous trouvons deux nouvelles statues
de Vichnou gardant la porte ouverte sur le sanctuaire. Celles-ci sont
mutilées ; elles sont aussi plus petites, mais elles nous ont paru mieux
faites que celles de l'ouest.

On trouve deux autres images de Vichnou dans la galerie orientale.
En cet endroit, l'attention est attirée par une statue en pierre que l'on
prend de prime-abord pour une vieille femme assise. Les dorures toutes
fraîches qui couvrent cette idole indiquent aux visiteurs qu'ils sont en
présence d'une divinité en grand crédit. D'ailleurs, on peut voir sur la
table d'offrandes, dressée en avant du socle, des bâtonnets odorants
que les fidèles et les bonzes entretiennent constamment allumés et des
ex-voto de toutes sortes : des guirlandes de feuillage, des cheveux, des
prières et des louanges écrites sur des feuilles de palmier.

Ce personnage est connu sous le nom de Prea-pén-léch [1], c'est-à-
dire le Dieu qui croise les jambes de manière à montrer à la fois la
plante des deux pieds. C'est tout simplement, paraît-il, Sakia-Muni
assis d'une façon particulière.

Dans la galerie sud, la porte percée du côté du sanctuaire est également flanquée de deux idoles colossales de Vichnou, taillées grossièrement dans la pierre et recouvertes d'un enduit d'un centimètre et demi
d'épaisseur environ, sur lequel sont modelés, avec assez d'art les traits,

[1] Le deuxième étage emprunte son nom à cette statue : on l'appelle Kuc-préa-pén-léch
(la grotte ou le sanctuaire du Dieu qui se croise les jambes).

les vêtements et les bijoux du dieu. C'est un des rares endroits où nous avons vu Vichnou couvert d'un langouti de belle étoffe et tombant jusqu'aux pieds.

Les quatre faces de ce cloître qui donnent sur le préau sont plus ornées que les autres. Les tympans des frontons qui surmontent les portiques reproduisent différents épisodes du Ramayana. Nous avons remarqué sur ceux qui ornent la triple entrée occidentale d'abord un sujet de bataille au-dessus de la porte centrale. Là les sculptures sont endommagées, mais il est facile néanmoins d'y voir Garuda prenant part à l'action.

Le tympan sud, par rapport au précédent, figure également un combat, mais c'est tout ce qu'on peut y lire tellement il est dégradé. Enfin ; sur celui de la porte symétrique à celle dont nous venons de parler, c'est la reproduction de la mort de Bali, le roi des Simiens.

Les trois autres faces n'ont chacune qu'un portique situé à l'intersection des grands axes avec les galeries. Les faces nord et sud ont en outre deux petites portes, une de chaque côté de l'ouverture centrale.

Le fronton du portique de la face nord est usé et indéchiffrable. L'un des entablements des petites portes figure des guerriers montés sur des chars, et l'autre un personnage assis sur un trône supporté par des hommes placés en dessous et uniformément répartis tout autour.

Le tympan de la face orientale est à ce point ruiné aujourd'hui qu'il est impossible d'y rien reconnaître.

Deux frontons étagés couronnent le portique central de la face sud. Sur l'un est figuré l'épisode de la campagne de Lancâ dans lequel Lakshmana est blessé par Khoumbakarna, frère de Ravana. Sougriva soutient le blessé, dont le visage exprime la souffrance, et il fait des efforts pour retirer la flèche de la blessure. Au-dessus d'eux, au milieu des nuages, se montre Hanumat, le fils du vent, apportant la montagne sur laquelle pousse la plante médicinale qui doit guérir Lakshmana. Le fronton supérieur n'offre à l'œil aujourd'hui qu'une mélange confus d'hommes et de singes. Sur l'une des petites portes de cette galerie, on retrouve le combat de Bali avec son frère Sougriva. Rama décoche une flèche à Bali, que l'on voit étendu raide mort au bas du tableau. On voit nettement sur le linteau de l'autre petite porte Indra, le roi du ciel, monté sur Ayravat, l'éléphant à trois têtes.

La cour du deuxième étage est dallée. Les eaux pluviales s'évacuent par des caniveaux qui traversent le soubassement des galeries nord, sud et est et retombent dans la cour de l'étage inférieur.

La petite terrasse cruciforme qui précède, à l'ouest, le perron d'honneur du sanctuaire, est supportée par des colonnettes cylindriques et cannelées de 0 m. 60 de hauteur. Les branches est et ouest forment la voie sacrée ; les deux autres aboutissent à des édicules qui ont été décrits par M. Spooner et que les bonzes désignent sous le nom de Hâttrey-tôch (les petites bibliothèques), par opposition aux grandes que nous avons trouvées dans la vaste cour du rez-de-chaussée.

La dalle qui occupe le centre de la petite terrasse dont nous venons de parler porte un grand trou carré, qui devait servir d'encastrement au tenon du socle d'une statue ou d'un emblème religieux.

Il nous reste à décrire le troisième étage. Nous voudrions, en ce moment surtout, pouvoir passer la plume à de plus habiles, à de plus aptes que nous à faire connaître aux hommes de goût ce qu'il y a de majesté dans cette architecture, et de soins, de patience soutenue, de talent, dans l'ornementation la plus profuse en même temps que la plus riche qui se puisse voir. Cette partie du monument porte le nom de Ba-kan, corruption de l'expression sanscrite Pakareâc, qui signifie, suivant les bonzes les plus érudits, supérieur, sommet.

Ainsi que l'a dit M. Spooner, le terrassement qui supporte les constructions du troisième étage est exactement carré. Le soubassement, ou mur de soutien du remblai, a douze mètres de hauteur. Il nous a été impossible d'en étudier exactement les fondations à cause des infiltrations qui devenaient abondantes à 1 m. 70 de profondeur, et qui ne permettaient plus de pousser plus avant les fouilles. Les premières assises, à partir du haut, sont en grès ; à 1 m. 70, c'est encore du grès que l'on trouve, et l'on peut voir déjà que les fondements vont en s'élargissant d'une manière très sensible à mesure qu'ils pénètrent plus profondément dans le sol.

De la cour du deuxième étage, le massif central offre l'aspect le plus imposant en même temps que le plus gracieux. D'abord, le remarquable soubassement qui supporte les constructions supérieures ressemble à un immense socle à trois gradins décroissants et en retrait les uns sur les autres à mesure qu'ils s'élèvent. Cette disposition de murailles en contre-forts était très capable de résister à la poussée des terres fortement chargées en dessus par les matériaux de la tour centrale, ainsi que par ceux des bassins sacrés, des galeries médianes croisées et de supporter, enfin, les tours d'angle et les galeries latérales qui s'appuient directement sur elles. Là l'élégance est assurément unie à la force, car ce haut soubassement, au lieu de présenter une surface unie comme le parement d'un rempart, est couvert d'un bout à l'autre de puissantes moulures horizontales ornées elles-mêmes de sculptures.

A la base du soubassement supérieur, on aperçoit de grands trous carrés, deux sur chaque face, qui ne sont autres que les orifices de sortie des caniveaux qui communiquent avec le fond des bassins entourant le sanctuaire. Pendant les fortes pluies, lorsque ces réservoirs se remplissaient, on ouvrait les vannes, l'eau courait en se déployant sur les larges dalles du couronnement du second soubassement, et tombait en cascade d'abord sur la saillie du mur de soutien inférieur et ensuite sur le dallage de la cour du deuxième étage.

Douze grands perrons, trois sur chacune des faces, s'appuient contre le soubassement et conduisent au sanctum-sanctorum. Ces escaliers sont vraiment majestueux, mais ils n'étaient point faits pour les infirmes, ni pour les vieillards. Chacun d'eux était gardé par huit lions de pierre de taille décroissante, placés de chaque côté sur des socles et suivant des intervalles égaux.

Le perron d'honneur de la face ouest est le plus praticable et le plus orné de tous ; il s'avance davantage sur la cour du deuxième étage et la pente en est ainsi rendue plus douce. Les faces latérales de ces perrons sont ornées des mêmes moulures qui traversent horizontalement le grand soubassement. Les socles des lions et les faces verticales des marches des escaliers sont partout couverts de sculptures.

Ces douze perrons aboutissent à des portiques d'angle ou de face tous précédés de péristyles. Là l'ornementation est des plus riches : les murs pleins des avant-corps, les piliers des péristyles, les entablements qu'ils supportent, les jambages et les encadrements des portes, les linteaux, les tympans des frontons, sont enrichis de sculptures spécialement soignées. Le fronton qui surmonte le portique principal de l'ouest est brisé, et c'est dommage, car il y aurait eu intérêt à en interpréter le sujet. Un seul sur cette face, celui du sud par rapport au précédent, est assez bien conservé : il porte au centre une Apsara, presque en vraie grandeur, dans une pose chorégraphique. Au-dessus de cette danseuse céleste, on en voit d'autres de moindre grandeur qui gambadent dans le ciel. Au-dessous, c'est un triple rang d'adoratrices, et tout cela est compris entre les corps ployés de deux serpents polycéphales qui servent de cadre au tympan.

Sur les autres faces, les frontons sont bien ruinés et il nous a été impossible d'y consacrer le temps voulu pour les déchiffrer, d'autant plus que ce n'est que de la cour du deuxième étage qu'il est possible de les bien voir, et que de ce point la distance est grande pour des yeux fatigués comme les nôtres.

Les voûtes des quatre galeries de bordure du troisième étage sont supportées intérieurement par des colonnes dont nous aurons à parler bientôt, et extérieurement par un mur plein percé de fenêtres grillées par de jolis balustres en grès ciselé. Ces fenêtres prennent le jour du côté de la cour du deuxième. Les faces extérieures des murs portent, en outre, d'autres décorations consistant en une corniche très ouvragée et, entre fenêtres, des ornements variés alternant avec des personnages, des déesses, des Apsaras, des Kinnaras, répandues par groupes de deux ou trois, posées coude à coude et tenant des bouquets dans les mains.

C'est de la cour du deuxième étage qu'il faut contempler les quatre tours d'angle du massif supérieur. Les tours sont une des œuvres les plus remarquables de l'architecture khmer ; elles ont ici cinq étages et elles ont été trop bien décrites par M. Spooner pour que nous y insistions. De loin, ou bien le soir lorsqu'une demi-obscurité voile les détails de la construction, la silhouette de ces dômes figure exactement un bouton immense de nénufar-lotus.

Montons maintenant les trente-six marches en pierre du perron d'honneur. Bien que ce soit, ainsi que nous l'avons dit, le plus doux des douze qui sont distribués sur le périmètre du soubassement central, ce n'en est pas moins un véritable coupe-jarrets. D'abord, cet escalier est d'une seule volée et on n'y trouve aucun palier un peu large où l'on puisse s'arrêter pour attendre le retour des forces perdues ; ensuite, si les degrés du bas sont assez faciles, la largeur du giron diminue et la hauteur des marches augmente à mesure qu'elles s'élèvent, de sorte que l'on arrive au point le plus difficile à franchir juste au moment où les jambes fléchissent et refusent le service.

La descente est moins pénible, mais elle est plus périlleuse, car on n'a pas la ressource de s'appuyer sur une rampe qui n'existe pas, ni de s'aider des mains comme en montant, et que, vue de haut, cette longue série de marches étroites apparaît comme un plan uni très incliné sur lequel il semble que l'on va glisser ou rouler plutôt que marcher. Nous ne conseillons pas aux voyageurs sujets au vertige, de s'y aventurer avant d'avoir au préalable fait établir un appuie-mains en corde ou en bambou.

Le dessin très détaillé que nous donnons de l'ornementation extérieure des portiques de cette partie de l'édifice, nous dispense de nous y arrêter en passant, et nous pénétrons directement dans les galeries[1]. Nous voyons tout d'abord qu'elles s'ouvrent sur le préau par des péristyles à double colonnade. Au centre de la galerie ouest, les dalles portent trois grands trous carrés, un sur l'axe du portique et les deux autres placés symétriquement de chaque côté. Là devaient se trouver autrefois trois statues qui ont disparu, c'est-à-dire que l'on a fait disparaître parce qu'elles ne cadraient pas sans doute avec les croyances nouvelles. Dans les galeries des autres faces, on ne trouve qu'un seul trou du même genre placé en face de la porte centrale. Ces galeries sont remplies d'idoles de Sakia-Muni déposées un peu partout. Les colonnes, les murs pleins intérieurs, les encadrements des portes et des fenêtres, tout cela est sculpté soigneusement dans cette section.

Les chambres de la base des tours d'angle étaient autant de sanctuaires. Elles avaient un plafond qui les isolait du creux supérieur de la tour ordinairement occupé par des nuées de chauves-souris, et elles étaient fermées par des portes en bois à deux battants dont quelques-unes sont encore en place.

Les entretoises en pierre qui relient les pilastres de la galerie à ceux de la véranda ont résisté, et ne sont point rompus comme dans les péristyles du deuxième et du premier étage, ce qui est une preuve de la solidité des fondations de la construction centrale.

La cour du troisième étage est divisée en quatre parties exactement égales par deux galeries médianes, perpendiculaires entre elles et qui vont aboutir à une haute tour située au centre de figure. Ces cours sont creusées en bassins qui font une sorte de ceinture au principal sanctuaire placé sous le dôme central. Les galeries médianes sont couvertes par une voûte supportée par une rangée de colonnes de chaque côté, et par deux quarts de voûtes en bas-côtés qui s'appuient extérieurement chacun sur une colonnade. Ce quadruple rang de colonnes des galeries médianes, et les doubles rangées de celles qui entrent dans la composition des péristyles en carré, donnent à cette partie de l'édifice l'aspect d'un cloître dans lequel seraient accumulés des trésors d'art.

De courts péristyles à colonnes rondes s'ouvrent au milieu et de chaque côté des galeries médianes, sur les bassins, et aboutissent à des

[1] Voir page 433.

marches d'escalier qui permettent de descendre jusqu'au niveau des ondes lustrales.

Ainsi que nous l'avons dit, le sanctuaire est élevé au centre de la cour sur un haut soubassement. Il est formé, au rez-de-chaussée, d'une construction cubique creuse sommée d'une haute tour cylindro-ogivale. Le sommet de ce dôme est à 56 mètres au-dessus de la chaussée dallée de l'ouest.

Les sujets des frontons qui couronnent les avant-corps du sanctuaire ne sont pas tous aisés à déchiffrer à cause de leur état de vétusté. L'un des tympans de l'ouest, le plus bas, est tout à fait dégradé. L'autre présente une énorme idole de Vichnou ressortant en haut-relief. Le dieu tient un profane par la chevelure et le maltraite rudement.

Sur un fronton de l'avant-corps nord se détache Sougriva triomphant de deux géants qu'il soulève la tête en bas. Le fronton supérieur à celui-là est assez bien conservé : on y distingue nettement Vichnou debout sur Garuda.

A l'est, c'est une femme coiffée d'une haute couronne à triple paratonnerre qui lève une poignée de verges sur un jeune enfant qui tremble de peur. Le fronton qui surplombe celui-ci est dégradé.

Du côté sud, Vichnou arrête deux géants qu'il tient l'un par les cheveux et l'autre par la main. Sur le fronton le plus élevé de ce côté, c'est encore Narayana très reconnaissable à son corps demeuré intact, mais le reste du bas-relief est complètement ruiné.

Quatre grandes portes correspondant aux galeries médianes ouvraient la communication dans l'intérieur de la tour où se trouvait l'idole adorée, celle à laquelle ce superbe temple était consacré. Ces portes ont été murées à une époque que les indigènes ne précisent point, mais ils sont unanimes à reconnaître que cette précaution avait été prise pour arrêter le vol d'idoles que se permettaient les Siamois dans leurs nombreuses invasions au Cambodge. C'est là, disent les Khmers, que l'on enferma les idoles les plus précieuses, celles qui avaient le plus excité la ferveur des fidèles.

Cette tour colossale avait donc été transformée en un tabernacle dans lequel nous avions espéré pouvoir trouver d'abord l'idole de la divinité à laquelle le temple fut élevé, et ensuite d'autres statues de mérite. Nous verrons bientôt ce que renferme ce tabernacle.

Des quatre chambrettes rectangulaires, une par avant-corps, qui servaient de porches autrefois, on a fait autant de sanctuaires éclairés par une fenêtre à balustre de chaque côté, et dans lequel on peut voir de nos jours des idoles assez communes du Buddha représenté dans les trois positions orthodoxes connues.

Pour finir, nous n'avons plus à nous occuper que des portiques nord, sud et est de l'enceinte extérieure. Ils sont beaucoup moins importants et surtout moins ornés que le Kuc-moha-réach, leur correspondant de la face occidentale.

Dans les compartiments intérieurs du portique nord, on ne voit aucune sculpture ; c'est à peine si les moulures de la base et du chapiteau des colonnes sont accusées. Le fût est rempli de coups de ciseau plus ou moins profonds.

Extérieurement, les parties hautes sont à peu près finies : les toits, les corniches d'entablement, les chapiteaux des pilastres des péristyles, sont sculptés en dessins d'ornement, mais on n'y voit ni les personnages, ni les animaux qui rendent ailleurs les sujets si riches et si vivants.

Sur un des tympans qui décorent ce portique, nous avons remarqué Vichnou debout, le pied sur un géant renversé, soulevant d'une main un autre géant pris par le pied, tandis qu'un troisième est solidement tenu par le bras. Les deux autres mains du dieu sont levées et armées d'une massue et d'un disque tranchant. Au bas du panneau, six adorateurs accroupis assistent immobiles à l'exécution des Rakchasas.

Un autre tympan représente Prithivi, la déesse de la terre, soutenant le ciel d'une main, tandis que l'autre serre la poignée d'une arme tranchante à lame courbe. Deux femmes de moindre grandeur, des suivantes, sans doute, sont auprès de la déesse ; l'une d'elles a un gros bouquet dans les mains et l'autre porte une arme baissée. Cinq femmes assises auprès de trois bœufs qui paissent complètent le sujet.

Il n'est guère facile de distinguer d'en bas, même avec un binocle, les motifs des bas-reliefs qui décorent les frontons et les parties hautes de ces édifices. Pour nous aider dans cette inspection, nous décidâmes à grand'peine un Cambodgien intelligent à monter sur la toiture ; mais il avait grand'peur tout seul au milieu des dieux et des démons ; il revenait à chaque instant au bord du toit pour demander à descendre : « la vue de ces choses-là, disait-il en tremblotant, me cause une grande frayeur que je ne puis ni dominer, ni m'expliquer. »

Enfin, sur le même monument, nous avons remarqué un combat de géants décorant tout un fronton ; et sur un autre à côté apparaissait encore Vichnou écrasant sous son pied la tête d'un ennemi à terre. Au-dessous de ce dernier sujet règne un cordon de fidèles les mains levées vers le ciel comme pour glorifier les exploits du dieu.

La porte orientale est semblable à la précédente, et elle n'est guère plus finie. Cependant, la face extérieure porte, entre fenêtres, des images de femmes qui n'existent pas sur l'autre. A l'intérieur, les pilas-tres supportant les voûtes sont à peine dégrossis. Sur un bas-relief d'avant-corps, nous avons constaté la présence d'un personnage à dix têtes et dix-huit bras, qui ne peut être que Ravana tenant une massue dans une de ses mains droites. Une suite nombreuse de géants subal-ternes entoure le roi des Rakchasas.

Des langues de feu, emblèmes du trimourti brahmanique, sont répandues partout sur ces bas-reliefs.

Un autre panneau du même portique représente un personnage à un seul visage et dix bras. Sa coiffure est cylindrique et élevée ; une des mains droites ramenée sur la poitrine tient une massue, et la main cor-respondante de l'autre côté est appuyée à plat sur la cuisse. Les autres mains sont armées de massues. En dessous, on a mis comme toujours un groupe d'adorateurs.

Enfin, sur l'un des bas-reliefs d'avant-corps de cette porte, Vichnou reparaît entouré de femmes célestes occupées à le saluer profondément.

La porte sud est, comme les autres, envahie par la végétation. La voûte du péristyle extérieur s'est effondrée et seules les colonnes qui la soutenaient sont encore debout. Les pieds-droits de la porte de ce côté sont entièrement couverts de sculptures, ainsi que le linteau, dont il ne reste que la partie inférieure présentant des feuillages fouillés très en creux. A l'intérieur surtout, ce portique est plus décoré que les autres ; les fûts des colonnes sont mieux équarris, mieux taillés et plus polis ; leurs chapiteaux, ainsi que les corniches des murs intérieurs, sont par-tout sculptés.

La chambre de la branche ouest de ce portique est occupée par une forte statue en pierre assise qui ressemble assez dans sa pose à un Buddha, mais que les bonzes d'Angcor-vat tiennent pour un Neac-ta.

Les portiques nord et sud de l'enceinte ne devaient pas être d'une grande utilité à Angcor-vat, puisque aucun pont ni chaussée ne traver-sait vis-à-vis d'eux le grand fossé de ceinture, et que ce n'était que par les faces est et ouest qu'il était possible d'aborder ce monument. La belle chaussée de l'ouest servait pour les piétons ; les chars, les éléphants, les cavaliers arrivaient par la face opposée.

Entre le bord du fossé et la face sud de l'enceinte, nous signalons d'énormes statues mutilées et à moitié enfouies dans le sol. Ce sont, suivant les Khmers, des Neac-ta, c'est-à-dire des idoles d'anciennes divinités étrangères au buddhisme. On distingue quatre corps, dont un de femme portant le langouti tombant jusqu'aux pieds.

Lors de notre dernier voyage aux ruines, nous étions résolu à pénétrer coûte que coûte dans le sanctuaire d'Angcor-vat pour tâcher d'y déchiffrer le mystère qui enveloppe ce monument. Nous savions que ce n'était pas chose facile, puisque le tabernacle est muré de toutes parts et que, ensuite, il ne fallait pas compter sur le concours des indigènes, des religieux surtout, qui paraissent redouter les conséquences d'une profanation qui s'accomplirait à la suite d'indications fournies par eux. D'un autre côté, il est certain que la plupart des indigènes vivent dans l'ignorance absolue de ce qu'a pu être autrefois cette tour et ce qu'elle contient aujourd'hui. A l'exception des Neac-ngears, ou esclaves d'État, qui sont autorisés à aller une fois l'an recueillir le guano de chauve-souris qui s'y trouve, et de quelques bonzes assez osés pour s'être aventurés de loin en loin, et secrètement, dans ce réduit mystérieux, aucun homme d'une certaine culture d'esprit n'a pénétré, depuis les temps les plus reculés, dans le Saint des Saints d'Angcor-vat.

Nous avons eu la bonne aubaine d'avoir pour compagnons de séjour à Angcor, lors de notre dernière visite, un mandarin de Siem-réap, de race annamite, qui avait été dans le temps novice dans la bonzerie d'Angcor-vat et qui paraissait connaître le monument dans tous ses détails. En temps ordinaire, ce fonctionnaire était une brute ; mais nous avions remarqué, en trinquant avec lui, qu'une fois allumé il n'était plus le même et qu'il devenait, au contraire, aimable, presque spirituel et surtout très communicatif. Le faible de notre homme pour les liqueurs étant connu, il n'y avait plus qu'à le griser, et c'est ce que nous réussîmes sans peine à obtenir. Une fois dans cet état, le brave homme nous dit tout ce qu'il savait, sans crainte alors des diables, des Neac-ta et voire même de son supérieur hiérarchique, le gouverneur de Siem-réap, qui l'avait envoyé là uniquement pour nous surveiller. Mais il n'était pas facile de le bien comprendre, car il s'expliquait fort mal et nous n'entendions rien, ni lui non plus sans doute, aux dessins qu'il crayonnait à la lumière d'une torche pour tâcher de nous indiquer l'emplacement exact des lucarnes par où passaient les chercheurs de guano et les religieux en quête d'idoles, que lui-même avait suivis dans son jeune âge. La proposition que nous lui fîmes de nous servir de guide dans cette exploration le dégrisa tout à fait ; il craignit de s'être déjà trop compromis et il ne fut pas possible d'en tirer quoique ce soit de plus.

Il en avait assez dit pourtant pour nous affermir dans l'idée que l'on pouvait pénétrer dans cette tour, et dès le lendemain matin, nous escaladions rapidement les trois terrasses suivi de notre interprète, de nos canotiers, de quelques Cambodgiens de l'escorte du mandarin, qui était, lui, resté au campement, et de deux ou trois bonzes, qui accompagnent d'ordinaire les étrangers plutôt pour les empêcher de toucher aux objets précieux du temple que pour leur rendre un service quelconque.

Dès que les Khmers et les bonzes s'aperçurent que nous cherchions une issue pour pénétrer dans le tabernacle, ils furent stupéfiés et ils se retirèrent aussitôt, afin de ne pas être témoins d'un pareil scandale, et de crainte peut-être aussi d'encourir, par complicité, les peines très sévères édictées dans le code contre le sacrilège.

On nous laissa donc seuls avec les esprits gardiens du lieu saint. Mais rien ne fit obstacle tout d'abord à notre exploration et nous finîmes par découvrir, entre la voûte de l'avant-corps et le linteau de la porte nord, un trou pratiqué dans la maçonnerie de la tour, assez grand pour qu'un homme pût passer et ayant la forme d'une niche ogivale.

Comme nous nous efforcions de regarder malgré la profonde obscurité qui régnait à l'intérieur du dôme, nous fûmes accueillis par des nuées de chauves-souris qui nous cinglaient le visage de leurs grandes ailes, en même temps que l'odeur de leur fiente nous repoussait au dehors. C'étaient là sans doute les méchants esprits transformés en chauves-souris, dont les Khmers et les Indiens ont une crainte superstitieuse que ces derniers communiquèrent peut-être aux anciens chrétiens qui donnèrent, comme on sait, à Satan des ailes de chauve-souris, dans le but de le rendre plus horrible et plus dégoûtant.

Nous redescendîmes et nous rentrâmes dans notre case satisfait de notre reconnaissance du matin. Les canotiers s'occupèrent bien vite de fabriquer deux échelles légères en bambou ; une pour l'extérieur et l'autre pour descendre en dedans de la tour. Dans l'après-midi, nous reprenions le chemin du sanctuaire emportant avec nous les échelles, qu'il eût été bien difficile de cacher, et cet attirail nouveau causa un grand remue-ménage dans la bonzerie. Nous n'eûmes pas de peine à établir solidement nos deux petites machines en bambou ; celle de l'intérieur reposait par le bas sur une épaisse couche de guano suffisamment résistante. Ces dispositions prises, il s'agissait d'affronter les coups d'ailes des oiseaux nocturnes et de résister à l'odeur insupportable qui s'exhalait de leurs fientes accumulées dans le fond. Nous n'eûmes point nous-même ce courage et il nous fut assez difficile de décider deux indigènes à braver ces inconvénients auxquels, dans leur esprit, s'en ajoutaient d'autres non moins insurmontables. Enfin, ils en prirent leur parti et nous les vîmes avec bonheur descendre les degrés de l'échelle intérieure ; mais bientôt leurs torches s'étant éteintes en même temps faute d'air, nos hommes prirent peur et se précipitèrent vers l'échelle pour nous revenir. On ralluma les torches et nous en fîmes placer deux autres sur le seuil de la lucarne qui projetaient quelque clarté dans l'intérieur et qui, en tout cas, pouvaient servir de phares aux explorateurs pour retrouver sans hésiter l'échelle et l'ouverture de sortie, au cas où leurs flambeaux viendraient à s'éteindre de nouveau. Cette fois, il leur fut possible de reconnaître à tâtons les objets qui se trouvaient au fond de ce réduit ; ils revinrent, au bout de quelques instants, pour nous annoncer que sous la fiente des oiseaux, on touchait un grand nombre de pierres taillées et sculptées, mais qui étaient renversées et superposées sans ordre. On ne put obtenir d'eux aucun autre renseignement. Alors notre interprète, voyant notre désir d'être un peu plus fixé sur le contenu de ce tabernacle, nous proposa d'y entrer lui-même. Nous acceptâmes son offre avec d'autant plus de plaisir que nous le savions capable de se bien tirer d'une pareille mission. Il prit quelques précautions pour se garantir des coups d'ailerons des chauves-souris, et il s'engagea résolûment dans la tour suivi de deux Annamites portant de grandes torches bien allumées. L'inspection cette fois dura plus longtemps ; et avant de remonter l'interprète nous envoya par l'un des Annamites trois objets d'art dont nous parlerons bientôt. Un instant après, n'y pouvant plus tenir, il revenait lui-même pour nous dire que les pierres signalées en premier lieu étaient des socles et des statues de fort modèle ; qu'il y en avait une grande quantité ; qu'il était possible de toucher à la main les masques et les autres parties du corps, mais qu'il ne fallait point songer à les compter, ni même à les reconnaître.

Pour ramasser leur guano, les Neac-ngears bousculent tous les ans, sans y prendre garde, ces blocs de grès qui représentent peut-être des chefs-d'œuvre et qui pourraient vraisemblablement jeter du jour sur la destination primitive du monument.

Deux des objets que l'on nous fit passer étaient des statuettes en cuivre rouge fondu que nous prîmes pour des images de Sakia-Muni, mais qui étaient presque entièrement rongées par l'oxydation. L'autre est un morceau de sculpture intéressant : c'est un petit socle en grès de la forme d'un parallélipipède portant trois statuettes sculptées dans le même bloc de pierre. Au milieu, on reconnaît le Buddha assis à l'indienne sur un Naga replié sur lui-même, ayant à sa droite un personnage à quatre bras, et à sa gauche une femme, se tenant tous les deux debout. Nous avons rencontré plus tard à Lovec un sujet absolument semblable et fait dans les mêmes proportions. Il y en a un autre de plus fort modèle dans le Prea-pon d'Angcor-vat que M. Gzell a photographié.

Le personnage à quatre bras, qui est à la droite du Buddha, tient dans les doigts des attributs aujourd'hui indistincts. L'une de ses mains gauches touche le coude de Sakia-Muni ; il porte le caleçon rustique des anachorètes, et ses cheveux sont relevés en faisceau à peu près cylindrique au-dessus de la tête. C'est presque toujours ainsi que les artistes khmers ont représenté Vichnou. La femme qui fait le pendant de Narayana pourrait bien être la déesse Lakshmi, l'épouse de ce dieu ; elle porte le langouti tombant, les cheveux relevés à la brahmane, et de sa main droite, elle soutient l'autre coude du Buddha.

La position respective de ces deux personnages par rapport à l'idole centrale, montre qu'il faut voir en eux des acolytes, ou des subalternes, plutôt que des divinités d'un mérite égal à Sakia-Muni, et il convient, suivant nous, d'écarter l'idée que ce rapprochement soit le symbole d'une union quelconque entre deux cultes. C'est surtout l'opinion du savant M. Feer, que nous avons fait consulter à ce sujet : « Je ne verrais pas là, dit-il, une association de deux cultes, mais simplement un hommage rendu, soit par la secte vichnouite, soit plutôt individuellement par les personnages les plus éminents du panthéon brahmanique au Buddha qui, pour les buddhistes, est le premier des êtres [1]. »

Nous avons rapporté, de notre dernier voyage à Angcor-vat, un grand nombre d'inscriptions qui furent très fidèlement copiées sur place par les bonzes les plus instruits des deux couvents établis au pied du temple.

[1] M. le docteur Kern, professeur à l'université de Leyde, a exprimé le même avis.

Quelques-unes, probablement les plus anciennes, n'ont pu être traduites par les plus savants lettrés du royaume ; et quant aux autres, elles ne répandent pas une grande lumière sur l'histoire politique ou religieuse des anciens Khmers ; elles ont toutes pour but de perpétuer le souvenir d'actions méritoires.

Ne pouvant reproduire ici toutes ces inscriptions, nous nous bornerons à donner la traduction de la plus ancienne et de celle qui se rapporte aux enfers. La première a été relevée sur un pilier du Prea-pon, ou vestibule, et l'autre dans la galerie sud, à côté du bas-relief reproduisant le jugement dernier et les enfers.

« Par une belle journée de Cholla-sacrach. 5. (643 de J.-C.), année du Porc, un Pôl (esclave d'État), qui avait coutume de faire de bonnes œuvres, avait un fils qui servait comme lui dans la pagode du Somdach-prea-thomma... Ce chef de bonzerie, touché de la conduite de cet homme, réunit un conseil de religieux dans lequel conseil il proposa et obtint la mise en liberté du père et du fils.

« A la cinquante-deuxième année de son âge, le chef de bonzerie mourut. Les bonzes et les laïques, qui avaient connu et approuvé l'acte de justice du défunt, s'unirent à sa mort pour compléter son œuvre et ils obtinrent la liberté des autres membres de la famille du Pôl restés en esclavage ; c'étaient l'épouse et plusieurs enfants, garçons et filles de celui-ci.

« Le conseil des bonzes était composé de X..., Y..., Z... [1]. Les disciples et les élèves du défunt chef assistaient à cette dernière réunion. C'étaient : X..., V..., Z... Plusieurs laïques, ainsi que des dames, étaient aussi présents.

Voici la traduction de la grande inscription de la galerie sud des bas-reliefs ; elle ne porte aucune date :

« Ici sont résumés les divers supplices des enfers. Prea-yommo (Yâma), connu aussi sous le nom de Prea-thor, ou bien encore sous celui de Prea-mittrac-captac, est le chef du Moha-avichey (Mahâ-vitchi), et les trois autres grands enfers, où il garde les pécheurs qui ont été condamnés à séjourner dans ces lieux de tourments pour avoir offensé les Anges, le Prea-phlung (le dieu du feu), leur professeur, les Préams (Brahmes) et les personnes qui leur ont appris les prières.

---

[1] Nous remplaçons par ces trois lettres de notre alphabet les nomenclatures, toujours très longues, que l'on trouve dans ces inscriptions et qui n'apprennent rien.

« L'enfer Vey-taraney-nacti est destiné à ceux qui brûlent volontairement les bonzeries, aux assassins, aux pirates; à ceux qui maltraitent les animaux ou qui en trafiquent et, enfin, à ceux qui cherchent à faire mourir les enfants dans le sein de leur mère. (Sans doute les manipulateurs de potions abortives.)

« L'enfer Yoccâmac-bârpot est pour ceux qui volent les femmes des autres, pour les adultères, les assassins, les femmes prostituées, pour les chasseurs de lièvres, pour ceux qui font honte au prochain, ceux qui lancent des flèches sur leurs semblables sans pitié et avec l'intention de leur faire du mal, ceux qui nuisent au prochain, les incendiaires, les voleurs de champs et de maisons, ceux qui travaillent à faire révoquer un fonctionnaire, ou un agent quelconque pour prendre sa place, ceux qui cherchent à faire périr les animaux, ceux qui coupent clandestinement les colonnes des maisons qui ne leur appartiennent pas pour les faire tomber, ceux qui obstruent les mares d'eau, détruisent les puits et les ponts, ceux qui dégradent ou démolissent une salle de justice, ceux qui attaquent l'honneur de leurs semblables, ceux qui agissent contrairement aux commandements de la pagode, les voleurs en général, ceux qui voilent les choses justes, les ambitieux, les hommes avides, ceux qui ont les pieds déformés, ceux qui brûlent un navire ou l'idole du Prea-cu (le dieu des bœufs)[1], ou bien les autels des Neac-ta, ceux qui, à l'exemple du roi Prea-bat-neac-chéa-amméchas, agissent contrairement à toute justice, ceux qui font du tort aux gens pauvres, ceux qui coupent inutilement les arbres et ceux surtout qui renferment des Neac-ta, les voleurs de chevaux, d'éléphants, de hamacs... Ceux qui arrêtent les Préams (Brahmes) et les autres religieux, les voleurs d'eau et de riz, ceux qui cherchent à effrayer les habitants d'un village ou d'une maison, les insulteurs incorrigibles, les ivrognes, les hypocrites, les paresseux, les gens rancuniers. »

Les autres enfers sont annoncés par des inscriptions spéciales, mais il nous a été impossible de les recueillir toutes.

Ces inscriptions, sauf peut-être la dernière, celle des enfers, qui n'est pas datée, sont postérieures au changement de destination du temple, et l'on voit que c'est sous l'œil des ministres du Buddha qu'elles ont été gravées sur la pierre. Celles qui n'ont pu être traduites, et que

---

[1] On sait que c'est sous la forme d'un bœuf que Siva était souvent adoré.

nous croyons plus anciennes, répondent probablement à la période brahmanique.

La première de ces inscriptions, qui est de 643 de notre ère, perpétue le souvenir d'une bonne œuvre accomplie par un chef de bonzerie dont on donne seulement le titre monacal, de sorte qu'il est impossible de tirer de ce simple renseignement la conséquence que les faits rapportés dans l'inscription se sont passés à Angcor-vat. Le seul enseignement que nous puissions dégager de ce document, c'est qu'à la date indiquée, il y avait au Cambodge des temples et des ministres du Buddha, ce que nous savions déjà.

Dans les autres inscriptions, qui sont bien postérieures, puisque la première en date n'est que de 1517 de notre ère, on peut remarquer le mélange, la confusion des idées, des croyances religieuses et la tendance des Khmers à partager leur dévotion entre les divinités brahmaniques et le Buddha avec prédominance pourtant du culte de celui-ci.

L'inscription des enfers nous ramène à l'ancien culte ; et bien qu'elle ne soit point datée, nous pensons qu'elle a dû être gravée aussitôt après l'achèvement du bas-relief.

Et maintenant, sans chercher à trancher présomptueusement la question relative à la destination première d'Angcor-vat, n'est-il point possible de tirer des inductions des sujets sculptés dans la pierre et dont ce temple est littéralement couvert, puisque le tabernacle, sans être tout à fait fermé, ne nous a cependant rien offert jusqu'à présent qui puisse guider les recherches? Notre avis est qu'il faut le tenter, sauf à laisser aux explorateurs de demain le soin de relever et de corriger les erreurs qui pourront être commises.

En premier lieu, et vu l'absence sur les sculptures de signes caractéristiques du buddhisme, autres que deux empreintes du pied du bienheureux et des statues de Sakia-Muni, transportables comme les pieds sacrés et d'une facture très médiocre par rapport aux bas-reliefs et aux idoles antiques, nous croyons être fondé à conclure que Angcorvat n'a pas toujours été un temple buddhique. D'un autre côté, l'immense quantité des sujets représentés sur les bas-reliefs, et qui portent tous le cachet de la religion ancienne des Indous, ainsi que les nombreux bassins de purifications échelonnés de distance en distance jusqu'au pied du sanctuaire, autorisent à penser que ce monument a été originairement consacré à une divinité brahmanique de l'ordre le plus élevé.

Le problème se réduit donc à trouver le nom de la divinité à laquelle ce beau temple a été élevé. Ici, encore, procédant par élimination, nous sommes amené à exclure Brahma de nos recherches, car nous n'avons rien trouvé dans Angcor-vat qui se rapportât d'une manière directe à ce membre de la trimourti brahmanique ; il reste à savoir si c'est à Vichnou, ou à Siva, qu'il faut attribuer le monument, car, après Brahma, il n'y a guère plus qu'eux qui soient dignes d'un honneur pareil.

D'abord, il est visible que les sujets les plus souvent reproduits sont le serpent, le singe et l'oiseau Garuda. Or, ce sont là précisément les objets du culte de Vichnou. Ensuite, nous trouvons le dieu lui-même partout : en bas-relief, sur les frontons et les pignons, il est entouré d'adorateurs ou occupé à corriger les Asouras et les Rakchasas toujours disposés à profaner les choses sacrées et à troubler les cérémonies religieuses, ainsi que les solennités des sacrifices ; sur les linteaux des portes, il est souvent armé d'une massue pour en défendre l'accès aux profanes ; ailleurs, on le voit allongé sur le serpent Ananta, ou debout sur Garuda, ou bien encore assis sur un trône et porté en triomphe par des fidèles enthousiasmés. Sur les grands bas-reliefs, son âme, qui a passé dans le corps d'un héros fameux, dirige une expédition en règle contre les géants malfaisants de Langcâ, qui sont attaqués par des nuées de singes conduits par l'héritier du trône d'Ayodya ; sur un autre grand bas-relief, Vichnou apparaît au premier rang des dieux qui combattent contre les démons ; dans la galerie voisine, il préside au barattement de la mer ; dans le vestibule, on ne voit que lui sur les sculptures encore en place et parmi les débris accumulés sous un péristyle transformé en musée ; au deuxième étage, on le trouve sous la forme de statues pédestres colossales posté de chaque côté des portes qui s'ouvrent sur le sanctuaire ; enfin, il apparaît sur les frontons du sanctuaire, et surtout sur la face plus spécialement honorée où l'artiste l'a sculpté en vraie grandeur.

En fait d'images du dieu Siva, nous n'avons remarqué que celle qui occupe la tour du sud du Kûc-moha-réach, l'entrée monumentale ouest ; et encore l'identité n'est point reconnue par les indigènes qui, comme nous l'avons vu, ne sont pas d'accord sur ce point. La statue que l'on trouve renversée et très endommagée à l'endroit symétrique, sous le dôme septentrional, est sûrement une idole de Vichnou, car on distingue nettement dans ses mains deux attributs caractéristiques, le Sangou et le Tchatra.

De ce qui précède, nous pensons, mais sans l'affirmer, que Angcor-vat fut originairement dédié à Vichnou. Mais, étant donnée l'opinion exagérée que se faisaient les Sivaïtes de la grandeur de leur dieu par rapport aux deux autres membres de la trimourti, nous les croyons très capables, si les circonstances les favorisèrent, la présence sur le trône, par exemple, de princes de leur secte, d'avoir osé réduire Vichnou au rôle secondaire, c'est-à-dire aux fonctions de gardien et de défenseur du temple de Moha-déva (le grand dieu), ou Siva; car c'est, en effet, presque toujours ainsi qu'il apparaît sur les bas-reliefs et de chaque côté des portes d'Angcor-vat.

Le déchiffrement des inscriptions anciennes et l'ouverture complète du sanctuaire jetteront plus de lumière sur cette intéressante question.

Tel qu'il est, ce temple est une des plus importantes et des plus curieuses ruines du monde; mais il marche rapidement vers sa fin : les vérandas chancellent sur leurs colonnades et plusieurs se sont déjà séparées des galeries; les voûtes s'entr'ouvent et laissent passer l'eau des pluies qui ronge petit à petit les bas-reliefs; à l'extérieur, sous l'action alternative de la sécheresse et de l'humidité, le grès s'effeuille et tombe par plaques qui emportent avec elles les fines sculptures de la surface; enfin, la végétation, qui arrive à tout disjoindre et à tout détruire à la longue, gagne les terrasses, les cours et jusqu'aux dômes élevés du sanctuaire; les bœufs du couvent ont fait leur écurie de la galerie nord du rez-de-chaussée... Et personne ne songe à arrêter les progrès de la végétation et à consolider ce qui s'ébranle! Quant aux bonzes, au lieu de soigner le temple et d'empêcher leurs bêtes de le souiller, ils passent le temps à se quereller : la bonzerie du sud, par rapport à la grande terrasse cruciforme de l'esplanade, est en désac-cord depuis longtemps avec celle qui est au nord; les chefs ne se voient pas et les religieux ne se fréquentent guère. Nous espérons que cette rivalité, qui existait très vive lors de notre dernier voyage à Angcor, ne durera pas et que les moines s'uniront enfin pour combattre en com-mun les forces destructives et multiples qui menacent de renverser à bref délai leur incomparable monument.

Nous avons dit ailleurs que plusieurs centaines d'esclaves d'État étaient affectés à la garde, à l'entretien et, enfin, à la conservation d'Angcor-vat. Si cette main-d'œuvre était réellement employée aux soins du temple, et bien dirigée, cela suffirait. Mais le gouverneur de la province, ses sœurs, ses belles-sœurs, ses beaux-frères et les religieux

d'Angcor-vat eux-mêmes, occupent ces travailleurs pour leur propre
compte et n'ont guère souci de ce que deviennent les merveilles dont
ils sont les gardiens inintelligents, paresseux et indignes.

Nous voudrions que quelqu'un jouissant d'un certain crédit à la cour
de Bangkok, mît ces renseignements sous les yeux du jeune roi de
Siam, qui, sans doute, prendrait des mesures capables de remédier à
l'état de choses que nous signalons comme un devoir et avec une vraie
douleur.

La distance entre Siém-réap et la terrasse extérieure d'Angcor-vat est
de 5,400 mètres. A cent mètres environ en dehors, et à l'ouest à quelques degrés nord de cette terrasse extérieure, on trouve un bassin très
évasé et une tour élevée en briques qui nous paraissent être l'un et
l'autre des dépendances du grand temple. On désigne le bassin sous le
nom de Trapéang-sê (la mare du cheval) et la tour sous celui de Preâ-
sat-sê (la tour du cheval). La mare servait sans doute d'abreuvoir aux
animaux des pèlerins qui venaient de loin faire leurs dévotions à Angcor-vat.

Nous aurions encore bien d'autres édifices importants à signaler et à
décrire, mais après les renseignements de toute sorte que nous avons
donnés sur ceux qui sont enfermés dans l'enceinte de l'ancienne capitale du Cambodge, et ensuite sur Angcor-vat, où ont été combinés avec
un grand bonheur les différents types de monuments, tous les procédés
de construction et de décoration imaginés et mis en œuvre par les
Khmers, nous pouvons nous dispenser d'entrer dans les détails descriptifs de ceux qu'il nous reste à faire connaître.

Le groupe de ruines le plus voisin d'Angcor-thom est celui que les
indigènes connaissent sous les noms de *Chau-say-tivada* et de *Thammâ-
nân.* Ces deux monuments ont été à peine aperçus des explorateurs
européens, car ils sont perdus dans une forêt épaisse et presque impra-
ticable. Pourtant, il importe de s'y arrêter un instant puisqu'ils sont les
seuls, avec le monument de Phnom-chiso, dont nous nous occuperons
plus tard, à présenter des dispositions différentes de celles généralement
adoptées par les architectes khmers dans la construction des temples
antiques.

Chau-say-tivada et Thammâ-nân sont à très peu près semblables
comme forme, proportions et décoration. Ils sont séparés par une
large voie de quatre-vingts mètres environ qui, du pont en pierres de la
petite rivière de Siém-réap, allait aboutir aux grands boulevards exté-

rieurs de la capitale, à deux cents mètres à peu près au nord de la porte de la Victoire. La distance du grand fossé d'Angcor-thom à ces groupes de ruines est d'environ huit cents mètres ; celles-ci ne doivent pas être éloignées de plus de deux cents mètres du pont de la rivière.

Ces deux temples méritent une visite ; ils sont dans un assez bon état de conservation, et s'ils sont peu importants comme masse, ils sont, en revanche, des mieux favorisés au point de vue de la richesse des sculptures dont on les a ornés.

Toutes les pièces constituant l'ensemble de chacun de ces monuments sont ici élevées à la file les unes des autres et sur une même ligne est et ouest, sauf un édicule séparé et qui, suivant la tradition, servait de bibliothèque. En premier lieu, à l'est, on rencontre une petite terrasse cruciforme donnant accès au portique d'entrée, composé d'une porte centrale couronnée d'une tour assez basse et de deux portes latérales de moindre importance, situées l'une à droite et l'autre à gauche, et reliées au portique principal au moyen de galeries voûtées éclairées par des fenêtres grillées et très ornées.

Ce premier monument repose sur un soubassement de deux mètres de hauteur. Le bas-relief d'un fronton d'une des petites portes d'entrée porte Vichnou tout seul en belle grandeur. Sur le tympan du fronton inférieur de la même porte, se montre un serviteur du dieu coiffé d'un casque à trois pointes et tenant aux mains une gargoulette ciselée sur toute sa surface et de tous points semblable à celles dont se servent aujourd'hui les rois, qui sont en or pur et à dessins repoussés.

Sur un autre fronton, on distingue un vieillard à longue barbe entouré de jeunes enfants. Enfin, sur un autre, c'est encore Vichnou terrassant des géants. Ces triples portiques sont bien éclairés par des fenêtres convenablement distribuées, chose rare dans les édifices khmers.

Si l'on traverse le portique d'honneur et que l'on se dirige vers l'ouest, on descend quelques marches et l'on pose le pied sur une étroite chaussée dallée qui mène au corps principal du temple. La face orientale de ce monument présente un avant-corps percé d'une porte surmontée d'un fronton d'un développement immense masquant la haute voûte de la nef. Il n'en reste aujourd'hui que la partie supérieure qui retient encore un personnage à huit bras, dont la tête manque et dont la pose est celle d'un danseur. Plusieurs cordons de dévots occupent la partie inférieure du panneau.

Il faut gravir plusieurs marches pour atteindre le seuil de la porte
d'entrée. L'intérieur est peu orné et les divers compartiments se présentent dans le même ordre que dans les églises catholiques : c'est
d'abord un petit porche éclairé seulement par la porte d'entrée ;
ensuite vient la nef de vingt-quatre mètres de longueur, couverte d'une
voûte en ogive élancée, éclairée par deux portes percées une sur la face
nord et l'autre sur la face opposée ; puis, enfin, le chœur, petit réduit
faisant suite à la nef, prenant le jour par deux fenêtrons grillés et don-

Guerriers rakchasas aux prises avec des singes. (Bas-relief d'Augcor-vat. Dessin de M. Oriol.)

nant par une porte qui s'ouvre sur l'axe dans un sanctuaire dômé et
complètement obscur, terminant, vers l'ouest, la série des compartiments constituant le temple [1].

L'entablement de la porte d'entrée du sanctuaire est couvert de rinceaux sculptés en fort relief, encadrant un sujet essentiellement brahmanique, dont le principal personnage est Vichnou monté sur Garuda.
L'intérieur est aujourd'hui occupé par une idole du Buddha.

[1] Le temple indien de Vitalray, dédié à Siva, présente des dispositions absolument identiques.

II   23

Ces deux petits monuments sont en grès et entièrement sculptés à l'extérieur.

A deux heures de marche dans le nord-est d'Angcor-thom se trouve le petit monument de Prea-sat-prey (la tour de la forêt), composé d'un sanctuaire dômé s'élevant dans l'intérieur d'un préau formé de quatre galeries en carré, entourées elles-mêmes d'une douve de treize mètres de largeur comprise entre deux murs de clôture, en pierres ferrugineuses, ayant une seule porte ouverte sur chacune des faces est et ouest vis-à-vis d'une chaussée traversant le fossé de ceinture.

Il n'entre que du grès dans la construction du sanctuaire, ainsi que dans la galerie, et l'ornementation est toute brahmanique.

La *Ponteay-prea-khan*, c'est-à-dire la citadelle renfermant l'épée sacrée, est située au nord et très proche de l'angle nord-est de la grande enceinte d'Angcor-thom. Au centre à peu près de l'enceinte s'élève un édifice plan de premier ordre, magnifiquement décoré à cause de l'importance de son rôle, car c'était là sans doute qu'était déposée la fameuse Prea-khan, l'épée sacrée, qui est, comme on sait, un don du dieu Indra fait aux premiers princes khmers. Cette arme antique existe encore aujourd'hui; elle est déposée dans un pavillon spécial du palais de Phnom-penh où elle est gardée nuit et jour par un certain nombre de Préams, ou Brahmes.

Ponteay-prea-khan devait donner asile dans son immense parc à une garnison nombreuse affectée à la garde et à la défense de l'arme céleste, et sans doute aussi aux desservants du temple qui contenait la relique.

Un fossé profond et parementé en pierres, large de quarante mètres, entoure l'édifice suivant un rectangle dont les petits côtés, orientés à l'est et à l'ouest, mesurent chacun 775 mètres. Cette douve, qui n'assèche jamais, est traversée sur les quatre faces, au passage des axes, par des chaussées élevées et larges de quarante mètres. Ces chaussées s'élargissent à chaque extrémité en terrasses dont les murs de soutènement portent en bas-relief une série de femmes représentées debout et coude à coude. La voie est bordée de chaque côté d'une balustrade formée d'un long serpent à sept têtes supporté par une file de géants comme à Angcor-thom.

La face principale est tournée vers l'est. Après le fossé, on trouve une forte muraille d'enceinte ayant, comme le fossé, une forme rectangulaire et laissant entre elle et celui-ci une berme de vingt mètres environ. Ce mur porte sur chaque face, au passage des axes, un portique à

trois ouvertures toutes sommées de tours à faces humaines. Il n'entre
que du grès dans ces entrées architecturales, et l'on s'aperçoit tout de
suite, au fort relief des sculptures décoratives, qu'il s'agit d'une œuvre
de grand mérite.

Signalons, avant d'entrer dans le parc, une décoration originale que
l'on remarque d'abord sur la face extérieure du grand mur d'enceinte :
ce sont de gigantesques Garudas en grès debout sur leurs pattes et
mesurant bien près de six mètres de haut ; ils sont enchâssés dans la
maçonnerie et espacés régulièrement l'un de l'autre de trente-quatre
mètres. Ces monstres sont sculptés dans plusieurs plaques de grès que
l'on a assemblées ensuite en les incrustant dans les blocs ferrugineux du
mur d'enceinte.

La différence des teintes des matériaux, la couleur gris-clair du
grès sur le fond aujourd'hui presque noir du conglomérat ferrugineux,
fait ressortir ces oiseaux fabuleux tout à fait à l'avantage de l'effet décoratif que l'on a voulu produire. La forme du cadre de cet ornement est
ovale et le monstre en occupe toute la place ; il a le buste d'une femme,
les ailes, les pattes, la tête et le bec d'un aigle. Garuda est ici coiffé de
la couronne pyramidale des rois khmers ; ses épaules, ses bras, ses
poignets, le bas des pattes sont chargés de bijoux. Il porte pour tout
costume un langouti à fleurs artistement ciselées sur l'étoffe, et il tient
à chaque main un dragon qu'il soulève par la queue, tandis que la tête
multiple du Naga se relève de chaque côté à hauteur du genou de son
vainqueur et montre ses sept gueules ouvertes, ainsi qu'une image de
roue burinée en creux sur sa vaste gorge et figurant le Tchakra, symbole de la toute-puissance. La partie supérieure de ce gigantesque
médaillon est garnie d'une fleur de lotus épanouie et magnifiquement
sculptée.

Si l'on entre dans le parc, et que l'on marche sur le grand axe en se
dirigeant vers l'ouest, on laisse d'abord à droite et à gauche des pièces
d'eau ; plus loin, et un peu au nord de la voie, l'œil s'arrête sur un édicule isolé, la bibliothèque du couvent, sans doute. Bientôt, on est en
présence du monument principal, précédé d'une terrasse cruciforme
donnant accès à une triple entrée monumentale, qui fait partie d'une
galerie rectangulaire de deux cents mètres de développement sur le
petit côté et à double colonnade intérieure. Les trois autres faces de
cette galerie ont des portiques analogues au passage des axes, tous précédés de terrasses en croix. A l'intérieur de la cour, sur chacune des

faces nord, sud et ouest de cette galerie quadrangulaire, se trouve une galerie en carré traversée par deux galeries en croix. Cet ensemble est couronné de cinq tours : une à chacun des angles du carré et la cinquième à l'intersection des galeries qui se coupent. Les entrées sont gardées par des Phis de belle dimension.

En pénétrant plus en dedans, on rencontre une deuxième galerie rectangulaire à double colonnade. Plus vers le centre encore, il existe une troisième galerie quadrangulaire, concentrique et partant plus petite que la précédente.

La grande tour centrale est environnée d'édicules et de tours de forme et de dimensions diverses, mais qui étaient symétriquement distribués par rapport aux grands axes. Le nombre de tours de cet édifice n'est guère moindre de celui du Banh-yong ; il doit être de quarante-sept.

Sur plusieurs points du parc, on rencontre des vestiges de constructions très simples en briques, qui devaient être les demeures des gardes et des religieux.

Une route de dix mètres de largeur, bordée de superbes stèles sculptées, partait du portique oriental de Prea-khan, et, se dirigeant droit à l'est, allait aboutir à un champ de courses et de manœuvres distant du grand monument d'environ 3,500 mètres.

Ce champ de manœuvres est rectangulaire et ne mesure pas moins de 1,500 mètres sur 1,200 mètres. Il est délimité sur chaque face par une chaussée en terres levées, soutenues vers l'intérieur par des murs bâtis en gradins et figurant de longs amphithéâtres où pouvaient se placer, les jours de fête, d'innombrables spectateurs. Ce vaste emplacement, encadré aujourd'hui par une grande forêt, porte le nom de Véal-réachéa-dac (la plaine royale Dac).

L'estrade d'honneur est située sur la face ouest et constitue un monument d'un type à part et fort original. Sa forme est elliptique et elle est entourée d'une triple enceinte de bassins traversés par d'étroites chaussées.

C'est du centre du bassin intérieur que s'élève l'estrade, sorte d'immense colonne elliptique émergeant de 4 mètres environ au-dessus du niveau des eaux du Sra. L'unique perron par où on puisse y accéder est du côté de l'est ; il est gardé par deux gigantesques Nagas polycéphales, dont les têtes s'avancent jusqu'en dedans du bassin, tandis que les corps recourbés en ellipse s'appuient sur un lit de fleurs de lotus superposées les unes aux autres, et formant le revêtement du massif central.

Ces immenses fleurs de lotus sont fidèlement reproduites sur la pierre ; elles sont étagées, décroissantes et par suite en retrait les unes sur les autres, de manière à former des gradins par où l'on peut aussi passer pour atteindre la plate-forme. Une chaussée basse, mais qui devait toujours émerger de l'eau, relie le perron des dragons à un autre perron disposé vis-à-vis contre le revêtement du bassin intérieur.

C'est sans doute à son genre de décoration que cette sorte de tribune doit être appelée par les Cambodgiens modernes Prea-sat-néac-pon (la tour des dragons enroulés).

Le grand axe du massif elliptique est de 15 mètres environ. A l'intersection des deux axes s'élève, sur un soubassement de 1 m. 40 de hauteur, une tourelle gracieuse renfermant aujourd'hui une idole du Buddha en grès. Ce petit dôme, ainsi que sa base creuse et son socle, étaient sculptés avec un grand soin ; on voit là des personnages en demi-grandeur naturelle, coiffés d'une couronne cylindrique, debout sur des massifs de fleurs et tenant des serpents dans les mains. Une tête d'éléphant, d'assez fort modèle, ressort de chaque côté des jambages des portes et fausses-portes des quatre avant-corps de la Prea-sat. Les entablements portent des langues de feu. Ce dôme est aujourd'hui surmonté d'un banian dont les racines l'englobent comme les mailles d'un épervier avant d'aller se perdre dans le sol de la terrasse.

Nous avons rencontré là un grand nombre de socles en pierre dont les statues ont dû être transportées ailleurs, ou que l'on retrouverait peut-être en remuant les vases du fond du bassin central.

Nous avons fait déterrer un éléphant de pierre, fait au tiers de grandeur naturelle, et assez bien exécuté. Il était monté par un personnage dont le haut du corps manque. A côté du pachyderme se trouve une immense pierre portant un bas-relief très remarquable : ce sont d'abord des hommes alignés sur une seule file et accroupis dans une position analogue à celle que l'on fait prendre aux soldats du premier rang dans les feux. En arrière apparaissent les pattes, le large poitrail et la trompe d'un éléphant. Nous n'avons pas rencontré les autres parties de ce bas-relief, qui est incomplet tel qu'il est, mais il serait possible, pensons-nous, de les retrouver en cherchant bien et il en vaudrait la peine, car c'est un des meilleurs morceaux de sculpture qui se puisse voir.

Un pont en pierre est bâti sur la petite rivière, presque en face de la porte de la Victoire d'Angcor-thom. Il porte le nom de Spéan-thma-crom (le pont en pierre d'en aval) parce qu'il y en a un deuxième semblable sur le même cours d'eau, vingt ou vingt-cinq milles en amont, que l'on distingue aussi et que l'on nomme, à cause de sa position par rapport à l'autre, Spéan-thma-lu (pont en pierre d'en-dessus). D'un autre côté, et par un reste d'habitude, les indigènes ont toujours le soin, lorsqu'ils parlent de ces ponts, d'ajouter qu'ils sont en pierre, afin qu'on ne les confonde pas avec d'autres plus nombreux qui, sans doute, étaient en bois et qui permettaient la communication directe des diverses portes de la capitale avec les monuments et les villes qui se trouvaient sur la rive gauche de la rivière. De nos jours, ces ponts en bois ne manquent pas au passage des chemins les plus fréquentés, mais ils devaient être bien plus riches et bien mieux établis à l'époque de la grande prospérité du peuple khmer. Les ponts en pierre étaient naturellement destinés au passage des éléphants et des lourds charrois ; les piétons, les chefs portés en palanquin, les cavaliers, les chars de luxe, passaient sur les ponts et les passerelles en bois très suffisamment solides pour les supporter.

Le Spéan-thma-crom traverse la rivière sur un point où les berges sont élevées de sept à huit mètres et où le lit, élargi de main d'homme, peut avoir environ quarante-cinq mètres. Cet élargissement du lit des rivières en amont et en aval des passages était une conséquence obligée du système adopté par les Khmers dans la construction de leurs ponts, système qui consistait à faire le plein des piles égal à l'ouverture des arches, ce qui forçait à doubler au moins le nombre de celles-ci pour que la surface de la tranche du débit restât la même et que l'écoulement se fît enfin sans difficulté.

Certaines parties de ce pont sont assez bien conservées pour qu'on puisse se faire une idée du mode de construction : il se composait d'une vingtaine d'arches dont quatorze sont encore debout. L'ouverture des arches, comme l'épaisseur des piles, n'était que de 1 m. 35. Les matériaux sont en grès taillé en blocs cubiques assez réguliers. La courbe des arches est l'ogive, comme celle des voûtes des galeries des temples, et elle est fermée ici par gradins, ou par assises saillantes. Le pied des piles est éperonné des deux côtés. La largeur du tablier était de dix mètres et le parapet, qui est renversé depuis longtemps, se composait, de chaque côté, d'un grand Naga à tête multiple, dont le corps allongé sur le bord du tablier formait la rampe qui reposait sur des balustres sculptés.

L'amorce et les premières arches de la rive gauche se sont effondrées ; et comme la masse des eaux s'est portée de ce côté, les Khmers, afin de rendre la navigation possible, ont désobstrué la rivière et accumulé les matériaux un peu plus bas sur la berge.

A un demi-kilomètre environ dans le sud-est du pont, et à trois cents mètres de la rive gauche de la rivière d'Angcor, s'élève la puissante pyramide de Prea-sat-keo (la tour de cristal). Suivant notre appréciation, ce monument doit se trouver en face de la porte de la Victoire d'Angcor-thom. Son nom signifie sans doute que la Prea-sat du sanctuaire était terminée par quelque emblème en verre, en cristal, en pierre précieuse ou en métal brillant, comme, par exemple, le temple d'or de Bénarès, dédié à Siva, que l'on appelle ainsi parce que le dôme qui surmonte la chambre du sanctuaire est recouvert en cuivre doré.

Nous croyons que nous sommes ici en présence d'une situation analogue et que si le temple de l'Inde est consacré à Siva, celui dont nous nous occupons a dû être originairement dédié à l'épouse de ce grand dieu, et voici sur quelle autorité nous appuyons notre supposition. Nous avons cité déjà un extrait du récit du voyageur chinois du XIIIe siècle se rapportant, à n'en pas douter, à ce monument. Qu'on nous permette d'en reproduire ici quelques mots : « A l'est de la ville est un temple de l'esprit nommé Pho-toli, auquel on sacrifie des hommes. » Le Pho des Chinois n'est autre que le Prea des Khmers, qui signifie aussi bien dieu que déesse. Le mot Toli est une altération de Kali, ou peut-être de Thorni (Prithivi), un des noms de Kali. On sait que les Chinois ne prononcent jamais la lettre R, et que dans leur bouche Thorni fait tout de suite Toni. Or, entre Toni et Toli la distance est mince et les traducteurs sont très capables de faire des écarts plus considérables que celui-là. Nous croyons d'ailleurs qu'en Indo-Chine tout au moins Kali fut la seule divinité à laquelle les brahmes permirent que l'on sacrifiât des victimes humaines.

Comme position topographique, c'est aussi le seul monument qui réponde bien aux indications du touriste du Céleste-Empire ; et nous sommes, quant à nous, convaincu que c'était bien là, sur la plate-forme supérieure de ce tronc de pyramide, bien en face de la porte d'honneur d'Angcor-thom, que s'accomplissaient les sacrifices humains, dans des solennités auxquelles la cour et le peuple assistaient, et qui firent alors une forte impression sur l'esprit des voyageurs étrangers peu habitués au spectacle de ces rites sanglants.

Prea-sat-keo est une haute et puissante pyramide à cinq terrasses rectangulaires superposées, de grandeur décroissante et disposées comme cinq grands gradins. Le sommet, qui est tronqué, supporte une tour immense et les angles de l'étage immédiatement inférieur sont ornés aussi de tours considérables quoique moins élevées.

Le monument est entouré à distance d'une douve profonde, de 10 mètres de largeur. Le côté sud, que nous avons fait mesurer, a 225 mètres. Une seule chaussée, située à l'est, permet de franchir ce grand fossé.

Le terrassement inférieur est rectangulaire ; il mesure 102 mètres dans le sens est et ouest et 120 mètres dans la direction perpendiculaire. Les terres sont maintenues par un mur épais. Les grands axes ne partagent pas les côtés de cette terrasse en parties égales ; l'axe est et ouest est reporté vers le nord de 1 m. 40 et l'autre est reculé vers l'ouest de 21 mètres, ce qui a permis d'allonger les perrons orientaux des cinq terrasses et de les rendre plus aisés à gravir.

Quatre perrons, correspondant au passage des axes, donnaient accès sur ce premier plateau bordé tout autour d'un mur d'enceinte de 2 m. 50 de hauteur. Quatre portiques, surmontés de tours, coupent la muraille d'enceinte sur ses quatre faces vis-à-vis des perrons.

On peut voir sur le plan, à droite et à gauche du portique oriental du premier étage, deux petites galeries intérieures, presque adossées au mur d'enceinte et qui n'existent pas sur les autres faces.

A quatorze mètres du portique oriental inférieur, on trouve le mur de soutènement de la deuxième terrasse ; il est tout en pierres ferrugineuses et n'a pas moins de cinq mètres de hauteur. Des escaliers de quatre mètres de largeur moyenne, appliqués sur les quatre faces au passage des axes, mènent à des portes architecturales qu'il faut passer pour arriver sur la deuxième plate-forme. Chacune de ces portes est surmontée d'une petite tour. Cette terrasse est bordée, sur les quatre côtés, de belles galeries voûtées de 2 m. 80 de largeur, construites entièrement en grès. Les angles de cette galerie quadrangulaire sont décorés de tourelles de peu d'élévation.

Ici, comme au premier étage, on ne voit aucune sculpture ornant les portiques et les galeries, ce qui est bien extraordinaire, car c'est surtout dans ce qui se rattache à l'art décoratif que les artistes khmers ont excellé.

Sur cette deuxième terrasse, à droite et à gauche de l'axe est et ouest, sont deux édicules où étaient déposés, suivant la tradition, les livres sacrés et les objets précieux du culte.

La troisième terrasse, qui est élevée au-dessus de la précédente de 5 m. 25, est soutenue par une forte muraille en beaux blocs de grès; elle est traversée horizontalement par de grandes moulures très en relief et fort remarquables. L'ove centrale, qui est de beaucoup la moulure la plus forte et la plus saillante, a les dimensions d'une demi-bordelaise. A partir de là, comme d'un axe de symétrie, tous les autres ornements se reproduisent exactement deux à deux, l'un au-dessus et l'autre en dessous du quart de rond central, jusqu'au couronnement et à la base. Toutes ces moulures sont sculptées sur la face honorée, c'est-à-dire sur la face orientale, dont la longueur est de 57 mètres et la hauteur de 5 m. 25, ce qui fait une surface de près de trois cents mètres carrés. Sur les autres faces, les moulures sont restées nues, soit que ce fût ainsi qu'on les voulût alors, soit que ce monument n'ait point été achevé, ce qui est probable.

On monte à la troisième terrasse par des escaliers à ciel ouvert. Cette plate-forme est complètement dégagée; on n'y voit ni portiques, ni galeries, ni tours aux angles, ni balustrades de bordure.

La quatrième terrasse, élevée au-dessus de la précédente, de 2 m. 60, supporte quatre énormes tours, une à chacun de ses angles, construites en beaux matériaux, mais sans aucun ornement.

Dans la tour du nord-est, nous avons remarqué une idole de Siva très reconnaissable à son œil supplémentaire sur le front, et, à côté, une belle statue de femme aux seins puissants, qui ne peut être que Kali, l'épouse de ce dieu, car le même socle portait le couple et qu'aucune autre femme que la terrible déesse n'eût osé prendre place sur le même autel que Moha-déva, le grand dieu. Les autres tours symétriques étaient des sanctuaires qui devaient contenir les mêmes divinités, car on trouve dans toutes exactement les mêmes socles à deux sièges, mais les idoles ont disparu.

Enfin, le plateau supérieur, qui a 5 m. 30 de hauteur, et qui est desservi par quatre escaliers majestueux, sert de soubassement au sanctuaire principal composé d'une haute tour terminale en grès, de 30 mètres environ de hauteur, qui est imposante quant à ses proportions, mais qui est dépouillée de tout ornement. Ici, le grès est plus foncé, plus dense, plus lustré qu'ailleurs et nous nous sommes demandé, en visitant cette pièce centrale, si ce n'était pas à la qualité spéciale de ses matériaux que le monument devait le nom de Prea-sat-keo (la tour de cristal), qu'on lui a donné sûrement longtemps après sa construction.

Prea-sat-keo est un des monuments les mieux conservés ; il caractérise la solidité, la force, la grandeur et surtout la simplicité. Le sommet de la tour centrale est élevé de 50 mètres environ au-dessus du sol naturel.

A l'est d'Angcor-thom, presque en face de la porte des Morts, et sur la rive gauche du cours d'eau qui traverse cette intéressante contrée, sont les ruines importantes de Ta-prom (l'ancêtre divin Brahma), de Kdey (le couvent) et du Sra-srang (le bassin pour les religieux).

Les deux édifices et le Sra sont si rapprochés et disposés de telle manière, que l'on a supposé avec raison qu'il y avait autrefois entre eux un rapport quelconque. L'angle nord-ouest du mur de clôture de Kdey n'est qu'à soixante mètres de l'angle sud-est de l'enceinte de Ta-prom. La face ouest du Sra-srang est parallèle à la face est de Kdey et n'en est pas éloignée de plus de soixante mètres. Suivant les indigènes, Ta-prom était originairement un temple dédié à Brahma, Kdey était le couvent des desservants de ce temple remarquable, et l'immense Sra-srang servait à la fois de bassin d'abblutions et de natation aux religieux.

Deux enceintes de murailles rectangulaires et concentriques, comprenant entre elles une bande de terrain de deux cents mètres et une douve de trente mètres de largeur, interrompue seulement à l'est et à l'ouest par des chaussées, entourent les constructions centrales de Ta-prom. La plus grande enceinte mesure mille mètres sur six cent quatre-vingts mètres.

Les portes de l'enceinte extérieure sont à une seule ouverture. Il y en a une sur chacune des faces est, sud et ouest ; le côté nord en a deux, dont une est connue sous le nom de Thvéa-khmoch (la porte des Morts). Chacun de ces passages traverse un massif cubique couronné d'une tour en forme de tiare coiffant la tête à quadruple visage d'un Brahma, qui porte au cou un collier très original formé d'une série de dévots dans l'attitude de la contemplation en présence de la majesté divine.

L'enceinte intérieure est percée, à l'est et à l'ouest, de portiques à trois ouvertures, dont celle du milieu seule est surmontée d'une tour à faces brahmaniques. Ici, la décoration est des plus riches.

Après avoir franchi le portique central de l'est, on entre directement dans un couloir voûté qui suit l'axe est et ouest et conduit au portique oriental d'un vestibule rectangulaire, de trente mètres sur vingt-cinq mètres, délimité par des galeries hautes, voûtées, à double colonnade intérieure et à murs pleins extérieurs. Cette galerie n'a que deux portiques, précédés de terrasses cruciformes, un à l'est et l'autre à l'ouest. Sur le milieu des autres faces, et aux quatre angles, sont de fausses portes représentées avec tous leurs détails sur la pierre.

Si l'on franchit le portique ouest, et que l'on continue à marcher vers l'occident, on suit de nouveau un couloir, éclairé de chaque côté par des fenêtres à balustres, qui conduit à un grand cloître rectangulaire, d'environ soixante mètres sur les plus petits côtés, formé de galeries à double péristyle du côté du préau, et à mur plein extérieur portant bas-relief sur les faces donnant dans les galeries. Il y a des portiques à trois ouvertures sommées de tours sur les quatre faces exactement orientées.

En pénétrant plus avant, on rencontre une deuxième galerie semblable et concentrique à la première, avec péristyles s'ouvrant toujours dans l'intérieur. Sur les côtés nord, sud et est, la transition d'une galerie à l'autre s'opère au moyen de petits vestibules formés de courtes galeries croisées encadrées d'une galerie quadrangulaire. La croisée des galeries qui se coupent et les angles de la galerie enveloppante servent de base à de belles tours à cinq étages.

Enfin, plus en dedans, se trouve une galerie à murs pleins et ruinés aujourd'hui, ainsi que la voûte qui la couvrait.

Le sanctuaire principal était au centre de cet ensemble et il se composait, suivant la coutume, d'une immense tour, reposant sur une construction cubique creuse, avec avant-corps voûtés et péristyles sur les quatre faces et dont le plan, comme toujours, figure une croix grecque. Dans les cours intérieures, on remarque des stèles écrites, des édicules élégants et des Préa-sats isolées arrangées avec symétrie.

Le nombre total des tours de Ta-Prom devait être de vingt-sept ou de vingt-neuf. Celles qui surmontent les portiques d'enceinte seules sont à faces brahmaniques. Les autres, qui sont privées de cette riche ornementation, sont admirables de proportions et sont finement fouillées sur les parties apparentes. Ces dômes élégants par leurs formes seules ne sont pas surchargés d'ornements; des moulures remarquables et des fausses fenêtres surmontées de consoles sculptées suffisent à la décoration de chacun de leurs étages. Plusieurs d'entre elles sont complètement isolées; à quelque point de vue que l'on se place pour les voir, on est frappé de la correction de leurs profils, de l'harmonie, de la grâce des ensembles. Bien assises sur un soubassement peu élevé, ramassées pour ainsi dire à la base, ces Prea-sats s'élargissent à la hauteur des frontons un peu en saillie et magnifiquement développés. Au-dessus, les cinq étages s'élèvent par des retraits d'abord insensibles ; puis de plus en plus accentués, et l'ensemble se termine avec légèreté par trois couronnes de lotus doubles, hautes et bien découpées, surmontées d'une petite sphère imitant un bouton près d'éclore.

Les constructions que nous venons de décrire sont entourées, à petite distance, d'un fossé plein d'eau traversé à l'est et à l'ouest par des chaussées.

Signalons la présence dans cet édifice d'une statue de Brahma représenté avec un seul visage, comme à Bachey-Ba-ar et plusieurs autres lieux. Les idoles brahmaniques ne devaient pas manquer dans cet ancien temple, à en juger par la grande quantité de sièges qui s'y trouvent aujourd'hui renversés sous les dômes ou rejetés en dehors.

Nous avons fait là une remarque que les visiteurs prévenus pourront faire comme nous, et que nous croyons devoir signaler, car elle pourra servir à jeter du jour sur les phases religieuses diverses par lesquelles ce temple a dû passer dans sa longue existence. Nous avons, en effet, observé que partout sur les linteaux, sur les grands bas-reliefs, sur les frontons surtout où se trouvaient les sujets pouvant indiquer le caractère sacré du temple, les principaux personnages ont été martelés, ou enlevés au burin, et il ne reste à leur place qu'une sorte d'excavation irrégulière hachée de coups de ciseau. Il ne faut accuser de cette profanation que les ministres du Buddha, qui prirent définitivement possession de ce temple après la dispersion des brahmes. Généralement, ces vandales se contentèrent de mutiler et de faire disparaître les idoles du culte rival ; mais à Ta-Prom, ils s'en prirent aussi aux bas-reliefs qu'ils défigurèrent, mais par ce qui en reste, il est aisé de reconnaître que les sujets étaient purement brahmaniques, car leurs analogues, faciles à distinguer aux personnages secondaires qui sont communs, se retrouvent encore intacts sur d'autres édifices.

L'enceinte de Kdey se compose d'un grand mur en blocs ferrugineux, couronné de dentelures en grès, figurant autant de médaillons portant chacun un dévot accroupi les mains jointes. Sur les faces est et ouest, au passage du grand axe, s'élèvent de beaux portiques couronnés de tours à faces brahmaniques. Le portique oriental, que nous avons vu,

est tout en grès et il est assez bien conservé. L'ouverture n'est que de
2 m. 10 de largeur et le seuil est au ras du sol, ce qui indique que les
chars étaient admis à entrer dans le parc du couvent, faculté qui leur
était interdite dans la plupart des enceintes purement sacrées, où les
portes reposent sur des soubassements élevés desservis par des perrons
à plusieurs marches souvent fort raides.

Si l'on entre dans le parc et que l'on se dirige directement à l'ouest,
après avoir fait environ deux cents pas, on est à la hauteur de deux
édicules bien ruinés, situés l'un à droite et l'autre à gauche de la voie.

A trente-cinq mètres plus vers l'ouest, on rencontre une belle terrasse cruciforme, de vingt-deux mètres entre extrémités des branches,
formant la tête d'une chaussée jetée en travers d'une douve de dix
mètres de largeur, toute paramentée en blocs de grès et qui entoure le
monument. Une voie dallée, faisant suite à la chaussée, conduit à un
fort édifice en forme de croix, très sculpté extérieurement et ouvrant
un passage pour pénétrer dans une enceinte rectangulaire fermée par
un mur très bas et renfermant des constructions importantes. Sur la
face ouest de cette enceinte se trouve un autre passage traversant un
édifice pareil à celui de l'est, dans lequel nous avons vu une idole du
Buddha, assez commune, et une statuette de femme appuyée contre le
genou du candide réformateur. La corniche de couronnement de ce
grand édicule est soutenue de distance en distance par des Garudas
coiffés de hautes couronnes et disposés en cariatides.

Une chaussée basse, de quarante-deux mètres de longueur, et passant auprès d'un édicule très ruiné, relie cette enceinte à une galerie
quadrangulaire ayant portes monumentales à l'est et à l'ouest. Sur les
faces nord et sud, et vers les angles, sont des portes ordinaires dont les
pieds-droits portent en haut relief des gardiens de temple, la massue à
la main, rappelant par leur rôle et leur pose le Samson de nos sculp-
teurs du moyen âge.

La cour, formée par la galerie quadrangulaire dont nous venons de
parler, comprend une autre galerie semblable, dont le préau est divisé
en quatre cours égales par deux péristyles se coupant en croix. Entre le
côté nord de la galerie intérieure et son correspondant de la galerie
enveloppante, règne une longue galerie isolée qui ne se continue pas
sur les autres faces.

En dehors, et à l'ouest de ces premières installations, il existe un
ensemble de galeries et de péristyles croisés ayant quelque analogie

avec l'arrangement précédent, mais ici se trouve le sanctuaire privé des moines, situé sous un vaste dôme qui s'élève à l'intersection des péristyles intérieurs. Cette partie de l'édifice est plus particulièrement soignée.

Ici, comme à Ta-Prom, les bas-reliefs ont été martelés dans les parties les plus intéressantes.

Nous venons de décrire sommairement le cloître et le sanctuaire privé du couvent de Kdey; les cellules des religieux, qui étaient construites bien plus à faux frais, et qui étaient établies dans le parc, n'existent plus.

Le Sra-srâng[1] est une immense pièce d'eau rectangulaire, à côtés bien orientés, qui mesure environ six cents mètres dans le sens est et ouest et quatre cents mètres dans l'autre sens. Les bords sont parementés en forme de gradins. Les déblais ont été déposés avec ordre sur les bords, où ils constituent autour du Sra une chaussée élevée par rapport au sol naturel, qui est dallée à la partie supérieure et traversée en plusieurs endroits par des caniveaux maçonnés destinés à faire passer les eaux pluviales de la plaine dans le bassin.

Du milieu de l'eau émerge un bloc de maçonnerie ayant la forme d'un tronc de pyramide à base carrée, de cinq mètres environ de côté. Suivant la tradition, le plateau supérieur supportait un petit monument dont il ne reste aujourd'hui aucun vestige.

A la fin de la saison sèche, cette pièce d'eau prend l'aspect d'une verte prairie, grâce à des herbes aquatiques très vivaces qui débordent alors de quelques centimètres de la surface de l'eau.

Mais le plus bel ornement du Sra-srâng est, sans contredit, son débarcadère de la face ouest, qui affecte la forme d'une terrasse cruciforme élevée bien en face du portique d'honneur de Kdey, auquel il est relié par une chaussée basse et très bombée.

Cette terrasse est un véritable monument par la quantité et la qualité des matériaux dont elle se compose, et surtout par la richesse de son ornementation. Un grand perron, ménagé à l'extrémité de la branche orientale, permet à plusieurs personnes de descendre à la fois jusqu'au niveau de l'eau. Les branches nord et sud ont des degrés qui conduisent sur la petite voie dallée couronnant la chaussée de ceinture.

[1] Il faut traduire srang par « se baigner » lorsqu'il s'agit des religieux et des princes qui jouissent dans ce pays de certains privilèges de langage.

Les murs de soutènement de ce débarcadère sont traversés par des moulures horizontales en forte saillie et très sculptées. L'avenue et les perrons sont gardés à la fois par des lions et des dragons.

Phnom-bakheng (la montagne Bakheng), située en dehors de l'enceinte d'Angcor-thom, à trois cents mètres à peine de l'entrée méridionale, porte à son sommet un monument fort remarquable.

D'abord, il est certain que le nom par lequel on désigne cette colline aujourd'hui n'est pas bien ancien, car nous lisons dans la traduction du rapport officiel d'un envoyé chinois au XIII° siècle de notre ère, la note suivante : « En approchant de la capitale (Angcor-thom), on trouve une montagne appelée *Linkéa-po-pho*. Il y a sur le sommet un temple qui est toujours gardé par cinq mille hommes de troupes [1]. »

Évidemment, il ne peut être question ici que de Phnom-bakheng, car c'est la seule colline qui avoisine la ville et qui se trouve juste sur la route par où les étrangers arrivent ordinairement. Si l'on avait quelque doute à cet égard, il n'y aurait qu'à continuer la lecture de la traduction et l'on verrait qu'il est question, un peu plus loin, de trois tours situées entre la colline et l'enceinte de la ville, qui se trouvent effectivement à la place indiquée par le voyageur du Céleste-Empire, et il ne peut pas y avoir d'équivoque à cet égard dans son récit.

Mais Linkéa est précisément le mot par lequel les Khmers désignent le *Lingam* dont la colline affecte la forme hiératique. Nous pouvons donc traduire « la montagne du Linkéa-po-pho » de l'ouvrage chinois ainsi : la montagne consacrée au divin Lingam, forme sous laquelle la secte dite des Lingamistes adora, comme on sait, Siva.

La hauteur du Bakheng est d'environ cent mètres et l'on y monte par un escalier droit, d'une seule volée, taillé sur le flanc oriental de la colline.

Au pied de l'escalier sont deux énormes lions de pierre de deux mètres de haut, monolithes avec leur piédestal, qui attirent d'abord l'attention. Ces lions sont purement assyriens ; ils sont aussi forts d'échantillon que ceux qui gardent la terrasse extérieure d'Angcor-vat, mais ils sont plus allongés, mieux réussis et, en un mot, plus naturels dans leur pose et leurs proportions.

---

[1] Il y a là bien évidemment une erreur ou une exagération. Ensuite, ce n'étaient point et ce ne sont pas encore des soldats qui gardent et entretiennent les temples au Cambodge, mais des esclaves d'État.

Si l'on s'engage dans l'escalier ruiné et réduit aujourd'hui en un sentier très raide et très glissant, on est bientôt en présence d'un Neac-ta abrité sous un petit toit de feuillage ; c'est Ganesa, le dieu qui écarte les obstacles, et le gardien ordinaire des avenues sacrées.

Enfin, l'escalier aboutit à une aire rectangulaire très allongée dans le sens est et ouest, taillée sur la croupe de la colline et dans une roche erratique essentiellement composée d'oxydes de fer. Si l'on s'arrête un instant là pour reprendre haleine et qu'on fasse demi-tour, on est de suite payé des fatigues que l'on vient d'éprouver par les belles perspectives qui s'offrent au regard autour de soi : au nord, et à petite distance, se développe l'immense enceinte d'Angcor-thom confondue avec la folle végétation qui l'a envahie, ainsi que les principaux monuments de la grande ville ; au sud apparaît, à deux milles environ de distance en ligne droite, le beau temple d'Angcor-vat, et l'on distingue nettement son arche triomphale de l'ouest, ses chaussées, ses tours, ses galeries, avec leurs doubles colonnades coupées çà et là par les tiges des hauts palmiers et les grands bouquets des arbres sacrés ; plus loin, dans l'est-nord-est, se dessinent les silhouettes de quelques collines ; et, dans la même direction, lorsque le temps est clair, l'immense dos de Phnom-dangrec se montre à l'horizon suivant une teinte noirâtre assez semblable à un grand nuage. A l'ouest, c'est le vaste bassin de Barai-mi-bon, dont nous allons bientôt parler, qui réfléchit au loin la lumière solaire ; et, enfin, dans le sud, apparaît quelquefois le Phnom-crom mêlé aux épaisses vapeurs d'eau qui se forment dans le lac Touli-sap.

Si l'on s'arrache à l'attraction de ces mille points de vue et que l'on se dirige vers l'ouest, du côté du monument, on est bientôt en présence d'un Prea-bat, ou empreinte du pied sacré de Sakia-Muni, placé dans un sanctuaire fort modeste rempli d'ex-voto suspendus à la charpente de la toiture. Il faut savoir ce que c'est que ce petit monument, car le Prea-bat du Bakheng ne représente pas du tout l'empreinte laissée par un pied : c'est une construction en maçonnerie de 1 m. 57 de longueur, sur 0 m. 52 de profondeur et d'environ 0 m. 62 de largeur moyenne dans la partie creuse qui affecte exactement les contours d'une baignoire ordinaire. La maçonnerie est revêtue d'un ciment qui a été laqué et puis doré sur toute la surface. La plante du pied porte en beaux dessins à l'encre de Chine, se détachant bien sur un fond d'or, les soixante-cinq figures, ou signes différents qui servent à distinguer le divin réformateur.

En quittant le Prea-bat, on suit une voie dallée qui devait être autrefois couverte par une galerie à péristyles dont on retrouve encore quelques pilastres isolés, debout sur leur base, ou bien un peu inclinés et ne se maintenant alors que par la solidité de leur tenon encastré dans le dallage.

A vingt-cinq ou trente mètres avant d'arriver au monument, la voie sacrée que l'on suit s'ouvre un passage à travers un mur d'enceinte bas formé de matériaux assez communs. Après l'avoir franchi, on passe entre deux édicules, et quelques pas plus loin, on est au pied de l'édifice principal.

Arrêtons-nous un instant aux deux édicules qui précèdent, à l'est, le temple de Bakheng. Ce sont des chambres voûtées s'élevant directement sur le roc de la colline et point sur un soubassement comme à l'ordinaire. Il n'entre que du grès dans ces constructions, mais elles ne sont aucunement sculptées. Le jour y pénètre par deux portes ouvertes une à l'est et l'autre à l'ouest, et par des trous losangiques, ou jours de souffrance, pratiqués dans les murs latéraux.

Dans l'édicule de droite, nous avons remarqué une immense statue à quatre visages, représentant probablemunt Brahma. Les traits sont beaux et purement aryens. Le front est marqué d'une double figure du Nahmam. Cette idole mesure bien près de trois mètres des pieds à l'extrémité du casque qui est cylindrique; elle est renversée sur le sol et décapitée. Cette belle pièce devait se trouver dans une des tours du temple, et nous avons vu au pied du perron d'honneur du sanctuaire un magnifique socle qui pourrait bien lui avoir appartenu.

L'autre édicule a été transformé en musée dans lequel on a aligné sur plusieurs rangs des idoles brahmaniques alternant avec de grossiers Buddhas.

Le temple proprement dit se compose de cinq terrassements à section carrée s'élevant l'un au-dessus de l'autre en forme de pyramide quadrangulaire tronquée. Chaque étage en retrait sur l'inférieur laisse sur ses quatre côtés une large terrasse. Le côté de la base est de quatre-vingts mètres et celui de la plate-forme supérieure de cinquante. un mètres. La hauteur totale est de douze mètres.

Comme tous les monuments de ce genre, les faces de ce tronc de pyramide sont exactement orientées. Elles portent en leur milieu des perrons qui se rétrécissent en s'élevant et dont les marches augmentent de hauteur et diminuent de largeur suivant quelles appartiennent à des

II   24

perrons plus élevés. Ces perrons sont gardés chacun par deux lions assis sur des socles en saillie, ce qui fait dix pour chaque face et quarante pour la pyramide entière. La grandeur de ces animaux décroît aussi suivant la position élevée où ils sont placés. Cette remarque, celles relatives aux escaliers, et d'autres que l'on pourrait faire et multiplier, prouvent que les architectes khmers n'ignoraient point les règles de la perspective.

Les angles de chacune des terrasses sont décorés de tourelles en grès, une sur chaque angle, ce qui fait un total de vingt tours échelonnées par cinq sur chacune des arêtes de la pyramide. Deux séries de cinq autres tours chacune flanquent les escaliers à neuf mètres de distance des lions, et leur ensemble constitue un nombre de quarante tourelles, qui, ajoutées aux vingt des angles, donnent un total de soixante prea-sats en grès formant le plus bel ornement de la pyramide de Bakheng. Plusieurs de ces sanctuaires contiennent encore des idoles brahmaniques restées sur leurs sièges.

Bien que ces prea-sats soient privées de toute sculpture, elles sont si habilement distribuées sur les flancs de la pyramide qu'elles produisent néanmoins un bel effet. D'ailleurs, elles sont si remarquables par la grâce du dessin, l'harmonie des proportions et la pureté des formes que l'on ne se lasse pas de les admirer.

Le plateau supérieur est chargé de matériaux provenant de l'écroulement du sanctuaire principal. Nous avons cherché à nous rendre compte des vraies dispositions de cette partie importante du monument, et il nous a été possible de reconnaître d'abord que le sanctuaire s'élevait sur un triple soubassement, à ressauts, traversé par de grandes moulures très sculptées et présentant sur chacune de ses quatre faces un magnifique petit perron de cinq marches et de un mètre et demi seulement de largeur. Au-dessus, on distingue des blocs ferrugineux à grandes cellules, mêlés à des matériaux plus denses (le grès). Arrivé sur le sommet de ce cône d'éboulis, nous aperçûmes une grande cavité dans laquelle il nous fut possible de descendre grâce à une échelle en bambou que nous apportions. Nous reconnûmes bientôt que nous étions dans une chambre formant la base d'une haute tour ayant portiques, avant-corps et péristyles sur les quatre faces. La partie supérieure de ces portes s'élève en une voûte fermée par assises saillantes. La base, c'est-à-dire la partie cubique du sanctuaire, subsiste en entier, mais le dôme est détruit complètement.

Il nous a été impossible, malgré nos minutieuses investigations, de découvrir les traces d'autres tours voisines. Nous sommes porté à croire qu'il n'y en avait qu'une, ou que les deux autres, s'il en a réellement existé trois, était relativement petites.

En finissant, nous avons à signaler la présence autour de la pyramide de Bakheng de treize tours en briques de fort modèle, qui s'ouvrent à l'est par une seule porte ayant chambranle en grès sculpté. Nous pensons que ces dernières tours étaient des chdeys, ou monuments funéraires. Ce sont aujourd'hui autant de columbariums où les habitants de la contrée vont déposer les restes de leurs parents incinérés.

Le temple de Bakheng était-il consacré au culte de Brahma, dont nous avons trouvé l'idole colossale dans un édicule? Nous le croyons, sans l'affirmer.

A l'ouest d'Angcor-thom, nous ne voyons en fait d'œuvres des temps anciens que le lac et le monument de *Barai-mi-bon* qui méritent une visite.

La route qui y conduit passe entre le mont Bakheng et la face sud de l'enceinte de la capitale. A peine engagé dans ce chemin, qui longe l'ancien boulevard, on rencontre trois tours presque entièrement en briques, rapprochées sur une même ligne nord et sud [1]. La décoration de ces prea-sats est entièrement brahmanique; elles sont, à l'intérieur, creusées en bassins remplis aujourd'hui de débris de statues et de socles renversés. Les linteaux des portes d'entrée portent Indra une massue à la main, assis sur Ayravat. Nous n'éprouvons aucune surprise de rencontrer souvent le roi du ciel dans le rôle de défenseur des temples, puisqu'un des textes du *Rig-Véda* s'exprime ainsi en parlant de lui : « Que Indra, le glorieux, triomphe des êtres hostiles. »

Il n'y a pas moins de six kilomètres en droite ligne de l'angle sud-ouest du rempart d'Angcor-thom à Barai-mi-bon. Le lac est rectangulaire; il mesure au moins trois mille mètres sur quinze cents mètres et l'on voit qu'il a été en partie creusé et rectifié de mains d'homme. Les terres extraites furent déposées sur les rives où elles forment de hautes digues parementées.

Une sorte de belvéder cruciforme s'élève sur un îlot artificiel distant

---

[1] Les temples composés de trois tours situées sur une même ligne droite orientée nord et sud, sont très nombreux au Cambodge. Nous croyons que chacune de ces tours était consacrée à un membre de la trimourti. Cependant le *temple d'or* de Bénarès, qui présente des dispositions analogues, était, paraît-il, exclusivement dédié à Siva.

de quatre cents mètres environ du bord oriental. On ne pouvait choisir un meilleur emplacement pour présider aux fêtes nautiques qui étaient célébrées à la fin de la saison des pluies sur ce vaste réservoir. Ce petit monument est formé de deux chaussées se coupant en forme de croix latine, et s'avançant dans un petit bassin creusé sur le sommet du petit îlot. La face ouest de ce bassin était dégagée de manière à ce que du belvéder on pût voir aisément sur toute l'étendue du lac. Un mur de deux mètres vingt-cinq centimètres de hauteur borde les trois autres côtés du sra, mais il est percé de plusieurs charmants petits portiques dômés. Sur les sculptures, nous avons remarqué des personnages montés sur des paons et des individus à longue barbe.

La face orientale est la plus riche de toutes ; elle présente trois portiques dont deux à triple ouverture. Celui du milieu n'a qu'un passage donnant directement sur la chaussée qui forme le pied de la croix.

Sur le belvéder, nous avons trouvé un morceau de sculpture portant en bas-relief trois images de Vichnou placées coude à coude.

Il n'existe pas d'autres ruines de quelque importance dans les environs de la vieille capitale ; mais nous conseillons aux voyageurs qui entreprendront le voyage d'Angcor, et qui ne seront pas pressés d'en repartir, d'aller visiter aussi plusieurs monuments peu éloignés, fort intéressants et dont nous allons dire quelques mots.

D'abord à cinq ou six milles à l'est d'Angcor-thom, on rencontre le Phnom-boc qui porte à son sommet un temple essentiellement composé de trois tours s'élevant sur une même ligne nord et sud, précédées, à l'est, de quatre édicules. Une galerie rectangulaire et, plus en dehors, une muraille, forment une double enceinte au monument.

Dans l'intérêt des études archéologiques qui pourront être entreprises plus tard, nous tenons à faire connaître que le sanctuaire de Phnom-boc renfermait une superbe idole de Brahma dont la tête fait partie aujourd'hui de la collection du musée khmer de Paris.

Dans le chaînon de Phnom-culen [1], situé à trente-cinq ou quarante milles à l'est-nord-est d'Angcor-thom, on aperçoit des traces d'anciennes exploitations de grès. De plus, les artistes khmers ont sculpté là en plein roc d'énormes idoles. L'une d'elles, qui représente Sakia-Muni dans le Nirvana, mesure dix mètres de long ; elle est connue sous le

[1] Il faut traduire *culen* par *letchi*, le fruit d'un arbre importé de la Chine.

nom de Prea-thom (la grande idole). Sur un autre point, on trouve une des nombreuses empreintes du pied sacré du Buddha.

Pas bien loin du Prea-thom, la montagne présente une grande cavité à voûte élevée que les gens de l'endroit connaissent sous le nom de Cuc-moha-eysey (la grotte du grand anachorète). Là se trouvent plusieurs idoles du Buddha en terre recouverte d'un mortier ou ciment moulé. C'est un lieu de pèlerinage très fréquenté; on y voit jusqu'à des bonzes annamites de la Cochinchine qui vont passer des mois entiers dans ce saint lieu.

Dans un autre endroit que l'on désigne ainsi : « Chat-moha-eysey » (le parasol du grand anachorète), la pierre est taillée naturellement, paraît-il, en forme de grand parasol, dont le pied seul de la hampe tient à la montagne. Ce rocher curieux n'est, dit-on, qu'à quatre-vingts ou cent mètres au sud du Prea-thom. A côté du parasol est un grand trou carré pratiqué au ciseau dans le grès et du fond duquel se détache très en relief une tortue d'eau bien sculptée.

A six kilomètres environ à l'ouest du Prea-thom, presque au bas de la montagne, on a sculpté dans la roche une forte idole qui est surplombée d'un rocher sur lequel tombent les eaux d'une haute cascade, qui, arrivées là, se réunissent et sont projetées avec force en avant de telle sorte qu'on dirait qu'elles sortent de la bouche de la statue, que l'on nomme à cause de cela Prea-khpu (le dieu qui se rince la bouche). La cascade dont nous venons de parler, jointe à d'autres filets d'eau, constitue un petit affluent de la rivière de Siém-réap. Il y a là, paraît-il, des sites pittoresques ravissants.

Sur un des contreforts de Phnom-culen appelé Phnom-thnam (la montagne des médicaments), tout près d'une chute d'eau, apparaît une statue du roi lépreux absolument semblable, assure-t-on, à celle d'Angcor-thom. Cette statue est sur une sorte d'aire nivelée que la nature a bien voulu faire sur le flanc de la montagne, mais que la folle imagination des Khmers modernes attribue au frottement des drogues que les médecins eurent à réduire en poudre et à donner en potion au roi lépreux afin de le guérir.

Il paraît que près de la montagne des médicaments, il y a une autre statue de ce roi lépreux, placée près d'une tour qui passe pour contenir les cendres de cet ancien souverain de l'empire khmer.

Nous tenons ces renseignements d'un mandarin de Siém-réap, qui nous a paru bien informé, et nous les donnons ici dans l'espoir que quelque voyageur sera un jour tenté d'aller les contrôler sur place.

Il faut maintenant revenir à Siém-réap, chef-lieu actuel de la province d'Angcor, et se procurer là un guide et les moyens de transport indispensables pour explorer les ruines qui se trouvent dans le voisinage. A Siém-réap même, on peut aller faire une visite au Néac-ta du lieu, qui habite dans la citadelle, à peu de distance de la résidence du gouverneur. C'est une superbe idole de Ganésa en grès de forte dimension, un peu ventrue, mais exécutée de main de maître.

On remarquera aussi sur la rivière de grandes roues d'irrigation, à godets de bambou, qui sont très légères, bien balancées et qu'un faible courant suffit à mettre en mouvement. Ces appareils donnent de l'eau en abondance, grâce à laquelle on sauve d'importantes plantations d'aréquiers qui ne résisteraient pas autrement aux six mois de saison sèche.

De Siém-réap, on peut se rendre au petit temple de Athvéa; c'est une agréable promenade d'une heure à pied dans la direction du sud-sud-ouest. Ce monument a, comme Angcor-vat, sa façade principale tournée vers l'ouest. Le sanctuaire se compose d'une chambre obscure surmontée d'un dôme. Quatre avant-corps décorent les faces de la base et celui de l'ouest est prolongé par un péristyle qui s'avance sur une chaussée dallée aboutissant au triple portique de l'enceinte.

Les blocs de grès qui entrent dans la construction de ce petit monument sont énormes et d'un beau grain. On trouve à Athvéa des débris d'idoles brahmaniques et beaucoup d'inscriptions gravées sur les pilastres.

Entre l'extrémité septentrionale du lac Tonli-sap et le temple d'Athvéa, au milieu d'une plaine marécageuse, s'élève le Phnom-crom (la montagne renversée), colline de deux cents mètres d'altitude environ, qui sert d'assise à un sanctuaire de tous points semblable à celui que nous avons trouvé sur Phnom-boc. Ici encore, on peut voir une belle idole de Brahma qui n'a jamais cessé d'être l'objet de l'adoration des Khmers, bien que les ministres du Buddha l'aient expulsée du temple et transportée dans le bois en dehors de l'enceinte sacrée.

La croupe de Phnom-crom est en partie pelée; les arbres n'ont poussé que sur le versant nord et sur le piton le plus élevé où se trouve le monument. Cette pauvreté de végétation, si rare dans ce pays-là, a fait supposer aux Khmers, dont l'imagination est, au contraire, très fertile, que cette colline avait été renversée sens dessus dessous dans une circonstance mémorable. Si l'on est disposé à écouter avec patience les plus érudits parmi les indigènes, ils racontent, avec des développements de leur invention, l'épisode du Ramayana où le singe Hanumat rapportant sur le continent la montagne où poussaient les plantes médicinales qui avaient guéri la blessure de Lakshmana, la laissa tomber, le sommet le premier, au nord du Tonli-sap, etc.

A la fin de la saison des pluies, les eaux du lac enveloppent le Phnom-crom, et sur différents points de cette contrée peu élevée, on aperçoit des vestiges d'un réseau complet de chaussées-routes établies autrefois pour permettre la communication en toute saison.

A seize kilomètres à l'est de Siém-réap sont les ruines de Leley, Prea-cu et Ba-cong, situées sur une même ligne nord et sud suivant des espacements réguliers d'environ mille mètres.

Le monument le plus septentrional est la pyramide aplatie de Leley, formée de trois terrasses carrées, superposées, en retrait les unes sur les autres et couronnées par quatre fortes prea-sats en briques semblables deux à deux. La pyramide est précédée à l'est d'un petit bassin sacré exactement circulaire et creusé en forme d'entonnoir.

Près du sra, et sous un modeste autel de feuillage, est le Neac-ta du lieu, représenté par une belle idole de femme à quatre bras, vêtue à l'indienne et portant au front le signe du Nahmam. Nous pensons qu'il faut voir là une représentation de la déesse Kali.

En montant par le côté est, on rencontre dès en arrivant sur la plateforme supérieure des vestiges d'une galerie allant du perron d'honneur à la porte d'entrée de l'une des tours. Il existe sur ce point des colonnes en grès isolées, debout encore et arrangées symétriquement à la file les unes des autres. L'entablement et la toiture voûtée que ces pilastres supportaient autrefois n'existent plus.

La décoration est ici, comme partout, essentiellement brahmanique. Sur des plaques de grès incrustées dans la maçonnerie des prea-sats, on voit des femmes demi-nues portant des chasse-mouches ou des lotus épanouis, des gardiens armés de massues et surtout des démons avec leurs tridents que l'on trouve sur les temples spécialement consacrés à Siva.

Les jambages des portes de ces sanctuaires portent de nombreuses inscriptions, et des stèles écrites sont disséminées sans ordre autour des prea-sats.

Prea-cu (le bœuf divin), l'édifice intermédiaire, est entouré d'une douve de vingt mètres de largeur, décrivant autour du monument un carré de cinq cent quarante mètres de côté environ. Ce fossé est traversé à l'est et à l'ouest par des chaussées donnant accès dans le parc.

L'entrée principale est celle de l'est. En pénétrant dans le parc de ce côté, on rencontre en premier lieu les restes de deux courtes galeries se coupant en croix.

Immédiatement en arrière de cette ruine, apparaît une terrasse entourée de bornes sacrées qui a dû supporter un temple buddhique relativement moderne.

Le monument ancien est plus à l'ouest ; il repose sur une vaste esplanade rectangulaire débordant le sol naturel de près d'un mètre et il est annoncé, à l'est, par deux bœufs en grès de grandeur naturelle [1]. Le temple se compose d'un groupe de six prea-sats en briques, trois en première ligne, qui sont les plus puissantes, et les trois autres disposées immédiatement en arrière des premières. Sur les encadrements en grès des portes de ces sanctuaires, sont gravées de nombreuses inscriptions. Les entablements des portes, ainsi que les tympans, sont décorés de bas-reliefs de valeur ayant tous une signification brahmanique.

Des blocs de grès enchâssés dans la brique autour de la base de ces sanctuaires portent, en demi-grandeur, des démons armés de tridents.

Le sol, sous les dômes, est creusé en bassins sacrés qui sont aujourd'hui remplis de matériaux de démolition, de socles et de débris d'anciennes idoles.

La brique dans ce monument est recouverte d'un ciment plus ou moins épais sur lequel sont moulés en relief une foule d'ornements. Nous avons rapporté en France un spécimen de ces moulages.

Nous pensons que Prea-cu était un temple sivaïte.

Le monument de Ba-cong (le grand gong) est le plus important du groupe. C'est une belle pyramide quadrangulaire tronquée, formée de cinq terrasses étagées et décroissantes. L'avenue d'honneur est à l'est. Lorsqu'on se présente de ce côté en venant de Prea-cu, par exemple, on suit pendant quelques instants un mur d'enceinte de un mètre cinquante centimètres de hauteur disposé en un carré long de quatre cents mètres environ sur le grand axe. Une pièce d'eau de cent mètres

---

[1] Dans l'Inde, les temples sivaïtes sont précédés d'une terrasse occupée par une statue du taureau Nandi.

de largeur, ne tarissant jamais, longe extra-muros la moitié sud de ce grand rectangle, laissant entre son bord intérieur et le mur d'enceinte une berme de seize mètres de largeur.

Extérieurement, mais très près du mur, on remarque une série de vingt-quatre tours en briques, distribuées irrégulièrement autour de l'enceinte, et que nous croyons être des chedeys ou tombeaux.

Le portique oriental extérieur est délabré et c'est dommage, car il devait être bien beau. Après l'avoir franchi, on traverse sur une chaussée un fossé de quatre-vingt-quatorze mètres de largeur qui enceint la pyramide. Ce fossé est très profond et, au moment de notre visite, la surface de l'eau contenue était à plus de six mètres en contre-bas de la chaussée.

La pyramide de Ba-cong ressemble, comme forme, à celles que nous avons déjà visitées; elle se compose de cinq terrasses rectangulaires superposées et de grandeur décroissante. La hauteur totale est de treize mètres. La plate-forme supérieure mesure dix-sept mètres dans le sens est et ouest et vingt mètres suivant l'autre direction. Elle supporte, au centre, une estrade carrée de quelques mètres de côté très ornée de sculptures, à laquelle on accède par un petit perron de quelques marches sur chacune des faces. La tradition locale fait de ce monument une sorte de grande tribune à l'usage des souverains d'Angcor, qui se rendaient là tous les ans pour présider aux fêtes nautiques qui avaient lieu sur le Tonli-sap dont les eaux, à la fin de l'inondation annuelle, se répandent dans la plaine au sud du monument. — Il n'entre que du grès dans la construction de la pyramide.

Les perrons des quatre faces de la pyramide sont gardés par quarante lions, tandis que vingt éléphants en grès, tous monolithes, sont postés le long des arêtes aux angles des terrasses. La taille de ces animaux décroît suivant la hauteur à laquelle ils sont placés.

Sur l'esplanade, autour de la pyramide, à droite et à gauche des perrons inférieurs, s'élèvent dix-huit grandes prea-sats en briques ayant leur chambre intérieure creusée en bassin. Les murs latéraux des bases de ces tours portent sculptés avec assez d'art dans la brique des démons armés de tridents. Ces tours ont une grande analogie de formes avec celles de Prea-cu.

Bien que la hauteur de la pyramide de Ba-cong ne soit que de treize mètres au-dessus du sol naturel, elle fait l'effet d'un monument très élevé. Cela résulte évidemment du voisinage d'un fossé profond de dix mètres qui l'entoure, qui l'isole et qui agit là comme une sorte de trompe-l'œil contribuant à exagérer la hauteur du monument.

La province de Compong-soai, contiguë à celle d'Angcor, du côté de l'est, renferme deux ponts antiques en pierre et un grand nombre de monuments, dont les principaux sont : Beng-méaléa, Prea-khan aussi appelé Prea-khan-soai-rolec, et, enfin, Ponteay-ca-ker. Nous n'avons pas visité ces ruines, mais M. Delaporte, qui a exploré toute cette contrée, les a décrites dans l'intéressant ouvrage qu'il a publié récemment sous le titre de *Voyage au Cambodge*.

La vice-royauté de Battambang, située à l'ouest d'Angcor, et d'autres petites provinces aujourd'hui siamoises s'étendant plus au nord, ont également conservé des restes intéressants de l'art khmer. Ces ruines sont encore peu connues à cause de leur éloignement, mais il serait cependant facile aux voyageurs qui se rendent à Angcor de pousser jusqu'à Battambang et d'aller voir les temples de Banan, de Basèt et de Vat-êc si rapprochés du chef-lieu. Dans la visite obligée qu'il faut faire au vice-roi, démarche accompagnée d'ordinaire d'un cadeau, on peut aussi obtenir aisément les moyens de transport nécessaires pour aller visiter Ponteay-chhma, un monument de premier ordre.

Banan occupe le sommet d'une colline s'élevant sur le bord de la rivière qui traverse Battambang, à une dizaine de lieues marines de ce grand centre.

Un escalier droit, bâti sur le flanc oriental de la colline, conduit à l'entrée du temple.

Deux beaux lions, encore à leur poste, gardent le pied de cet imposant perron.

L'édifice se compose d'une galerie rectangulaire reposant sur un double soubassement. Les angles et les portiques des faces sont couronnés de tours. Le sanctuaire s'élève à l'intérieur du préau, à l'intersection des axes, et il se compose, comme à l'ordinaire, d'une chambre à section carrée, avec avant-corps, accompagnés de péristyles sur les quatre faces ; le tout dominé par une tour puissante.

Prea-sat-banan a été bien maltraité par le temps. Ce n'était pas un monument important, ni particulièrement remarquable ; cependant, et grâce surtout à sa belle position topographique, il devait produire un grand effet vu de la plaine.

Dans les détails, on retrouve un goût exquis joint à une grande faculté d'invention, qui distinguent les œuvres des artistes khmers.

Voici la traduction complète d'une inscription ancienne gravée sur les murs de Banan :

« L'an 1830 de Prea-put-sacrach (1287 de J.-C.), le roi Prea-réach-chéa-angcar-prea-chey-chessda-réaméa-eyso ordonna aux grands mandarins d'inscrire sur une pierre le nom des soldats, des serviteurs, des pols [1], des comlas [2] et enfin des esclaves attachés au service particulier du prince Prea-socnan [3], en tout cent quatre-vingt-neuf personnes, en y comprenant les parents et les serviteurs du chef de la pagode.

« Tout ce personnel restera affecté à la garde et aux soins à donner au temple, ainsi qu'à la bonzerie, et aucun chef n'aura le droit de distraire ces hommes de ce service.

« Celui qui n'obéira pas à cet ordre s'exposera à des malheurs : il aura sa maison brûlée, ou il sera foudroyé lui-même par le feu des sept foudres dans cette vie ou dans les existences suivantes. A la première transmigration, il passera dans le corps d'une bête et il aura à souffrir sans cesse pour s'être conduit ainsi. »

C'est sur le flanc de Phnom-banan que se trouve la grotte de Prea-tuc (l'esprit des eaux), dont nous avons parlé ailleurs.

Basset est situé sur la rive droite du même cours d'eau et à quinze kilomètres de Battambang. Ce monument est très ruiné ; il est précédé à l'est par des bassins sacrés et le sanctuaire, couronné d'une tour, est enfermé dans trois enceintes rectangulaires et concentriques. Dans le préau, autour du sanctuaire, on compte cinq ou six tours plus ou moins abîmées, et des tas épais de décombres parmi lesquels on distingue des pilastres qui ont dû appartenir à des galeries intérieures. Les motifs des bas-reliefs sont tirés de la mythologie indoue et spécialement brahmanique.

On a retrouvé dans la forêt, à peu de distance du monument, une énorme idole en grès, à quatre visages et quatre bras, assise les jambes croisées sur un autel.

Traduction d'une inscription relevée sur les murs de Basèt :

« L'an 762 de Moha-sacrach (840 de J.-C.), le lundi, mois d'Asat, année du serpent, nous, Ocnha-srey-cunneac-pattipor, habitant du village de Lonlé-tray-prec-sdoc, province de Cûch-cheac-sey-thomméa, offrons aux anges de Basèt Prea-eyso (Siva) et Prea-noreay (Narayana ou Vich-

---

[1] Esclaves d'État.

[2] Serviteurs volontaires et ordinairement non payés.

[3] Ce prince était novice dans la bonzerie de Banàn où il faisait en même temps ses études.

nou), vingt-quatre champs cultivés en rizières près du village de Sla.
cô, dont les religieux auront la jouissance.

« Le roi Srey-sôriyopor et le peuple approuvent ma résolution. »

Vat-êc (le temple superbe) porte bien son nom ; on y trouve des sculptures pouvant être comparées à celles des édifices les plus remarquables, et il n'entre que du grès choisi dans sa construction.

La solidité s'alliait ici à l'élégance et à la richesse du décor, puisque
le temps a eu moins de prise sur ce monument que sur le précédent, qui,
d'après les inscriptions, serait pourtant à très peu près du même âge.

Le plan est des plus simples ; il figure une galerie rectangulaire, avec
portiques sur les quatre faces, et un sanctuaire dômé s'élevant au
centre du préau.

Les frontons et les entablements sont, dans ce monument, les morceaux les mieux exécutés.

Traduction d'une inscription trouvée à Vat-êc :

« L'an 787 de Moha-sacrah (865 de J.-C), année du buffle, moi Ocnha-
srey-juccit-soreac-bantit, habitant du village de Sno-tompot... ai fait
construire ce monument.

« Les mandarins Ocnha-srey-prea-lung-keac-kai, Prea-noreai-tac-
créam-chuon, Prea-cal-sampéai et Chombang du village de Muc-pos-
bar-pot, ainsi que trente-deux autres personnes, ont offert deux livres
d'argent et cinquante-trois slongs (environ 700 francs).

« Les habitants de la province de Chacréam, située à l'est, ont offert
trois paires de boucles d'oreille à Somdach-prea-noreay (Vichnou) et
au Buddha. Deux lingots d'argent ont été offerts par des voyageurs et
toutes ces valeurs ont été scellées dans la maçonnerie, afin que personne
ne pût les détourner.

« Nous inscrivons ces donations sur la pierre dans le but d'en perpétuer le souvenir.

« Nous, Ocnha-srey-juccic-soreac-bantit, nous avons agi suivant
notre inspiration. Les sculptures de ce monument ont été exécutées, ou
surveillées dans leur exécution, par les habitants de la province de Chacréam, dont je suis le gouverneur.

« Nous construisons ce monument pour l'offrir au roi Comtuon-abau-
srey-soriyopor, qui aime à venir se promener ici. Mes serviteurs, dont
les demeures sont situées au sud de ce monument, mes esclaves du village de Sdoc-char, ainsi que ceux qui sont établis entre la montagne de
Sang-caban, située à l'ouest, et la mare de Trépang-soai, placée au

nord, sont chargés désormais de garder ce monument et de l'entretenir. »

Ponteay-chhma est un monument plus compliqué et beaucoup plus important que les précédents ; il est entouré d'un large fossé traversé au passage des axes par des chaussées flanquées de balustrades formées, comme à Angcor-thom, de Nagas soutenus par des files de géants. Après le fossé, on trouve un mur d'enceinte ayant portiques surmontés de tours à faces humaines sur les quatre côtés.

Les constructions centrales sont élevées sur un même plan : ce sont des galeries quadrangulaires et concentriques, comprenant des édicules, des vestibules du genre du Prea-pon d'Angcor-vat, et englobant un sanctuaire construit à l'intersection des grands axes. Nous ne décrirons pas en détail ce monument. que nous n'avons pas visité, mais les indigènes s'accordent à le considérer comme une des merveilles de l'art khmer.

L'emploi constant de l'oiseau divin Garuda comme motif de décoration, ou comme cariatide autour de la base des dômes couronnant les sanctuaires, est une présomption en faveur de la croyance que nous avons que Ponteay-chhma était un temple consacré à Vichnou, dont Garuda, le chef des Souparnas, s'était constitué le défenseur.

Voici une légende à reflets historiques, qui nous a été communiquée par le gouverneur de Battambang, et qui se rapporte à cette ruine.

Le monument de Ponteay-chhma fut construit sous le règne de Prea-bat-yos-ker[1], qui gouvernait alors un grand royaume. Cet édifice fut bâti longtemps après Angcor-vat. Le roi Prea-bat-yos-ker résida à Ponteay-chhma pendant plusieurs années. Il avait une femme, qui s'appelait Néang-vibol, qui devint enceinte dans cette résidence.

Le roi Prea-bat-vilo, qui régnait à Ponteay-téap (la citadelle basse), se révolta tout à coup contre son suzerain de Ponteay-chhma et le força à abandonner sa citadelle.

Le roi de Ponteay-téap était jeune et son palais était situé à environ deux yùchs[2] à l'est de Ponteay-chhma.

Le roi fugitif se retira avec Néang-vibol, sa première femme, dans la

---

[1] Une légende relative à Ponteay-câ-Ker (province de Compông-soai) mentionne un souverain cambodgien du même nom qui avait fixé sa résidence dans cette citadelle. S'il s'agit, dans les deux récits, du même prince, il faudrait en conclure que Ponteay-chhma est moins âgé que l'autre monument.

[2] Le yùch n'est autre que le yodjana indou évalué à 16,000 mètres.

grotte de Phnom-bantéat, dans un endroit complètement isolé. Au bout de dix mois de grossesse, la princesse mit au monde un fils qu'on appela Chau-vibol-ker.

Un an après, un habitant de Ponteay-chhma, entraîné par le goût de la chasse, rôdait égaré dans les environs de Phnom-bantéat; il aperçut son ancien souverain et son épouse et il s'approcha pour les saluer. Ce chasseur se trouvait être un ancien serviteur du monarque; aussi fut-il accueilli sans défiance dans la grotte, où il trouva les secours et les soins dont il avait besoin. Lorsqu'il repartit, le roi lui recommanda la discrétion et il lui fit entrevoir, afin de le toucher davantage, les dangers auxquels lui et les siens seraient exposés si jamais leur retraite était découverte.

Mais cet infâme chasseur fut sans reconnaissance et sans pitié : il s'empressa, dès en arrivant à Ponteay-chhma, d'informer l'usurpateur de la rencontre qu'il avait faite, et il indiqua exactement la retraite des pauvres fugitifs. Prea-bat-vilo envoya aussitôt arrêter son ennemi. Mais celui-ci ayant aperçu au loin des policiers, s'empressa de mettre en sûreté la reine et son jeune enfant, et il alla se livrer lui-même aux agents de Vilo, qui l'emmenèrent aussitôt à leur maître sans songer à poursuivre la reine et le jeune prince. L'infortuné roi fut enfermé dans une cage de fer et gardé à vue.

Dès qu'il eut atteint l'âge de sept ans, le prince Chau-vibol-ker forma la résolution d'aller voir son père. La mère, après avoir fait obstacle à ce projet, finit par céder et, confiante dans la bonne étoile qui les avait protégés jusque-là elle et lui, elle le laissa se lancer dans une entreprise aussi périlleuse. L'enfant promit, enfin, d'être de retour sept jours après son départ. Le prince arriva sans encombre à Ponteay-téap, et, pour comble de bonheur, il parvint à revoir son père. Mais arrêté bientôt lui-même, Vibol-ker fut mis aux fers et aussitôt condamné, ainsi que son père, au dernier supplice.

Au moment où on allait procéder à l'exécution, la Prea-Thorni (Prithivi, déesse de la terre), indignée de tant de cruauté, ouvrit sa grande bouche et avala d'un coup les bourreaux, le roi Prea-bat-vilo et son palais.

Les mandarins et le peuple, témoins de ces faits extraordinaires, s'empressèrent de délivrer les deux prisonniers. L'ancien roi fut invité à aller reprendre possession de son trône à Ponteay-chhma. Mais le prince, qui avait promis à sa mère de lui revenir le septième jour, ne put arriver auprès d'elle que le huitième, grâce aux événements que nous avons racontés, et ce fut là un grand malheur, car l'infortunée reine, ne voyant pas revenir son fils au moment convenu, était morte de douleur.

La peine du prince fut extrême ; il ramena le cadavre de sa mère à Ponteay-chhma, où on lui fit de superbes funérailles.

Prea-bat-yos-ker régna longtemps et mourut à un âge très avancé. Son fils Vibol-ker lui succéda et ce fut le dernier souverain qui régna à Ponteay-chhma.

Dans le sud de l'empire khmer, les monuments étaient plus rares et moins considérables. L'un de ceux-ci, le temple du Bachey-ba-ar, improprement appelé quelquefois Phnom-bachey, a été étudié par le regretté commandant de Lagrée et décrit, d'après ses notes, dans le grand ouvrage portant le titre de *Voyage d'exploration en Indo-Chine*. Ce monument de quatrième ordre est situé sur la rive droite du Mécong, à cinquante milles au-dessus de Phnom-penh, sur un plateau élevé au-dessus des inondations du Mécong. Nous n'en reprendrons pas la description et nous nous contenterons de compléter les renseignements déjà fournis dans le bel ouvrage précité.

Un peu sur la droite du chemin qui mène au temple, on aperçoit une statue debout sur un petit tumulus couvert de grandes herbes et de feuillages. Cette idole est le Prea-kda-thom dont nous avons parlé ailleurs sans vouloir en traduire le nom en français : c'est, en un mot, une sorte de Priape monstrueux ayant le corps d'un homme assez mal tourné et les pattes d'un lion. Le dieu tient entre ses cuisses un éléphant d'un modèle extrêmement petit, dont on ne voit ressortir que la tête et la trompe. L'artiste a rencontré là un moyen fort ingénieux de représenter ce qu'il s'agissait de montrer sans faire outrage à la pudeur.

Quelques pas plus loin, en suivant toujours le chemin qui mène au temple, on passe entre deux immenses pièces d'eau très profondes, semblables à celles que l'on trouve creusées à l'est d'un grand nombre d'anciens temples pour la célébration des fêtes nautiques.

Dans le parc, se trouve un modeste sanctuaire renfermant un Néac-ta-prom (l'ancêtre divin Brahma) et d'autres idoles brahmaniques. Le Brahma est doré avec soin de la tête aux pieds, et il est couvert de riches étoffes en soie renouvelées fréquemment par les pèlerins. Parmi les autres statues, nous avons distingué Yama, le juge des morts, monté sur un buffle.

Le temple se compose d'un sanctuaire ordinaire, entouré à petite distance par deux galeries quadrangulaires et concentriques. La décoration est brahmanique, sauf les quatre frontons du sanctuaire qui sont décorés de bas-reliefs reproduisant chacun une des principales scènes de la vie du Buddha.

Le tympan qui montre le futur Buddha prêt à quitter le palais de son père pour aller vivre de la vie ascétique dans les forêts, est absolument semblable à un bas-relief de la pyramide de Boeroe-boedoer, à Java.

La tour qui surmonte le sanctuaire est en forme de cloche et peut être considérée comme une restauration relativement peu ancienne. Il est possible que les frontons soient dans le même cas, car les sujets des sculptures dont ils sont décorés ne s'harmonisent guère avec le caractère essentiellement brahmanique de tout le reste.

Traduction d'une inscription gravée sur une stèle enfoncée en avant de la porte est du temple de Bachey-ba-ar.

« Le lundi, 14 du mois Asat de la 1488me année Khal (945 de J.-C.), à deux heures de l'après-midi, moi Somdach-ocnha-jos-srey-socombat, ai commencé la construction de ce temple sur l'emplacement où j'avais déjà enfoui des reliques sacrées, et dans le but de l'offrir ensuite au Moha-néac-casen-bapit[1].

« Mon premier nom a été Somdach-ocnha-srey-socombat, je suis fils d'un roi, j'ai toujours été religieux ; aujourd'hui, je porte le nom de Prea-moha-barommo-nipéan-bat et je conserve les mêmes sentiments. Je suis prêt à tous les sacrifices lorsqu'il s'agit de la religion du Buddha.

« Ma femme Préa-mihuor est ma sœur cadette de père seulement[2] ; elle est active, très belle et je l'aime extrêmement. Nous avons tous les deux le cœur généreux ; nous avons, au moment favorable calculé d'après les règles en usage, élevé une statue au Buddha et construit une tour pour y déposer les reliques sacrées.

« L'idole du Buddha, ainsi que le Keo (boule en cristal) placé au sommet du dôme du sanctuaire de Bachey-ba-ar, serviront de points de ralliement à tous les dévots.

« Les souverains viennent ici s'amuser avec leur famille, les hauts personnages de la cour et leurs serviteurs...

[1] C'est le titre du chef de la bonzerie de Bachey-Ba-ar.
[2] Ces sortes d'unions sont permises au Cambodge, surtout aux princes et aux rois.

« Je suis tellement riche qu'il est impossible de compter ma fortune. Après ma mort, je demande à aller dans le Doset[1] avec toute ma

Chef militaire monté sur un éléphant. Bas-relief d'Angcor-vat. Dessin de M. Oriol.

famille; là j'aurai tout ce qui est désirable pour la nourriture et les distractions.

[1] C'est le paradis situé immédiatement au dessus du mont *Mérou*, considéré comme le paradis terrestre.

« Je souhaite à mon peuple de grandes richesses ; mais il convient qu'il soit reconnaissant envers ma famille, les gens qui s'appliquent à lui faire du bien et qu'enfin il demeure fidèle à ceux qui exercent le pouvoir suprême.

« Je souhaite de devenir roi puissant avec le titre de Barommo-chac, afin de régner sur les quatre parties du monde et sur les deux cents petits royaumes.

« Lorsque Préa-séar[1] sera parvenu à la qualité de Buddha, je demande à entendre ses sermons avec ma femme et les autres membres de ma famille ; ensuite, s'il le faut, j'abandonnerai mes richesses et je me ferai religieux, afin de devenir Arahat (saint).

« Je désire que les Achars (Atcharias) m'instruisent des choses que j'ignore. Je promets de bien réfléchir avant d'entreprendre quoi que ce soit.

« Je souhaite, enfin, que ma réputation s'étende dans le monde et que, partout où je passerai, on vienne m'offrir des présents. »

Les ruines de la province de Bâti, située au sud de Phnom-Penh, la capitale actuelle du Cambodge, et par conséquent à une grande distance d'Angcor, sont très peu connues et nous pensons qu'on lira avec intérêt les notes suivantes qui les concernent et qu'accompagnent des dessins d'une rigoureuse exactitude.

Le premier petit monument que nous avons visité dans cette contrée est une tour en briques, dont la chambre de la base est entièrement remplie par une roche débordant de plusieurs mètres le sommet de la colline sur laquelle la tour est élevée. Cette tour est connue sous le nom de Prea-sat-thmâ-do (la tour de la pierre qui grossit). Le rocher renferme un esprit protecteur du peuple, et hostile aux mandarins, auquel la Préa-sat sert de sanctuaire.

Les habitants prétendent que l'esprit, ou plutôt le morceau de grès qui l'enveloppe, n'a pas toujours été de cette taille et qu'ils l'ont vu grossir graduellement depuis environ soixante ans. Un vieux fou d'ancien mandarin, fixé près de là, et dont la croyance dans le développement de ce rocher est malheureusement sincère, a fait partager son idée aux habitants. Aucun de ces braves gens n'a eu la pensée, ou plutôt l'audace d'observer que l'esprit remplit le creux de la tour, et qu'il est bien impossible qu'il puisse davantage grandir ou grossir sans

---

[1] Il s'agit ici de Mittreya, le futur Buddha.

jeter bas le monument qui l'abrite, à moins que celui-ci, englobé également dans le miracle, ne se dilate en proportion, ce qui n'est ni constaté, ni admis comme possible.

La Prea-sat est ouverte à l'ouest. De ce côté, un petit auvent en feuillage abrite un modeste autel sur lequel on a empilé des idoles brahmaniques, parmi lesquelles nous avons remarqué Vichnou et Ganésa fraîchement enduits d'huile de coco, ce qui est une manière usitée d'honorer les divinités dans ce pays-là.

L'intérieur de la tour est rempli de cheveux coupés, ce qui est un témoignage irrécusable des vœux et des sacrifices faits à l'esprit du lieu.

Nous avons vu aussi en avant de la tour des tables d'ablution en pierre noirâtre qui ne portent aucune idole aujourd'hui.

Sur une autre colline, distante de la précédente de quatre cents mètres seulement, se trouve le sanctuaire de Ta-Mau, composé d'une simple tour en briques dont la porte d'entrée regarde exceptionnellement le nord. L'orientation de ce petit monument nous fait supposer qu'il fut originairement dédié à Couvéra, le dieu des richesses et le régent du nord.

L'entablement de la porte d'entrée de ce sanctuaire reproduit en belles sculptures le barattement de la mer par les dieux et les démons. Un autre bas-relief, renversé aujourd'hui sur le sol, représente Vichnou couché sur Ananta flottant sur la mer, ou plutôt soutenu triomphalement au-dessus de l'Océan par tous les poissons réunis qui se pressent autour de Narayana, le dieu des eaux. Une tige de nénuphar sort du nombril de Vichnou; elle est terminée par une grande fleur épanouie sur laquelle est assis Brahma, le créateur. Une foule de disciples privilégiés ont pris place sur le dos de l'immense serpent. Tous ces passagers sont assis sur des fleurs sacrées.

Mais l'adoration publique s'adresse surtout à une idole de femme du type nègre, sans doute Kali, dont les lèvres sont enduites d'huile de coco, et à laquelle les dames stériles des environs vont demander la fécondité.

Dans la plaine, à quelque milles au sud des précédents monuments, et sur un tertre artificiel entouré d'un large fossé, sont les tours de Néang-khmau (la dame noire). Ce sont deux tours rapprochées sur une même ligne nord et sud et ouvertes à l'est. Le nom qu'elles portent indique qu'elles furent dédiés à Kali, quelquefois appelée simplement « la négresse. » Peut-être l'une d'elles, celle dont le sanctuaire est occupé par un lingam, était dédiée à Siva.

Une chaussée traverse le fossé à l'est et permet de pénétrer dans le lieu sacré. Nous avons rapporté un dessin du linteau de l'une des portes de ces Prea-sats et d'une des deux colonnettes qui le supportent. Ces sculptures sont d'une exécution de grand mérite et elles sont assez bien conservées.

Dans l'une des Prea-sats, on a empilé des statues mutilées. Au dehors, on trouve des tables ayant supporté des idoles. Aucun mandarin n'oserait aborder le monument de front, par la chaussée orientale, ni couper le chemin qui fait suite à cette chaussée sur un point trop rapproché de la demeure des génies.

Néang-khmau est le sanctuaire le plus mystérieux, le plus redouté et par suite le plus respecté du pays.

Il nous reste à parler des deux plus importantes ruines de la province de Bâti. Nous passons ici la plume à M. Spooner, qui les a visitées avec nous et qui en a pris des dessins exacts que nous reproduisons.

Le massif de collines à l'extrémité duquel s'élève la principale ruine du pays est orienté sud-est, nord-ouest; et tandis que dans cette dernière direction, les mamelons se dégradent en pente douce, à l'est de l'extrémité méridionale, les deux points culminants sont appuyés sur un ressaut commun qui surplombe la plaine et sert d'assise au temple de Phnom-chiso.

Ces collines sont formées par des blocs de très beau grès et des schistes argileux diversement teintés ; elles sont couvertes de végétation. Entre les deux sommets qui limitent le fond du paysage, les pentes d'une gorge ayant environ vingt-cinq mètres de creux conduisent par deux bras profonds les eaux de pluies, endiguées dans des barrages de pierres sèches s'appuyant sur des terres levées. Chacune des éminences est couronnée par un amas circulaire de blocs en grès fruste ressemblant aux assises d'une tour et mesurant environ cinq mètres de diamètre. De ces points, on domine le pays environnant, vaste forêt laissant paraître çà et là les plaques jaunes de quelque rizière. A l'ouest-nord-ouest est le Phnom-sruoch ; à l'ouest, les chaînes de Kampot; vers le sud, divers sommets dans la province de Chaudoc. Le sra principal est derrière le temple; son ouverture, à peu près carrée, est au niveau du toit des galeries de l'édifice et mesure quinze mètres de côté.

Le terre-plein du temple mesure 91 m. 50 de façade et 97 m. 50 de profondeur ; il est adossé, à l'ouest, aux parois du grand sra ; au sud, au ravin escarpé formé par les pentes du dernier sommet ; au nord, par des murs en terrasses qui se perdent dans le repli de la colline principale ; à l'est, par une série de quatre hautes terrasses en gradins, coupées, au centre, par un escalier qui s'étend plus bas jusqu'à la plaine en suivant les ondulations dégradées des dernières assises du massif, et s'élargissant vers l'extrémité en deux vastes paliers flanqués de lions assis.

Le temple est exactement orienté à l'est ; il mesure extérieurement 42 m. 30 de façade et 47 m. 40 de profondeur, non compris la saillie des entrées suivant le grand axe est et ouest. Il se compose d'un rectangle apparent, formé est et ouest de cinq pièces, et nord et sud, d'une galerie coupée en trois tronçons. Dans l'intérieur de cette enceinte, sont disposés symétriquement, à droite et à gauche d'un sanctuaire central, et suivant des axes à peu près parallèles [1] :

1° Deux sanctuaires ayant leur ouverture à l'ouest ;

2° Deux autres, de taille moindre, faisant face aux premiers ;

3° Deux petits édicules orientés comme les seconds.

Il existe, en outre, une construction plus récente, touchant d'un côté à la porte centrale ouest et au petit édicule sud-ouest.

Le sanctuaire central se trouve sur un axe principal est et ouest, porté légèrement au nord du centre de figure.

Les cinq pièces de façade sont éclairées extérieurement ; les cinq de l'ouest, et chacune des trois autres formées par les galeries nord et sud reçoivent le jour par l'intérieur. Ces dernières n'ont avec l'extérieur aucune communication. Nord et sud, la pièce centrale s'ouvre par un péristyle entre les deux petits sanctuaires qui se font face. Enfin, est et ouest, chacune des trois pièces centrales communique du dedans au dehors par un double escalier.

Les matériaux employés pour les terrasses, les escaliers, tout le rectangle extérieur et les soubassements, sont de pierre argilo-ferrugineuse ; les frontons, les pilastres, les cadres des portes et des fenêtres, les entablements sont presque tous en grès fin, ainsi que les dalles des édifices, toute la grande corniche extérieure et les acrotères. Les murs des huit édicules de l'intérieur, les dômes et les voûtes, sont en briques. Il n'existe pas trace de mortier, et les joints sont aussi hermétiques que ceux des grès polis.

[1] Voir le plan de ce monument, page 97.

Le temple central est fort curieux, car il possède, sauf la relation des proportions, toutes les parties composant une église. A l'est, le porche s'ouvre sur les degrés extérieurs ; la nef en ogive élancée à trois travées, correspondant aux trois fenêtres des bas-côtés[1]. Le chœur, réduit séparé de la nef, est éclairé par deux fenêtres et donne par une porte centrale sur le sanctuaire complètement obscur qui abritait la divinité. Aujourd'hui, le dôme en s'écroulant a rempli une partie du sanctuaire et laissé pénétrer la lumière du ciel sur une collection de Buddhas insolites, entassés pêle-mêle sur les briques amoncelées.

Les deux premiers sanctuaires latéraux, orientés ouest, sont après le temple central les plus importants du groupe intérieur. Les degrés donnent accès dans une petite pièce éclairée par deux fenêtres, laquelle communique avec le sanctuaire qui reçoit la lumière tombante par quatre soupiraux pratiqués dans la frise, sur les côtés. Les deux édicules faisant suite sont plus petits, et se composent d'une chambre unique dômée présentant une seule ouverture, la porte, qui est située à l'est.

Les deux derniers sanctuaires, à peu près écroulés, offrent une réduction du même plan, tandis que la construction dissymétrique est plus grande et présente en outre une sorte de vestibule miniature. Elle est tout en briques et sur le fronton sont fouillées les lignes principales d'ornementations qui décorent d'habitude cette partie des édifices khmers. Les sanctuaires de Phnom-chiso, véritables columbariums, sauf les niches, abritent par centaines des débris d'ossements humains carbonisés.

Les Buddhas qui encombrent les monuments khmers n'ont aucun rapport avec la destination primitive de ces monuments et n'offrent qu'un intérêt secondaire absolument indépendant. Les frontons de Phnom-chiso l'indiquent clairement. Le linteau de l'entrée centrale est représente Indra monté sur son triple éléphant ; sur un autre, on voit Rama enlevé sur les ailes de Garuda ; le tympan du fronton intérieur ouest donne la scène de Vichnou Narayanin.

En déblayant l'amas de briques qui marque l'emplacement du petit sanctuaire nord-ouest, nous avons retrouvé la majeure partie, en cinq fragments, d'un Vichnou très ancien en grès ; il mesure 1 m. 75 de haut, les pieds et trois des quatre mains manquent et celle que nous

---

[1] Chacun des battants de la porte qui donne accès dans la nef, présente, sculpté en haut relief, un Phi ou gardien.

avons retrouvée tient un fragment du Chank traditionnel. La pierre s'écaille malheureusement par lamelles sous l'action des éléments et il reste à peine trace des traits de la face, tandis que la partie postérieure de la tête, enfouie sous les décombres, conserve encore les ornements de la coiffure.

Parmi les débris qui apportent leur témoignage au culte brahmanique, nous avons retrouvé un lingam hiératique en grès dur mesurant 0 m. 87 de hauteur, non compris le tenon de fondation, et cinq tables de lavage en schiste noir ardoisé, à bords surélevés mesurant de 0 m. 75 à 0 m. 87 de côté et présentant au centre le trou rond ou carré dans lequel s'enclavait le tenon sous les pieds de la statue. Au milieu d'un des côtés ressort un bec avec rigole permettant de recueillir l'eau lustrale qui avait été sanctifiée par les ablutions du dieu.

Et enfin, mais ceci est une hypothèse, sur la face nord du sanctuaire central, à niveau du socle supérieur, il existe dans l'épaisseur du mur un trou qui devait avoir également pour objet de laisser écouler les eaux ayant servi aux ablutions sur la grande idole, et s'étaient peut-être mêlées au sang du sacrifice pratiqué dans l'obscurité du sanctuaire. Non loin de là, nous avons retrouvé des caniveaux et une gargouille, énorme tête de chimère, dont la gueule béante laissait tomber le liquide sacré que recueillaient dans des vases les fidèles empressés.

Nous avons depuis retrouvé cette disposition dans tous les grands sanctuaires sivaïques de l'Inde, notamment à Tanjore et à Madura.

Descendons maintenant les degrés rapides des quatre terrasses et les pentes plus douces qui leur succèdent jusqu'au pied de la colline. Nous éprouvons, en nous retournant, un de ces effets saisissants de trompe-l'œil dont les Khmers avaient le secret : l'escalier se développe suivant un axe est-ouest en une série de lignes brisées concaves par rapport au rayon visuel dirigé vers le sommet. L'impression d'escarpement des terrasses en est tellement exagéré qu'elles semblent inaccessibles; leur hauteur et les dimensions du temple, dont le péristyle s'arrête au bord de cet abîme, s'en trouvent également accrues ; la petitesse réelle du temple semble l'effet d'un énorme éloignement et cette illusion s'augmente encore par la comparaison avec les vastes proportions de l'édicule du pied de la colline, connu sous le nom de Khsenthmol. En effet, tandis que les plus vastes pièces du temple supérieur atteignent à peine trois mètres de largeur, la croix centrale de l'édicule dans lequel nous entrons maintenant ne mesure pas moins de 6 m. 30

de largeur de branche. Chaque bras de la croix est prolongé par une pièce moins haute, ayant à l'ouest une entrée presque de plein pied, tandis que à l'est, en raison de la dernière déclivité de la colline, les soubassements sont coupés par trois escaliers de 2 m. 80.

Mais s'il est un édifice remarquable sous le rapport de la grande dimension des matériaux, c'est un second temple cruciforme situé dans l'est-sud-est de Phnom-chiso et dont les murailles sont formées par des blocs de 0 m. 92 d'épaisseur. Rien n'a pu ébranler cette massive construction jusqu'à hauteur des corniches, et les frontons d'aplomb sur ces vastes bases se dressent encore presque intacts à chaque extrémité des bras, malgré l'affaissement de tout le faîtage, qui était, comme toutes les couvertures des Khmers, une série de voûtes en encorbellement. Les socles ne mesurent pas moins de 2 m. 80 de haut.

A 1500 mètres environ de Phnom-chiso, dans le prolongement vers l'est de l'axe du temple supérieur, est le Tonli-om, ou le lac à pagayer.

C'est au sud-ouest du lac de Bâti que se trouvent les ruines de Ta-prom (l'ancêtre divin Brahma) et de Yeai-pou (la vieille Pou). Elles se composent d'un édicule, appelé Yeai-pou, situé à cinquante mètres de la rive et que les habitants d'une bonzerie assez importante ont adopté comme sanctuaire d'un lingam remarquable, auquel ils rendent leurs dévotions.

Dans la forêt, à une centaine de mètres plus loin, est Ta-prom, l'édifice principal, envahi par la végétation et par une légion de chauvessouris qui rendent l'accès de certaines parties à peu près impossible.

L'édicule extérieur (Yeai-pou), dont le dôme est écroulé, se compose simplement d'un sanctuaire carré orienté à l'est et d'un petit vestibule rectangulaire auquel la porte seule donne accès. Vers l'ouest, la façade est ornée d'une fausse porte dont le linteau présente trois rangs de niches renfermant des personnages assis, les mains jointes ; il supporte un fronton grossièrement sculpté.

Sur une plate-forme, qui précède le vestibule, et abrité par un auvent de feuilles de palmier, les bonzes ont dressé un phallus provenant de quelque ruine voisine ; il est entouré de nombreux ex-voto et une sébile pleine de cendres reçoit au pied du socle les bâtons odoriférants qu'y allument les fidèles. Ce petit monolithe mesure 0 m. 60 de hauteur ; il est taillé avec grand soin dans la forme hiératique consacrée ; la base est un cube parfait, elle supporte un fût octaèdre surmonté d'une calotte sphérique, portant d'un côté, pour préciser le symbolisme, une niche que remplit une tête à demi effacée.

On a découvert dernièrement, près des bords de l'Hydaspes, dans le district de Rawul-pindie, un monolithe haut de trois mètres environ et que nous avons vu à Lahore : il représente, avec une légère variante, les mêmes dispositions. Cette pièce remarquable provient de la contrée qui a fourni la plus riche moisson d'antiquités gréco-indoues, depuis les statues et les bas-reliefs, jusqu'aux monnaies à l'effigie d'Alexandre, marquées du taureau au revers. Cet ensemble jette un jour intéressant sur les origines de l'art dans la grande péninsule d'Asie ; et sa décroissance en valeur pour la représentation humaine, au fur et à mesure qu'on s'avance vers l'est et le sud, semble indiquer que le pays des Védas n'est pas le berceau de l'art architectural et décoratif le plus ancien ni le meilleur. Les temples-grottes de Karli et d'Ayunta n'ont pas l'âge des nécropoles de la haute Égypte, les Stupas les plus anciens de l'Afghanistan, tels que le tope des passes de Khyber, sont décorés par des ciseaux initiés à l'art grec ; pour nous, le bandeau du célèbre Stupas de Sarnath-Bénarès, avec ses rinceaux alternés de grecques variées, n'est qu'une réminiscence étrangère, à laquelle les artistes indiens n'ont apporté que peu de modifications. Il faut descendre jusqu'aux plaines brûlantes du Tanjore pour trouver le lingam et Mahadéva, adorés dans des temples d'architecture dravidienne ayant réussi à dégager une certaine originalité par l'assemblage des Gopuras et de ces salles formées d'innombrables colonnes, au chapiteau en quadruple console, supportant les immenses dalles de couverture.

C'est par l'Inde qu'est arrivé dans l'extrême Orient ce culte qu'elle-même a peut-être reçu de l'Occident et dont la trace existe partout au Cambodge.

Nous l'avons retrouvé aussi dans les ruines brahmaniques à l'intérieur de Java ; et, de nos jours, la tradition en est restée dans les superstitions populaires, dont le canon de Batavia est l'un des exemples les plus connus. Le Japon, qui, à toutes les époques, semble avoir eu pour caractère principal un besoin insatiable de s'assimiler tout ce qui vient de l'extérieur, a sans doute reçu, par ses relations avec la Malaisie, ce culte qui récemment encore était célébré en grande pompe dans tout le pays ; il subsiste dans quelques endroits éloignés, et nous avons vu dans un temple d'Imidzi (Nippon) un phallus, haut de quinze pieds, reposant sur un char et dans l'intérieur duquel, pendant les processions, de jeunes enfants grimpent à tour de rôle, montrant leur face rieuse à la foule, par l'ouverture pratiquée au sommet.

Une dizaine de Sémas, ou bornes sacrées, portant sur la face une lakhon (danseuse) et au revers un losange quadrillé, entourent l'édicule. Dans un coin du terrain sont entassés des débris de corniches et de statues recueillis dans la forêt.

L'édifice principal est de plein-pied avec le sol; il est orienté vers l'est, avec le grand axe reporté d'un dixième vers le nord[1].

Les traces d'une première enceinte l'entourent sur toutes les faces à 28 mètres de distance.

La galerie rectangulaire, basse, étroite, coupée et flanquée de portes au passage des axes et aux angles, qui forme le périmètre du temple, est en pierres ferrugineuses. Les chambranles, pieds droits, linteaux et frontons sont seuls en grès travaillé. A l'intérieur, deux édicules d'entrée, dans les coins nord-est et sud-est, sont de structure identique; ils présentent un vestibule s'ouvrant à l'ouest et un sanctuaire obscur voûté.

Le grand sanctuaire seul est intéressant: il est tout en grès et il se relie à la galerie ouest par deux petites pièces du plus déplorable effet, ajoutées sans doute après coup par des manœuvres inhabiles.

Il ne faut guère rechercher l'œuvre de ciseaux exercés dans les décorations de Ta-prom; certaines parties, même lorsqu'il s'agit de la représentation humaine, sont inférieures à ce qui existe ailleurs. Mais on n'a pas idée de la fertilité profuse qui a couvert ce petit massif carré formant le sanctuaire qui mesure seulement 10 m. 70 de côté sur 11 m. 25 de hauteur. Tous les motifs d'ornementation imaginables y sont représentés, jusqu'à de fausses fenêtres ornées de balustrades et de stores à demi-enroulées.

Ta-prom a bien conservé le nom et les traces de sa destination primitive; c'est bien un temple brahmanique, et quoique modeste de proportions, naïf d'exécution, il a eu, grâce à cela peut-être, et aussi à son éloignement des grandes voies antiques, la bonne fortune de conserver une grande partie des divinités auxquelles il était dédié. Les frontons nord et sud, ainsi que ceux des édicules, sont intacts; seul le fronton est du sanctuaire a été martelé, puis grossièrement sculpté dans l'excavation d'un affreux Buddha sommeillant à l'abri d'un parasol informe.

---

[1] La voie sacrée qui mène au portique oriental est flanquée d'un bassin de chaque côté.

Les personnages des autres frontons présentent le plus haut intérêt parce qu'ils sont intacts et que leurs mains tiennent encore des attributs divers. Celui de la face sud nous avait beaucoup intrigué, et ce n'est que deux ans plus tard, à Bénarès, que nous en avons trouvé l'explication. Il n'existe plus dans toute l'Inde qu'un seul temple de Brahma (près d'Ahmedabad) et dans les sanctuaires antiques, celui d'Éléphanta est le seul où nous ayons trouvé la représentation de la trimourti. La cavité au fond de la grotte principale est remplie par trois têtes colossales accolées ; au centre, de face, Brahma, créateur ; à droite Vichnou, conservateur, l'œil ouvert, la bouche souriante ; à gauche Siva, le destructeur, le sourcil froncé et la tête couverte de serpents. Ces deux dernières têtes sont de profil.

Or, s'il n'existe pas de temples modernes reproduisant la même idée, on la trouve exprimée dans des idoles qui ornent le foyer domestique. On sait que chacun des trois dieux de la trinité indoue possède quatre attributs principaux ; nous avons trouvé chez un marchand de Bénarès une statuette en cuivre ayant six bras, et dans les mains les attributs divers représentés sur le fronton sud de Ta-prom. C'est la trimourti. En effet, deux des attributs de chaque divinité ont été choisis ; les mains inférieures, dans la statue que nous possédons, tiennent le lôta et le chapelet de Brahma ; celles du milieu ont le tambourin et le trisul de Siva, tandis que les supérieures portent le chank (coquille) et le chakra (disque) de Vichnou.

Sous le dôme central, on a introduit un Sakia efflanqué, haut de 2 m. 50, debout, enseignant et protégé contre toute main profane par un lac de guano infect qu'alimentent sans relâche une nuée de chauves-souris rousses.

C'est dans la galerie nord que sont relégués les dieux principaux, et rien ne s'oppose à ce qu'on les examine à l'aise. Leur structure est plus que massive et leurs jambes surtout dénotent comme un parti pris d'éléphantiasis ; ce sont des points d'appui qui soutiendraient le monde sans broncher : sauf les têtes, il ne faut y rechercher aucun art.

Le sujet principal est un monolithe debout de 2 m. 20 de haut, y compris le tenon qui s'encastrait dans le socle. La tête, surmontée d'une protubérance, et le cou sont énormes ; huit bras, dont les quatre de droite restent seuls actuellement, partaient du corps, qui est aussi épais que large et qui repose sur des jambes courtes, massives et terminées par des pieds gigantesques. La tête, sauf le nez et l'oreille gauche, est en parfait état ; les yeux sont clos, la bouche est immense ; la tête, y compris sa protubérance, et le corps jusqu'à la ceinture, ainsi que les bras jusqu'aux coudes, sont littéralement couverts par des bandes horizontales formées de femmes accroupies, se donnant la main ; des bracelets ornent le cou et les chevilles ; une ceinture à pendeloques (le kamma-banda), indiquant des plaques de métal rehaussées de pierreries, retient un caleçon collant (chulna), rayé verticalement. Mais le plus étrange est une série de statuettes assises, de tailles dégradées du pouce au petit doigt et ornant les doigts du pied. Parmi les débris de bras et de mains, il nous a été impossible d'en identifier aucun avec cette statue qui doit représenter Brahma créateur, si ce n'est peut-être une main gauche, ayant une fleur sacrée dans la paume et tenant entre le pouce et l'index brisés un fragment de disque ou de coquille[1].

Après cette divinité, qui obstrue la porte ouest du vestibule nord du petit axe, se trouve une autre statue de moins grande dimension (1 m. 75) reposant encore sur sa pierre d'ablution qui recevait une autre idole dont la place est vacante. Cette statue est la représentation exacte des personnages occupant le centre des frontons ; la tête porte également la protubérance, les yeux sont clos, la bouche vaste, les oreilles très allongées. La coiffure est une sorte de résille ornée d'un rang de grosses perles et d'une figurine assise au front. La ceinture et le caleçon sont pareils à ceux déjà décrits, mais on ne retrouve ni les colliers, ni les bandes ornées du torse, ni enfin les statuettes sur les pieds. Des quatre bras qui se reliaient au corps, trois sont brisés au coude ; le bras droit supérieur est complet et la main tient un chapelet, ce qui permet de reconstituer, d'après les sculptures des frontons, les trois autres attributs de Brahma, que devaient tenir les mains disparues, c'est-à-dire le kamala (fleur de lotus), le veda (manuscrit), le lôta (vase des ablutions).

Une statue de femme, de dimensions analogues, est le morceau le plus intéressant des épaves de la galerie est. Moins heureuse que la Vénus de Milo, elle n'a même pas conservé sa tête. Le torse, la gorge surtout, sont d'une exécution supérieure aux statues précédemment décrites, et fait d'autant plus regretter la mutilation qu'une tête remarquable, gisant non loin de là, s'y rattache par les proportions, bien que

---

[1] Voir un dessin de cette statue, page 65.

la cassure du cou ne s'y rapporte pas complètement. Le profil est d'un type indien très remarquable; les yeux ouverts sont dessinés; indépendamment de la coiffure en résille, un diadème ceint le front et s'attache sous la nuque par un nœud de rubans étroits. Si pour la position qu'occupaient les bras, nous avons recours aux sculptures en bas-relief qui remplissent les niches entre fenêtres, on peut supposer que la main droite tenait une fleur à hauteur de l'épaule, tandis que la gauche était appuyée à la ceinture au-dessus du nombril, ce que semblerait indiquer la plaque qui s'est écaillée en cet endroit. Mais tandis que les jambes des Lakons, ou danseuses, sont modelées sous les gazes qui les enveloppent, la ceinture de notre statue, identique à celles des divinités, retient une jupe d'étoffe rigide, à dessin large et quadrillé, présentant au bas une bordure de feuillages, laquelle se répète en triple au chef qui retombe jusqu'à terre sur le devant[1]. Il est à remarquer que les bas-reliefs et statues khmers représentent toujours les femmes vêtues du longi seulement; elles ne portent jamais le chuli (corsage), ni le sari (robe), qui d'ailleurs semblent dans l'Inde dater de l'invasion musulmane, car on n'en trouve pas trace dans les bas-reliefs des temples-caves. Leur main droite tient généralement une fleur de kamala ou bien un chaori (chasse-mouches).

Nous avons dit ailleurs qu'un trait remarquable de la décoration architecturale des Khmers était la chasteté : on ne trouve nulle part la représentation de ces scènes licencieuses qui ornent fréquemment les temples de Crichna, ceux de Mahadéva, notamment le célèbre temple népaulais de Bénarès, et que les buddhistes modernes n'ont pas craint d'imiter en reproduisant les scènes du harem de Gopa et les tentations de Sakia-Muni par les filles de Mara, sujets dont nous avons trouvé les peintures les moins voilées dans les bonzeries modernes que visitent les lakons du roi. Ce que nous avons retrouvé de leurs divinités jusqu'à ce jour présente le même caractère; il est en outre remarquable par la sérénité des poses et des expressions : là, point de faces grimaçantes, d'attitudes forcées et pleines de contorsions; les Khmers semblent avoir compris la divinité majestueuse, quelles que fussent ses attributions.

Hors du temple, dans la forêt, nous citerons entre autres pièces intéressantes deux linteaux à demi-enfouis, mesurant environ 1 m. 90

---

[1] Voir un dessin de cette statue, page 129.

de largeur sur 0 m. 60 de hauteur. L'un représente un chef assis dans un char avec sa femme et ses enfants ; les chevaux sont attelés à un joug, et parmi les personnages du nombreux cortège, une femme semble occupée à distribuer des aumônes aux pauvres qui s'agenouillent sur le passage.

Le second linteau représente une scène du Kurmavatara (le barattement), reposant sur la tortue, mais dans laquelle le mont Meru est remplacé par un mât surmonté d'une fleur servant de siège à un Brahma.

Il y aurait encore beaucoup à conter sur le Ta-prom de Bâti, bien que ses modestes proportions et son exécution ne permettent pas de le comparer à son superbe homonyme, l'une des merveilles situées à l'est d'Angcor-thom, sur la rive gauche de la petite rivière de Siem-réap. Mais nous pensons que sans nous attarder davantage en descriptions, ces quelques notes écrites à la hâte entre deux voyages, apporteront un témoignage sérieux à notre opinion sur les origines et la nature des monuments khmers : à de très rares exceptions près, on ne saurait y voir l'œuvre des buddhistes.

Tels sont les travaux les plus importants et les plus remarquables exécutés dans l'ancien empire khmer. Si l'on avait intérêt à connaître ce qui a été produit par ce même peuple dans les temps relativement modernes, il faudrait se transporter sur les lieux où les souverains cambodgiens fixèrent successivement leur résidence après l'abandon définitif d'Angcor-thom. C'est à Bâbo, sur la rive méridionale du Tonli-sap, que le siège du gouvernement fut transféré d'abord, vers la fin du XIVe siècle de notre ère. Ensuite, la capitale fut portée plus au sud, à Lovec, et, enfin, à Oudong. On trouvera sur tous ces points des vestiges intéressants d'ouvrages de défense d'une immense étendue et quelques œuvres d'art attestant une décadence rapide.

Les avaries souffertes par ces édifices, et la destruction à peu près complète de plusieurs d'entre eux, ont été attribuées à diverses causes. Pour notre compte, nous ne pensons pas que les ministres du Bouddha, et, à leur instigation, les convertis à la nouvelle doctrine, aient commis les dégradations dont on les accuse sur les monuments eux-mêmes ; ils se bornèrent à mutiler et à jeter hors des sanctuaires les idoles brahmaniques ; sur certains temples, ils enlevèrent au ciseau les sculptures qui pouvaient le plus rappeler l'ancien culte, et leur ayant ainsi ôté toute signification religieuse, qui aurait pu les offusquer, ils y firent entrer le Buddha dont la présence suffit à les protéger désormais

contre toute atteinte du côté de l'homme. Mais les éléments exerçaient
sans discontinuer leur œuvre destructive sur des matériaux faciles à
s'effeuiller et composés d'éléments en partie solubles au contact des
eaux pluviales. De plus, la végétation trouvait dans les joints non
cimentés la place nécessaire pour s'y établir, s'y développer et produire
ensuite, sous l'effort des grands vents, et surtout dans les parties élevées, la séparation des pierres qui, poussées hors de leurs assises,
abîmaient en tombant les galeries et les colonnades qui se trouvaient en
contre-bas.

Des religieux établis près de quelques-unes de ces ruines, nous ont
affirmé que la foudre tombait souvent sur les dômes élevés non pourvus
de paratonnerres, et les dégradait beaucoup. On a aussi parlé de trem-
blements de terre, mais ces phénomènes, si communs et si terribles à
Java et surtout aux Philippines, sont bien rares en Indo-Chine et seules
les annales annamites en mentionnent un qui s'est produit en 1299 de
notre ère. Or, on sait qu'un demi-siècle après cette date les monuments
d'Angcor étaient debout et intacts.

Les grands travaux de terrassement et d'art accumulés dans le sud de
l'Indo-Chine supposent l'existence prolongée, dans cette contrée, d'un
puissant État dont nous avons approximativement fixé les limites et calculé la durée. Le caractère religieux de presque tous les monuments
atteste une foi ardente attisée par les brahmes qui prétendaient,
comme les bonzes aujourd'hui, que le meilleur moyen d'obtenir la
remise des péchés, était de consacrer une partie de sa fortune à l'édification, à l'entretien des temples et des bonzeries, et, enfin, à la dotation des religieux. L'usage voulait aussi que sous chaque règne, le
gouvernement, c'est-à-dire le roi, élevât un monument important et
durable, qui était le plus souvent un temple, ou un monastère, car les
brahmes ne stimulaient guère la vanité des souverains que pour en
profiter. De plus, la division de la population brahmanique en sectes
rivales était bien faite pour favoriser la création des chefs-d'œuvre dont
nous parlons en excitant l'émulation des unes et des autres, et nous
avons acquis la certitude qu'un grand nombre de monuments du Cambodge sont dus à l'initiative et au concours effectif ou pécunier des habitants.

Mais si le nombre et l'importance des monuments anciens attestent
la fortune de l'État, et par suite celle des particuliers, l'art déployé dans
leur construction et leur ornementation n'en démontre pas moins la

science des architectes, en même temps que la patience persévérante, le goût et le talent remarquable des artistes khmers, qui surent imprimer dans la pierre les fleurs et les fruits des champs, les bêtes de la forêt et les habitants de la mer, les traits de leurs dieux et, enfin, les scènes mystérieuses des livres saints.

Gardien de porte d'Angcor-vat debout sur la tête d'un oiseau. Dessin de M. Oriol.

CHAPITRE III

État actuel des arts au Cambodge. — Architecture. — Sculpture. — Peinture et dessin. —
Poésie. — Musique. — Art dramatique.

Nous avons eu l'occasion, en passant en revue les diverses industries des Khmers modernes, de parler des arts mécaniques ; nous nous occuperons exclusivement ici des arts particulièrement connus sous la dénomination de *beaux-arts*.

I

Nous avons fait tous nos efforts pour découvrir les ouvrages anciens dans lesquels les Khmers durent condenser et réduire, en un corps de doctrine, les principes de l'architecture qu'ils surent si bien cultiver autrefois. Nous avions espéré pouvoir trouver aussi, à côté des règles et des principes de cet art, des dessins, des devis et des épures pouvant servir à rendre les textes intelligibles et fournissant tous les éléments nécessaires pour reconstituer, au besoin, sur les mêmes plans, les vieux édifices qui sont tellement ruinés de nos jours qu'il est à peine possible de

les reproduire en des dessins exacts. Nous n'avons pas malheureusement réussi à retrouver ces précieux documents. On nous a bien pro-
curé quelques plans grossiers, faits sans échelle et sans cotes, des sortes
d'images des constructions modernes, accompagnés d'une courte instruction indiquant les dimensions à donner aux principales pièces de
résistance, mais il n'y a là rien qui vaille la peine d'être publié.

S'ils s'en tenaient cependant à leur architecture nationale, et si, à défaut de ces solides et élégants monuments de pierre qu'ils sont incapables d'édifier aujourd'hui, les Khmers se contentaient d'établir leurs
temples et leurs demeures particulières en bambous ou en bois, qu'ils
savent toujours travailler, ils réussiraient à produire des installations
régulières, élégantes, confortables et surtout stables. Au lieu de cela,
les mandarins, les notables, les princes et le roi lui-même, que l'amour-
propre national devrait porter à suivre les anciens modèles de construction, qui sont encore les meilleurs pour le pays, les ont sacrifiés
pour adopter des bizarreries, des monstruosités faites de différents
genres mal mariés, où le mauvais goût des Chinois prédomine et qui ne
peuvent tenir en équilibre que quelques années au plus, quand l'affaissement ne se produit pas avant même le complet achèvement des travaux.

Les Khmers n'ont jamais voulu renoncer à l'ancienne coutume d'élever leurs maisons au-dessus du sol. Nous avons vu que c'est sur de
grands pieux de 1 m. à 1 m. 50 de hauteur, solidement pris dans le sol
par l'autre extrémité, qu'ils établissent leur plancher et qu'ils montent
leur charpente. En cela, ils ont raison, car ils arrivent ainsi à éviter
l'humidité, à se procurer de l'air qui pénètre librement à travers les
mailles du clayonnage ou les joints du plancher, et, enfin, ils s'éloignent, à l'aide de cette disposition ingénieuse, des mille bêtes plus ou
moins gênantes et dangereuses qui rampent sur le sol de ce pays-là.

Mais des installations de ce genre supposent des murs, des cloisons,
des combles et, enfin, des toits légers; on obtenait facilement ce
résultat avec des planches, des bambous et des pailles cousues entre
elles et disposées soit pour les cloisons, soit pour les toitures. C'était
là, en tout cas, le type antique reproduit sur les bas-reliefs des monuments de pierre. Aujourd'hui, on peut voir à Phnom-penh la tendance
à remplacer le bois, le bambou et les paillottes, par la brique et la tuile.
Ce sont surtout les craintes des incendies qui ont amené ce résultat,
qui était très désirable, mais qui aurait dû produire une révolution

complète dans l'art de bâtir, et imposer surtout la règle d'élever sur des fondations solides, et non point sur de simples pieux, des constructions huit et même dix fois plus lourdes, à volume égal, que les anciennes.

Dans le palais du roi Norodon, la salle du trône, et quelques autres constructions, sont montées sur des fondations faites à faux frais et elles manquent aussi de solidité. De plus, le bois y est en trop grande abondance et les termites dévorent la charpente et les planchers en très peu de temps. Certaines de ces constructions, l'estrade surtout que l'on remarque sur la façade principale, sont couvertes par des toits superposés, avec frontons étagés au-dessus des avant-corps, et le tout surmonté d'un pavillon en bois sculpté terminé par une flèche.

Les pagodes sont les constructions les mieux assises et les plus stables. On les construit sur une ou trois terrasses; et bien que le plus souvent on ne creuse pas les fosses des fondations au-dessous des terrains rapportés, elles ne se lézardent pas parce qu'elles ne sont pas extrêmement lourdes, que les poids dans ces bâtisses sont uniformément répartis et que le toit de la nef, au lieu de peser sur les murs, est supporté sur des colonnes intérieures très fortes, solidement enfoncées et choisies dans les essences incorruptibles. Ces pagodes sont percées de petites fenêtres; elles manquent d'air, de lumière et si la nef, qui couvre toujours une immense idole du Buddha est, à cause de cela, surélevée, les bas côtés pèchent par la hauteur. Nous avons dit, en parlant des anciens sanctuaires, que le mode de construction qui avait été adopté était imposé par la nature du culte, mais il ne devrait pas en être de même dans les pagodes modernes, puisque les buddhistes, au lieu de cacher leur saint dans l'obscurité, sculptent son idole sur les rochers des montagnes, ou l'asseoient sur des autels élevés en plein air et à peine abrités par des toitures en chaume.

Quant à l'architecture navale, elle n'a pas fait grand chemin dans ce pays-là, mais au moins elle n'a pas non plus rétrogradé. Les Khmers ne sont pas marins; il ne faut pas vivre longtemps parmi eux pour s'en apercevoir; c'est un peuple venu de l'intérieur et qui n'avait originairement aucune idée de la navigation en haute mer; aussi, malgré la position avantageuse qu'occupait leur grand royaume sur le golfe de Siam et la mer de Chine, on ne trouve nulle part dans les annales khmers, pas plus que dans celles des pays voisins, la preuve que ce peuple ait autrefois navigué. En ce moment, le Cambodge n'a plus qu'une partie de son territoire baignée par le golfe de Siam, et là encore de nos jours, on ne trouve pas une seule barque de mer cambodgienne. Les Chinois, les Malais et les Annamites, qui sont fixés sur ce littoral, se livrent au commerce avec Siam, Sincapoore, ou font la pêche des tortues *carret*, mais leurs équipages se composent en très grande majorité d'hommes de leur nationalité, de leur race, parmi lesquels on remarque extrêmement peu de Khmers.

Les Cambodgiens sont un peu marins d'eau douce ; et ici encore, ils sont bien inférieurs aux Annamites, aux Malais et aux Chams. Ils ont appris d'abord des Chams, et postérieurement des Annamites, l'art de construire des barques ; et ce qui semble le prouver, ce sont les noms par lesquels ils désignent les différents types. Toutes ces dénominations sont annamites, sauf quelques légères altérations inhérentes à la différence de langues. Ce sont même les ouvriers annamites le plus souvent qui construisent les barques des commerçants du Cambodge, ainsi que les embarcations de luxe des mandarins. Les charpentiers khmers se sont fait une spécialité de la construction des pirogues, surtout des longues et élégantes pirogues de course, qu'ils taillent dans un seul tronc d'arbre dans les forêts, et qu'ils ramènent au fleuve au moment où l'inondation va pour ainsi dire elle-même les chercher sur le chantier de construction.

Les modifications que les Khmers ont voulu apporter à l'installation des barques annamites n'ont pas toujours été heureuses ; ils sont parvenus, pour les barques de luxe, en prolongeant les toits de l'avant à l'arrière et en élevant quatre cloisons percées de portes et de fenêtres au centre, à avoir un rouffle confortable pour les dames et les personnes de qualité, et l'équipage est mis aussi à l'abri des ardeurs du soleil et de la pluie. Ces barques ne sont malheureusement pas très stables ; mais comme elles ne naviguent qu'en rivière, et qu'elles ne sont ni mâtées, ni disposées pour porter des voiles, il en résulte que l'on peut s'aventurer à leur bord sans trop de risques de se noyer.

Les barques de charge sont aussi couvertes complètement d'une toiture élevée, reliée verticalement à la fargue par des cloisons en bambous et en pailles, de façon à mettre le chargement tout à fait à l'abri. Mais ces hautes toitures élèvent outre mesure le centre de gravité et rendent ces grandes barques assez peu stables pour qu'on soit forcé, même lorsqu'elles sont chargées, d'assurer leur équilibre en mettant de chaque bord, en guise de soufflage, de longs paquets de

bambous solidement assujettis le long du bord. Lèges, ces barques
chavireraient, sans cette précaution, par une forte brise du travers.

On augmente le nombre des bambous de chaque côté lorsque l'on
veut faire un chargement extraordinaire, et surtout lorsque la mar-
chandise est assez légère pour remplir la cale jusqu'au toit. On augmente ainsi le déplacement; on allège pour ainsi dire la barque, qui
supporte alors une charge de un cinquième environ plus forte que son
tonnage ordinaire.

La supériorité d'aptitude au métier de marin que l'on reconnaît
aux Annamites, aux Malais et aux Chams, est évidente et ceux qui ont
habité le Cambodge doivent s'en être aperçus. Chaque année, dans
les régates qui ont lieu pour la fête des eaux et en face du palais de
Phnom-penh, les Chams et les Malais sont toujours victorieux, les
Annamites, qui seraient de sérieux adversaires, n'étant pas admis à
concourir. Les Khmers qui habitent loin des cours d'eau, ont, comme
tous les sauvages du sud de l'Indo-Chine, horreur de l'eau; on n'en
trouve pas un sur dix qui sache manœuvrer un aviron. Les riverains
ont seuls quelque habitude de la navigation, mais ils ne s'éloignent
guère de leur village et il est impossible d'obtenir d'eux le moindre
renseignement sur l'hydrographie du fleuve dans les endroits qu'ils
fréquentent journellement.

II

Les Khmers actuels ont hérité de leurs ancêtres du goût de l'ornementation. Ils sont incapables d'imaginer et de buriner sur la pierre
aujourd'hui des ornements de quelque valeur, mais ils sculptent sur
bois, à l'aide d'anciens dessins, ou d'anciens modèles, avec un certain
talent d'imitation. Il n'est pas un objet, un meuble, un ustensile quelconque, dont ils se servent journellement, qui ne soit plus ou moins
sculpté. Les pagodes ; certaines parties apparentes de leurs maisons;
l'avant, le rouffle, l'arrière et l'extrémité supérieure du gouvernail de
leurs barques sont chargés de sculptures ornementales. Ils décorent
de la même manière les timons de leurs chars, les palanquins d'éléphant, les chaises à porteurs des grands seigneurs, les manches et les
gaînes des armes et des outils... Les artistes khmers ne font plus
d'idoles en pierre; ils en exécutent d'énormes en maçonnerie, en bois

et en bronze coulées en plusieurs pièces, qui ont toutes le même
caractère, les mêmes traits et qui sont informes au point de vue anatomique.

Comme spécimen de sculpture moderne, nous signalons une jolie
tribune qui se trouve dans la salle du trône du palais de Phnom-penh ;
elle est couverte d'ornements très délicatement enlevés et ses formes
sont gracieuses, ce qui en fait aussi un morceau d'architecture de quelque
valeur.

Les bons artistes sont accaparés par le roi et les princes ; mais en
dehors de ceux-là, on rencontre encore un très grand nombre de Cambodgiens fort adroits dans l'art d'orner leur maison, leur barque, leur
char et, enfin, les objets dont ils font usage.

III

La peinture et le dessin ont dû être, comme la sculpture, très cultivés
au Cambodge anciennement ; aujourd'hui, on ne fait plus que barbouil-
ler les temples, et les demeures des rois, de peintures grossières dont
les sujets sont empruntés le plus souvent aux grands poèmes et à la
mythologie des Indous. Quelques artistes de l'atelier royal sont cependant capables de produire des dessins plus corrects et des peintures
plus fines, mais ils n'arrivent à imiter fidèlement que la nature morte.
Leurs couleurs, qu'ils achètent aux Chinois, sauf un jaune incomparable
qu'ils tirent de la gomme gutte de leurs forêts, sont d'une fraîcheur
et d'un éclat étonnants. Les paysages ne sont pas trop mal rendus ; ils
plaisent même à distance, mais on y remarque vite l'ignorance des
règles de la perspective, des proportions et des ombres. Les plus forts
portraitistes khmers sont incapables de faire un portrait ressemblant,
ou de copier exactement un modèle qui s'écarterait le moindrement des
types anciens qu'ils ont eus toujours sous les yeux : leur crayon, ou leur
pinceau, trace machinalement, comme un outil mécanique, toujours les
mêmes traits, les mêmes lignes et ils obtiennent ainsi régulièrement
des profils identiques, avancés outre mesure vers le bas et s'approchant
assez du museau du singe. Nous avons constaté la même touche sur
une foule de dessins et de lithographies indiennes, dont nous regret-
tons de ne pouvoir donner ici des échantillons en regard des dessins
cambodgiens analogues. On serait frappé de la ressemblance exacte

des profils qui ressortirait de ces comparaisons. On pourrait faire le
même rapprochement, et constater les mêmes ressemblances, la même
parenté, entre les sculptures anciennes des deux pays, ce qui est une
des raisons qui contribueront à faire retrouver plus tard la véritable origine de l'art khmer.

Il n'y a point d'écoles de peinture et de dessin au Cambodge. Les
amateurs se forment eux-mêmes en copiant des modèles ou en travail-
lant sous les yeux et sous la direction des maîtres dans les ateliers des
palais du roi et des princes.

Les architectes établissent des plans, des dessins au trait, figurant la
maison qu'ils se proposent de construire ; mais ce ne sont généralement que de grossières esquisses, des croquis ne se rapportant à aucune
échelle et donnant à peine une idée de la carcasse de l'établissement
qu'il s'agit d'édifier.

On peint généralement sur papier, sur étoffe et sur bois. On trace
d'abord au crayon noir sur les surfaces blanches, et à la craie, si c'est
sur un fond noir ; ensuite, on passe les couleurs. Pour que celles-ci
conservent leur éclat, on introduit, en les délayant, un peu de colle
faite de peau de buffle bouillie, mêlée à d'autres substances que nous
ne connaissons pas. Ses couleurs sont toujours broyées dans l'eau, la
peinture à l'huile étant inconnue de nos jours au Cambodge.

Les principales couleurs employées sont : le jaune pur donné par la
gomme-gutte, à laquelle on mélange une certaine quantité de blanc de
Chine pour varier les nuances ; le jaune foncé et clair ; le vert ; le bleu
fourni par l'indigo du pays, et, enfin, le noir tiré du mareac, qui résiste
longtemps et se conserve bien même à l'air extérieur. Les autres
nuances sont obtenues à l'aide de mélanges.

Le chef d'atelier de peinture et de dessin du palais de Phnom-penh
porte le titre de Prea-banh-chang-lekha (le précieux et la belle main). Il
est assimilé aux mandarins de six degrés ; il reçoit comme traitement
fixe trois barres d'argent, c'est-à-dire environ trois cents francs par an,
qu'il travaille ou qu'il n'ait rien à faire. Lorsqu'il est occupé au palais
d'une manière régulière, on lui compte, en plus, vingt piastres cambodgiennes par mois, ou quatre-vingts francs. Le roi lui fait donner,
lorsqu'il est satisfait de ses travaux, quelques pièces de soie pour lui et
pour ses femmes.

IV

Plusieurs lettrés cambodgiens s'exercent à la poésie et quelques-uns d'entre eux y réussissent. Les genres dans lesquels ils se complaisent sont : la chanson, l'élégie et l'ode.

Les meilleurs poètes sont attachés au service du roi, qui leur confère des dignités souvent très élevées. Ils suivent les princes et les princesses en voyage, dans les parties de plaisir, les fêtes, les promenades champêtres et les traversées sur les fleuves et les lacs. Au retour, ils écrivent en vers les circonstances saillantes du voyage, et ils remettent ensuite leur travail à la personne du plus haut rang parmi celles qui se trouvaient être de la partie. Les mieux réussies de ces productions, les récits les plus attachants, se répandent dans le public qui raffole de ce genre de littérature. Mais les ouvrages les plus en vogue, ceux dont le succès ne tarit point, ce sont sans contredit les épisodes de la vie de Rama et de Crichna, racontés en vers, et que les poètes khmers enrichissent d'incidents capables de piquer la curiosité et la naïveté de leurs concitoyens. Le Ramayana Indou surtout, transformé en poème dramatique, et traduit en cambodgien, a le don de passionner le peuple qui se presse autour de la scène lorsque, les jours de fête, ce drame est joué dans le palais de Phnom-penh.

Les vers khmers sont courts ou longs, à rime très peu riche, mais à égal nombre de syllabes. Nous en avons remarqué dont la rime était régulièrement reproduite au repos du second vers, et qui constituaient des vers analogues à ceux connus dans notre littérature sous le nom de vers à rime batelée.

Nous donnons ici, telles quelles, la transcription en caractères latins et la traduction en français de vers cambodgiens, faites par un interprète indigène.

> Pi cal bang ban yol,
> Méas nirmol trong chhom chhlau
> Chet cham snêha nou
> Pum phléang phléch pi chenda ;
> Nuc tha bo khnong chéat,
> Nè khléa khléat pum ban khnéa,
> Chéat muc som chuop chéa,
> Ku snêha snet chivit.

˙ Depuis que je vous ai vue, ma belle et bien-aimée, mon cœur est tout
à vous. Je n'ai jamais varié dans mon amour ; et si par malheur, dans
ce monde, je ne puis vous posséder, il me restera à désirer d'être, dans
les existences futures, rapproché de vous pour vous voir et vous aimer
toujours.

> Tang te con cut,
> Khnong kai riém rut tê pruoi,
> Et neac na chuoi
> Oi ban doch chot bamnang ;
> Bamnach chang ban,
> Phirom ruom than snê snang,
> Chéat chéa ku kong
> Chéa khluon chéa khlem sangsar.

Depuis que vous occupez ma pensée, mes préoccupations grandis-
sent... Je n'ai personne qui m'aide à atteindre le but de mes vœux. Mon
désir serait de vous posséder et de vous aimer loin de tous regards ;
vous seriez alors ma moitié et mon cœur vous appartiendrait tout
entier.

> Mul srey sap sroc néa néa,
> Nung roc srey na,
> Moc phtim oi trem pum ban
> Méantê tan toch calijan,
> Doch srey nou than,
> Oudar karo rot thlay.

J'ai vu les femmes de tous les pays et je n'en ai trouvé aucune qui
puisse vous être comparée : vous êtes la seule, chère belle, qui possédiez
les grâces des déesses du précieux monde d'Oudar Karo.

> Phop phnéc bang ban khunh méas mit ;
> Phop chét bang ban chop pettey ;
> Phop mot bang ban chuop sradey ;
> Chéa phop téang bey pracar hoi.
> Prason bo khluon ban chuop chit,
> Phdec phdet snet snê prakiec koi,
> Crop chéa phop buon na snguon oi,
> Bang sboi tuc kha pi khnong chet.

Quel bonheur pour mes yeux de vous avoir vue ; quel bonheur pour mon cœur de vous aimer ; quel bonheur pour ma bouche de vous avoir parlé ; voilà les trois grandes félicités que j'ai eues. S'il m'était donné de pouvoir rester près de vous toujours, pour vous adorer et vous presser sur mon cœur, j'aurais alors les quatre bonheurs capables d'éloigner de moi toute tristesse.

V

Les Cambodgiens sont très amateurs de musique. Le roi, les princes, les grands mandarins, ont à leur service des orchestres de musiciens et de musiciennes, qui n'ont guère autre chose à faire qu'à charmer les longues heures de loisir et d'ennuis des maîtres et des maîtresses de la maison. Les musiciennes sont généralement des concubines, ou de simples servantes, et les musiciens servent d'escorte ou sont employés, lorsqu'ils n'exercent pas leur art, à des travaux peu pénibles.

Chez les gens de peuple, et enfin chez ceux qui n'ont pas les moyens d'avoir un orchestre complet, il est bien rare que l'on ne trouve pas cependant un ou deux instruments dont savent jouer les membres de la famille. Les jeunes filles apprennent presque toutes à jouer d'un instrument.

Les Khmers n'ont point de caractères ou signes graphiques pour représenter les sons et ils n'ont adopté aucun système de notation étranger. Ils ne composent plus et ils se contentent de jouer de mémoire d'anciens airs que les débutants apprennent machinalement à exécuter sur un instrument. Un des chefs d'orchestre du roi Norodon a prétendu devant nous qu'il connaissait plus de deux cents airs anciens pouvant être joués par les orchestres modernes.

Un orchestre de femmes se compose des instruments dont les noms suivent[1] :

1° Le *péat cong*, instrument composé d'une série demi-circulaire de vingt-une touches, ou timbres en bronze ayant la forme de petits gongs renversés et suspendus sur des ficelles, sur lesquels l'instrumentiste, placé au centre de la figure formée par l'encadrement qui supporte les timbres, frappe avec un marteau emmailloté à chaque main. Cet instrument est très sonore et les vibrations des petits gongs suspendus

[1] Voir page 98 du premier volume.

se propagent à de grandes distances. Les Cambodgiens prétendent que le péat cong leur est venu du Pégou ou de la Birmanie.

2° Le *ronéat*, sorte de xylophone composé d'un bateau en bois dont le clavier constituerait le pont. Ce clavier est suspendu à l'avant et à l'arrière du batelet ; il est formé d'une série de touches métalliques ou de lames d'un bambou particulier dont le bois est très sonore. On attaque ces touches à l'aide d'un marteau à chaque main. Le ronéat est, dit-on, d'invention siamoise.

3° Le *chapey*, a la forme d'une guitare à quatre cordes, à caisse ronde en bois avec un long manche à bout courbé en arrière. On appuie la caisse contre la poitrine pour en jouer.

4° Le *takhe*, autre guitare à quatre cordes, dont une en laiton et les autres en fils de soie. Cet instrument a une caisse ovale montée sur quatre pieds que l'on appuie sur le sol lorsqu'on veut en jouer. Les dames ont une préférence pour le takhe et elles en tirent des sons très agréables à entendre en agitant les cordes à l'aide de grands ongles naturels ou postiches.

5° Le *tro* est un violon à trois cordes dont on appuie la caisse à terre ; on le maintient vertical et on racle avec un archet à cordes en crin de cheval.

6° Le *khloy*, espèce de flûte à sept trous en bambou et dont l'embouchure est semblable à celle des clarinettes.

7° Le *chhung chhap*, est un petit instrument de percussion composé de deux moitiés d'une sphère creuse en bronze, dont on se sert exactement comme des cymbales.

8° Le *thong*, est un long tambourin fermé seulement d'un côté par une peau sur laquelle on frappe.

9° Le *ronmonéa*, autre tambour plus large que haut et à une seule peau.

10° Le *crap fuong*, sortes de morceaux de bois concaves faisant l'office de castagnettes.

Les instruments de musique constituant un orchestre d'hommes : sont :

1° Le *péat cong* ; 2° le *ronéat;* 3° le *khloy* et 4° le *chung chhap* déjà décrits.

5° Le *tro chen* (le tro chinois), instrument à très peu près semblable à celui des Khmers, mais seulement à deux cordes. On en joue en posant également l'extrémité inférieure de la caisse à terre.

6° Le *cong*, énorme gong d'une sonorité étourdissante.

7° Le *sralay*, sorte de flûte dont on joue en aspirant. C'est, paraît-il, l'instrument le plus difficile à apprendre et surtout le plus fatigant. A la longue, l'usage de cet instrument provoque des maladies d'yeux.

8° Enfin, cinq tambours gros ou petits complètent cet orchestre.

L'orchestre des hommes est infiniment plus éclatant, plus bruyant que celui des dames. Les musiciens jouent en mesure, mais avec un entrain, une volubilité bien en désaccord avec le flegme ordinaire des Cambodgiens. Les mêmes phrases sont souvent répétées, surtout celles qui produisent le plus d'impression sur les auditeurs. Les dames tirent de leurs instruments des sons doux, des mélodies nettes et charmantes. Il est à remarquer que ces instruments, malgré leur grande variété de formes et dimensions, sont toujours parfaitement accordés entre eux.

Dans les grands orchestres du palais, les jours de fêtes surtout, certains instruments sont doublés et même triplés de manière à produire plus d'effet et aussi, sans doute, afin de permettre aux instrumentistes de s'absenter à tour de rôle sans inconvénient, car les représentations théâtrales durent alors des journées et des nuits entières.

L'orchestre spécialement employé pour apaiser ou effrayer le diable, et que l'on appelle pour cette raison Phléng arac (la musique du diable) se compose des instruments suivants :

1° Le *tro* et 2° le *chapey* déjà décrits ;

3° Le *pey a*, sorte de flûte ;

4° Le *prey poc*, un fifre ;

5° Deux tambours dont la caisse est un cylindre creux en terre cuite fermé aux deux extrémités par des peaux de serpent.

Cette musique est bruyante et intentionnellement désagréable ; elle sert d'accompagnement à des paroles composées pour la circonstance et chantées à deux.

Mais les Khmers se passionnent surtout pour les cantates à deux voix chantées par un homme et une femme avec accompagnement de trois instruments, le chapey, le pey a et le sedieu, qui est une sorte de violon à une corde dont la caisse est simplement formée d'une demi-courge sèche, que l'on applique à plat sur la poitrine lorsqu'on joue de l'instrument.

Le sedieu est certainement très ancien, car sur les bas-reliefs des plus vieux monuments, on peut voir les musiciens célestes jouer de cet instrument, notamment sur le tympan du portique oriental du temple de Phnom-chiso.

Des troupes de musiciens, de chanteurs et de chanteuses, vont, lorsqu'on les demande, donner des représentations dans les maisons particulières ; on les paie à raison de dix francs par tête et par séance, ce qui est considérable pour le pays, mais nous devons ajouter qu'on les garde toute la nuit et qu'on ne leur laisse guère de repos.

VI

C'est le théâtre qui compte les meilleures œuvres de la littérature khmer. Les sujets sont pris dans l'histoire, pleine de péripéties, des souverains de l'antiquité ; on y raconte leurs querelles avec les princes des pays voisins, produites le plus souvent par des enlèvements de princesses ; leurs amours avec des filles du peuple d'une remarquable beauté, ou avec des géantes, ou bien, enfin, avec des filles des dragons qui étaient de la race des immortels. Mais ce sont surtout les récits des exploits des anciens héros divinisés de l'Inde qui ont le don de passionner les Cambodgiens, qui se pressent autour de la scène du palais de Phnom-penh lorsqu'ils apprennent que ces pièces doivent être jouées.

La grande ancienneté du drame est incontestable en Indo-Chine, mais il est probable qu'il prit naissance d'abord dans l'Inde, où l'on en attribue l'invention à un poète inspiré, nommé Bharata, dont l'existence remonte à quelques siècles avant notre ère. Les beaux poèmes épiques retraçant les aventures, les exploits des dieux incarnés, étaient bien plus anciens dans l'Inde ; ce fut Bharata, paraît-il, qui eut l'idée de faire comparaître sur la scène les personnage mêmes, de les faire parler et de les faire agir, et qui créa ainsi le poème dramatique que les Khmers empruntèrent aux Indous. On peut voir encore sur les bas-reliefs des anciens monuments du Cambodge les Gandharvas et les Achharas, c'est-à-dire les musiciens et les bayadères célestes, jouant et dansant devant les dieux. Ajoutons que le costume porté par les Lakhons, ou danseuses actuelles du Cambodge, est absolument semblable à celui dont sont revêtues sur les sculptures les bayadères des temps anciens.

Les pièces de théâtre sont en vers ; elles sont écrites généralement en un style élevé et honnête comme dans la comédie. Il y en a pourtant qui ne sont d'un bout à l'autre qu'une intrigue comique et dont le ton est plus simple et plus familier, sans cesser d'être poli. On fait intervenir dans celles-ci des bouffons dont la mise, la tenue et les gestes sont corrects et décents, quel ques soient les écarts de langage auxquels ils se livrent, car ils profitent de la latitude qu'on leur laisse de dire ce qu'ils veulent pour se permettre des propos libres et quelquefois même légers, se rattachant nécessairement au sens de la pièce et dont le but est d'en accentuer les parties comiques. Certains de ces artistes réussissent à égayer le public et les plus habiles d'entre eux sont de race siamoise.

Dans ces représentations, l'intrigue est simple, peu voilée, facile à saisir et le dénouement toujours très accusé ; aussi s'adaptent-elles merveilleusement à la faible intelligence et à l'humeur nonchalante des Khmers modernes.

Presque toutes les pièces, dans des genres divers, sont jouées par des femmes sur le théâtre du palais de Phnom-penh, le seul qui existe aujourd'hui au Cambodge. Les grands drames lyriques, comme, par exemple, le Rama-kèan, sont joués par des acteurs dans les grandes solennités.

Nous ne saurions à quel genre de spectacle européen assimiler les compositions théâtrales des Khmers ; elles ne ressemblent exactement à aucun d'eux en particulier et participent plus ou moins de tous, de sorte qu'on peut dire de ces ouvrages qu'ils sont à la fois dramatiques, lyriques et mimiques. En effet, ils tiennent du drame lyrique en ce que l'action représentée sur la scène est accompagnée de chant et de musique, et ils tiennent aussi du ballet-pantomime en ce que l'action théâtrale est représentée au moyen de la danse, des gestes et de la musique, car les artistes qui sont en scène ne parlent ni ne chantent, et que ce sont des chanteuses spéciales accroupies sur la scène même qui récitent la pièce sur un ton de plain-chant, en battant la mesure à l'aide de deux morceaux de bois sec qu'elles frappent l'un contre l'autre. Mais cette danse ne ressemble guère à celle qui est en usage dans les pays occidentaux : c'est une simple mimique accompagnée de chants et de musique ; les danseuses se meuvent lentement sur la scène, et par leur attitude, leurs gestes, leurs pas, leurs mouvements, simulent les personnages qu'elles sont chargées de représenter. Ces dames ont souvent des poses gracieuses et leur riche costume est bien fait pour faire ressortir leurs charmes avec avantage.

Au Cambodge, la règle, les convenances, veulent que le héros, ou le principal personnage d'une pièce de théâtre, soit un roi, un prince ou une princesse.

Les pièces sont divisées en actes et en scènes; mais les intervalles entre les actes sont très courts et l'on peut dire que les actes et les scènes se suivent et s'enchaînent sans désemparer. A chaque reprise, les actrices font face à la tribune royale; et que le roi soit présent ou non, on lui rend hommage en lui faisant le grand salut dit Anh-chuli (en sanscrit Andjali), qui consiste à s'agenouiller, joindre les deux mains les paumes ouvertes en forme de coupe et à les porter à hauteur du front en s'inclinant profondément.

La salle de spectacle du palais de Phnom-penh est désignée sous le nom de Rung-ram (hangar pour la danse). C'est, en effet, un hangar en bois, comme les premiers théâtres athéniens; une sorte d'immense échafaud élevé sur des pieux et couvert d'une toiture en chaume; il est ouvert de tous côtés, sauf à l'une des extrémités où se trouve un appartement, ou foyer, séparé de la scène et du public par des cloisons, et servant de lieu de réunion pour les actrices. La salle de spectacle est éclairée à l'huile et très simplement décorée. Les musiciens de l'orchestre sont assis sur la scène à l'extrémité opposée du foyer des artistes; les chanteuses, en très grand nombre, occupent un des côtés de cette salle rectangulaire et sont placées entre le foyer et l'orchestre. La Neac-boc-bat, la directrice du chant, se tient un peu en avant de ses compagnes, assise sur une natte et elle a devant elle, déposé sur un petit pupitre original comme forme, le texte de la pièce que l'on joue. On désigne les chanteuses sous le nom de Neac-con-crap (les dames qui tiennent des morceaux de bois), à cause des deux baguettes dont elles se servent pour marquer la mesure.

Le titre du mandarin chargé de la direction du théâtre du palais du roi est Chomnit-sophan; il n'a point de traitement fixe et ne reçoit que des cadeaux et des gratifications. La Neac-prea-ménéang-bopha-kessa, une des premières femmes du roi, est chargée, dans l'intérieur du palais, de l'instruction des jeunes actrices et des costumes; elle est secondée dans ces fonctions par des sous-maîtresses qui font faire les répétitions et habillent ces dames les jours de représentation.

Le chef de l'orchestre est un mandarin de six sats, ou degrés; son traitement fixe n'est que de deux cents francs par an et il est tenu d'assister aux représentations les jours de fête. Le chef est secondé, et, au besoin, remplacé par un sous-chef.

Nous allons maintenant produire quelques spécimens de la littérature dramatique des Khmers, et nous commencerons par la *Ruong-Eynao* (l'histoire de Eynao), une des plus simples, des plus naïves, des plus attrayantes et des plus populaires de ces compositions, dont nous nous bornerons à donner une très courte analyse.

RUONG-EYNAO.

Principaux personnages :

Prea-bat-kurépan, roi de Kurépan ;
Eynao, fils du précédent ;
Sangkha-marita, frère de la première femme de Eynao ;
Prea-bat-daha, roi de Daha, frère cadet du roi de Kurépan ;
Sijatra, fils du précédent ;
Bossaba, sœur du précédent ;
Prea-bat-charika, prince fiancé de Bossaba ;
Prea-bat-sanghat-sarey, roi de Sanghat-sarey et deuxième frère du roi de Kurépan ;
Prea-bat-chenda-sarey, fille du précédent ;
Sora-nakond, frère de la précédente ;
Prea-bat-kalang, roi de Kalang, troisième frère de Kurépan ;
Sacanung-rat, fille aînée du précédent ;
Pattarac-cala, grand-père des quatre souverains ici nommés, mort depuis longtemps et habitant une des sphères célestes...

Le roi de Daha avait une fille très belle nommée Bossaba, qu'il fit proposer comme épouse à son neveu Eynao. Celui-ci ne connaissait pas sa cousine, et n'écoutant que des conseillers intéressés à s'opposer à cette union, repoussa l'offre et il s'en alla contracter une alliance dans une cour étrangère. Quelque temps après, Daha[1] se trouvant embarrassé dans une guerre désavantageuse contre des princes voisins, invoqua le concours de Kurépan, son frère aîné, qui lui envoya son fils Eynao à la tête d'une puissante armée. Celui-ci, après avoir vaincu les

_____
[1] Pour simplifier, nous désignerons les rois par les noms de leur royaume sans les faire précéder des titres de Prea-bat.....

ennemis de son oncle, rentra avec son armée dans la capitale de celui-ci. Daha alla lui-même au-devant de son glorieux neveu, mais la princesse Bossaba refusa d'abord de sortir de ses appartements pour saluer son cousin, auquel elle ne pardonnait point, malgré les éminents services qu'il venait de rendre à son pays et à sa famille, de l'avoir publiquement humiliée en lui préférant une autre épouse. Cependant, sur les instances d'une dame de la cour, la princesse finit par céder et elle parut devant son cousin dans un costume élégant qui accroissait encore ses charmes naturels. Après avoir salué froidement le jeune guerrier, Bossaba

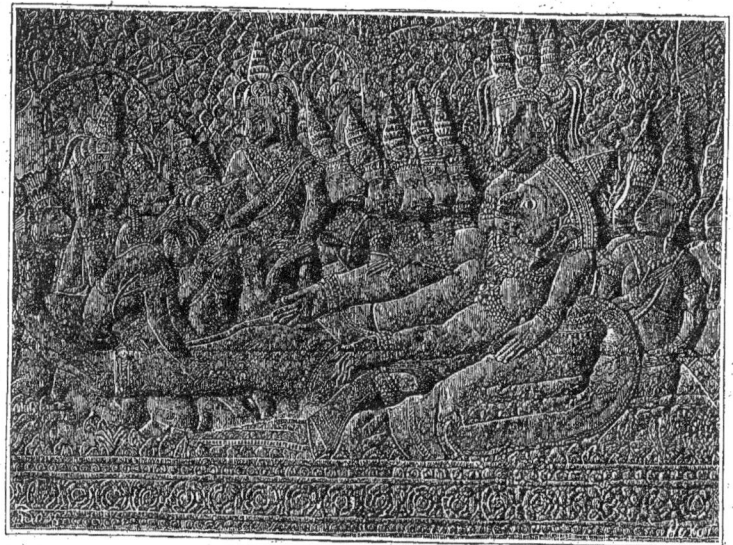

Bali, roi des singes, tué par la flèche de Rama.

demeura comme contrainte en sa présence, les yeux toujours baissés et sans proférer une seule parole. Eynao fut ravi et épris aussitôt de sa cousine; il regretta alors d'avoir écouté des courtisans qui ne lui avaient point parlé des grands avantages physiques dont il voyait bien que la princesse était douée. Enfin, celle-ci s'étant aperçue qu'elle était l'objet d'une trop grande attention de la part de son cousin, le laissa à ses réflexions et rentra dans le palais.

Eynao regagna son quartier-général le cœur et l'esprit bouleversés; il venait de s'éprendre d'une passion violente pour sa cousine et il s'en éloignait avec une visible tristesse. Son cousin, le jeune Sijatra, l'interrogeait sans cesse sur les causes de ses préoccupations et Eynao finit par lui faire l'aveu de son amour pour la princesse Bossaba. Sijatra, voyant son désespoir, lui promit de s'employer auprès de sa sœur pour la ramener à des sentiments meilleurs à son égard [1]. « Vous allez revoir Bossaba, lui dit Eynao, tâchez d'obtenir d'elle qu'elle vous livre l'écharpe qui couvrait sa poitrine à l'entrevue de l'autre jour et apportez-la-moi : c'est le seul objet qui soit capable de réchauffer mes membres en ce moment glacés. »

Sijatra rentra au palais ; il se rendit aussitôt à l'appartement de Bossaba à laquelle il demanda une écharpe qu'il n'eut pas de peine à obtenir ; mais comme il insistait pour avoir celle que la princesse portait le jour de la réception de leur cousin, celle-ci refusa obstinément de s'en dessaisir, soupçonnant alors l'usage qu'on en voulait faire. Sijatra, qui s'était engagé follement à rapporter cet objet, voyant l'insuccès de sa démarche et profitant du moment où il était seul avec la princesse, lui enleva de force, malgré ses cris et ses pleurs, le vêtement désiré et il courut l'apporter à Eynao.

Mais un souvenir, obtenu de cette manière, ne pouvait suffire à Eynao, devenu absolument impatient d'entrer dans les bonnes grâces de sa cousine. Il envoya de nouveau l'espiègle Sijatra en ambassade avec la mission de lui rapporter une chique de bétel passée par la bouche de sa sœur [2].

La mission cette fois était plus délicate, mais Sijatra, qui était plein d'admiration pour les mérites de son cousin et aussi de reconnaissance pour les services qu'il venait de rendre au royaume, n'hésita pas à s'en charger et il promit de faire de son mieux. Il se dirigea vers le gynécée de son père, où son jeune âge lui permettait encore d'entrer, et il s'occupa sans plus tarder d'engager de nouvelles négociations. Mais Bossaba, qui était alors en défiance, se montra intraitable. Prévoyant un nouveau piège, elle fit promettre à son frère de mâcher jusqu'au bout, en sa présence, l'arec et le bétel qu'il demandait. Sijatra s'engagea à tout ce que sa sœur voulut et il reçut en échange une belle

---

[1] Afin que l'on ne se méprenne pas sur le caractère du rôle que ce jeune prince s'offrait à jouer au profit de son cousin, nous rappelons que nous sommes ici chez des peuples dont les mœurs sont très différentes des nôtres et chez lesquels la polygamie est consacrée par des lois très anciennes.

[2] Dans ces contrées, l'échange de chiques de bétel est un engagement mutuel d'amour.

chique de bétel passée d'abord par la bouche de la princesse, ce qui, dans ce cas, n'était qu'une marque d'affection donnée à un très proche parent. « Mâche ce bétel ici même, lui dit-elle; » et comme pour l'obliger à exécuter cette injonction, elle lui prit le bras pour le faire asseoir. Mais ce n'était point ce que voulait Sijatra, qui dit : « Je ne chique pas le bétel devant les dames ; laissez-moi sortir de votre appartement et j'agirai, soyez-en sûre, suivant vos désirs. » La princesse eut confiance dans cette promesse, mais elle fut vite désillusionnée et saisie de la plus vive inquiétude, lorsqu'elle vit son frère prendre au galop, lorsqu'il fut libre, le chemin du quartier-général d'Eynao.

Sur ces entrefaites, un prince de la maison de Charika, auquel la main de Bossaba avait été récemment promise, arriva suivi d'une brillante escorte et apportant les cadeaux de noces. Bientôt parurent aussi les oncles de la belle Bossaba, les rois de Kurépan, de Sanghat-sarey et de Kalang, entourés de toute leur cour, afin de rehausser par leur présence l'éclat des fêtes qu'on allait célébrer à l'occasion du mariage de la princesse.

Eynao ayant appris l'arrivée du roi de Kurépan, son père, se présenta pour le saluer et prendre ses ordres, au moment où son oncle Daha, accompagné de sa fille, faisait une visite à son aîné. Eynao entra au moment où son père, frappé de la beauté et des grâces de Bossaba, s'étonnait que son fils eût osé refuser sa main.

Après les salutations d'usage Kurépan dit à Eynao : « Le pays est depuis longtemps délivré de ses ennemis et pacifié ; la présence ici de ton armée et la tienne est inutile : pourquoi l'as-tu prolongée au delà du temps nécessaire?... » Il ne fut rien répondu à une question aussi embarrassante en pareil lieu et devant un tel auditoire ; mais le vieux souverain de Kurépan remarqua le trouble de son fils en présence de sa cousine, qu'il ne quittait point des yeux, et il comprit de reste le sentiment qui agitait alors son âme et qui le clouait à Daha, malgré les ordres qui lui prescrivaient de rentrer après l'expédition.

Eynao avait une jeune sœur que l'on songeait à marier avec Sijatra ; elle entra avec son père dans le palais du roi cadet, tandis que Eynao, que l'étiquette et la prudence conseillaient de tenir éloigné, reprenait le chemin de son campement.

La famille étant toute réunie, Daha ordonna que l'on fît les préparatifs d'usage en vue de l'union de Bossaba avec Charika. Lorsque tout fut prêt, on manda un devin pour rechercher et fixer le jour favorable pour cette solennité. « Sire, dit le devin, dans trois jours ce sera le moment propice pour la célébration du mariage. »

Eynao fut pris du plus violent désespoir. « Messieurs, dit-il à ses officiers de confiance, j'ai juré de mourir si je ne pouvais posséder cette princesse, dont le mariage avec un autre est définitivement arrêté, et je vous fais mes adieux, car il me faut en finir avec la vie. » Le ton résolu avec lequel le prince s'exprimait frappa de terreur ses généraux, qui avaient pour lui une réelle affection. Sangkha-marita, son ami et son beau-frère, ayant eu connaissance de la résolution qu'il avait prise, accourut pour tâcher de le consoler. Mais Eynao n'écoutait rien et sa volonté de s'ôter la vie paraissait irrévocable.

Cependant, le jour fixé par le devin était arrivé. Au premier air de musique qui se fit entendre pour annoncer la grande solennité, Eynao tomba évanoui. Les généraux et ses serviteurs s'empressèrent autour de lui pour le secourir ; mais les soins qu'on lui prodigua étant restés sans effet, on dut faire connaître dans le palais, où l'on commençait à se divertir, l'état désespéré du prince naguère si plein de vigueur et de gloire. Le quartier-général fut vite envahi par les parents et les amis du jeune guerrier. Le roi de Daha, qui aimait sincèrement son neveu, accourut des premiers avec son épouse, la mère de Bossaba, qui ne se doutait point encore de ce qui se passait entre sa fille et l'intéressant malade. La mère d'Eynao était surtout inconsolable. Le prince ayant repris connaissance, dit à son père, qui l'interrogeait, que cet instant de faiblesse était dû à une indisposition qui l'avait privé de tout appétit pendant plusieurs jours. Mais peu de personnes, parmi celles qui entouraient le prince, se faisaient illusion sur le véritable caractère de sa maladie.

A leur retour dans le palais, les rois de Kurépan et de Daha exposèrent au fiancé de Bossaba que, vu la maladie de leur fils et neveu, ils avaient décidé que la célébration du mariage serait ajournée.

Pendant ce temps, le beau-frère de Eynao, que nous avons vu accourir à la première nouvelle qu'il eut des souffrances morales éprouvées par son ami, et qui faisait tous ses efforts pour le soulager, s'avança jusqu'à lui promettre de lui faire avoir sa cousine. Comme Eynao le pressait de s'expliquer sur les moyens qu'il comptait mettre en œuvre pour arriver à ce résultat, celui-ci répondit : « Je connais dans un endroit désert une grotte dans laquelle nous pourrons cacher Bossaba, après l'avoir enlevée avec les moyens dont nous disposons. Je vais de ce pas l'approprier pour recevoir la belle prisonnière, et, afin de donner le change, laissons croire que je suis à la recherche d'une plante médicinale, qui puisse vous guérir. »

Eynao approuva ce projet hardi et Sangkha-marita après avoir salué, suivant l'usage, les princes réunis dans le palais de Daha, s'éloigna pour commencer à mettre à exécution le plan qu'il avait conçu. Il pénétra bientôt avec son escorte dans une immense forêt ; et arrivé au pied d'une montagne, qu'il eut beaucoup de peine à retrouver, il fit camper là les gens de sa suite et escalade l'escarpement avec seulement quelques serviteurs dévoués. Il retrouva la grotte qu'il avait visitée dans le temps, et, sauf quelques travaux d'appropriation que l'on entreprit de suite, elle lui parut bien disposée pour l'usage qu'on en voulait faire. On disposa sur la plate-forme qui la précédait un joli petit jardin avec un bassin dans lequel on jeta des graines de lotus, la plante favorite des déesses et des dieux.

Ces travaux finis, Sangkha-marita revint au quartier-général apportant quelques simples qu'un docte ermite lui avait, disait-il, donnés. Du moment que le remède provenait d'un saint anachorète, expert dans l'art de guérir tous les maux, on ne douta plus au palais du rétablissement moral et physique de Eynao. Pendant que l'on se berçait à Daha de ces espérances, Marita rendait confidentiellement compte à son ami de sa mission. Le prince fut enchanté des dispositions prises et il se montra impatient d'aller voir lui-même l'état des lieux. « Il ne faut point se trop presser, lui objecta son beau-frère ; soyons prudents pour réussir et restez quelque temps tranquille, en ayant l'air d'attendre les bons effets des remèdes que l'on se figure que vous avez pris. »

Quelques jours après Eynao était sur pied. Sa première visite fut pour ses parents. « Comme c'est à cause de mon indisposition, leur dit-il, que vous avez ajourné la célébration du mariage de ma cousine, je viens vous annoncer que je suis guéri et que vous pouvez y procéder selon vos convenances. »

Kurépan comprit que la résignation de son fils n'était que simulée, mais il était loin de se douter qu'il avait médité un projet d'enlèvement qu'il se tenait prêt à exécuter. Sur le conseil du devin, que l'on consulta de nouveau, on décida que le mariage serait célébré dans sept jours. Eynao déclara qu'il avait besoin d'exercice et qu'il emploierait ce temps à chasser. Il remit le commandement provisoire de son armée au vieux Ta-mang, premier ministre de son père, qui lui était tout dévoué, et il

partit avec Sangkha-marita et un détachement de cavaliers. Il va sans
dire que le prince se hâta d'aller visiter la grotte et les embellissements
dont on l'avait entourée. Il trouva bien ce qui avait été fait et il en fit
compliment à son ami. Après cette inspection, et comme il n'y avait pas
un instant à perdre si l'on voulait réussir dans le projet d'enlèvement,
on repartit pour se rapprocher de la capitale, où l'on n'arriva que la
veille du jour fixé pour le mariage.

Les dispositions suivantes furent prises dès l'arrivée : l'armée de
Kurépan investit complètement la résidence royale de Daha, afin d'empêcher toute évasion; quelques hommes hardis, munis de torches allumées, s'approchèrent et mirent le feu aux établissements provisoires
élevés hors l'enceinte en vue de la fête du lendemain, et en même temps
des coups de feu tirés en l'air par la troupe achevèrent de répandre
l'épouvante dans le palais, où l'on crut à une attaque sérieuse et où l'on
se trouvait sans moyens de défense. A ce moment, Eynao, qui avait revêtu pour la circonstance un costume analogue à celui que portait le
fiancé, se rendit à la porte du palais de son oncle sur un char traîné par
quatre vigoureux chevaux. Profitant du désordre et de la panique du
moment, il pénétra dans le palais et se dirigea droit vers la tour où demeurait Bossaba[1]. « Où est la princesse ? » demanda-t-il vivement aux
dames d'honneur qui se tenaient dans l'antichambre à moitié mortes de
peur déjà, et encore plus troublées par la brusque apparition de Eynao
dans un endroit où jamais un homme n'était entré. « Je viens, ajouta-
t-il, au nom de mon futur beau-père, occupé en ce moment à donner
des ordres, pour inviter ma fiancée à me suivre et à se rendre auprès de
lui puisqu'elle n'est pas en sûreté ici. »

« Lorsque le roi fait demander la princesse, lui objecta-t-on, c'est
toujours par l'intermédiaire d'une dame ou d'une servante. »

« Il n'y a aucune femme, reprit Eynao, à l'heure présente auprès du
roi, et S. M. a désigné, pour lui confier la mission que je remplis, le
seul homme qui pût pénétrer dans le gynécée sans trop heurter l'étiquette et les convenances. »

Comme le prince insistait avec une certaine autorité, et qu'il commençait même à devenir menaçant, ces dames lui indiquèrent du doigt,

---

[1] Le texte porte que Bassaba demeurait dans *une tour*, ce qui est vraisemblable. Dans les
temples, c'étaient les idoles des dieux qui occupaient les sanctuaires surmontés de dômes, et
il était naturel que dans les palais ces places honorées fussent réservées aux princes et aux
princesses.

mais en tremblant, la porte de l'appartement où Bossaba se trouvait. Eynao y entra, et malgré l'obscurité qui régnait dans cette tour, il aperçut la princesse blottie dans un coin et seule. « Je suis Charika, dit-il ; le roi, votre père, m'a ordonné de vous conduire dans la salle du trône, où plusieurs membres de nos deux familles sont déjà assemblés. » La voix d'un homme retentissant en un pareil lieu y causa autant et plus de frayeur que le bruit de la fusillade qui se faisait entendre au dehors. La princesse froissée de cette violation, de ce manque d'égards, mais surmontant pourtant la frayeur qui la dominait, se redressa et dit : « Il est impossible que le roi ait donné un pareil ordre ; en tout cas, en entrant ici sans vous faire annoncer, vous avez manqué à tous les usages et cela est bien étonnant de la part d'un homme de votre condition. »

Le prince qui, comme bien on pense, était pressé d'en finir, saisit Bossaba et l'emporta hors de la tour et du palais, malgré les efforts qu'elle fit pour se dégager et malgré la résistance des dames d'honneur, qui étaient d'autant plus intéressées à s'opposer à cet enlèvement qu'elles pouvaient bien en être rendues personnellement responsables. Bossaba fut déposée dans le char qui attendait attelé au dehors, et deux de ses dames qui l'avaient suivie jusque-là, ne voulant pas se séparer de leur maîtresse, s'accrochèrent à ses vêtements et furent emportées avec elle. Bossaba était plus morte que vive et ne proférait plus une parole ; mais lorsque les suivantes s'aperçurent qu'au lieu de se diriger vers la salle du trône, où la princesse était, disait-on, appelée, on la conduisait au loin dans les forêts, elles firent entendre les plus vives protestations et interrogèrent le ravisseur, qui, fatigué de leurs obsessions, leur imposa un silence absolu.

Enfin, la princesse ayant repris connaissance, et rouvrant les yeux, reconnut aussitôt son cousin, malgré l'obscurité de la nuit, et comprit alors seulement le danger de sa position ; ses alarmes redoublèrent et elle se laissa aller de nouveau au désespoir. Cependant Eynao, pressant ses chevaux, finit par arriver sans encombre dans la solitude où il comptait s'enfermer avec Bossaba, dont il espérait bien conquérir le cœur.

Les efforts de Eynao pour calmer, rassurer et amener à lui la princesse furent d'abord inutiles. Il mit en œuvre pourtant, en vue de ce résultat, les ressources d'un esprit fin et passionné ; enfin, surexcité un jour par la résistance hautaine et invincible qu'il éprouvait, il dit à Bossaba : « Puisque votre résolution est bien prise, et puisque je ne puis

plus espérer pouvoir vous fléchir et vous attirer à moi, je n'ai plus qu'à
m'éloigner et à rôder sur les montagnes et dans les forêts les plus sauvages jusqu'à la fin de mes jours, car j'ai fait le serment de ne rentrer
dans le royaume de mon père qu'avec vous et honoré de votre amour,
que je prise plus que toutes les gloires qu'on m'attribue. »

La princesse ne laissa rien pressentir des émotions diverses que ce
discours venait d'éveiller en son âme et Eynao sortit désespéré de la
grotte. Il trouva au dehors les dames de compagnie de Bossaba, qui, le
voyant paraître pâle et effaré, l'interrogèrent avec intérêt sur ce qui
venait de se passer. « La princesse persiste à me repousser, leur dit-il ;
ma position ici est intolérable ; je vais cacher ailleurs mon désespoir et
mourir. »

Ces dames s'étaient aperçues déjà que le prince n'était pas indifférent
à leur maîtresse, et qu'il n'y avait entre son cousin et elle d'autre barrière que l'affront, très vivement ressenti par celle-ci, d'avoir été repoussée une première fois. Mais jugeant que l'accord pouvait se faire entre
eux, et par leur intermédiaire, elles conseillèrent au prince la patience
et lui promirent de s'employer pour amener Bossaba à des sentiments
différents à son égard. Par bonheur pour Eynao, ces courtisanes
n'étaient pas les premières femmes venues ; elles étaient dévouées à la
princesse, qui leur témoignait en retour beaucoup d'affection et de
confiance, et elles avaient aussi la finesse et l'adresse nécessaires pour
réussir en pareille négociation. Au bout de quelques jours, Bossaba
parut céder et Eynao averti n'eut plus qu'à se présenter pour déterminer la conversion.

Revenons au palais pour voir ce qui s'y était passé pendant que se
déroulaient les aventures dont nous venons de parler. Dès que l'on fut
maître de l'incendie, et que l'on eut reconnu que l'attaque n'avait été
qu'une feinte destinée à favoriser des desseins que personne ne soupçonnait encore, les princes rentrèrent dans le palais. Les dames spécialement attachées à Bossaba ne la voyant pas revenir s'émurent ; et songeant à la manière violente avec laquelle elle avait été arrachée de son
appartement, elles ne doutèrent plus qu'elle eût été enlevée à la faveur
du désordre causé par l'incendie et la démonstration militaire. La nouvelle de la disparition de la princesse se répandit aussitôt ; le roi, son
père, ses oncles, son fiancé lui-même pressaient de questions les suivantes, qui racontaient ce qui s'était passé sous leurs yeux et malgré
leur opposition. Le prince Charika, accusé par elles, n'ayant pas quitté

son futur beau-père pendant l'alerte, il devint évident pour tous ceux qui connaissaient les sentiments de Eynao à l'égard de la princesse, que c'était lui qui était le ravisseur.

Le roi de Daha fut très affecté et indigné de l'enlèvement de sa fille, mais il se contint par égard pour son aîné, le roi de Kurépan, qui condamnait d'ailleurs hautement la conduite de son fils. Quant à Charika, qui était plus directement atteint dans ses affections, son amour-propre et son honneur, il prit sur l'heure la résolution de se venger. « Je cours à la poursuite du ravisseur, dit-il au père de sa fiancée. » Et se mettant à la tête de son escorte particulière, il marcha rapidement vers l'endroit de la forêt où Eynao était allé chasser et où il pensait qu'il avait caché Bossaba. Il rencontra d'abord le vigilant Sangkha-marita seul avec ses serviteurs. « Seigneur, lui dit-il, voulez-vous m'indiquer le lieu où se trouve mon futur cousin Eynao ? » Marita répondit que le prince était en chasse et qu'il ne saurait dire à quel endroit on pourrait le trouver sûrement. « Vos gens connaissent mieux la forêt que les miens, ajouta Charika, et je vous demande de vouloir bien envoyer des messagers dans toutes les directions pour tâcher de retrouver Eynao et lui dire que je l'attends ici pour m'entendre avec lui sur les moyens de rechercher la princesse Bossaba enlevée ces jours-ci du palais de son père par des bandits. » Sangkha-marita députa pour cette mission un de ses serviteurs de confiance, qui connaissait bien la retraite de Eynao, et qui lui rapporta fidèlement tous les détails de l'entrevue de Charika avec son maître.

Eynao se figurant qu'il n'était point soupçonné, s'empressa de se rendre à l'invitation espérant qu'il pourrait ainsi donner le change plus facilement à Charika, qui, selon le rapport du messager, paraissait disposé à attribuer l'enlèvement à des brigands. Il embrassa son amante, lui exposa le but de son voyage, qui serait de courte durée, et sautant sur le cheval que Marita lui avait envoyé, il partit au galop pour le lieu du rendez-vous.

Charika accueillit Eynao poliment ; mais comme il paraissait embarrassé en sa présence, celui-ci rompit le silence et lui dit : « Quel est le motif qui vous amène ici, prince ? »

« Je suis à la recherche de ma fiancée, répondit-il, qui a disparu la veille du jour où notre union devait être célébrée. »

A cette nouvelle, Eynao sut si bien simuler la douleur que lui causait un pareil événement que des larmes sortirent de ses yeux. « La forêt où nous sommes, dit-il, est occupée par mes amis et par mes gens et les ravisseurs de ma cousine n'oseraient jamais y venir chercher un refuge. Ce ne sont sans doute pas des bandits ceux qui ont accompli un acte aussi audacieux, et il faudrait en accuser plutôt le roi de Meang-ku-nung, dont le refus de Bossaba de l'accepter pour époux eut pour con-séquence une guerre terrible, dans laquelle mon père dut intervenir en envoyant au secours de mon oncle une armée qui fut placée sous mon commandement. »

Les larmes de Eynao, son assurance, qui était celle d'un homme qui n'a rien à se reprocher, firent croire à la sincérité de ses paroles. « Sei-gneur, lui dit Charika, dans la capitale on vous a cru capable d'avoir enlevé Bossaba. J'avais eu aussi, j'en fais l'aveu devant vous, la même pensée, mais depuis que je vous ai vu mes soupçons et mon ressenti-ment se sont évanouis. »

« Les bruits répandus dans la capitale par des gens malveillants m'importent peu, dit Eynao, puisque j'ai maintenant l'assurance que vous croyez qu'ils sont faux. »

Le prince Charika salua, enfin, Eynao et il partit à la recherche de sa fiancée dans le royaume de Meang-kunung.

Cependant, Eynao jugea que sa présence dans la capitale en un pareil moment était seule capable de dissiper les soupçons qui pesaient sur lui. Il donna l'ordre à ses lieutenants de tout disposer pour partir le len-demain matin, et lui reprit le chemin de la grotte où il passa la nuit. Bien que le projet de voyage donnât des appréhensions à Bossaba, elle n'y fit point obstacle, ayant une entière confiance dans la fidélité de son amant, qu'elle ne voulait pas contrarier dans ses désirs, et elle s'en remit courageusement à la destinée pour tout ce qui pourrait en adve-nir. « Allez à Daha, lui dit-elle, puisque vous le jugez à propos et rame-nez votre sœur que je désire bien voir et qui serait ici ma compagne. »

Au moment de la séparation, le cœur de Eynao se gonfla et il se mit à sangloter. « J'ai rêvé cette nuit, dit-il, qu'un aigle m'avait arraché les yeux et je crains que ce ne soit là un signe de mauvais augure. » Mais Bossaba refoulant au fond de son cœur un pressentiment analogue qui l'obsédait, crut devoir cependant rassurer son ami et ne le point dis-suader d'entreprendre un voyage qu'il jugeait utile à ses desseins. « Les rêves ne sont le plus souvent, lui dit-elle, que des pensées mauvaises écloses pendant le jour et dont s'emparent des génies malfaisants, mais impuissants, pour nous les envoyer pendant le sommeil. »

Enfin, Eynao partit pour Daha. Son oncle le reçut froidement. « J'ai vu hier le prince Charika, lui dit Eynao, qui m'a annoncé que ma cousine vous avait été ravie et que dans la capitale, voire même à la cour, on m'avait cru capable d'une pareille action. J'ai convaincu Charika de mon innocence et aujourd'hui, je viens ici pour confondre mes calomniateurs. » Cela dit, Eynao prit congé de son oncle et alla saluer son père. Il trouva d'abord sa sœur cadette Vejada, qui, dès qu'elle l'aperçut, lui demanda naïvement où il avait conduit sa cousine Bossaba. « Parle moins fort, lui dit Eynao, ta cousine n'est pas loin d'ici ; elle habite une grotte superbe précédée de jardins et de pièces d'eau couvertes de nénuphars et elle n'aspire plus qu'à t'avoir pour compagne. Si tu consens à me suivre ce soir, tu lui causeras un grand bonheur. En attendant, garde le secret de ce que je viens de te confier. » « Oui, répondit Vejada, je vous suivrai ; et si mes parents voulaient s'opposer à mon départ, ils me laisseraient agir, je pense, selon mon désir, lorsqu'ils verraient mon désespoir. »

Dès que Eynao fut en présence de son père, celui-ci lui dit brusquement : « Le bruit court ici que c'est toi qui as enlevé Bossaba. Est-ce vrai, oui ou non ! »

« Ce n'est pas vrai, répondit Eynao. »

« Ne te défends point de l'avoir enlevée, ajouta le roi, si telle est la vérité, car à la rigueur, suivant les usages, cette princesse t'appartient, puisque je l'avais régulièrement demandée pour toi dès sa plus tendre enfance. »

Eynao resta comme ébloui de l'horizon nouveau qu'on venait de lui faire entrevoir. Cependant, il s'en tint à ses premières déclarations en attendant les événements.

Le roi de Kurépan dit à la reine, en présence de son fils : « Puisque Bossaba a définitivement disparu, nous ferons donner au prince Charika, lorsqu'il reviendra, notre nièce Chenda-sarey. »

Eynao, enchanté de trouver son père dans ces dispositions, repartit à la tombée du jour sous prétexte d'aller à la recherche de Bossaba. Au moment où il allait s'éloigner, sa sœur manifesta tout à coup un vif désir de le suivre et elle finit, à force d'insistance, par obtenir le consentement de ses parents.

Les heures pendant lesquelles Eynao resta absent furent des heures d'angoisses pour Bossaba, qui toujours attentive à ne rien faire qui pût contrarier son époux, restait prisonnière dans la grotte, attendant avec grande impatience son retour. Vers le soir, ses servantes vinrent lui dire : « Le prince nous a recommandé de ne pas vous quitter, mais il nous a autorisées, dans le cas où vous seriez prise d'ennui dans la grotte, de vous proposer une promenade dans notre petit parc sur un char traîné par deux serviteurs de confiance déjà désignés et qui attendent vos ordres. »

« S'il en est ainsi, faites conduire le char, dit Bossaba. » Les trois femmes montèrent sur la voiture et on leur faisait parcourir les fraîches allées du jardin, lorsque Pattarac-cala, l'arrière-grand-père de Bossaba et de Eynao, descendit des cieux sous la forme d'un ouragan et emporta les trois femmes qu'il alla déposer bien loin dans une forêt du royaume de Pramotan. Arrivé là, l'ancêtre divin dit à Bossaba : « Je suis ton aïeul et suis indigné de la conduite de Eynao. Lorsque je vous fis venir dans ce bas monde, ce fut avec l'intention que vous y seriez unis l'un à l'autre, mais Eynao a commis la double faute de te repousser d'abord et de te ravir ensuite violemment à ta famille. Ce jeune homme a porté atteinte à l'honneur de notre maison ; il doit être puni par où il a péché, c'est-à-dire par la privation momentanée de vous posséder et même de vous voir. Lorsque quatre cousins et quatre cousines de notre famille auront été unis par le mariage, je songerai alors seulement à vous rapprocher. En attendant, je vais te métamorphoser en homme et te donner une épée céleste d'une grande vertu pour te défendre. Si cette arme était insuffisante, et si tu venais à être exposée dans ce monde à quelque danger imprévu, tu n'aurais qu'à évoquer ma protection et je serais bientôt là pour te secourir. »

La princesse fut vite transformée, armée, et elle reçut le nom de Onacan, approprié à son nouveau sexe et que nous lui donnerons désormais.

Le jeune homme erra dans la forêt avec ses servantes, qui ne l'avaient jamais abandonné. Ils rencontrèrent le roi de Pramotan qui chassait et qui s'arrêta surpris devant Onacan. « Jeune homme, où vas-tu ? lui demanda-t-il ; quel est ton nom, ton âge et de quel pays es-tu ? »

Onacan répondit : « Seigneur, je me nomme Onacan et suis âgé de quatorze ans. Je ne sais d'où je suis, ni quels sont mes parents. Ces dames sont mes sœurs. »

Le souverain de Pramotan n'avait point d'enfants mâles ; il adopta celui que la Providence semblait lui conduire elle-même par la main dans cette forêt sauvage, et qui par la noblesse de ses traits et la distinction de ses manières lui paraissait digne de recueillir son héritage. « Prince, suis-moi, lui dit le roi, je t'adopte pour mon enfant. »

Onacan, qui était sans abri, sans ressources et sans grands moyens de défense contre les bêtes fauves et les bandits, s'estima très heureux de sa nouvelle position et il suivit le prince avec ses deux fidèles compagnes.

Lorsque le malheureux Eynao reparut à la grotte, après son voyage à la capitale de son oncle, il vit venir à lui ses deux domestiques Pajan et Passavan, et les trouvant désolés, il pressentit un grand malheur. Arrivés en sa présence, les deux serviteurs se prosternèrent. « Prince, lui dirent-ils, pendant que votre précieuse dame et ses deux servantes se promenaient agréablement dans le jardin, un violent coup de vent les a enlevées avec leur voiture et nous ne savons plus ce qu'elles sont devenues. » A cette nouvelle Eynao fléchit sur ses jambes et roula sur le sol sans connaissance.

Saṅgkha-marita et la princesse Vijada lui prodiguèrent des soins et finirent par le ramener à la vie. « Mes chers cadets, leur dit-il, en rouvrant les yeux, je ne puis plus rester dans ce monde, car, suivant une parole déjà dite, je ne puis y être heureux sans Bossaba. »

« Au lieu de vous désespérer ainsi, répondirent ceux-ci, il vous faut rechercher avec soin votre épouse ; et quant à nous, nous vous suivrons partout où vous irez. »

Ils partirent tous sur l'heure avec les gens de leur suite. Arrivés à la frontière du royaume de Sangvat-borey, Eynao envoya Karal, le fidèle serviteur de Marita, avec quatre cavaliers, pour demander aux habitants s'ils n'avaient aucune nouvelle de Bossaba. Les voyageurs se présentaient dans ce nouveau pays sous des noms d'emprunt. Eynao prit le nom de Panji, Sangkha-marita celui de Acharang-visangkha et enfin la jeune Vijada celui de Vorot-kenlong.

Panji envoya Acharang-visangkha au souverain de Sangvat-Borey pour lui demander l'autorisation de pénétrer dans son royaume avec des gens armés, lui donnant l'assurance qu'ils n'avaient aucune intention hostile contre l'autorité, pas plus que à l'égard de la population, et qu'ils étaient uniquement occupés à rechercher une femme disparue.

Après avoir parcouru ce royaume dans tous les sens, les explorateurs arrivèrent au bord de la mer. Ils réunirent des navires et partirent pour l'île de Mulaka, où ils furent accueillis avec de grands égards. L'île une fois explorée dans tous les sens, Panji et ses compagnons repassèrent sur le continent, afin de continuer leurs recherches. Après sept jours de nouvelles marches à travers les forêts, on se trouva en présence d'une montagne connue sous le nom de Phnom-pacha-ngan, sur le sommet de laquelle habitait un anachorète à côté d'un petit temple. Panji, Acharang et Prasanta, un des officiers de la suite, demandèrent et obtinrent de l'ermite qu'il leur conférât les ordres sacrés, voulant, disaient-ils, mériter, par une vie pleine d'austérités, l'appui des dieux dans la tâche fatigante et difficile qu'ils avaient entreprise. La Vorot-kenlong et les gens de la suite des princes campèrent au pied de la montagne pendant la retraite de ces messieurs, qui, d'ailleurs, ne devait pas durer longtemps.

Onacan qui, de son côté, n'avait pas perdu le souvenir des aventures de sa vie antérieure, y pensait souvent, et une nuit il rêva que Eynao était entré en religion dans un ermitage situé à l'est de l'endroit où il se trouvait. Dès ce moment, il n'eut plus de repos, plus de calme dans l'esprit jusqu'au moment où il obtint de son père adoptif l'autorisation de voyager sous prétexte de se chercher lui-même une épouse. Il partit, accompagné d'un haut fonctionnaire expérimenté, nommé Tabangong, et de cinq mille hommes d'escorte dans la direction de l'est. Il traversa le royaume de Lassan, malgré l'opposition du gouvernement de ce pays, et il continua à se diriger vers l'Orient. Enfin, en suivant toujours cette direction, il finit par arriver au pied d'une montagne portant un ermitage qu'il avait aperçu de la plaine.

Onacan laissa là ses troupes, et, accompagné de son conseiller et de quelques hommes d'escorte seulement, il commença l'exploration de cette hauteur. Parvenu sur le premier contre-fort, une jeune fille se précipita sur lui, comme vers une vieille connaissance, avec les démonstrations d'une vive amitié ; mais lorsqu'elle se fut suffisamment approchée, et qu'elle eut reconnu qu'elle s'était trompée, et que surtout elle se vit en face d'un jeune homme, elle recula de honte et balbutia des excuses. Onacan la rassura par quelques paroles aimables qui semblèrent replacer la jeune fille dans sa première illusion[1].

Sur le sommet de la montagne, Onacan se trouva en présence de trois jeunes religieux de belle mine et qui attirèrent vivement son attention. Cependant, soit émotion ou timidité, il n'osa d'abord rien leur dire et il s'éloigna d'eux pour conférer avec son conseiller. « Voilà des religieux que je crois reconnaître, lui dit-il, et vous devez voir combien

---

[1] Cette jeune fille n'était autre que la Voro-kenlong, sœur de Panji, c'est-à-dire de Eynao.

cette rencontre me cause de trouble et d'embarras... Peut-être n'est-ce qu'une ressemblance, comme il s'en trouve assez souvent d'analogues parmi les hommes d'une même contrée. »

Le jeune homme ne se trompait guère, car c'étaient bien, en effet, de vieilles et chères connaissances qu'il avait devant lui.

Dès que Panji aperçut Onacan, il se rapprocha de Acharang, et lui prenant les mains fièvreusement, il lui dit : « Voyez comme ce jeune homme ressemble à Bossaba ! Ne serait-ce pas elle qui a obtenu des dieux de se transformer en homme pour nous chercher ? »

« Je crois que c'est elle, en effet, seigneur ; mais il faut nous en bien assurer. »

Panji prit la parole, et s'adressant au nouvel arrivé, il lui dit : « Jeune homme, approchez et veuillez nous dire qui vous êtes, d'où vous venez et ce que vous comptez faire ici ? »

Onacan entra dans la pièce où se tenaient les religieux, et, joignant les mains, il les salua suivant les rites. Cela fait, il répondit : « Je suis le fils adoptif du roi de Pramotan et je me promène dans l'unique but de visiter des lieux inconnus et de m'instruire. Puisque je suis arrivé à une petite distance du royaume de Kalang, dont le roi vient des anges, je pousserai jusque-là pour avoir l'honneur de lui présenter mes devoirs. »

Onacan prononça ces paroles d'un air de franchise tel que Panji ne douta plus qu'il se trompait et que ce jeune homme pourrait bien être effectivement un prince de la maison de Pramotan. Onacan se mit ensuite en route pour Kalang. Parvenu à la frontière de cet État, il envoya son messager au roi du pays pour l'informer qu'il venait dans l'intention de lui rendre hommage et pour lui demander la permission de se faire accompagner sur son territoire par sa nombreuse escorte. Ayant reçu une réponse favorable, Onacan se rendit à Kalang. Dans la première entrevue qu'il eut avec le roi, celui-ci lui demanda, suivant l'usage, d'où il était, quel était son nom et le véritable motif de sa visite. Le prince répondit : « Je suis fils du roi de Pramotan ; et sachant que Votre Majesté était d'essence divine, j'ai voulu, avec l'agrément de mon père, venir lui rendre mes hommages. »

Le roi fut frappé de la rare beauté et de l'extrême distinction du jeune prince. Comme il était encore dans un âge peu avancé, il crut devoir, sans trop manquer aux usages, le présenter à ses femmes et à ses filles. Dans cette première visite, l'une des princesses lui offrit une bague, et une autre une épingle à cheveux.

Panji, dans sa retraite, pensait toujours à Onacan dont les traits l'avaient à ce point frappé qu'il avait d'abord cru voir Bossaba sous un déguisement d'homme. Depuis que le jeune homme s'était éloigné, cette présomption avait pris la forme d'une conviction certaine dans l'esprit de Panji, qui ne résistant plus à l'impatience de revoir son idole, quitta bientôt sa retraite et ses habits religieux pour suivre ses traces sur la route de Kalang. Le roi de ce pays l'admit en sa présence, et comme il lui faisait les questions d'usage sur sa nationalité et sur le but de son voyage, Panji répondit : « Sire, je ne suis d'aucun pays et n'ai point de résidence fixe ; j'erre de tous côtés et le hasard m'ayant conduit sur la frontière de votre royaume, le devoir me commandait de venir vous adorer comme le représentant de nos dieux ici-bas. »

Le roi observait Panji pendant qu'il parlait et il lui semblait voir et entendre son neveu Eynao sous un déguisement étranger. « Expliquez-vous avec franchise, lui dit-il, et avouez que vous êtes originaire du royaume de Kurêpan. » Le voyageur ayant déclaré qu'il ignorait l'existence même de ce pays, S. M. n'insista plus et lui offrit, suivant l'usage, un logement pour lui et pour sa suite dans les établissements préparés hors du palais pour les visiteurs de distinction et dans l'un desquels se trouvait installé déjà depuis plusieurs jours Onacan.

La population de la capitale s'occupait beaucoup de ces deux étrangers dont les gens de leur suite exaltaient le mérite et les hauts faits. Le roi ayant pris intérêt à ces récits, et désirant juger par lui-même de la valeur et de l'adresse de ces messieurs, leur proposa de se mesurer en sa présence dans un tournoi. Cette proposition était gênante pour Onacan, qui cependant accepta en ces termes : « Je suis bien jeune pour affronter une pareille épreuve ; mais je dois obéir à Votre Majesté et faire de mon mieux pour justifier la bonne opinion qu'elle veut bien avoir de moi. »

Le lendemain, les deux champions se présentèrent à cheval, chacun armé de quatre lances, devant le palais. Dès que le roi parut, la lutte s'engagea entre eux ; mais comme elle se prolongeait outre mesure sans résultat, Panji offrit et obtint qu'elle serait continuée à l'épée et à pied. Dans ce dernier engagement, Panji eut son vêtement traversé. Le roi voyant que les deux adversaires s'échauffaient, et craignant un accident, profita de ce mince avantage remporté par l'un d'eux pour arrêter le combat. « Mes enfants, leur dit-il, c'est assez ; vous êtes d'égale force à toutes les armes. Si la lutte se prolongeait Panji serait

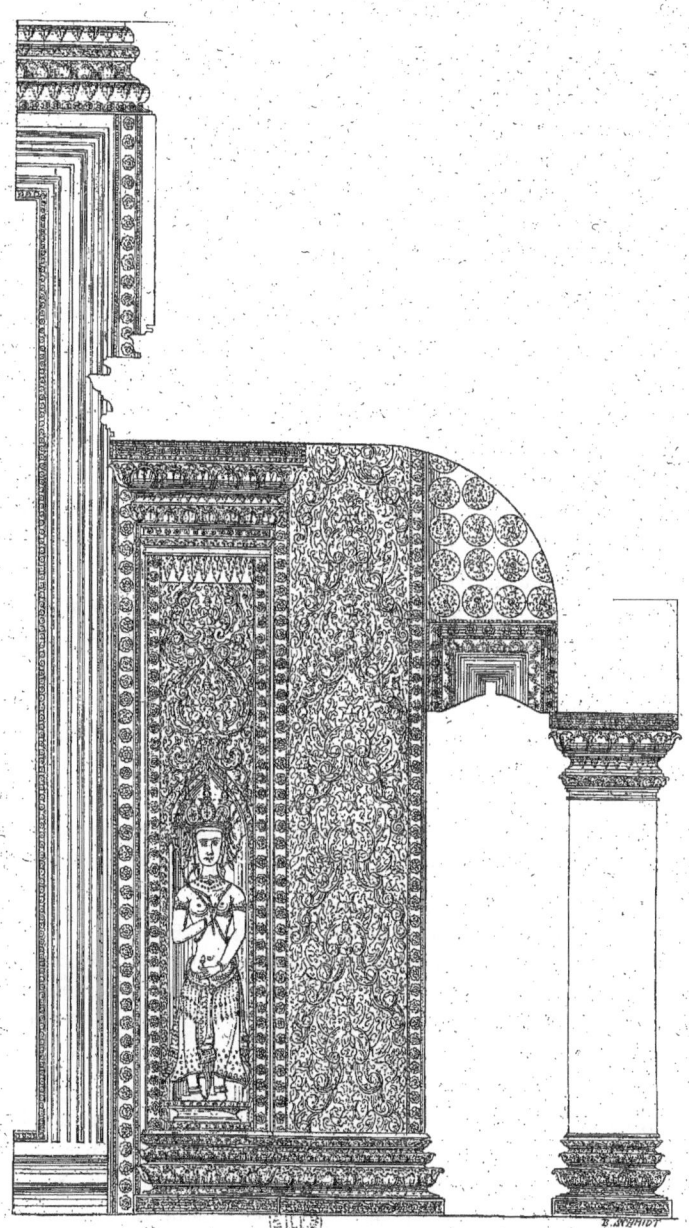

Entrée du sanctuaire d'Angcor-vat. (Dessin de M. Oriol.)

fatalement vainqueur, mais il devrait alors son succès à l'avantage d'être le plus âgé et le plus robuste, ce qui ne serait ni généreux, ni équitable, et ce qu'il ne voudrait pas lui-même assurément. Je vous félicite hautement tous les deux et j'estime que personne au monde ne vous surpasse en beauté, en courage et en adresse au maniement des armes. »

Cette circonstance resserra pour ainsi dire les liens d'amitié qui unissaient les deux jeunes gens.

A l'époque où ces événements se passaient, le roi de Chamara perdit sa première femme et tomba dans la plus grande affliction. Son frère aîné, le roi de Calapan, se rendit auprès de lui pour le consoler et lui proposer une nouvelle union. « Le roi de Kalang, lui dit-il, a deux filles d'une grande beauté et dont on vante la vertu. J'ai songé à l'une d'elles pour vous, mon frère, et j'espère qu'on ne vous refusera pas sa main, bien que, selon le dire de mes mandarins, Saca-nung-rat, l'aînée, ait été promise à Karat-patti, fils aîné du roi de Kurêpan, et l'autre au prince Sara-nakong, fils du roi Sanghat-sarey. »

Le roi aîné, dans une lettre impérieuse écrite au souverain de Kalang, lui demanda la main de sa fille aînée pour son cadet, le roi de Chamara.

Le roi de Kalang, qui avait donné sa parole à ses frères, et qui se trouva froissé surtout de la forme de la demande, refusa nettement et il se mit en mesure de soutenir la guerre dont on le menaçait s'il ne se soumettait pas. Il manda Panji et Onacan pour leur parler de l'affront qu'il avait reçu et pour savoir s'il pouvait compter sur leur concours. Ceux-ci se mirent avec empressement à la disposition du roi et ils se portèrent aussitôt sur la frontière pour défendre pied à pied le territoire de leur bienfaiteur. Les rois ennemis se présentèrent bientôt à la tête de leurs armées dans le dessein de franchir la frontière et de se porter sur la capitale de Kalang, qu'ils espéraient surprendre et enlever de force avant que l'on ait eu le temps de mettre les princesses à l'abri de ce coup de main. Mais ces princes furent bien surpris de trouver la frontière déjà occupée et fortement gardée.

Dans un premier combat, Chamara fut vaincu par Onacan. Panji coupa en deux et battit séparément les forces conduites par Calapan au secours de son frère. Ces deux rois périrent dans cette première rencontre et leurs armées se dispersèrent. Cette victoire eut pour conséquence l'adjonction au royaume de Kalang, en qualité de tributaires, des deux États de Calapan et de Chamara. Les généraux ennemis obtinrent la faveur d'emporter les cadavres de leurs rois, afin de leur rendre les honneurs funèbres dus à leur haute position.

De retour dans la capitale, Panji et Onacan reçurent de la part du roi, de la cour et des habitants, les témoignages de la plus vive admiration.

Mais Onacan, toujours préoccupé de ne point se révéler à Panji, dont les visites se multipliaient de plus en plus, en même temps que ses questions devenaient plus pressantes, résolut de quitter Kalang, malgré l'insistance du roi pour le faire rester et les sollicitations affectueuses de Panji que ce brusque départ surprenait et affligeait. Onacan persista dans sa résolution, prétextant des ordres reçus fraîchement de son père adoptif, le souverain de Pramotan. La séparation des deux jeunes guerriers fut touchante ; ils se serrèrent la main en proie tous les deux à une vive émotion et promirent de se revoir.

Pendant le voyage de retour, au pied de la montagne de Enang, la nuit et pendant le sommeil, Pattarac-cala, l'aïeul divin, apparut de nouveau à Onacan, qui l'entendit lui dire : « Ma chère Bossaba, si tu veux revoir Eynao, ne retourne point dans le royaume de Pramotan ; laisse rentrer chez eux les chefs et les soldats qui t'accompagnent, et moi je te rendrai ensuite ta forme naturelle, afin que tu puisses entrer comme religieuse dans un ermitage abandonné qui se trouve sur le sommet de cette colline. »

Dès qu'il fut éveillé, Onacan parla de sa vision à ses deux compagnes, qui l'exhortèrent à écouter la voix d'en haut.

Enfin, Onacan tout à fait décidé à rester là, dit à son conseiller Tabangong : « Veuillez reconduire l'armée et vous charger de dire au roi, mon père, que je demeure ici pour accomplir un vœu que j'ai formé. » Le vieux Bangong partit laissant à regret le jeune prince et ses deux suivantes. Dès qu'il eut disparu, Onacan, suivi des deux dames d'honneur, gravit la montagne. Arrivé sur le sommet, il aperçut un petit temple dans lequel il entra et où se trouvait un vêtement complet de religieuse étalé sur l'autel. Le jeune homme comprit que ces habits lui étaient destinés ; mais comme il ne se trouvait pas d'ordinant à l'ermitage, il évoqua l'assistance de son aïeul, qui revint aussitôt du ciel pour le métamorphoser en femme, lui donner l'ordination et le nom de Chi-Enang (religieuse de Enang). Avant de retourner dans sa céleste demeure, Pattarac-cala dit à la religieuse : « Restez ici et vous reverrez bientôt votre époux. »

Quant à Charika, que nous avons vu partir à la recherche de Bossaba après l'enlèvement, il était revenu chez le roi de Daha après un pénible et infructueux voyage. Le roi de Kurêpan, prenant en pitié la position du prince, lui dit : « Nous avons fait, de notre côté, tous nos efforts pour retrouver votre fiancée et nous n'avons vu nulle part aucune trace d'elle. Mais puisque vous êtes résolu à vous allier à notre famille, je vous offre, au nom de tous ses membres, la main de la charmante princesse Chénda-sarey, fille du roi de Sanghat-sarey, mon plus jeune frère. »

Le prince, qui connaissait la princesse, accepta avec empressement la solution trouvée par le roi de Kurêpan et il se prosterna à ses pieds pour l'en remercier. Ce mariage fut célébré quelques jours après ; et Charika, heureux désormais, rentra avec son épouse dans le royaume de son père pour se reposer des émotions et des fatigues qu'il avait éprouvées et pour jouir en paix de son bonheur présent.

Depuis la disparition de sa sœur et de son intime ami Eynao, Sijatra vivait tristement dans le palais de son père. Espérant trouver des distractions dans la chasse, il demanda la permission et les moyens de s'y livrer. Un conseiller, nommé Ta-méang, le suivit avec une escorte de cinq mille hommes. Étant un jour en chasse, Sijatra aperçut sous bois un magnifique paon d'or qu'il poursuivit avec ses troupes sans jamais pouvoir l'atteindre[1]. Le bel animal se tenait hors de portée, et suivait toujours la même direction comme pour attirer les chasseurs vers un endroit qu'il avait en vue. Le paon ayant franchi la frontière de Kalang, le prince pénétra aussi dans ce royaume sous le nom de Jaran et il envoya immédiatement un officier au roi pour lui donner des explications au sujet de la violation de sa frontière avec des gens armés. Ce messager reçut l'ordre de ne pas dévoiler le véritable nom du prince.

Enfin, le paon ayant attiré les chasseurs acharnés à sa poursuite jusque dans les environs de la capitale de Kalang, Jaran ne put faire autrement que d'aller présenter ses hommages au souverain du pays. Aux questions de S. M. Jaran, cachant toujours son véritable nom, son titre, sa nationalité, laissa croire qu'il allait à l'aventure avec de nombreux partisans forcés, comme lui, de chercher dans les voyages, et surtout dans la chasse, des moyens d'existence.

Sans se douter que ce superbe étranger était son neveu, le roi, qui

---

[1] Cela rappelle le cerf d'or du Ramayana, avec cette différence que celui-ci favorisa l'enlèvement d'une femme, tandis que l'autre mit sur les traces d'une femme perdue.

fut frappé de la distinction de son maintien et de la pureté de son langage, ne le prit pas non plus pour ce qu'il disait être lui-même, c'est-à-
dire pour un aventurier. Il pressentait que c'était un prince déguisé et
lancé momentanément dans quelque folle entreprise. « Reposez-vous
ici quelque jours, lui dit le roi ; on a préparé pour vous et votre escorte
des logements. »

En se rendant chaque jour à l'audience du palais, Jaran fit la rencontre et la connaissance de Panji. Il alla bientôt voir son nouvel ami dans
son logement, où il ne tarda pas à remarquer et à devenir excessivement
amoureux de sa sœur la Vorot-kenlong. Comme il faisait un jour à ses
confidents l'aveu de son inclination pour cette ravissante personne, l'un
d'eux lui observa qu'il était déjà engagé vis-à-vis de la princesse Vijada,
sœur de Eyano, et qu'il lui convenait de tenir sa promesse et surtout de
ne se point mésallier. « La princesse Vijada a suivi son frère, objectait
Jaran, et l'on ignore ce qu'ils sont devenus. C'est là une raison suffisante
pour me dégager de ma parole, et puisque je ne puis retrouver ma
fiancée, je dois pouvoir, sans manquer à aucune règle, reporter mon
amour sur une personne qui en est digne à tous égards. »

Acharang-visangka avait remarqué la passion de Jaran pour la sœur
de son ami. Comme il l'interrogeait un jour sur ce sujet, et que Jaran
hésitait à s'expliquer, Acharang lui reprocha ce manque de confiance à
son égard. « Je sais tout l'intérêt que vous me portez, lui dit Jaran, et je
n'ai rien à vous cacher : oui, effectivement, je suis épris de la Vorot-
Kenlong, et je compte sur votre amitié, et sur le crédit dont vous jouis-
sez dans cette famille pour m'aider à obtenir sa main. »

Acharang répondit : « Je m'engage à vous faire avoir cette demoiselle,
à condition que vous suivrez ponctuellement mes conseils. »

« Dites ce qu'il faut faire, répliqua vivement Jaran ; je suis prêt à
tout.

« Hé bien alors, écoutez : veillez avec soin le moment ou Panji sor-
tira de sa maison et profitez-en pour pénétrer dans l'appartement de
sa sœur que vous enlèverez de gré ou de force. J'aviserai pour le reste. »

L'occasion ne tarda pas à se présenter et Jaran s'introduisit chez la
Vorot-kenlong au moment où elle était profondément endormie ; il la
saisit et l'emporta chez lui malgré sa résistance et ses cris de désespoir.

Panji, prévenu de l'enlèvement par le scandale qu'il avait produit
dans la ville, accourut et se rendit aussitôt chez Jaran le poignard à la

main. Celui-ci entendant les menaces et les cris de mort de Panji, se présenta tenant étroitement son amante sur sa poitrine, afin de s'en faire un bouclier. Comme Panyi hésitait à frapper, sa sœur lui cria : « Eh bien, mon ami, vous avez pitié de cet homme cruel qui vous a ravi votre sœur presque sous vos yeux ; vous dont le courage ne peut être contesté, vous redouteriez un ennemi sans cœur comme celui-là? »

A ces mots, Panji se précipita sur Jaran et lui porta un coup de poignard ; mais celui-ci, sans lâcher son amante, para le coup d'une main, et la lutte cessa à l'instant à cause de l'arrivée du roi, que l'on avait tenu au courant de ce qui se passait. « Pardonnez à ce jeune homme, dit-il à Panji, car c'est la première faute qu'il commet. » Panji se contint avec peine en présence de Sa Majesté; mais, cédant enfin à ses sollicitations, il rentra la rage au cœur dans son logement.

Acharang, qui avait laissé aller volontairement les choses au point où nous les trouvons, jugea que le moment était venu pour lui d'intervenir. Il alla trouver Panji, qui s'était couché accablé de douleur, et il lui dit : « Seigneur, de quoi vous attristez-vous! Si c'est à cause de ce qui est arrivé à la princesse, votre sœur, apaisez-vous, car vous savez bien que le fiancé qui enlève sa fiancée ne commet point un crime. »

« Comment! dit Panji en se levant brusquement, ce jeune audacieux que j'ai voulu tuer, ce serait Sijatra, le frère de ma bien-aimée Bossaba et mon plus précieux ami? La ressemblance est, en effet, frappante, mais ce ne peut être lui. Que viendrait faire ici le fils chéri du roi de Daha qu'on ne laisse sortir du palais que pour quelques instants d'absence?... »

« Ce jeune homme est bien Sijatra, dit Acharang ; en voici la preuve. » Et il passa à Panji le poignard du prince, sur la lame duquel étaient damasquinés son nom et ses armes.

Dès que Panji eut vu ce poignard, il se frappa violemment la poitrine en songeant que, sans l'intervention du roi de Kalang, il eût pu tuer son cousin et son meilleur ami. « Je garde ce poignard, dit-il à Acharang ; veuillez vous charger de porter le mien à Sijatra et annoncez-lui que j'irai ce soir donner la sanction nécessaire à son union avec ma sœur. »

Ces paroles, la vue du poignard de Eynao, la certitude qu'il avait maintenant que la belle Vorot-kenlong n'était autre que sa fiancée Vijada, émurent profondément Sijatra et il versa d'abondantes larmes de bonheur. « Je veux de suite aller saluer mon-aîné, s'écria-t-il, et lui demander pardon de l'offense que je lui ai faite. »

« Restez ici, lui dit Acharang, puisque telle est la volonté de Eynao, dont je vous ai annoncé la visite pour ce soir, après la chute du jour. »

« Mais vous, en qui mon cousin a tant de confiance, qui êtes-vous donc ? »

« Je suis Sangkha-marita, le beau-frère et l'ami de Eynao, malgré ses légèretés à l'égard de ma sœur. »

Les deux princes tombèrent dans les bras l'un de l'autre. En attendant l'heure du rendez-vous, ils se communiquèrent mutuellement leurs impressions sur les événements extraordinaires qui s'étaient accomplis depuis l'enlèvement de Bossaba, et tous les deux furent d'avis qu'il fallait en attribuer la direction à une influence supérieure à celle de l'homme. « Le paon d'or qui m'a conduit jusqu'ici, pensait Sijatra, est un esprit bienfaisant transformé. »

Quant à Sangkha-marita, qui n'avait pas pu voir sans peine le délaissement de sa sœur et l'enlèvement de sa rivale, il se figurait, de son côté, qu'un génie juste avait condamné Eynao à passer par une épreuve de ce genre et décidé l'enlèvement de Vijada.

L'entrevue de Eynao et de Sijatra fut extrêmement touchante. Celui-ci se jeta d'abord aux pieds de son cousin pour s'excuser de la faute qu'il avait commise. Eynao le releva amicalement et lui pardonna. Ensuite, il demanda à voir sa sœur qui s'était retirée dans un appartement isolé, d'où elle n'était point sortie depuis le jour où elle avait été violemment enlevée de son lit, pleurant toujours et refusant obstinément de prendre de la nourriture. Lorsqu'on alla l'avertir que son frère demandait à la voir, elle se présenta aussitôt. « Ta douleur doit cesser, lui dit Eynao, car ton ravisseur avait quelques droits sur toi, puisque c'est, à n'en plus douter, ton fiancé et bien-aimé Sijatra. »

Ces paroles produisirent sur la princesse tous les effets d'une surprise agréable ; elle s'inclina pour remercier son aîné et, machinalement, elle se rapprocha de Sijatra entre les bras duquel elle se laissa aller brisée par l'émotion.

Mais le bonheur ne devait pas être de longue durée parmi ces nobles étrangers. Quelques jours après les incidents que nous venons de rapporter, le roi Prea-bat-méang-roda, ayant entendu vanter le courage et l'audace de Panji, qu'on lui représenta comme un chef de nombreux bandits fort dangereux, résolut de le faire enlever du milieu des siens. Il fit venir, dans ce but, quatre sorciers entreprenants et experts dans l'art de jeter des maléfices, et il leur ordonna de se rendre à Kalang, de pénétrer la nuit dans la demeure de Panji, de l'endormir et, enfin, de l'enlever et de le lui livrer.

Mais ces émissaires, qui ne connaissaient ni les personnes, ni l'état des lieux, s'égarèrent et entrèrent chez Jaran qu'ils endormirent et qu'ils emportèrent, sans que ses gens, également atteints par les propriétés somnifères des maléfices, aient pu s'y opposer ou jeter l'alarme. Jaran fut conduit au roi Méang-roda, qui essaya de lui faire des questions.

« Vous êtes parvenu par des moyens infernaux, lui répondit-il, à vous emparer de ma personne ; vous pouvez disposer de ma vie, mais n'espérez point que le frère cadet de l'héroïque Panji s'incline jamais devant un homme qui, quel que soit son rang, a connu et mis en usage contre des gens innocents, les ressources d'un art qui n'est fait que pour les lâches et les fripons. »

Cette fière réponse exaspéra Méang-roda, qui renvoya les sorciers à Kalang avec les mêmes instructions qu'il leur avait d'abord données. Il fit mettre Jaran à la chaîne, en attendant l'arrivée de Panji, étant fermement résolu à les faire exécuter tous les deux bientôt.

La princesse Daravan, fille du roi Méang-roda, ayant entendu ses servantes parler avec éloges de la beauté du jeune étranger, fut prise du vif désir de le voir. Elle se fit conduire à l'endroit où le prisonnier était provisoirement gardé et elle le trouva aussi, paraît-il, tout à fait de son goût, puisqu'elle intervint auprès des gardes afin de les disposer à le traiter avec douceur, et qu'elle allait de jour comme de nuit, paraît-il, s'informer de son état et de ses besoins.

A la première nouvelle de l'enlèvement de son beau-frère, Panji avait envoyé des officiers intelligents et des soldats vers les quatre principales directions cardinales. Prâsanta, l'un de ces chefs, passant à la tête de ses hommes près de la montagne de Enang, et ayant aperçu sur le sommet un monastère, voulut aller prendre des informations auprès des religieux. Il laissa là son escorte et il se dirigea seul vers l'ermitage, afin de ne produire aucun trouble dans le saint lieu. Bientôt, il se trouva face à face avec trois religieuses qu'il salua avec respect et auxquelles il demanda ensuite si elles n'avaient ni vu, ni entendu parler d'un guerrier, nommé Jaran, qui avait été entraîné par des sorciers.

« C'est le roi Méang-roda, répondit l'une des sœurs, qui a fait enlever celui que vous cherchez avec l'intention de le tuer. Cependant l'exécution n'a pas eu lieu encore, mais ne perdez pas de temps si vous voulez le soustraire aux mains des bourreaux, car le vif intérêt que lui porte une princesse de cette cour ne serait pas suffisant pour le sauver. ».

C'était sœur Enang, c'est-à-dire Bossaba, qui parlait ainsi, et Prâsanta la reconnut bien vite, ainsi que ses deux compagnes qui n'étaient autres que les servantes Pajan et Passavan. Sans rien laisser voir de son étonnement de retrouver en ce lieu des personnes si chères à son chef, Prâsanta salua ces dames et courut rendre compte de ce premier résultat de sa mission. « J'ai rencontré, dit-il à Panji, sur le mont Enang une religieuse belle et inspirée qui m'a indiqué l'endroit où se trouve en ce moment Jaran : cet endroit, c'est le palais du roi Meangroda, et quant à la prophétesse, si je ne me trompe, c'est Bossaba. »

A cette nouvelle, le cœur de Eynao bondit dans sa poitrine ; il donna précipitamment des ordres à sept de ses officiers de partir avec tout leur monde pour aller délivrer Jaran. Quant à lui, il fit atteler son char et partit pour l'ermitage. Arrivé au pied de la montagne, la nuit le surprit ; alors, pour ne point effrayer les religieuses, il se déguisa en ange, et étant allé se poster sur un gros arbre peu éloigné des cellules de ces dames, il prononça ces paroles qui s'adressaient à Chi Enang :

« Je suis l'ange Pattarac Cala et je viens te chercher pour te conduire au ciel. » La religieuse sortit, et s'étant prosternée au pied de l'arbre, elle dit à son tour : « Seigneur, c'est ici que, selon votre volonté, je devais attendre le retour de mon époux ; mais puisque vous l'ordonnez, je quitte ma retraite et je vous suis avec mes deux compagnes. »

Le faux ange entraîna les religieuses au bas de la colline et les fit monter avec lui sur son char. Ce fut là seulement que Chi Enang reconnut Panji sous des vêtements célestes, mais malgré ses protestations et ses larmes le char continua sa course vers Kalang. « Vous m'avez trompée, s'exclamait-elle ; reconduisez-moi à l'ermitage ! vous ne réussirez pas dans vos desseins, car je ne crains ni la persécution, ni la mort, et je jure que je n'aurai jamais d'autre époux que le prince Eynao. »

On arriva avant le jour à Kalang ; et Panji, ayant fait donner le meilleur appartement de sa maison à ces dames, ordonna qu'on les laissât se reposer des fatigues et des émotions de la nuit, mais que l'on veillât cependant avec soin sur elles. De leur côté, les religieuses exprimèrent fermement la volonté de ne recevoir aucun homme chez elles, surtout Panji, l'objet principal de leurs malédictions. Mais celui-ci, qui était alors bien certain de tenir Bossaba sous l'habit et le nom d'une religieuse, imagina un moyen de se faire reconnaître sans violer la consigne que sa bien-aimée avait donnée aux gardiens ; il pria Acharang de faire écrire sur des peaux de buffle l'histoire de leur existence, en y joignant des dessins indiquant les lieux où les différents épisodes s'étaient déroulés, et jusqu'aux personnages, avec leur vrai costume, qni y avaient pris part. Lorsque ce travail fut achevé, on fit passer les tableaux dans l'appartement occupé par les prisonnières. La vue des paysages, celui surtout où figurait la grotte dans laquelle Bossaba avait été cachée et où s'étaient écoulés les heureux premiers jours de son union avec Eynao, et la lecture des divers incidents qui s'étaient passés là et qui ne pouvaient être connus que d'eux seuls, produisirent sur la princesse une vive émotion. Acharang, appelé, la trouva fort agitée et en larmes. « L'artiste qui a gravé cela, lui dit-elle, doit connaître le prince Eynao et avoir reçu de lui des confidences. Je désirerais bien le voir et m'entretenir avec lui le plus tôt possible. »

Prâsanta, le fidèle serviteur de Eynao, qui se tenait derrière Acharang, se présenta et dit : « Madame, c'est moi qui, sur l'ordre de mon maître, ai fourni les renseignements au dessinateur et au poète qui ont tracé sur ces peaux de buffle les scènes qui vous ont tant émue. J'ai été moi-même le témoin de quelques unes d'entre elles et c'est moi, madame, qui traînais la voiture de la princesse Bossaba dans le jardin de l'ermitage ou moment où un vent violent l'enleva avec ses deux servantes. C'est donc moi le serviteur désigné sur ces cuirs sous le nom de Prâsanta et mon maître, le prince Eynao, est là derrière cette cloison qui nous écoute et qui n'est connu ici que sous le nom de Panji. »

A ces paroles du vieux serviteur, la princesse n'y tint plus ; elle voulut se diriger vers la pièce voisine, mais elle s'affaissa sous le poids de ses émotions après avoir fait à peine quelques pas. Son ami, dont les agitations intérieures n'étaient pas moins vives, accourut et prit la princesse dans ses bras sans résistance alors de la part de celle-ci, qui le reconnut malgré dix années de séparation, terme fixé par l'ancêtre Pattarac Cala en punition des fautes commises par Eynao. Le paon d'or, qui entraîna Sijatra à Kalang, ou se trouvait déjà Eynao, portait l'ame de Patsarac, qui dirigea aussi les pas de Prâsanta vers l'ermitage de Bossaba.

Pendant que ces derniers événements s'accomplissaient, Karat-Kat-déca avait pu pénétrer dans la prison de Jaran sous le déguisement d'un homme du peuple; et l'ayant trouvé libre de tous liens : « Venez, lui dit-il, Panji m'envoie vous chercher, car la Vorot Kenlong, votre dame, est désespérée et menace de se suicider. » Jaran fit l'aveu à Karat de ses relations intimes avec la princesse Daravan, fille du roi Meang-roda. « Je ne puis point m'éloigner sans l'avertir, ajouta-t-il, et sans lui offrir de me suivre, afin de lui rendre par la suite le bien qu'elle m'a fait. » La nuit suivante, le prince, la princesse et les envoyés de Eynao fuyaient ensemble vers Kalang ou ils arrivèrent sept jours après.

Le retour de Jaran, c'est-à-dire de Sijatra, car tous ces princes et princesses reprennent maintenant leurs véritables noms et dignités, mit le comble au bonheur de ses parents et de ses amis. Seule, Vijada ne se montrait pas complètement satisfaite. « Si j'avais pensé, disait-elle, que mon époux eût passé ses jours de captivité auprès d'une autre femme, j'aurais versé moins de larmes [1]. »

Eynao intervint; il trouva le moyen de rétablir la concorde et de mettre le calme dans une famille si diversement éprouvée jusque-là. Il s'agissait maintenant de rejoindre le pays et le toit paternel. Eynao, toujours préoccupé de savoir si son père, et surtout son oncle, le roi de Daha, lui pardonneraient les offenses qu'il leur avait faites et les soucis qu'il leur avait causés, résistait au sollicitations de Sijatra et des princesses et persistait à vouloir rester à Kalang. Ceux-ci désespérant de décider Eynao, écrivirent secrètement à leurs parents pour faire connaître leur situation, expliquer leur embarras et, enfin, pour les supplier de venir eux-mêmes les chercher.

Le roi et la reine de Kurêpan furent extrêmement heureux d'avoir des nouvelles de leurs enfants. A Daha, ce fut le même contentement. Le voyage de Kalang fut vite décidé dans les deux familles royales et on le fit concorder avec la célébration d'un mariage arrêté déjà entre Karat-patti, frère aîné de Eynao, et la princesse Saca-nung-rat, fille aînée du roi de Kalang.

Les deux cours arrivèrent en même temps à Kalang; et lorsqu'elles furent installées dans les palais qui avaient été préparés à leur intention, le souverain de Kalang, suivi d'une brillante escorte, alla faire visite à ses frères aînés. Pendant que les trois souverains, leurs familles

---

[1] Nous rappelons que la polygamie est dans les lois et les coutumes des peuples orientaux. Si Vijada se montrait si contrariée de l'arrivée d'une autre femme, c'est que celle-ci était de même condition qu'elle et que c'était, par suite, une rivale.

et leurs dignitaires étaient réunis, Eynao, Sijatra et leurs épouses se présentèrent pour saluer aussi leurs parents. Dès qu'ils les aperçurent, les rois et les reines de Kurêpan et de Daha se levèrent, et, malgré la rigueur de l'étiquette qui prescrit de recevoir assis les salutations des enfants, ils s'approchèrent d'eux et se laissèrent publiquement aller à toute l'effusion de leur cœur. Cette affectueuse démonstration, si exceptionnelle, si anormale même en pareil lieu et en faveur de gens qui avaient passé jusque-là pour des aventuriers, étonna les assistants et le roi de Kalang lui-même. Alors, le roi de Kurêpan, l'aîné, le chef de la famille, révéla les noms et qualités des deux couples, auxquels toute la population de la capitale et le roi lui-même, leur oncle sans le savoir, portaient le plus grand intérêt.

Peu de jours après, le mariage du prince Karat-patti avec la princesse Saca-nung-rat fut célébré en présence des trois cours et de celle du roi de Pramotan, le père adoptif de Onacan, qui fut solennellement convié en reconnaissance des services qu'il avait rendus à celui-ci et de l'affection toute paternelle dont il l'avait entouré dans des temps moins heureux.

Après cette cérémonie, le roi de Kalang abdiqua en faveur de son gendre Karat-patti; le roi de Kurêpan rentra chez lui avec ses enfants et abdiqua en faveur de son fils Eynao; enfin, le roi de Daha en fit autant au profit du prince Sijatra, son fils. Ces trois royaumes furent tranquilles et prospères sous l'administration de ces trois princes instruits à l'école du malheur, que des liens de parenté et d'affection, ainsi que des souvenirs ineffaçables, unissaient pour toujours.

Cette histoire de Eynao est, selon les Khmers, d'origine indoue. C'est bien, en effet, le genre de tout ce qu'a produit l'inspiration indienne; et lorsqu'on parcourt le texte original, on croirait lire un épisode, ou légende, comme on en a tant intercalés dans le Ramayana et le Mahabharata, ces deux grandes épopées sacrées, déjà bien assez volumineuses par elles-mêmes, c'est-à-dire lorsqu'on les dégage de tout ce qui ne tient pas à l'action proprement dite.

Nous ne saurions finir cet article sur le théâtre khmer sans parler du Réam-ke, son ouvrage le plus important. Il ne faut voir dans le Réam-ke, ou Réaméa-ke, des Cambodgiens qu'une vieille traduction plusieurs fois retouchée, et sans doute altérée aujourd'hui, du Ramayana indien. Il est écrit sur des feuilles de palmier sèches, dorées sur tranches et reliées entre elles par des ficelles qui les traversent de part en part. L'ouvrage se compose de quatre vingts volumes, ce qui permet de varier les représentations et de les rendre plus attachantes. Nous donnerons simplement un des épisodes tiré de ce grand ouvrage et que nous n'avons pas vu encore dans les traductions qui ont été faites, en langues européennes, du Ramàyana sanscrit.

Nous devons cette traduction à l'obligeance de M. Aymonier, actuellement représentant du gouvernement français au Cambodge, qui s'est spécialement consacré à l'étude de la langue khmer, auquel on doit déjà bien des travaux utiles, et dont on est en droit d'espérer bien plus encore, car c'est un travailleur intrépide et qui ne se découragera pas.

RÉAMÉA-KE.

Épisode où Prea-leac est frappé d'un coup de lance.

Principaux personnages :

Prea-réam (Rama), prince du royaume d'Ayodia, une incarnation de Vichnou.

Prea-leac (Lakhsmana), frère du précédent.

Prea-réap (Ravana), chef des Rakchasas et roi de Langca.

Kompuca (Koumbhakarna), frère puîné du précédent.

Piphêc (Vibhisana), frère des deux précédents, astrologue.

Péali (Bali), roi des singes.

Sucrip (Sougriva), prince Simien et frère du précédent.

Angcot (Angada), fils de Bali.

Hunuman (Hanumat), prince Simien, fils du vent et guerrier fameux.

« L'aîné [1], tu as quitté notre pays pour rejoindre Prea-réam, qui conduit nos ennemis à travers l'Océan pour venir conquérir Langca. Moi, j'irai mettre à mort ce méchant, ce fourbe, qui ne songe qu'à la ruse et qui a violé toutes les lois. »

Piphêc l'ayant écouté, dit : « Seigneur ne soyez pas aussi prompt à accuser ; en ce qui me concerne, je n'ai point manqué d'égards à mon aîné [2]. En ce moment, nous venons, selon les ordres de notre seigneur Prea-réam, nous entretenir avec vous. »

---

[1] C'est Kompuca qui s'adresse à Piphêc, son aîné.

[2] L'aîné de Piphêc, c'est Ravana, le ravisseur de Sita, épouse de Rama. Piphêc, l'astrologue

Ces paroles étant entendues, Kompuca, s'adressant à Prea-leac, le seigneur des hommes, dit : « Eh bien, voyons ; le roi Prea-réam[1] nous a envoyés promptement pour recueillir notre énigme, dont voici le texte : *Nea ngea chhuch chhot chhuh hot néai chhor chhonni.* Si vous la devinez, nous nous retirerons aussitôt avec notre armée. »

Alors, le seigneur cadet, Piphêc-hora[2], Sucrip, Hunuman le puissant, essaient, mais en vain, de résoudre l'énigme.

Le prince Prea-leac répond au yeac[3] : « Nous sommes impuissants à deviner l'énigme et nous allons rejoindre Prea-réam, le victorieux, afin de l'informer de notre insuffisance et pour qu'il prenne les mesures que lui suggèrera l'embarras du moment. »

Arrivés en présence de Prea-réam, Prea-leac, Piphêc, Sucrip et Hunumat se prosternent et disent : « Seigneur, voici une énigme en quatre points, posée par Kompuca et qu'il s'agit de deviner, sans quoi il refuse de retourner à Langca. »

Prea-noreai (Rama après l'incarnation)[4], l'aîné, ayant entendu ces paroles, comprit que le yeac voulait se jouer de lui avec son énigme. Il s'adressa à Angcot en ces termes : « Toi, le fils du puissant Péali ; toi dont les connaissances sont étendues et profondes, qui connais les ruses et la perfidie des yeacs, vas résoudre l'énigme de Kompuca l'assorey (asoura ou démon), afin qu'il s'en retourne avec ses soldats. S'il se montre orgueilleux et s'il méconnaît tes conseils, reviens vite m'avertir. »

Angcot se prosterne pour saluer et porte aussitôt l'ordre du seigneur, suprême refuge ; il marche fièrement comme s'il allait exterminer tous les yeacs.

Kompuca l'aperçoit et le reconnaissant pour le fils de Péali, il lui dit : « O fils de Péali, Prea-réam a sans doute deviné l'énigme, puisque tu viens avec empressement m'apporter une réponse. »

Angcot répondit fièrement : « Mon roi Auguste, le Noreai m'a envoyé pour t'inviter à reconduire tes troupes à Langca et enfin aussi pour résoudre ton énigme ; voyons donc en quoi elle consiste. »

---

et le sage, avait blâmé cet enlèvement en plein conseil et prédit les conséquences désastreuses qui devaient en résulter pour son frère aîné, qui, furieux d'être contrarié dans sa passion pour Sita et sa haine pour Rama, injuria le savant et le frappa publiquement. C'est à la suite de cet affront que Piphêc quitta Langca.

[1] On donne souvent le titre de roi à l'héritier présomptif, ce qui était le cas de Rama.

[2] C'est-à-dire Piphêc l'astrologue.

[3] Au géant, c'est-à-dire à Kompuca.

[4] Noreai ou Narayana un des noms de Vichnou.

Kompuca, surpris de la sagacité du nouveau messager et de la facilité avec laquelle il éclaircit tous les points obscurs de l'énigme, dit au quadrumane : « O général Angcot! le précieux souverain de Langca m'a envoyé à la tête d'une armée pour chasser les guerriers et les singes alliés de Noréai et de Leac. Vas donc dire à Prea-réam que je ne me retirerai pas avant d'avoir accompli ma mission. »

Angcot reprend le chemin du camp et rapporte ces paroles insolentes à Prea-réam. « Seigneur Noreai, maître des hommes, lui dit-il, vous m'avez député vers le chef des yeacs. Je lui ai prescrit, de votre part, de se retirer, mais il s'y refuse et veut éprouver votre valeur. »

A cette provocation, Prea-noreai, le premier, l'aîné, le roi sans crainte, mande Sucrip et lui dit : « Vas avec tes braves singes et leurs dignes chefs combattre et vaincre Kompuca. »

Sucrip reçoit l'ordre royal les mains jointes et élevées au-dessus de la tête; il est plein d'ardeur et il marcha à la tête de sept akhokinis de guerriers. Le roi des Simiens rencontre l'ennemi à Samar-phum-chey[1].

Kompuca, le puissant, dont la vue est perçante et qui observe sans cesse, voit venir de loin les ennemis, et dès qu'ils sont à portée de voix, il crie à leur chef : « O Sucrip, le singe, où conduis-tu ces troupes?... »

Sucrip, qui pénètre sa pensée, lui répond : « O Kompuca, le yeac, tu es le cadet de Réap, et moi je suis le cadet de Péali; nous sommes du même rang et nous pouvons nous mesurer, car personne au monde ne saurait préjuger de quel côté passera la victoire. »

Alors Kompuca adresse à son rival ces paroles flatteuses mais perfides : « O Sucrip, singe royal et cadet de Péali, vous êtes sans nul doute doué de valeur en même temps que d'une grande force ; nous pouvons individuellement, sans exposer nos gens, mesurer notre vigueur en arrachant les gros arbres de la montagne yoconto. Si l'épreuve tourne à votre avantage, je jure que je me retirerai sans délai à Langca. »

Sucrip se figurant que cette proposition était faite de bonne foi, l'accepta et il se mit aussitôt à l'œuvre sous l'œil de Kompuca qui l'observait avec soin et qui, lorsqu'il le vit épuisé par la fatigue, se jeta sur lui, l'étreignit avec ses bras puissants et ses grandes jambes et l'emporta à Langca.

Au moment où cet incident fâcheux de la campagne se produisait, de sinistres pressentiments assiégeaient l'esprit de Prea-noreai, le seigneur

---

[1] C'est-à-dire Samar le village de la victoire, ou le victorieux.

Ensemble du temple de Mi-Baume. (Restauration et dessin de M. Delaporte.)

des hommes, qui dit à Piphêc, à ce moment placé près de lui : « Sage devin, Sucrip lutte à l'heure présente avec le ycac redoutable et je suis

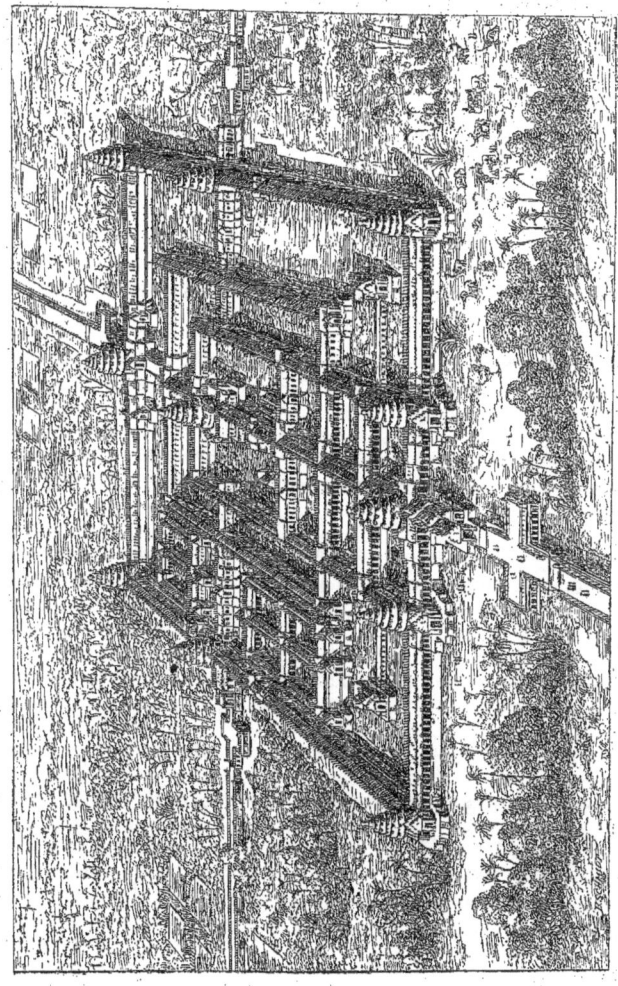

Le temple de Beng-Méaléa. (Dessin de M. Delaporte.)

inquiet ; veuillez consulter vos livres, afin de connaître l'issue de ce combat. »

Piphêc entend l'ordre du suprême refuge ; il s'incline, fait ses calculs et répond bientôt : « Seigneur, Sucrip a été vaincu par Kompuca, qui l'a saisi et emporté dans les airs vers Langca ; il est temps que Votre Majesté envoie Hunuman couper le chemin au yeac, afin de sauver le vaillant chef des Simiens. »

Dès que le prince astrologue eut fini de parler, Prea-réam attristé dit à Hunuman toujours disposé à recevoir ses ordres : « Vole dans la direction de Langca et sauve la vie à ton souverain. »

Le fils de Prea-peaï[1], l'esprit du vent, illustre et glorieux entre tous, salue le roi et part ; il vole rapidement vers la porte principale de la grande citadelle de Langca, près de laquelle il se blottit, attendant avec impatience Kompuca qu'il avait dévancé. Le yeac arrive, enfin, fier, triomphant, tenant toujours sa victime ; mais Hunuman, inaccessible à la crainte, le frappe résolument, et le démon immense roule silencieux, immobile et sans connaissance sur le sol. Hunuman, plein de gloire, mais ne perdant pas de temps, prend Sucrip dans ses grands bras puissants et l'emporte au campement du roi Noréai qu'il salue profondément avant de lui exposer les faits.

Cependant, Kompuca, le féroce, a repris connaissance et est plein de rage ; ses yeux sont rouges comme un feu sombre ; il est humilié d'avoir été battu par un singe, lui qui se prétendait invincible, lui si redouté sur toute la terre. « Me voilà, se disait-il, terrassé par un singe rusé ! Oh ! que ma faute est grande et combien je suis coupable de ne m'être pas tenu sur mes gardes et prêt à déjouer les stratagèmes de ces fins ennemis. » Plus il réfléchit et plus sa rage augmente. Enfin, il se dirige vers la salle d'audience du maître aux dix visages[2] ; il entre et se prosterne silencieux aux pieds de son aîné. « O Kompuca, mon cadet, lui dit le roi, tu viens de combattre les singes, as-tu remporté sur eux quelque succès?... »

Kompuca, ne pouvant mentir à son aîné et dans un pareil lieu, se mit à raconter fidèlement les faits. » Je suis honteux, ajouta-t-il, vis-à-vis de mes deux illustres frères ; mais je vais de nouveau vous quitter, sire, mon aîné, pour aller m'armer de la lance Mong-khasac que j'ai autrefois confiée à notre Prea-prom-mithuda[3]. » Cela dit, le puissant guerrier prend congé du souverain aux dix visages et marche dans les airs d'une allure rapide du côté où est déposé le fer terrible.

[1] Anila ou Pavana, le dieu du vent.
[2] Ravana, le roi des Rakchasas, avait, comme nous savons, dix visages.
[3] Grand-père de Ravana, de Kompuca...

Après avoir salué le vénérable Prom conformément aux usages, Kompuca lui demanda la lance acérée. « Comment se fait-il, lui observa Prea-prom, que tu abandonnes la vie retirée et vertueuse pour te lancer dans des aventures?.. » Kompuca s'incline et répond : « Seigneur, il s'agit de défendre Langca attaquée de toutes parts par des bandes innombrables de singes forts, courageux, lestes et rusés, conduits par deux héros, deux frères, princes d'un grand État du continent, réputés invincibles et qui ont formé le projet d'exterminer notre famille et tous les Asuras. En présence d'un danger aussi imminent, je n'ai pas pu me soustraire au devoir de combattre de nouveau. » Prea-prom entendant ces paroles, et se rendant compte du danger que courait la riche Langca, n'osa plus retenir l'arme meurtrière et il la remit au vaillant Kompuca, si habile à la manier, et qui, plein de joie et d'ardeur guerrière, reprit à travers les airs le chemin de la capitale.

Kompuca s'empresse de faire équiper des guerriers innombrables, choisis, forts, revêtus d'armures en fer superposées en plusieurs couches ; leurs mains tiennent des armes offensives, toutes acérées ; l'avant-garde, le centre et les ailes ne se composent que de yeacs vigoureux, ramassés ; ils sont pleins de fierté et brûlants du désir de vaincre les ennemis. Kompuca les réunit ; il monte sur son char royal, étincelant au soleil, ombragé par un dais frangé d'or et de belle soie et par d'immenses parasols. Les musiques retentissent et font frissonner l'Océan lui-même, et la terre en est aussi ébranlée jusqu'au mont Nontapot.

Enfin, Kompuca conduit ses guerriers à Nontocbopota. Là il s'arrête et fait élever pour lui une Banléa, ou habitation provisoire. Il ordonne que l'on surveille, sans en excepter aucune, toutes les avenues, afin que aucun ennemi ne puisse s'introduire dans le camp, tandis qu'il va, lui, psalmodier des incantations en vue de rendre sa lance tranchante et redoutable.

Dans l'autre camp, au petit jour, le seigneur Prea-noreai-réam sort de sa couche rayonnante. Le roi illustre est bientôt entouré des chefs Simiens, de son cadet Prea-leac, le maître des hommes, et s'adressant directement à Piphêc-hora, il lui dit : « Comment se fait-il que les eaux profondes de l'Océan soient aujourd'hui troublées ? cela est étrange et doit être attribué à une cause extraordinaire. »

Piphêc répondit : « L'Océan est agité et troublé parce que Kompuca a conduit ses troupes au pied du mont Nontocbopota, où il récite des prières magiques en vue d'aiguiser une lance d'une grande renommée dans notre pays et il ne tardera pas à venir éprouver votre valeur. Je vous conseille, sire, d'envoyer de suite quelqu'un d'assez puissant pour réprimer son audace et pour l'empêcher d'accomplir son œuvre infernale. »

Le roi prend la parole et dit : « O Hunuman, prends en main la défense de notre armée ; vas détruire les conjurations de l'Asura, car nul n'a au même degré que toi la valeur et la puissance nécessaires pour accomplir une aussi importante mission. »

L'illustre fils de Prea-péai reçoit l'ordre royal prosterné de tous ses membres ; puis il se redresse rapidement et, comme un trait, traverse l'espace et arrive à la montagne qu'on lui a indiquée et où il aperçoit bientôt Kompuca en prières, au milieu d'une grande armée et dans un camp que la vigilance la plus active rendait inaccessible. Hunuman se recueille et cherche un moyen pour combattre les conjurations de l'Asura. Son embarras est grand ; mais songeant enfin qu'il est d'essence divine et qu'il est doué du pouvoir merveilleux de changer de forme à son gré, il se métamorphose en milan colossal et va se poser, faisant entendre des chants sinistres, sur le toit du hangar sous lequel l'Asura était en prières [1].

A la vue du milan, Kompuca est décontenancé ; il ne compte plus sur l'effet de ses évocations et il entre en retraite pour trois jours, qu'il passera dans la plus absolue abstinence, afin d'attirer la bénédiction des dieux sur l'arme avec laquelle il compte détruire les ennemis de Langca. Cependant, l'Asura plein de colère, et ne tenant plus compte de sa condition de pénitent, s'élance vers l'oiseau sinistre et une lutte terrible s'engage entre eux. La force des deux adversaires est égale, ainsi que leur valeur ; mais Hunuman, songeant qu'il ne peut prolonger son absence sans enfreindre l'ordre royal, qui prescrit de revenir après avoir détruit les préparatifs magiques de l'Asura, laisse là son ennemi, et, traversant rapidement les airs, arrive bientôt au campement de Réaméa. « J'ai, suivant vos ordres, dit-il à Prea-noréai, détruit les préparatifs magiques de l'Asura et arrêté les effets qu'auraient pu avoir ses conjurations. »

Le roi entend le récit de Hunuman, qu'il sait incapable de mentir, et son bonheur est immense.

Après le départ du singe, ou plutôt du milan, et le ravage de sa tente,

---

[1] Oiseau de mauvais augure dans l'Inde et l'Indo-Chine.

Kompuca, dévoré par le feu de la colère, se dit à lui-même : « Si je retourne vers le roi de Langca, je serai couvert de honte ; les membres de la famille royale me railleront d'avoir été vaincu par les stratagèmes d'un singe. Je vais mettre en mouvement mon armée, se dit-il, et détruire tous ces Simiens et enfin tous les alliés des deux illustres frères [1]. » Ayant ainsi réfléchi et parlé, il monta sur son char superbe traîné par de vigoureux lions, rallia ses troupes et se dirigea vers le village de Sama-phum-chey. A son arrivée, le puissant Kompuca disposa son armée en bon ordre, veillant et se gardant à droite et à gauche, faisant surveiller les environs, ordonnant des rondes et des patrouilles fréquentes à travers la forêt.

Dès le jour, Prea-moreai ouvre les yeux et quitte sa couche ; il fait ses ablutions et paraît semblable au disque du soleil qui brûle sans taches ; il se couvre de vêtements parfumés et divins et il se rend sur la Prea-banléa où les tentures et les bordures à franges sont prodiguées. Des singes innombrables l'entourent semblables aux étoiles des cieux. Enfin, le roi entend au loin les cris de guerre poussés par les intrépides Asuras ; il prend la parole, et, s'adressant avec douceur à Piphêc, il dit : « O astrologue, quels sont ces corps de troupes ? Quelle est cette armée qui se présente à cette heure brillante comme le soleil levant ? sont-ce les Asuras du monarque à dix faces ?... »

Piphêc lève les mains pour saluer et répond : « Seigneur, c'est l'armée de Kompuca elle-même. »

« O Piphêc, ajouta le roi, qui pensez-vous qu'il faille envoyer au devant de Kompuca, afin de lui donner une preuve de notre valeur et de notre force ?... »

« Il faut faire marcher votre cadet, sire, à la tête de nombreux guerriers pour disputer la victoire ; les deux chefs seront égaux par le rang et la vaillance : un autre ne pourrait lutter avec avantage contre le chef des Asuras. »

Aussitôt, le roi ordonna au cadet de se mettre à la tête de ses troupes. Celui-ci se pare d'ornements d'un très haut prix, comme si c'eût été pour une grande fête ; il ceint la couronne brillante de pierreries et passe le double baudrier d'or. Au moment où le héros va partir, Piphêc s'incline et demande la faveur de l'accompagner. Angcot, Chompu-péan

---

[1] Rama et Lakshmana.

à l'âme fière et valeureuse, Khonon-taek et le singe royal Nilakhan[1] commandent aux Simiens ; ils sont tous pleins de zèle et brûlent d'en venir aux mains. Le prince cadet prend enfin congé de son frère. Hunuman, Sucrip, Tukhun, Khunsan, Nilaêc, Athan et l'astrologue Piphêc entourent le roi cadet qui conduit sans hésiter ses troupes vers Samar la victorieuse.

A la vue de l'état-major ennemi, la fureur de Kompuca augmente ; il saisit la lance Mong-khasac et marche droit sur Prea-leac armé aussi d'un glaive tranchant. Les armes des deux champions se choquent ; ils rivalisent d'ardeur et d'adresse pour mériter la victoire. Les généraux et les soldats des deux armées en viennent également aux mains et la mêlée est générale, acharnée, meurtrière. Pendant la lutte, Kompuca ayant aperçu Piphêc l'astrologue dans les rangs de ses ennemis est transporté d'indignation ; il ne songe plus qu'à lui ôter la vie et il dirige sur lui tous ses coups. Mais Piphêc se réfugie derrière le roi cadet, qui, voyant le danger auquel son savant allié est exposé, l'accueille sur son char et le couvre de son pied, parant avec adresse tous les coups qui lui sont destinés. Enfin, la lance finit par percer le pied du roi cadet qui pousse un cri de mort !... Prea-leac souffre horriblement ; il verse des larmes abondantes. « O mon aîné, s'écrie-t-il, je vais mourir ; je ne verrai plus votre auguste visage et vous allez rester seul, isolé !... » Le noble cœur ! il pleure sur le sort, sur l'isolement de son frère ; il songe surtout à son aîné accoutumé dès longtemps à le voir partager son repas, ses jeux quotidiens et ses dangers aussi bien que ses joies. Le poison du fer enchanté se répand de la blessure par tout le corps du blessé dont les forces s'épuisent, tandis que une fièvre ardente lui ôte toute connaissance.

Les chefs Simiens se concertent à la hâte sur les moyens de retirer de la blessure l'arme tranchante, acérée et empoisonnée. Dans ce conseil, plusieurs avis sont émis et les procédés indiqués sont aussitôt essayés. Tous les Simiens entourent le malheureux blessé et voudraient pouvoir le soulager en retirant la lance meurtrière ; quelques-uns des plus robustes et des plus adroits s'y essaient ; mais c'est en pure perte ; les forces des singes s'épuisent, tous leurs membres se couvrent de sueur et la lance est toujours dans les chairs ! la hampe se transforme en un

---

[1] Nila, fils d'Agni le dieu du feu,

arbre gigantesque dont les branches et le feuillage s'élèvent jusqu'à Anessa-prom (un paradis), tandis que le fer s'allonge jusqu'au plus bas des enfers. Les princes Simiens, les généraux et les soldats sont consternés en présence d'un si grand malheur.

Après cet exploit d'une immense portée, le fier Kompuca, monté sur son char de guerre et entouré de ses guerriers, avait pris rapidement la route de Langca, le brillant et fortuné séjour, afin d'y répandre la nouvelle de son succès sur le cadet de Prea-noréai. Bientôt le cadet est admis à l'audience des dix faces ; il se rend sur son char au palais, ordonne à ses compagnons d'armes de l'attendre à la porte et lui entre triomphant dans la salle du conseil où se trouve déjà les dix joyaux (Ravana), entouré de ses dames et semblable à un soleil brillant parmi un firmament d'étoiles.

Kompuca se prosterne des quatre membres en présence de la grandeur suprême. «O mon frère, lui dit le roi, tu es parti à la tête de l'armée pour éloigner le couple [1] de nos frontières, as-tu réussi ? »

Kompuca répond : «Seigneur, ces deux hommes ont été mis à mort par moi.»

A cette nouvelle, Prea-réap se lève fièrement ; il complimente son frère de son succès sur des princes étrangers universellement réputés pour leur force, leur adresse et leur intrépidité et il est désormais tranquille sur la sûreté de Langca.

Kompuca salue le roi et se retire dans son propre palais, si beau et si plaisant, où il se livre aux plaisirs avec ses femmes, selon la bonne et antique coutume des princes et des rois.

Cependant, Piphêc l'astrologue, jugeant de la gravité de la blessure reçue par le roi cadet, s'empresse de courir vers Rama devant lequel il se prosterne : « Seigneur Noreai, maître des hommes, lui dit-il, le prince votre cadet, qui était allé se mesurer avec Kompuca, le terrible Asura, a été blessé pendant l'action. Sa blessure est grave et les jours de votre bien-aimé sont en danger. »

A ces mots de l'astrologue, habitué à bien juger des choses, Rama se désole et pleure sur le sort de son malheureux frère. Alors, le grand roi ordonne aux guerriers de bien veiller autour du campement; puis il sort de son appartement au moment où le soleil s'abaisse vers les lisières des forêts. Bientôt arrive le crépuscule qu'accompagne de près

[1] C'est-à-dire les deux frères Rama et Lakshmana,

la nuit. Mais la lune est dans son clair et le ciel dégagé de nuages. Rama se dirige droit sur Sama-phum-chey et là il trouve son frère étendu sur le sol sans connaissance. A cette vue il pleure et gémit. « O mon frère, s'écri-t-il, comment as-tu pu trouver une fin aussi malheureuse au milieu de tant de braves soldats? Je suis ton frère, comment ne me reconnais-tu point? Je regrette bien vivement ce cher ami, aussi précieux que l'or le plus pur et beau comme la brillante pleine lune lorsque dans l'espace immense, dégagé de vapeurs, elle rencontre le soleil qui la saisit au milieu du ciel. Ainsi tu es tombé, ô Leac, mon cadet, et comment te survivrai-je? C'est à cause de moi, et pour sauver mon épouse chérie, que tu as perdu la vie. Le bruit se prolongerait dans l'avenir le plus lointain que tu as été tué en exécutant mes ordres, tandis que j'étais, moi, éloigné de tout danger. Ma mémoire serait justement honnie ! » La douleur de l'aîné devient à ce moment si vive qu'il se roule désespéré auprès du corps sanglant de son pauvre frère.

Alors, Piphêc, dont la science est immense, lève les mains au ciel en signe de salut et s'écrie au milieu du silence de cette scène attristante : « Si le roi, notre chef, s'abandonne au désespoir, au prochain lever du soleil son frère sera mort! qu'il daigne calmer sa douleur, reprendre courage et songer avec nous aux moyens de sauver l'illustre malade. Je le prie instamment d'envoyer Hunuman, le digne fils du vent, cueillir sur le mont Noreai-chac une plante que je lui indiquerai et qui est la seule capable de guérir une blessure de cette espèce. »

La douleur de Prea-noreai s'apaise à ces mots de l'astrologue et son cœur s'emplit d'espérance. Hunuman reçoit prosterné l'ordre royal, prend les instructions de l'astrologue et vole plein de zèle vers la célèbre montagne. Il arrive bientôt sur les lieux ; mais comme il ne connaît pas le simple merveilleux qu'il va chercher, il interroge la Néang-tép-thida [1] : « O noble dame, lui dit-il, où se trouve la plante *osotha* que le seigneur Prea-noreai m'envoie chercher sur cette montagne? »

La belle sorcière répond avec coquetterie aux questions de Hunuman, sans lui fournir toutefois les indications désirables; mais elle réussit en même temps à séduire le puissant quadrumane et à le distraire momentanément du but de sa mission. « O mon amie, lui dit Hunuman,

---

[1] Une Rakchasas transformée en devineresse et dont le rôle était de détourner Hunuman de son importante mission.

accorde-moi ton amour, ne t'esquive pas et ne prolonge pas davantage mon tourment. « L'accord s'établit bientôt entre eux, et Hunuman s'oublie et s'abandonne à sa passion ; il goûte le bonheur auprès de cette nouvelle amie et puis, la prenant dans ses bras puissants, il l'élève jusqu'aux cieux d'où elle provient.

Enfin, Hunuman ne perdant pas de vue ses devoirs, revient vers la montagne, et, debout sur le point le plus culminant, il appelle la plante osotha de sa voix éclatante. Mais tandis que le fils du vent appelle tourné vers le Baschem (ouest), la plante répond du côté de Borpéa (est). Alors Hunuman se dirigeant vers l'orient appelle de nouveau et la réponse cette fois semble venir du haut de la montage. Désespéré, pressé et furieux, le prodigieux quadrumane embrasse la montagne avec sa queue d'une longueur infinie, l'ébranle, l'enlève et l'emporte à Langea où il la dépose aux pied de l'astrologue Piphêc impatient de sauver le précieux Prea-leac.

« Héros incomparable, dit Piphêc à Hunuman, vas maintenant dans la forêt de Hembopéan puiser l'eau nécessaire à la préparation du remède. »

Le fils du vent reprend rapidement son vol vers la forêt célèbre et rapporte l'eau merveilleuse à Piphêc, qui, sans perdre de temps, dispose le médicament et l'applique lui-même sur la blessure du prince. Bientôt le trait est retiré et le cadet, enfin soulagé, peut se rendre auprès de son frère Noreai de la race des Chac-khara (puissants).

Alors l'aîné, libre désormais de toute préoccupation du côté de son frère, reporte ses pensées sur Sita, sa malheureuse épouse. Il croit voir partout dans la nature des signes heureux qui lui font espérer qu'il rentrera bientôt en possession de sa bien-aimée : les fleurs de la forêt répandent dans l'espace leurs parfums enivrants, et les oiseaux accouplés, s'appelant et se répondant en des chants pleins d'harmonie, sont d'heureux présages pour le rapprochement des époux. « O mon amie, ma belle et chère Sita, s'écrie le roi, j'étais accoutumé à vivre près de toi et uniquement pour toi, à entendre ta douce voix... Comment avons-nous pu être séparés ? Comment les dieux ont-ils permis que tu sois enlevée à l'affection de ton époux et séquestrée seule à Langca ? Quant à moi, seul, isolé, je pleure, je gémis et ma douleur est sans bornes. O ma belle Sita, lorsque le chef des Asuras aura été vaincu et que sa race infernale sera éteinte, je te reprendrai ; nous serons réunis de nouveau et cette fois nous ne nous séparerons plus. »

Le roi, accablé d'émotions, repose enfin à côté de son frère dont la terrible blessure a épuisé les forces physiques.

Mais les chefs des Asuras, orgueilleux de leur victoire, ont cependant appris la guérison miraculeuse du cadet; ils rentrent terrifiés à Langca pour informer leur souverain de cet événement malheureux. Ils trouvent le roi aux dix faces entouré de hauts dignitaires de l'État et des chefs militaires, tous placés selon leur rang; ils se prosternent très bas et ils lui font connaître la mauvaise nouvelle en ces termes : « Seigneur, maître des existences, en ce moment les deux frères ennemis de notre race sont sains et saufs; le jeune est aujourd'hui délivré de la lance Mung kasac, et tous deux, tranquilles dans leur campement, méditent la perte de Langca. »

Le roi entre dans une grande fureur et s'écrie : « O mes gardes! allez appeler l'Asura Kompuca, mon vaillant frère et qu'il vienne en toute hâte. »

Les gardes se prosternent et courent au palais de l'Asura. Arrivés en sa présence, et s'étant préalablement prosternés, ils lui transmettent l'ordre du roi.

Kompuca se lave, s'habille rapidement et se rend au palais du souverain aux dix faces. Prea-réap est abattu, ses traits indiquent la tristesse; il est inquiet sur le sort de la belle, de l'opulente Langca. Apercevant son cadet à son poste dans la salle des délibérations, il lui dit : « O mon cher Kompuca, apprends que Leac a échappé à la mort et qu'il est en ce moment dans le campement de son frère occupé à préparer une nouvelle campagne contre nous. Qu'allons-nous faire? Réfléchis et parle; je suivrai les avis que t'inspireront ton zèle, ton affection pour moi et ton amour du pays. »

Kompuca répondit : « Que Votre Majesté ne soit pas en peine; je m'engage à vous servir avec ardeur et à défendre le passage du détroit. »

Par ce simple extrait du Réam-ke Cambodgien, et la description que nous avons faite des bas-reliefs d'Angcor-vat, on voit que les khmers prenaient Rama pour ce qu'il était réellement, c'est-à-dire un prince d'un grand royaume de l'Inde, un guerrier dans lequel Vichnou s'incarna pour lui communiquer la force, le génie et enfin l'invulnérabilité nécessaire pour combattre les génies malfaisants, et hostiles aux dieux, réfugiés dans l'île de Ceylan.

APPENDICE

Le livre qui paraît aujourd'hui sous le titre de *Royaume du Cambodge* était composé depuis plusieurs années avant son impression. Des travaux épigraphiques de date récente, dus à des savants français et étrangers, vont nous permettre de contrôler plusieurs de nos conjectures et d'éclairer certaines parties de notre ouvrage restées jusqu'à ce jour obscures.

Lorsque nous avons réuni, classé et, enfin, rédigé les notes diverses que nous avions recueillies sur le Cambodge, l'épigraphie n'avait dit encore que son premier mot, car nous ne possédions alors que les traductions de quelques inscriptions dédicatoires, gravées sur des monuments religieux relativement peu importants[1]. On a relevé là quelques dates se rapportant à la construction, à la consécration de ces édifices, ou à leur restauration à une date plus ou moins postérieure, et des indications relatives à leur destination primitive, qui peuvent bien jeter une heureuse lueur sur les croyances religieuses de l'ancien peuple khmer, mais qui ne nous apprennent presque rien sur son passé historique.

Nous avons trouvé là néanmoins les noms de trois anciens rois, savoir :

Prea-srey-sorijo-por, qui régnait en 762 çaka (840 de J.-C.), suivant l'inscription de Baset. Selon l'inscription de Vat-êc, ce prince régnait encore en 787 çaka (865 de J.-C.) ;

---

[1] On trouvera la traduction de ces inscriptions, tome II, pages 379, 380, 384.

Prea-barommo-nipéan-bat, qui régnait en 1488, ère buddhique (945 de J.-C.), suivant l'inscription de Bachey-ba-ar ;

Prea-réachéa-ongcar-prea-chey-chessda-réaméa, qui, suivant l'inscription de Banân, régnait en 1830 de l'ère buddhique, c'est-à-dire en 1287 de J.-C.

Le nom de l'avant-dernier de ces princes se trouve mentionné dans la chronique royale, première partie, tome II, page 21.

M. Bergaigne nous a fait part de ses doutes sur l'exactitude des dates que nous venons de donner.

A propos des inscriptions de Basêt et de Va-êc, le savant indianiste objecte que toutes les inscriptions recueillies, datant de cette époque, y compris celles qui sont rédigées en langue vulgaire, donnent les noms des rois sous leur pure forme sanscrite.

Il est possible que ce soit, en effet, dans cette langue que le nom et les titres, qualités, etc. de ce roi sont écrits sur les deux inscriptions qui nous ont été envoyées de Battambang, transformées d'un bout à l'autre en cambodgien vulgaire et moderne, sans doute afin de nous en faciliter la traduction en français. M. Bergaigne ne conteste pas l'ère de ces deux-ci, car toutes les inscriptions anciennes, jusques et y compris celles du XIIᵉ siècle, sont datées de l'ère çaka.

Bien que l'inscription de Bachey-ba-ar soit postérieure au XIIᵉ siècle, M. Bergaigne donne des raisons pour repousser l'ère du Buddha et pour lui substituer l'ère çaka, c'est-à-dire que la date vraie de cette inscription serait 1566 de J.-C.

L'ère n'est pas spécifiée sur l'original. Si les premiers traducteurs ont adopté l'ère du Buddha, c'est vraisemblablement à cause du caractère buddhique de l'inscription.

M. Bergaigne pourrait bien avoir raison, car en consultant les annales, nous trouvons un prince d'un nom à très peu près analogue, qui régnait de 1556 à 1567 de J.-C., et qui dans le courant de l'année 1566, c'est-à-dire juste à la date de l'inscription qui nous occupe, remporta personnellement sur les Laotiens une grande bataille navale livrée sur le Mécong, à quelques milles à peine en aval du temple de Bachey-ba-ar[1].

[1] Le nom de ce prince, d'après l'inscription, serait Prea-barommo-nipéan-bat, et d'après les annales Prea-barom-réachéa. Or, ce sont là, pensons-nous, deux noms identiques, car le mot barom n'est qu'une abréviation de barommo : et que réachéa exprime la qualité de la personne et signifie simplement roi. Ce roi avait, comme tous les princes khmers, une foule de qualificatifs que nous avons négligés en traduisant les annales.

La restauration de ce monument fut-elle l'accomplissement de quelque vœu fait par le prince avant l'action? Ce serait là, en tout cas, un acte de dévotion très conforme aux usages cambodgiens, mais l'inscription cependant n'en dit rien.

L'inscription de Banân nous donne le nom d'un roi avec une date d'une exactitude incontestable, car il n'y a évidemment que l'ère buddhique, d'ailleurs formellement indiquée, qui puisse être matériellement possible, puisque si nous supposions l'ère çaka, cela nous reporterait à l'année 1908 de J.-C., qui est encore loin de nous.

Les collections d'inscriptions khmers, qui ont été récemment déchiffrées, ou qui sont en ce moment à l'étude à la Société Asiatique de Paris, ont été principalement constituées, nous le disons avec un légitime sentiment d'orgueil que l'on nous passera, par les soins de quatre officiers des différents corps de la marine française : MM. de Lagrée, Delaporte, Harmand et surtout Aymonier.

En Hollande, c'est M. le docteur Kern qui a entrepris le premier de traduire les inscriptions khmers, qui ont été soumises à son examen par M. le docteur Harmand. En France, c'est M. Aymonier pour les parties de ces documents qui se rapportent à la langue ancienne ou moderne des Cambodgiens, et les savants membres de la Société Asiatique, MM. Barth, Bergaigne et Senart, pour les inscriptions rédigées en sanscrit.

Ces inscriptions sont souvent bilingues. Lorsque les brahmes, ainsi que les buddhistes, qui les ont gravées sur la pierre, s'adressaient à leurs divinités dans leurs invocations, évocations, louanges, etc., c'était toujours en sanscrit, au moins à cette époque reculée. La suite de ces textes est généralement du vieux cambodgien, avec cette particularité que de nombreux mots sanscrits y figurent sous la forme du thème nu, mêlés aux mots de la langue vulgaire. C'est là, paraît-il, un usage commun aux inscriptions du Cambodge et à celles de l'Inde propre.

« La forme des anciens caractères khmers, dit M. Aymonier, soit carrée, soit arrondie, ne diffère pas beaucoup de celle des caractères modernes, sauf quelques-uns qui peuvent d'ailleurs être facilement identifiés. La difficulté ne consiste donc pas dans le déchiffrement, mais dans l'interprétation qui demande une grande érudition et exige la connaissance de plusieurs langues. »

« L'alphabet de ces inscriptions, dit à son tour M. Bergaigne, intermédiaire entre les alphabets de l'Inde du sud, dont il dérive, et l'alphabet khmer, qui en dérive aussi ; très voisin de l'alphabet ancien de Java (le kawi), qui est lui-même d'origine indienne, n'opposait pas au déchiffrement de grandes difficultés. Il n'en était pas de même, pour des épigraphistes européens, de l'une des langues employées, qui est l'idiome ancien du Cambodge. »

« M. Aymonier, ajoute M. Bergaigne, ayant fait une étude approfondie du cambodgien moderne, a pu, non seulement reconnaître la valeur des caractères anciens en partant de la forme qu'ils ont prise dans l'écriture actuelle, mais encore distinguer les deux langues employées sur les monuments et indiquer nettement où commençait la langue vulgaire, qu'il était en mesure de traduire. »

« Le savant Hollandais, M. Kern, lisait et traduisait, de son côté, diverses inscriptions khmers en suivant la voie opposée à celle qu'avait prise M. Aymonier, c'est-à-dire en partant des alphabets de l'Inde et aussi en s'aidant de celui de Java, et il avait reconnu que la langue de plusieurs d'entre elles, ou tout au moins de certaines de leurs parties, était le sanscrit. »

Nous croyons bien faire en donnant ici une brève analyse des traductions des monuments épigraphiques provenant du Cambodge, et dont nous avons pu obtenir communication.

TRADUCTIONS DE M. KERN.

1. *Inscription de Ponteay-câ-ker.* — Cette inscription a été recueillie sur place par M. Harmand. M. Kern déclare que la langue lui est inconnue, mais il affirme que ce n'est ni le sanscrit, ni le pâli. On y lit le nom de Jaya-varman qui a été porté par plusieurs rois du Cambodge.

Cette inscription doit être écrite, pensons-nous, en vieux khmer.

2. *Inscription de Prea-khan* (province de Compong-Soai). — Cette inscription a été estampée d'abord par M. Delaporte en 1873, et plus tard par M. Harmand. Les caractères qui ont servi à l'écrire sont à peu près identiques à ceux du kawi, et la langue est le sanscrit.

Voici un extrait de la traduction :

« Puisse la danse de celui qui porte la lune comme une couronne (Siva) porter bonheur!

« Cette danse, qui en réjouissant sa chère épouse, Dourga, mérite que Brahma et les autres dieux y assistent respectueusement...

« Hommage au Buddha, à qui seul le mot d'omniscient s'applique au sens propre...

« J'apporte mon hommage à la science née du dieu à trois yeux (Siva)...

« Il y avait un roi pieux, Sa Majesté Surya-varman, aimant Vichnou, et qui, né de la race solaire, était joyeux comme Crichna [1].

« On le surnommait « le dieu de l'amour et le dieu de la lune, » et c'est lui-même qui fit une œuvre méritoire en créant cet édifice irréprochable.

« Il avait en grande estime la grammaire, les belles-lettres, les six systèmes de philosophie, la science du droit...

« C'était un esprit fort; il était valeureux et il conquit lui-même, au milieu de la foule des guerriers, le royaume du roi Dharanindra-varman [2]. »

Cette inscription, dit M. Kern, apprend :

1° Que le monument a été édifié par Surya-varman ;

2° Que ce prince fut un conquérant ;

3° Qu'il protégeait les lettres ;

4° Que sous son règne le buddhisme et le brahmanisme furent également florissants ;

5° Que lui, le roi, était sectateur de Vichnou, et que conséquemment le temple de Prea-khan, qu'il créa, dut être consacré à ce dieu [3].

En général, dans l'Inde, les rois, tout en ayant un culte particulier, protégeaient les différentes religions pratiquées par le peuple.

Cette inscription n'a pas de date, mais il est maintenant établi que Surya-varman monta sur le trône en 1002 de notre ère. Il faut donc faire remonter l'édification de Prea-khan vers cette époque.

3. *Inscription de Banthat* (Laos). — Cette inscription a été trouvée par M. Harmand sur une stèle précédant un monument composé de trois

---

[1] Il y a ici un jeu de mots que M. Kern n'a pas compris. Au lieu de « et qui né de la race solaire... » il faut lire : qui monta sur le trône en 924 çaka (1002 de J.-C.). (Bergaigne.)

[2] Il ne me paraît nullement démontré que Surya-varman ait détrôné Dharanindra-varman. Cette interprétation de M. Kern repose sur une erreur de l'inscription de Banthat (n° 3). Je crois que la stance signifie que Surya-varman était fils de Çri-Narendra-Lakshmi, propre nièce des deux rois Jaya-varman et Dharanindra-varman, comme Kartikeya est fils de Bhavani, et qu'il fut pour un ennemi ce que le lion est pour l'éléphant. (Bergaigne.)

[3] Il n'y a aucune raison de le croire, le calembour signifiant : « semblable à Vichnou » et « monta sur le trône en 924 çaka (1002 de J.-C.). » Il est même impossible que cet édifice fut consacré à Vichnou, puisque l'inscription ne contient que des invocations à Siva et au Buddha. (Bergaigne.)

tours sur une même ligne, au lieu dit de Banthat, dans le petit État de Korat.

Les quatre côtés de la stèle sont écrits, mais seul le texte de la face orientale était en assez bon état pour être lu et traduit.

Les caractères de cette inscription ne diffèrent guère de ceux qui ont servi à écrire la précédente, mais ils sont plus fermes et plus élégants de forme.

Le texte de la face orientale débute par un éloge enthousiaste de la demoiselle Tilaka, « née pour faire le bonheur d'un Siva terrestre, » c'est-à-dire d'une incarnation de Siva.

Cette inscription, qui n'a pu être traduite complètement, nous apprend néanmoins :

1° Que le roi Jaya-varman pratiquait le sivaïsme ;

2° Qu'il eut pour successeur son frère aîné Dharanindra-varman, qui a laissé la réputation d'un prince modeste, peu ambitieux, sage et juste, « qui favorisait le bien-être des sept états de citoyens ; »

3° Que le Cambodge alors était divisé en deux royaumes, ou plutôt en deux gouvernements ;

4° Que Surya-varman, le plus jeune frère de Dharanindra-varman, à peine arrivé à l'âge adulte, et désireux d'être seul maître de l'empire, marcha contre son aîné, le tua de sa propre main et devint seul roi du Cambodge [1] ;

5° Que Surya-varman rétablit la paix dans ses États et que des princes d'autres parties du monde, subjugués par son grand ascendant, se déclarèrent spontanément ses vassaux et lui payèrent tribut ; qu'il éclipsa, enfin, par ses exploits, la gloire de Rama, le victorieux ;

6° Qu'il fit bâtir le temple de Banthat, qu'il dédia à Siva et où il érigea un linga et une statue de Dourga.

7° Que si le culte de Siva était, à cette époque, prédominant, le buddhisme n'en existait pas moins ; que le culte ancestral était pratiqué et que les discussions philosophiques étaient en honneur ;

8° Que les traditions historiques étaient soigneusement conservées, que les arts (musique et danse), les lettres et les sciences étaient

---

[1] Contre-sens de M. Kern (voir la note de l'inscription précédente). Surya-varman était le petit-neveu, et non le frère de ses deux prédécesseurs, Jaya-varman et Dharanindra-varman, et absolument rien ne peut faire croire que le rival qu'il vainquit fut Dharanindra-varman. (Bergaigne.)

PLAN DES CONSTRUCTIONS CENTRALES D'ANGCOR-VAT

(Dessin de M. Proil, d'après les notes et croquis de M. Spooner)

LÉGENDE

C, C, C, C. Esplanade supportant le monument.
D. Terrasse cruciforme.
E, E, E, E. Portiques inégaux et de biais.
a, a, a, a. Galerie des bas-reliefs.
b, b, b, b. Tendant servant à descendre des galeries d'éléphant.
F, F, F, F. Bassins du vestibule occidental.

H, H, H, H. Portiques de la deuxième galerie.
a, a, a, a. Galeries reliant les portiques extérieurs.
M, M, M, M. Portiques de la troisième galerie.
I, I, I, I. Bassins entourant le sanctuaire.
c, c. Grandes bibliothèques.
k, k'. Pridam bibliothèques.

Les constructions de champ des trois tours sont supposées coupées à mi-hauteur des colonnes des galeries).

PLAN DES CONSTRUCTIONS CENTRALES D'ANGCOR-VAT

(Dessin de M. Oriol, d'après les notes et croquis de M. Spooner.)

D. Terrasse cruciforme.
E, E, E, E. Portiques d'angles et de faces.
o, o, o. Galeries des bas-reliefs.
K. Ressaut servant à monter ou à descendre des palan-
quins d'éléphant.
F, F, F, F. Bassins du vestibule cruciforme.

H, H, H, H. Portiques de la deuxième galerie.
a, o, a, a. Galeries reliant les portiques extérieurs.
M, M, M, M. Portiques de la troisième galerie.
f, f, f, f. Bassins entourant le sanctuaire.
e, e'. Grandes bibliothèques.
h, h'. Petites bibliothèques.

(Les constructions de chacun des trois étages sont supposées coupées à mi-hauteur des colonnes des galeries).

estimés et que les rois comblaient d'honneurs et de présents les poètes, les érudits et les philosophes ;

9° Que les femmes occupaient un rang élevé dans la société et qu'il existait une sorte de noblesse littéraire ;

10° Que la population était divisée en sept classes.

Cette inscription a transmis à la postérité le nom d'un célèbre savant, Puja-siva, qui fut successivement le conseiller des rois Jaya-varman, Dharanindra-varman et Surya-varman.

Comme la précédente inscription, celle-ci n'est pas datée, mais si elle remonte, comme c'est probable, aux premières années du règne de Surya-varman, elle doit se rapprocher de l'année 1002 de notre ère.

TRADUCTIONS DE M. AYMONIER.

4. *Inscription de Bos-ra-non.* — Le texte de cette inscription est en vieux cambodgien et M. Aymonier en a lu et traduit en français les premières lignes. Il porte la date de 924 çaka (1002 de J. C.).

Il s'agit ici d'un ermitage consacré à Siva par les seigneurs de l'endroit. Il y est aussi question de l'érection d'un linga par le « seigneur souverain Surya-varman. »

5. Inscription cambodgienne de Lophaburi (Siam). Cette inscription débute ainsi :

« En 944 çaka (1002 de J.-C.), le roi Surya-varman a ordonné, etc. »

DÉCHIFFREMENTS DE MM. BARTH, BERGAIGNE ET SENART.

6. *Inscription de Leley.* — Cette inscription a été reproduite, avec quelques autres, dans l'ouvrage publié à la suite du voyage d'exploration en Indo-Chine, par M. de Lagréc et ses compagnons. Mais cette édition de grand luxe a été malheureusement si peu répandue que les savants spéciaux ont bien longtemps ignoré qu'elle contînt des inscriptions khmers d'un haut intérêt.

M. Bergaigne, qui a étudié le texte sanscrit du fac-similé de M. de Lagrée, publié par M. Garnier dans l'ouvrage précité, a obtenu un témoignage formel en faveur de la date, çaka 815 (893 de J.-C.), assignée par M. Aymonier à la dédicace du temple de Leley.

M. Bergaigne à traduit l'une des inscriptions du tome I, page 79, du *Voyage d'exploration en Indo-Chine*, ainsi qu'il suit :

« Fortune ! bonheur ! victoire ! En l'an 815 çaka (893 de J.-C.) le sixième jour de la quinzaine noire, du mois Çuci, la lune étant au milieu des Poissons, Mercure dans le Lion, l'Horoscope et Vénus dans le Taureau, le Soleil dans le Cancer, Jupiter dans le Sagittaire, Mars et Saturne dans la Balance, ces statues de Siva ont été érigées par Sa Majesté Yaço-varman, qui les a fait faire toutes ensemble. »

M. Bergaigne observe, avec raison, qu'à cette époque l'astronomie n'était pas plus négligée au Cambodge que la philologie sanscrite.

7. *Inscription de Leley* (n° 2.) — Celle-ci est digraphique ; elle débute par une invocation à Siva ; ensuite, on y fait l'éloge du roi yaço-varman. L'inscription porte la date 815 çaka (893 de J.-C.). Elle est par conséquent de la même année que la précédente. Ici, l'avènement au trône de Yaço-varman est rapporté à l'année 811 çaka (889 de J.-C.).

8. *Inscription de Phum-da.* — Les fac-similés relevés sur une pierre écrite découverte dans le village de Phum-da, ont été déchiffrés par M. Bergaigne, au moins pour ce qui regarde la partie sanscrite, qui occupe une face entière de la pierre et les deux premières lignes d'une autre face.

L'inscription débute par la formule ordinaire d'invocation à Siva. Le reste est destiné à rappeler la consécration d'un linga, ou représentation phallique de Siva, en l'an 976 çaka (1054 de J.-C.).

Le pieux personnage auquel est rapportée la consécration de ce linga était, d'après l'inscription, considéré comme identifié dès cette vie à Siva.

M. Bergaigne remarque, à ce propos, qu'il est aussi question dans l'inscription de Bassac, n° 3, traduite par M. Kern, d'un personnage qui passait pour une incarnation de Siva, et que le fils de ce Siva terrestre y est représenté conversant avec les dieux dans la cérémonie de la consécration de ce linga.

9. *Inscription de Prea-bat-chéan-chun.* — L'inscription, traduite par M. Bergaigne, fait l'éloge d'un roi et mentionne la fondation d'un hôpital pour les quatre castes. La date est probablement 984 çaka (1062 de J.-C.).

10. *Inscription de Ang-chumnick.* — Les caractères qui ont servi à écrire celle-ci sont, paraît-il, semblables à ceux qu'on trouve dans les

plus anciennes inscriptions sur pierre du Dékhan. Elle a été étudiée par M. Barth.

Le sujet est l'érection en 589 (ère non spécifiée, mais très probablement çaka, 667 de J.-C.) d'un siva-linga et la dotation d'un sanctuaire consacré à Siva par le gouverneur de la ville d'Adhyapura, au nom du roi Jaya-varman. Les ancêtres de ce gouverneur avaient été, pendant trois générations, les ministres des rois Rudra-varman, Bhava-varman, Mahendra-varman et Içana-varman.

La langue de cette inscription, selon M. Barth, est d'une correction rare. La date, présentée avec un luxe d'indications astrologiques assez rares dans les inscriptions de l'Inde propre, mais qui paraît être un des traits caractéristiques des documents de ce pays, confirme ainsi directement la supposition de M. Kern, qui avait indiqué l'an 600 comme l'époque approximative du règne de Bhava-varman.

11. *Inscription de Lovec.* — Cette inscription, déchiffrée par M. Senart, renferme, après plusieurs invocations à des divinités brahmaniques, une généalogie de ministres apparentés à la famille royale. Il s'agit ensuite de l'érection d'un linga et de statues de Vichnou, de Siva et de Kali.

L'inscription dit que Udayaditya-varman succéda à Surya-varman, et qu'ensuite régna le frère cadet de celui-ci, le prince Harsha-varman.

12. *Inscription de Srey-santhor.* — Relevée sur une stèle et déchiffrée par M. Senart, cette inscription est du roi Jaya-varman et relate les efforts faits par ce prince et par son ministre, pour la restauration du buddhisme. On y trouve la date de l'avènement au trône de Jaya-varman, 890 çaka (968 de J.-C.).

13. *Inscription de Phnom-Hanchey.* — La présente inscription a été d'abord publiée dans les *Annales de l'Extrême-Orient*, et M. Kern en a entrepris, dans le temps, la traduction d'après les estampages, malheureusement incomplets, du docteur Harmand. La langue est le sanscrit.

M. Barth, qui a eu à sa disposition le texte complet de cette inscription, envoyé par M. Aymonier, est parvenu à la déchiffrer.

Le sujet est l'éloge du roi Bhava-varman, issu de la dynastie lunaire, et l'érection, sous le règne de son fils, dont le nom n'est pas donné, d'un Siva-linga invoqué sous le vocable de Bhadreçvara.

L'inscription n'est point datée; néanmoins MM. Kern, Barth et

Bergaigne s'accordent à penser qu'il faut en rapporter la date à l'an 600 de notre ère.

14. *Inscription de Baksey-chang-crang.* — Cette inscription, déchiffrée par M. Senart, débute par des invocations aux principales divinités brahmaniques et à un Kambu-Svayambhuva, sorte de Manou des Khmers.

Immédiatement après vient l'éloge des premiers rois qui ont porté le fardeau de la terre de Kambu[1]. Ces noms de rois ne sont pas donnés.

Puis, l'inscription mentionne une série de rois dont elle ne nomme que le premier, Rudra-varman, et qui semblent former une seconde branche. Selon toute vraisemblance, c'est à cette branche qu'appartiennent les rois dont M. Barth a relevé les noms sur l'inscription n° 10 et dont le premier s'appelle Rudra-varman.

Le premier qui vient ensuite est celui d'un prince de la même race, Jaya-varman, dont le fils régna sous le même nom que le père. L'un de ses successeurs fut le fils de son oncle maternel Indra-varman, qui érigea un linga et diverses idoles brahmaniques. Son fils Yaço-varman fit creuser l'étang de Yaço-dhara. Il eut pour successeur, d'abord son fils aîné, Harsha-varman, qui érigea des statues brahmaniques dans le lieu même de l'inscription, et ensuite son fils cadet Icana-varman. Après celui-ci, régna l'un de ses oncles, Jaya-varman qui érigea un linga et différentes statues brahmaniques à Lingapura.

Les successeurs de Jaya-varman furent d'abord son fils cadet Harsha-varman, puis son fils aîné Rajendra-varman, l'auteur de la présente inscription, connu par sa dévotion à Siva. Cette inscription a été écrite en 869 çaka (947 de J.-C.).

15. *Inscription de la pyramide de Piméan-acas.* — Le sujet de cette inscription, qui a été déchiffrée par M. Bergaigne, est l'érection d'une statue de Vichnou, en 910 de J.-C., par un ministre du feu roi Yaço-Varman.

16. *Inscription de Prea-ngonc.* — M. Barth a déchiffré une inscription provenant du monument désigné sous le nom de Prea-ngonc. Nous pensons qu'il s'agit ici d'un tout petit monument composé d'une terrasse supportant aujourd'hui une idole du Buddha, et qui est appelé par les

---

[1] Ce mot a été tiré, sans doute, par une fausse étymologie, du mot Kambuja, qu'on a interprété « né de Kambu », ja signifiant « né » en sanscrit.

indigènes Prea-nguc. Ce monument est situé dans l'enceinte même d'Angcor-thom.

Il s'agit ici d'un habile guerrier, appelé Sangrama, placé au service d'un roi dont le nom se termine en Varman.

Un autre chef, du nom de Aravindahrada[1], se rend formidable dans la contrée méridionale, en 1051 de J.-C.

On parle ensuite d'un combat dans lequel les soldats sont armés d'arcs et d'arbalètes. Après la bataille, et la soumission des ennemis, des offrandes sont faites à Siva et à Vichnou, et le général khmer vient offrir au roi le butin.

Une partie de l'inscription est très altérée; on y a cependant déchiffré les noms de Prithivinarendra, de Ambujanetra (un nom de femme) et de Ranakesari.

Viennent ensuite les noms des rois : Indra-varman, Yaço-varman et Jaya-varman. Il y est aussi question d'un Raja-pourohita (chef des brahmes) et d'un autre brahmane.

La fin a subi des mutilations graves. On lit, dans la partie intelligible, que dans une audience un général khmer offrit au roi d'aller le débarrasser de ses ennemis jusque-là victorieux. Ce chef, nommé Sangrama, va d'abord implorer la victoire du Siva qui se trouve sur le Prithu-çayla; puis il engage la bataille décisive, qui se termine par la mort du chef ennemi. Après ce succès, le général victorieux retourne à Prithu-çayla et y fait des offrandes à Siva et à Vichnou.

17. *Inscription de Prea-sat-bat-chum* (à Angcor-thom) — Dans l'une des inscriptions, on lit une invocation à trois personnages buddhiques; puis un éloge de Rajendra-varman de la dynastie lunaire, qui était monté sur le trône en 866 çaka (944 de J.-C.). Ce roi restaura la ville de Yaçodharapura, « qui était restée longtemps vide; » il érigea, en outre, un linga et des idoles brahmaniques sur un monticule au milieu de l'étang Yaçodhara.

Une autre inscription bilingue de même origine porte douze lignes en langue vulgaire, écrites avec les mêmes caractères que dans la partie sanscrite. On fait ici l'éloge d'un ministre, fervent buddhiste, qui avait érigé des idoles de son culte au lieu même de l'inscription en 875 çaka (952 de J.-C.).

---

[1] Il s'agit vraisemblablement d'un chef ciampois, qui, suivant l'inscription, fut défait et s'enfuit à Campapura.

Dans une autre inscription se trouve d'abord l'éloge du roi Rajendra-varman, et celui de son ministre, dont il a été parlé plus haut.

Enfin, une autre inscription, de même provenance, porte une invocation au Buddha, l'éloge du roi Rajendra-varman, couronné en 866 çaka (944 de J.-C.), et qui érigea un linga et des idoles de divinités brahmaniques au milieu de l'étang Yaçodhara. « Ce roi était un feu qui brûlait les royaumes ennemis, particulièrement celui du Ciampa. »

Le déchiffrement des inscriptions de Prea-sat-bat-chum est dû à M. Bergaigne.

18. *Inscription de Prea-sât-prea-dac* (Angcor). — Déchiffrée par M. Bergaigne. Ici, c'est une invocation à des personnages mytholo-giques et une généalogie de rois : Jaya-varman ; Jaya-varman, fils ; Indra-varman, fils de l'oncle maternel du précédent ; Yaço-varman, fils du précédent, et ses deux fils Harsha-varman et Içana-varman. Un autre Jaya-varman, qui régna après ceux-ci, fut redoutable pour les rois ennemis, tels que celui de Ciampa, et il vainquit les souverains des quatre coins de l'horizon.

Jaya-varman eut pour successeur son fils cadet Harsha-varman, et seulement ensuite régna son fils aîné Rajendra-varman.

19. *Inscription de Vat-thupestey* (Angcor). — C'est M. Senart qui a déchiffré ces inscriptions.

L'une débute par des invocations aux trois membres de la trimurti brahmanique et à leurs déesses ; elle a pour objet l'érection de trois lingas près de l'étang Yaçodhara par un ministre du roi Içana-varman, dont le frère aîné Harsha-varman et le père Yaço-varman, sont aussi nommés. Date de l'inscription 832 çaka (910 de J.-C.).

L'autre inscription, très mutilée, porte une invocation à la trimourti et l'éloge d'un roi dont le nom se termine en Surya-varman. Ce prince régnait au commencement du XIIe siècle de notre ère.

20. *Inscriptions de Prea-Cu* (le bœuf divin). — Ces inscriptions pro-viennent d'un monument qui se trouve à un kilomètre droit au sud de Leley ; elles ont été déchiffrées par M. Bergaigne.

La première comprend une invocation à Siva, un éloge du roi Indra-varman, avec la date de son avènement au trône, 799 çaka (877 de J.-C.), et l'indication de l'acte qui fait l'objet de l'inscription, à savoir l'érec-tion de trois groupes de Siva et de Gauri, désignés par les noms de Iça et de Dévi, en l'an 879 de J.-C.

La seconde inscription trouvée sur le même monument est digraphique; elle débute par une invocation à la triade indienne. Puis vient l'éloge du roi Yaço-Varman et un édit de ce prince à l'occasion d'une fondation d'Açrama en 811 çaka (889 de J.-C.).

La divinité particulière du lieu est Siva[1].

21. *Inscription de Ponteay-Néang* (province de Battambang). — L'invocation s'adresse ici à des personnages buddhiques. Le sujet est l'érection en 907 çaka (985 de J.-C.) d'une statue de la mère de Sakya-Muni par le petit-fils d'un serviteur du roi Indra-varman.

C'est M. Bergaigne qui a déchiffré cette inscription.

22. *Inscriptions des angles du rempart d'Angcor-thom*. — En examinant rapidement les inscriptions trouvées récemment pour M. Aymonier sur deux stèles d'angles de citadelle, M. Bergaigne a relevé le nom d'un nouveau Jaya-varman, fils d'un cousin germain de Surya-varman, qui n'a pu être que le troisième ou quatrième successeur de celui-ci, puisque ses deux successeurs immédiats sont nominativement désignés dans l'inscription de Lovec (n° 11).

Ce sera aux savants spéciaux à fixer la valeur graphique et linguistique de ces inscriptions, lorsqu'elles auront été traduites d'après des estampages soigneusement exécutés. Nous nous bornerons, nous, à relever dans les transcriptions qui en ont été déjà faites, d'après de simples calques le plus souvent, les données qui nous paraissent les plus propres à élucider et à compléter les renseignements que nous avons publiés nous-même sur l'histoire religieuse, artistique et politique de l'ancien peuple khmer.

Les textes déchiffrés jusqu'à ce jour sont des monuments essentiellement religieux, qui nous font connaître incidemment les noms de quelques princes cambodgiens.

Le caractère religieux de ces inscriptions est, suivant M. Bergaigne, leur côté le plus intéressant. « L'Inde est toujours l'Inde, dit-il, au delà du Gange comme en deçà. Son histoire, du moins ce que nous en pouvons connaître, est surtout une histoire religieuse. Mais l'histoire religieuse de l'Inde est une partie importante de l'histoire de l'humanité. Il n'est pas inutile d'apprendre ce que ses différents cultes sont devenus, ou sont restés en dehors de la contrée où ils étaient nés.

[1] Voir la description de ce temple, tome II, page 376.

Au point de vue religieux, nous constatons d'abord que la plus ancienne inscription buddhique connue jusqu'à présent date du roi Yaço-varman (890 de J.-C [1].)

La partie légendaire des annales khmers nous apprend cependant que les premiers essais d'établissement du buddhisme remontent à l'année 542 avant notre ère, c'est-à-dire tout à fait au début de la réforme et du vivant même de Sakia-muni [2]. Les annales siamoises et celles un peu mieux tenues peut-être de la Chine, s'accordent à faire remonter à une époque également très éloignée l'introduction du buddhisme dans la presqu'île indo-chinoise.

Il n'est pourtant pas vraisemblable que le buddhisme ait été introduit au Cambodge du vivant du célèbre réformateur, mais la tradition, d'accord en cela avec les annales, tend à établir qu'il y a été importé de très bonne heure.

Remarquons, enfin, qu'il n'y a encore qu'un nombre relativement très faible d'inscriptions traduites ; et que si parmi celles que nous avons reproduites, l'une d'elles, nº 17, portant la date 944 de J.-C, et celle du roi Yaço-varman d'un demi-siècle plus ancienne, débutent par des invocations à des personnages buddhiques, elles ne disent pas que ce sont là les premiers hommages rendus à ce culte dans cette contrée.

De plus, l'inscription 13 proclame les efforts faits par le roi Jaya-varman en vue de la restauration du buddhisme vers 968 de J.-C., c'est-à-dire 74 ans après le moment où il est pour la première fois question de cette religion dans ces textes. Or, ce mot de restauration fait supposer que le buddhisme, après avoir parcouru une carrière heureuse en Indo-Chine, avait ensuite dégénéré, mais tout cela ne doit pas s'être accompli dans un si court espace de temps.

D'après toujours les annales, les Khmers arrivèrent dans le sud de l'Indo-Chine, venant de l'Inde, en 443 avant l'ère chrétienne, et ils y trouvèrent établis les Chams, qui, suivant la tradition, étaient brahmanes. La chronique ne dit pas expressément à quel culte appartenaient alors les Khmers, mais elle nous apprend que ces nombreux émigrants faisaient usage de la langue sanscrite, qui était plus particulièrement la langue sacrée des brahmes.

Les annales, enfin, tendent à établir que les deux anciens cultes de

[1] Nous n'avons pas cette inscription, mais elle est entre les mains de M. Bergaigne.
[2] Voir tome II, pages 2, 3, 26 et 27.

l'Inde ont vécu côte à côte au Cambodge sans tiraillements sérieux, mais avec prédominance pourtant du brahmanisme, jusqu'à l'année 638 de notre ère, époque à laquelle les livres canoniques du buddhisme arrivent de Ceylan et fournissent l'occasion d'une propagande active, en Indo-Chine et en Chine, en faveur de la réforme sociale et dogmatique de Sakia-Muni[1].

A cela, M. Bergaigne objecte que si le buddhisme actuel est, au Cambodge, pâlisant, celui du temps des inscriptions anciennes déchiffrées jusqu'à ce jour est sanscritisant, ce qui suffit à prouver qu'il n'est pas venu en premier lieu de Ceylan, et qu'il a dû y avoir deux importations de ce culte en Indo-Chine à des époques plus ou moins eloignées, l'une, la plus ancienne, venant très probablement du nord, et l'autre du sud.

C'est seulement vers la fin du xiie siècle que les bonzes devinrent tout à fait victorieux. Pourtant, les croyances et les pratiques brahmaniques n'ont pas tout à fait disparu du sud de la grande presqu'île, et les cultes de Vichnou et de Siva ont encore leurs ministres au Cambodge, ainsi que nous l'avons fait voir en parlant de la secte des bakus, tome I, pages 213 et suivantes.

Mais la conséquence que l'on peut tirer de l'ensemble des documents épigraphiques déjà traduits, c'est que les temples en pierre de l'ancien Cambodge étaient brahmaniques et qu'ils étaient consacrés spécialement à Vichnou et à Siva.

Nous étions arrivé à la même conclusion en tenant compte uniquement de l'ornementation générale de ces monuments, de la disposition des sanctuaires, des bassins d'eau purificatoire répandus partout, des idoles brahmaniques de dieux et de déesses, des emblèmes de ce culte gravés sur toutes ces murailles de grès poli et surtout des lingams[2].

L'inscription 8 fait voir que vers le xe siècle, on croyait au Laos et au Cambodge aux incarnations des dieux brahmaniques et à la faculté attribuée ici-bas aux personnes ainsi transformées de se mettre en communication directe avec les dieux qu'elles représentaient.

Il existe encore parmi les peuplades sauvages de l'Indo-Chine des croyances analogues. Voir tome I, pages 412, 414, 432, 433 et 434.

Dans l'inscription n° 9, il est question de la fondation d'un hôpital pour les quatre castes, en 1062 de notre ère. C'est là une preuve qu'on

---

[1] Voir tome II, page 218 et suivantes.
[2] Voir tome II, pages 187 et suivantes.

ne récusera pas de l'existence dans l'empire khmer, à la date précitée, du culte brahmanique, seul coupable d'avoir fondé et toujours soutenu, dans l'Inde et ailleurs, l'institution des castes.

D'après l'inscription n° 3, les castes, au Cambodge, étaient subdivisées en sept classes.

Ainsi se trouve confirmée la supposition que nous avons faite, et qui était basée sur les traces que nous avions cru reconnaître au Cambodge de la division de l'ancienne société en castes et en classes[1].

L'inscription 16 signale l'existence autrefois sur le Prithu-çayla d'une idole de Siva que l'on allait invoquer au moment d'entreprendre une expédition militaire.

Nous avons rencontré ce monument, qui n'est autre qu'une pyramide, dans Angcor-thom, et qui a conservé, ce qui est rare, son ancien nom[2].

Les inscriptions 6 et 10 font voir que l'astronomie et l'astrologie étaient également cultivées dans l'empire khmer, ce que nous avons établi nous-même d'après les quelques livres traitant de ces sciences qui restent encore, et dont nous avons pu faire faire des traductions.

En fait de renseignements purement historiques, ces inscriptions établissent :

1° Que de 1002 à 1022 de notre ère, à une date que l'on ne peut quant à présent préciser, l'empire khmer fut déchiré par une guerre entre deux princes indigènes rivaux ;

2° Que la guerre éclata entre le Cambodge et le Ciampa sous le règne de Surya-varman, inscription 18, entre 910 et 944 de notre ère.

Les annales chinoises disent expressément, de leur coté, que vers 960 de notre ère, le roi khmer s'empare du Ciampa[3];

3° Qu'enfin, il résulte de ces textes que l'on peut établir la généalogie suivante des princes qui ont gouverné l'empire khmer dans l'espace de temps compris entre 600 et 1100 de notre ère :

Rudra-varman ;

Bhava-varman, régnait en 600 de J.-C. C'était un sivaïte fervent, et il semble qu'il soit arrivé au trône par une usurpation.

Mahendra-varman ;

[1] Voir tome I, pages 324 et suivantes.
[2] Voir tome II, pages 275 et renvoi au bas de la page.
[3] Voir II page, 24.

Içana-varman ;

Jaya-varman, régnait en 667 de J.-C. ;

Narenda-varman ;

Rajapati-varman ;

Nripatindra-varman ;

Jaya-varman ;

Jaya-varman, fils du précédent ;

Rudra-varman, grand oncle du précédent ;

Prithivindra-varman, gendre, neveu et successeur du précédent ;

Indra-varman, régnait en 877 de J.-C., fils du précédent et petit-fils de Rudra-varman par sa mère ;

Yaço-varman, fils du précédent, régnait de 889 à 893 de J.-C. ;

Harsha-varman, frère aîné du précédent ;

Içana-varman, frère cadet du précédent, 910 de J.-C.

Jaya-varman, oncle de Içana-varman ;

Harsha-varman, fils cadet et successeur du précédent ;

Rajendra-varman, frère aîné et successeur du précédent, régnait en 944 de J.-C. ;

Jaya-varman, régna en 968 de J.-C. ;

Dharanindra-varman, frère du précédent ;

Surya-varman, frère du précédent, 1002 de J.-C., régnait encore en 1022 ;

Udayaditya-varman ;

Harsha-varman ;

Jaya-varman, fils d'un cousin germain de Surya-varman ;

Enfin, un roi dont le nom finit en Surya-varman, 1100 de J.-C.

Ainsi donc en fait d'histoire politique de l'ancien empire khmer, les inscriptions déchiffrées jusqu'à ce jour ne nous donnent qu'une liste nominative, très probablement incomplète, des princes qui ont successivement gouverné l'empire khmer pendant cinq siècles. Celles qui seront traduites postérieurement seront-elles à cet égard plus instructives ? Nous n'osons l'espérer.

L'épigraphie pourra fournir peut-être des renseignements plus précis sur l'histoire de l'art au Cambodge. Peut-être aussi que ces textes contiendront les données nécessaires pour résoudre le problème relatif aux origines de la civilisation ancienne du Cambodge, et les relations de cet empire avec les États et les peuples voisins.

Remarquons, en finissant, que toutes les inscriptions que nous connaissons déjà, sauf les numéros 1, 2 et 15, ont été relevées sur des édifices sans importance. Nous n'avons encore la traduction d'aucune inscription ancienne provenant de monuments de premier ordre, tels que : Angcor-vat, Banh-yong, Ba-puon, Ba-kheng, Ta-Prom (Angcor), Kdey, Prea-khan (Angcor), Ponteay-chhma...

La plupart de ces inscriptions sont fort longues ; mais malheureusement elles renferment beaucoup de verbiage et très peu de faits intéressants. Néanmoins, nous devons attendre beaucoup mieux des collections estampées que M. Aymonier rassemble en ce moment au Cambodge, et dont il entreprendra ensuite la traduction en collaboration avec les savants membres de la Société Asiatique, MM. Barth, Bergaigne et Senart.

Nous avons le devoir, en terminant cette note, de remercier chaudement M. Bergaigne de l'obligeance qu'il a mise à nous fournir la plupart des éléments qui ont servi à sa rédaction.

TABLE ALPHABÉTIQUE

DES NOMS PROPRES

ET DES TERMES RELATIFS A LA RÉLIGION, A LA POLITIQUE, AUX USAGES

Achar ou Acharijac (Atcharya), instituteur religieux.

Achhara (Apsara), bayadères du ciel, nymphes du paradis.

Aki (Agni), le dieu du feu, régent du Sud-Est.

Anchuli-sompa (andjaü), salut consistant à joindre les mains les paumes ouvertes en forme de coupe et à les porter à hauteur du front.

Angcot (Angada), fils de Bali et neveu de Sougriva, roi des singes.

Angkéa (Mars), qui naquit de la sueur de Siva.

Asura (Asoura), génies du mal, ennemis des dieux, les plus grands démons.

Asurey, ou femmes des Asuras.

Atut (Prea-) (Sourya), le dieu du soleil.

Ayra (Ayravat), l'éléphant à trois têtes, la monture ordinaire d'Indra.

Ayuthya (Ayodya), ville ancienne de l'Inde, aujourd'hui Oudde.

Cang-chac (Tchatra), le disque acéré et tranchant, l'arme de Vichnou.

Chompu (moha-) (Djambavat), héros singe.

Chudayu (Djatayou), roi des oiseaux terrestres, comme Garuda était le souverain de ceux du ciel.

Collopruc, l'arbre mythologique qui satisfait tous les désirs, c'est-à-dire qui produit tous les fruits et tout, enfin, ce qui est nécessaire à l'existence.

Cuvereah ou Vesevean (Cuvéra), le dieu des richesses, représenté avec quatre bras et souvent avec deux visages, comme son frère cadet Ravana. Son image est très répandue de nos jours au Cambodge; on en trouve dans presque toutes les maisons et même dans les pagodes. C'est le régent du Nord. Cuvéra était le roi des demi-dieux appelés Yakshas, tandis que Ravana, son frère, était le chef des Rakchasas, ou démons.

Crit (prea-) (Crichna), le héros du poème indou Mohabharata.

Crong-kha (Khara), un Rakchasas, frère de Ravana.

Crut (Garuda), moitié homme et moitié oiseau, monture favorite de Vichnou, destructeur des serpents, roi des oiseaux célestes.

Cru (Gourou), directeur, maître spirituel.

Don-chi, une bonzesse et en général une religieuse.

NOTA. Les mots entre parenthèses sont les noms ou mots sauscrits correspondants à ceux écrits à côté en cambodgien.

Eyso ou Iso (Siva ou Içoara), la troisième personne de la trimourti brahmanique.
Hunuman (Hanumat), prince singe et guerrier fameux.
In (prea-) (Indra), le chef des Dévas ou dieux. Régent de l'Est.
Intrèchit (Indrajit), fils de Ravana.
Kennarey (Kinnara), musiciens célestes aux pattes d'oiseau.
Kompuca (Khoumbhakarna), géant, frère de Ravana.
Konthop (Gandharva), musiciens de la cour d'Indra.
Keylas (Keylasa), le paradis de Siva.
Kétou, est le nœud descendant personnifié ou la queue du dragon.
Lakhon, danseuse.
Langca (Ceylan), s'écrit aussi Lanca.
Leac (Lakshmana), frère de Rama.
Linkéa (Lingam), le phallus égyptien.
Luc, excellence, seigneur.
Luc-sang, un bonze.
Mearea (Mara), le démon.
Moha-kik (Maritcha). Rakchasas qui se transforma en cerf couleur d'or pour tromper Rama et favoriser l'enlèvement de Sita.
Moha-thor (Matta), général rakchasas.
Néac (Naga), dragons, demi-dieux ayant une face humaine et le corps d'un serpent. Leur roi est Vasouki et ils habitent les régions infernales.
Nén, novice dans une bonzerie.
Nippéan (Nirvana).
Nocor (royaume).
Noreai (prea-) (Vichnou ou Narayana), la deuxième personne de la trimourti brahmanique.
Noroc (Naraca), l'enfer.
Péai (prea-) (Anila ou Pavana), dieu du vent, père de Hanumat, régent du Nord-Ouest.
Péali (Bali), roi des Simiens.
Phirun où Cong-kéa (Varouna), dieu des eaux, le Neptune indien, régent de l'Ouest.
Phirut (Bharata), troisième frère de Rama, qui monta sur le trône à sa place à la suite d'une intrigue de sérail.
Phuccac-vodey (Kali ou Parvati), épouse de Siva.
Piphac-kénés (Ganésa), fils de Siva et de Kali ; il a une trompe d'éléphant.
Piphêc (Vibhisana), astrologue des Rakchasas.
Pong-vêl prapil (Pradakchina), salut honorifique spécial.
Prahos (Vrihaspativéra), conducteur de Jupiter, précepteur des dieux.
Prea est une abréviation de Preaput (en sanscrit Phrabut), saint, divin...
Prea-pus-sva-mit (Visvamitra), le saint ascète indou.
Prom (Brahma), la première personne de la trimourti brahmanique.
Réa où Réahu (Rahou), le nœud ascendant personnifié.
Réach (Rayah), roi. Luong est plus employé et signifie aussi roi.
Réam ou Réaméa (Rama).
Réap (Ravana), roi des Rakchasas et de Langca.
Samanac-kha (Courpanakha), princesse des Rakchasas, sœur de Ravana.
Sat (Prea-) ou Prea-Sathup, en sanscrit stoupa, tour sacrée.
Satra (Sastras), livres religieux.
Sau (Sanivara), conducteur de Saturne.
Séar-mitrey (Mitreya), le futur Buddha.
Sérévittac-kuma (Dhamvantari), dieu de la médecine.
So-kan (Kesanta), cérémonie de la tonte du toupet des enfants.
Soc (Sukra), conducteur de Vénus et précepteur des Asuras ou démons.
Somo ou Prea-chan (Soma ou Tchandra), dieu de la lune.
Song (Sinha), lion, sorte de sphinx gardien des temples antiques.

Sopannac (Souparnas), oiseaux célestes dont Garuda est le chef.

Soriyeac (Sourya), dieu du soleil, fils d'Aditi.

Sotrot (Satrougnha), quatrième frère de Rama.

Sourey (Souras ou dévas), dieux, génies du ciel; on les nomme aussi Adityas de leur mère Adity; leur père était Casiapa.

Sra, un bassin sacré.

Srey (Sri ou Lakchmi), déesse de l'abondance, épouse de Vichnou.

Sucrip (Sougriva), roi des singes.

Sumé (Prea-) (Mérou ou Sumérou), le mont sacré où se trouve le paradis Swarga.

Thomo (Prea-) (Dharma), un des noms de Yama, considéré alors comme juge des morts.

Thor (Moha-) (Matta), général rakchasas.

Thorni (Prea-) (Prithivi), déesse de la terre.

Tossorot (Dasaratha), père de Rama et roi d'Ayodya.

Tray-trong (Swarga), paradis d'Indra.

Tuorphi (Mayava).

Vasoukri (Vasouki), roi des serpents, sert de trône à Vichnou.

Vat, pagode buddhique.

Vissacan (Prea-) ou Prea-pusnucca (Visvacarma), architecte divin.

Ycac (Yakcha), serviteurs de Couvéra, le dieu des richesses.

Yomo (Yama), juge des morts, régent du Midi, fils du soleil.

Yuch (Yodjana), mesure de 16,000 mètres.

TABLE DES MATIÈRES

DU TOME SECOND

TABLE DES GRAVURES

DU TOME SECOND

ANGERS, IMPRIMERIE BURDIN ET Cie, RUE GARNIER, 4.